CONFIDENCIAS

CONFIDENCIAS

Harold Carlton

VIDORAMA

Diseño de cubierta: F. M.

Título original: *Labels*
Traducción: Lilian Goligorsky

Published by arrangement with Bantam Books, a division of Bantam, Doubleday, Dell Publishing Group, Inc.

ISBN: 84-7730-123-9
Depósito legal: B. 054-1994
Hurope, S.L.
Impreso en España - *Printed in Spain*
EDICIONES VIDORAMA, S.A. Perú, 164 - 08020 Barcelona

Para Bonnie Flores y Shirley Kennedy Selkin.
Gracias por estar ahí.

Primer prólogo

Mia
Scarsdale, 1951

En las mañanas de domingo, la despertaba el sonido de las risas de su madre. Para una niña de siete años, aquella risa sonaba feliz, como si a alguien le estuvieran haciendo cosquillas. Mientras todavía yacía en su cama, soñolienta, oía cómo la risa se convertía en risillas y después en gritos. Mia volvía a dormirse con una sonrisa. Mamá y papá estaban jugando.

Pero, una mañana de domingo, sintió una súbita curiosidad y recorrió el pasillo en puntillas hasta llegar al cuarto de sus padres. Se ocultó, sonriendo para sí por lo que estaba haciendo. ¡Se llevarían una buena sorpresa cuando irrumpiera en el cuarto para decirles que había estado mirando! De repente se quedaron en silencio e, intrigada, espió por el marco de la puerta.

¡Papaíto estaba besando a mamaíta! Quiso gritar y entrar corriendo en la habitación, pero algo le impidió hacerlo y la obligó a quedarse muy quieta. Papaíto sólo llevaba puestos los pantalones del pijama y, cuando se arrodilló sobre la cama, algo duro parecía estar empujando contra la parte delantera de los pantalones. Metió la mano en los pantalones y dejó en libertad esa... cosa. Ella sabía que los niños tenían unas cositas que no se debían mostrar a nadie. Su maestra le había dicho que servían estrictamente para ir al lavabo. ¿Y por qué mamaíta no se enfadaba con papaíto? La sonrisa de Mia se fue convirtiendo en un gesto de asombro y de ligero desagrado. ¡Mamaíta, en lugar de enfadarse, había cogido la cosa y la sostenía! Papaíto echó la cabeza hacia atrás, cerró los ojos y dijo: «¡Ahhh!», como hacía cuando mamaíta le rascaba la espalda. Curiosamente, parecía disfrutar...

Mamaíta se quitó el camisón y se acostó junto a papaíto. Sus pechos chatos tenían círculos de un marrón oscuro y Mia miraba a papaíto que besaba y lamía esos círculos, haciendo que mamaíta lanzara risillas y gemidos. Mia se sentía confusa: no entendía ese juego. Papaíto rodó sobre su espalda y se arrancó los pantalones del pijama. Y después siguió rodando hasta caer sobre mamaíta. Sin besarla, se puso encima de ella. ¡Qué pesado debía de ser! ¡Cómo debía de empujar a mamá esa cosa que tenía entre las piernas! Sin embargo, a mamá no parecía preocuparle. Respiraba pesadamente y, con una voz extraña y como ansiosa, decía: «¡Métemela!».

Papaíto se desplomó y apartó las piernas de mamaíta y Mia pudo ver, por la forma en que subía y bajaba su trasero, que estaba metiendo esa cosa dentro de mamaíta, ¡clavándosela! Y aun así, mamaíta no se quejaba. ¡Simplemente lo dejaba hacer! Sus padres empezaron a moverse más rápido. Su madre se apretaba contra su padre y le aferraba los hombros, clavándole sus largas uñas rojas en la carne. Papaíto empezó a gemir mientras su madre boqueaba como si estuviera sedienta. Ahora papaíto lanzaba un bronco bufido. Los sonidos daban miedo: ¿Se habrían vuelto locos? Cuanto más quería salir a la carrera, más anclada se sentía Mia en ese lugar.

Sus padres siguieron moviéndose, uno contra el otro, durante un largo rato, mientras ella se quedaba mirando, asustada y fascinada. De pronto, su madre gritó: «¡Sácala! ¡Sácala!».

Papaíto se irguió deprisa, poniéndose de rodillas, sosteniendo su cosa y dándole tirones con los ojos fuertemente cerrados y el rostro contorsionado. Brotó de él un líquido espeso que saltó al aire y dio un gran chillido, para derrumbarse enseguida sobre mamaíta, respirando con un jadeo sonoro.

Ahora Mia quería quedarse sola para pensar en lo que había visto. Mientras se retiraba de puntillas, pudo oír que su padre preguntaba:

—¿Qué tal?

Y su madre respondía con fastidio:

—Como siempre. Te corriste demasiado pronto.

¿Demasiado pronto? ¡Si había sido uno de los juegos más largos que Mia había visto jugar a los mayores! ¿Así que era eso lo que hacía que mamaíta soltara aquellas risitas en las mañanas de domingo?, pensó. Era algo horrible y de pesadilla y, de alguna manera, sabía que no podría preguntarle a nadie sobre eso. Se sentía mal. Corrió hacia el lavabo y vomitó. Luego, con mucho cuidado, hizo correr el agua del grifo, se limpió los dientes, fue a buscar su libro favorito y volvió a meterse en la cama. Mientras yacía en ella, se hizo una promesa solemne: ¡Nunca iba a dejar que un hombre le hiciera eso a ella, nunca!

Segundo prólogo

Mackenzie
El Bronx, 1957

—¡Tú no eres mi madre! —gritó la niña a su asombrada madre.

Eran las cuatro y media de la tarde y Esther Goldstein había estado esperando, junto con las otras madres, ante la verja de la escuela. Ahora, su hija Marsha, de once años, la estaba repudiando.

—No seas tonta, cariño —había una expresión de desconcierto en su rostro habitualmente dulce—. Por supuesto que soy tu madre.

—¡No lo eres! ¡No lo eres! —gritó Marsha, mientras corrían calientes lágrimas por sus mejillas.

Las otras madres miraban a Esther con simpatía y meneaban la cabeza. Esa chica aparecía cada día con otro ataque de nervios, no era normal. La semana pasada se había negado a responder por su nombre, insistiendo en que no se llamaba Marsha.

—¿Vendrás a casa conmigo si te llamo Mackenzie? —probó su madre. A través de sus lágrimas, pero con evidente satisfacción, la niña asintió.

—Discúlpeme, señora Goldstein, pero me parece que es demasiado blanda con la niña. Lo que necesita son unos azotes en las nalgas —dijo otra madre.

—También hemos intentado eso —respondió Esther Goldstein con cansancio. En realidad habían probado casi todo con Marsha, pero la niña era imposible. ¿De dónde había sacado esa maldad, esa locura?

Durante la mayor parte de su corta vida, Marsha Goldstein había vivido convencida de que era la hija abandonada de una rica heredera, que la había dejado con una familia del Bronx hasta que llegara el momento de poder reclamarla. En aquel día feliz, aparecería en las primeras planas de los periódicos de todo el país que Mackenzie Vanderbilt o Whitney o Rockefeller, por alguna razón había sido criada como Marsha Goldstein. Entonces sería lanzada al mundo de la moda y de la alta sociedad.

Pero Marsha empezaba a perder la fe en ese cuento de hadas. A medida que sus facciones se iban rellenando y que su cuerpo se volvía decididamente rollizo, cualquier parecido imaginario con Gloria Vanderbilt requería mucha imaginación. En los últimos tiempos había empezado a sostener violentas batallas verbales con su familia y se había convertido en víctima de las interminables pullas de sus dos hermanos. Con sólo once años de edad, una *snob* en toda la regla vivía en el Bronx, atesorando su pequeña paga semanal para gastarla en revistas de moda. Probablemente era la lectora más joven del *Vogue*.

Abe Goldstein hacía que todos sus hijos concurrieran a las clases semanales de hebreo y que los sábados fueran a la sinagoga. Marsha había odiado desde siempre la religión. Discutía con el rabino cómo era posible que hubieran existido Adán y Eva, si el hombre descendía del mono. Cuando éste no lograba convencerla, decretaba que la religión judía era «idiota». Tomó el hábito de comer la cena de los viernes antes de que su madre bendijera las velas del sabbath y se escapaba de la sinagoga los sábados, no bien sus hermanos la depositaban en la sección de las mujeres, y corría al cine para ver películas con sus amigas no judías.

Marsha se detuvo frente al portal del gris edificio de apartamentos.

—¿Y ahora qué te pasa? —preguntó su madre.

—No entraré, a menos que me prometas que harás que todo el mundo, papaíto y los muchachos, me llamen Mackenzie de ahora en adelante. ¿Prometido?

—¡Sí, sí, te lo prometo! ¡Firmaré una escritura! Buscaré un testigo legal. ¿Y ahora qué más quieres de mí?

Mackenzie entró con aire triunfal en el edificio. Era la primera de una serie de exigencias que le impondría a su familia. Había empezado a recrearse a sí misma.

Tercer prólogo

Colin
Provenza, Francia, 1968

Éstos son los precoces traumas de mis dos personajes principales. ¿Se sobrepondrán a ellos? Pienso que la historia de cualquier persona es la historia de una niñez bien superada o no.

Les presento a ustedes a Mia y a Mackenzie, sin utilizar la excusa habitual de que «cualquier parecido entre estos personajes y personas vivientes es una coincidencia». En mi historia no hay ninguna coincidencia: mis personajes son gente real. Y, mientras escribo estas palabras, Mia y Mackenzie están viviendo bajo mi techo, en plena culminación de sus sagas. Me están ayudando a darle un final a *Confidencias,* mi relato sobre el mundo de la moda.

Esta mañana, a las seis, los perros empezaron a ladrar, los gatos a maullar y las palomas a zurear. Algo sorprendente, porque en este pequeño y soñoliento rincón de la Provenza, los animales están bien entrenados para permanecer en silencio hasta las ocho. Mi tesoro provenzal, Françoise, suele llegar a las siete y media, por lo que me despierto con los reconfortantes sonidos y aromas de un café en preparación y unos *croissants* que se están calentando. Pero hoy, a las seis, además del tintineo de la vajilla, también se oía el indudable ronroneo de un motor, y Françoise no tenía coche.

Atisbé a través de las cortinas de mi dormitorio. Era el taxi local. Parada junto a él había una mujer elegantísima con un puñado de francos en las manos. La primera Reina de la Moda había encontrado mi pista. Me puse la bata y corrí escaleras abajo para abrir la puerta de entrada.

—¡Mia! ¡Bienvenida!

—¡Colin, querido! —se arrojó en mis brazos y empezó a sollozar, para gran interés del señor Robert, quien, con su boina inclinada hacia un costado, se alejó en su taxi calle abajo, con un ojo todavía clavado en nosotros.

Le hice un saludo, mientras estrechaba a Mia contra mi pecho.

Yo ya había ensayado esta escena pero, ahora que estaba aquí, me faltaban las palabras. Las desventuras siempre me han resultado embarazosas y esta hermosa criatura estaba llorando por una madre a la que siempre había odiado. No sabía cómo consolarla. Si le hubiera dicho: «Os encontraréis de nuevo en el otro mundo», podría haber sonado más como una amenaza que como un consuelo.

Dado que su madre no sólo había sido mi mejor amiga, sino la mujer que yo había amado, la situación llevaba una carga doble.

—Lo lamento muchísimo —dije con torpeza.

Mia aspiró con fuerza, se inclinó hacia atrás y me miró.

—Estoy contenta de que me hayas llamado. Llegué en el momento en que terminaba la investigación... ¡Cómo necesitaba verte! Simplemente para hablar, para escapar de la gente, de todos esos periodistas y buitres. La destruyeron y ahora quieren ofrecer sus condolencias. De pronto, me di cuenta de que, de toda la gente de Nueva York, tú eras la única persona, la única que... —y estalló en llanto.

—¿Que la quería? —terminé la frase por ella, que asintió en silencio. Volvió a aspirar una larga bocanada de aire y se las arregló para serenarse. Echó un vistazo a su reloj y dijo:

—No tengo idea de la hora que es aquí. ¿Te he despertado, Colin?

—¡Por Dios, no! Uso pijamas a toda hora del día...

Nos estudiamos mutuamente de cerca, ella para decidir si yo estaba bromeando, yo para ver si su pena era genuina o la estaba fingiendo para mí.

Aunque su rostro estaba surcado de lágrimas, era hermoso, en especial con esa ropa de lino negra, un color que usaba pocas veces. Por supuesto, Mia habría estado hermosa hasta envuelta en harapos. Se llevó un pañuelo a las mejillas e inclinó su espléndida cabeza, con el cabello rubio y suavemente ondulado que caía sobre su cara. Sus ojos eran de un azul intenso, su piel de una mezcla de melocotón y nata, sus dientes blancos, sus piernas largas. La belleza me provoca unos celos absurdos. Quizás, una de las maldiciones de ser yo mismo una persona nada atractiva es que siempre he envidiado y amado la belleza, tratando de rodearme de ella en mi hogar, en mi jardín, con mis amigos y mis animales domésticos. Sin embargo, creo que la belleza más reluciente se da en la forma humana y femenina.

—¿Por qué me has hecho venir? —preguntó ella, mientras íbamos subiendo la vieja y crujiente escalera hacia mi mejor cuarto de huéspedes.

—Pensé que podía ayudarte en tu dolor.

—Ni siquiera es realmente dolor —confesó—. Lloro, pero mis lágrimas son de frustración, de rabia. ¿Por qué no me amaba? ¿Por qué no la ayudé cuando me pidió auxilio? Ahora tengo el sentimiento de que algo quedó sin terminar. Nunca seré capaz de enfrentarla. ¡Nunca sabré!

—Vas a descubrir más cosas de las que imaginabas que podrías llegar a saber —dije con aire misterioso.

—Sí... —Se detuvo en el último peldaño de las escaleras y recorrió con su mirada el pequeño distribuidor.

—¡Qué bonito has arreglado todo, Colin! —extendió sus manos hacia mí y yo las cogí—. Tú la conocías tan bien... ¿Me lo contarás todo?

—Todo —prometí.

Abrí la puerta que daba a su habitación. No había mujer que fuera capaz de resistirse al tentador abrazo que ofrecía una cama vestida con *broderie anglais.*

Sin dudarlo ni un momento, se sentó sobre la cama y se desprendió de sus zapatos.

—Colin, me han pasado tantas cosas en las últimas dos semanas que no podrías creerlo. ¡Ahora soy una mujer!

—Sí... —entrecerré mis ojos y le lancé una mirada penetrante—. Te veo... diferente. ¿Estás enamorada, no es verdad?

Ella asintió con la cabeza, cerrando sus ojos y levantando sus piernas para colocarlas sobre el blanco cubrecama. Al minuto siguiente, había apoyado su cabeza en la almohada y se había quedado dormida.

Cerré la puerta con suavidad. Teníamos mucho de qué hablar: había muchas lagunas en mi relato que quería rellenar. Y, mientras estuviera conmigo, ¡maldito sea si no iba a sacar todo el provecho posible de su presencia!

Descendí hasta la cocina en puntillas y abrí un paquete de bizcochos franceses, un pobre sustituto del pan; había empezado a preparar café cuando llegó Françoise. Estaba llevando la taza a mis labios cuando oí un nuevo ruido de motor. Nunca tengo dos visitantes el mismo día y ni siquiera en el mismo mes, de modo que no le di importancia. Será una broma de mi imaginación, me dije. Pero un grito muy definido de «¡Vete a la mierda!», proferido con un inequívoco acento del Bronx, hizo trizas la paz de Provenza. Corrí hacia la ventana del salón, miré hacia fuera y vi que allí estaba la otra Reina de la Moda.

—¡Esto no puedo creerlo, realmente! —dije en voz alta.

¿Qué demonios, me pregunté, estaba haciendo ésta aquí? Me contesté que era obvio que venía en persecución de la primera. ¡Los dos pilares de la moda americana estaban a punto de chocar bajo mi techo! Abrí la puerta de calle.

La mujer que había ascendido la escalinata de mi casa era morena, elegante, rolliza y de un aspecto bastante sorprendente. Era la Reina Roja de la Moda, en contraposición a la Blanca. Su cabello, cortado de un modo bastante efectista, estaba separado en mechones y semejaba la obra de alguien que se lo hubiera tironeado con sus propias manos en un ataque nocturno de depresión. Sin duda, había pagado una pequeña fortuna a algún peinador maníaco depresivo para conseguir ese efecto. Había toques de violeta y fucsia. También ella vestía completamente de negro, pero la diferencia era que había nacido para vestirse de negro. Sus ropas, sueltas y varias tallas más grandes de lo necesario, parecían pijamas de hombre confeccionados con seda pesada y arrugada. Una chaqueta negra de punto contorneaba su cuerpo y mostraba sus formas, que parecían extraídas de un cuadro de Rubens. Sus ojos se encontraron con los míos: unos ojos magníficos, relampagueantes, rodeados de espesas pestañas, inteligentes, un poco decadentes. Sus labios rojos mostraban un gesto huraño. Tenía un *chic* muy definido y caro. La clase de *chic* que se consigue, no el innato. Yo soy capaz de distinguir la diferencia. La rodeaba una aureola de L'Air du Temps, vertido con generosidad sobre el cuello y el cuerpo, y a la mierda con lo que va a parar al suelo. Un enorme bolso italiano de piel, grande como una maleta, colgaba de un hombro. Varios chales largos, de seda, de diferentes tonos de púrpura, rosado y violeta, colgaban de su cuello. En sus muñecas y en su cintura tintineaban anillos, collares, cinturones de plata, oro y marfil. El efecto general resultaba hipnotizante. Hubiera querido bocetarla, pintarla, fotografiarla.

—¿Dónde está? —preguntó con una voz grave y áspera, casi afónica.

—Hola, Mackenzie —respondí tendiéndole mi mano—. ¿Y qué es lo que te trae por aquí?

Torció la boca para formar una agria sonrisa.

—¡Vaya bienvenida! —dijo.

Nos estrechamos las manos con frialdad.

—Supongo que has venido a ver a Mia. Espero que no te enfades si te digo que me sorprende tu visita, dado que la última vez que te vi estabas arrastrándote por el suelo con ella y arrancándoos los pelos una a la otra.

Se encogió de hombros.

—Por eso he venido hasta aquí. ¡Para arreglar las cosas!

Desvió su atención a mi jardín.

—¡Glorioso! —afirmó y luego, con cierta timidez—: Siempre he admirado tus dibujos, Colin. Cuando estaba comenzando, ellos me inspiraban, ¿sabes?

Sonreí. La timidez, después de esa muestra de agresividad, resultaba divertida. La conduje a la sala de estar.

—¿No quieres sentarte? Mia está durmiendo y necesita desesperadamente dormir. ¿No necesitarás tú también dormir?

Volvió a encogerse de hombros.

—No sé qué diablos necesito. ¡Ni siquiera estoy segura de dónde estoy!

—Mia ha sufrido un golpe terrible —dije—. El descanso es la mejor medicina. Después de que... después de que...

—Después de que se matara su madre —dijo ella ayudándome a terminar la frase.

Enarqué mis cejas. —Bueno..., sí...

—¿Aun cuando su madre fuera la mayor de las perras?

—Lo que dices es horrible y además no es cierto —le dije con un acento que sonaba terriblemente inglés, hasta para mis propios oídos.

Por un instante, Mackenzie me miró y, de pronto, se desplomó sobre un sofá. Llevaba las botas de potrillo más delicadas que yo hubiera visto jamás. Eran de una piel arrugada que parecía tener la suavidad de un guante y terminaban en un puño alrededor de sus tobillos. Vi una ráfaga de medias rojas.

—Bueno, yo no la conocía tan bien —concedió—. Sólo sé de ella lo que Mia me contaba.

—Yo sí que la conozco, mejor dicho, la conocía; y la conocía bastante bien —le aseguré—. Era una de las personas más bondadosas que he conocido. Era genial, y hay que tener cierta tolerancia con los genios.

—Quizás habría que tener tolerancia con las madres, ¿verdad? —dijo palmariamente.

Se produjo un largo silencio.

—¿Una copa? —sugerí.

—¿Tienes Perrier?

Abrí un gabinete y elegí una botella.

—¿Hielo?

—No importa.

Le alcancé la copa y sorbió la bebida con ruidosa avidez, como una niña. Hice como que no oía. Después hundió la barbilla y emitió un sonoro eructo. Debí de haberle parecido presa de un ataque de terror, porque se dio cuenta, lanzó una pequeña carcajada y comentó:

—Esto no es nada. ¡Ya verás lo que pasa cuando me eche un pedo!

Fruncí las cejas, como si nunca hubiera oído nada semejante en mi distinguida morada. Me fascinaba. El contraste entre su comportamiento y su apariencia tan elegante me llevaba a preguntarme qué era lo que haría a continuación.

Resolló.

—¡Debo de estar deshidratada! —Apoyó su copa vacía—. En ese avión pasaban unas películas tan horribles y después, ese taxi... ¡Me paseó, como si fuera una estúpida turista, por todo el puñetero barrio!

—El señor Robert no haría nunca una cosa así, en especial tratándose de uno de mis visitantes —le contesté.

—¿Quieres apostar? —gruñó—. Bueno, de todas maneras estoy aquí.

Se desparramó pesadamente sobre el sofá.

—Tenía que ver a Mia. No bien me enteré de la noticia, empecé a sentirme muy mal por todo el asunto. Quiero reconciliarme con ella. No me gusta que seamos enemigas. Hemos recorrido un largo camino juntas, ¿sabes?

—Lo sé. Me habló de ello.

Mackenzie hizo una mueca.

—¿Te dijo también lo mierda que soy?

—Jamás ha dicho eso.

—Tiene demasiada clase, pero eso es lo que piensa. No le

he dado muchas razones para que pensara otra cosa. ¡Pero la quiero, maldita sea! ¡Siempre la he querido! Siempre la he metido en problemas por mi culpa, desde que nos conocimos, cuando no éramos más que dos muchachitas inexpertas de Nueva York. Ella era la pobre niña rica y yo era la hippy loca. Mia también me ha causado problemas. Divertido...

Rebuscó en su gigantesco bolso, hasta encontrar una tableta de chicle que llevó a su boca.

—¿Estás hablando de David? —pregunté.

De sus ojos salió un destello.

—¿No me digas que él también está aquí?

Me encogí de hombros para no comprometerme.

—¿Tienes idea de dónde está? —preguntó—. ¿Qué es lo que sabes?

Era el momento que yo estaba esperando. Me senté y sorbí el café de mi taza.

—Pues, casi todo —respondí.

Mackenzie parecía sumergida en sus pensamientos. Por fin, elevó su majestuosa cabeza, coronada por su rizada cresta, y me echó una mirada directa, con los ojos brillantes por las lágrimas.

—¿Con que lo sabes todo, eh? —repitió.

Nada hubiera podido excitarme más. Por fin, la Reina de la Moda en persona reconocía que yo, Colin Beaumont, era en verdad el confidente de todo el mundo de la moda. Le di unas palmaditas en la mano.

—¿Quieres contármelo todo?

Por un instante me miró fijamente y, de pronto, retrocedió como una serpiente siseante.

—¿Por qué debería hacerlo? —gritó, clavando los ojos en mí—. Tú eres un hombrecillo bastante rarillo, ¿sabías? Lo que pasa es que, como eres un enano, puedes conseguir que todo el mundo te cuente sus secretos... O sea, que pareces creer que ser enano te da derecho a eso —estalló, con un puño en su boca, como si fuera una chica mala aterrorizada por su propia reacción—. Lo siento —balbució—. No quería llamarte enano.

—No importa, está bien —dije, haciendo un ademán clemente y generoso con la mano—. En realidad, soy un par de centímetros más alto que la medida oficial de los enanos.

Me miró.

—¿De veras? —sacudió la cabeza, como si no lo creyera—.

Bueno, ¡eso es maravilloso! —agregó, levantando su copa vacía, como si quisiera hacer un brindis por mí, y volvió a recostarse en el sofá—. Sí... te lo diré todo —continuó con un tono de cansancio—. Lo que pasa es que yo quería abarcar mucho, Colin. ¡Era como si nada fuera suficiente para mí! Los hombres me gustan demasiado. ¡Necesito que me admiren! ¡Necesito amor! ¡Necesito éxito! ¡Y todo en cantidades anormales! En eso consiste mi vida. Y ahora... —volvió a hundir la mano en su enorme bolso, mientras sus ojos se llenaban de lágrimas—. Y ahora, me parece que he perdido al único hombre que realmente he querido. ¡Y todo por mi tozudez! ¡Oh..., Colin!

Extendí los brazos hacia ella, mientras seguían manando sus lágrimas. Por segunda vez en esa mañana, una Reina de la Moda había apoyado su cabeza en mi hombro y había llorado. Fueran o no lágrimas regias, mi hombro corría serio peligro de contraer reumatismo.

Claro que lo sabía todo, por la sencilla razón de que soy de esa clase de personas a las que los demás tienden a hacerles confidencias. Y no sólo hacían confidencias: revelaban lo más profundo de su ser, sus secretos más íntimos. Y, dado que la vida de otra gente en verdad me interesa, supongo que escuchaba con un tipo de atención que escaseaba en el ambiente. La gente venía a mí y yo escuchaba sus problemas y los absorbía. Quizá, mucho de esto se deba a mi apariencia, que describiré más tarde. Por el momento, el lector puede creer que me parezco bastante a Cary Grant.

Para que me entiendan: cuando hace un año me retiré del mundo de la moda, sentí que tenía que hacer algo. Como soy un individuo demasiado activo como para conformarme con el cuidado del jardín, los secretos que había acumulado clamaban por salir a luz. Empecé a escribir un libro de chismes sobre el mundo que había dejado atrás. ¿Y cuál sería la gracia de ese relato, si no lo basaba en la gente de la moda a la que conocía tan bien?

Todos ustedes están implicados, aunque sea en una mínima parte, con mis personajes y con mi historia. Muy pocos de ustedes no poseen al menos un jersey, una funda de almohada, un delineador de ojos, un jabón o un conjunto de ropa interior que no ostente el nombre de *Gold* o *Anaís du Pasquier* o *David Winters*. Mis amigos se han convertido en millonarios, gracias a las compras que ustedes han hecho. Como si les hubiera servido de algo.

El fracaso en el amor es más amargo cuando ya se tiene todo. Es mucho más difícil de comprender. Mis Reinas de la Moda han dedicado sus días a la moda, olvidando a veces la razón por la que existe la moda. ¿Qué es lo que asegura que usted tendrá un aspecto maravilloso y deseable, que atraerá a su pareja? Mia Stanton y Mackenzie Gold solían pasar todo esto por alto. Porque, entiéndanlo ustedes, estar en la parte más alta de la copa del árbol de la moda significa hoy en día obtener beneficios de las sábanas y toallas, de los maquillajes y las colonias, de la ropa interior y de las maletas. Es un mundo muy diferente del que habrían podido soñar los antiguos grandes de la moda. Chanel era más que feliz conformándose en el N.º 5. A Christian Dior le alcanzaba con un par de perfumes y con aquel raro chal de seda. Ahora, ya no hay límites, y ser un diseñador de moda significa ser una persona de negocios, una figura para los medios informativos, ¡una estrella!

Para mí, la moda era un medio de vida. Cuando miro hacia atrás, hacia mis años de trabajo, compruebo que es muy triste que mi profesión sea hoy día casi inexistente. Fui el último de un linaje de artistas de la moda. Esgrimía el lápiz, la carbonilla y el pincel y le agregaba fantasía, exageración, interpretación de un nuevo estilo. Si Dior empequeñecía las cinturas, yo dibujaba cinturas de quince centímetros. Si Audrey Hepburn hacía de los ojos el punto clave, yo dibujaba ojos que hacían olvidar el resto del cuerpo. Amaba la moda, vivía para ella, soñaba con ella. Y dos veces por año, cuando París hacía que la moda se transformara en un tema de conversación mundial, allí estaba yo, en el momento en que se les quitaba el velo a las colecciones, con tanto secreto que estaba prohibido tomar fotografías. Sin embargo, autorizaban a tomar apuntes, y ahí era donde entraba yo. Mis bocetos salpicaban páginas y páginas de los reportajes sobre París. El artista de la moda tenía un cierto poder en los años 50 y 60.

Para que conste, es verdad que me faltan dos centímetros para que se me considere oficialmente un enano. Quiero decir, no me faltan, sino que me sobran esos dos centímetros para entrar en tal clasificación. Si hubiera medido un metro setenta y cinco, en lugar de un metro cuarenta y cinco, toda mi vida habría sido distinta. Es posible que esto sea sólo un espejismo, ya que además de ser pequeño, también soy bastante poco atractivo. Mi cara dista mucho de tener un perfil clásico, y mis ojos, a los que a veces se los ha llamado «bondadosos», se esconden detrás de gruesos cristales. En una industria donde la apariencia lo es todo, mi única posibilidad de sobrevivir era mi talento, y, por suerte, lo tenía: en mis dedos, en mis manos y hasta en mi nariz —era capaz incluso de olfatear la moda—. Habiéndome convertido en guía para que los editores de moda encontraran los mejores conjuntos de una colección, me transformé en un artista respetado.

Mi vida de trabajo estuvo consagrada por completo a la industria de la moda, pero cuando me retiré a esta casa en la Provenza, me dije a mí mismo que no quería volver a oír una sola palabra sobre la moda. Cancelé mis suscripciones a *Vogue*, *Bazaar*, *Divine* y encargué libros sobre jardinería. Pero no es tan fácil desprenderse de un hábito de toda la vida. La moda es la sangre que corre por mis venas, y no tardé en volver a suscribirme a todas las revistas. Cuando me disponía a dormir en este apacible ambiente rural, la moda continuaba dando saltos dentro de mi cerebro. ¡Cuéntalo!, gritaba. ¡Cuéntalo todo!

Al empezar mi novela, descubrí lo que miles de autores ya saben: los personajes sólo son creíbles si están basados en gente real que se ha conocido. Por lo tanto, empiezo por el principio, sin inventar una sola palabra; simplemente recordando lo que observé y lo que me dijeron, mientras yo escuchaba en silencio a todos esos grandes de la moda que venían a mí con sus confidencias y que habían presenciado muchos de los hechos que han conformado el presente que estamos viviendo.

Todo empezó un día en París, en 1962, durante la presentación de las colecciones de primavera...

Primera parte

1

Los altavoces en Pierre Balmain ronroneaban una mezcolanza de Piaf que resultaba pasada de moda hasta para París. El grupo de los artistas especializados en moda, que siempre son tratados en los desfiles como ciudadanos de segunda, había sido confinado a una atiborrada fila de sillas doradas al pie de una escalera. Colin Beaumont había conseguido un asiento central. Estaba por presentarse la primera colección de París para la primavera 1962. Pero, como Balmain no había abierto nuevas rutas a la moda desde hacía tiempo, la ocasión era más social que profesional. Los compradores norteamericanos y la prensa se saludaban entre sí a través del abarrotado salón; todavía era demasiado temprano para fingir mutuamente que poseían la primicia: se trataba de la presentación de una colección en la que podían mostrarse amistosos.

El rostro animado de la directora, Ginette Spanier, saludaba a los más célebres de los editores de revistas de moda. Se arrojaban besos al aire perfumado. Un periodista alemán fingió desmayarse, aspirando a un asiento mejor situado. Cuatro compradores japoneses fueron escoltados con gentileza hasta la salida, ya que su disfraz de «enviados de prensa» había sido detectado de inmediato por los sagaces ojos de la señora Spanier. De pronto se hizo callar a todo el mundo, como en una representación teatral de un colegio de párvulos.

La voz de una mujer anunció por el sistema de altavoces:

—Bienvenidos a la colección de primavera de Pierre Balmain 1962 «Jolie Madame». Les recordamos que los zapatos, en la colección de hoy, son de Pierre Balmain. Las medias y los *pantys* son de Balmain. Las pelucas son de Balmain. El perfume, de Balmain. Joyas y pieles, por Pierre Balmain. Y el maquillaje, de...

Mientras una modelo, grotescamente maquillada en exceso, descendía por la pasarela, un artista norteamericano gritó:

—¡Maquillaje por Walt Disney!

Todos los artistas rieron, mientras seguían tomando apuntes de cada ojal, de cada costura, de cada bolsillo producidos por el equipo de Pierre Balmain. Después de todo, se les pagaba para eso y había muchas más colecciones a las que visitar. Balmain era por lo general la primera que se mostraba, en una apretada semana parisiense en la que las grandes estrellas siempre aparecían al final. Como orgullosas bellezas que llegaran tarde a una fiesta, a conciencia de que todo el mundo las estaba esperando.

El vecino de Colin, un norteamericano que, a juzgar por su fisonomía, tenía sangre china, comentó:

—Estas pequeñas sillas doradas me provocan un cierto dolor dorado en el trasero.

Colin asintió, al tiempo que cambiaba de posición. Los sillones de honor, llamados *fauteuils*, estaban destinados a influir sobre los editores de moda americanos, alentándolos a quedarse despiertos. Los principales editores murmuraban acerca de este tratamiento especial, que incluía a Maynard Cowles, «la gran dama de la moda americana», y a su editora de modas, Coral Stanton. Ambas dirigían *Divine*, la superlujosa revista mensual que hacía que *Vogue* y *Bazaar* parecieran catálogos de productos de supermercados. *Divine* siempre llevaba por lo menos una temporada de adelanto: *Women's Wear Daily* la calificaba como «la revista de modas intelectual». Era la publicación en la que todo diseñador ambicionaba figurar, donde todo artista, fotógrafo o modelo soñaba aparecer. Su reputación se debía por completo a las asombrosas antenas para la moda que poseía Coral Stanton, a «su modidad», como *WWD* había bautizado a su capacidad. Obviamente, operaba a pesar de su jefa, Maynard Cowles, a quien se conocía en privado como «su aburridez».

Disfrutando de su reputación, Coral abrió el *New York Herald Tribune* para leer la columna de Hebe Dorsay, con lo que obstaculizaba la visión de varias personas que estaban detrás de ella. Los modelos iban desfilando ante su suprema indiferencia. Balmain publicitaba su perfume en las muy costosas páginas de *Divine*, de manera que esto era una visita de protocolo. Lo más que iba a hacer *Divine* sería incluir una fotografía de una creación de Balmain, simplemente para tenerlo contento.

A lo largo de la hilera se hizo llegar a Maynard Cowles, quien estaba empezando a cabecear, una pequeña taza de café. Los editores importantes recibían estas pequeñas inyecciones de cafeína hacia el final de la exhibición, para despejarlos del embotamiento producido por la recargada atmósfera y para reavivar sus recuerdos de las ropas que deseaban fotografiar. En el *finale* —por tradición, un vestido de novia— pedirían ver de nuevo algunos modelos, quizá para que su artista los bocetara. Esto producía la intensa furia de las *vendeuses* —maduras y elegantes vendedoras, vestidas de negro— que habían hecho entrar de contrabando al desfile para la prensa a sus clientes privados y parecían piafar, impacientes por tomar pedidos. Las *vendeuses* consideraban que la prensa era una pérdida de tiempo, porque el dinero estaba en los clientes privados, sostenían ellas, justo delante de tus ojos, donde lo podías ver. Un vestido de fiesta, junto con joyas de la familia, fotografiados en la Ópera, pagados con un cheque de una aristocrática cuenta familiar, era lo que la *haute couture* representaba para las *vendeuses* y que Dios se compadeciera de quien osara interrumpir este aceitado proceso.

—*Cette américaine* —escupió una *vendeuse*, mientras Maynard Cowles se acercó de súbito para tocar la tela de una invención de satén que navegaba por la pasarela.

Por cierto, no había ningún amor frustrado entre los franceses y los norteamericanos. Permitía toda clase de sutiles codazos y desprecios, incluyendo los de los compradores de Nueva York, con sus malos modales, que exigían una nueva pasada de los modelos, después de la colección, mientras mordisqueaban canapés y bebían champán ante la vista y paciencia de las modelos, que se morían de hambre y estaban a punto de desmayarse. No importaba: los franceses necesitaban los dólares y los norteamericanos necesitaban el *chic;* este intercambio lleno de resentimiento era lo que mantenía a la *couture* francesa.

Hubo una explosión de aplausos cuando la novia alcanzó el final de la pasarela, seguido del agitado movimiento de los periodistas que se preparaban para atravesar París a la carrera en dirección al próximo desfile. Colin Beaumont cerró su cuaderno de dibujo con un gesto aparatoso.

—¡Que *jolie madame* se vaya a tomar por culo! —murmuró.

Su vecino replicó automáticamente:

—Debería estar de suerte para eso.

El próximo desfile era en Patou, cerca de la Place de la Concorde. Colin habría compartido un taxi con alguien, pero por el momento permanecía sentado, contemplando el flujo de la gente. Se fijó en Catherine Deneuve, una joven actriz de la que había hecho poco tiempo antes un boceto para el *Vogue* francés. Cerca de ella, una muchacha del *Vogue* británico relucía de vaselina, como reacción al *look* muy elaborado. Colin pensó que parecía una patata cocida con mantequilla. Observó cómo un grupo de periodistas británicos acompañaba a Ginette Spanier a la oficina de prensa, donde ella distribuía lustrosos folletos en blanco y negro que servirían para sus columnas. En el salón principal, un asistente de prensa abanicaba a Maynard Cowles con unas gacetillas, mientras Coral Stanton recorría impacientemente con sus dedos el peplo de un vestido negro, la pieza fuerte de la colección. La modelo, pálida y cansada, hacía todo lo que podía para sonreír a la importante editora norteamericana.

De pronto, Coral se dio cuenta de que Colin las estaba mirando y lo saludó. El corazón de Colin le dio un brinco, mientras giraba la cabeza para mirar a quién saludaba ella. Coral volvió a saludarlo, al tiempo que gesticulaba con la boca un «¡Quiero verte!». Echando un vistazo a los grupos de clientes, compradores y *vendeuses* que se interponían entre ellos, Coral se encogió de hombros, garabateó algo en una libreta, arrancó la hoja y se la pasó a una joven asistente del salón, haciendo un gesto con la cabeza hacia Colin. Se quedó mirando a la muchacha que atravesaba el salón con un trozo de papel; un pequeño ángel que transportaba un mensaje que podía cambiar por completo el curso de su vida...

«La puta *chic* partió hacia París esta mañana», escribía aquella noche en su diario Mia Stanton. Había inventado este nuevo apodo para su madre —la puta *chic*— y se divertía usándolo con toda la frecuencia posible. «Anoche la puta *chic* y papá me llamaron al salón. Dijeron que tenían algo importante que anunciar. Y luego arruinaron totalmente mi vida. Toda la culpa de esto la tiene la puta *chic*...»

Mia tenía diecisiete años y el anuncio consistía en que sus padres habían decidido vivir separados.

—Tu padre ha tenido una excelente oferta de trabajo —le

explicó su madre—. Su compañía quiere construir en California para crear oportunidades de inversión y sería un tonto si no aceptara. Yo no tengo intención de vivir allí...

—¿Por qué no? —le preguntó Mia—. Eres su mujer.

Coral respondió con precipitación:

—No he trabajado tanto y durante tanto tiempo para echar todo por la borda y convertirme en un ama de casa californiana. Mia, desde hace algún tiempo tu padre y yo no nos llevamos muy bien. Tú no eres ninguna niña y debes de haberte dado cuenta. En vez de seguir haciendo infelices a tres personas, tenemos esta maravillosa oportunidad de cambiar nuestras vidas, ¡ahora! Todo será para mejor.

—No para mí —gritó Mia, que seguía mirando a su padre sin poder creerlo. Seguramente le diría que todo no era más que una broma, pero él desvió la mirada y se ruborizó. Era un hombre muy guapo, rubio, con una tez tostada por el aire libre y un espeso bigote. Se aclaró la garganta y levantó la mirada hacia Mia, con ojos lastimeros.

—Tu madre tiene razón —dijo por fin.

Hubo un silencio embarazoso. Mia hubiera querido que la invitara a partir con él. Pero él no dijo nada.

Al cabo de un momento ella barbotó:

—¿No puedo ir contigo?

Por las expresiones de las caras de ambos, su pregunta no había sido oportuna. Él no tenía intención de llevarla consigo y ahora su madre sabría —como si ya no se hubiera dado cuenta— que a su hija no le agradaba la idea de vivir sola con ella.

—Mira, querida...

Se acercó para rodearla con su brazo, pero Mia lo apartó. Por cierto deseaba que ese brazo la rodeara, pero eso la habría hecho llorar y era muy importante, en este momento crítico de su joven vida, mantener, al menos, algo que se pareciera al orgullo.

—No quiero que pienses que no te quiero mucho, mucho, mucho —dijo con torpeza su padre—. Pero...

—¡Oh, por favor! —lo cortó Mia, empezando a sollozar muy a su pesar. Miraba a uno y a otro con desamparo—. ¡Vosotros os casasteis el uno con el otro! ¡Y os casasteis para bien o para mal! Es vuestro deber... —Estalló en sollozos, incapaz de continuar.

—Mia, por Dios, no hagas de esto un melodrama —barbotó Coral. Cogió su bolso y sacó una billetera—. Mañana me voy a París y no tengo tiempo para que me den una conferencia sobre el matrimonio. Tú y yo vamos a sobrevivir. Tú te mantendrás en contacto con papá y, quizá, hasta pases las vacaciones con él.

El padre asentía.

—No trates de hacer que me sienta culpable —continuó su madre—. Hemos mantenido este hogar unido por ti. Aquí tienes algún dinero, mientras yo esté fuera. Te llamaré desde París. Estaré en el Crillon, como de costumbre. El número está al lado del teléfono, por si me necesitas.

Coral siguió hablando de asuntos prácticos. De enviar varios muebles a Los Ángeles. De pólizas de seguro. De abogados.

Mia confiaba a su diario: «Era como si yo no importara, como si no existiera. No sé cómo me las arreglaré sin papá. Él nunca habla o hace mucho, pero al menos estaba ahí, entre la puta y yo».

Esa noche, mientras trataba de dormir, pensó en su niñez.

—¿Por qué no me ama mamá? —recordó haberle preguntado una vez a su padre.

Su padre había explicado:

—Hay que tener en cuenta que mamá tiene un trabajo muy importante que hacer.

A lo largo de su niñez, siempre le habían repetido lo mismo:

—¡Quédate quieta por mamá, que está trabajando duro. No hables tanto por teléfono: mamá está esperando una llamada de importancia. Camina de puntillas, mamá está durmiendo. Ha tenido un día terrible. Mamá tendrá un gran día mañana.

Por supuesto, todo estaba relacionado con la revista. Seguramente la revista era la razón por la que su madre no podía ser una esposa para su padre ni una madre como las demás. Las maquetas y las pruebas tipográficas que estaban desparramadas por la casa eran un constante recuerdo de lo que regía sus vidas. Arrojadas contra una pared con desesperación, si a Coral no le gustaban, acunadas en sus brazos como un bebé, si le gustaban, eran la fuente de risas, lágrimas, celebraciones o castigos; *Divine* regía el clima anímico de la casa.

«Nunca me he sentido próxima a la puta *chic*», escribió Mia. «La única vez que nos hemos juntado ha sido en su precioso vestidor. Si sólo me hubiera regalado la mitad del amor y la atención que brindaba a sus ropas, a mí...»

Cuando era pequeña había pasado tardes enteras en los inmaculados ámbitos de los vestidores de Coral. Tocando las ropas, aspirando el perfume que desprendían, creía acercarse a la esencia de su madre. Adoraba el abrigo de brocado de Dior para ir a la ópera, el jersey blanco drapeado de Gres, liviano como una pluma. El traje de cardigan de Chanel con sus cadenas cosidas en los bordes. Acariciaba las telas con sus dedos, mirando la parte de adentro e investigando los forros plateados y las etiquetas. Una vez al año, los modelos pasados de moda eran desechados y vendidos o confinados al «museo» del ático. Los nombres por sí mismos eran fascinantes para Mia: Mainbocher, Dior, Bill Blass, Norman Norell. A algunos de esos grandes de la moda los había encontrado en el coctel anual en las oficinas de *Divine*. Para esas fiestas, un famoso estilista se ocupaba del cabello de Mia. Ésta se ponía su mejor vestido y se dedicaba a servir *canapés*, mientras disfrutaba de la gente refinada que alborotaba a su alrededor.

Después de contemplar las ropas de Coral, se dirigía a los zapatos. Algunas veces su madre la había encontrado en el vestidor y sonreía con aprobación.

—Míralos, siéntelos —la urgía—. ¿Ves éstos? Fueron hechos para mí por un mago de París, Roger Vivier. Él inventó este pequeño tacón cuadrado.

Mia se quedaba mirando fijamente los zapatos, perfectas almendras de satén en sus árboles de alambre rígido: el lujo, la perfección la maravillaban. Otros niños tenían juguetes; ella tenía los zapatos de su mamá.

—Cuestan más de cien dólares —susurraba Coral—. No se lo cuentes a papá: no lo comprendería.

¡Era una cantidad de dinero increíble! Cuánto debía valorarse a sí misma su madre para vestir sus pies de forma tan cara.

Mia le preguntaba en secreto:

—¿Cuánto cuestan estos vestidos, mamaíta?

Coral se reía de buena gana.

—¡Más de mil dólares, querida! Pero mamaíta consigue un precio especial de sus amigos diseñadores. A veces, le regalan estas prendas para que mamaíta las use y todo el mundo las vea y las admire. Si mamaíta usa algo, todo el mundo quiere usarlo.

Más tarde en su vida, la extremada elegancia de su madre iba a constituir una fuente de terrible embarazo para Mia. Pero, mientras todavía era una niña, contribuía al encanto y maravilla de su madre, que iba tejiendo una aureola de cuento de hadas a su alrededor, poniéndose fuera del alcance de su hija. Esa mezcla de maravilla y desengaño, de anhelo y de resentimiento por no ser querida, obnubilaba los sentimientos de esta hermosa niña, la confundía y hacía difícil su vida. Desde su infantil perspectiva, todo lo que sabía era que su madre no tenía tiempo para jugar con ella. Las pilas de papeles y las fotografías le impedían llegar hasta su regazo y ella le brindaba muy poco afecto o calidez.

La calidez que tuvo en su infancia había provenido de su padre y del mejor amigo de su madre, Wayland Garrity, que era una especie de tío honorario. Él la había tenido sobre sus rodillas, la había llevado a pasear al aire libre y había jugado con ella. Tenía un trato muy cariñoso con Mia y ella lo quería, aunque alguna vez había escuchado que su padre le decía a su madre:

—¡No es un hombre de verdad!

Esto la había intrigado, pero, desde temprana edad, Wayland había pactado con ella que nunca se dirían otra cosa que la verdad el uno al otro y Mia confiaba en él. «Nada de trastadas», había prometido él y había sido la primera vez que un adulto había usado una expresión de los mayores para dirigirse a ella; eso había hecho aumentar el respeto de Mia hacia él. Su padre y Wayland siempre habían estado a mano para explicarle las cosas y las actitudes de su madre. Coral, por su parte, la trataba como si fuera una de sus lectoras, a quien había que dar lecciones sobre ropas y elegancia.

—Cuando compres ropas, compra pocas, ¡pero que sean siempre las mejores! —era el consejo de Coral—. ¡Compra un único vestido maravilloso, un único traje espléndido! Siempre quedarás muy bien y siempre te gustará usarlo.

—Pero yo quiero montones de ropa, mamaíta —solía decir Mia, y Coral reía con su risa áspera, cerrando el vestidor y poniendo sus tesoros bajo llave.

Mia se sentía fascinada por la moda —era la clave para

llegar hasta su madre, para conseguir que la atendiera, para despertar su interés—. Le encantaba visitar las oficinas de la revista, donde gente pintoresca que usaba ropas fantásticas y caras pintadas reía, lloraba, se besaba y transformaba la vida en una ópera cómica. *Divine* era un mundo de fantasía, distinto de cualquier otro mundo, porque creaba sueños.

—¡Estamos años por delante de nuestros rivales! —alardeaba Coral, mientras recorría las páginas de un nuevo ejemplar de *Vogue* o *Bazaar*—. ¡Años por delante!

Para una niña, éstas eran palabras mágicas. Mia las iba bebiendo, poco a poco imaginándose que su madre vivía en una época futura, más allá de los comunes mortales. Cuando Coral volvía a casa por la noche, Mia imaginaba que regresaba a toda velocidad como si saliera de una máquina del tiempo para aterrizar en Scarsdale.

—¡El último lugar del universo en que habría querido vivir! —decía Coral con frecuencia. Pero Harry Stanton se había puesto firme y había insistido en que su hija debía vivir en un vecindario seguro y tranquilo y no en el Manhattan al que Coral aspiraba.

A la mañana siguiente del anuncio del divorcio, Coral entró en el cuarto de la muchacha, perfectamente maquillada y lista para entrar en la limusina que *Divine* había enviado para conducirla al aeropuerto en un santiamén.

—Adiós, querida. Nos veremos en una semana. ¡Sé buena!

—Que tengas buen viaje, mamá —dijo Mia todavía soñolienta. «Espero que se estrelle el avión», pensó, incapaz de aceptar la idea de vivir sola con ella. Se imaginaba a sí misma como una adolescente sin madre, cosa que obligaría a su padre a llevarla con él. «Nadie me quiere. Ésa es la verdad», pensaba. Se revolvió en la cama tibia y cayó en un sueño de tristeza.

Colin Beaumont se encontró con Coral Stanton al día siguiente del desfile de Balmain en la *suite* de ella en el Crillon. ¡La mujer que tenía el poder de crear carreras de un día para el otro, lo quería ver a él! Colin llevaba puesta su indumentaria de hambriento-en-una-buhardilla, lo cual no distaba mucho de la verdad: tejanos y un jersey negro con cuello polo.

—¡Colin! —lo saludó Coral a gritos cuando lo introdujeron en la abarrotada *suite*, sonriéndole por encima del fotógrafo y sus ayudantes, de las modelos, los estilistas, los peluqueros y los maquilladores.

Coral usaba su propia *suite* como escenario de fondo para su operación París. «Brillante», pensó Colin. Reconoció al fotógrafo Helmut Newton, quien estaba adquiriendo cierta reputación por sus fotografías eróticas, con las que había logrado que, por primera vez en la historia de las revistas, la moda se volviera sexy.

Las revistas libraban un combate mortal en la época de las colecciones, para ver cuál podía ser la más original. *Bazaar* había alquilado una tienda de circo, con su gente y sus animales, donde las modelos hacían equilibrios precarios sobre elefantes y cuerdas flojas. Avedon había preferido modelos que corrieran a lo largo del Pont Neuf en medio de la noche, mientras los reflectores lanzaban relámpagos de verano. Las ropas de la *couture* sólo salían de los salones de exhibición por la noche: durante el día eran necesarias para los continuos desfiles ante clientes y compradores de tiendas.

En la *suite* de Coral, las modelos se pintaban los labios, inclinándose ante los dorados espejos rococó, posaban contra las paredes *art-deco* del cuarto de baño o jugueteaban sobre camas deshechas, que los estilistas arrugaban artísticamente. Una criatura alta y gloriosa remojaba un *croissant* en una taza de chocolate, mientras Helmut Newton iba disparando su cámara y murmurando frases de aliento y los estilistas arrojaban rosas rojas y frescas y ejemplares de *Le Figaro* y del *Herald Times* sobre la cama.

—¿No es un manicomio? —dijo Coral llena de felicidad.

Colin se había sentado en una silla apartada, pero Coral le indicó «¡Aquí!» y él tuvo que levantarse y atravesar la habitación delante de todo el mundo. Sentía que nunca iba a sobreponerse a la idea de que era raro y feo. Decidió mantener alta su cabeza y pensar en Toulouse Lautrec.

Coral ya estaba conversando con un peinador, cuando consiguió llegar hasta ella. Era delgada como un lápiz y con una carita más bien malvada, se dijo Colin, pero por cierto sabía extraer partido de todo lo que tenía: piel blanca, nariz aristocrática y azules ojos inteligentes, casi astutos. Un cabello teñido de rojo y con un peinado alto y alborotado. «Le sobra *chic*», pensó Colin. Los labios escarlata de Coral eran un poco faltos de generosidad. Colin había oído comentar que estaba por divorciarse.

Coral miró a la modelo que había estado posando con su falda levantada hasta la cadera.

—Lo nuevo de esta falda es su plenitud, Helmut —le dijo al fotógrafo—. Soy muy partidaria del *risqué*, pero quiero ver esas ropas, querido.

Tiró la falda hacia abajo, hasta el nivel de las rodillas.

—¡Ahora!

Guió a Colin hasta un pequeño vestidor, llevando en la mano su carpeta de apuntes.

—Eres un ángel por haber llegado tan rápido.

Colin sonrió. Como si ella no supiera a ciencia cierta que cualquiera que estuviera en el negocio habría dejado todo lo que estuviera haciendo para acudir a toda prisa. La oportunidad de ser publicado en *Divine* superaba todos los obstáculos.

—Me encantó lo que hiciste para el *Vogue* francés —dijo ella al tiempo que se sentaban uno frente al otro—. Los retratos de la Deneuve resultaron exquisitos. Yo lo habría puesto a doble página. No sé si te interesan mis sugerencias, pero pienso que un estilo más rudo podría agregar un montón de picante.

—¿Rudo? —Él había oído decir que Coral era una creativa entrometida.

Coral se inclinó hacia él.

—Balenciaga y Givenchy no muestran nada a la prensa hasta un mes después de hacerlo las otras casas. Ellos no necesitan a la prensa. *Son* la moda y su clientela lo sabe.

—Estoy de acuerdo.

—Esta vez Hubert me ha dejado ver algunos conjuntos sin terminar. Todavía están hilvanados, por lo que me gustaría verlos bocetados. Pero de una manera muy libre y a mano alzada, como si fueran folios arrancados de un cuaderno de apuntes.

—¿Cuántas páginas llevará esto?

—¿Cuántos conjuntos puedes extraerle con tu encanto?

—No lo sé. Quizá le dará lástima este desdichado artista y me arrojará algunas migajas más de su tablero de dibujo.

—¡Colin! —Coral se irguió como movida por un resorte—. Jamás quiero oírte hablar de ti mismo de esa manera. Jamás, ¿me has oído?

Él sonrió, conmovido. Se miraron fijamente el uno al otro,

sintiendo un instante de acercamiento. Un ayudante asomó la cabeza:

—Señora Stanton. ¡A Dorothy no le gusta el Patou!

—¿Ah, con que no le gusta? —Coral se levantó de un salto—. Colin, llama mañana al señor Givenchy. Necesitaré los bocetos para llevármelos a Nueva York el viernes. ¡Buena suerte!

Mientras abandonaba la *suite*, Colin oyó la voz autoritaria de ella:

—¿A ver, qué es esto, Dorothy? ¿Preferirías recorrer arriba y abajo los bulevares de París tal como *Bazaar* hace que trabajen sus modelos? ¿O te pondrás el maldito Patou y te echarás en esa cama?

Colin anduvo todo el camino hasta la estación de metro sin poder desprenderse de la sensación de vértigo que le había producido Coral. ¿Estaré enamorado de ella?, se preguntó. Pero, ¿por qué una mujer como ella iría a fijarse en mí? Un artista de modas del tamaño de una colilla enana. No lo hagas, se aconsejó a sí mismo. Usa tu altura. Haz de ella un capital y no un déficit. Coral sólo le prestaría atención si él se transformaba en el mejor artista o el mejor amigo que hubiera tenido y Colin quería ser ambas cosas.

Al día siguiente bocetó ocho conjuntos en Givenchy. El nombre de Coral había abierto todas las puertas. Hubert de Givenchy en persona salió a recibirlo, vestido con una bata de sastre, y actuó con la perfecta corrección que se podría esperar de un conde, aunque se rumoreaba que el título había sido comprado para él por su mentor, Balenciaga. Los dibujos de Colin acabaron desplegados a cuatro páginas en la edición parisina de la revista y Colin y Coral inauguraron una nueva línea en la maquetación de *Divine*.

Colin comprendía la orientación, la quintaesencia de la moda. A veces veía mucho más en un conjunto que lo que el propio diseñador había pretendido lograr. A su modo, iba a influir en la moda de los años 60 tanto como una Quant o un Courrèges. Cuando el ejemplar de *Divine* lanzó su carrera en América, empezaron a llegar llamadas de agencias de publicidad y de publicaciones. También Coral quería más dibujos. Colin empaquetó sus pocas pertenencias y abandonó París con un billete de ida sola a Nueva York. Coral había cambiado su vida. Un día él cambiaría la de ella.

2

—¡Estoy haciendo una limpieza general! —gritaba Coral desde lo que una vez había sido el vestidor de su marido—. ¡Estoy eliminando todo lo que no lleve la etiqueta de un diseñador!

Acababa de llegar de París, al día siguiente de la partida de Harry Stanton, y no perdía tiempo en apropiarse del espacio extra que le brindaba ese vestidor.

Mia la contemplaba desde la puerta. Coral llevaba unos pantalones ajustados de terciopelo negro, una amplia blusa blanca de seda y, como una muestra de que estaba dedicada a tareas domésticas, se había puesto un pañuelo rojo en la cabeza. Parecía una bailarina de alguna compañía de danzas modernas, perfecta para una foto en *Divine*, cuyo pie podría decir ingeniosamente: «Indumentaria para limpiar el piso después de que se ha ido el marido».

—¿Te preguntó alguna vez papá si podía tener mi custodia? —inquirió de pronto Mia.

—¿Custodia? —contestó Coral como un eco—. ¿De ti?

Se sentó sobre sus talones y estalló en carcajadas. Cuando terminó de reír, sus ojos se entrecerraron.

—Mia, acabas de ver a un hombre de cuarenta y ocho años que ha abandonado todas sus responsabilidades y ha partido alegremente a la tierra donde el sol permite estar bronceado todo el año. ¿Qué diablos piensas que querría hacer con una hija de dieciocho años?

Mia bajó la vista.

—¿Y si yo me encargara de cuidarlo?

—Lo más probable es que esté saliendo con una muchacha tan joven como tú. Piensa cómo te sentirías de embarazada acerca de eso, con lo puritana que eres.

Los ojos de Mia estaban al borde de las lágrimas, pero se enfrentó con resolución a la fría mirada azul de su madre. Coral sacudió su cabeza y volvió a la tarea de cortar papel para forrar los estantes.

—Estamos aquí, Mia, sin tu precioso papaíto. Lo que tenemos que hacer es enfrentar la situación de la mejor manera posible.

—¿Cómo? —La boca de Mia se curvaba hacia abajo y por fin la muchacha se abandonó a las lágrimas. Estaba furiosa consigo misma por haber sido tan débil—. ¡Eres siempre tan malvada!

—No es precisamente halagador verte gimoteando y añorando a tu querido y perdido papaíto —disparó Coral.

—Si hubieras pasado más tiempo con él, en vez de hacerlo con tu estúpida revista...

Coral sonrió con acritud.

—Mi estúpida revista es la que paga las facturas. Tu padre no era el gran proveedor. Escucha, Mia, toda chica adora a su padre y odia a su madre. Así de tópico es el asunto. Tratemos de ser un poco más originales, ¿eh?

Mia se volvió y corrió hacia su habitación. Coral se mordió el labio, mientras apretaba una chincheta. Mia ya le había costado un ascenso rápido en la revista. Tiempo atrás, cuando estaba embarazada y trabajaba en *Divine*, su jefe, Maynard Cowles se encontraba en plena batalla contra un brote de alcoholismo. Lloyd Brooks, el presidente y editor de la revista, había llamado a Coral a su despacho. Siempre había flirteado con ella y Coral nunca lo había desanimado, pero, después de lanzar una mirada a su abultado vientre, había murmurado: «¡Oh, olvídalo!». Coral tenía la absoluta certeza de que, de no haber estado llevando a Mia en su seno, se habría convertido en la más joven jefa de redacción en la historia de *Divine*.

Maynard se había sometido a una breve y bastante cara rehabilitación en un discreto sanatorio elegante y el personal de modas había cubierto el puesto de Coral. «Yo habría sido jefa de redacción y Maynard habría quedado a la cola», pensaba Coral con amargura. No podía mirar a Mia sin recordar lo que había perdido.

Madre e hija observaron una difícil tregua durante las siguientes semanas. Intentaban ser muy corteses en su trato. Todo parecía funcionar, hasta que, una tarde, Mia volvió de la escuela para encontrarse a Coral que estaba de vuelta en casa más temprano que de costumbre, las cortinas corridas y un vaso de *scotch* en la mano. Era algo tan insólito que Mia sintió un escalofrío de miedo.

—¡Algo le ha pasado a papá! —intuyó.

—Siéntate, querida —dijo Coral con voz neutra.

Mia obedeció automáticamente y la contempló con fijeza. Coral estaba borracha.

—Tu padre ha fallecido esta mañana en un accidente de coche —declaró Coral.

Mia continuó con la mirada clavada en su madre. Por una vez sus ojos estaban fuera de foco y el brillante azul se había quebrado en astillas.

—¡Bueno, nunca fue el mejor conductor del mundo! —dijo Coral de pronto. Tragó más *scotch*—. ¡Esas autopistas de mierda!

La conmoción producida por esta palabra distrajo a Mia. Seguía mirando cómo Coral bebía una y otra vez de su alto vaso. Se habían acabado las llamadas telefónicas semanales que con tanta ansiedad esperaba. No había ya ningún papaíto que la esperara en California, bañado en la luz del sol. El plan de visitarlo en el verano se evaporó como una nube de Beverly Hills. Ya no podría visitarlo, ya nunca podría volver a verlo.

Coral extendió sus brazos con ademanes de borracha.

—Ahora nosotras somos la única familia que tenemos, querida. Deberíamos considerarnos mutuamente seres muy preciosos. Trabajemos para eso. Las palabras clave de esta década son «relaciones» y «amor». ¿Podemos ponernos a trabajar en nuestras relaciones y nuestro amor? Hay algo dentro de mí que me dice que el amor está aprisionado. Ayúdame a encontrarlo, Mia.

Mia continuaba con los ojos clavados en ella con incredulidad. «Demasiado tarde», habría querido decir mientras sostenía a su madre que lloraba. Sí, demasiado, demasiado tarde. No dijo nada, pero había una parte de ella que culpaba a su madre por aquella pérdida y que la iba a seguir culpando siempre.

«No me importa, no me importa, no me importa...» Mackenzie Goldstein se repetía mentalmente esas palabras, mientras Norman Gershon, un joven de diecisiete años con muchos kilos de más, echado sobre ella y con el sudor goteando de su nuca, la penetraba. Era 1962 y Mackenzie estaba perdiendo su virginidad. Tenía dieciséis años y deseaba con desesperación una chaqueta negra de piel.

—¡Date prisa Norm! —gritó un chico a través de la puerta del trastero donde estaba la caldera.

—¡Cierra el pico! —aulló Norm como respuesta, justo cerca de la oreja de la muchacha.

Mackenzie puso los ojos en blanco, pero las ropas eran demasiado importantes. ¿Qué significaba una hora de incomodidad y aburrimiento? Al cabo de esa hora, estaría en posesión de la chaqueta y eso era todo lo que le importaba. Le había dicho a su hermano que estaba dispuesta a todo para conseguirla, hasta a trabajar en la tienda de su padre, y a su hermano se le había ocurrido aquello.

—Veinticinco cada uno —les dijo Reggie a cuatro ansiosos muchachos que estaban reunidos en el oscuro cuarto de calderas, debajo de los apartamentos.

—¿Vale, Mac?

Mackenzie se encogió de hombros.

—No me desnudo, tiene que ser a oscuras y todo el mundo tiene que usar un condón.

—¿Vale, chavales? —preguntó Reggie y ellos asintieron con un murmullo.

El suelo del cuarto de calderas era de cemento duro. Reggie bajó dos mantas y les pidió a todos los muchachos que le entregaran sus chaquetas. Aun así le dolía la espalda mientras Norman estaba encima de ella.

—¿Qué pasa, Norm? —preguntó uno riéndose—. ¿Es que no sabes hacerlo?

—¡Me estoy por correr! —gruñó Norman al oído de la chica.

—¡Pues córrete de una puñetera vez! —urgió Mackenzie. Era una violación: romper y entrar, pensaba con desagrado. Eso que las chicas deben aguantar para conseguir lo que quieren.

—¡Ohhh! ¡Ahhh! —gritó Norman. Cayó desfallecido sobre Mackenzie y ella lo empujó para apartarlo.

—Hay Kleenex detrás de ti. ¡No te quedes dormido encima de mí, pedazo de tronco! Dame la pasta y recuerda esto: si se lo cuentas a alguien, te juro que Reggie te matará.

—Sí... sí...

Norman se limpió y con una sonrisa subió la cremallera de sus pantalones. Incómoda, ella cambió de posición en el lecho improvisado, a la espera de su cuarto visitante. Seguía pensando en la chaqueta de piel que ya se había probado tres veces. Tenía un aspecto fantástico. ¡Y era tan suave!

Sólo quedaba el cuarto muchacho, vacilante ante ella. Mackenzie no lo conocía.

—¡Date prisa! —lo urgió—. ¿Te has puesto la goma?

—Sí.

Se bajó los pantalones y se puso sobre ella. Ella olió su lavanda inglesa, mientras lo guiaba hacia su vagina.

Estos torpes y robustos chicos del Bronx fueron su primer acercamiento al sexo. Después de aquello, no sintió muchos deseos de buscar más. La actividad sexual no consistía más que en tener paciencia. Esperar, mientras un tío bufaba y jadeaba. Uno había tratado de tocarle los pechos, pero ella le había apartado las manos. Ninguno se había atrevido a besarla. Los condones habían sido revisados con todo cuidado.

—No tengo la menor intención de quedarme preñada ni un minuto antes de cumplir treinta años —había jurado Mackenzie. Quizá ni siquiera para entonces; tener niños no era *chic*, a menos que tuviera montones de pasta.

Se dio cuenta de que el muchacho que estaba encima de ella era distinto. Aunque ella se limitaba a yacer ahí, como había hecho con los otros, él la sostenía de un modo diferente, rodeándole el cuerpo con los brazos. No la manoseaba, sino que se movía lentamente con cierta delicadeza. Mackenzie sintió que se excitaba y se mojaba allí abajo. Después de unos minutos silenciosos de cadencioso movimiento, el muchacho aumentó la velocidad y ella sintió que la invadía un orgasmo. Se aferró a sus hombros, pero mantuvo la boca cerrada y sólo después de que el muchacho hubo llegado a su clímax, le preguntó cómo se llamaba.

—Eddie —dijo con suavidad al tiempo que se levantaba los pantalones—. Tu hermano es macarra, ¿sabías?

—Bueno, de todas maneras lo disfrutaste. ¿De qué te quejas?

—También tú lo disfrutaste.

Mackenzie se puso de pie y lo empujó hacia la puerta.

—Aquí tienes tu chaqueta. Si llegas a contarle algo a alguien, haré que mi hermano te mate, ¿entendido?

El muchacho se fue con los otros y Mackenzie comenzó a recoger las mantas. Retornó deprisa a su apartamento y tomó un largo baño. Ya en su dormitorio fue contando los dólares con avaricia. Ahora había que ocuparse de la parte creativa del problema: cómo explicar a su madre dónde había conseguido el dinero.

A sus dieciocho años, Mia era hermosa. Tenía el aspecto rubio norteamericano auténtico de su padre. Era alta y llevaba el cabello largo hasta los hombros. Su amiga Karen decía que los llevaba así porque quería ser lo opuesto a su madre, cuyo peinado consistía en llevar el cráneo casi afeitado. La opinión de Coral era que el *look* de una mujer verdaderamente moderna residía en un cabello muy corto. Mia temblaba en las pocas oportunidades en que Coral aparecía en los acontecimientos escolares, porque temía los comentarios que sobrevenían.

—¿Tu madre es una actriz o algo así?

—No, es editora de modas.

—¡Vaya! Por cierto tiene un aspecto bastante raro.

Coral era muy efectista para vestirse. La rapada cabeza con su anguloso corte de cabello quedaba resaltada por las voluminosas capas y abrigos, las bufandas, los chales y los pañuelos. Deseaba que Mia se vistiera como ella, pero tropezaba con una feroz resistencia. Cualquier cosa que ella le compraba, Mia se encargaba de cambiarla. Le añadía una blusa, un chal fruncido o algún detalle que suavizara la línea.

—¡Mal, mal, mal! —suspiraba Coral, cuando veía la versión de su hija—. Haces que se parezca a algo salido de *Little Women*.

Casi todas las tardes, Coral se mantenía ocupada en reuniones fuera de horario y en cenas de negocios. Cuando terminaba su último compromiso, invitaba a Wayland a cenar. Wayland Garrity había sido nombrado hacía poco director de la tienda más elegante de Nueva York, Headquarters, conocida en el gremio como HQ. A Mia le gustaban las visitas de él; iba corriendo a saludar a su amigo. No se habían visto desde hacía meses...

—Te has puesto preciosa, muñequita —dijo él.

Cogió la barbilla de Mia y la examinó con aire profesional mientras Coral preparaba las bebidas.

—Has heredado los mejores rasgos de cada uno de tus progenitores.

Mia relucía, encantada de la atención que se le dispensaba. Coral regresó junto a ellos, sosteniendo los martinis.

—¿Cuáles son mis mejores rasgos, Wayland? —preguntó y le entregó la copa.

Él rió.

—Coral, querida: cualquiera que se maquille con tanto esmero como tú conoce a fondo cada milímetro de su rostro.

Coral le alcanzó un coctel a Mia y dijo:

—Mia, quiero que te unas a este brindis. Ésta será la última vez que cenarás en esta casa, Wayland.

—¿Sólo porque dije que Mia es hermosa?

—¡No! ¡Es que estallo de ganas de decirlo! ¡Nos mudamos a Manhattan!

—¿Qué? —gritó Mia.

—¿Os mudáis? —repitió Wayland.

—Encontré un piso divino a pocas calles del tuyo, en la calle cincuenta y siete —anunció Coral y se sentó cruzando las piernas con sumo cuidado. Siempre se vestía bien cuando recibía a Wayland y aquella noche se había puesto un conjunto negro de Dior con pantalones—. Queda casi enfrente del Carnegie Hall. ¡Unas habitaciones de maravillosas dimensiones! Volver a vivir en un piso será como estar en el cielo. —Y bebió otro sorbo de su martini.

—Pero..., pero..., ¿qué va a pasar con esta casa? —preguntó Mia.

—¡Está en venta desde esta mañana! —se jactó Coral, y añadió—: ¡Mantén ordenada tu habitación!

—Yo... —tartamudeó Mia—. Pero, ni siquiera me preguntaste lo que yo pensaba.

Coral rió con su risa metálica.

—¿Lo que tú pensabas? ¿Te das cuenta, Wayland, lo que son los hijos, hoy día?

Wayland le echó a Mia una mirada cargada de simpatía.

—Coral, éste es el único hogar que Mia ha conocido. Aquí están sus raíces...

—Bueno, pues yo la voy a trasplantar. —Coral volvió a llenar su copa—. No sucederá nada, créeme. Ya verás las vistas que tiene ese piso. Es un lugar que exige fiestas con tragos largos y con multitudes de gente. Un pianista que ponga música, luces brillantes... ¡Ay, Wayland! Sobre eso necesitaré tu asesoramiento! ¡Eres tan genial para la iluminación!

Mia huyó de la habitación.

—¿Qué haré con esta chica? —le preguntó Coral a Wayland y tragó otro sorbo de su bebida.

Wayland hizo un chasquido con la lengua.

—Me parece que le has arrojado las noticias de una manera un poco brutal.

—¿Ah, eso te parece? Harry Stanton me tuvo enterrada aquí durante diecisiete años. Los aguanté por Mia. Ahora me voy al lugar que me corresponde. ¡Tendré fiestas, diversión, hombres! ¡Sí, hombres, no pongas esa cara de asombro! He descuidado de una manera lastimosa mi vida personal.

—¿Y por qué no tratas de mejorar tu relación con Mia? —sugirió Wayland.

—Estoy aburrida de hacer intentos para llevarme bien con ella —suspiró Coral, sirviendo otro trago para ambos—. A sus ojos soy una criminal. Piensa que yo maté a su precioso papaíto. Mira, querido, lo cierto es que nunca quise tener hijos.

Wayland se quedó mirándola fijamente, mientras ella encendía un cigarrillo.

—No me mires así. Bien que me gustaría quererla. Era un bebé precioso, ¡con esos ojos azules! Pero, a medida que fue creciendo, empezó a adorar a su padre y siempre estaba de su lado. Entre los dos hicieron todo lo que pudieron para hacerme sentir tan puñeteramente culpable por no ser la mejor y más perfecta ama de casa suburbana que... Bueno, cualquiera podía darse cuenta de que yo no era eso.

—¿Y por qué diablos te casaste con él? —preguntó Wayland.

—Era ingenua —rió Coral—. Quería escaparme de mis padres. Mia fue un accidente. Primero mis padres quisieron destrozar mi estilo, después mi marido, ¡y ahora mi hija! Pero esta vez nadie podrá impedir que haga exactamente lo que quiero.

Desde su cuarto, Mia llamó por teléfono a su amiga Karen.

—¡Mamá ha puesto en venta esto! —barboteó al teléfono—. ¡Viviremos en la ciudad! ¡Oh, Karen, quisiera matarme!

—¡No seas tonta! Iré a visitarte y me quedaré los fines de semana. Vamos a encontrar lugares realmente divertidos. ¿Piensas contárselo a Bob Wilkes?

—Ni siquiera se dará cuenta de que me he mudado.

—¿Bromeas? Mañana iré corriendo a decirle: «¿No te parece terrible que Mia Stanton se mude a Manhattan?».

—No...

Aquella noche, Mia se quedó en la cama, mirando por la ventana y pensando. Su última salida con Bobby había sido un desastre. La había llevado a casa en su coche de regreso del cine y trató de tocarle los pechos. Ella salió del coche llena de pánico, sin decir siquiera buenas noches. Fue la última vez que vio a Bobby, un muchacho alto y tranquilo, que poseía una calmosa forma de obtener éxitos deportivos. Fuera o no un héroe del colegio, Mia no veía por qué una cita le daba derecho a ponerle las zarpas encima. Había pensado que podía ser divertido besarlo, pero Bobby se había mostrado demasiado torpe, impaciente y precipitado. Mia sintió pánico y náuseas cuando empezó a tocarla. Se dijo a sí misma que, si un hombre quería besarla o tocarla, tendría que ser muy delicado. Aquella noche lloró en su cama. La vida que le esperaba parecía muy triste.

El cambio de casa resultó todo lo melodramático que Coral era capaz de inventar. Todos los muebles fueron a subasta; Coral estaba convencida de que había que borrar el pasado. Ésta era su oportunidad para volver a crear, para reinventarse a sí misma. Podía volver a erguirse en Manhattan. Un decorador joven y de vanguardia barrió con todo en el piso y empezó a distribuir luces y asientos de diseño por todas partes. Los objetos quedaban en secreto en muebles escondidos, dejando los cuartos vacíos y despojados. Sobre una mesa de café baja y lacada se apilaban montones de libros nuevos. Una cocina reluciente de acero inoxidable desafiaba a cualquiera a mancharla con comida. El escenario estaba preparado para Coral, una dama de alta tecnología, resplandeciente y creada por sí misma. Tenía cuarenta y cinco años y se encontraba en la cumbre de su profesión. Sólo le faltaba trepar el último escalón: el peldaño en el que Maynard Cowles se sostenía precariamente.

3

«Es como un arcón tonto de alta tecnología», escribió Mia en su diario. Ese piso no parecía un hogar. Se inscribió por un año en la Universidad de Nueva York, para realizar estudios generales. Coral había pensado que iba a continuar con el colegio, pero Mia tenía otras ideas.

Wayland vivía a tres calles y pasaba tanto tiempo con ellas que era casi como tener padre de nuevo. Para Coral y Wayland estar juntos era mutuamente beneficioso. HQ, la tienda más a la última moda, trabajaba en estrecha relación con *Divine*. Si la revista anunciaba con trompetas el azul naval, era una apuesta segura que la mayoría de los escaparates de la tienda de la Quinta Avenida no mostrarían ningún otro color. Planeaban estas promociones, y todo lo que estuviera bajo el sol de la moda, en el piso de alguno de los dos o mientras cenaban en el restaurante que estuviera más de moda.

Mia se preguntaba qué pensaría la gente de ese pequeño y raro trío: Coral con un turbante y una capa aparatosa, Wayland vestido como un sobreviviente de los años 20, con su traje impecablemente cortado, corbata con alfiler y una cabeza brillante y casi calva. Había entrenado a Mia en su pasión favorita: Mia se sabía de memoria la mayoría de las frases de Bette Davis; sabía también cómo juguetear con un cigarrillo imaginario mientras las repetía.

Fue Wayland la primera persona a la que Mia confesó sus ambiciones a las pocas semanas de haberse mudado a Nueva York. Después de una de sus caminatas dominicales por Central Park, terminaron en la heladería de Rumplemeyer y allí le anunció:

—¡Seré la próxima Chanel!

Sostenía contra sus labios la pequeña cucharilla cuadrada del helado, disfrutando de su frescura.

—¡Oh, muñeca! —exclamó Wayland tomándola de la mano—. ¡Qué maravilloso! ¡Coral estará delirando de alegría!

—Todavía no lo sabe. Eres la primera persona en el mundo que se entera. Supongo que llevo la moda en la sangre, pero quiero hacerlo a mi manera y no a la de mi madre. ¡Prométeme que no se lo dirás!

—Pero, todo el mundo reconocerá su nombre —protestó Wayland—. Y, si piensas ir a una escuela de arte, cosa que deberías hacer, Coral conoce a todos los decanos. Para ti sería una gran ayuda...

Mia se encogió de hombros.

—Ya lo sé. Tendré que decírselo, pero no voy a dejar que me manipule.

—Por supuesto irás a MacMillans —dijo Wayland.

MacMillans era la escuela de moda por la que habían pasado los diseñadores de más éxito.

Cuando Mia volvió a su casa, encontró a Coral en la inmaculada cocina en compañía de su masajista francesa. Coral llevaba puesto un albornoz blanco a juego con un turbante de toalla.

—¿No quieres que Chantal te dé un masaje rápido? —le preguntó a Mia—. Me ha hecho sentir extraordinariamente bien.

Mia sonrió a Chantal.

—No, gracias. Me siento muy bien después de mi caminata.

Cuando oyó que Chantal se marchaba, se encontró con Coral en el pasillo revestido con azulejos blancos.

—¿Por qué no quisiste que te diera un masaje? No te habría cobrado.

—No me gusta que me toquen así.

Coral le dio la espalda con cansancio.

—Será mejor que superes esa fobia o no serás una buena esposa.

—¿Y qué? —replicó Mia, mirándola fijamente—. Quizá no me case.

Coral giró sobre sí misma y estalló en una risa tintineante. Le dio el brazo a Mia, con un gesto de compañerismo.

—Bueno, supongo que no es la idea más perversa del mundo.

Dejó que su madre la llevara hasta su cuarto y se sentó en el borde de la cama, mirando cómo Coral se aplicaba crema en la cara. Una vela Rigaud titilaba, desprendiendo su agridulce perfume a ciprés.

—¡He decidido ser diseñadora de modas! —dijo con brusquedad Mia.

Coral interrumpió la aplicación de la crema. Sus mejillas relucían.

—¡Maravilloso! ¡Mañana llamaré a Millicent y haré que te anote en MacMillans. Me debe dos o tres favores.

—No, no la llames —dijo Mia—. Quiero presentarles mi trabajo como una persona cualquiera. Quiero que me digan si tengo las condiciones necesarias para el programa de estudios.

—Cumplirás las condiciones si yo digo que deben aceptarte. —Los ojos de Coral relampagueaban sobre sus mejillas encremadas de blanco—. ¿Por qué quieres ponerte las cosas difíciles? Cuando se den cuenta de quién eres tú, yo quedaré mal por no haberte presentado. Además puedo obtener un descuento en la matrícula. MacMillans no es precisamente barato.

—¿Papá no dejó nada para mi mantenimiento?

Coral soltó su irritante y burlona risa.

—Lo que te dejó no alcanza ni siquiera para comprar tus pañuelos.

Mia volvió a su cuarto, sintiéndose pequeña e insignificante. Era una reacción habitual cada vez que trataba de hablar con Coral. Estaba decidida a administrar su propia vida, enviando sus dibujos a MacMillans para ver qué opinaban.

Cuando cumplió diecisiete años y se graduó en la escuela superior, Mackenzie se las había apañado para mejorar su vida. Su chaqueta de cuero se había vuelto una compañera inseparable (la usaba todos los días) y toda su familia la llamaba por su nuevo nombre. Su padre había abrigado la esperanza de que, al salir de la escuela, entraría en su negocio y portaría la antorcha del ilustre nombre de Goldstein Modas. ¡Menuda sorpresa le esperaba! Mackenzie lo ambicionaba todo y cada vez que podía trataba de que su madre se sintiera culpable de no dárselo.

—¡No tengo nada que ponerme! —gritaba cada sábado.

—¡Háztelo tú, entonces! —vociferaba como respuesta Esther Goldstein.

Y un día, Mackenzie, en efecto, hizo eso. Empezó febrilmente a hacerse vestidos para ella, usando la máquina de coser de la trastienda. Abe Goldstein estaba en el negocio de los *shmatta,*[1] aunque Mackenzie le decía a la gente que su padre estaba en la «industria de la moda». Su cadena de Goldstein Modas consistía en dos tiendas, cada una de las cuales había sido inaugurada con un cartel que ponía «Liquidación por cierre». Estaban situadas en medio del Bronx y especializadas en «siluetas rellenitas», que eran la norma en ese vecindario. El precio más alto de una prenda era 19,95 dólares, lo que provocaba escalofríos de desaprobación en Mackenzie. Abe no entendía nada de telas de calidad y a duras penas se podía encontrar en su almacén un vestido de color liso; todos eran de horribles estampados.

Cuando trataba de discutir con él sobre estilo, Abe exclamaba:

—¿Estás hablando de moda y de buen gusto? ¡Yo hablo de que el género se venda. —Mackenzie ponía cara de disgusto y su padre se dirigía entonces a su mujer—: ¿Ves esa cara? ¡Se avergüenza de su propio padre! ¿Y, qué he hecho yo? ¿Acaso soy un ladrón? ¿Soy un borracho, mato de hambre a mis hijos?

Esther trataba de aliviar la tensión:

—Abe, todos los chicos de esta edad tienen *mishegas.*[2] Ella lee una revista ¡y ya se imagina que es una Vanderbilt! Trata de comprender la mentalidad de una chica joven, querido. Para ella la vida aquí es tan aburrida...

Abe resoplaba:

—Me habría gustado que mi juventud hubiera sido tan aburrida! ¡Yo tenía que trabajar! Mis muchachos van a entrar al negocio de su padre con buena voluntad. Ellos no se avergonzarán de su padre.

Cuando Mackenzie llegó a la adolescencia, Abe empezó a insistir para que trabajara en la tienda los fines de semana.

—Si aprendes a vender ropa, aprenderás algo sobre la vida y verás qué es tu «preciosa» moda.

Pero, si esto era la moda, si esto era la vida, ella no quería oír hablar de todo eso. La sórdida realidad consistía en matronas obesas, que luchaban para meterse dentro de vestidos baratos, imaginándose que quedaban hermosas. Las miraba con profundo desaliento. ¿Era posible que la vida la condenara a ser para

1. *Shmatta:* trapos en idish. (*N. del T.*)
2. *Mishegas:* chifladuras en idish. (*N. del T.*)

siempre la Marsha Goldstein de Goldstein Modas? ¡No!, se prometió a sí misma y se compró las últimas *Vogue, Bazaar* y *Divine* con su primer cheque por comisiones, las desparramó en su cuarto y las devoró. «Huiré de todo esto. ¡Sé que tengo talento! De alguna manera me las arreglaré para ingresar en MacMillans.»

MacMillans sería la puerta a Manhattan y a la fama para Mackenzie Gold, una potencia en la industria de la moda una vez que hubiera acortado su apellido. Estirándose las cejas para parecerse a la Sofía Loren que aparecía en la portada de *Bazaar,* que había colocado junto al espejo, se estremecía de energía y ambición.

Empezó a escribir muchísimas cartas y a recibir igual cantidad de respuestas evasivas que le deseaban suerte. Escribió a los editores de modas y al decano de MacMillans, pidiéndoles consejo, orientación y esperanza. Escribió a *Seventeen,* a *Mademoiselle,* a *Vogue* y a *Divine,* preguntando cualquier cosa, formulando cualquier pregunta para la que pudieran tener respuesta, sólo para atesorar la carta, el sobre; para poder tocar algo que viniera de la dirección que figuraba en la cabecera de las revistas. Y cada mañana hacía guardia junto al buzón de su casa, que era la línea vital que la vinculaba con el mundo exterior.

Las paredes de su cuarto estaban cubiertas de páginas de *Vogue* y *Divine.* Había nacido con algo, con alguna cualidad que nunca había existido antes en su familia. Ese algo no era lo que veía en los desteñidos retratos sepia de gentes de aspecto vulgar, vestidas con ropas pobretonas. Sus padres eran inmigrantes de segunda generación, que se habían criado en el bajo East Side y luego se habían trasladado al Bronx. Si por lo menos se hubieran quedado donde estaban, en la parte baja de la ciudad, podría haber fingido que vivía en el Village. El Village sonaba mucho mejor que el Bronx, por supuesto. ¡Fingir, fingir, fingir! ¿Cuándo iba a parar de fingir? ¿Cuándo se volvería verdad todo?

Abrió el correo de la mañana. La mayor parte eran basura llena de recordatorios de suscripciones, pero un sobre era de *Divine,* la revista más refinada de todas. Usó su mejor abrecartas. «Querida señorita Goldstein...» Tembló. ¡Decididamente, tenía que convertirse en Gold no bien abandonara aquella casa! Continuó leyendo:

«Felicitaciones por su envío a nuestro concurso de talentos 1964. Usted ha contestado correctamente todas las preguntas de nuestro acertijo sobre modas, además de haber entregado un ensayo muy original. Por lo tanto, nos complace informarle que figura usted en una lista junto con otros nueve concursantes. El ganador será premiado con una beca completa para el curso de moda de tres años en la escuela MacMillans. Incluimos los formularios de solicitud para participar en la recta final del concurso. Mientras tanto, usted y los otros nueve concursantes han obtenido una suscripción de un año a *Divine*. Esperamos recibir su solicitud en breve.

»Atentamente,

»*Maynard Cowles*
»Editora Jefe.»

Mackenzie se quedó contemplando la carta. Era la primera cosa en su vida que se había hecho realidad. Sentía que su cuerpo se congelaba y ardía alternativamente. Abrió mucho la boca y gritó:

—¡Ma!

—¡En mi cuarto! —contestó una voz.

Se dirigió deprisa al cuarto de sus padres, en el que su madre, sentada en la cama, estaba zurciendo calcetines. De lo sublime a lo ridículo, pensó Mackenzie, refregando la carta bajo las narices de su madre.

—¡Llegué a las finales! ¡El concurso de talentos de *Divine*! ¡Mira!

Su madre tomó la carta y tanteó para encontrar sus gafas. Leyó lentamente, acompañando la lectura con el movimiento de sus labios, y cuando llegó al final mostró una amplísima sonrisa.

—¡*Mazeltov*![3] ¡Deja que te bese!

Mackenzie se inclinó de un modo automático, con la mirada puesta en otro lado.

—Vas a ganar esto —afirmó su madre—. ¡Lo siento en mi corazón!

—Y yo también.

Mackenzie se detuvo al lado de la ventana y contempló los

3. *Mazeltov:* felicidades en idish. (*N. del T.*)

grises edificios de afuera. Podía oler el tufo a tostadas quemadas de los pisos circundantes, pero ya no la deprimía, porque sabía que iba a conseguir largarse de ese lugar. Iba a vivir en un edificio brillante, limpio y escultural, como los que aparecían en las páginas de decoración del *Vogue.*

—Sé que voy a ganar —repitió—. Cogeré una rosquilla de camino a la escuela —dijo antes de salir corriendo del cuarto.

Esther Goldstein suspiró y buscó el otro calcetín.

A Colin Beaumont sólo le llevó un año convertirse en el artista de modas más cotizado de América. Dibujaba como ninguno. Su soltura para plantar un dibujo en una página con líneas suntuosas y excitantes estaba en perfecta armonía con las fotografías en blanco y negro con mucho grano de Jean Shrimpton, Twiggy y Penelope Tree, que estaban invadiendo las páginas de las revistas de lujo. La sección de «Estilo» del *New York Times* lo contrató para renovar sus páginas. Los dibujos, ampliados fotográficamente para carteles en escaparates, quedaban todavía mucho mejor.

—Mejor será que lo consigas, antes de que lo haga Bloomingdale's —le aconsejó Coral una mañana a Wayland por teléfono.

—¿Comprende la Movida Juvenil? —preguntó Wayland.

—¡Comprende todo! —se entusiasmó Coral, detrás de su escritorio de la revista—. Porque, sabes, él es de Londres. Me ha enseñado el último *argot* londinense como «grotty» y «switched on». Oh, lo adorarás, Wayland.

La verdad era que los había mantenido cuidadosamente separados, porque no quería gastar dos acompañantes en una sola noche. Pero, ahora estaba de moda disponer de Colin Beaumont para tu fiesta, en tu cena, en tu *tête-à-tête* en un restaurante de moda.

—Nadie da un *tête-à-tête* como Colin —alardeó Coral, complacida consigo misma porque él había sido su descubrimiento.

Sí, la gente estaba de acuerdo en que era casi una miniatura. Algunos hasta usaban la palabra enano, pero incluso eso parecía contribuir a su atractivo. Aunque invitar a Colin a cenar había empezado como un esfuerzo caritativo, sus nuevos amigos sacaban más partido de esas cenas que el propio Colin. Sus puntos de vista sobre la moda se escuchaban con mucha atención, en especial porque Gran Bretaña empezaba a mostrarse como una temible potencia en la industria de la moda. Pero, más que cualquier otra cosa, lo que impresionaba a sus nuevos conocidos y los transformaba en amigos, era su capacidad de concentración, su ausencia de ego y su manera de escuchar. Era una de esas personas que pueden absorber sin esfuerzo las tensiones y las preocupaciones de los otros. En términos más crueles, algunos decían que hablar con un casi enano, que se había construido una carrera de éxito, hacía que uno sintiera que la vida era algo bastante sencilla para la gente de estatura normal. Todo el mundo estaba de acuerdo en que era mejor (y más barato) que un analista, con la ventaja adicional de estar capacitado para discutir cualquier aspecto del mundo en que ellos vivían. Un artista de moda era admitido en todas partes —en los estudios de los diseñadores, en las oficinas de las revistas, en las agencias de publicidad— y así tenía acceso a todos los chismes, a todas las noticias. Colin era extremadamente discreto y, sin embargo, contaba maravillosas historias.

—¡No puedo esperar a verlo! —decidió Wayland.

Hacía un mes que se conocían, cuando Wayland, con orgulo, llevó a Colin a caminar alrededor de los doce escaparates del edificio de HQ en la calle 34, que él había bocetado con dibujos de tamaño natural. Su caminata continuó con copas y luego con cena. Wayland eligió un restaurante adecuado, donde los moscardones de la moda iban a hacerse ver. Para Wayland, siempre acomplejado por su propio aspecto, no era fácil acompañar a este individuo menudo y de aspecto tan raro. Pero, tal como Coral había prometido, Colin tenía algo que hacía que valiera la pena. Era maravillosamente ingenioso, de una manera un poco maligna; se compadecía del problema de Wayland, de ser un «soltero terminal», y lo ayudaba a reconciliarse consigo mismo.

—Estoy encantado de que seamos amigos —dijo Wayland al fin de la velada—. Supongo que terminaremos como dos viejas solteronas, en algún pueblecito de Nueva Inglaterra.

Colin se mosqueó. No había hecho ninguna referencia a su vida sexual. Nunca lo hacía. Se dio cuenta de que ése era el torpe método de Wayland para sonsacarlo.

—Nosotros, los muchachos de la moda, tenemos nuestro club extraoficial, ¿sabes? —iba diciendo Wayland mientras remontaban Lexington Avenue—. Jueves por medio, a la noche —no te lo pierdas—, recogemos noticias que resultan demasiado explosivas hasta para *Women's Wear.* No veo el momento de llevarte.

¡Hasta puedes encontrarte con un manjar exquisito e inaugurar un loco ligue!

Colin había encontrado su llave y giró para encarar a Wayland. Habían llegado a la escalinata de entrada de su casa. Wayland no esperaba que Colin lo invitase: ese lugar ya había adquirido el rango de un pequeño mito. Un *mitlette*[4], pensó Wayland. Con seguridad debía de ser demasiado sórdido como para exhibirlo.

—Wayland, no soy homosexual —dijo Colin con calma.

—¡Oh, qué cosa! —balbució Wayland, hundiendo sus manos en los bolsillos—. Pensaba, quiero decir, tú no decías nada y ahora me siento tan tonto, contándote todo sobre mi espantoso lío amoroso...

—El amor es el amor —sonrió Colin—. Nunca abro juicio sobre la vida amorosa de mis amigos. Y, puesto que me has contado tantas cosas, podría confesarte que yo estoy enamorado de una persona a la que ambos conocemos muy bien. Para lo que me va a servir...

—Pero, ¿quién? —Los ojos de Wayland se desorbitaban de curiosidad—. ¿Lo conozco? Quiero decir, ¿la conozco?

Colin vaciló por un instante.

—Es Coral, por supuesto —dijo por fin—. Desde el día que la conocí.

—¡Oh, Dios mío! —exclamó Wayland atragantándose con las palabras—. Pero... quiero decir... o sea... ella te adora. Nunca se cansa de alabarte. Ella...

—Como artista, como amigo —le recordó Colin—. No como hombre. Wayland, por favor, mírame. ¿Qué remota posibilidad tiene un enano como yo de...?

—No digas eso —saltó Wayland—. Es una crueldad. Yo... no... Bueno, realmente no sé qué decir...

Colin le apretó la mano con calidez.

—No digas nada y no me compadezcas. Tengo mucha suerte de tener todo esto. —Hizo un gesto y su brazo al moverse pretendía abarcar todo Manhattan—. Y estoy muy agradecido de disfrutar de su amistad. Su amistad y su maravillosa compañía me mantienen en funcionamiento.

4. Diminutivo de mito, con final en francés; podría traducirse como «mitocillo». (*N. del T.*)

Wayland miraba hacia ambos lados de la avenida con nerviosismo.

—Bueno... Me parece que va a ser mejor que te deje con tu bella durmiente —tonteó—. De todas maneras, vendrás al club ¿verdad? Guardaremos tu secreto. Nadie tiene por qué saber lo que tú eres.

Desde aquella noche, Colin empezó a moverse en ambos mundos. Esto contribuía a su misterio y lo convertía en la persona mejor informada del negocio. Nunca abusaba de sus privilegios y muy pronto *WWD* lo empezó a llamar «El Oráculo de la Moda» y lo citaba con frecuencia.

«Nada mal para un joven *cockney*[5]», escribía Colin a sus amigos de Londres. «Me parece que me gusta Nueva York. Creo que me quedaré una larga temporada...»

—¿Otra vez? —preguntó su madre mirando por encima de lo que estaba escribiendo a máquina.

—Lo estoy puliendo —respondió.

—¿Qué es, un diamante? —rió Esther.

Para su proyecto de moda, Mackenzie hizo una lista de los diseñadores, fotógrafos y modelos que habría usado para un despliegue de cuatro páginas. Como escenario, eligió un estudio de televisión desierto, con sus reflectores, sus guiones tirados por el suelo, sus cámaras y sus falsos decorados pintados. Bocetó los Seis Conjuntos para un Viaje a Europa con un rotulador de fieltro, agregando pequeñas muestras de tela. Pero en la sección titulada «Quién soy yo» dio la menor información posible acerca de su vida.

El ejercicio final ponía: «Haga una lista de diez cosas en las que usted cree». Mackenzie escribió: «Estilo. Calidad. Amor. Energía. Salud. Excepcionalidad. Coraje. Libertad. Yo misma. La inmortalidad de la moda. (No necesariamente en este orden.)». «Que ellos lo descifren», pensó. El jurado podría pensar que era un poco pretenciosa, pero nadie sería capaz de negar que su presentación tenía *chutzpah*,[6] ese atrevimiento judío que ella poseía en exceso, según solía decir su padre. Puso su sobre en el

5. *Cockney:* dialecto o acento característico de las clases populares de Londres. (*N. del T.*)

6. *Chutzpah:* audacia en idish. (*N. del T.*)

correo después de besarlo tres veces y de hacer que también su madre lo besara. Ahora todo dependía del destino.

En la escuela, cuando sus amigos le preguntaban el porqué de esa apariencia tan remota y tan feliz, sonreía misteriosamente. Déjame ganar, rezaba. Deja que el año que viene para esta época, esté lejos de aquí. Unos rezos tan apremiantes no podían quedar sin respuesta.

—¡Aquí tienes! ¡Júzgalos tú! —Coral Stanton arrojó un montón de papeles sobre el regazo de Mia, mientras se dirigía a la puerta.

Mia miró el montón de papeles.

—¿Qué es esto?

—El concurso —explicó Coral con acritud, esponjándose el cabello y mirándose al espejo—. El que convocamos cada año. Elegimos a la muchacha que nos parece que tiene más talento para la moda y le damos una beca para MacMillans. Es una vieja tradición de la revista, de la cual Maynard es una especie de fanática.

—¿Y yo qué tengo que ver con esto? Yo no puedo participar.

—Sucede que no tengo tiempo de mirar de nuevo todos esos papeles. Estoy demasiado atareada con este número sobre la Cosa Americana, pero he marcado algunos trabajos. Todas parecen tener unos quince años; serás mucho mejor juez que yo.

—¿Y por qué no podemos hacerlo cuando vuelvas? —preguntó Mia.

—Después de una cena con Maynard estaré muerta, ya sabes cómo me exprime. —Sonó el timbre, el coche estaba esperando—. Buenas noches, querida. —Coral besuqueó la mejilla de Mia, mientras recogía su capa y se envolvía en ella.

Mia cerró la puerta no bien su madre la atravesó. La fragancia de Coral todavía flotaba en el aire. Se sentó en su cama, hundiendo la cabeza en los proyectos. ¡Si sólo le hubieran permitido participar!

—Coral, debes recordar lo tímido que era Christian Dior al principio de su carrera —estaba diciendo Maynard Cowles—. Quizá yo he sido el primer miembro de la prensa norteamericana con el que se atrevió a hablar. ¡Al menos he sido la primera en conseguir que le dieran un sillón en sus salones! Después de haber mostrado aquella colección que representaba toda una ruptura, se me acercó y me dijo: «¡Señora! Existe la prensa norteamericana y existe Maynard Cowles». Se arrodilló en la alfombra y ¡besó mi mano! Su colección para aquel verano era tan genial que le dediqué un número entero de la edición de París y declaré: «¡Esta temporada, París es Dior!». Chanel nunca me lo perdonó.

Coral echó un discreto vistazo a su reloj, rogando que el enorme bostezo que estaba conteniendo no se reflejara en su cara.

—En aquellos tiempos, la *haute couture* tenía cierta elegancia —decía Maynard, zambulléndose en su tema favorito.

Coral suspiró y bebió otro sorbo de café. Tal vez la mantuviera despierta por un rato más. Una de las desventajas de querer ser la futura editora jefe de *Divine* era la dificultad para matenerse en buenos términos con la actual editora jefe, que tenía setenta y tres años de edad. Esto incluía cenas semanales en su suntuosa residencia de la Quinta Avenida.

Maynard Cowles pertenecía a la vieja guardia: como debutante norteamericana había trabajado como cronista de sociales en *Vogue* en los años treinta; luego renunció al contraer matrimonio con un rico hombre de negocios que murió doce años después. No habían tenido hijos, por lo que, cuando Maynard empezó a trabajar en *Divine,* la revista se convirtió en su bebé. Conocía muy bien el negocio de las revistas y durante diecinueve años no había soltado las riendas. Nadie como Maynard para sacar adelante un número. Nunca llegaba tarde a las fechas de cierre, siempre lograba que los colaboradores entregaran su material a tiempo y, además, tenía el encanto de seducir a los anunciantes para que aumentaran la facturación. Pero estaba empezando a perder el «toque mágico», estaba pensando Coral, mientras Maynard se lanzaba aún con otra anécdota. Nunca atraería a nuevos lectores jóvenes. Con su aire de pájaro, todavía conservaba una silueta esbelta como un lápiz y un cierto *chic* de los años cincuenta. Derrochaba elegancia y saber vivir, pero Coral tamborileaba nerviosamente los dedos sobre sus rodillas por debajo del mantel. Las cenas con Maynard se estiraban en largos recuerdos de Dior, Molyneux, Schiaparelli y otros personajes famosos, muertos hacía tiempo.

Los ojos de Coral centellearon, y preguntó de repente:

—¿De veras te gusta nuestro número de Navidad?

Maynard la miró, luchando para regresar al presente.

—La verdad es que odias nuestras páginas de Navidad, ¿no es cierto? —preguntó la mujer mayor—. ¿Tanto te opones a la tradición?

Coral abrió mucho los ojos.

—¡Para nada! Pero, imagínate una tapa que pusiera a Twiggy o a Jane Fonda, rodeadas por un grupo de ahora, como el Dave Clark Five o Los Beatles. Podrían estar disfrazados de Papá Noel y Twiggy podría usar uno de esos preciosos vestiditos de Jane y Jane de Carnaby Street, algo que se pueda conseguir aquí, por supuesto. ¡Muy *switched-on*, muy *with-it*![7] —Le encantaba usar la jerga británica más reciente para asombrar a Maynard.

—*Rock and roll*, supongo —aventuró Maynard, tratando de adivinar—. ¿No acabas de fotografiar este mes a una cantante joven que era extraordinaria y que usaba ropas rarísimas?

—Janis Joplin —dijo Coral, asintiendo con entusiasmo—. ¡Va a tener una tremenda influencia en la moda! ¡Todas esas arrugas! ¡Electrizante!

Coral sorbió otro poco de café. Cuando cenaba con su editora jefe se ponía los vestidos más extravagantes, con la intención de impresionarla y de que se diera cuenta de que estaba pasada de moda, pero se preguntaba si Maynard comprendía siquiera la importancia de los pantalones de cuero que lucía en ese momento.

—¿No crees que *Divine* deba limitarse a mostrar hermosas ropas, verdad, Coral querida? —Maynard hizo sonar la campanilla para que la doncella limpiara la mesa—. Seguramente piensas que deberíamos hacer filmes, espectáculos, *rock and roll.*

—Bueno, hoy en día todo eso influye sobre la moda —dijo Coral—. Aunque la *haute couture* es adorable, se está convirtiendo en un anacronismo.

—¿De verdad, en un anacronismo? —Maynard levantó las cejas.

—A ver si nos aclaramos sobre esto, Maynard —prorrumpió Coral—. Ahora la moda llega de las calles.

—¿Las calles? —Maynard parecía haber perdido el aliento—.

7. *Switched-on*, literalmente significa encendido aunque aquí se usa como deslumbrante y *with-it* podría traducirse como «estar al loro» o a la moda. (*N. del T.*)

Puedo decir con gran tranquilidad que nunca seré una experta en calles.

Coral Stanton miraba cómo Maynard luchaba para digerir lo que le había dicho. Pronto murmuraría su habitual excusa de que tenía que levantarse al amanecer para una fotografía. Esta cena semanal se había convertido en una penuria, en un fastidio. Peor aún: ¡un castigo! Extendió el brazo sobre la mesa para estrechar la mano de Maynard en un último esfuerzo para entablar alguna forma de comunicación.

—Los tiempos... Los tiempos cambian —gorjeó a su anfitriona que estaba muy pálida—. Como en la canción de Dylan, nosotros también tenemos que cambiar. ¡Tenemos que cambiar de ropa y de actitud! ¡Haremos que el público tenga que tragarse todo, pero con *pizzazz*![8]

Al cabo de una hora, se marchó, exhausta. Maynard Cowles no había dado ningún indicio acerca de una posible jubilación, aun cuando era obvio que estaba fuera de la corriente de la moda. Coral Stanton había empezado a perder la paciencia. Tendría que acudir directamente a la cumbre, a Lloyd Brooks, y montar una especie de golpe de estado. Si Maynard no entendía lo que era una insinuación, pues bien, casi merecía lo que estaba por pasarle.

Mia yacía en su cama releyendo las presentaciones para el concurso. Había una que verdaderamente se destacaba. Era de una chica llamada Mackenzie Goldstein, que daba una dirección en el Bronx, aunque nada en su escrito sugería el Bronx. Sonaba a refinada, a experimentada, con la sensibilidad de una muchacha joven y despabilada.

Mia volvió a leer su trabajo. Dado que los parientes del equipo de redacción de *Divine,* estaban, por supuesto, excluidos de participar en el concurso, Mia se proponía seguir adelante con sus planes. Uno de éstos —la idea de someter una carpeta de dibujos a MacMillans— empezó a parecerle imposible. La parte escrita iba a ser tan importante como los dibujos. ¿Y qué sucedería si había docenas de brillantes muchachas jóvenes que escribieran como Mackenzie Goldstein? Mia tenía fe en sus dibujos

8. Onomatopeya que significa muy desenfadado, divertido, burbujeante. (*N. del T.*)

y diseños, pero su redacción era pobre. ¿Sería capaz de escribir sobre la moda de una forma tan chispeante como lo hacía Mackenzie? Pasó un largo rato con los ojos clavados en el número de teléfono de Mackenzie, mientras se le iba formando una idea en la cabeza y, por fin, marcó el número.

La voz era desconfiada.

—¿Sueles telefonear a la gente a esta hora?

—En realidad, se supone que yo no tendría que estar haciendo esto —dijo Mia rápidamente—. Lo hago como un favor para ti, porque me gustó tu presentación. No tengo nada que ver con la parte oficial, pero tengo influencias como para hacerte ganar. Ten confianza en mí, soy de tu misma edad. Quisiera encontrarme contigo, que hablemos...

—¿Trabajas para *Divine*? ¿Cómo has llegado a ver mi presentación?

—Te lo explicaré cuando nos encontremos. ¡Puedes confiar en mí, te lo juro!

—¿Confiar en ti? ¿Y ni siquiera puedes decirme cómo te llamas?

—Me llamo Mia.

—Bueno, Mia, quienquiera que seas, mañana llamaré a la revista y preguntaré de qué va todo esto.

—¡No, no hagas eso! ¡Por favor! Simplemente, encuéntrate conmigo esta noche.

—¿Desde dónde llamas? ¿Desde Manhattan?

—Coge un taxi, te lo pagaré. Hay una cafetería en la 57 Oeste con la Sexta. Te veré ahí. También pagaré tu regreso. Puedes estar allí en una hora.

Era algo demasiado raro como para desecharlo. Mackenzie dijo que iría. Se puso el vestido de mujer-Batman con un círculo de seda negra que se había hecho y se deslizó en puntillas al pasar por delante del cuarto de sus padres.

Encontró un taxi en las calles desiertas y le ordenó autoritariamente al conductor: «¡Sexta y 57!», como si tuviera el dinero. Ya instalada, se retocó el maquillaje y la pintura de labios, mientras su corazón latía deprisa.

Una chica rubia y alta estaba parada junto a la puerta de la cafetería.

—¿Mackenzie? —preguntó.

Mackenzie asintió con un torpe movimiento de la cabeza.

Reptó fuera del taxi. Esa muchacha era muy hermosa, con una aureola de elegancia. Venía de un mundo distinto, pensó Mackenzie. ¡*Très wasp*![9]

Mia se acercó al taxi.

—¿Cuánto es? —preguntó al conductor.

—Cinco con ochenta y cinco.

Mia le entregó siete dólares, se volvió y le tendió la mano a Mackenzie.

—¡Hola!

Mackenzie le estrechó la mano con cautela. Mia trataba de no mirarla con excesiva fijeza. Esperaba a una persona pequeña, esbelta y tímida. En cambio esta chica tenía algunos kilos de más, un aspecto rústico y era bastante fea.

—¡Me encanta tu vestido! —dijo Mia, y Mackenzie extendió sus brazos y empezó a girar sobre sí misma, soltando risitas nerviosas, mientras el ruedo de la falda se elevaba hasta descubrir sus rollizos muslos.

—Me pareció fantástico tu trabajo —continuó Mia, mientras la conducía hacia el interior de la cafetería.

Mackenzie seguía con sus risitas.

—¿Se diría que te gusta todo lo mío, eh?

Pidieron café con rosquillas y se retreparon en sus asientos, estudiándose mutuamente.

—¡Bien! Y ahora, dime, ¿quién eres tú? —preguntó Mackenzie—. ¿Y de qué va todo esto? Si se descubre que no estoy en mi cuarto, me veré en dificultades. A partir de las ocho de la noche, mis padres piensan que vivimos en Fort Knox.

Mientras hablaba iba estudiando las ropas de Mia. Definitivamente no son *chic*, decidió. Parecía salida de un número de «Regreso a la escuela», de *Seventeen*.

Una camarera cansada les sirvió el café.

—Te estaba por decir un montón de sandeces, pero... —Mia se detuvo.

—¿Y tú participaste en el concurso? —preguntó Mackenzie.

Mia negó con la cabeza.

—Mi madre es la editora de modas.

9. El personaje combina *très* (muy, en francés) y *wasp*, que son las iniciales de *white, anglosaxon, protestant* (blanco, anglosajón y protestante), término con el que se designa a los descendientes de familias patricias de Estados Unidos. (*N. del T.*)

Mackenzie se quedó sin aliento.

—¿Coral Stanton es tu madre?

—Me pidió que juzgara las presentaciones de las finalistas. La tuya se destacaba de todas las demás. Tu manera de escribir, tus ideas son sensacionales. Yo también quiero entrar en MacMillans...

—¿Y qué te lo impide?

Llegaron las rosquillas y Mackenzie dio un gran mordisco. Mia cogió la taza de café con ambas manos.

—Pensé que, si te ayudaba a ganar este concurso, podrías hacerme un favor a cambio.

—¿Qué clase de favor?

—Escribir algo para mí. Un ensayo para acompañar mi carpeta de dibujos. Sé que no me prestarán atención si no acompaño esa carpeta con una buena redacción.

—¿No podría tu madre buscarte un enchufe? —sugirió Mackenzie.

—¡Yo no quiero su ayuda! —barboteó Mia—. La odio.

Mackenzie se inclinó hacia adelante, mostrando mucho interés.

—¡Idéntico a lo que siento por mi padre!

Mia se recostó, relajándose, en su asiento. No había querido decirlo, pero ahora que lo había hecho se sentía mejor.

—Mi madre me ha hecho sentir siempre como una molestia para ella —confesó—. ¡Tengo que entrar en MacMillans y lo haré a toda costa, pero no con su ayuda!

—¡Mi padre opina que soy una basura, una idiota y una *snob*! —gruñó Mackenzie—. En cuanto a lo de *snob*, tiene razón. Por cierto, pienso que soy superior a esa irritante gente del Bronx. Mis hermanos están pegados a él y mi padre cree que son fantásticos porque se meterán en el negocio y harán todo lo que se les diga.

—¿Y cuál es su negocio?

Mackenzie parpadeó.

—Está en la industria de la moda —dijo con arrogancia—. Una cadena de tiendas, que tiene mucho éxito y todo eso, pero no veo la hora de irme de mi casa. Quiero decir, tengo que usar minifaldas bajo mis ropas convencionales para poder salir de la casa, porque mis padres se morirían si me vieran con minifalda. ¿Y tú dices que yo debería ganar este concurso?

—Si llegamos a un acuerdo...

—¿Dibujas o diseñas bien?

—Bueno, pienso que sí, pero el gancho sería un buen ensayo escrito.

Mackenzie meneó la cabeza con escepticismo.

—Estás loca, ¿sabes? ¡Yo podría ir mañana a ver a tu madre y contarle todo!

Mia se encogió de hombros.

—Pero tu nombre se vería mezclado en ese lío y, si hay algo que odia el editor de mi madre, son las polémicas.

Mackenzie hizo una mueca.

—¡Viva la justicia y la verdad, etcétera!

Mia extendió el brazo y cogió con cariño la mano de Mackenzie.

—¡Por favor! ¡Ayúdame y yo te ayudaré!

—Parece que estás bastante acostumbrada a conseguir lo que te propones.

—¡No! —gritó Mia—. ¡Nunca he podido conseguir lo que quería! Ésta ha sido, simplemente, una idea que se me ocurrió esta noche. No le haré daño a nadie. Aquí tienes...

Empujó hacia Mackenzie un billete de diez dólares.

—Aquí tienes el dinero para el taxi de vuelta. Escríbeme algo bueno y serás la ganadora.

—No me siento como una ganadora —murmuró Mackenzie—. Me parece que no tengo ninguna posibilidad. No me gusta hacer trampas. Siempre me descubren.

—Pero esto no es hacer trampas —insistió Mia—. Me gustó lo que escribiste y creo que deberías ganar.

Mackenzie parecía dudar. Mia fue a pagar la cuenta y, al volver, dejó cincuenta centavos sobre la mesa. Luego se dieron la mano con toda solemnidad.

—Me ha gustado conocerte —dijo Mia—. Te veré en MacMillans. Puedes enviarme el ensayo a esta dirección.

Dejó caer una tarjeta ante Mackenzie.

—Adiós.

Se marchó y Mackenzie se quedó planchando el billete de diez dólares. Ya había decidido volver en metro a su casa y guardar el dinero para comprarse un nuevo pañuelo de seda. Se embolsó una de las dos monedas de veinticinco centavos que Mia había dejado como propina para la camarera: esa pobre chica rica tenía más dinero que el conveniente. Abandonó la cafetería y caminó hacia la línea Broadway del metro. Las aceras de Manhattan parecían rutilar. Eran mucho más elegantes que las del Bronx. Seguro que escribiría el ensayo —¿qué tenía que perder?—. ¡Qué respuesta tan extraña habían recibido sus rezos!

4

—¿Estás despierto? —le preguntó Coral a Wayland por teléfono—. Son las siete y media.

—Supongo que sí —bostezó Wayland.

Coral hablaba con vivacidad.

—Anoche, en casa de Maynard, cumplí con mi penitencia semanal, y definitivamente, estamos en diferentes longitudes de onda en lo que respecta a su retiro. Tendré que ver a Lloyd Brooks; ya no creo que pueda seguir aguantándola durante mucho más tiempo. Dime una cosa, por favor, Wayland: ¿cuál es el presupuesto total anual de publicidad que tienen en HQ?

—¿Qué? ¡Por Dios, no lo sé! ¿Doscientos mil, trescientos mil dólares? No lo sé. No soy el contable, me limito a crear...

—Bueno, entonces te voy a sugerir algo muy creativo. Te voy a sugerir que HQ dedique el setenta y cinco por ciento de su presupuesto anual de publicidad a nosotros, para hacer un anuncio increíble de cincuenta páginas en un número extraordinario.

—¿Dime, estás con la resaca?

—Pero, ¡imagina el impacto! ¡Cincuenta páginas seguidas en *Divine*! Nadie ha hecho algo parecido. Esto me conseguiría la jefatura editorial, de la noche a la mañana. Si me echaras una mano, Wayland. Con fotografías de gente como Penn o Avedon...

—¡Es que no tenemos dinero ni siquiera para hacerle a esa gente una foto para el carnet de identidad! —se quejó Wayland.

—¡Bueno! Usa entonces a uno de esos nuevos chicos británicos. Lo harán a cambio de una comida caliente. ¡Hasta podrían ser en blanco y negro, si te pones así de tacaño!

—¿Tacaño? ¿Estás hablando de un cuarto de millón o entendí mal?

—¡Sí, pero también de una bonita relación que puedes tener con la publicación de modas más importante de América! Yo te apoyaría en toda la operación. Hasta soy capaz de inventar para ti un premio *Divine* de moda y de hacer que los Coty dominen la escena. Celebraríamos la ceremonia de entrega de premios en tu tienda. Wayland, ¿lo pensarás, al menos?

—No pensaré en otra cosa —dijo con cansancio.

Cortaron y, de pronto, Coral se sintió tremendamente hambrienta. Por esta vez iba a permitirse un queso danés con el desayuno. Como un codicioso fabricante de ropa, pensó, y se rió para sus adentros.

Mackenzie se obligó a seguir con su rutina habitual: escuela, casa, ayudar en la tienda; pero reventaba de impaciencia y de tensión. ¿Habría debido dirigirse directamente a los editores de *Divine*? ¿Debería haber llamado a la policía? No tenía nadie a quien confiarse. Nadie en todo el Bronx comprendía los manejos del mundo de la moda de Manhattan, y su madre menos que nadie. De modo que escribió el ensayo para Mia y se lo envió por correo. Era un buen ensayo —mejor que el que había escrito para sí misma—. Ahora tendría que sentarse y esperar, para ver si había hecho lo que debía. Si pasaba algo, si la pobre niña rica la jodía de alguna manera, ya se las arreglaría para vengarse. ¡Eso era seguro!

En La Grenouille, mientras a la gente sin importancia se le mostraba con cortesía, pero con firmeza, el camino a Siberia, Coral y Lloyd Brooks habían conseguido una de las mejores mesas. Ella sonreía, hundiéndose en la mullida *banquette*. Gilles, su maquillador, había hecho un trabajo magnífico; tenía una apariencia sonrosada y por completo querúbica. ¡Exactamente el toque saludable y preciso con el que enterrar a una editora de moda anticuada!

Dejó que su capa gris se deslizara de sus hombros, inclinándose hacia adelante, para concentrar toda su atención en la abotagada cara de Lloyd. Comieron tres platos, sin hablar de negocios —para Lloyd, la comida era algo muy importante—. Coral hablaba con él en susurros de una forma exagerada, echando la cabeza hacia atrás y riendo alegremente ante cada monosílabo que él profería. Que la gente mirara y supusiera que en esa reunión se estaba tratando algo importante. A los postres, se permitió una «pizca» del *gâteau* de chocolate de La Grenouille. Lloyd se sirvió una buena porción, mientras apretaba sus rodillas contra las de ella. Por esta vez, no las retiró del todo. Como de costumbre, sólo atinaba a preguntarse cómo semejante hombre había podido convertirse en la cabeza de un imperio editorial, y de nuevo llegó a la conclusión de que Lloyd Brooks II se lo debía todo a Lloyd Brooks I.

—¡Bueno! —gruñó Lloyd al terminar el postre—. ¿Qué tienes en mente? ¿Por qué querías que comiéramos juntos?

—Estoy terriblemente insatisfecha con *Divine* —declaró ella. Tomó un pequeño sorbo de champán sin dejar de mirarlo. Sus ojos algo saltones y su cuello hinchado le causaban repulsión—. He empezado a odiar todo lo que se refiere a *Divine* —continuó, acalorándose a medida que hablaba—. La cabecera, el formato, la maquetación...

Lloyd se abanicó con la mano, mostrando cierto alivio.

—Eres una profesional, Coral, y todos los profesionales están siempre insatisfechos con su trabajo.

—¡Maynard me pudre! —gritó Coral—. Me chupa toda la energía. ¡No entiende lo que quiere decir hoy! Me he pasado todo el mes discutiendo con ella acerca de una doble página sobre los labios de Mick Jagger. Él va a ser la gran influencia sobre la moda del próximo año, pero Maynard es incapaz de darse cuenta.

Lloyd frunció el entrecejo.

—Pero, esa mujer es un condenado robot —objetó él—. Nunca la he visto llegar tarde al cierre de una edición.

—Me cago en los cierres, Lloyd. —Coral aferró la rolliza mano de Lloyd y la guió hasta su rodilla—. ¡Una publicación de moda es mucho más que ser puntual! ¡Yo tengo una visión de lo que podría ser *Divine* y esto me está matando! ¡Tenemos que capturar al público joven! Los jovencitos de hoy día no quieren que las señoras viejas elijan sus modas y los anunciantes no ven a una señora de setenta y tres años como una proposición viable...

—¿Eso es lo que tienes contra ella? ¿Su edad? —Encendió el cigarrillo de Coral, mientras ella seguía aferrándole la otra mano.

Coral inhaló con lentitud.

—No me importaría que tuviera noventa y nueve años, Lloyd, siempre que fuera *swichetd-on, clued-in,*[10] *whit-it.*

Lloyd la contempló con asombro.

—¿Qué son esas nuevas expresiones? Hablas de ellas como si se tratara de un aparato eléctrico.

Coral rió.

—Cáete una tarde por mi oficina: necesitas un curso relámpago de nueva terminología.

—Mejor, ven tú a mi oficina —sugirió él—. Hay una buena variedad de divanes para elegir y una alfombra. ¡Contigo tiene que ser sobre una alfombra! Tengo la intuición de que, cuando quieres, puedes ser una tigresa...

Ella le echó una sabia mirada. Le gusta hablar de eso, pensó.

—Volviendo al tema —dijo dándole una palmadita—, podrías darle algún cargo de asesora editorial. Redecórale la oficina. Ni siquiera necesita enterarse de que ha sido barrida del mapa. ¡Oh, Lloyd, ahora ha llegado mi turno! —Había hablado en voz demasiado alta y algunas cabezas giraron para mirarla. Lanzó una carcajada para tapar eso y se arrimó un poco más a Lloyd—. ¿Y qué tal si habláramos de cincuenta páginas de publicidad?

—¿De quién?

—De alguien que cree en mí y quiere demostrármelo. Un cuarto de millón de pavos, en un gesto espectacular y generoso. ¡Cincuenta páginas seguidas en el número de marzo o de septiembre!

Lloyd dejó escapar un silbidito.

—¿Tanto valor tiene para ti hacerte con el puesto de Maynard?

—No lo lamentarás, Lloyd. Eres un astuto hombre de negocios y sabes que tengo razón.

Él gruñó, le apretó la rodilla y dijo:

—Sólo tú me calificarías como un astuto hombre de negocios, Coral. Para el resto de la gente soy un *playboy.* —Le pellizcó suavemente el muslo—. ¿Cómo puedes hacer tantas cosas sin contar con un hombre? ¿No necesitas uno?

—Todos los que valen la pena están casados, Lloyd. Eso deberías saberlo bien.

—Pero, algunos de los que valen la pena tienen esposas muy comprensivas...

10. *Clued-in:* tener la clave o el secreto de algo. (*N. del T.*)

Coral aplastó el cigarrillo, pensando en la señora Lloyd Brooks II y sus fabulosas joyas, en su trabajo en organizaciones de caridad y sus dormitorios separados.

—Estamos entrando en una era muy excitante, Lloyd —le dijo—. Disfruto de cada segundo de ella y quiero que nuestros lectores también la disfruten.

—¿Y esas cincuenta páginas?

Ella asintió con la cabeza.

—Batirán todos los récords de publicidad, Lloyd.

—Me gusta batir récords —masculló, mientras firmaba la cuenta de la comida.

Coral se envolvió en su voluminosa capa y se pasó una mano por el cabello. ¡Dios, estaba muerta! La adrenalina de ese triunfo —¡porque sería un triunfo!— todavía no le había llegado al cerebro.

De vuelta en su despacho, casi tropezó en su prisa por sentarse tras el escritorio para llamar a Wayland.

—Acabo de volver de almorzar —susurró—. Tengo los muslos llenos de cardenales producidos por las atenciones de Lloyd. No tienes idea de lo cerca que estoy de mi objetivo, Wayland. Quedó muy impresionado cuando oyó hablar de cincuenta páginas.

—¡La reina ha muerto, viva la reina! —festejó Wayland.

—No querido, muerta no —corrigió ella—. ¡Ascendida! Vamos a fingir que se trata de eso.

El mes de abril llegó y se fue y aún no había ninguna señal. Mackenzie estaba segura de que algo había fallado. Tomó el metro a Manhattan y rondó la entrada del edificio de apartamentos de Mia, esperando que apareciera, pero sólo consiguió que el portero la mirara con aire de sospecha. Empezó a no poder conciliar el sueño y a tener un aspecto enfermizo.

—¿Qué pasa, querida? —preguntó su madre un viernes por la noche.

Mackenzie echó una mirada al rostro preocupado de su madre, se derrumbó y les contó todo a sus padres. Luego se echó a llorar, como si se le hubiera destrozado el corazón, enterrando la cara en los brazos cruzados sobre la mesa. Sus hermanos intercambiaron una mirada y abandonaron la habitación a la disparada.

Esther colocó una mano sobre los convulsionados hombros de su hija.

—¡Querida! ¿Por qué has hecho una cosa así? Con seguridad, esa chica es una delincuente.

—Me prometió que ganaría el concurso. —Mackenzie elevó su cara y empezó a gemir con más fuerzas, mientras pequeños arroyos de maquillaje se deslizaban por sus mejillas.

—¡Esa chica debería avergonzarse de sí misma! —dijo Esther, mirando a Abe—. Le esperan un montón de follones.

—¡Yo también puedo estar metida en un buen follón! —gritó Mackenzie—. Todo estaba yendo tan bien... ¿Por qué habrá tenido que sucederme esto?

Abe Goldstein emitió un gruñido de preocupación. Por un momento se quedaron ahí, sentados, mientras sólo los sollozos de Mackenzie quebraban el silencio. El aroma de la cena de albóndigas todavía flotaba en el aire. Ahora sí que jamás podré largarme de este lugar, pensó ella.

—Bueno —sorbió sus mocos, restregándose los ojos—, la cagué, eso es todo. Ahora lo único que me queda es esperar y ver qué pasa.

—¡De esperar y ver, nada! —rugió Abe—. Mañana iré a ver a la madre de esa chica. Anótame el nombre y dame la dirección de la revista.

—¡Oh, papi! —se rió con nerviosismo Mackenzie—. Es la más importante editora de modas del país. ¿Crees que es tan fácil verla?

Abe sonrió.

—¡Te olvidas de que estamos en el mismo negocio! Quizás el viejo Abe Goldstein pueda hacerle algún favor, como, por ejemplo, que su chica no acabe en chirona por este asunto.

Mackenzie gimió con desconsuelo.

—¿No pensarás hacerme eso? Con que te eche una mirada... —Se detuvo bruscamente, sin completar la frase.

—¿Ah, sí? —preguntó Abe—. ¿Con que me eche una mirada, qué pasa? ¿Todavía sigues avergonzada de tu padre, eh? ¿Todavía quieres seguir fingiendo que no eres mi hija? Bueno, deja que te diga algo. Tu padre, el bocazas de tu padre, del que te avergüenzas tanto, va a salvarte el culo mañana. Voy a defender tus derechos. ¿Quién otro puede hacer eso por ti?

—¡Oh, papi! —Mackenzie se irguió y lo abrazó—. ¡Lo siento!

Sé que tienes la mejor intención. Lo que pasa es que nunca conseguirás verla. ¡No es tan fácil como te imaginas!

Abe se deshizo de los brazos de su hija; su cara estaba roja de placer.

—Ya veremos —gruñó.

A la mañana siguiente se presentó ante la puerta del dormitorio de Mackenzie. Se había puesto su mejor traje, color azul naval, a rayas, ligeramente lustroso, y llevaba las mejillas enrojecidas por una afeitada extra hecha a toda prisa y el ralo cabello peinado hacia atrás con mucha gomina.

Mackenzie lo escrutó con pena.

—Estás formidable. Pero ella nunca te recibirá.

Cuando se hubo marchado, Mackenzie se encerró en su cuarto a rezar.

—Dios querido, no dejes que me lo arruine todo...

Abe Goldstein estaba de pie en el centro del despacho de Coral Stanton, paseando la mirada desde Coral hasta su secretaria Virginia y un fotógrafo de modas de largos cabellos.

—¿La señorita Stanton? —les preguntó por turno a cada uno de los tres.

—¿Cómo hizo usted para entrar aquí? —Coral se levantó rápidamente dejando, en su sorpresa, que la tostada cayera dentro del café. Habían estado mirando diapositivas de color sobre una mesa iluminada.

—¿Tiene usted una cita con la señora Stanton? —Virginia también se había puesto de pie y había cogido a Abe del brazo, tratando de sacarlo de la habitación.

—Su chica se llama Mia, ¿correcto? —Abe se plantó con firmeza ante Coral—. Una chica alta y rubia. ¿No vive en la calle 57?

—¿Por qué? —ladró Coral—. ¿Ha tenido un accidente?

Abe negó con la cabeza.

—No, pero su chica puede estar metida en un bonito follón, señora Stanton. Por eso he venido a verla a usted. Mi cría está llorando y a mí no me gusta verla llorar...

Coral lo miró fijamente.

—¿Y quién, si puedo preguntarlo, es su cría? Quiero decir, su niña. ¿No será usted el padre de una de nuestras modelos, o sí?

Abe se irguió con toda la arrogancia de que era capaz.

—Soy el padre de la ganadora del concurso —anunció.

—Pero, si todavía no hemos elegido al ganador... —Coral se detuvo en seco—. ¿Cómo dijo que se llama usted?

—Abe Goldstein —extendió su enorme mano y sacudió la que le tendió Coral con un gesto efusivo—. Y tranquilícese. Estamos en el mismo negocio. ¿Ha oído hablar alguna vez de Modas Goldstein?

Coral levantó las cejas como interrogando a Virginia, quien sacudió la cabeza negativamente. El fotógrafo no podía creer lo que estaba viendo, y continuaba sintiéndose molesto de que le hubieran preguntado si era la señorita Stanton.

—¿Es una tienda? —preguntó Coral.

—¡Una cadena! —contestó Abe con orgullo—. Escuche, mi hija piensa que usted es lo más grande que hay, Coral. Piensa que el sol sale y se pone en su revista. Y su hija, señora, la llamó por teléfono hace algunos meses, acerca de ese concurso...

Coral lo interrumpió de inmediato.

—¿Un café, señor Goldstein? Creo que tenemos por aquí un café danés bastante bueno. Por favor, tome asiento.

Abe se dejó caer con un suspiro y una sonrisa sobre un sillón de piel negra. Virginia sirvió el café.

—Scott, desaparece. Vete a la sala de arte —le ordenó Coral al fotógrafo, mientras Virginia cerraba la puerta dejándola a solas con Abe.

Él revolvió su café.

—Me gusta con mucha nata y azúcar —le explicó con llaneza a Coral, mientras las echaba en abundancia.

Coral hizo una profunda inspiración, estudiándolo con interés.

—¿Qué significa todo esto? —preguntó por fin—. ¿En qué está implicada mi hija?

Abe tragó un largo sorbo de café.

—Su hija le dijo a Mackenzie que la iba a ayudar en este concurso, si mi hija escribía algo para ella. Le dijo que lo necesitaba para ingresar en la misma escuela.

—¿MacMillans? —murmuró Coral con voz desmayada—. Por cierto, esto es muy serio.

Abe tomó un poco más de café danés.

—Serio, *shmerions* —dijo—. Y ése es su problema, querida Coral. Lo que queremos saber es esto: ¿Mackenzie es la ganadora o no?

—Pues, parece que sí. Pero fue elegida por unanimidad. Mia sólo leyó las presentaciones de las finalistas, para darme su opinión. Y creo...

—¡Maravilloso! ¡Fantástico! —Abe hendía el aire con ademanes de júbilo—. Eso era todo lo que quería saber. Se pondrá más contenta que un perro con dos rabos. ¡Esto representa todo lo que ella quiere en el mundo!

—Bueno, es una chica bastante talentosa. Pero esta noticia me perturba mucho. Pensar que Mia ha traicionado mi confianza en ella...

Abe terminó su café de un largo trago.

—Escuche, no quiero hacerle perder más tiempo. Lo único que pretendía era que mi hija no perdiera algo a lo que tenía pleno derecho. ¿Así que dice usted que tiene talento?

—Fue la presentación más brillante de nuestro concurso —respondió Coral con voz apagada—. Pero, cuanto más orgulloso se siente usted de ella, peor me siento yo con respecto a Mia. No puedo siquiera imaginar... —De pronto, estalló en lágrimas.

Abe saltó ágilmente del sillón y se inclinó sobre ella con preocupación, extrayendo un enorme pañuelo blanco.

—¡Bueno, bueno, no deje que esto la trastorne! —le dijo, dándole unas palmaditas en el hombro—. ¡Es usted una profesional! Sabía que iba a afectarla. Es usted adorable. —La recorrió con ojos críticos, mientras Coral se enjugaba los ojos—. Tiene mucha clase, querida —agregó—. Pero, échese encima unos kilitos. A su marido le va a gustar más.

Coral sonrió y le devolvió el pañuelo.

—Soy viuda, señor Goldstein.

—No tiene importancia —le palmeó el brazo—. Pronto se volverá a casar.

Ella sacudió la cabeza.

—Esta noche me enfrentaré a Mia...

—No sea muy dura con ella. Estas chicas están en una edad difícil —aconsejó Abe—. Mackenzie siempre ha sido un problema para nosotros. Yo la había llamado Marsha, por mi difunta madre, que en paz descanse, pero ese nombre no le parecía lo bastante bueno a mi hija. Se lo cambió por Mackenzie. Probablemente había visto ese nombre en su revista. Le digo, Coral, que estas crías pueden volvernos locos.

—Pero, usted vino aquí para defender sus intereses —dijo Coral, y se sentó, estudiándolo—. Usted es un padre que se preocupa mucho.

Abe se encogió de hombros.

—¿Y quién si no va a ayudarla? En estos tiempos, parecería que tienes que ser para tu cría padre y madre a la vez.

Coral tanteó buscando un cigarrillo y lo encendió.

—Me temo que no soy ni una cosa ni la otra. No soy una persona muy maternal, señor Goldstein.

Aspiró una bocanada de humo y se repantigó en su asiento.

—Me gustaría recompensarlo por esto. ¿Usted hace publicidad en alguna revista de modas?

—¿Ha oído hablar alguna vez de la *Jewish Gazzette* del Bronx? Es una de esas revistas que se regalan, pero tiene una página dedicada a las mujeres. A veces anuncio allí mis rebajas. Ya sabe, eso de: «¡Precios de locura, por traspaso!».

Coral se echó a reír.

—¿Y seguramente tiene usted un contrato de alquiler al que todavía le quedan veinticinco años?

—¡Treinta años! —corrigió Abe.

Ella sacudió la cabeza y lo miró.

—¡Usted es el Zorba el Griego de la moda! —declaró—. ¡Una irreprimible fuerza vital! ¡Qué energía! Haré que nuestro departamento de publicidad le conceda a usted un dieciseisavo de página por toda la molestia que se ha tomado. Y dígale a Mackenzie que nos pondremos en contacto oficialmente la semana próxima.

Lo acompañó hasta la puerta.

—Supongo que cuando ella termine su curso en MacMillans la raptará para llevarla a Modas Goldstein, ¿verdad?

Abe sacudió con tristeza la cabeza, cogió la mano de Coral y se la besó.

—Ella no se conformará con eso —dijo—. Su revista le ha comido el coco. Quiere estar en la alta sociedad. Así que, hasta que no llegue allí, no estará tranquila.

Coral se quedó mirando su figura vulgar mientras se encaminaba por el corredor en dirección al departamento de publicidad.

Esa tarde, al regresar de la escuela, Mia se encontró con la capa de Coral tirada sobre una silla en el recibidor y se sorprendió.

—¿Mia? ¡A mi dormitorio, por favor! —llamó su madre.

Entró en el dormitorio de su madre y vio que su vestido había sido colgado con todo cuidado y los zapatos colocados debajo de él. Coral, en bragas blancas, yacía extendida sobre su cama, con una toalla blanca que le rodeaba la cabeza y dos algodones sobre los ojos, empapados en una loción de avellanas propia de una bruja. El olor a tarta era ominoso. Mia se sentó prudentemente sobre el borde de la cama.

—¿Cómo es que estás de vuelta tan temprano? —preguntó.

Coral se irguió poco a poco, como una momia que volviera a la vida. Las almohadillas de algodón cayeron de su cara y sus ojos parpadearon: la implacable mirada azul perforaba a Mia.

—Hoy tuve un visitante inesperado, Mia, un tal Abe Goldstein, un implacable vengador del honor de su hija, salido del Bronx.

El corazón de Mia dio un salto.

—¿La chica que yo dije que merecía ganar el concurso?

—La misma —asintió Coral—. Son gente judía y decente. Están en el negocio de los trapos, aunque puedo asegurarte que cualquier parecido entre la ropa que él vende y la moda es pura coincidencia. Sin embargo, no pude evitar que me cayera bien. Me gustó lo importante que era su hija para él. ¡Tiene cojones! Estuve todo lo cordial que pude: hasta le regalé un pequeño espacio de anuncios para sus espantosas tiendas. Pensé que era lo menos que podíamos hacer. ¿Sabes?, me gustan las familias unidas. Lo que ahora quiero saber es, ¿por qué mi familia no puede serme leal?

Había proferido la última pregunta con toda la fuerza con que era capaz de gritar. Mia la miró aterrorizada.

Coral aferró el brazo de Mia y la sacudió con violencia.

—¿Cómo es posible que mi propia hija haga algo que puede arruinar toda mi carrera? Si a Lloyd Brooks le llega aunque sea el mínimo rumor de esto, tendrá toda la razón en despedirme. Mia: ¡yo te había ofrecido mi ayuda!

—Pensé que podría arreglármelas sola —tartamudeó Mia—. Pero cuando leí su presentación me llené de pánico. Temía que me rechazaran por mi redacción...

—Estoy avergonzada de ti —dijo Coral enfurecida—. ¡No sé

qué pensar, pero sí sé que quiero que te vayas de aquí! No quiero compartir mi casa con una delincuente. Empieza a buscarte un lugar para vivir, Mia.

—¿Dónde? Pero, ¿qué es lo que quieres decir? —balbució Mia.

—¡Y a mí qué me importa dónde! Bueno, ahora lo mejor es que vayas a tu habitación, pero te prevengo: será tu habitación sólo por una semana más.

Mia recogió su abrigo y salió corriendo del piso, enceguecida por las lágrimas.

—Es lo mejor que podría haberte sucedido, muñeca —decía Wayland desde la cocina de su casa.

Mia estaba sentada en el salón, dándole vueltas a una pequeña copa de jerez y sorbiendo de a poco ese líquido reconfortante. Wayland andaba de un lado a otro en la cocina, llenando boles con cacahuetes y patatas fritas.

Mia miró a su alrededor. Siempre había pensado que su madre era implacablemente *chic,* que sacrificaba todo en aras del estilo, pero Wayland había llegado mucho más lejos. En vez de una moqueta gris, había puesto acero inoxidable por todas partes. Facilitaba su piso a HQ para utilizarlo como escenografía para reportajes sobre decoraciones de salones y se quedaba con los ejemplares más nuevos y raros de aquellos montajes. En la actualidad, el lugar parecía más frío que un quirófano.

—Un trago, un cigarrillo, una charla... —murmuró Wayland, colocando una bandeja ante ella, sobre una mesa de café de metacrilato. Se sentía halagado por la visita de Mia. ¡Era tan poca la gente que requería su ayuda! ¡Oh, sí!, por cierto una vez hubo todo un ejército de estudiantes que le pedían consejo, una buena cosecha de diseñadores de la Séptima Avenida; pero Mia había llegado hasta él como si se tratara de alguien de la familia.

—Tú eres mi familia —le dijo a Mia, al tiempo que le alcanzaba un plato de nueces.

Ella tomó una y protestó:

—¡Eso no quiere decir que se me pueda comprar por el precio de un cóctel, como si fuera un cacahuete salado!

—¡Bette! *Todo sobre Eva* —aprobó Wayland, al tiempo que se instalaba en el sofá—. ¡Bien, ahora dímelo todo!

—Quería tanto ingresar en MacMillans... —dijo ella a modo de excusa, consciente de que eso sonaba poco convincente—. Ya sé que he cometido una estupidez, pero yo no podía pedirle ayuda justamente a ella.

—¿Por qué no me la pediste a mí? El verano pasado te dije que te ayudaría.

Ella sacudió la cabeza.

—Actué sin pensar; tenía la sensación de que esa chica me iba a ayudar. Me parecía más fácil, más rápido. Y ahora me siento tan idiota. —Empezó a llorar.

—Bueno, bueno —la calmó Wayland, mientras le servía un poco más de jerez.

Mia sorbió su bebida.

—¿Realmente piensas que pretende echarme?

Él tomó un sorbo de su enorme «vodkatini».

—Vendrás a vivir aquí —dijo—. Me harás compañía. Cocinarás algo. De paso, ¿sabes cocinar?

—Si te gusta el atún, conozco una docena de maneras diferentes de prepararlo —sonrió.

—También puedes hacer algunas tareas domésticas para ganarte el sustento, si eso hace que te sientas mejor. ¿Qué te parece mi propuesta?

Ella saltó de su asiento.

—¡Oh, Wayland! —dijo estrechándolo—. ¡Eres tan generoso y tan amable...!

—¡Calla! —replicó él—. Termina ese jerez. Tendrás que aprender a medirte en la bebida, si vas a vivir aquí. Éste es un lugar duro. Aquí se bebe en cantidad.

Mezcló más bebidas, se dirigió a su dormitorio, levantó el auricular del teléfono y marcó el número de Coral.

—Mia está aquí —le dijo—. ¿Es verdad que la has echado de tu casa?

—¡Sí!

—¿Y qué hay de tus sentimientos maternales?

—¡Oh, por favor!

Wayland oyó que encendía un cigarrillo y aspiraba una larga bocanada.

—Podría haber usado mis sentimientos maternales para hacerla ingresar en MacMillans, pero ella rechazó mi ayuda...

—Todos cometemos errores estúpidos —dijo Wayland—. Es una buena chica y has sido muy dura con ella. Le he dicho que puede quedarse aquí, si quiere.

—Podría ser la solución ideal. Estoy tan cansada de este choque de personalidades. Siempre has tenido un flanco débil con respecto a Mia. Ahora encárgate tú de hacer de madre por un tiempo.

Cuando Mia volvió a su casa aquella noche, se sintió aliviada al ver que el dormitorio de Coral estaba a oscuras. A la mañana siguiente, después de que su madre se hubo marchado al trabajo, cogió dos maletas, una caja de cartón llena de libros, de álbumes de discos y dos bolsas de papel con todas sus posesiones, y tomó un taxi hasta el piso de Wayland, que distaba tres calles del suyo.

Entró con el juego de llaves que él le había dado, arrastró sus cosas a lo largo de la recepción pavimentada en mármol y abrió la puerta de la que iba a ser su habitación. Era un pequeño rectángulo, con una ventana que daba a la pared del edificio vecino. Nada de vistas: sólo un trocito de cielo azul. Se sentó, fatigada, sobre la cama. Había logrado escaparse de su madre. ¡Ahora, que la puta *chic* se cociera en su propio caldo!

5

Coral miró fijamente la nota que descansaba sobre su escritorio y sintió que su estómago se sacudía por la excitación. Estaba escrita en el papel con membrete de Maynard y tenía la palabra «urgente» subrayada en rojo. «¡Ven a verme al instante!»

Acababa de llegar de una muestra anticipada de una nueva diseñadora muy prometedora, Bettina Chiu, que había basado toda una colección en el quimono. Durante el viaje en taxi, de regreso a la oficina, había decidido que Bert Stern fotografiara algunos conjuntos, usando a Verushka como modelo. Había unos baños turcos para hombres, en el Bronx, de un fabuloso estilo *art deco,* de los que le había hablado Wayland. «¿Y qué tal si los llenamos de nieve carbónica y hacemos las tomas a través del vapor y la niebla?», rumiaba, imaginando la escena.

Arrugó la nota con impaciencia, recorrió el pasillo que conducía al despacho de Maynard y se detuvo ante la puerta donde se leía «EDITOR JEFE». Sólo me quedaré cinco minutos, se recordó a sí misma.

No había nadie en el despacho de la secretaria. Coral lo atravesó y golpeó con los nudillos en la puerta privada de Maynard. Hubo una respuesta confusa y Coral entró. Maynard se encontraba en el suelo en un rincón de la habitación.

—¡Querida! —gritó Coral—. ¡Felicitaciones! —y corrió hacia ella esquivando el escritorio.

Maynard estaba llorando sobre un pañuelo de encaje. Coral se hincó sobre una rodilla para abrazarla con un gesto protector. La emoción de la victoria se mezclaba con la compasión que le inspiraba la vieja y llorosa mujer.

—¡Pero, qué es esto! —exclamó Coral—. ¡Pensaba que estarías celebrando!

—¡Tú! —Maynard le lanzó una mirada fulminante. Tenía sus ojos castaños enrojecidos y el maquillaje corrido, lo que le daba un aire de payaso—. No finjas preocupación. ¡Goza! ¡Jáctate!

Coral retrocedió algunos pasos y se sentó en el sillón de Maynard.

—Pues ¡qué manera extraña de reaccionar ante un bien merecido ascenso!

Maynard aclaró su nariz con rápidos resoplidos.

—¡Ascenso! —dijo con sarcasmo—. Esa palabra sirve para que tú y Lloyd os sintáis más tranquilos. Me di cuenta por su cara de que lo creía tanto como yo. ¡Como si alguna vez yo hubiera trabajado bajo tus órdenes!

—¿Y qué tiene eso de terrible? —preguntó Coral—. ¿Acaso no trabajé durante años bajo tus órdenes?

Los ojos de Maynard relampaguearon.

—Te hice editora de modas. ¿Eso no fue bastante?

Coral se encogió de hombros.

—De verdad, no puedo creer que te tomes esto tan a pecho, Maynard. Ascensos, retiros... son parte de la vida. ¿O te imaginabas que ibas a seguir siendo editora jefe para siempre?

—Sí, mientras pudiera hacer el trabajo.

—Has hecho algunas jugadas maravillosas, Maynard. Súbete al próximo escalón, trepa un poco más alto en el mástil.

Maynard la miró con furia.

—Una amiga os vio a ti y a Lloyd almorzando en La Grenouille la semana pasada. Vio asimismo que él te pegaba zarpazos bajo la mesa. ¡Por supuesto, no puedo competir con eso! ¡Gracias a Dios!

Coral estalló en carcajadas y Maynard se irguió súbitamente con la agilidad de un gato.

—La verdad, Coral, es que nunca me has gustado y muchas veces me pregunté por qué —le dijo—. Pienso que era porque, aunque has logrado superar tus humildes orígenes, nunca serás una dama.

La sonrisa de Coral se evaporó. Clavó sus ojos en los de Maynard.

—Tú eres una dama, Maynard. ¡Y estás pasada de moda! Ya nadie quiere parecer una dama. ¿No te habías enterado?

—Eso explica tu éxito —replicó Maynard, avanzando un paso. Coral echó hacia atrás su sillón—. Usas este trabajo para poder sustituir las cosas verdaderas de la vida. Tuve un esposo maravilloso y amigos maravillosos. Tú has fracasado en tu matrimonio, tienes una hija con la que ni siquiera te hablas y sólo te sientes cómoda cuando estás rodeada de homosexuales. Según mis normas, no es algo como para andar cacareándolo por ahí.

Coral esbozó una mortífera sonrisa.

—¿Por qué no empiezas a despejar tu escritorio, querida? —dijo con mucha calma—. ¿O prefieres que yo vacíe cada uno de tus cajones en el pasillo?

Maynard meneó la cabeza. Se produjo un gran silencio en la habitación, mientras las dos mujeres respiraban agitadamente. Coral empezaba a sentir el olor de la victoria. Se sentía segura de que la otra cedería.

—¡Prefiero morirme antes que trabajar bajo tus órdenes! —exclamó Maynard.

—Oh, querida —dijo Coral—, te estás poniendo melodramática. Podríamos llegar a un acuerdo...

Lo que sucedió a continuación fue tan vertiginoso que, por mucho que Coral intentara luego describirlo, no le fue posible hacerlo. Maynard pasó por delante de ella como una ráfaga y abrió con violencia una ventana de las que no estaban hechas para abrirse. Hubo sólo una mirada acusatoria, una corriente de aire, un grito, y un grito de Coral como un eco... Maynard se había arrojado al tráfico de la hora punta.

Coral volvió a gritar, sintiendo que el horror le había dejado la garganta en carne viva. Tenía los ojos desorbitados por el sobrecogimiento. Cayó contra una pared y fue deslizándose hacia el suelo. Allá abajo sonaban los claxones y el tráfico serpenteaba entre enfermantes chirridos de frenos. Dentro de su conmoción, se dio cuenta de que era la nueva editora jefe. ¡La reina ha muerto, viva la reina! ¿Quién había dicho eso? «La reina no morirá» recordó que había contestado ella. ¡Simplemente ha sido ascendida! Era como si pudiera oír la ironía de Wayland. «¡Oh, claro! Ahora está en el paraíso de la moda.» El olvido la invadió como una nube negra. Mientras se desmayaba y sus ojos se ponían en blanco, anotó mentalmente: que Avedon repita la toma del número de abril.

—¡Ve al piso de tu madre! ¡Toma un taxi! ¡Ha sucedido algo horrible! —La emoción quebraba la voz de Wayland.

—¿Está enferma? —preguntó Mia con nerviosismo. Estaba en el despacho del decano, al que la habían convocado por una llamada de emergencia.

—Tu madre está bien. Pero, ¡Maynard Cowles está muerta! Y, en este momento, la policía sospecha que tu madre la ha arrojado desde una ventana del piso veinticinco.

—¡Oh, Dios mío! ¡Oh, Wayland! ¿Piensas que ella pudo...?

—¡No, por supuesto que no! Ya sé que siempre dije que Coral podía llegar a matar para conseguir el poder, pero eso no significa que realmente lo creyera. Estoy mil por ciento seguro de que fue un salto suicida. Pero tu madre está bastante perturbada. Me parece que sería una buena idea que estuvieras allí, cuando vuelva a casa.

El portero la dejó entrar al piso, usando su llave maestra. Mia sentía el estómago revuelto. Se quedó parada por un momento en el frío recibidor y enseguida escuchó el ruido de una llave en la cerradura. El estómago le llegó a la garganta, mientras se volvía hacia la puerta.

Virginia, la secretaria de su madre, empujó la puerta, sosteniendo a Coral que se apoyaba en ella.

—Una taza de té —dijo Virginia con un inconfundible acento británico—. Eso es lo que usted necesita, señora Stanton. Es un remedio seguro para la conmoción.

De pronto descubrieron la presencia de Mia.

—Yo... yo... me pareció que tenía que estar aquí —tartamudeó Mia—. Wayland me telefoneó a la escuela...

Coral la miró con sorpresa durante un segundo. Luego esbozó una sonrisa.

—¿Ves, Virginia? ¡Mi hija pensó en mí! Querida... —Extendió sus brazos hacia Mia—. ¡Qué dulce has sido al haber venido! Quiero decir, en estas circunstancias. Te lo agradezco de todo corazón.

Mia estrechó a su madre entre sus brazos. Nunca había visto a Coral con un aspecto tan frágil, tan vulnerable. Era una revelación. También lo eran sus propios sentimientos. Sentirse necesitada, sentirse capaz de ayudar.

—Té —sugirió Virginia—. Un té muy dulce.

—¡Lo prepararé yo! —ofreció Mia.

—Y usted se irá directamente a la cama —le dijo Virginia a Coral.

—¡No seas ridícula, Virginia, me siento perfectamente —protestó Coral—. Tengo que hacer un millón de llamadas telefónicas. ¡Recuerda que eres mi secretaria, no mi enfermera!

Aun así, dejó que Virginia la condujera hasta el dormitorio y consintió en echarse sobre la cama y cubrirse con una manta.

Mia llevó el té al dormitorio y se quedó observando cómo Virginia lo azucaraba a conciencia.

—¡Ahora señora Stanton, a beber! —la urgió.

Con un gesto de desagrado, Coral tragó unos sorbos y le indicó a Virginia que podía marcharse.

—Mia cuidará de mí —le aseguró.

Mia acompañó a Virginia hasta la puerta.

Coral estaba recostada contra las dos mullidas almohadas Porthault, estampadas con motivos florales. Había encendido una vela Rigaud y su familiar aroma levemente empalagoso flotaba en la habitación.

—¡Bien! —extendió su mano a Mia, que se había aproximado a los pies de la cama—. ¡Volvemos a ser una familia! Es lo único bueno que tienen las tragedias: unen a las familias... Aun a familias tan pequeñas como la nuestra.

Mia apretó la mano de su madre, sin poder creer todavía esta nueva imagen de Coral. Aún debe de estar bajo los efectos de la conmoción, pensó.

—Me sentí tan orgullosa al verte ahí parada, cuando Virginia abrió la puerta —continuó Coral—. Me sentí tan apoyada. Y ahora voy a necesitar todo el apoyo posible. Este incidente no va por cierto a mejorar mi índice de popularidad. *Women's Wear* va a tener un gran día mañana, te lo aseguro.

—¿Fue muy horrible? —preguntó Mia—. ¡Pobre Maynard! ¿Cómo pudo hacer una cosa así?

Por un momento, los ojos de Coral parecieron volverse de acero, mientras miraba a su hija.

—¡Su carrera significaba para ella más que su propia vida! ¿Te das cuenta? ¡Eso no debe sucedernos a nosotras!

El sonido del teléfono les produjo un sobresalto.

Coral le alcanzó el aparato a su hija.

—Diles que estoy descansando, querida.

Era un columnista de un periódico, y Mia se deshizo de él.

—¿Te preparo algo para comer? ¿Un bocadillo? ¿Sopa?

Coral reflexionó.

—Mmm... Quizás un bocadillo de pan tostado muy delgado. ¿Podría ser, querida? ¿Estilo inglés? Creo que hay un pepino en la nevera. Y, ¿me harás un favor? ¿Por qué no te llevas el maldito té dulce de Virginia? Te lo cambio por un brandy triple, y después me echaré para hacer una pequeña siesta.

Mia cerró la puerta del dormitorio de su madre y se dirigió a la cocina en puntillas. Tostó el pan y cortó un pepino en rodajas finas, como le gustaba a Coral. Se preguntaba si Coral la invitaría a volver a vivir con ella. Mientras se preparaba un café, vigilaba el teléfono de pared de la cocina, para poder cogerlo al primer timbrazo, para que no despertara a Coral. De pronto, se encendió la luz roja de la extensión del teléfono. Mia caminó con pasos sigilosos hacia el dormitorio de su madre y apoyó la oreja contra la puerta.

—¡Azul huevo de pato! —estaba ordenando Coral—. O bien un negro profundo y brillante. Siempre he odiado esos sosos tonos *beige* que usaba. Quiero un *look* totalmente distinto y, por favor, Lloyd, no sólo estoy hablando de muebles de oficina. Lo que intento decirte es que quiero un aspecto diferente para las páginas, para la maquetación, para todo el tinglado. Voy a tirar a la basura todo lo que ella hacía. Quiero que el número de abril tenga mi sello, desde la primera página, desde la mismísima portada. ¡Oh, Lloyd, para cuando este número aparezca en los quioscos, ya nadie tendrá la menor idea de quién fue Maynard Cowles!

Mia se apresuró a volver a la cocina. Cuando le llevó la comida a Coral, ésta estaba en la cama, revolviendo pruebas de galeradas y papeles.

—Tuve que llamar a Lloyd para hablarle de mi nueva portada —le dijo a Mia, con entusiasmo y resolución—. ¡Se me ocurrió la fabulosa idea de pintar la cara de Verushka con un dibujo a juego con su vestido de Pucci. ¡Maynard nunca se tomó en serio a Pucci!

Mia le acercó la bandeja con todo cuidado.

—¡Qué horrible manera de conseguir el puesto de Maynard —dijo con lentitud.

—Lo sé —respondió Coral, y asintió con expresión agria, como dando a entender que estaba de acuerdo—. También hay un enorme vacío dentro de mí.

Tomó un bocadillo de pepino, lo contempló y volvió a dejarlo en el plato.

—He perdido por completo el apetito. Bueno, supongo que no me hará mal perder uno o dos kilos.

Mia se sentó sobre el borde de la cama.

—No pude evitar oír lo que estabas diciendo: eso de redecorar su despacho y de tirar a la basura todo lo que estaba haciendo para el próximo número. La pobre Maynard todavía no está enterrada, y, sin embargo...

Coral la miró con frialdad.

—La están cremando —dijo.

—¿No crees que deberías esperar por lo menos hasta que terminen de cremarla?

Los ojos de Coral se entrecerraron.

—¿Para eso has venido a esta casa? ¡Y yo que pensaba que estabas preocupada por mí!

—Sí, lo estaba, madre...

—Ya sabía que esto era demasiado bueno para ser verdad, Mia. ¡Una pequeña familia de dos, otra vez! Vaya broma. Lo que sucede es que tienes los papeles mezclados. Una chica no tiene derecho a criticar a su madre y tampoco quiero que le chupes la sangre a Wayland. Tendré que hacer algo para que recibas algún dinero semanal. Y ahora, lo mejor es que te vayas. Tengo mucho trabajo por delante y preferiría que no estuvieras espiando mis llamadas telefónicas.

Cuando cerró la puerta del dormitorio, las lágrimas ardían en los ojos de Mia. ¿Por qué diablos había venido?, se preguntó. Caminó a lo largo de la Calle 57 en dirección al piso de Wayland, furiosa consigo misma por haber permitido que la lástima hacia Coral hubiera nublado su mente.

—Ella es un monstruo, Wayland —sollozó mientras él la estrechaba entre sus brazos—. Por un momento pensé que mamá y yo íbamos a terminar nuestra vida juntas. Parecía tan frágil, y tan perdida... Debería haberme dado cuenta de que no era más que puro teatro para impresionar a su secretaria.

—Bueno, me alegro de que no te haya recuperado —confesó Wayland. Mezcló una gran coctelera de «vodkatinis» y sirvió uno para cada uno. Le alcanzó la bebida—. ¡Es tanto más saludable para ti estar aquí! ¡Te enseñaré todo lo que necesitas saber sobre la industria de la moda y que no te atrevías a preguntar!

Al día siguiente, el *New York Times* publicaba el obituario de Maynard Cowles y, en la parte de noticias, mencionaba que la policía había dado por buena la versión de que no había habido juego sucio. Coral se presentó a la investigación entre dos sesiones fotográficas. Un estallido de flashes explotó en su cara, mientras salía de la limusina que le había proporcionado Lloyd. Vestía una capa negra de Givenchy y gafas oscuras. La fotografía apareció en el *Daily News* y en *WWD*.

—Bueno, ahora lo único que queda es hacer que la gentuza de los jueves a la noche mastique la noticia y la escupa —dijo Wayland, mientras inspeccionaba su rostro en el espejo del cuarto de baño, de vuelta del trabajo, tratando de acomodar su escaso cabello—. ¡Y te estoy hablando a ti, muñeca! Tenemos una cita con Colin Beaumont.

—¿De qué clase de club se trata? —preguntó Mia, apoyándose contra el marco de la puerta del cuarto de baño.

—¡Gay! —sonrió ampliamente—. Y reservado sólo a la industria de la moda.

En el taxi le explicó algo más.

—Jueves por medio tomamos posesión del bar del hotel. Somos el círculo áulico, ¡el cogollo! Nadie puede impedir que sepamos todo lo que sucede en esta industria. Hay estilistas, diseñadores, asistentes de estudio, fotógrafos, modelos, compradores... ¡hasta vendedores! ¿Bastante democrático, no? Aprende a llevarte bien con los muchachos, Mia. Recorrerás muchos más kilómetros en tu carrera si ellos están de tu lado, muñeca. Somos muy especiales: ¿qué otro grupo minoritario conoces que fundamente toda su filosofía en los versos de Stephen Sondheim?

Wayland la condujo a la recepción de un hotel y después la guió hacia una escalera de mármol y hierro que descendía.

La hizo sentar ante la barra, en un taburete de terciopelo azul, colocó en su mano un extraño coctel de vino y se quedaron observando a los que iban llegando.

Llegaban de a uno, de a dos, de a tres; a veces en pandas carcajeantes. Eran variopintos. Mia empezaba a darse cuenta de que Wayland, el prototipo de hombre homosexual, ya estaba pasado de moda. Los jóvenes y salvajes estilistas peinadores, con sus tejanos o su ropa de piel negra; los fofos hombres de la *Ivy League*[11], en trajes con chaleco, los asistentes de fotógrafos

11. *Ivy League*: denominación de las asociaciones de universitarios de elite. (*N. del T.*)

semejantes a estrellas del rock, con sus largos cabellos; todos tenían en su mayoría, un aspecto masculino. Mia reconoció a un locutor de noticiarios de la televisión, a un actor de Broadway, a un comentarista deportivo y varias personas vinculadas con la moda, que habían pasado por las recepciones que solía organizar Coral. Por cierto, había algunas mujeres; una de ellas, una modelo muy conocida, iba del brazo de un modelo masculino igualmente famoso. Ambos eran, de pies a cabeza, la clásica pareja americana.

—Ambos son gay —le susurró Wayland al oído—. ¡Pero se han enamorado! ¡Estamos sobre ascuas por ver qué sucederá ahora! Lo más probable es que sólo sea una chica de tapa.

—¿Qué es una chica de tapa?

—Cuando un hombre quiere que no se sepa que es gay, se consigue una chica que lo tape.

Mia observó a la atractiva pareja.

—¿Quién es ésta, Wayland? —preguntó un muchacho rubio y guapo—. ¿Tu hija?

—Sí —dijo secamente Wayland sin que se le moviera un músculo—. De mi primer matrimonio con Charlton Heston.

El muchacho echó un vistazo a Mia y ella advirtió que sus rubias pestañas estaban cubiertas de maquillaje.

—Es como de la familia —lo tranquilizó Wayland—. ¿No es adorable? Mia, te presento a Paul-Émile, un artista maquillador *extraordinaire*.

—¡Bonita! —Paul-Émile aguzó la vista para observarla—. Pero necesita con desesperación un poco más de rubor en los pómulos.

—Aplícaselo —lo desafió Wayland—. ¡Transfórmala!

Paul-Émile arrastró a Mia hacia el lavabo y la hizo sentar sobre el borde del inodoro. Con algunos trazos hábiles la transformó en una chica de tapa del *Vogue*.

—No puedo creerlo —dijo ella, mirándose al espejo, mientras se pasaba una mano por el cabello. ¿Podían un lápiz oscuro, una sombra y una brocha cambiar tanto la expresión de sus ojos?

Cuando volvieron a donde estaba Wayland, éste se echó hacia atrás sorprendido.

—¡Sí que dominas tu oficio! —le dijo a Paul-Émile en tono elogioso; luego se volvió hacia Mia y comentó—: ¿Sabes que podrías ser una modelo?

—Es lo último que me interesaría hacer —replicó ella.

El bar estaba casi lleno. Lo que antes había sido un murmullo se había convertido en cotorreo excitado. El aroma de Aramis y Eau Sauvage, los perfumes favoritos de la temporada, era tan fuerte que el aire resultaba casi explosivo. El tema central de las conversaciones era el suicidio. Todo el mundo hablaba fuerte, para que lo oyeran, y parecía competir sobre quién era capaz de hacer el comentario más cruel y más ingenioso sobre la muerte de Maynard.

—Era infalible que Maynard muriera vestida con ropas de Dior...

—El cadáver más *chic* que la bofia habrá visto en su perra vida...

—¿Opinas que la Dama Dragón la empujó?

—No, pero todo el mundo sabe que es posible atajar a una persona: no es necesario quedarse tieso y decir «¡adiooós!».

Wayland estaba conversando con alguien, pero escuchó el comentario y la angustiada aspiración de aire de Mia. Rápidamente pidió más bebidas. Fueron servidas por jóvenes camareros que las llevaban en alto sobre bandejas de plata. La mayoría de la gente pedía «vodkatinis», quizá porque les encantaba la palabra.

De pronto, un cotizado fotógrafo de modas, Mark Wrexler, se puso en pie e hizo que todo el mundo guardara silencio.

—Estaría mal no decir nada esta noche sobre la trágica muerte de Maynard Cowles —dijo—. Era amiga nuestra, era una auténtica dama y un ser humano muy decente. Aquí, en este lugar, hay mucha gente que le debe a ella la primera oportunidad de su carrera. Nuestro mundo será mucho más pobre sin Maynard.

Se produjo un prolongado silencio, y luego un aplauso. Entonces Wayland en puso de pie.

—¿Y podría yo añadir algo? —dijo—. Me propongo terminar con cualquier rumor falso o difamatorio sobre Coral Stanton. Estoy aquí para decirles que ella está deshecha por haber perdido a una gran amiga y maestra. Lloraremos mucho por Maynard.

Hubo un azorado silencio y enseguida algunos aplausos y un par de vivas. También, desde algún rincón, llegó un chistido.

—¡Es verdad! —amonestó Wayland, mirando con cólera a su alrededor.

Se produjo un gran silencio y, poco a poco, la gente volvió a sus conversaciones. Mia miró hacia Wayland como hipnotizada. Nunca lo había visto actuar así. Se sentó y la besó.

—Esto era preciso decirlo, para que quedara constancia.

—¡Bien hecho, Wayland! —aprobó un hombre pequeño salido de la nada—. Ya era hora de que alguien defendiera a nuestra querida Coral.

—¡Colin! Estábamos esperándote —saludó Wayland, inclinándose para alcanzar la mano del visitante—. Por supuesto, conoces a Mia, *fille de* Coral.

—¿Cómo estás, querida Mia? —dijo tomando su mano—. ¿Y cómo está tu madre? No me he atrevido a telefonear... Imagino que está muy trastornada.

—Parece que está afrontando de una manera maravillosa la situación —comentó Wayland—. Ahora Mia vive *chez moi* —agregó con orgullo—. Estoy regentando el orfanato más exquisito. ¡Tenemos exactamente dos camas!

Mia había comenzado a hablarles sobre sus clases en la NYU, cuando, de pronto, se produjo un súbito vacío en el intenso ruido del bar que los obligó a levantar la mirada. Todo el mundo había enfocado su atención en la entrada del bar, donde, al parecer, había un pequeño revuelo. Algunos hombres se desplazaron y en el espacio que se había abierto apareció Coral, envuelta en la más negra de sus capas, con la cabeza rapada y la boca pintada de un rojo trágico, sobre un rostro pálido y empolvado. Lanzó una mirada a su alrededor. Su presencia llenaba todo el local. Estaba claro que conocía a la mayor parte de la gente que estaba allí.

—¡Acabo de llegar! —dijo tajantemente—. Y, sin embargo, podría escribir el guión de lo que la mayoría de vosotros ha estado diciendo.

Hubo un rápido murmullo de reacción que provenía de la barra. Coral desplegó una provocativa sonrisa.

—No le echo la culpa a ninguno de vosotros; quizá yo misma habría dicho las mismas cosas.

Se quitó la capa y se produjo un contenido jadeo de asombro cuando apareció la perfecta y ajustada túnica negra que antes ocultaba la capa.

—No estoy obligada a defenderme aquí. ¡Esto no es un tribunal! Pero quiero decir que daría cualquier cosa, repito, cualquier cosa para que Maynard estuviera viva, estuviera bien y estuviera esta noche con nosotros. Para que nos contara alguna de sus maravillosas anécdotas sobre la moda, para que siguiera siendo la increíble leyenda que fue...

Coral parecía tener un nudo en la garganta; con gesto teatral, enjugó una brillante lágrima de uno de sus ojos. Se produjo una sonora explosión de aplausos: se había ganado la simpatía de todo el local.

Wayland susurró a Colin, tratando de que Mia no escuchara:

—Sí, cualquier cosa, menos abandonar el proyecto de convertirse en editora jefe.

Mientras Coral descendía hacia el salón, los muchachos y los hombres le abrían paso con admiración, como si se tratara de Cristo atravesando el Mar Rojo. De vez en cuando, alguien la besaba en sus pálidas y empolvadas mejillas. Coral se estaba acercando a ellos y el estómago de Mia se revolvió. Se agachó, al tiempo que Wayland se ponía de pie para saludar a Coral.

—¡Wayland! ¡Hola, querido! ¡Colin, gracias a Dios que te he encontrado! Necesitamos un retrato de Maynard para un homenaje que, quizá, podríamos calzar en el número de marzo. Quiero que hagas algo en *crayon* negro, pero suave. ¡Eso sí, lo necesito ahora mismo!

—¿Qué tal mañana a las diez? Trabajaré toda la noche.

—¡Ángel! —se inclinó para besar la frente de Colin y le entregó una carpeta—. Aquí hay algunas fotografías que pueden servirte como punto de partida. ¡Mia! —De repente había advertido la presencia de su hija. Sus ojos se abrieron como el dos de oros—. Pero, ¿qué diablos estás haciendo aquí?

—Está conmigo, Coral —dijo Wayland.

Coral echó una mirada desaprobadora a su alrededor.

—Supongo que opinas que una reserva de machos debe ser zona prohibida para una adolescente.

Wayland se irguió para enfrentar a Coral.

—¡No hay ningún lugar al que yo vaya en el que Mia no sea bienvenida! —replicó.

Coral rió con desprecio.

—Espero que eso no incluya los bares del Village frecuentados por tíos vestidos de cuero negro, querido.

—Creo recordar que tú los encontrabas muy interesantes —siseó Wayland.

Colin cogió a ambos por las muñecas y tiró de ellas.

—Éste no es el sitio más indicado para una riña, amigos míos. Hay demasiada gente que tiene entradas gratis.

Mia escuchaba, muda. Sólo hacía un momento que había empezado a sentirse adulta y refinada y ahora había llegado su madre y lo había estropeado todo, haciéndola sentir como una niña.

—Tengo un chófer afuera —dijo Coral con brusquedad—. Os dejaré en vuestras casas.

—Bueno, Coral, no pensábamos marcharnos todavía —contestó Wayland.

—Colin tiene que hacer un dibujo —se justificó Coral—. Y, realmente, pienso que Mia ya debería estar en la cama.

Sintiéndose casi enferma, Mia vio que Wayland echaba una mirada a su reloj de pulsera.

—Se está haciendo tarde, muñeca —dijo él y la miró con resignación.

Coral se volvió para indicar el camino y ellos la siguieron como escolares obedientes. Se sentaron en silencio en el coche, mientras Coral le daba al conductor la dirección de Wayland.

—¿Quién te maquilló esta noche, Mia? —preguntó Coral desde el asiento delantero—. ¿Paul-Émile?

—Sí, ¿cómo te diste cuenta?

—Siempre se le va la mano con el rubor. Tuve que prescindir de sus servicios porque hacía que todas las modelos parecieran payasos.

Cuando llegaron al edificio de Wayland, le recordó:

—Wayland, el viernes hay almuerzo de trabajo sobre mercados. A la una en punto. No te retrases.

Wayland condujo a Mia hacia el vestíbulo del edificio y apretó el botón del ascensor.

—Ya sé lo que estás pensando, muñeca —dijo, cogiéndole la cara entre sus manos para que lo mirara—. Y tienes mucha razón: Ella me da miedo. Estamos tan malditamente metidos en esta revista...

Mia se recostó con cansancio contra la pared del ascensor.

—Wayland, sé que ella es una fuerza irresistible. Pero trataré de evitar los lugares donde pueda encontrarla.

Cuando él abrió la puerta, Mia corrió hasta su dormitorio, hundió la cabeza en la almohada y se echó a llorar de frustración.

Los decoradores recibieron una paga triple, para que trabajaran durante el fin de semana repintando el despacho de Maynard Cowles de un negro brillante. Ahora, Coral estaba ansiosa por llegar cada mañana a su oficina, de modo que tomaba un taxi y lo hacía esperar mientras llenaba un envase con café en su bar favorito de Madison Avenue. Le fascinaba reinar desde su nueva *suite* de despachos. Las negras y brillantes paredes constituían una espectacular e inesperada escenografía. Su piel blanca y empolvada y sus labios rojo sangre asombraban a los visitantes y hasta asustaban a algunos de ellos. *WWD* publicó un artículo de dos páginas sobre su «ambiente de trabajo», destacando las flores blancas frescas que llenaban un gigantesco macetero, el enorme sillón del escritorio forrado con piel de cebra auténtica, el intrigante aroma de las velas Rigauds y las ventanas con visillos, que permitían examinar las diapositivas en la caja de luz. Las maquetas de página, pinchadas con chinchetas sobre fondos también negros, que esperaban para ser revisadas, colgaban en perfecto orden de un riel cromado que atravesaba de lado a lado la habitación. Coral desayunaba café con tostadas, con el *Times* abierto en la página de «Estilo» y con *WWD* a un costado.

Una bandada de nuevos anunciantes ya estaba preguntando cuánto costaban las tarifas por página de *Divine*. Coral era la bombilla que atraía a las mariposas de la moda. Sentada en su sillón contemplaba sus dominios, complacida. Su mirada abarcó las canastas de mimbre desbordantes de brazaletes, broches, guantes y chales. Era sabido que cierta vez había planeado todo un número que giraba alrededor de un brazalete que le gustaba mucho, utilizando chales, zapatos, guantes y hasta el vestido como si fueran meros accesorios. Otras veces se entusiasmaba tanto con un objeto, que no toleraba que algo disminuyera su impacto, de modo que hacía fotografiar el objeto sobre una modelo desnuda, sin sombrero, sin siquiera un pendiente que pudiera distraer la mirada.

Su gusto fluctuaba desde lo casi clásico hasta la moda más exagerada y salvaje que se hubiera visto en América. Todo el mundo estaba de acuerdo de que lo que creaba moda en ella era su forma de combinar las ropas. Coral conseguía que las ropas más aburridas adquirieran valor gracias a la inteligente forma de presentarlas. A veces, se veía obligada a hacer eso porque, como cualquier otra revista, *Divine* tenía que recompensar a los anunciantes que compraban carísimas páginas de color. Al mostrar prendas que solían ser horripilantes, mantenían felices a sus clientes.

«La reina está donde debe estar», había dictaminado *WWD* con aprobación y, en general, en la Séptima Avenida, cuando los comerciantes disponían de un minuto para dejar de pensar en el dinero, estaban de acuerdo con este juicio.

Mia se había convertido en el proyecto de Wayland, en su mascota, en su protegida. La invitaba a cenar a los mejores restaurantes de la ciudad, se enteraba de los últimos chismes, acompañaba a Wayland a las recepciones. Durante algún tiempo eso fue para él toda una novedad. Pero empezaba a interferir con su estilo de vida.

—Mi vida sexual se está estropeando —se quejó a Colin hablando por teléfono desde su despacho—. Si tengo la suerte de localizar en una fiesta a un tío excitante, me resulta casi imposible acercarme a él.

Durante las primeras semanas, Wayland se comportó lo mejor que podía. Bebía menos y no usaba su «pícaro librito negro», que habitualmente era la fuente de recursos para su a menudo desierta vida amorosa. Pero eso no podía durar y, una noche de borrachera, Mia oyó ruidos que provenían del dormitorio de Wayland. Hubiera querido pegar la oreja a la puerta pero algo le decía que no lo hiciera. A la mañana, oyó que la puerta de entrada se cerraba con un portazo y luego Wayland, durante el desayuno que ella le había preparado, evitó mirarla.

—¡Por Dios, Wayland! No la conviertas en una bruja —lo había prevenido Colin.

—¡Oh, ella ya está varias etapas más allá de eso! —había replicado Wayland—. He entrenado a esta niñita en las frases tipo Bette Davis desde que empezó a hablar.

Pero, cuando llegó la carta de aceptación de MacMillans, la tensión en su hogar compartido se evaporó. Celebraron el acontecimiento con una cena especial fuera.

Al poco tiempo, Mackenzie Goldstein era proclamada en *Divine* como la ganadora del Concurso de Talentos 1964. Junto a la noticia aparecía una pequeña fotografía de ella.

Wayland leyó la noticia por encima del hombro de Mia.

—Estará en tu mismo curso, muñeca. Probablemente seréis amigas por el resto de vuestras vidas.

Mia emitió un quejido:

—¡Oh, espero que no!

6

En aquella soleada mañana de otoño, el olor del aire prometía un día caluroso; era ese olor callejero bochornoso y sudoroso, que sólo puede producirse en Manhattan. A las ocho y media, un camión de limpieza pasaba frente a la puerta de la Escuela de Arte y Diseño MacMillans, en la parte alta de Broadway, echando agua sobre la acera.

Alrededor de las nueve, una camada de nuevos estudiantes se agrupaba en la entrada, esperando a que se abrieran las puertas. Los excitados chicos y chicas, casi al final de su adolescencia, no mostraban un aspecto demasiado singular; lo único que tenían en común era su ambición. Estaban decididos a penetrar en un negocio duro.

Un muchacho rubio y alto, de anchos hombros, estaba parado en la acera de enfrente de la escuela, recostado contra un muro, mirando cómo un bedel abría las puertas de la escuela. Había algo que le impedía a David Winters atravesar esas puertas. Aquella era la culminación de años de trabajo y, ahora que había llegado el momento, entrar físicamente en la escuela representaba para él un esfuerzo que le parecía insuperable. La escuela aceptaba pocos estudiantes becados: tenían que ser muy dotados y muy pobres. David cumplía con ambas condiciones. ¿Por qué la moda significaba tanto para él? Por cierto, cualquiera que lo mirara habría pensado que era un delantero de fútbol y no un diseñador de vestidos. Por un instante, cerró sus ojos al sol de la mañana. ¿Así que todo para esto? Tres años de calificaciones escolares examinadas con minuciosidad, de fotocopiar y enviar las declaraciones de hacienda de su familia al comité de admisión y una larga sucesión de entrevistas. ¡Y, por fin, la carta que le comunicaba que podía ingresar en septiembre!

Aquella mañana se había despertado, en su minúsculo estudio del East Village, con la sensación de que su vida empezaba ese día. Podría trabajar en lo que se había visto obligado a mantener oculto hasta entonces, pues, ¿qué compañero de equipo de fútbol habría comprendido su deseo de diseñar ropas para mujeres? Ni siquiera él mismo lo comprendía; simplemente sabía que eso era lo único que quería hacer y, ahora que MacMillans había decretado que era un joven con muchas condiciones, sabía que no se había equivocado.

David estaba viviendo en Nueva York desde julio, alojado en un hotel de mala muerte, de Columbus Circle, y alimentándose con comidas envasadas. Recorriendo los anuncios del *New York Times* topó con la cifra de sesenta y cinco dólares en grandes números negros, que se convirtió en su alquiler mensual. Nunca antes había oído hablar del East Village, y, cuando dio con la habitación, comprendió por qué el alquiler era tan barato. Fregó el largo y estrecho cuarto con lejía y luego lo pintó de blanco, pero aquello era un completo zoológico de insectos, muchos de ellos desconocidos para un muchacho que venía de Syracuse.

No conocía a un alma, pero Nueva York, en verano, no es un lugar solitario. Estaba tratando de formarse una nueva personalidad con su trabajo; después de todo, en Nueva York podría llegar a ser lo que quisiera. Tenía que tomar importantes decisiones: ¿debería vestirse según la moda artificiosa que venía de Londres o permanecer fiel a las ropas con las que se sentía cómodo —tejanos con camisas de madrás—, a riesgo de que se le considerara un paleto? ¿Debería adoptar esas ropas *hippies* que se vendían en el Village? Sé tú mismo, pensó, mirando entrar en la escuela a sus nuevos compañeros de clase. Se apartó de la pared recalentada y se forzó a cruzar la calle y entrar en la escuela.

Una marchita mujer rubia se inclinaba sobre un cuaderno de registros, sorbiendo café de un envase de cartón y orientando a los estudiantes a sus aulas, a los lavabos y a otras partes de la escuela. De vez en cuando, levantaba un poco la cabeza para echar una mirada a la turba, y casi era posible leer sus pensamientos: otro cargamento de egos contra los que luchar durante un año; los no talentosos, a los que había que desalentar con tacto, y, cada tanto, algún talento inusual, capaz de repensar las ropas y crear moda.

Varios personajes de esta nueva clase del 64 ya se estaban definiendo. Estaban los exhibicionistas y los fanfarrones; estaban las chicas que habían perdido sus documentos de admisión y sufrían pequeños ataques de histeria. Había uno o dos chicos espantosamente afeminados, con cabello largo y ropas *mod;* un par de elegantes chicas orientales y un personaje que llevaba un sombrero con velo y una falda larga y negra, vestida como para ir a un baile de disfraces. Mia echó un vistazo a esa chica y, dándose cuenta de que era Mackenzie Goldstein, le volvió la espalda rápidamente.

La caótica cola fue desfilando delante de la atareada organizadora, y por fin Mia dio su nombre y recibió la orden de dirigirse al aula A-2. De inmediato quedó atrapada en un torrente de estudiantes, que casi la arrastró hacia la escalera y hacia un laberinto de aulas.

Un muchacho alto tocó su brazo con gentileza.

—¿Perdida? —preguntó.

Mia recordó haberlo visto en la calle, contemplando la escuela, y sonrió al ver su cara preocupada.

—Soy David Winters —se presentó, tendiéndole la mano.

—Mia Stanton —contestó Mia, mientras se la estrechaba—. Me dijeron aula A-2.

—A mí también. —La guió a lo largo del pasillo, al tiempo que preguntaba—: ¿Estás aquí para el curso de tres años?

—Quizá lo reduzca a dos. ¿Y tú?

—Me voy a quedar los tres años que dura el curso, si alcanza el dinero. Tengo una beca, pero todavía me falta encontrar el dinero para el alquiler y la comida.

—¿Recibes ayuda de tus padres?

—Mamá hace lo que puede. Mi padre está muerto. Él nunca habría estado de acuerdo con esto. Ya conoces a esa clase de gente: «Ningún hijo mío será un maldito diseñador de modas!».

—La mayor parte de los grandes diseñadores de modas han sido hombres —dijo Mia.

Él empujó la puerta del aula A-2 y Mia sintió un cosquilleo de orgullo al entrar en el aula con él. No dieron su presente al profesor; se les indicó que agarraran taburetes y, con los tableros de dibujo sobre las rodillas, les asignaron poses de cinco minutos. La modelo era una chica de aspecto ordinario, que usaba un vestido de estilo japonés.

—Traten de reflejar el tacto de la seda, la caída del vestido —sugirió el profesor.

Durante la pose siguiente, se abrió la puerta del aula y Mackenzie Goldstein hizo su entrada. El sombrero de cóctel con velo y la larga falda resultaban ridículos, pero Mackenzie los llevaba con un cierto empaque. Todo el mundo levantó los ojos y la miró, excepto Mia, que se concentró en su dibujo. Después de encontrar un taburete, Mackenzie se puso a trabajar.

En la pausa de las once y media, David se inclinó sobre Mia.

—¿Quieres que veamos cómo es la cafetería? —preguntó.

—No, esperaré hasta la hora del almuerzo, gracias de todas maneras.

Cuando él se marchó, Mia se dedicó a revisar los ocho dibujos que había hecho.

—¡Sorpresa! —Mackenzie adoptó una pose absurda y sonrió. Mia la miró.

—¿Me recuerdas, verdad? Mackenzie Goldstein. ¡Por Cristo! Deberías recordarme: me metiste en un bonito lío.

Mia sacudió la cabeza.

—En más líos me metiste tú.

—¿Ah, sí? —Mackenzie llevó sus manos a las caderas—. Recuerda que fue idea tuya la de llamarme.

Mia sintió que sus mejillas se arrebolaban.

—Oye, si te propongo ser amiga tuya —continuó Mackenzie—, lo menos que puedes hacer es ser amistosa conmigo. —Extendió su mano—. Mis amigos me llaman Mack.

Mia tomó la mano con cautela.

—¡Bueno! —Mackenzie sonrió ampliamente, estrechándole la mano—. Ahora, como amiga, mi primer deber es aconsejarte que no te enamores de maricas. Lo único que sacarías es un corazón destrozado.

Mia reprimió el deseo de estrangular a Mackenzie.

—¿Me harías el favor de ocuparte de tus asuntos? No es un marica y no estoy enamorada de él. Acabo de conocerlo.

Mackenzie sacudió la cabeza y extrajo un puñado de carboncillos de su bolso.

—Sí que estás verde, muchacha —dijo, mientras afilaba los carboncillos.

Cuando terminó, quitó el enorme alfiler que sostenía su absurdo sombrero y se despojó de éste. Tenía una cara redonda, con ojos casi orientales, rasgados y maliciosos. Se había cortado el cabello muy corto y se le erizaba en mechones.

—Me parece que este sombrero ha sido un error —comentó echando a Mia una mirada de soslayo—. Pero, por lo menos, no me parezco a las demás.

—¿Tan importante es eso para ti? —preguntó Mia.

—¡Desde luego que lo es! En eso consiste la moda.

Algunas chicas salieron riendo del aula. Mackenzie les echó una mirada y luego volvió a dirigirse a Mia.

—¿Sabías que tu madre me invitó a almorzar a un restaurante muy encopetado, cuando anunciaron que yo había ganado? Para mí fue como parte del premio. ¡Admiro muchísimo a tu madre! Es la mujer más elegante que haya conocido nunca...

—Mira, no le cuentes a nadie que es mi madre —interrumpió Mia—. ¿Vale?

—Mmm... ¿Por qué? No es algo como para estar avergonzada, supongo.

—Me echó de casa por lo que hice contigo.

—¿No me digas? ¿Dónde paras ahora, en el Plaza?

—En el piso de un amigo.

—¿Eres su querida?

—Por supuesto que no. Es como si fuera un tío mío. Es uno de mis más antiguos amigos.

Mackenzie elevó la mirada hacia el techo.

—Suena muy divertido. —Hurgó en su bolso buscando un cigarrillo, lo encendió con aire indiferente y aspiró una bocanada—. Espero que los dos seáis muy felices.

Cuando David volvió al aula y se sentó enfrente de ellas, Mia se vio en dificultades para continuar dibujando. Cada vez que sus miradas se cruzaban, ella le sonreía.

Más tarde, cuando terminó la jornada de clases, él la acompañó por Broadway. Cuando él se despidió y se sumergió en las escaleras del metro, Mia llamó un taxi. Se preguntaba qué haría él esa noche y fantaseó con la posibilidad de tomar un taxi hasta la parte baja de la ciudad, pulsar su timbre y ver aparecer su tímida sonrisa. Podría prepararle la cena y acurrucarse luego en sus brazos para mirar alguna vieja película por televisión. Él había hecho de MacMillans algo muy excitante...

Durante el primer año en MacMillans tuvieron que digerir

una avalancha de información y de prácticas. Los bombardeaban con todo lo que estuviera vinculado con la moda. En el curso de una conferencia de orientación, la entusiasta decana, Millicent Dutton, dividió la industria de la moda en cuatro ramas: diseño y corte de patrones, compra y comercialización, periodismo e ilustraciones de modas y publicidad.

—Ustedes descubrirán solos para qué rama están más capacitados —les aconsejó—. Si hay alguien que aún no se siente seguro, encontrará que encajará naturalmente en el sitio que le corresponde a medida que transcurra el año. Ser un diseñador no significa que haya que dibujar bien. Algunos de los diseñadores que están en la cumbre hacen redibujar sus bocetos por artistas contratados. Aquellos de ustedes que sí dibujan bien, pueden elegir seguir el dibujo de modas como una carrera, aunque les advierto que en estos tiempos no hay mucho trabajo. Sólo Colin Beaumont y Antonio parecen ser las excepciones.

—¡Mis dibujos parecen hechos por un chico subnormal en pleno viaje de LSD! —susurró Mackenzie.

Más tarde, se reunieron con David en la cafetería y hablaron de sus carreras. Mia, David y Mackenzie se habían convertido en una especie de trío forzado, debido a la insistencia de Mackenzie en unírseles cada vez que iban a comer.

—Cuando esa mujer hablaba sobre comercialización —dijo Mackenzie— se me ocurrió la idea de convertirme en compradora de una tienda grande, por ejemplo la de Bloomingdale, para viajar por Europa, ver todas las ropas nuevas y conocer a tíos italianos e ingleses de ensueño. ¿Divertido, no?

David rió.

—No es tan fácil.

—¿Y no piensas entrar en el negocio de tu padre? —preguntó Mia—. Mi madre dice que es una persona realmente agradable.

—¿Dijo eso? —Mackenzie miró con atención a Mia. Había olvidado que ésta debía de haber obtenido de Coral una completa descripción de su padre y esperaba que no hubiera estado muy grosero aquel día.

—¡Mi viejo es un diamante en bruto! —comentó por fin.

—¿Ah, sí? —David echó una mirada a Mia—. Mi viejo, en cambio, era simplemente bruto.

Los tres rieron y miraron a Mia, esperando que agregara algún comentario gracioso sobre su padre.

—Todavía lo echo de menos —dijo con tristeza—. Me cuesta creer que no está ahí, en California...

Mackenzie le palmeó la mano.

—¡Pobrecilla! —se condolió—. Puedes quedarte con Abe, ¿vale? Te lo regalo.

Mia echaba miradas furtivas a David, mientras Mackenzie seguía monopolizando la conversación, haciéndolos reír, llevándolos a temas cada vez más escabrosos. Era divertida, pero Mia lamentaba no tener nunca la oportunidad de estar a solas con David. Sería hermoso poder conocerlo mejor...

Mackenzie se sentía en su elemento. Poder estar toda la semana pensando y trabajando en lo que le daba más placer —la moda—, era casi demasiado bueno para ser real. Seguía temiendo que alguien entrara en una clase para enseñarles matemáticas. Se llevaba bien con todos los profesores, excepto con el de diseño, Bruce Neville. Por la manera que tenía de fruncir la nariz cada vez que Mackenzie se aproximaba a su mesa, era obvio que desaprobaba su forma de vestirse, de diseñar, de hablar y hasta su olor.

«Es un asqueroso, un remilgado y un pedante», se quejaba siempre Mackenzie a sus amigos.

Él criticó sus exuberantes diseños, señalando:

—Nadie usa un cinturón blanco. ¡No después de las cinco de la tarde! ¡Esos pantalones sólo son aptos para la playa! ¡Los zapatos rojos son vulgares!

Mackenzie lo miró, sorprendida por la vehemencia de su crítica.

—¡Eh, tranquilícese, señor! Estamos en 1964.

El profesor sonrió con acritud.

—Puede ser, pero todavía hay ciertas cosas que una dama no usa. Por lo menos, si no quiere parecer salida de los barrios bajos.

—¡Bueno, disculpe, «señor» —respondió Mackenzie, imitando el acento sureño y haciendo reír a toda la clase—. Hay muchas mujeres que quieren vestirse de putillas de vez en cuando.

—¿Realmente? —preguntó con frialdad el señor Neville—. En todo caso, nadie que yo conozca.

En la clase, todos contenían la respiración.

—Bien, señor Neville. A mí me gustan los cinturones blancos

y los zapatos rojos —dijo Mackenzie sin vacilar—. ¡Los usaría aun después de las cinco de la tarde! ¡Ya no hay reglas para la moda! ¡Las vamos a romper!

El señor Neville emitió un resoplido de desdén.

—Quizás hayan cambiado algunas reglas...

—¿Y cómo puedo diseñar si no soy fiel a mi propio gusto? —preguntó Mackenzie—. ¿Qué tendría para vender?

El señor Neville se quedó en silencio. Era evidente que pensaba que Mackenzie no tenía nada para vender. La idea de vestir como una ramera, simplemente por diversión, era demasiado nueva para que él pudiera comprenderla.

No era el único crítico que tenía Mackenzie. En su casa, su padre miraba los diseños hechos por ella y se llevaba las manos a la cabeza.

—¿Quién va a usar estas basuras?

Mackenzie fulminó a su padre con la mirada. Esther se inclinó hacia ellos, pasando un brazo sobre cada uno.

—Abe, por favor es *shabbos*[12]. Quiero que mi familia coma pacífica y dignamente, junta. Creo que esta chica es genial. ¡Yo usaría esas ropas, Abe!

La idea de ver a Esther Goldstein con una minifalda de lamé dorado, hizo reír a Mackenzie.

—¡Mami! —dijo abrazándola—. Siempre me has alentado. Cuando sea rica y famosa te compraré una hermosa casa.

—¿Sí? —comentó Abe con sarcasmo—. Sigue alentándola, Esther.

Esther le palmeó el hombro a su hija.

—No necesito una hermosa casa, querida. Soy muy feliz aquí. Todo lo que pido es que te lleves bien con tus padres y tus hermanos.

Reggie y Max aparecieron a la hora de la cena y, como torpes cachorros, se abalanzaron sobre la hogaza fresca de *challah* que estaba sobre la mesa, mientras Abe asentía con aprobación. Esther sirvió la cena y comieron en silencio. Más tarde, con su estómago ya repleto, Abe volvió a la carga.

—Mira qué felices son mis hijos y mira a la amargada de mi hija. ¿Cómo es posible que nada de lo que hago le agrade?

—¡Seré muy feliz cuando pueda largarme de aquí! —gritó

12. *Shabbos:* cena ritual judía del viernes. (*N. del T.*)

Mackenzie—. ¡Esto es pútrido! ¡Me gustaría pasar todo mi tiempo con gente *chic* y refinada como Coral Stanton.

Abe rió ruidosamente.

—¿Refinada? ¡Parecía que esa pobre mujer no había probado una comida decente en años!

—Por lo menos es inteligente y sabe un montón sobre modas...

La cara de Abe se transformó de golpe.

—¡Bueno, lárgate con buen viento, entonces! ¿Quién te está pidiendo que te quedes? Estoy hasta las narices de aguantar tus aires de superioridad. ¡Ya veremos qué superior serás cuando trates de ganarte la vida!

Mackenzie se puso de pie.

—Abe, quiero que se quede aquí —se apresuró a decir Esther—. Todavía no he servido el postre.

Pero Mackenzie se dirigió a grandes pasos hacia su dormitorio ignorándolos a ambos. Cerró la puerta con llave, encendió un cigarrillo, sacó sus revistas de modas y las recorrió con amor. Pronto el mundo de la moda la engulló, la tranquilizó y la llevó a grandes ciudades, a fiestas elegantes, a lugares que quedaban muy lejos del Bronx. Es ese mundo, todos se llamaban entre sí querido o querida, sonreían y se decían mutuamente qué divinos eran. Pronto ella formaría parte de ese mundo.

—¿A quién debo ver esta mañana? —preguntó Coral a Virginia a través del interfono.

—A un diseñador llamado Howard Austin, recomendado por Wayland Garrity.

—Ah, sí...

Coral se levantó de su escritorio para mirarse en el espejo de cuerpo entero y alisó su corto vestido negro. Querido Wayland, pensó. La había librado de Mia y le enviaba una corriente continua de nuevos y jóvenes diseñadores. Recordó que él le había hablado de Howard Austin.

—¡Presume de heterosexual! —había dicho riendo—. Si llega a ser falso debes despedirlo *inmediatamente*.

Como solía ocurrir con todos los diseñadores o fotógrafos que Wayland recomendaba, éste era muy guapo. ¿Pensaría Wayland que los diseñadores feos no podían ser talentosos? Coral estrechó la mano de Howard Austin y miró con cautela esos ojos marrones chispeantes y cálidos, que la contemplaban con respeto y admiración. Conocía muy bien esa mirada y sabía que significaba que no iba a suceder nada más allá de los negocios. Lástima. Mientras él exhibía muestras de sus modelos de ropa y desplegaba fotografías sobre la mesa, Coral contemplaba su cabello oscuro algo despeinado y su piel bronceada. No estaba acostumbrada a tener entrevistas con hombres que le resultaran tan atractivos.

Le indicó que se sentara en un asiento, al costado de su escritorio, y sus ojos recorrieron los vestidos y abrigos que él había colgado. Buenas formas, nítidas, sin trucos y, sin embargo, frescas y modernas.

—¡Muy, muy bonitas! —comentó con vivacidad—. ¡«Super»! Mis ojos tenían hambre de ver algo como esto. ¿Por qué no me das una idea de a qué tiendas les estás vendiendo?

—Bueno, por supuesto, a Headquarters —dijo él, reuniendo sus muestras—. Acabo de obtener un bonito encargo de Bendel...

—Siempre es bueno tener de tu lado a Gerry Stutz.

—Y Sacowitz en Texas, Gallay en Beverly Hills —agregó él.

—Estoy impresionada, Howard. Éste es el tipo de ropa tranquila y poco ostentosa que, quienes tenemos algo más de dieciocho años, deseamos usar. ¿Cuándo presentas tu colección?

Él rió.

—Nosotros no formamos parte de la *couture;* somos sólo humildes *prêt-à-porter.* Aunque hago cinco pequeñas colecciones por año. Espero que me honres con tu presencia en la próxima, en septiembre.

Howard la miró intencionadamente a los ojos y Coral los bajó, un poco perturbada. Hacía mucho tiempo que ningún hombre la miraba así. Wayland le había dicho una vez que los asustaba. Echó un vistazo subrepticio a un espejo que estaba detrás de él. Sí, estaba bastante espectacular.

—Estaré encantada de asistir —le dijo.

Mientras él bebía su café, reparó en la mano tostada y bien cuidada que sostenía la taza. Charlaron unos pocos minutos más y luego Coral lo ayudó a juntar sus muestras y guardarlas en una maleta para vestidos.

Cuando lo acompañaba hasta la puerta del despacho, él se volvió de golpe hacia Coral, preguntando:

—¿Supongo que no hay posibilidad de tener una cita?

Al principio, ella no entendió, pero el suave contacto sobre su brazo y la mirada intencionada de los ojos de Howard le aclararon el panorama.

—¿Conmigo? —preguntó—. Vaya... Nadie ha usado esa palabra para dirigirse a mí... desde hace años.

—¿Por qué no? —dijo él, echándose a reír.

Sus dientes eran de un blanco perfecto. ¿Era pura imaginación suya o había cierta afinidad sexual entre ellos? ¿Una especie de chispazo de algo que podría llegar a ser? Coral le tendió la mano y él la retuvo entre las suyas, cálidamente. Echó una mirada a sus labios carnosos y volvió a mirarlo a los ojos.

—De todas maneras, gracias, Howard. Estamos trabajando mucho en este número. ¿Por qué no me llamas dentro de dos semanas, cuando ya lo hayamos puesto en el horno?

—Lo haré —replicó él.

Cuando él se hubo marchado, volvió a sentarse ante su escritorio con el entrecejo fruncido. ¿Podría tratarse de una trampa que le estaba tendiendo Wayland? Sería algo demasiado burdo. Decidió que Howard no era nada más que un chico guapo a medio formar, con unos ocho años menos que ella, probablemente. Pero, al menos, se había comportado como un chico guapo con talento. Y era agradable que alguien le pidiera una cita: la hacía sentir joven de nuevo. Retornó al trabajo para tratar de calmar el inquietante y súbito anhelo que se había adueñado de ella.

Coral yacía de espaldas sobre su cama, floja como una muñeca de trapo. La masajista la había dejado relajada, pero le era imposible detener la marcha de su cerebro. Su mente zumbaba de ideas, como un gigantesco fichero circular que giraba a toda velocidad. Como si fuera poco repasar las citas con jóvenes editores de moda, que tenía programadas en París, Milán y Londres, se veía de pronto perturbada por Howard Austin. Había echado un vistazo al preestreno de su nueva colección en su sala de exhibiciones de la Octava Avenida y le había gustado. Hacía ropas elegantes y de corte neto. Era el tipo de ropa que despertaba su creatividad. Habría merecido su atención aunque no hubiera sido tan condenadamente guapo y encantador.

Después de la exhibición habían ido juntos al teatro, pero aún allí el trabajo los había reclamado: la actriz principal del espectáculo llevaba ropas de Howard y *Divine* estaba haciéndole un reportaje. Al concluir la función, fueron a tomar unas copas al bar de un elegante hotel del centro. Una vez allí, Howard había dejado muy claro que estaba interesado en ella como mujer y no como editora de modas.

—Unos amigos míos tienen una casa en Southampton, que sólo usan en verano —dijo él—. Algunos fines de semana lleno el coche de libros y de álbumes de discos y me marcho a una especie de retiro. Hago largas caminatas, contemplo el mar...

—Mmm... Suena a gloria —ronroneó ella.

Se sentó muy cerca de él en la *banquette*. Él cogió sus manos y las retuvo. Coral experimentó una sensación de alarma y retiró las manos en busca de un cigarrillo que él le encendió. Lo examinó a través del humo.

—¿Estás muy seguro de tu atractivo, no es cierto, Howard?

Él frunció el entrecejo y esbozó una sonrisa que quedó a mitad de camino.

—Pues, yo... daba por descontado que entre nosotros hay una atraccion mutua y esperaba que...

—Uno de estos días te presentaré a mi hija —lo interrumpió ella, aspirando una bocanada de su cigarrillo—. Te gustará. ¡Es bonita! ¡Fresca!

Howard la cogió de la muñeca con ademán colérico, haciendo caer la ceniza del cigarrillo.

—¿Estás tratando de hacerme enojar?

Los ojos de Coral revolotearon por todo el ambiente.

—¡Por favor, Howard, la gente...!

—¡A la mierda con la gente! —dijo él.

Coral vio que torcía la boca con un gesto levemente amenazador, pero el apasionamiento de él la excitaba. Miró esos ojos oscuros que se clavaban con ardor en los suyos y contempló su oscuro y rizado cabello.

—¿Y qué haríamos en Southampton? —preguntó ella en un susurro.

—Bueno —rió él—. ¡No vamos a recorrer tanto camino para ponernos a jugar con nuestras muñecas Barbie!

Ella también rió, mientras sentía crecer en su interior el deseo de introducir sus dedos en los mechones de cabello que le rozaban la nuca. Le gustaba su piel; quería recorrerla con los dedos, quería sentir sobre su cuerpo el tacto de sus fuertes y rudas manos.

—Tú eres un diseñador en ascenso, Howard —dijo—. Y yo podría resultarte muy útil...

Él retiró su mano de la de Coral y ella volvió a cogerla.

—Escúchame. Si supieras la cantidad de veces que me han cortejado jóvenes diseñadores, fotógrafos y peluqueros... Me he fijado la norma de no dejar que nadie se acerque a mí.

—¡Excepto yo! —alegó Howard con los ojos brillantes clavados en los de ella—. Sé que he llegado a ti, Coral. Lo siento. ¡Lo siento aquí! —Condujo la mano de Coral hacia su entrepierna y ella sintió su excitación, mientras un espasmo de lujuria recorría su propio estómago. Apartó la mano y lo miró. Él se echó a reír—. ¡Verás, eres tú quien se ha metido en mí! A pesar de que eres una editora de las que mandan, que bien quisiera yo que no lo fueras... —Llevó los dedos de Coral a su boca y los besó. El cálido aliento sobre su mano la perturbó—. A veces hay una sensación —dijo—, una especie de chispa entre dos personas. ¡Es un «clic»! Es químico o biológico. ¡Y dime si no lo sientes tú también!

Sí, ¡oh, Dios! ¡Cómo si no lo estuviera sintiendo! Sentir el muslo de Howard pegado al suyo, su presencia, su olor... Pero era condenadamente peligroso.

—Mañana tengo un día ocupadísimo —dijo ella, recogiendo su bolso.

—Estoy seguro de que todos tus días están ocupadísimos —replicó él con amargura y arrojó un billete de diez dólares sobre la mesa.

Cuando salían, el destello de un flash la cegó.

—¿Quién es usted? —gritó con cólera al fotógrafo.

—¿No me reconoce, señora Stanton? Aldo, del *Women's Wear*. ¿De qué diseñador es el vestido que lleva, por favor?

Echó una mirada a Howard, antes de contestar:

—Es de Howard Austin, la nueva esperanza joven de la moda.

En el taxi, él dijo en tono de broma:

—Espero que esto sea para la tapa y no para la página de «Víctimas de la moda».

Coral lo encaró con furia.

—¿Les habías avisado a los de *Women's Wear* que estuvieran aquí?

Él la miró con enfado.

—¿Parezco tan hambriento?

Coral se encogió de hombros, sin decir nada.

—Esta noche me han llamado de todo, desde *gigolo* a buscavidas —agregó él—. Por supuesto, me lo han dicho con mucha elegancia...

—Discúlpame —murmuró ella—. Ese hombre me puso de mal humor.

Buscó la mano de él y la sostuvo. Poco antes de llegar a su edificio, se volvió hacia Howard y lo besó. Se suponía que iba a ser un breve beso de disculpas, pero él colocó con presteza su boca contra la de ella, sobre la de ella. El tacto de sus labios y el rápido lanzazo de su lengua resultaron cien veces mejor de lo que ella había imaginado. Detonaron una avalancha de lujuria en su interior, algo que amenazaba con hacerla perder el control. Cuando él la ayudó a salir del taxi, Coral se bamboleó y casi perdió el equilibrio.

Se aferró a su brazo por un momento, lo miró a la cara y dijo con firmeza:

—Buenas noches, Howard. Gracias. —Y entró al edificio sin volverse.

Los refinados clientes de Impressionati, un nuevo restaurante italiano, que se las apañaba para que la pasta más sencilla resultara increíblemente cara, miraban a la extraña pareja que ocupaba la *banquette* estrella.

—Jamás me hubiera imaginado que me encontraría hablando contigo de mi vida amorosa, Colin —dijo Coral.

Sacudió la ceniza de su cigarrillo con impaciencia mientras el camarero retiraba los platos. Para Colin era un festín visual contemplar el aspecto de Coral. Llevaba una camisa blanca de Courrèges, de lana suave. Como de costumbre, Colin usaba un jersey negro con cuello polo y tejanos de pana negros. Esas ropas se habían convertido en su «marca registrada», coronadas por una gorra negra estilo John Lennon, que había encontrado en Harlem.

—Me siento atraída por él, Colin —dijo Coral con sencillez—. Si tan sólo tuviera diez años más...

Colin le dio unas palmaditas en la mano sobrecargada de sortijas de oro, plata y bronce.

—Eres la única alma en el mundo a la que podría contarle esto —continuó ella—. Deberías haber sido cura, Colin. Te digo cosas que nunca le diría a Wayland. Se reiría de mí o se pondría verde de celos.

—¿Y cómo sabes que yo no estoy terriblemente celoso?

Ella arrugó el entrecejo.

—¿Estás celoso, querido? ¡Qué dulce de tu parte!

Colin se había convertido en su nuevo confidente. Ahora que Wayland era el tutor oficial de Mia, se había producido un cierto distanciamiento entre ellos, un distanciamiento que había crecido cuando Wayland canceló el suplemento de publicidad de cincuenta páginas de HQ, al día siguiente de la muerte de Maynard. Ahora Lloyd pensaba que Coral había inventado toda la historia de la publicidad. Además, ella se sentía la causa de que Colin se hubiera instalado en Nueva York y la artífice de su éxito. Su sentido y conocimiento de la moda, unido a su impecable acento británico y a sus modales delicados —para no hablar de la velocidad con que entregaba sus trabajos—, lo habían colocado en la rama más alta del árbol de la moda.

Pero, de lejos, lo mejor de Colin, pensaba Coral, era su arte para escuchar. Era un arte raro en Nueva York. Ella lo buscaba para cenar juntos, por lo menos una vez por semana, con cargo a *Divine*; pero, si hubiera tenido que pagar de su propio bolsillo, igual hubiera sentido que una cena con él valía la pena hasta el último centavo. Había algo mágico en esa persona pequeña y de apariencia rara, que dibujaba con tanta exquisitez. Sus bondadosos ojos azules le devolvían una visión de sí misma que le agradaba y a la que casi se estaba volviendo adicta. Sabía que para el resto del mundo era la mayor de las putas o la Dama Dragón. La gente la miraba con temerosa admiración o directamente con miedo, pero Colin se relacionaba con ella como con un ser humano y sí... ahora que lo pensaba, como con una mujer.

Se daba cuenta de que buscaba que él la aprobara y que le importaba mucho su opinión. No le interesaba que formaran una pareja de apariencia ridícula, ni que ella lo superara largamente en estatura, que la gente se quedara mirándolos y que *WWD* publicara fotografías de ellos cenando juntos y les enchufara el mote de «La pareja más rara de la moda».

—Sería mi primer *affaire* desde que mi matrimonio se fue a pique —confesó ella.

—¡Dios mío! —se maravilló Colin—. ¡Has sido casi una monja!

—Canalicé mi energía sexual hacia la revista —dijo ella—. Me complace pensar que eso se nota. ¿*Divine* es sexy, verdad Colin?

—¡Definitivamente erótica! —estuvo de acuerdo Colin—. Casi morbosilla, desde que estás utilizando tanto a Helmut Newton.

—Colin, estamos en la década del sesenta y todas las barreras, todas las restricciones están desapareciendo. ¡Yo también quiero ser arrastrada por esa corriente! Ya es hora de que reconozca mis urgencias naturales y animales.

Colin se limitaba a mirarla, mientras ella se autoconvencía de que podía tener una relación amorosa. Para él, Coral se volvía aún más inalcanzable y aún más atractiva.

Llegaron sus dobles *espressos* y ella levantó su pequeña tacita de porcelana, como si estuviera haciendo un brindis.

—¡Por el amor! —propuso, sorbiendo el café hirviente—. O, por lo menos, por un razonable sustituto.

—Por el amor —hizo eco Colin, levantando también su tacita.

7

Los sábados, Mia se despertaba con los silbidos de Wayland, ajetreado en las tareas domésticas. Ese día solía salir a dar una vuelta por el vecindario, con su vieja gorra de marino, para ir a buscar la ropa a la lavandería o a comprar alguna cosa rara. Por lo general, le agradaba que Mia lo acompañara en esas excursiones, pero ese sábado ella se sentía con ganas de explorar en solitario.

Tomó un autobús hasta el Village y curioseó en las *boutiques* de los sótanos, palpando chales indios, sarapes mexicanos y ponchos, disfrutando de los colores. Alrededor del mediodía ya había llegado al Figaro, su reducto favorito. Pidió un *cappuccino* con canela e hizo unos bocetos de unos *beatniks* que jugaban al ajedrez mientras seguían con movimientos de cabeza la música de Bach que inundaba el café. Próximo a ella, un hombre barbudo leía el *Village Voice.*

—¡Aquí está prohibido hacer bocetos!

Giró sobre sí misma y se encontró con un sonriente David.

—¡No lo puedo creer! ¡Estaba pensando en llamarte hoy! Llevaba conmigo tu número de teléfono...

Una camarera se detuvo junto a la mesa.

—¿Le traigo algo? —le preguntó a David.

—Otro *cappuccino* con canela —ordenó Mia.

—¡Gracias! —dijo David, mientras la camarera se alejaba—. Acabas de consumir mi presupuesto de comida de todo el fin de semana.

Se sentó en una silla frente a Mia.

—Sólo son ochenta y cinco centavos.

—¡Hay un lugar cerca de mi casa, donde el café cuesta diez centavos! —replicó él.

—Yo pago la cuenta, ¿de acuerdo?

Mientras bebían sus cafés, chismorrearon sobre MacMillans, sobre las clases, sobre sus compañeros, sobre sus maestros. Era la primera vez que Mia podía estar a solas con David en un lugar público que no fuera la escuela: Mackenzie siempre había forzado el trío. Era bonito estar sola con él, mirando sus ojos azules.

De pronto, David la tomó de la mano.

—¿Quieres ver dónde vivo? Apuesto a que nunca antes has visto una verdadera chabola.

Cuando llegaron a la calle de David, en el East Village, Mia trató de adoptar un aire natural. Sin embargo, pensaba que el lugar era bastante cochambroso. «Mierdoso», habría dicho Mackenzie. Uno o dos *junkies* estaban acuclillados y algunos niños pateaban una lata vacía de bebida, de un lado a otro de la calle.

David la condujo a través de unos escalones llenos de basura y de periódicos viejos despedazados, abrió la cerradura de la primera puerta a la derecha y empujó para abrirla.

—¡Mi primera visita! —anunció al tiempo que le cedía el paso.

La larga y estrecha habitación estaba blanqueada y los pocos muebles habían sido pintados de blanco. La cama de David tenía una manta gris muy bien estirada como cobertor. Al costado de la cama había una pila de libros y de revistas, que incluía algunos números de *Divine*. Encendió la radio y la estridente música de Los Beatles alegró la habitación. Mia se dio cuenta de que estaba temblando.

—¿Hace frío aquí? —preguntó.

David se encogió de hombros.

—Puede ser.

Se recostó contra la pared, mirándola.

De pronto, Mia comprendió que el frío era producto de su miedo. Estaba sola con un hombre muy guapo y con toda probabilidad algo sucedería entre ellos. No sabía cómo comportarse o cómo expresar su temor. Nerviosamente, cruzó la habitación hacia donde él había colgado con chinchetas algunos de sus bocetos.

—Me gustan mucho tus dibujos —dijo ella, tratando de evitar que le castañetearan los dientes—. Siempre los espío cuando vas a tomar café.

Él se sentó en la cama y la miró intensamente. De pronto,

le extendió los brazos. Por un momento, ella olvidó su miedo y se acercó, cediendo a la tentación de su abrazo. Apoyó las manos en los anchos hombros de David, mientras miraba sus angulosas piernas enfundadas en sus desteñidos tejanos. Los brazos de él la rodearon y su corazón empezó a latir más rápido...

Bajo la ducha, Coral se frotó con una esponja hasta casi lastimar ese cuerpo que no había sido tocado por un hombre desde hacía años. Inspeccionó su desnudez en el gran espejo, tratando de verse como podría verla Howard. Estaba orgullosa de su figura, resultado de dietas, masajes y disciplina.

Él la esperaba al volante de un coche deportivo rojo. El portero le abrió la puerta para que saliera y Howard saltó del coche para coger la maleta y arrojarla en el pequeño espacio trasero. Luego le tomó la mano y la besó. Examinó los apretados tejanos azules, el enorme jersey blanco y las blancas alpargatas de Coral.

—¿Con que es esto lo que una editora de modas usa para los fines de semana? —preguntó él con aire risueño—. Y yo que me rompo la cabeza tratando de diseñar conjuntos para viaje.

Coral sonrió, mientras él ponía el coche en marcha, y echó un vistazo a las tostadas manos que aferraban el volante.

—Me siento tan nervioso como un párvulo que entra por primera vez a la escuela —comentó él.

—Pues no te sientas nervioso —dijo Coral, colocando su mano sobre la de Howard.

Cuando se detuvieron ante un semáforo, él se inclinó y la besó en el cuello.

—No —dijo Coral apartándose—. Aquí no, ahora no.

Durante las tres horas que duró el viaje no volvieron a tocarse. Ella le hizo preguntas sobre su vida y Howard le contó que su padre había sido importador de café y su madre una hábil costurera. Había comenzado como aprendiz de un fabricante de abrigos mientras estudiaba por las noches en el Art Students League. Arrastrando su carpeta de trabajos de una galería de moda a otra, había llegado por fin a su primera pequeña colección, su primer artículo en *WWD* y a la súbita aparición de un comprador de Bloomingdale. Era una historia muy común y Coral se la había oído a muchos diseñadores, pero ninguna le había parecido tan interesante como la de Howard.

—Ahora hago cinco colecciones por año, con diversos nombres. No quiero hacer simplemente ropas sino ¡moda!

—¿Y, quizá, que el nombre de Howard Austin aparezca en sábanas, maletas, cosméticos...?

Él sonrió.

—¿Por qué no? Si Pierre Cardin puede hacerlo...

—Estoy de acuerdo: ¿por qué no?

Sólo se necesitaba un poquito de suerte: un pedido de un comprador influyente, un buen enchufe en la prensa de la moda. Pero trataría de olvidar que era la editora de *Divine*, al menos por hoy. Bajó la ventanilla y respiró profundamente el aire de la costa próxima. Era el último fin de semana de septiembre, pero todavía hacía calor.

La casa era blanca, con gigantescas plantas en los lugares apropiados. Los sofás estaban tapizados con impecable lona blanca. Los suelos embaldosados lucían inmaculados. Junto a la piscina, circundada por una plataforma de madera, había varias tumbonas y sombrillas a rayas. Howard abrió las puertas correderas de vidrio y le mostró la casa con orgullo, como si fuera el propietario. Coral no pudo evitar una sonrisa.

Inspeccionó las pinturas modernas que colgaban en el salón.

—¿Pero, quiénes son los dueños? —preguntó.

—¿Me creerás si te digo que son intelectuales *shmatta*? Son cincuentones, muy al día, muy *chics*...

—Quienesquiera que sean, han sido muy amables al prestártela. Me gusta esta casa.

Él dio un paso hacia Coral y dijo:

—¡Y a mí me gustas tú!

La tomó en sus brazos y apretó su boca contra la de ella. La lengua de Howard entró en la boca de Coral, moviéndose y titilando contra la lengua de ella. Coral se mareó hasta casi desmayarse y el fuerte brazo del hombre la sostuvo cuando ella se inclinaba hacia atrás. Se besaron como dos personajes congelados en un paso de tango.

Ella se desprendió, jadeando:

—Howard, yo...

Él le puso sus dedos con suavidad sobre los labios y ella le dio un mordisco juguetón. Después la fue arrastrando por el cuarto, mientras bajaba las cortinas para que ensombrecieran la habitación dejando unas delgadas franjas de luz. Puso en el estéreo música clásica, un solo de piano, y luego la llevó al dormitorio y la acostó en la cama con gran delicadeza. Se colocó sobre ella, apoyado sobre los brazos, y, con una sonrisa en los ojos, fue descendiendo lentamente hasta que sus bocas se juntaron.

Coral no contaba con que su propio cuerpo enloquecería, pero, como suele sucederle a un alcohólico rehabilitado cuando vuelve a tomar un trago, el beso de Howard la desató. Hundió los dedos entre el oscuro y rizado cabello del hombre y empujó su cabeza hacia atrás cuando él quiso acariciarle el cuello. Él bajó la cremallera de sus tejanos e introdujo su mano, curvando los dedos bajo ella, dentro de ella.

—Estás húmeda ahí abajo —murmuró él—. Sabía que ibas a mojarte.

Su tacto atravesó la última resistencia. Mientras sus labios rozaban ligeramente los de ella y sus dedos seguían moviéndose, enviando temblores sensuales casi intolerables que la recorrían, Coral se irguió para enfrentarlo con ferocidad, queriendo que sus bocas se besaran brutalmente, que se lastimaran. Y, de pronto, sintió la necesidad de que ambos se desnudaran. Empezó a arrancarse las ropas y Howard se apartó para liberarse de los pantalones. Cuando ella terminó de desnudarse, él hizo que se quedara de pie ante él.

—Gira lentamente —pidió Howard.

Ella lo hizo, bendiciendo la martirizante dieta que la había conservado esbelta.

—Eres elegante, aun sin ropas —murmuró Howard, tocándola con delicadeza.

Coral acarició su pecho bronceado.

—Adoro a los hombres peludos —dijo y se inclinó para hacerle cosquillas en la oreja con la lengua.

—¿Qué prefieres? —susurró él—. Haré cualquier cosa que me pidas.

—¡Cualquier cosa! —replicó Coral—. ¡Cualquier cosa que me hagas me gustará!

Volvió a empujarla hacia la cama y se arrodilló junto a ésta. Le abrió las piernas y hundió la cara entre ellas. Coral dejó escapar un quejido, al sentir la nariz y la boca que se frotaban contra su entrepierna. Echó la cabeza hacia atrás abruptamente y lanzó un gemido de placer. Era algo casi demasiado intenso.

Él buscaba lamer, chupar, juguetear, justo ahí, justo en el lugar donde la sensación era casi insoportable.

—¡Oh! —gritó Coral—. ¡Esto va a volverme loca!

Howard levantó su mirada, sonriendo.

—Ésa es la idea.

Su sexo erecto brotó de entre sus piernas, y, cuando Coral se incorporó para acariciarlo, respondió a su tacto. Él puso la cara contra los muslos de ella y exhaló su aliento caliente y húmedo contra su piel, mientras la lamía una y otra vez.

—Tranquila, Coral —le susurró al oído, mientras su aliento le producía a ella estremecimientos de placer—. Escucha la música —dijo. Volvió a acomodarla en la cama con suavidad y se sentó en el suelo delante de ella, con la cara apoyada en su regazo.

¿Escuchar la música? Ella oía una extraña clase de música, que salía de su cuerpo: un ritmo ondulante, tamborileante, de placer sexual, que formaba un contrapunto perfecto con el Liszt y el Brahms o lo que fuera que salía del estéreo.

—Recuéstate, querida —rogó él.

Cogió sus rodillas, sus piernas y, muy despacio, lamió sus muslos, besando, pellizcando, mordiendo suavemente la parte interior de ellos, abriéndose camino con lentitud hacia arriba, hasta que ella gritó, retorciéndose en la cama, entregándose a ese voluptuoso placer. Después se dirigió hacia la parte más vulnerable. Su lengua le daba a Coral un placer que nunca había conocido antes. Ella aferró los bronceados hombros con sus manos blancas de uñas rojas. Su corazón se contrajo y contuvo la respiración, mientras sentía que se le aceleraba el pulso y que su cuerpo empezaba a moverse solo. Éste se apretó contra la cabeza y la lengua de Howard, buscando que la penetrara más. Al cabo de unos instantes, tiró de él para que yaciera sobre ella, con el sexo contra su abdomen, mientras ella acariciaba su espalda y sus nalgas musculosas y recorría sus duros muslos. Murmuró que lo quería adentro y, lenta y tiernamente, él se fue introduciendo. Coral perdió el aliento y fue cayendo en una especie de inconsciencia, a medida que él empezaba su danza, un empuje constante, casi mecánico, que se deslizaba por su aceitado interior y que a Coral le pareció tan suave como terciopelo. Gimió, gritó, besó sus orejas, mordiendo suavemente los lóbulos.

—¡Oh, querido! ¡No te detengas! ¡No te detengas!

Se apretó contra él, se estremeció bajo él, se aferró a él,

mientras Howard se movía encima, hacia adelante y hacia atrás, cada vez más rápido, cada vez más adentro, como un animal salvaje o como un joven potrillo. Las oleadas de placer empezaron a sucederse. Cada una la dejaba exhausta y, sin embargo, al borde de la siguiente. Oleadas y oleadas de orgasmos recorrían su cuerpo. Luego empezó a reír, a pedirle a él que se corriera, porque aquello era demasiado hermoso y casi estaba empezando a dolerle.

Sólo entonces, él empezó a moverse más deprisa, levantando ligeramente el cuerpo sobre ella para mirarla, mientras se sacudía, suspiraba y temblaba dentro de ella para emitir por fin un largo y profundo grito, que parecía un chillido de sufrimiento o de sorpresa. Pero Coral sabía que era un grito de éxtasis. Howard se estremeció durante algunos instantes y Coral sintió que vertía el líquido en su interior. Enseguida, él se derrumbó y apoyó la cabeza sobre el pecho de Coral, jadeando, mientras ella recorría el pelo húmedo con sus dedos, como para calmarlo.

Muy pronto, mientras el sudor se enfriaba sobre sus cuerpos, ambos se habían dormido.

«Lo mejor», pensaba ella, a medida que se hundía en el sueño. «Lo mejor que jamás he tenido...»

David y Mia se abrazaban inexpertamente en la angosta cama de él. Mia podía oler el fresco aroma de jabón de su nuca, mientras hundía la nariz en su cuello. Se abrazaron durante largo rato, cambiando de posición y apretándose con fuerza. Tensa, ella esperaba que David siguiera avanzando, pero él no intentó tocar sus pechos o besarla, como habían tratado de hacer otros muchachos en oportunidades anteriores. Aflojó la tensión y sintió que el miedo helado desaparecía. Por lo visto, David no buscaba otra cosa que estrecharla entre sus brazos. De pronto, la soltó y se recostó en la cama, con las manos debajo de la nuca, y le sonrió. Mia se sentó en el borde de la cama, mirándolo.

—Me gustas tanto, David —musitó—. Seamos siempre amigos.

Él se irguió y la rodeó con un brazo. Mia dejó descansar la cabeza sobre el amplio pecho del muchacho y comenzó a acariciarle la nuca con los dedos.

—¿Qué hacemos? —preguntó él—. ¿Nos damos el lujo de ir a ver una película? ¿O nos comemos un *frankfurt* en el parque? Creo que podríamos estirar el presupuesto para que alcance.

Mia contempló la habitación; ahora que sabía que David era delicado y tímido, sólo quería quedarse allí toda la tarde. Él hizo que se levantara de la cama y se pusiera de pie.

—Ven a ver dónde vivo yo —sugirió ella—. Wayland estará fuera toda la tarde.

Caminaron unas pocas manzanas hacia el centro, antes de rendirse y coger un autobús hasta la calle 57.

—¡En pleno centro! —aprobó David—. No quiero pensar lo que pagarás de alquiler.

—El piso es de él —dijo Mia.

David emitió un silbido. Ella sabía que, comparada con la mayoría de los otros estudiantes, era extremadamente privilegiada. Había tratado de mantener un aspecto humilde, aun con respecto a David, pero ahora estaba obligada a contarle algo sobre Wayland y sobre su poder en Headquarters.

Una vez en el piso, David contempló la magnífica vista y los muebles ultramodernos de Wayland. Mia trajo una Coca-Cola para cada uno, sintiéndose un poco inquieta de que pudiera aparecer de pronto Wayland y sometiera a David a un interrogatorio.

—¡Ven a ver mi cuarto! —Lo condujo a lo largo del pasillo—. ¡Tatán, ta-tán! —dijo abriendo la puerta.

David entró y se agachó para inspeccionar los estantes que contenían algunos de los tesoros de la niñez de Mia.

—Si te asomas a esa ventana, casi podrás ver la calle —indicó ella.

Él se subió a la cama para aproximarse a la ventana. Mia estaba de pie justo atrás de él.

David se volvió para mirarla, con expresión preocupada y los ojos brillantes.

—Allá, en mi apartamento, quería hacerte el amor —le dijo en voz baja.

Ella empezó a sentir que le castañeteaban los dientes.

—¿Y? —preguntó, aparentando serenidad.

—Creo que me acobardé. Tienes algo que...

Abruptamente se dejó caer en la cama y la arrastró con él. La estrechó entre sus brazos y trató de insertar la lengua entre sus dientes. Al instante, la asaltó el pánico.

—¡David! —gritó, tratando de deshacerse de él.

El cuerpo de David se apretó contra el de ella. David era muy fuerte. Mia trató de disfrutar ese súbito estallido de afecto.

«¿No era esto lo que deseabas hacer hace una hora en el apartamento de David?», se preguntó a sí misma. El muchacho más encantador que había conocido en su vida quería hacerle el amor. El solo pensamiento hacía que su cuerpo se estremeciera y sus dientes se entrechocaran. Él deslizó las manos por debajo de la blusa de Mia y palpó sus pechos. Metió los dedos dentro del sostén y tocó sus pezones. Mia sintió un nudo de miedo en su estómago. Se sentía a punto de gritar. Él estaba tocando sus pezones y rozándole la boca con los labios.

La familiar sensación de hielo volvió a invadirla. Yacía, rígida, mientras él besaba su cuello y le quitaba las ropas, desabrochando botones y deslizando cremalleras. «Si lo dejo hacer», pensó Mia, tratando de calmarse, «si simplemente dejo que tome toda la iniciativa y trato de no sentir nada, todo andará bien».

Por fin, David consiguió quitarle la ropa y ella permaneció echada en el lecho, contemplando cómo él se desembarazaba de la camisa y se quitaba los tejanos. Su cuerpo era liso, musculoso, como el de un nadador, pero no le despertaba deseo alguno, sólo miedo. Llevaba *shorts* de boxeador, contra los cuales se erguía su excitado sexo. Mia desvió la mirada. Esto debe de formar parte de hacerse adulta; cuanto más lo demore, más difícil será. Evitó mirar, mientras David se quitaba los *shorts*. Él se colocó sobre Mia y ella sintió el caliente sexo sobre su estómago. David movió la pelvis hacia abajo, tratando de meterle el sexo entre las piernas, pero Mia las mantenía fuertemente apretadas. De repente, todo se había vuelto frenético e imperioso. El pecho de David le tapaba la boca. Mia sentía calor y frío al mismo tiempo. David hundió la cara entre sus pechos, liberándolos del sostén.

—¡No! —gritó Mia con un tono de voz que lo sobresaltó.

David se incorporó en la cama rápidamente, preocupado, y la miró a la cara.

—¿Qué pasa?

—¡No puedo! —jadeó Mia, con los ojos fuertemente cerrados, al tiempo que sacudía la cabeza—. ¡No puedo hacerlo, David! ¡No puedo! Soy... ¡Soy virgen!

David le besó el cuello con delicadeza.

—Todo irá bien —murmuró—. Tendré mucho cuidado. Tendré mucha delicadeza. No te haré daño, Mia...

—No... —gimió ella.

Él le bajó los *pantys* hasta las rodillas y ella se arqueó para volver a colocárselos. David rió, creyendo que se trataba de un juego. Volvió a tenderse sobre ella, sin dejarla casi respirar.

—Eres hermosa, Mia —le dijo—. Muy hermosa. Por favor, relájate.

Mecánicamente, las manos de Mia se posaron sobre la espalda de David y se desplazaron hacia abajo, hacia los dos globos gemelos de sus nalgas, mientras lo sentía frotarse contra su estómago. Después clavó las caderas contra las de ella y colocó su mano entre sus piernas para acariciarla allí abajo.

—¡Oh, no puedo! —gritó ella—. ¡Por favor, no estoy bromeando... ¡No me siento preparada!

—¡Oh! —aulló David—. ¡Yo sí estoy preparado! ¡Oh, Mia!

David dio un fuerte grito, seguido de un largo y profundo gemido y, para horror de Mia, todo su cuerpo se estremeció en un espasmo, en una eléctrica serie de sacudidas. Entonces salió de él un chorro caliente que salpicó el estómago de Mia. Cada vez que el jadeaba y se estremecía, con el aliento en el oído de ella, Mia gritaba: «¡No!», como si alguien estuviera vertiendo plomo derretido sobre su cuerpo.

Él dejó de moverse y la habitación quedó en un silencio sólo interrumpido por los sollozos de ella. David se levantó y volvió con un manojo de pañuelos de papel, para limpiarle el vientre. Mia mantenía los ojos fuertemente cerrados. Todo eso no podía estar sucediendo. «¡Oh, por favor, Dios!», rogó ella, «haz que esto no esté sucediendo de verdad». No podía abrir los ojos, no debía ver la cara de David. Mientras él iba en busca de más pañuelos de papel, Mia se levantó y salió corriendo.

—¡Mia! ¿Qué...?

Trató de atraparla, pero ella llegó al cuarto de baño y se encerró con llave. Se quitó los *pantys* y el sostén y los lavó con el agua caliente de la ducha. Después puso su cara bajo el chorro y la mantuvo durante un buen rato bajo el agua caliente.

David golpeó la puerta.

—¿Cuál ha sido el error, Mia? ¿Cuál es el problema?

—¡Vete! —chilló ella—. ¡Lárgate ahora mismo!

Ella no podía enfrentarlo. No sabía cómo hacer para mirarlo. Cuando oyó que se cerraba la puerta de entrada, suspiró con alivio.

Wayland volvió a las cinco con un grupo de amigos. Habían

visto en una exhibición privada *Todo sobre Eva* y cada uno hacía su propia imitación de Bette Davis fumando un cigarrillo.

Wayland insistió para que Mia se uniera a ellos y le sirvió un «vodkatini» tan generoso como el suyo. «¿Por qué no?», pensó ella y lo apuró de un trago. La bebida se le subió enseguida a la cabeza y de pronto, se encontró haciendo la más estúpida imitación mientras todos aplaudían. Después de otra vuelta de bebidas, Wayland erigió una especie de altar a Bette Davis: alineó una docena de fotografías enmarcadas y encendió algunas velas que colocó delante de las fotos. Se apagaron las luces y todo el mundo, por turno, tenía que arrodillarse delante del improvisado altar, hacer la señal de la cruz con un cigarrillo encendido y después pararse y decir: «¡Qué basura!». En medio de todo este jolgorio hortera, Mia sintió que las lágrimas resbalaban por sus mejillas. Corrió hacia el cuarto de baño, cerró la puerta con llave, sin encender la luz, y se puso en cuclillas sobre la alfombrilla del baño, aferrándose al borde de la bañera.

—¡Oh...! ¿Qué me pasa? —gimió—. Hay algo malo en mí, ¿pero qué es?

¿Así que era esto lo que llevaba a otras mujeres a renunciar a sus carreras y a sus ambiciones?

Coral recuperó la conciencia y observó a Howard, que dormía plácidamente sobre su pecho. Retiró los dedos que hasta entonces habían estado enredados en el cabello de él mientras su mente entraba en acción con un «clic». Los sentimientos se habían despertado en su interior y ahora se agitaban sacando a la luz viejas preocupaciones, temores y vacíos de su vida. La intensidad de esos sentimientos la sacaba de quicio. Eran exactamente lo opuesto a las reglas de la moda. El buen gusto, la gran moda, eran temas que giraban alrededor de la negación, de la disciplina, de hacer que lo menos fuera lo más. El gran sexo, la ola de placer sexual que había pasado por su cuerpo, haciéndola feliz como para morir por ello, era una bofetada a la mera idea de la moda.

En ese mundo de placer, las ropas carecían de significado, pues, ¿qué otra cosa podía haber más hermosa que su propio cuerpo desnudo apretado contra el de él? El sexo era peligroso. Un campo minado. Pero, ¡oh, había estado tan bien! Había sido, con seguridad, lo mejor que ella había experimentado jamás.

Pero, si lo dejaba entrever, estaría demostrando que había vivido hasta entonces de una manera equivocada. «No soy como las otras mujeres», se recordó a sí misma. Ella era más disciplinada, ya fuera con la comida, con el ejercicio, con el levantarse cada mañana a las seis, con tomar duchas frías, ¡con todo! Iba a expandir esa disciplina para abarcar también a este artista del sexo. O, más bien, para excluirlo.

El tostado hombro de él estaba justo bajo el mentón de Coral. Con sólo estirar su lengua podía saborearlo. De no ser porque Howard estaba durmiendo encima de ella, habría podido intentar una retirada, dejando una nota y tomando el primer tren de regreso a Manhattan. Lentamente fue apartándolo con el codo, consciente de su cálida carne, de su agradable olor. Él se despertó de repente y le sonrió con somnolencia.

—Debo levantarme —dijo ella. Se puso de pie y corrió hacia el cuarto de baño. Pudo oír el largo y sonoro bostezo de Howard y luego su exclamación:

—¡Fue maravilloso!

Cuando volvió a aparecer, estaba completamente vestida, con el maquillaje rehecho y su habitual aspecto inmaculado. Él se sentó en el borde de la cama, vestido sólo con sus calzoncillos y con los ojos abotagados de sueño.

—¿Por qué te has vestido? —preguntó con sorpresa.

—¿Por qué tratar de mejorar lo perfecto?

Coral se inclinó y lo besó en la frente. Él trató de atraerla, pero ella se escurrió hábilmente.

—Bueno, no te enfades, pero me voy a casa, Howard.

—¿Qué? —exclamó Howard frunciendo el entrecejo—. ¿Te estás burlando de mí?

—Sólo te pido que me pongas en un tren. Tú quédate aquí —dijo ella, mirándose al espejo y ahuecándose el cabello.

—No entiendo... ¿No crees que lo que hemos tenido hace un rato fue algo muy especial?

Su rostro se había vuelto de pronto muy serio, mientras se ponía los pantalones y se calzaba las zapatillas.

—Demasiado especial.

—¿Y eso qué significa?

Ella lo miró y por un instante se ablandó.

—¡Oh, Howard, por supuesto que fue algo especial! ¡Por Dios, es el mejor sexo que tuve en mi vida! Es que esto —señaló con un gesto la cama deshecha— no es para mí. No te preocupes, tendrás tu espacio... ¿Qué te parecen cuatro páginas?

Howard rió con amargura. La alegría se había borrado de su rostro.

—Eso es ponerme a tu nivel, Coral, y yo no estoy en tu nivel. Me gustas de verdad. ¿Es que no puedes gustarle a nadie?

Ella le volvió la espalda.

—Como bien sabes, tengo cientos de amigos. De cualquier manera te hubiera publicado. En América necesitamos diseñadores como tú. Lo que sucede es que en esta etapa de mi vida, no puedo... —Se detuvo y encogió los hombros en un gesto de impotencia.

—¿No eres capaz de relacionarte con los humanos? —preguntó él y la cogió por los brazos, sacudiéndola y forzándola a enfrentar su mirada—. ¿Has tomado tantas fotos que ya no puedes ver la vida real?

Ella se desasió.

—No me atropelles, Howard. Sí que veo la vida real, y no siempre me gusta lo que veo, en especial cuando veo a una mujer *d'un certain âge* que está a punto de hacer un papelón. Una mujer que no puede permitirse ser emocional.

—¿Permitirse? —dijo él como un eco—. O tenemos emociones o no las tenemos.

—¡Me protejo contra eso!

—Oh, tú no necesitas protección. Simplemente, no tienes emociones, Coral —dijo él con rudeza.

—¿La lujuria es una emoción? —preguntó ella—. Si lo es, me declaro culpable.

Él la condujo de vuelta a Manhattan en su coche, con la radio encendida. No hablaron. Sólo una vez dijo Coral:

—Me habría gustado que te quedaras todo el fin de semana.

—¿Solo?

—Pronto te encontrarás con alguna jovencita hermosa o con una mujer mayor atractiva, si es eso lo que te hace funcionar.

Él le lanzó una mirada.

—A lo mejor crees que en toda esta historia de la revolución sexual pero, ¡me gustaste! Quería averiguar quién eras, qué esperabas, cuáles eran tus sueños...

—¡Por cierto, no son ningún secreto! —se revolvió en su asiento para encararlo—. ¡Quiero seguir siendo la editora jefe de *Divine* tanto tiempo como pueda! ¡Y debo dedicarme a eso ciento por ciento!

Cuando llegaron a la casa de ella, subió el coche al bordillo de la acera. Luego se dio vuelta para mirarla y pasó la mano sobre sus hombros. La besó a un lado del cuello, con mucha suavidad, mientras ella se esforzaba por permanecer insensible.

—Ya sé que da miedo —susurró él—. A mí también me da miedo. Tenía tantas expectativas sobre este fin de semana y obtuve de ti más de lo que esperaba. Es muy raro que dos personas se sientan tan bien una junto a la otra. Y no soy como la mayoría de la gente en este negocio. Soy una persona decente, Coral. Y te amo...

Ella giró la cabeza y lo miró a los ojos con prevención.

—¿Amor? —dijo con aire de duda—. No es tan fácil.

—Quizás es facilísimo. Quizás ésta es esa vez en un millón en la que el amor...

—¡No! —exclamó ella y vio que el dolor inundaba los ojos de Howard.

—Pero tú me quieres, Coral. ¡Sé que me quieres! La forma de abandonarte allá...

—Me asustó —admitió ella—. Estos sentimientos me asustan. Los he acallado durante tanto tiempo que... Ahora veo por qué. Me sobrepasan. Son los causantes de que la mayoría de mujeres estropeen sus vidas.

—¿Y tú piensas que estar enamorada es arruinarse la vida?

—Si significa descuidar la carrera, sí, lo pienso.

Coral lo besó en la mejilla, abrió la portezuela y vaciló por un momento.

—¿Te veré de nuevo? —preguntó él.

—Tú sabes muy bien qué incestuoso es este negocio, Howard. Fatalmente volveremos a tropezarnos.

Howard, sentado en su coche, la miró pasar con su fascinante sonrisa por delante del portero, llevando la pequeña maleta deportiva que no había alcanzado a abrir. Apoyando la frente sobre las manos posadas en el volante, trató de recomponerse. Por fin, se enderezó y captó en el espejo retrovisor la imagen de sus propios ojos doloridos. Maldito sea si iba a abandonar la batalla así como así. Puso en marcha el coche, miró hacia el edificio donde ella vivía y dijo en voz alta:

—Sólo *au revoir*... y la próxima vez me lo pedirás de rodillas.

8

David se pasó todo el fin de semana llamándola por teléfono. Mia le había pedido a Wayland que dijera que no estaba. Pero, después de un buen descanso y de darse cuenta de que por fuerza tendría que verlo el lunes, Mia comprendió que tenía que arreglárselas para hacer las paces con él. Cuando llamó el domingo al mediodía, ella contestó.

—¿Qué tal? ¿Te sientes bien? —preguntó David preocupado—. ¿Qué diablos ha pasado?

—David... —Llevó el teléfono a su dormitorio y cerró la puerta con cuidado—. Me sentí enferma, me invadió el pánico. Simplemente, no estaba preparada. No sé qué... —interrumpió lo que estaba por decir—. No sé qué decirte.

—Bueno, por lo menos, quedemos amigos —sugirió él—. ¿Crees que puedes soportarlo?

Mia exhaló un largo y fatigado suspiro.

—Por supuesto, quiero que seamos amigos. Pero sólo si fingimos que nunca existió el día de ayer.

—¡Vale! Por mí está bien. Nunca sucedió. ¿Estás segura de que te sientes bien? Quiero decir, después de aquello me sentí como un violador. Yo...

—¡Cállate! No hablemos de eso. Lo mejor será fingir que...

—...que nada sucedió. Te lo prometo. Te veré mañana, Mia.

Desde ese momento, Mackenzie pasó a ser la asidua acompañante de Mia. Se convirtieron en un dúo muy familiar en la escuela.

Pero Mackenzie tenía sus propios problemas. La canción de Los Beatles *She's Leaving Home* se había convertido en su melodía favorita. No era fácil para una chica judía irse de casa: había que planearlo en secreto. La beca de estudiante que le había otorgado *Divine* cubría la matrícula, algo de viáticos y costo de materiales. Quedaba un poco para almuerzos. Si le agregaba un trabajo como camarera los fines de semana, conseguiría que el dinero se estirara para pagar una participación en una habitación de un apartamento en el Village.

—Será una chabola —le dijo a Mia—. ¡Pero mi propia chabola!

Recorrió los anuncios de «compartir apartamentos» en el *Village Voice.* Ahora tenía un nuevo amigo que podía ayudarla: Alistair.

Nadie estaba muy seguro de saber quién era Alistair Briarly. Lo mejor que tenía era su acento británico, y aun eso cambiaba día a día, desde un refinado acento académico, pasando por una especie de *cockney,* hasta su propia marca de neoyorquino. Era alto y huesudo, con cabello rubio y pálidos ojos azules. Parecía un querubín de un coro de iglesia, con un reflejo perverso en los ojos. Su reducto era la cafetería de MacMillans y conocía a todas las maternales camareras. Se sabía que, de vez en cuando, había pagado para conseguir diseños para un grupo de rock que regentaba: cuatro chicos de Brooklyn, llamados los Henry Eighths, que se hacían pasar por llegados de Liverpool. Había repartido entradas gratis en la cafetería para su primera aparición en público, que tuvo lugar en un club de talentos del Village; Mackenzie había sido la única estudiante que asistió.

Desde aquel momento, Alistair se había comportado muy atentamente y con mucho encanto. Un muchacho inglés era el accesorio indispensable para 1964, de modo que Mackenzie se sintió halagada cuando, clavando los ojos en ella, apoyó el mentón sobre su mano, mientras Mackenzie masticaba un bocadillo, y le dijo:

—¡Me fascinas!

—¿Por qué? —inquirió ella con presteza. Quería saber qué era lo que un hombre veía en ella para hacerlo más patente.

—Eres tan... tan americana, supongo. Como un persona de ficción de un filme que he visto alguna vez, o algo así.

—¿Quieres decir como Marilyn Monroe o Liz Taylor?

—En realidad estaba pensando en Shelley Winters.

Él parecía tener una gran confianza en sí mismo y era un descarado. «Es un farsante de mierda» le había comentado Mackenzie a Mia. «¡Como yo!»

—¿Qué haces tú durante todo el día, mientras nosotras nos

gastamos el culo dentro de esta jaula? —le preguntó Mackenzie a Alistair.

—Bueno, hago un tipo de trabajo distinto —contestó él—. Junto a la gente. Contactos. ¿Has oído hablar de Vidal Sassoon? Lo ayudo en los lanzamientos de salones. Hago promoción para mi grupo. Tengo huevos colocados en muchas canastas, Mack.

Alistair no hablaba mucho sobre la vida que había dejado atrás en Inglaterra. Era evidente que disfrutaba siendo un poco misterioso, pero ella se las ingenió para rebuscar la información y descubrió que era la oveja negra de una familia de clase alta y que se había educado en Eton, una escuela que él despreciaba. Su madre había muerto cuando era un niño.

—Nunca me llevé my bien con mi padre —murmuró él. Y de repente pareció un niño pequeño acobardado.

Mackenzie sentía que lo comprendía muy bien. La actitud ruda y agresiva que mostraba, era, sin duda, su sistema defensivo. Atraído por los artistas, por el *rock and roll* y por «cualquier cosa americana», había huido hacia Nueva York.

—Yo también soy la oveja negra —confesó Mackenzie y sus ojos negros miraron con seriedad los pálidos ojos azules de él—. Siempre sentí que era... mejor que mi familia. Durante años alimenté la certidumbre de que mi madre verdadera era Gloria Vanderbilt. Quiero decir, no era una fantasía... ¡Realmente creía en eso! —Se encogió de hombros—. Pero, tienes que estar chiflada de verdad para tener éxito en Nueva York. Y también tienes que estar hambrienta, hambrienta de éxito, de fama, de riqueza...

—¿Y de qué estás hambrienta tú?

—¡De todas esas cosas! —dijo riendo. Terminó de beber su café—. Y no sólo hambrienta, Alistair, ¡al borde de la inanición! ¡Lo quiero todo! Pero, es curioso: es como si estuviera segura de que voy a ser famosa. Es una sensación que tengo en mi interior. Cuando gané el concurso de *Divine*, había una parte de mí que estaba muy asombrada. Y la otra parte parecía encogerse de hombros y decir: «¿Y qué? Si sabías que lo lograrías».

Alistair asintió, mirándola: ella estaba rodeada por un mimbo de éxito.

—Sí, uno tiene que creer en sus sueños —comentó.

A ella le encantaba hablar con Alistair. Él alimentaba sus fantasías. Contarle sus sueños y sus planes a un tío con clase, que venía de Inglaterra: así quería ella que fuera su vida. Él nunca se reía de ella. Alejada de las raíces de Abe Goldstein, de sus bastos hermanos y de su pobre y marchita madre, ella podría florecer, podría ser la nueva Mackenzie que siempre había querido ser.

—Poco a poco, estoy construyendo mi estilo —le confesó a Alistair—. Pero estoy segura de que no lo encontraré mientras siga viviendo con mi familia. ¡Destruyen mi inspiración! ¡Tengo que largarme de allí y pronto!

—Ya encontrarás la forma —prometió él—. Siempre que lo desees con fuerza. Quizá yo pueda ayudarte.

Alistair empezó a almacenar las pertenencias de Mackenzie en su desordenado apartamento de la calle 7. Cada mañana, ella sacaba de su casa, a escondidas, ropas, libros, revistas o discos, en su mochila de estudiante, y Alistair las iba recogiendo en la escuela.

A veces, compraban comida china para comer en su apartamento, entre la escuela y su trabajo de camarera. Pero el esfuerzo de atajar los avances de Alistair, que iban en aumento en proporción directa a la ayuda que le brindaba, arruinaba esas comidas. Le encantaba oírle decir que estaba loco por ella: era muy bueno para su ego. Pero no quería que su primer *affaire* de adulta empezara entre los cartones vacíos y grasientos del *chou-mein*. Eso carecía de la clase que había decidido que debía imbuir todos los aspectos de su nueva vida. Alistair no insistió. Después de unas pocas escaramuzas, volvió a discutir estrategias para hacer dinero. Su cerebro estaba siempre en funcionamiento. Deshizo su grupo pop, que andaba a los tumbos, y empezó a acercarse a las *boutiques* que brotaban en Nueva York, ofreciéndoles ocuparse de la publicidad. También olfateó las posibilidades de Mackenzie. Sus diseños eran originales, locos y novedosos. La aprobación y la fe de él reforzaban la confianza de Mackenzie en sí misma. Empezó a necesitar de sus cumplidos, de la misma forma en que necesitaba cada mañana una taza de café.

Algunas noches volvía a su casa a las siete. Dado que los Goldstein siempre comían temprano, a causa de los problemas digestivos de Abe, cuando ella llegaba ya habían terminado de cenar. Mackenzie se sentaba con su madre en la cocina, comía lo que le habían reservado y hacía los comentarios del día.

—A tu padre le gustaría ver los diseños que estás haciendo en la escuela —comentó Esther una noche.

Era diciembre y hacía frío y la madre había preparado su famoso *borscht*.

Mackenzie puso los ojos en blanco.

—¡Oh, Dios! ¿Por qué? No le gusta lo que hago, no lo comprende. Mis dibujos ni siquiera parecen entusiasmar a los maestros de la escuela.

—Y entonces, ¿por qué no tratas de complacer a tus maestros? —preguntó Esther.

—¡Primero tengo que complacerme a mí misma! —replicó agresivamente Mackenzie.

Esther exhaló un suspiro que partía el corazón. Su papel en este mundo era mantener la paz, actuar como un amortiguador entre su inestable hija y su irritable marido.

Más tarde, Abe Goldstein realizó el peregrinaje hacia el cuarto de su hija, golpeó la puerta con fuerza y entró. Ella cerró su cuaderno de bocetos, decorado con un borde de fieltro fosforescente. Abe cogió el cuaderno, mientras manoteaba para encontrar sus gafas. Observó las minifaldas, a juego con pelucas luminosas, los vestidos adherentes, en forma de camiseta, los conjuntos para discotecas, con agujeros en la espalda o sobre el pecho.

—Parecen los chistes del suplemento dominical —observó, al tiempo que le devolvía el cuaderno.

Mackenzie rió.

—Es una buena descripción, papá. Ésa es la apariencia que desean tener las chicas: pop, op, chifladas, divertidas.

—¿Sí? —Abe se encogió de hombros con escepticismo—. ¿Sabes qué es lo que estamos vendiendo como si el mundo fuera a acabarse mañana? «Mu-mús» para la casa.

—¿Y qué son?

—Son prendas para usar en casa, pero con estampados hawaianos muy estridentes. Multicolores. Diecinueve dólares noventa y cinco, y los sigo vendiendo como pan caliente.

—Bueno, eso es formidable.

—¿Crees que podrías diseñar prendas de este tipo? —preguntó él—. ¿Tipo «mu-mús» para andar por casa?

Mackenzie se encogió de hombros.

—No sé. Supongo. Si alguien me apunta a la cabeza con un revólver...

Abe removió los pies con impaciencia y luego se sentó en el borde de la cama y la encaró.

—Tus hermanos se estás portando muy bien. Están haciendo un buen trabajo en las tiendas. No se arrepienten de haber entrado en el negocio. Tú solías hacer bastante buenas ventas los fines de semana, ¿recuerdas? Mi plan era entrenaros a todos vosotros para que toméis el mando. No podré continuar para siempre. No me alcanzan las fuerzas.

—Eso lo vienes diciendo desde hace años.

—Y cada año me siento más débil. —Le lanzó una mirada de «ya lo lamentarás», calculada para inspirar culpa—. Si alguna vez quieres dejar esa escuela, te pondré un taller propio. Cuando viéramos que algo se empieza a vender bien, podría hacer rápidamente un patrón y conseguir un par de costureras para prescindir de los intermediarios. No tendrías que coser tú misma, como hacías antes. ¿Qué dices de eso?

Mackenzie sacudió la cabeza.

—Me gustaba hacer eso. Era una de las escasas cosas que me gustaban: diseñar mis propios vestidos y después confeccionarlos con mis propias manos. No quiero copiar el diseño de otros. ¡Tengo mis propios diseños!

—¿Éstos? —Abe cerró el cuaderno de bocetos—. ¿Qué clase de persona podría usar esto? Sólo alguien extravagante.

—¡Sí! ¡Extravagante como yo!

Él echó un vistazo a su minúscula falda de cuero y a sus medias blancas.

—No estoy bromeando. ¡A mi juicio, te vistes como una persona extravagante!

Ella estalló en una carcajada.

—¡Bien! ¡Me gusta que la gente como tú piense que tengo pinta de extravagante! Para mí, tus amas de casa del Bronx, con sus «mu-mús» hawaianos, son extravagantes. ¡No tienen nada que ver con la moda!

—¡La moda es la ropa que usan las mujeres! —gritó Abe.

—Ja, ja —replicó Mackenzie—. La moda está mucho más allá de eso.

—¡Más allá! —gesticuló Abe, poniéndose en pie—. ¿Crees que podrás ganas dinero con porquerías como ésas? Esa escuela no te está enseñando lo más importante: ¡cómo ganarse la vida!

Ella también se puso en pie, tratando de mantener la calma.

—¡Ya me las arreglaré para ganarme la vida! Pero sólo puedo diseñar lo que a mí me parece que es bueno.

—¡Mi librito dice que eso se llama tozudez! —contestó Abe cabreado y, dando dos grandes zancadas, abandonó el cuarto.

Reggie y Max asomaron sus caras por la puerta.

—¿Por qué siempre tienes que hacerlo enfadar? —preguntó Max.

—Porque no le beso el culo como tú —respondió ella.

—¿Hay algunas pollitas buenas en tu escuela, Mack?

—¡Seguro! Unas cuantas... ¿Y qué te hace pensar que tienen ganas de conocerte?

Max se llevó la mano a la bragueta.

—Porque aquí tenemos lo que necesitan.

—¡Dios mío! Sois muy brutos, ¿lo sabíais? —gritó ella—. ¿Piensas por un instante que mis amigas tolerarían la forma de comer de vosotros dos?

Les cerró la puerta en la cara de un portazo. Se sentó en la cama y se agarró la cabeza con las manos. «¡Oh, Dios, haz que pueda largarme de aquí!», rezó.

Colin acababa de terminar algunos apuntes de la nueva colección de Howard Austin, para un reportaje de seis páginas en *Divine*. Había invitado a Howard a su estudio, para tomar un trago y para que pudiera ver los dibujos por anticipado y también porque quería conocer a ese otro hombre enamorado de Coral.

—Eres el mejor amigo de Coral —le dijo Howard—. Por lo menos, eso es lo que *Women's Wear* sigue diciendo.

Colin se mostró de acuerdo.

—Adoro a esa mujer.

Howard lo miró con seriedad.

—Yo también la adoro y lo único que deseo es que me deje acercarme a ella un poco más.

Colin se agitó en su asiento.

—¿Qué quieres que te diga, Howard? —preguntó—. ¿Cómo llegar al corazón de Coral? No estoy muy seguro de que lo tenga. Quizá lo ha donado generosamente a la industria de la moda. Lo que quiero decir es que te está dando estas páginas porque le gustan las ropas que diseñas.

—¡Chorradas! —Howard apuró su bebida de un trago—. ¡Este

reportaje es mi paga! Así me lo dijo ella después de Southampton: «¡Conseguirás tu reportaje!», como si yo fuera uno de esos que follan con las mujeres por dinero.

—¡Realmente, estás alterado!

—Sí, ella se me ha metido dentro. —Dejó su vaso y frunció el entrecejo—. La verdad es que no sé por qué te estoy contando todo esto.

Colin sonrió. La gente solía decirle eso cuando le hacían confidencias.

—Supongo que lo que sucede es que me gustan las mujeres mayores —continuó Howard con tono de desconcierto—. Nunca me había dado cuenta de que podían ser tan atractivas.

Colin trató de no acusar el golpe. No le producía ningún placer que le contaran lo *sexy* que era Coral.

—Por lo general, rodeo mis sentimientos con una buena barrera de defensas —estaba diciendo Howard—. Y en el momento en que permití que Coral la atravesara, esa barrera se desplomó encima de mi cara. Estas páginas podrían haberme alegrado, pero ahora me revuelven el estómago. Ya ni siquiera sé si quiero seguir diseñando.

Colin sacudió la cabeza.

—No vas a tirar todo por la borda por un desengaño. Además, ¿qué diablos harías si dejaras de diseñar?

Howard rió con embarazo.

—Siempre he alimentado el secreto deseo de sacar una revista que compita con *Women's Wear*. Incluso, he tenido una oferta de respaldo financiero. Sería un semanario, básicamente con chismes y noticias. Tú sabes bien que la gente de la moda es adicta a los chismorreos. Consiguen su dosis diaria de la columna «Ojo» de *Women's Wear*, pero no les alcanza. ¡Yo les daría alimento para toda la semana!

—¿La Gaceta de la Moda? —sugirió Colin.

—Yo lo llamaría «Confidencias».

El título le produjo a Colin un súbito escalofrío, como si fuera un presentimiento del escándalo que podría causar una publicación así, en especial si era lanzada por un hombre que tenía algo contra Coral Stanton.

Howard recogió sus muestras y se marchó enseguida.

Colin puso orden en sus pinturas y sus lápices, abollando las hojas de papel en las que había hecho los primeros apuntes fallidos, y fijó con un *spray* los bocetos que valían la pena. Había escuchado muchas confesiones de la gente de la moda, pero nunca había esperado que un diseñador joven y guapo admitiera que amaba a Coral y que la había perdido. Howard podía ser una de esas personas que se sienten atraídas por lo inalcanzable. ¿Acaso no lo era él también? Estaba tan enamorado de Coral como el otro, pero de una forma más desesperanzada, sin posibilidades. Pero, al menos, había podido hacerse amigo de Coral. Al menos se saludaban con un beso de bienvenida y otro de despedida, y Coral le tenía un sincero afecto y lo necesitaba. Colin siempre había tenido que conformarse con esa clase de sustitutos. Su corazón se sentía dolorido cuando pensaba en eso: ¡Qué no daría por estar veinticuatro horas dentro del cuerpo bronceado, saludable y alto de Howard Austin!

La mirada de Colin recorrió el estudio, que apenas se había preocupado en amueblar. Sólo había un diván, en el que dormía, un tablero grande de dibujo y la silla de director en la que se sentaba para dibujar. Un minúsculo televisor portátil, una radio, un par de sillas, y eso era todo. Simplemente, no le importaba ese aspecto de su vida. No se proponía organizar ninguna fiesta allí, y las pocas modelos que pasaban por su estudio para posar estaban acostumbradas a los despojados estudios fotográficos y con seguridad pensaban que él no vivía allí.

Hizo un esfuerzo supremo para alegrarse un poco. Aún era el amigo de Coral. Su más íntimo, su más especial amigo. A falta de un milagro, había que conformarse con eso.

Una semana después, Howard telefoneó a Coral.

—¿Tomamos champán en algún bar? —propuso.

Coral lo pensó por un momento.

—Tú no conoces mi piso. Ven y estaremos más tranquilos.

Ella supuso que encontrarse de nuevo con él sería bueno para su ego. Después de aquel sábado en Southampton, Coral se había sumergido en el trabajo y ni siquiera había echado una mirada a un hombre. Pero extrañaba a Howard. Aquella increíble tarde había despertado una verdadera avalancha de deseos en ella.

Una de las estrellas del pop, a la que había entrevistado, le pasó con total naturalidad un porro, durante una sesión de jazz. Se dio cuenta de que hubiera parecido muy burgués e imperdonable no darle una chupada, como hacía todo el mundo. Inhaló y hasta pronunció algunas palabras en tono divertido, mientras retenía el humo en sus pulmones. Luego, todo el mundo empezó a reír y a pedir chocolate, helados y hasta hubo quien pidió hortalizas encurtidas en vinagre. Pero la hierba produjo en Coral un efecto distinto. La hacía sentir *sexy*. Había fumado algunos porros en su casa y, después de un baño caliente y de una copa de vino, realmente había padecido así como una agonía sexual; su cuerpo buscaba algo que ella le negaba: un hombre.

—Tenemos que ponernos al día con un montón de cosas —le dijo a Howard.

—¿Vas a trabajar en la tienda durante las vacaciones de verano? —preguntó Abe Goldstein a Mackenzie, mientras cenaban poco antes del fin de las clases.

Su madre y sus hermanos la contemplaron preguntándose cómo se zafaría de eso. Ella respiró profundamente.

—No, papá. No quiero trabajar en la tienda. Tengo otros planes.

—¿Ah, sí? —Abe tragó un poco de tónica—. ¿Y en qué consisten esos planes?

Mackenzie se limpió los labios con una servilleta de papel y recorrió la mesa con una mirada.

—No os desmayéis, pero tengo un trabajo. Seré camarera de media jornada en un bonito bar de cócteles en el Village. Allí se junta una gente hermosa y medio artística. Hay pocos borrachos y las propinas son ¡grandiosas!

—¿Y trabajarás hasta tarde allí? —preguntó Esther con presteza.

—Sólo los fines de semana...

—¿Y hasta qué hora? —preguntó Abe.

Mackenzie se encogió de hombros.

—No sé... Hasta las dos, dos y media, quizá...

Esther parecía haber perdido la respiración.

—¿Quiere decir que vas a andar por la calle en Greenwich Village a las dos y media de la madrugada?

—¡Olvídalo, jovencita! —dijo Abe, dando un puñetazo sobre la mesa—. Porque yo no lo permitiré.

—Ya es tarde. He aceptado el trabajo —contestó Mackenzie con arrogancia—. Empiezo el jueves.

—¿Ah, sí? —rugió Abe—. ¿Y qué tal si te digo que si sigues adelante con ese proyecto de locos no tendrás casa aquí?

—¡Abe! —gritó Esther—. ¡No me digas que eres capaz de echar de tu hogar a tu propia sangre y carne!

—Si ella no obedece mis reglas, ten por seguro que la echaré. Y, quizás, así podamos obtener un poco de paz.

—¿Así que quieres paz? —Mackenzie se levantó de la mesa, apartando el brazo de su madre que intentaba retenerla—. Te voy a dar paz ahora mismo.

Oyó cómo Abe gritaba: «¡Ah, Dios mío!» y también escuchó la risa de sus hermanos, mientras corría hacia su dormitorio. Empezó a empacar con furia las ropas que todavía le quedaban allí. El pequeño y tímido golpecito en la puerta que escuchó más tarde era, como ella imaginaba, de su madre.

—Entra —dijo de mala gana.

—Querida... —Esther entró en la habitación y cerró cuidadosamente la puerta detrás de ella—. Pídele disculpas a tu padre. Olvida todo eso de ser camarera y ayúdalo en la tienda.

Mackenzie sacudió la cabeza.

—¡Me gusta ese trabajo! Es un lugar seguro. No hay nada de qué preocuparse, ma.

Esther se sentó en la cama y miró a su hija con miedo.

—Tú eres una chica tan inteligente, querida. ¿Qué hace una chica de tus condiciones en un bar? ¿Recuerdas cuando solías pensar que eras la hija de Gloria Vanderbilt? ¿Piensas que ella trabajaría en un bar?

—¡Oh, mamá!

Se arrodilló junto a su madre y estrujó ese cuerpo que le resultaba tan familiar, tan entrañable. Se estaba volviendo imposible explicarle su vida a su madre. En su familia, nadie la había comprendido jamás. Le dio un beso de buenas noches a Esther y la condujo a la puerta. Luego, empaquetó sus últimas posesiones. Esperó hasta que todos estuvieron en su habitación y, a las diez en punto, se deslizó con sigilo fuera del piso, llevando una pequeña maleta y dos bolsas de plástico de Bloomingdale.

Se detuvo por unos momentos, indecisa, en el Grand Concourse y dirigió la mirada hacia el horrible edificio. Una vida de vulgaridad, pensó. ¡No me retendrán como prisionera ni un minuto más! ¡Tienes que conseguir por ti misma que las cosas te sucedan! Claro, había un pequeño problema, pensó, dejando descansar los bultos junto a ella, jadeando. «¡*No tengo la más zorra idea de adónde iré ahora*!» No había mucho para elegir. El único lugar donde una chica podía contar con que la recogieran era el Village, donde la norma era haberse escapado de casa. Quizás el cubil de Alistair por una o dos noches... ¿Y después? Se encogió de hombros. Ya se le ocurriría algo. Cogió sus bultos y se encaminó hacia el metro.

Howard Austin se aproximó con cautela al piso de Coral. Esto suele suceder, se dijo a sí mismo, mientras atravesaba la ciudad. Un ex ligue que se siente cachondo o con remordimientos, simplemente. Por cierto, nunca volvería a confiar en ella. Pero él tenía un plan, una estrategia definitiva para ganarse a Coral. Si para ella la carrera era tan importante, quizás él podría ofrecerle una nueva carrera.

En su piso, Coral fumaba su segundo porro y se servía una generosa copa de chispeante vino blanco. Volvió a retocar su maquillaje. ¡Oh, Dios, sí que estaba contenta de que él estuviera por llegar! Encendió algunas velas, se plantó desnuda delante del espejo del recibidor y se puso un poco de pintalabios sobre cada pezón, un truco que le había enseñado su maquillador.

El portero tocó el timbre para anunciar a un «señor Austin».

—Que suba —dijo secamente Coral.

Los golpes que dio en la puerta fueron apenas audibles. Ella abrió con suavidad y lo hizo pasar. Howard contempló con sorpresa su cuerpo desnudo.

—Disculpa... ¿He llegado demasiado temprano?

Llevaba el cabello más largo y estaba menos bronceado, pero tan guapo como siempre.

—No.

Coral lo envolvió con su cuerpo, apretándose contra su atlético pecho, rodeando con las piernas esas piernas fuertes con pantalones grises.

—¿Te gustaron los dibujos de Colin? —ronroneó en su oído. Lamió el lóbulo de la oreja de Howard con pequeños toques de su lengua.

—Mmm... —su gruñido de bajo la excitaba, la hacía estremecerse—. Ya he reaccionado bastante.

—Hay una sola reacción que me interesa esta noche —dijo ella, mientras bajaba su mano por el pecho de Howard y la deslizaba dentro del pantalón. Lo encontró por fin. Lo sostuvo a través de la delgada tela, acariciándolo hasta sentir que él se endurecía bajo su mano y oír sus gemidos en el oído. Los dedos de Howard ya habían encontrado el camino entre las piernas desnudas de Coral. La acariciaban con suavidad, con una persistente delicadeza. Se deslizaban dentro de ella, haciendo que su respiración se volviera entrecortada.

—Tranquilo... —se apartó de su mano—. No quiero apresurar la cosa...

Se arrodilló ante él y bajó con rapidez la cremallera de los pantalones. Él exhaló un suspiro, mientras ella sacaba su sexo de entre las ropas y se inclinaba para besarlo, para tomar la punta del sexo entre los labios y recorrerlo con la lengua hasta la zona más sensible. Inclinándose hacia adelante, Howard trató de alcanzarla, tomando sus pequeños pechos con sus palmas, como si fueran dos copas, moviendo las yemas de sus dedos sobre los pezones, hasta lograr endurecerlos; los cogió luego entre el pulgar y el índice y los pellizcó con suavidad, muchas, muchas veces. Coral le bajó los pantalones hasta los pies y restregó la cara en el vello de su cuerpo, aferrando sus nalgas. Howard la siguió hasta el dormitorio, donde sonaba un disco de pop romántico. Las velas Rigaud titilaban, liberando su exquisito aroma. Ella le quitó las ropas con ternura y las apiló al pie de la cama. Él se tendió sobre Coral.

—¡Oh! —murmuró ella.

La sensación era increíble. De pronto, se había dado cuenta de en qué consistía el sexo y, por fin, había hecho contacto con sus propios sentimientos. Deseaba decirle a Howard que la marihuana había roto con sus inhibiciones, con su autodefensa, pero no quería ponerlo en palabras ni retirar sus labios de los de él. El humo y los pensamientos formaban un torbellino en su cerebro. La música era suave y romántica y el cuerpo de Coral le estaba diciendo a él todo lo que necesitaba saber. Quería que cada centímetro de sus pieles se tocara, desde la frente hasta los dedos de los pies. Cruzó las piernas hacia arriba, por encima de la espalda de él, tocándole el pecho con sus manos y acariciándole las tetillas. Él se inclinó para chupar sus pechos, agitando su lengua sobre ellos, haciendo que sus pezones se volvieran a erguir hasta casi resultar dolorosos. Ella estaba a punto de llorar de placer. Ninguno de los dos pronunció una sola palabra. La cama presenciaba, muda, la pasión, el placer de la pareja. Ella deslizó la parte inferior de su cuerpo contra la de Howard. Así son las danzas modernas, pensó, haciendo rotar sus caderas contra las de él, al ritmo de la música.

—Adentro —susurró por fin ella—. Adentro de mí, ahora...

—¡Oh, niña...! —Su sexo presionaba contra ella—. Es justo ahí donde quiero estar...

Coral cogió su sexo en la mano y lo ayudó a deslizarlo suave y lentamente dentro de ella. Empezó a proferir gritos de excitación que empezaron a volverse más fuertes, más agudos, más asombrados, a medida que él se iba hundiendo en su interior. Cuando llegó hasta el fondo, quedaron por un instante congelados en el puro placer.

—¡Oh, no! —gimió ella—. Esto no puede ser mejor...

Pero podía ser mejor, fue mejor, cuando Howard empezó a moverse con delicadeza dentro de ella. Coral aflojó su cuerpo en respuesta al de Howard, hacia arriba y hacia abajo contra la dureza de roca de él. ¡Oh, Dios! Se mordió los labios, para no confesarle todo lo que sentía. ¡Esa sensación! ¡Valía más que nada en el mundo!

—¡Espera! —gritó él.

Contuvo el cuerpo de Coral con la mano y quedaron inmóviles. Sintió que su sexo latía dentro de ella, mientras él se controlaba, sin moverse, chirriando los dientes cerca del oído de Coral.

Después de unos largos momentos, refregó la nariz contra ella.

—Disculpa, pero dijiste que querías que esto durara mucho...

Le hizo el amor una y otra vez, deteniéndose justo antes de llegar al clímax y, cada vez, ella sentía llegar una especie de oleada de placer, que prometía aún más placer. Howard se desprendió para lamer su esbelto y perfumado cuerpo con su hambrienta lengua. Ella mordisqueaba con suavidad las partes de él que podía alcanzar, una oreja, un hombro o sus tetillas. Las manos de Howard la acariciaban sin pausa, moviéndose por todo su cuerpo, hasta que Coral sintió que se disolvía en una niebla de placer. Mientras tanto, la marihuana hacía todo más neto, aumentaba el placer, la liberaba de la tensión y de la culpa, le permitía relajarse y disfrutar de él.

Finalmente, sus cuerpos parecieron decidir por sí mismos

que ya era el momento de llegar al clímax del placer. De pronto, Howard la aferró en un estrecho apretón, cubriendo por completo con su boca la de ella. Coral se aferró a él, empujando su cuerpo cada vez que se movía y, mientras se empujaban con frenesí uno contra el otro, empezaron los gritos de ella y luego los de él. Después, ambos gritaron al experimentar un orgasmo perfectamente simultáneo: Coral jadeando, Howard gritando, sorprendido de que su cuerpo pudiera sentir tanto placer. Ella sentía que estaba a punto de deslizarse de la cama, hacia una nueva estratosfera de disfrute y sensaciones; por eso se agarró con fiereza a sus hombros, como si él fuera el centro de gravedad, como si fuera su piedra de toque, el ancla que la fijaba al mundo.

—¿Nata? —dijo Coral, sirviendo el café.

—Sí, por favor.

Se había echado encima un salto de cama de Dior de organza negra, casi transparente, que le llegaba hasta los tobillos. Howard se había puesto los pantalones y, con el torso desnudo, yacía sobre la alfombra, acariciando el tobillo de ella.

—Has cambiado —dijo él, mientras apoyaba a su lado la taza de café.

—¿En qué sentido he cambiado? —Se sentó sobre una mesa de acero inoxidable, junto a Howard.

—Esta vez estás más delicada, más suave.

Ella rió, sosteniendo un pequeño y retorcido cigarrillo.

Él levantó las cejas, mientras bebía un sorbo de café.

—¿Así que la elegante Coral Stanton se flipa?

—Howard, he tirado a la basura mis guantecitos blancos —le dijo sorbiendo su copa de vino. El placer que él había desatado en su cuerpo todavía latía, acunándola en su cálido resplandor—. ¡Me gusta el sexo! ¡Me gusta sentirte dentro de mi cuerpo! ¿Te das cuenta del progreso que significa para mí poder decirte esto?

—¿Así que te has transformado en...? ¿En qué? ¿En una mujer nueva?

—La moda es cambio, querido. Yo le tenía lástima a Maynard por estar detenida en los años veinte. Maldito sea si yo me atascaré en los espantosos cincuenta.

—¿De manera que todas esas historias que cuenta *Women's*

Wear sobre tus fiestas rockeras, tus pequeñas cenas con Mick Jagger y Marianne Faithful...

Ella asintió.

—Totalmente cierto. Los Rolling Stones, Los Beatles: ellos están dictando los estilos de vida de hoy. Tengo que conocerlos en su propia salsa. Y esto —levantó la mano y mostró el porro— es una de las claves. La primera vez que se encontraron conmigo no sabían cómo tratarme. No sabían lo que era la elegancia. Y tuve que encontrarme con ellos a mitad de camino.

—Empiezo a sentirme anticuado...

—¡Oh!, no, siempre habrá un lugar para tu estilo. Podrías ser uno de los grandes americanos, ¿sabes?

Howard sacudió lentamente la cabeza, acariciando el tobillo de ella con suavidad.

—Me parece que llegas tarde. Quiero que sepas algo antes de que lo leas en *Women's Wear*. He tenido una increíble oferta para mi firma. Más de un millón. La voy a aceptar y dejaré el negocio de los trapos.

Coral saltó como un resorte y sus ojos relampaguearon.

—¿Por qué? ¡Con tu talento!

Él se peinó hacia atrás el cabello oscuro y ondulado.

—Después de nuestro pequeño... episodio en Southampton eché una mirada a mi vida y tuve una verdadera conmoción. Hizo que se me fueran las ganas de estar en este asunto de la moda. Tú me dijiste que habías tenido que elegir constantemente entre la moda y el amor. Quizá yo sea un romántico incurable, pero no puedo dejar de apostar por el amor. De hecho, esta noche podría ofrecerte ambas cosas...

—¿Qué quieres decir?

—Me gustaría pedirte que trabajes para mí.

—¿Estás bromeando? ¿Trabajar de qué?

—De lo mismo que estás trabajando ahora: de editora jefe.

—¿Qué, piensas sacar una revista? ¿Con qué respaldo?

—Con el mío, ahora que tengo el dinero. De esa forma no tendré que rendirle cuentas a nadie. Quiero hacer un semanario de modas, una versión chismosa de *Women's Wear*. He investigado el mercado: se puede conseguir bastante publicidad. Empezaríamos con una tirada de cien mil ejemplares, destinados al gremio. Más tarde, podemos dedicarnos a pensar en atraer al público de la calle.

La risa de Coral lo interrumpió.

—¿Y tú esperas que renuncie a la jefatura editorial de *Divine* por una cosa así? ¡Nuestra circulación anda en torno al medio millón! Solamente mi sueldo costaría...

—¡Lo pagaré! —Los ojos de Howard brillaron—. Voy a poner en esto hasta el último centavo que tengo. No haré economías, empezando por ti. Y estarás en libertad de ser tan *avant-garde* como desees.

Coral terminó su vino de un trago rápido, sintiéndose de pronto enfadada. Apartó su pierna de entre las manos de Howard, se puso de pie con brusquedad y empezó a pasearse por el despojado salón.

—Howard, no mezclemos el placer con los negocios...

Howard la contempló, angostando sus ojos. Buscó su camisa, se la puso y empezó a abotonársela.

Coral se dio la vuelta para lanzarle una mirada fulminante.

—¿No te das cuenta de la clase de enchufe y poder que tiene *Divine*? Si yo quiero fotografiar a Barbra Streisand usando Chanel, lo único que necesito es levantar el auricular del teléfono. Si quiero que la maravillosa Diana Ross pose para las nuevas colecciones americanas, me basta con llamar a su agente, que estará encantado. ¿Y tú crees que lo harán para...? ¿Cómo crees que se va a llamar tu revistilla?

—*Confidencias* —dijo Howard con aire sombrío. Se estaba calzando los zapatos y parecía tan lastimado y enfadado que Coral se precipitó hacia él. Puso la mano sobre el brazo de él, pero Howard la ignoró y se puso a hacer el nudo de su corbata.

—Es un título maravilloso —dijo, tratando de tranquilizarlo—. Estoy segura de que será un gran éxito. Lo que sucede es que, bueno, soy la editora más importante del país. Quizá, del mundo. Oye, Howard, no puedes colocar tu listón tan alto.

Él se volvió para mirarla, con la boca deformada por la cólera. Coral se puso de puntillas para besarlo en la boca.

—Lo lamento, querido ¿Perdonada?

Él le arrojó una mirada sombría.

—Parece que estoy gastando buena parte de mi tiempo tratando de perdonarte. Te ofrezco un trabajo nuevo y excitante y me lo arrojas en la cara. Vreeland o Nancy White se abalanzarían para hacerse con él.

—No —le sonrió ella con una sonrisa deslumbrante—. No te engañes, Howard. No conseguirás un editor de ese calibre. Sin embargo, trataré de recomendarte alguno. Tenemos unos jóvenes bastante listos trabajando en *Divine*. Ahora, háblame un poco de *Confidencias*. ¿Piensas que realmente tienes la clave para ganarle a *Women's Wear*?

Ya vestido, Howard se volvió hacia ella con fastidio.

—No importa, Coral. No estás verdaderamente interesada. Tú piensas que *Divine* es el no va más. Y yo quiero hacer otro tipo de periodismo.

—Ya te he pedido disculpas —dijo ella. Apretó su cuerpo contra el de Howard y posó sus labios a un costado de la boca de él—. ¿No te marcharás a toda prisa, verdad?

Él no contestó, pero se dejó besar. Se dio cuenta de que la química sexual estaba ahí, le gustara o no. Ella lo acariciaba a través de los pantalones y de los labios de Howard escapó un gemido. La tomó entre sus brazos una vez más y, tambaleándose, fueron a dar contra la pared.

—Quítate esas ropas —murmuró ella con voz bronca—. Empecemos de nuevo.

Él se desprendió. Su cara estaba arrebatada y sombría.

—Tengo que marcharme.

Buscó su chaqueta y la encontró en el inmaculado recibidor. De pronto, todo lo que estaba sucediendo empezó a parecerle desagradable... Ser humillado, permitir que el cuerpo se burlara del amor propio.

Coral le tocó el hombro y él se volvió, sin quitar la mano del picaporte de la puerta.

—¿Te volveré a ver pronto? —preguntó ella.

Howard la miró, inexpresivo.

—Tengo que empezar a protegerme, Coral. Pareces tener una especial habilidad para lastimarme. De manera que... no.

Se retiró con un portazo. Ella pensó, al tiempo que se servía más champán: «Volverá. Una química sexual como la nuestra no es cosa que suceda a cada momento».

—Mamá, soy yo. ¿Estás bien? —Mackenzie telefoneaba a su madre una semana después de haber abandonado el hogar.

—¿Mackenzie? ¡Oh, Mackenzie! ¿Cómo pudiste hacerme esto?

—Te dejé una nota, ¿no es cierto? Dije que te llamaría tan pronto como encontrara un lugar para vivir. Bueno, acabo de encontrarlo.

—¿Sí? ¿Queda cerca?

—Estoy viviendo en el Village, ma. Comparto un apartamento con otros tres chicos muy majos...

Esther Goldstein empezó a sollozar.

—Nunca pensé que mi propia hija se convertiría en una extraña. Ningún número de teléfono, ninguna dirección. Si nos hubiéramos muerto, ni siquiera te habrías enterado del funeral...

—Bueno, no os moristeis. ¿Quieres apuntar mi teléfono?

Esther se sorbió los mocos y tanteó para encontrar un lápiz. Mackenzie le dio a su madre la dirección y el teléfono y preguntó:

—¿Hay correo para mí?

—Unas pocas cartas. Las llevaré yo misma el domingo, de camino a casa de tu tía Fanny. Así veré dónde vives.

Mackenzie paseó la mirada por su abarrotada habitación. A través de la puerta abierta, podía ver a Luke, uno de sus compañeros de apartamento, en calzoncillos, con las piernas cruzadas y tocando la flauta.

—No —dijo ella—. Iré a almorzar el domingo, ¿vale? Guardadme algo de comida.

—¿Necesitas una invitación? Ésta es todavía tu casa.

—Gracias, ma, y recuerda: te quiero muchísimo.

Colgó el teléfono y lanzó un suspiro. Había estado viviendo con Alistair durante tres noches y frenando sus avances. Por fin, había podido encontrar una vivienda adecuada. Había dos chicas y un muchacho, todos más o menos de su edad. Laura se dedicaba a teñir camisetas, Loretta era una artista del macramé, que vendía macetas para plantas colgantes en los mercadillos de los fines de semana, y Luke era un muchacho silencioso e introvertido, con largo y lacio cabello rubio, que prácticamente se limitaba a tocar la flauta y revolver una olla llena de verduras que tenía siempre sobre la estufa. Dejaron que Mackenzie entrara en sus vidas con bastante indiferencia y ella empezó a formar parte de la población del Village. Una chica enérgica, vestida con extravagancia, a la que a menudo se veía correr por la calle sobre las seis de la tarde, para dirigirse a su trabajo de camarera.

El hogar de los Goldstein se había hundido en la melancolía desde la huida de Mackenzie. Los ataques de ansiedad de Esther afectaron a toda la familia.

—No me gusta pensar en mi niña, viviendo por su cuenta ahí afuera —se lamentaba a cualquiera que se prestara a escucharla—. ¡Es tan inocente! ¿Y si un hombre la seduce?

Reggie y Max se intercambiaban miradas y bufaban conteniendo la risa.

—Quizá podría enseñarle un par de cosas —sugirió Reggie.

—No estaré tranquila hasta que haya regresado —le dijo a Abe una noche en su dormitorio—. Querido, ofrécele un trabajo... Ella no tiene que estar en un bar.

—¡No quiere que yo le dé un trabajo! —gritó Abe—. ¡Mis tiendas no son lo bastante buenas para ella! ¡Ella quiere moda! Quiere esqueletos que usen vestidos exóticos...

—¿Y si le instalaras un negocio para ella? —imploró Esther—. Por lo menos, sabríamos dónde está.

—¿Ponerle una tienda propia? ¿Qué piensas, que estoy dispuesto a perder los ahorros de toda mi vida?

—¿Y si, al contrario, ganas una fortuna? No olvides que ella ganó aquel concurso. ¡Tiene talento!

—Sí, sí... Ya he visto su cuaderno de apuntes —replicó Abe con sorna.

Pero, a medida que pasaron los meses, hasta Abe Goldstein tuvo que darse cuenta de que algo estaba sucediendo en el mundo de la moda. Un experimento reciente, con algunas ropas baratas y juveniles estilo «Carnaby Street», dio como resultado que sus tiendas fueran arrasadas por entusiastas adolescentes que arrebataban el género.

—Ve a visitar a tu hermana un fin de semana de éstos. Te daré el día libre —le dijo a Reggie—. Ve y mira cómo vive. Aún sigo deseando que participe en el negocio Goldstein. Es ridículo que trabaje para extraños. Le pondré su propia tienda, su *boutique*, como las llaman ahora. Así que, alquilamos un pequeño local en algún lado... y podría ser nuestra propia empresa. Me conformaré con que os mantengáis a flote. Escucha, vale la pena, aunque sólo sea por la salud de tu madre.

9

El primer año en MacMillans finalizó en la última semana de junio. Mia, David y Mackenzie estaban entre los doce mejores estudiantes de su curso. Durante el último período les habían pedido que hicieran dos prendas. David sorprendió a todo el mundo con dos conjuntos asombrosamente logrados: un abrigo y un traje, ambos muy bien cortados y confeccionados. Mia había mostrado un verdadero talento para revitalizar el estilo clásico: había elegido como tema un traje, al que convirtió en increíblemente contemporáneo, al acortar la falda y cambiar el corte de las solapas y los bolsillos. La excepcional realización le daba al conjunto un aspecto fresco y novedoso.

Si bien el señor Neville, el jefe de Diseño, evitaba con todo cuidado a Mackenzie, los otros profesores alababan la originalidad y exuberancia de sus ropas salvajes y *mod*. Todo lo que necesitaba Mackenzie para florecer era un poco de aliento. Produjo un par de pantalones negros con encajes y una camiseta de escote redondo, para hacer conjunto con los pantalones.

—¡Nos vamos de este lugar recubiertos de gloria! —gritó Mackenzie, mientras celebraban el fin del curso en un restaurante italiano de los alrededores de la escuela.

Ahora, durante las vacaciones, cada uno seguiría por su propia ruta. Wayland había arreglado que Mia pudiera trabajar como asistente temporaria de ventas en el Departamento de Costura de Headquarters. Mackenzie iba a trabajar todo el verano como camarera de jornada completa. David volvía a Syracuse, donde un verano de hacer chapuzas le permitiría ahorrar algún dinero. El almuerzo de despedida estuvo salpicado de promesas de mantenerse en contacto durante el largo receso.

—Me dejaré caer por HQ a cada rato, para verte —prometió

Mackenzie a Mia—. ¡Si Alistair me deja salir de la cama alguna vez! Se dio cuenta del cambio de miradas de embarazo entre Mia y David.— ¡Oh, disculpadme! —dijo con afectación—. ¿He dicho algo malo? Lo lamento, pero en el Bronx llevamos unas vidas tan rudas y tan vulgares... Sacamos nuestros trapitos al sol.

—Cállate, Mackenzie —la interrumpió David.

Los ojos de Mackenzie relampaguearon.

—¡Vete a la mierda! —gritó—. ¡Nadie me dice a mí que me calle la boca!

Se dirigió como una tromba al lavabo de señoras para retocar sus pestañas postizas estilo Twiggy, que se habían despegado con el vapor de la comida caliente.

Mia suspiró, mirando a David.

—Será un alivio poder dejar de funcionar como pacificadora entre vosotros dos.

—Bueno, te diré que esa tía me fastidia —resopló él, exasperado—. Es tan increíblemente carente de sensibilidad... Pero, cuando te metes con ella, se convierte en una princesita judía.

Miró a Mia con una expresión que le inspiró en ella una mezcla de culpa y arrepentimiento, por aquella desastrosa tarde de sábado del pasado otoño.

—¿De verdad me has perdonado? —preguntó ella.

—No hay nada que perdonar. Digamos que hubo una falta de sincronización.

Ella asintió.

—Sí, supongo que soy lo que puede llamarse una persona de desarrollo tardío. Sin embargo, todavía sigo queriendo que seamos amigos.

Él se inclinó para besarla con suavidad en la mejilla.

—Lo somos. Y lo seremos. ¿Sabes?, aquella primera vez que te vi, el primer día de clase, sentí que eras como alguien a quien ya conocía de antes. No puedo explicarlo. Es como si... Bueno, sentía que, de haber tenido que inventar a la chica que yo quería, habría sido como tú. Eres sencillamente... todo lo que quiero.

Mia sacudió la cabeza.

—Lo que dices es una cosa muy bonita, pero... por favor, de ningún modo quiero lastimarte.

—Sé lo que quiero, Mia, y puedo esperar...

—No —dijo ella—. No esperes. Tengo tantas cosas que

elaborar... en mi interior. Por un tiempo pienso volcarme completamente en mi trabajo.

—Comprendo —respondió él—. Pero no puedes impedir que siga abrigando esperanzas.

Mackenzie volvió a la mesa, esgrimiendo una nueva botella de Chianti. Cuando el almuerzo llegó a su fin, se besaron unos a otros y se despidieron ante el portal del restaurante.

—¡Adiós, queridos! —Mackenzie subió corriendo las escaleras del metro elevado e hizo algunas poses aparatosas al llegar arriba, echándoles besitos. Mia le dio un beso de despedida a David y luego emprendió un largo y caluroso viaje de regreso en autobús, llevando bajo el brazo su portafolios de dibujos. Esa noche, Wayland se proponía llevarla a una cena especial de «fin de curso», en el restaurante chino de última moda.

Todas las miradas se clavaron en ellos, cuando entraron al abarrotado local. Mia llevaba un vestido francés negro, que Wayland había sacado de su tienda, y estaba maquillada con exageración, como a él le gustaba que se maquillara.

—Éste es el premio por hacerlo tan bien, muñeca —dijo él, deslizando un sobre por encima del plato, mientras el camarero les servía champán.

Ella lo abrió. Era un billete de ida y vuelta en avión a París. Lo miró con asombro y luego lo abrazó con alegría.

—Es para agosto —le dijo Wayland. Elevó su copa de champán—. No encontrarás a ningún parisiense en la ciudad, pero es el momento perfecto para que puedas colarte en todas las exhibiciones de moda. Diremos que eres una compradora principiante de HQ. Te divertirás como nunca...

Mia estaba sentada en el salón de Nina Ricci, cerca del Boulevard des Capucines, esperando el comienzo de su primera exhibición en París. Intentaba examinar con frialdad el elegante salón. Nadie lograba hacer de sus salones algo tan imponente e intimidante como los parisienses. La zona espaciosa, tapizada con moqueta gris, con sus altas ventanas enmarcadas por cortinas de un gris un poco más pálido, parecía dejar la vida cotidiana fuera y crear para sus clientes un mundo de fantasía. Nunca antes se había dado cuenta de la importancia que tenía la *couture* para los franceses. En ese entorno, una chaqueta, un vestido, un chal, adquirían el poder de una revelación. Mia habría querido destruir todo lo que llevaba puesto, empezando por sus zapatos polvorientos. Cuando las modelos empezaron a girar majestuosamente, su arrogancia le produjo un inmediato complejo de inferioridad. Sintió que su maquillaje estaba pasado de moda, al contemplar los exquisitos sombreados de los ojos de las modelos y los contornos escultóricos de sus altos pómulos. La directora de Nina Ricci, Antoinette Darriaux, era una mujer menuda, con un lozano cabello blanco y ojos de zafiro. Examinó de un vistazo a Mia, fingiéndose muy amistosa. Tenía el aspecto de ser capaz de matar con frialdad a cualquiera que se cruzara en su camino o molestara de alguna manera a la firma.

Mia olvidó que era una estudiante y se imaginó usando esas hermosas ropas. Diseñadas por el artista de la casa, Jules-François Crahay, eran a veces teatrales, demasiado dramáticas, y sólo podían ser usadas por esas criaturas gloriosas, más altas de lo normal, que las exhibían. Pero para cada conjunto que detenía la respiración, había diez muy usables.

Sentada en el Café de la Paix, cerca de la Ópera, después de la exhibición, Mia tomaba apuntes de todas las ropas que podía recordar. Esta información privilegiada iba servirle para preparar una especie de reportaje para el primer período de su segundo año en la escuela.

El tiempo estaba húmedo y cálido. Ella revolvió su *café au lait*, mientras contemplaba una pila de postales que había comprado, preguntándose qué escribirle a David. Al levantar la vista, vio a un francés moreno y guapo que la miraba con interés desde una mesa vecina. Cortésmente, él elevó sus cejas y ella fijó su mirada con rapidez en la tarjeta postal que estaba en blanco y escribió «David Winters» en la parte del destinatario.

Ahora que estaba a miles de kilómetros de Nueva York se daba cuenta de que podía pensar en él con claridad. Qué romántico podría haber sido que él estuviera aquí, en esta mesa de café, con ella, sosteniendo su mano. Por cierto, él la había atraído. Ella había querido que sus brazos la rodearan y que la besara. ¿Por qué todo habría resultado tan espantoso y horrible? Recordaba vívidamente la sensación del cuerpo de David empujando contra ella, ese rígido sexo protuberante, esa humedad sobre su estómago. Cerró los ojos bajo el calor de la tarde y se revolvió con incomodidad en su silla.

Cada día visitaba una casa de modas, utilizando el nombre

de Wayland como un salvoconducto. Patou, Saint Laurent, Cardin... Escribía sus impresiones y hacía bocetos después de cada muestra. Un día, después de visitar el grandioso salón de Dior, se sintió como en una especie de neblina feliz. Nunca antes se le había ocurrido trabajar en Europa, pero ahora se daba cuenta de que era una idea maravillosa. Viviendo tan lejos de su madre, podría olvidar las punzadas de abandono que sentía porque Coral nunca la telefoneaba. Estar por las suyas en un país extranjero había hecho emerger en ella toda clase de sentimientos ocultos. Mientras yacía por las noches en su cama del pequeño y limpio hotel que Wayland le había conseguido, se daba cuenta de que todavía había una niña en su interior, ansiosa del amor de su madre, lastimada y desconcertada por no conseguirlo. Se preguntaba si tendría ánimos para volver a establecer contacto con Coral y remendar las relaciones entre ambas cuando volviera a Nueva York.

Una tarde compró un montón de revistas de moda, dispuesta a hojearlas en un café cercano a su hotel de la *rive gauche*. Fue aquella tarde cuando descubrió el nombre de Phillipe Roux. Las fotografías de las ropas de este nuevo diseñador le provocaron una especie de conmoción de anticipación. Parecían ropas que ella misma podría llegar a diseñar un año más tarde. Como si un viajero en el tiempo le hubiera mostrado sus propios diseños desde el futuro. Cuando volvió la página y vio la foto de Roux se emocionó todavía más. Ese hermoso rostro de ojos oscuros brillaba de convicción y felicidad. Era rudo, sensual, intenso, y su presencia parecía escapar de los límites de la página impresa. Era como si ella lo hubiera conocido en alguna otra vida. Su rostro, sus palabras, sus ropas le resultaban inquietantemente familiares. Algún sentimiento psíquico le decía que estaba destinada a trabajar con ese hombre y, quizás, hasta a formar parte de su vida. Cerró la revista casi con temor. Se dijo que no había otra posibilidad que olvidar una idea tan loca. Todavía le quedaban dos años de estudio de diseño por delante, en Nueva York.

Después de París, Nueva York parecía basta y dura. La calidad y el lujo de las ropas francesas la habían malacostumbrado. Mia se dio cuenta de que su verdadero amor era la *couture* y, más que su verdadero amor, tal vez su primer amor, por aquella excitación temprana que había sentido al ver los vestidos tan perfectos, casi de ensueño, en el armario de su madre, que brillaban con lentejuelas y misterio y con algo secreto, prohibido. «No le digas a papá lo que cuestan...» Las palabras resonaban en su memoria. El precio de las ropas de Coral había sido la única confidencia compartida entre madre e hija.

MacMillans no estaba equipada como escuela para enseñar *couture*. Muy poco diseñadores querían aprender métodos caros y laboriosos para confeccionar ropas a medida. Muy pocos diseñadores querían tomarse la molestia de atender a exigentes clientes privados. La moda funcionaba de otra manera en Norteamérica: era más demócrata, menos privilegiada.

—¿A quién has visto en París que te haya parecido realmente bueno? —preguntó Wayland.

—Hay un nuevo diseñador, Wayland, mitad francés y mitad español: Phillipe Roux. Trabaja para Dior. ¡Sus ropas son bellísimas! Sólo las he visto en *Elle*, pero cada una es perfecta.

Wayland frunció el entrecejo.

—He leído algo sobre él. *Women's Wear* lo llama «prometedor, pero inmaduro», con lo que lo hace aparecer como «un higo verde».

—Haría cualquier cosa para trabajar con un hombre como ése —murmuro Mia—. Me pregunto si no necesitará una ayudante.

—Mia, estamos vendiendo la moda británica como pan caliente —le dijo Wayland—. Cuanto más barato, mejor. ¿No te parece más sensato no pensar en *couture*?

—Justamente es eso, Wayland. No creo que yo pueda trabajar barato, después de haber visto esas ropas maravillosas. Mi sueño es trabajar en París.

—«Una americana en París», ¿eh? —suspiró Wayland—. Te odiarán a muerte, pero no hay razón por la que no puedas hacer la prueba. Ha sido formidable estar aquí contigo, pero si quieres trabajar en París, te apoyaré en todo lo que haga falta.

Ya iba por su tercer «vodkatini» y, en un arranque sentimental, Wayland agregó:

—Estoy aquí y siempre estaré aquí para ayudarte, porque creo en ti.

Mackenzie llevaba casi seis meses viviendo en el Village,

cuando Reggie la visitó sin aviso, una calurosa mañana de un sábado de agosto. Había trabajado hasta muy tarde la noche anterior y además había tenido una fiesta. Eran las diez y media, la mayoría de las ventanas estaban oscurecidas por las cortinas y todavía quedaban algunos huéspedes durmiendo por el suelo. Mackenzie espió a través de la mirilla de la puerta y vio a su hermano haciéndole muecas graciosas. Abrió la puerta un par de centímetros, tratando de ocultar el caos que había dentro del apartamento.

—¿Qué coño quieres? —susurró. ¿Le ocurre alguna cosa a mamá?

—¿No me invitas a pasar? —preguntó Reggie, haciendo un poco de fuerza contra la puerta.

—¿Para ir a contar por todas partes que vivo en una chabola? —gesticuló, sosteniendo la puerta—. Espérame en el bar de abajo. Dame cinco minutos.

Le cerró la puerta en las narices y pegó un salto para no pisar un cuerpo que roncaba, mientras se dirigía al cuarto de baño. Rápidamente trazó sus ojos de vampiresa de película y se empasteló la boca con carmín. Bajó las escaleras del edificio, con un abrigo corto sobre el camisón y los pies calzados en sandalias negras. Encontró a Reggie en un compartimiento, bebiendo café.

—¡Hola! —Se deslizó al costado de él—. Parece que me has extrañado mucho y nos ha podido mantenerte lejos.

—Por cierto, la casa está muy tranquila sin ti. Y ya ni siquiera peleas tanto con papá cuando vienes de visita.

—Deberías sentirte feliz. ¿Ahora, qué es lo que quieres?

—¿Tomas un desayuno? Invito yo.

Mackenzie estudió el menú con seriedad, mientras la camarera le servía a Reggie sus huevos revueltos. Cuando la camarera le sirvió a Mackenzie su bocadillo, ella desparramó encima una gruesa capa de queso cremoso, lo coronó con conserva de fresas y le dio un salvaje mordisco.

—Escucha —empezó Reggie, girando en tu asiento para mirarla—. Papá está muy ilusionado con que todos nosotros entremos en el negocio.

Ella gimió:

—¿Pero, tú me ves en ese lugar? Preferiría morir.

—Podrías hacer que papá cambiara de imagen.

—Eso es simple: sólo hay que quemar la maldita cosa hasta los cimientos y reabrir bajo otro nombre en Madison Avenue.

—¿Y si esa idea no fuera tan loca? —dijo Reggie, haciéndola casi atragantar con el chocolate—. ¿Qué pasaría si papá nos dejara abrir nuestra propia tienda en algún lugar? Un lugar con un poco de clase. Como una «boatique», ¿entiendes?

—Se dice *boutique*, Reggie. Es una palabra francesa. ¿Y qué es lo que papá considera un poco de clase? ¿Queens?

—Escúchame: podríamos usar las facilidades que nos ofrece papá, su experiencia, sus almacenes, sus maquinistas. Max y yo podríamos hacernos cargo de la parte de negocios y tú participarías con tus diseños. Papá sabe que lo que haces es el futuro, aunque lo odie. De todas maneras, a él le interesa mucho más hacer dinero que la moda.

—¿Y qué?

Había comido tan rápido que se sentía enferma. Hizo una seña para que le sirvieran café.

—Está dispuesto a respaldarnos, Mack. Estarías loca si te perdieras esto.

—Estaría loca si aceptara tener algo que ver con esto —dijo ella—. Estaría siempre rondando, mirando, criticando... Bueno, ya sabes cómo es él. Y, en todo caso, ¿vosotros para qué me necesitáis? Nunca nos hemos llevado bien.

Reggie extendió sus manos y se encogió de hombros.

—¿Y qué vamos a hacer? ¿Ir afuera y contratar a una extraña? De esta manera, todo quedaría en familia.

—¡Ah! —resopló ella—. Como que la familia es algo tan maravilloso. Como que la familia no puede jorobarte tan jodidamente como cualquier extraño.

—Piénsalo. Sólo te pido que lo pienses —insistió Reggie—. Te digo que esto podría ser grande. El viejo está bastante orgulloso de ti, ¿sabes? Anda por ahí con el recorte de esa revista de modas... de cuanto tú ganaste ese concurso. Se lo muestra a todos los clientes.

—Sí, le dice a todo el mundo lo orgulloso que está, menos a mí.

Salieron del bar y ella lo tomó del brazo, mientras se dirigían hacia la estación del metro.

—¡Si alguna vez tengo un negocio propio, lo llamaré «Gold»! —le dijo—. También me cambiaré el apellido para llamarme Gold.

—Eres una rebelde, Mack, y siempre lo serás.

Llegaron al metro y ella lo dejó, inclinándose sobre la barandilla para verlo descender.

—¡Dile a mamá que iré mañana! ¡Gracias por el desayuno!

Deambuló por las calles soleadas para dirigirse a su apartamento. ¿Acaso todos los chicos de MacMillans no darían sus brazos derechos por la oportunidad de tener su propia *boutique* y diseñar sus propias ropas? Imaginaba las hileras de pequeños vestidos de punto que diseñaría, las camisas con largos cuellos y mangas apretadas que no llegaban a la muñeca. Unas camisas que apenas cubrían los muslos y que se llevarían sobre medias *pantys* a juego o haciendo un violento contraste de color, como rosa, lavanda, anaranjado escarlata. Su mente hacía tic-tac como un reloj lleno de ideas, mientras subía los escalones.

Su torturante turno de camarera finalizó a las dos de la madrugada. Después de haber sido reemplazada, caminó las pocas manzanas que la separaban del piso de Alistair. Lo veía a menudo. El «loco *affaire*» del que había fanfarroneado delante de Mia parecía casi listo para el despegue.

Alistair había hecho maravillas con su ego y ahora estaba trabajando con su aspecto. Él era capaz de ver a través de las ropas baratas y los chales voladores a la verdadera Mackenzie, a la chica que estaba absolutamente segura de todo, menos de su aspecto.

«Si sólo pudieras perder quince kilos, Mack.» Así empezaban la mayoría de sus discusiones. Ella sabía que Alistair tenía razón y también sabía que ella lo fascinaba y lo divertía. A su vez, también él la fascinaba con su flujo de proyectos delirantes, que iban desde trabajar en una mina de oro abandonada en San Francisco hasta empezar con un hotelito de cama y desayuno en Escocia. A pesar de que compartían una cierta locura («¡somos excéntricos!», le aseguraba él), Mackenzie lo consideraba el perfecto caballero inglés, con su fino cabello rubio y sus ojos azul claro. Él era todo lo que ella no era: esbelto, bien hablado, pálido y con clase. Disfrutaba de su compañía, así como de sus constantes intentos de seducirla.

Ella relató la visita de Reggie, mientras él preparaba una ensalada baja en calorías para la cena.

—Yo podría diseñar ropas que se venderían como rosquillas —le dijo, recostándose en el sofá y bebiendo una Tab—. ¡Sé qué colores quieren las chicas, las formas, los detalles, todo! Es lo que yo ando buscando y nunca encuentro.

—¡Házlo! —la animó Alistair.

—Pero ellos encontrarán una manera de jorobarme. Siempre encuentran la manera de jorobarme. ¡Nunca me toca mi porción de la tarta de Halloween o mi tercio del Hannukak Gelt!

—Si tienes tanto miedo de tus hermanos, yo podría ser tu representante.

—¿Miedo de esos dos troncos? —gritó ella—. Lo que sucede es que no quiero pasarme el resto de mi vida peleando con ellos.

Alistair sintonizó la radio en WMCA y los Supremes empezaron a aullar «¡De nuevo en sus brazos!». Ella se relajó sobre el diván, castañeteando los dedos. Se había ocupado de arreglar el abarrotado estudio de Alistair, clasificando todas sus viejas revistas *Billboard* y *Variety*, y almacenando las pilas de discos de promoción. Su piso estaba empezando a convertirse en un pequeño oasis dentro de su desquiciado mundo de apartamento compartido, escuela, trabajo en el bar y domingos con la familia.

Después de cenar, fumaron uno de sus porros especiales, pasándoselo entre ellos. Él apagó la luz y encendió la lámpara psicodélica, con luces de colores que brillaban en la punta de tallos de plástico, y algunas velas perfumadas, que inundaron el cuarto con el aroma de arándanos, canela y nuez moscada.

Mackenzie rió suavemente.

—Aquí huele como en un condenado salón de peinados.

Él se sentó a sus pies y ella lo miró, sabiendo que esa noche iba a dejar que le hiciera el amor. Se sentía deslizar poco a poco hacia un mundo propio, como en un viaje a través del espacio. Relajada, calentita y tranquila. Qué simple podía ser la vida si compartías una fumata con alguien. Sorbió su vino, respirando el aire perfumado y sintiéndose distante de la escena. Se veía a sí misma y a Alistair, como si flotara por encima de ellos mismos. Él se volvió para hundir la cara en su regazo y ella empezó a acariciar con suavidad su rubio cabello.

—Éste es el primer cabello rubio que he tocado —murmuró—. Sin contar a una niñita que vivía cerca de mi casa. Está tan prohibido, es tan *goyische*.

—¿Qué es *goyische*?

—Significa que no serías aprobado por mi madre.

Él levantó la mirada con un aire malévolo que hacía brillar sus ojos. Su acento correcto y neto hacía que todo se esfumase. Ella se sentía muy bien y el deseo de él no sólo la halagaba sino que la excitaba; nunca nadie la había deseado de esa forma. Lo miró quitarle los zapatos y luego quitarse los suyos. Le gustaba la sensación de su mentón moviéndose sobre su regazo. Mackenzie recorría con los dedos aquel hermoso y rubio cabello, mientras él corría la cremallera de su falda y le bajaba las *pantys* negras.

—Habría preferido que sólo fuéramos amigos —protestó ella débilmente.

—Seremos amantes amigos —dijo Alistair.

Sintió los dedos de él en sus *pantys* y abrió los ojos para verlo soltar con delicadeza el elástico de su muslo e insertar la lengua en el hueco. Cerró los ojos, fingiendo estar más colocada de lo que en realidad estaba. La lengua de Alistair se movía, húmeda, sobre ella, y algunas terminaciones nerviosas cuya existencia ella siempre había ignorado reaccionaron.

Él la tomó de la mano y la condujo hasta la cama. Mientras se dirigían hacia allí, apagó las velas con los dedos, dejando encendida sólo una al costado de la cama. Ahora ella estaba desnuda, recostada en la cama, y lo miraba desvestirse. Él se quitó los calzoncillos y le sonrió. El angélico niño de coro británico, por cierto, no estaba construido como un ángel. Su cuerpo blanco y esbelto le resultaba a Mackenzie duro y extraño: los chicos que había conocido en el Bronx eran bajos, peludos, más parecidos a la idea que ella tenía de un hombre. Siempre la habían manoseado y nunca la habían tocado con tanta delicadeza. Él la acariciaba muy suavemente, haciendo que su cuerpo respondiera con presteza bajo las caricias. La besó entre las piernas y ella se agitó y se apretó, inquieta, contra él. Nunca había estado con un hombre que no tuviera prisa. ¡Esto era delicioso! ¡Esto sí que era *finesse*!

—Tócame —dijo Alistair y, tomándole la mano, la guió hacia él.

Eso también era algo nuevo para ella. Ese duro músculo que se movía en su mano, cuando lo apretaba. Mientras se besaban, ella seguía apretándolo y sintiendo cómo crecía. Acarició la punta y Alistair gimió. Ella miró las sombras que ambos proyectaban en la pared, gigantescas formas caricaturescas.

—Coloca tu hermosa polla británica dentro de mi cuerpo

—murmuró ella. Nunca antes le había hablado a alguien de esa manera; debía de ser por el efecto del porro. Suspiró, mientras él entraba lentamente en ella.

—Oh, eres hermosa, Mack —susurró él—. ¡Tan hermosa! Esto es tan bueno, amor...

Su acento inglés la hizo imaginar que hacía el amor con uno de los Beatles.

—¡Qué bien! —gritó, sintiendo el placer.

Él empezó a moverse dentro de ella y cambió de posición hasta quedar encima de ella. Mackenzie aferró con ambas manos las dos blancas nalgas de Alistair que se movían rítmicamente, al tiempo que su sexo se deslizaba hacia arriba y hacia abajo dentro de su cuerpo. ¿Cuál de ellos podría ser? ¿Paul McCartney, su favorito? ¿George Harrison? ¿O aquel guapo batería de los Dave Clark Five? Él la besó y chupeteó su labio inferior; luego se apartó para morderle los pezones con suavidad. Ella contuvo la respiración.

—¡Oh, Alistair! ¡Qué bien!

Él mordisqueaba y chupeteaba, combinando esa acción con un bombeo maquinal. Era algo que no se podía resistir. Ella sintió cómo empezaba a brotar su propio placer. Él le hundió la lengua en el oído y respiró pesadamente, sin cesar de moverse.

—¡Oh, Alistair, esto es maravilloso!

Él cambió de ritmo y bombeó más fuerte arriba y abajo, con gran rapidez. Ella acompañó el movimiento, todavía sosteniendo su delgada cintura entre las manos, deslizando la mano entre sus nalgas para acariciarlo.

Algo estaba empezando a suceder dentro de ella, un eco previo a una explosión que estaba por producirse. Se transformó en un placer envolvente, que iba acelerándose, hasta que una ola de placer la tomó desprevenida.

—¡Alistair! ¡Está sucediendo! ¡Está sucediendo! —gritó ella.

Al oírla, él perdió la cabeza. Bombeó adelante y atrás a una velocidad increíble, mordiendo sus senos, desprendiéndose para meterle la lengua en la boca, volviendo nuevamente a los senos.

—¡Fóllame, Mack! —gritó él sin aliento—. ¡Fóllame!

Se revolcaron, pegados uno al otro, mientras él la sostenía y ella se aferraba a él, casi con miedo de las sensaciones que estaban viviendo. Era una especie de tiovivo que había perdido el control. De pronto, ella se dio cuenta, o quizá su cuerpo se dio cuenta, de lo que quería: quería exprimirlo, ordeñarlo, aferrarse a su cuerpo cada vez que él se deslizaba fuera de ella. Estaban de pie, fuera de la cama, follando en el aire. La sensación se hizo más fuerte y la última gran ola la barrió. Ella gritó, mientras las lágrimas brotaban de sus ojos, sosteniendo la cabeza de Alistair, al tiempo que él paseaba la lengua por toda su cara, como un cachorro sediento. Entonces ella sintió que el cuerpo de él se tensaba y se sacudía como alcanzado por un rayo.

—¡Me corro, Mack! —aulló él—. ¡Me corro!

¡Ella siempre había creído que los británicos eran tan reservados! Aquellos muchachos del Bronx apretaban los dientes, permanecían en silencio o gruñían. Oírle pronunciar esas palabras fue otra forma de sentirse penetrada e hizo que la inundara otra ola de placer. Quedaron inmóviles, cogiéndose estrechamente, aferrándose hasta que el placer se calmó. Jadeando, cayeron en un profundo sueño y la última vela que quedaba se fue extinguiendo.

A la mañana siguiente, ella se despertó en la misma posición. Alistair dormía sobre su cuerpo. Le echó una ojeada al reloj. «¡Cristo! ¡Tengo que estar en el Bronx a las doce!» Lo empujó sin ceremonias y corrió hacia la pequeña ducha. Se lavó con rapidez y se puso las ropas arrugadas del día anterior.

Dejó a Alistair remoloneando en sueños, murmurando en un esbozo de lucidez:

—¡Nada de pastel de queso, nada de *strudel*, nada de tostada francesa!

Mientras se dirigía al Bronx, sentada en el sórdido vagón del metro, se fue dando cuenta de que iba a decirles que sí a sus hermanos y a su padre. Pero no iba a permitir que la usaran. ¡Ella los usaría! Con un poco de suerte, nunca más tendría que servir un cóctel.

Los amigos se encontraron en MacMillans a finales de septiembre para empezar su segundo año. David estaba muy bronceado, por el trabajo al aire libre que había hecho en Syracuse; Mackenzie, cansada y pálida de tantas noches de trabajar como camarera. Quería que Mia le contara todos los detalles de París y de las ropas.

«Algún día ire allí», se prometió a sí misma, volviendo las páginas del cuaderno de apuntes parisiense de Mia.

Un día, mientras almorzaban en la cafetería, Mia le preguntó:

—¿Creerás que estoy chiflada si te digo que he estado pensando en abandonar este curso?

—¡Seríamos dos! —dijo Mackenzie con presteza—. Contra todos mis mejores instintos, estoy pensando en fundar una *boutique* con mis hermanos, respaldada por mi padre. Me han estado dando la lata para que lo hiciera y les dije que empiecen a buscar locales. Son gente tan vulgar que me llevará meses llegar a Manhattan.

—Quiero trabajar en París —le dijo Mia—. Hacer de aprendiza o algo así. Ya sé que es una locura, pero no puedo sacarme de la mente a Phillipe Roux.

—¡Bueno, escríbele al tío! —gritó Mackenzie—. ¡Es lo que yo solía hacer y mira dónde estoy ahora! —Miró a su alrededor con los ojos muy abiertos—. ¡La mejor mesa en la más roñosa cafetería de la ciudad. —Ambas rieron.— No, Mia, realmente: te sorprendería darte cuenta de cómo es posible llegar a la gente con una carta honesta, sincera y halagadora.

—¡Vale, lo haré! —prometió Mia, dándose cuenta de que Mackenzie miraba con ansias su rosquilla sin terminar.

—No te pediré ni un mordisco de eso —dijo Mackenzie.

—¿Alistair?

—Sí. ¡Oh!, Mia, ojalá pudiera decirte que estoy enamorada. Me habría gustado que todo fuera muy romántico. Pero lo cierto es que sólo es... ¡gran sexo! Nunca había conocido antes el gran sexo: es toda una novedad.

Mia se ruborizó.

¿Qué pensaría Mackenzie si supiera que su vida amorosa consistía en un retrato de Phillipe Roux, arrancado de *Elle*, enmarcado al lado de su cama?

El curso de otoño transcurrió con rapidez. David seguía siendo el más trabajador, Mackenzie la más loca y Mia la más dedicada al concepto de *couture*. Le escribió a Phillipe Roux. Había decidido que, si él contestaba de una manera que ella pudiera interpretar como remotamente favorable, trataría de convencer a Wayland de que le financiara un segundo viaje a París.

Se aproximaban las Navidades y ella sabía que Wayland planeaba su fiesta anual, pero le había oído decir por teléfono a Colin que esas fiestas anuales eran un amontonamiento de tíos a la deriva, sin hogar. «Eso me incluye», pensó. La idea la deprimía. En los últimos tiempos no lograba dormir bien. Ahora Nueva York la ponía nerviosa: el aullido de las sirenas, la vista de esa pared de ladrillos desde su habitación, el hecho de que su madre viviera a pocos metros de allí y la idea de que David todavía la amaba. No sabía cómo manejar eso: si alentarlo para que esperara o distanciarse, o hacer alguna otra cosa. La admiración de él era una fuente de calidez. La mirada de sus ojos era la única clase de afecto que recibía, aparte de los cariñosos abrazos de Wayland, que ella daba por descontados.

—Te diré algo, Mia —la aconsejó Mackenzie, durante una de sus interminables conversaciones en la escuela—. Si deseas con fuerza una cosa, cualquier cosa, la conseguirás. ¡Yo soy la prueba viviente de eso!

—Quiero vivir en París —dijo Mia anhelantemente—. No hago más que pensar en eso.

Mackenzie encendió un cigarrillo y aspiró una bocanada.

—Si yo pude escaparme del Bronx, tú podrás escapar de Manhattan —dictaminó.

Mia vaciló.

—No sé...

—¡Oh, Mia! —gritó Mackenzie—. ¡Adelante! ¡Haz lo que hice yo! ¡Pégale a tu vida una buena patada en los fondillos! ¡No lo lamentarás!

10

Esa fría y desapacible mañana, Mia caminaba a lo largo de una avenida, buscando el salón de Phillipe Roux. ¡Estaba de nuevo en París! Era abril. «Debo de estar loca», pensó. Esto es el resultado de darle a la vida una buena patada en los fondillos. Sus profesores habían tratado de retenerla, diciéndole que todavía no estaba preparada. ¿Por qué, entonces se había sentido tan segura, tan confiada de que Phillipe Roux la aceptaría? Buscó en un bolsillo, palpando la carta que había recibido de él un mes antes.

Le había escrito de todo corazón, diciéndole que reconocía algo en sus ropas, algo que ella comprendía. La contestación no había sido muy alentadora, pero se mostró muy emocionada por el interés que ella había manifestado. Le dijo que llamara a su salón, si alguna vez pasaba por París. Cuando se sentía optimista, Mia traducía esas palabras como si él tuviera un trabajo para ofrecerle. En sus momentos de pesimismo, sólo significaban que la estaba invitando a ver su colección.

Wayland había estado maravillosamente solidario y había prometido financiarla, si Roux mostraba algún interés. «De todas maneras te pagará migajas, aunque te necesite», la previno.

Desde Nueva York, todo parecía muy sencillo, pero ahora que se encontraba camino al salón, sin haber dormido mucho las dos últimas noches, se preguntaba a sí misma hasta qué punto podía llegar en su fantasía, su confusión y su locura. ¿Cómo era posible que una chica norteamericana, que aún no había completado sus estudios, que a duras penas era capaz de coser ojales, pudiera resultarle interesante a un *couturier* francés?

El salón de Phillipe Roux era, sencillamente, un piso privado en un edificio residencial. Una placa de bronce grabada adornaba la gran puerta de madera que se abrió, dejando ver un recibidor de piedra, cuando ella pulsó el timbre. La joven que acompañó a Mia hasta el salón llevaba puesto uno de los vestidos negros de Roux: muy corto, con un corte tan rígido como el uniforme de una escuela muy exclusiva, con medias negrísimas y escarpines negros.

—Estará contigo en un momento —dijo la chica en un inglés con acento americano.

Mia colocó su carpeta sobre una silla dorada y se sentó, sintiendo que su corazón latía con fuerza. El salón estaba tranquilo y silencioso. No se parecía a ninguno de los salones de firmas de modas que había visitado. Había algo tranquilizador, casi eclesiástico en ese silencio y en el escueto decorado de las blancas paredes, sin más adorno que unos focos, y los cojines de terciopelo gris, atados a las sillas doradas que se alineaban a lo largo de tres de las paredes.

Phillipe Roux entró en el cuarto con movimientos rápidos y ágiles, se detuvo y dirigió a Mia una mirada intensa de sus ojos oscuros que la sobresaltó.

—¡*Bonjour*!

Su cálida y profunda voz acompañó la sonrisa que poco a poco invadió su rostro. Su presencia y su vitalidad eran magnéticas: una fuente de energía, de bienestar. Resplandecía, saludable y bronceado. No era más alto que ella y, de alguna manera, ese hecho lo hacía más amigable para Mia. Llevaba una inmaculada chaqueta blanca, sin duda diseñada por él, con un cuello cortado a medida y bolsillos que recordaban su última colección. Parecía una especie de cirujano artístico, elegante y refinado, pero también con algo de terrenal y campesino. En contraste con mucha gente del mundo de la moda que ella había conocido, su comportamiento contenía algo de humildad y modestia. Mia sintió que examinaba su aspecto con aprobación: el abrigo que Wayland había insistido en regalarle, los lustrosos zapatos nuevos, la forma en que llevaba el cabello hacia atrás, formando un simple bucle en la nuca, el mínimo maquillaje, que hacía que sus mejillas relucieran con el aire de París. Él atravesó la habitación, se le acercó y la tomó de la mano. Ella se puso de pie.

—Has hecho un largo viaje —dijo él—. Espero que no haya sido sólo para verme.

Mia asintió, como hipnotizada, y luego sacudió la cabeza.

—De todas maneras tenía que venir a París —balbució ella, perturbada.

Él levantó ligeramente las cejas, como esperando una explicación, pero ella no añadió nada.

Sintió que había hecho bien en ir. Unos pocos momentos en presencia de él podrían tener el poder mágico de cambiar su vida. Sus cálidos ojos parecían penetrarla. Nadie la había mirado a los ojos de esa manera, nadie había llegado así a su alma.

—¿Puedo ver? —preguntó él, señalando la carpeta de Mia. Hablaba inglés con un vago acento, mitad español, mitad francés. Resultaba fascinante, como todo en él.

Lentamente fue volviendo las páginas de los dibujos. Mia había seleccionado una docena de sus mejores diseños. Preciosos abrigos con solapa, con grandes bolsillos pegados, uno de los cuales caía en suaves y amplios pliegues en la espalda. Esbeltos vestidos, con escotes inusuales o con bandas que los cruzaban. Trajes estilo sastre, con las redondeces que a él le gustaban. Y había incluido todos sus detalles de diseño: las costuras de los hombros, los rebordes pespunteados que destacaban los bolsillos y los puños y solapas abotonados.

Mia miraba las morenas manos que volvían las páginas, echando de tanto en tanto un vistazo a la expresión seria de su rostro. Tenía pómulos salientes y un cabello oscuro que raleaba en su frente, pero que le cubría la nuca; su cráneo era tan moreno como el resto de su cara. Su apariencia de estar muy concentrado, casi como un niño, le daba una cierta cualidad radiante. Era una de esas caras que uno nunca se cansaba de mirar.

—Bien[13] —dijo él cuando llegó al último dibujo. Comenzó a ordenar las páginas, una por una, echándoles una segunda mirada. De vez en cuando trazaba una línea con el dedo alrededor de una figura. En una oportunidad dijo: «Esto no es acertado», señalando un amontonamiento de pliegues en las caderas. «Las mujeres quieren parecer esbeltas», le explicó. Cada mirada que intercambiaban parecía aproximarlos más. Ella sentía que con sólo sentarse mirándose uno al otro durante una mañana, podrían llegar a conocerse a fondo sin necesidad de hablar. Se dijo que tenía que pensar de un modo profesional en lo que estaba

13. En castellano en el original. *(N. del T.)*

haciendo y no convertirlo en algo personal. Pero Phillipe Roux tenía algo que lo hacía muy, muy personal.

Él cerró la carpeta con cuidado y ató la cinta. Mia miró el lazo que había hecho. ¡Oh!, si pudiera conservarlo así para siempre.

—No te pareces para nada a tu madre —dijo de pronto él. Mia se sobresaltó.

—¿Cómo lo sabes?

Él se echó a reír e hizo un ademán para que volvieran a sentarse.

—Yo no sé nada. Stephanie, la que te hizo entrar, me lo ha contado. Parece que me encontré con tu madre el año pasado. ¿Es una persona muy importante en Norteamérica, no? Me gusta tu modestia al no haberla mencionado.

—¿Eso habría cambiado algo?

Él frunció ligeramente el entrecejo.

—Lo único que me interesa es tu talento y tu posibilidad de ser útil a esta casa. Me gustan mucho tus trabajos. Como dijiste en tu carta, diseñas como yo... o yo diseño como tú. —Dejó asomar su tímida sonrisa—. Pero somos una empresa muy pequeña. Sólo trabajan veinte chicas en el taller. Stephanie me ayuda con la prensa y los clientes. Mi ayudante es Josephine. No hay bocetistas ni ayudantes de diseño ni de ninguna clase. Si tomara a otra persona, necesitaría reflexionar con mucho cuidado sobre la tarea que le podría asignar.

—¡Haré cualquier cosa! —dijo ella con presteza—. Traducciones, ayudar con la prensa... Conozco a la mayoría de los editores americanos.

Él se puso de pie.

—Telefonéame dentro de una semana, Mia. Tomaré alguna decisión.

Bajó flotando los dos tramos de escalera y salió a las calles de París. Todo parecía completamente distinto. París parecía callar con expectativa, esperando la decisión de Phillipe Roux. Era el hombre más fascinante del mundo y la contrataría. ¡Ella lo sabía, lo sentía! No le importaba la tarea que tuviera que hacer: servir café, levantar alfileres del suelo. ¡Sería un comienzo y podría decir que trabajaba para Phillipe Roux! Sería su discípula y continuaría una escuela de elegancia. Así como Balenciaga había sido el mentor de Givenchy, Phillipe sería el suyo.

Cuando telefoneó al salón, una semana más tarde, Phillipe

le había dejado un mensaje a Stephanie, en el que le pedía que volviera a visitarlo. Trató de calmar su excitación, mientras esperaba el autobús que cruzaba el Sena hacia la *rive droite*. Tocó el timbre del salón. Cuando apareció Stephanie, Mia pensó que sus ojos de pestañas color jengibre se mostraban más amistosos. Y cuando Phillipe Roux entró en el blanco salón, vestido con su inmaculada chaqueta y con una sonrisa en el rostro, Mia sintió que su corazón se estremecía hasta casi detenerse. En un instante, sus esperanzas sobre la moda, sus ideas y sus temores hacia los hombres, su búsqueda de un enfoque para su vida se habían fundido y se habían corporizado en una persona. Por primera vez en su vida, se había enamorado irrevocable y profundamente.

—¡Mira! —Mackenzie agitó una postal ante Alistair.

Él se la arrebató y leyó: «Empiezo a trabajar para Phillipe Roux la próxima semana ¡Delirante! Estoy buscando un apartamento barato: ¡imposible! ¡Venid! Besos. Mia».

—¡Esa perra con suerte! —gritó Mackenzie—. ¡Y todo porque yo le dije que le escribiera! ¡Si ella puede abandonar el curso por la mitad, también yo puedo!

Se sentó sobre las piernas de Alistair y le rodeó el cuello con los brazos. Hacía casi un año que vivía en el Village. Alistair pasaba algunas noches con ella y a veces ella las pasaba en el apartamento de él.

«Como un viejo matrimonio», les explicaba ella a sus amigos.

Sus compañeros de apartamento eran personas tranquilas, que trataban lentamente de adoctrinar a Mackenzie para que se uniera al estilo de vida que llevaban. Hablaban mucho de un buen «karma» y de usar la fuerza personal para mejorar el mundo. Su instinto le decía que eso era la ola del futuro: «los niños del amor», que pronto barrerían el mundo. Ellos estaban siempre presentes en las manifestaciones contra la guerra de Vietnam y arrastraban a Mackenzie. Parada en Washington Square, protestando, cogiéndose de la mano con otra gente y cantando *We Shall Overcome*, Mackenzie sentía deseos de llorar por formar parte de un movimiento tan hermoso.

—Una parte de mí se identifica con eso... —le decía a Alistair—. Puedo aprender mucho de ellos.

Mackenzie saltó de las rodillas de Alistair, se sentó en el suelo y lo miró con ansiedad.

—Tengo una familia que quiere respaldarme. ¿Para qué mierda estoy desperdiciando mi tiempo en la escuela. ¡De todas maneras, allí todos piensas que estoy chalada!

—¡Si nunca estás allí! —se burló Alistair—. Casi siempre haces novillos.

—¡Porque me aburro! Si pudiera convencer a mi familia sobre el lugar que hay que elegir... Bien... —meditó—. Si doy la lata lo suficiente, puedo conseguir cualquier cosa.

—Sí —asintió Alistair, al tiempo que liaba un porro.

—¿Y qué demonios harás tú con tu vida? —le preguntó ella.

—El salón de Sassoon paga un dinerillo que viene bien —dijo Alistair—. Aparte, siempre ando explorando por ahí, tratando de encontrar nuevos talentos para promover, de los clubes y esas cosas...

—¿Y de qué vives, realmente? —inquirió ella.

—Ya te lo dije, mi padre me manda una pequeña mensualidad. Cada mes voy a algún oscuro y pequeño banco inglés y la recojo. Me alcanza más o menos para vivir.

—Si se da lo de mi *boutique*, ¿me harás la publicidad?

—¡Por supuesto!

—Quiero que muevas el culo y que te hagas una carrera —le dijo ella—. Tengo que respetarte. Y no puedo respetar a alguien que se pasa el día sentado y colocado con un porro. ¡Para eso bastaría con Luke!

—¿Alguien ha mencionado mi nombre?

Luke asomó su cabeza por la puerta y Mackenzie le arrojó un zapato. Ella había tratado de hablar de Alistair con sus padres, pero todo lo que ellos querían saber era «¿es judío?». Después de eso se negó a hablar de él. Su pedido de que abrieran una tienda en una calle decente de Manhattan cayó en saco roto. Reggie no había sido completamente leal con ella. No serían independientes de Abe Goldstein: Cada uno tendría el veinticinco por ciento de la compañía. ¡Pero se habían puesto de acuerdo en que se llamaría *Gold*! Podían unirse contra ella y vetar con sus votos cualquier decisión, pero, cada vez que eso sucedía, ella arrojaba sobre la mesa su participación del veinticinco por ciento y se largaba. Ellos siempre se arrepentían y volvían a llamarla para decirle que podía hacer su voluntad. Desde el principio, se dio cuenta de que era su gusto lo que haría triunfar a la compañía, de modo que dependía de ella imponerlo.

—¡Os estoy dando un millón de pavos! —gritaba Abe cuando discutían.

—¡Y una mierda! —chillaba Mackenzie y su padre salía furioso del comedor, al que habían convertido en su sala de directorio. Esther, encantada de ver a la familia unida, aparecía siempre con más café y bizcochos.

Reggie dijo con sorna:

—Tienes que aprender a manejarlo, Mack.

—¿Por qué tengo que permitirle que se dé el lujo de pensar que nos está dando un millón de pavos? —gritó—. Una tienda no cuesta eso.

Reggie sacudió la cabeza.

—¡Papá exagera! Basta que le digas: «Papá, convertiremos el dinero en dos millones!».

Las reuniones la dejaban exhausta. Abe Goldstein, antes de poner un solo centavo en *Gold*, ya estaba tratando de dejar todo bien atado. Ella derrochaba energías tratando de ganarse la confianza de su padre. Entretanto, mientras sus dos hermanos exploraban ubicaciones posibles, continuaba en MacMillans a regañadientes.

Reggie y Max habían heredado los métodos comerciales de su padre. Llamaban a eso «pensar con realismo», pero Mackenzie lo llamaba de otra manera: barato. Trataron de enrollarla con escaparates de rebajas en barrios de poca categoría. Un primo que se ocupaba de propiedades les daba información sobre gangas, en lugares como Delancey Street o Little Italy. Mackenzie se negaba a ir a mirar siquiera tales lugares. Conocía Nueva York lo bastante para saber que uno no inauguraba una *boutique* de modas en cualquier andurrial. La parte baja de la ciudad no atraía a las chicas hambrientas de moda y al Village aún no se lo tomaba en serio. Las buenas avenidas —Madison, Lexington, la Tercera— eran demasiado caras. Se resignó a bajar sus pretensiones a la Segunda Avenida. El problema era ahora en qué tramo de la Segunda, arriba o abajo. Los habitantes de Manhattan eran *snobs*. Una calle transversal te situaba social y económicamente. Tenía que ser, les dijo ella, entre las manzanas del 70 y el 80. Cuando Reggie y Max empezaron a aparecer con tiendas en la zona de las manzanas 20 y 30, se dio cuenta de que estaba empezando a ganar la batalla.

Finalmente aparecieron con una tienda de embutidos

abandonada en la manzana de los 70, justo pasando la Segunda Avenida. Era un local espacioso y aireado y no bien entró se dio cuenta de que estaba bien. Después de una batalla con el propietario sobre la posibilidad de poner un cartel sobre la Segunda Avenida, firmaron el contrato de alquiler. El local estaba en un estado terrible y pronto empezaron las interminables discusiones sobre la decoración.

Una vez más, Mackenzie impuso sus criterios. Consiguió que forraran las paredes con aglomerado de madera y que las cubrieran con vinilo grueso y plateado, inspirada por las fotografías que había visto del estudio de Andy Warhol. El plateado reflejaba los focos rojos, violetas y anaranjados. El efecto era espectacular. La tienda estaba atravesada por rieles cromados que formaban una trama enloquecida, vinculados para sostener las perchas. Las ropas colgarían de esos rieles, según los estados de ánimo de ella. A veces en forma de arco iris de color, a veces todo rojo o todo blanco.

—¿Qué habría hecho sin ti? —dijo Mackenzie una noche, derrumbándose sobre Alistair. Estaban trabajando dieciséis horas por día para inaugurar la tienda y Alistair recorría toda la ciudad para conseguirle proveedores, conduciendo una pequeña furgoneta que habían alquilado, obteniendo encargos, ayudando a instalar todo el equipamiento. Si *Gold* realmente despegaba, ella tendría que incorporar a Alistair de alguna manera a la firma. Se sentía a gusto con él y él estaba demostrando que era un buen amigo y confidente; además, disfrutaban mucho el sexo. Si eso no era una «relación», se le parecía mucho.

«La clave son las ropas», se tenía que recordar a cada momento Mackenzie a sí misma. Había elegido con mucho cuidado entre sus diseños y había logrado armar una colección compacta de vestidos, blusas, faldas y pantalones. Había decidido especializarse en un rango limitado de formas, confeccionaba en tres medidas y en varias telas y colores. Se venderían a menos de veinte dólares por prenda, de modo que las chicas pudieran acceder a mezclarlas y combinarlas. Abe Goldstein se encargaba de transportar las muestras desde el taller de Modas Goldstein a Manhattan, ida y vuelta. Mackenzie era una perfeccionista y se pasaba días enteros con las costureras del Bronx, modificando, recortando, hasta que las prendas fueran todo lo perfectas que pueden serlo las ropas producidas en serie.

—Si Mia estuviera aquí para ayudarme a llegar hasta su madre —le dijo Mackenzie a Alistair, mientras estaba sentada en la cama, llenando cientos de sobres con un folleto que había diseñado—. He llamado cien veces a *Divine*, pidiéndoles que hicieran un avance sobre mis prendas. ¡Al fin y al cabo, ellos fueron los que me descubrieron! Y sólo piensan mandar a una periodista novata.

La periodista llegó, tal como estaba prometido, echó un vistazo a las ropas y tomó algunas notas.

—Prueba con *Mademoiselle* o *Seventeen* —sugirió.

—¡A la mierda con eso! —rugió Mackenzie y le señaló la puerta.

Llamó a *WWD* y acudió su editor de las sección *boutiques*, para tomar fotos para un artículo que se iba a titular: «¡Gold! Un nuevo miembro de la creciente tribu de *boutiques*».

La noche que llegaron sus etiquetas Mackenzie las desparramó por la tienda como un huracán, alborozada. Trabajaron toda la noche, cosiéndolas en la parte de atrás de cada prenda. «MACKENZIE GOLD FOR GOLD», en blanco y negro. ¡Por fin tenía un verdadero nombre!

Invitó a toda la gente que conocía a la fiesta de inauguración, desde sus amigos del Village, hasta la gente de MacMillans. Se arregló con mucho cuidado en el cuarto de baño, gritándole a Alistair.

—*Vogue* me hará un gran favor si envía a alguien... Venderé todo lo que haya en el escaparate. Cuando las chicas vean las faldas en el escaparate, no podrán menos que entrar. Me encantará. Es como jugar a tenderos. Me reía cuando les cobraba: ¡era tan fácil! Sé de muchas chicas que querrán comprar lo que diseño.

Alistair llevaba su nueva traje azul marino sin cuello, que hacía que se pareciera a un rubio Beatle.

—Brindemos por tus instintos —dijo, al tiempo que sacaba una botella de champán—. La he tenido escondida toda el día.

—Queridito. —Lo abrazó—. No te he dicho lo agradecida que estoy por tu ayuda y por tu entrega.

Él descorchó el champán y ella gritó cuando el corcho rebotó en el techo. Cogió los vasos, mientras examinaba su atuendo con ojos críticos.

—¿Es esto lo que llevarás puesto?

Mackenzie dio una vuelta alrededor de Alistair.

El traje de arlequín tenía grandes pompones negros en el pecho y remataba en un ajustado puño que rodeaba los tobillos. Se había maquillado con colores brillantes que hacían juego y se había peinado con el cabello liso echado hacia atrás.

Alistair soltó un grito:

—¡Estás fantástica! —Llenó los vasos y brindaron—. ¡Por Gold! —dijo—. Ésta será la primera de una gran cadena nacional.

Mackenzie tragó grandes cantidades de burbujas y se desplomó en una silla. Alistair se sentó a sus pies y lió un porro.

—Esta noche —dijo Mackenzie frunciendo el entrecejo— no te dediques a los invitados. Habrá muchos periodistas y tendrás que estar dispuesto a atenderlos.

—Quiero disfrutar. No todas las noches tengo oportunidad de conocer a mi familia política.

—Todavía no son tu familia política —corrigió ella—. ¿Por qué piensas que estarán allí?

—¿Quieres decir que no invitarás a tus propios padres a la inauguración de la tienda que han financiado?

Él terminó el porro y lo apagó.

—Te he dicho que allí habrá una editora de *Vogue*. Abe puede acabar por ofrecerle algunas gangas de Modas Goldstein. No tiene la menor idea sobre cómo debe hablarse con la gente elegante y normal.

Alistair bebió su champán con preocupación.

—No seas tan *snob*.

Mackenzie se acercó al teléfono.

—Por favor —gruñó—. Has puesto al Atlántico entre tú y tu familia y lo único que yo pretendo con los Goldstein es que se queden en el Bronx. Siento que mis hermanos tengan que estar allí... Comenzó a marcar el teléfono.

—¿A quién llamas?

—A mis padres. Voy a suplicarles que esta noche se queden en casa.

—¡Dame eso! —Cogió el teléfono y lo puso detrás de su espalda—. No te permitiré eso, Mack. Tu padre ha puesto todo lo que tenía en esta empresa. No es justo que trates así al que te ayuda. Además, es de mal gusto.

—¡Oh! —exclamó ella e intentó coger el teléfono, con una mirada furiosa—. ¿Piensas darme una lección de buenos modales? Si ni siquiera eres capaz de escribirle a tu padre.

—Pero él no esta invirtiendo todos sus ahorros en mí. Si fuera así, yo sería más atento.

—Eres un auténtico hipócrita.

Ella hizo algunas intentonas de coger él teléfono, pero Alistair era mucho más fuerte y más ágil.

—¡Vete a la mierda!

Buscó un chal y se lo echó encima.

—Puedo utilizar cualquier cabina de la calle.

Se encaminó hacia la puerta y le gritó:

—¡No quiero que vengas tú tampoco esta noche, Alistair! No necesito a ninguno de vosotros allí. ¡Seré la única protagonista de la condenada fiesta!

Dio un fuerte portazo y corrió escaleras abajo, llena de furia. En la calle sintió náuseas. ¿Cómo era posible que él se comportara así con ella en la noche más importante de su vida? Después de llamar un taxi y recostarse en el asiento reconsideró su conducta. Por supuesto, él tenía razón. No sería una forma correcta de tratar a sus padres. Miró su reloj. De todas maneras, ya era demasiado tarde para convencerlos de que no fueran. Lo más probable era que ya estuvieran allí —ellos siempre llegaban demasiado temprano a cualquier acontecimiento—. Esther se habría puesto algún vestido de brocado, proveniente de alguna rebaja de Modas Goldstein, y Abe estaría reluciente y sonrosado, después de su segundo afeitado. La pondrían en ridículo. ¡Sufriría de nuevo el sentimiento de vergüenza y apocamiento que había formado parte de toda su niñez! Lo único que rogaba era que no dijeran ninguna incorrección ni hicieran alguna cosa risible frente a sus amigos.

La *boutique* estaba a rebosar y un disco de Los Beatles sonaba a todo volumen. Pagó al taxi y contempló los escaparates. ¡Su tienda! Su corazón empezó a latir con fuerza, mientras inspiraba profundamente, abría la puerta y entraba con los ojos brillantes. ¡A la mierda con Alistair! ¡Se proponía disfrutar de esta tarde!

La recibió una pequeña multitud de estudiantes de MacMillans y sus compañeros del apartamento del Village. Todos llevaban sus ropas más locas, chales de colores atados en la frente, fondillos amplios y acampanados, minifaldas muy cortas y faldas llenas de volantes y encajes. Se abrió paso hacia la mesa con vino y vasos y se sirvió un gran vaso de Gallo Chablis. Vio que sus padres habían colocado una gran botella de vino tinto Manischewitz y la escondió en el rincón más apartado de la mesa. Entremezclados con la multitud maquillada y enjoyada, casi escondidos detrás del mostrador, se encontraban los cuatro Goldstein: Max y Reggie, acalorados por el trabajo y el vino, y Esther y Abe mirando todo con asombro. Sus padres inspeccionaban a los chicas jóvenes y a los muchachos artificiosamente vestidos, y sus hermanos tenían la mirada clavada en las chicas que habían respondido a las invitaciones que Mackenzie había enviado a las agencias de modelos. Sus profesores formaban un grupo separado y contemplaban todo.

Obviamente, el papel de Mackenzie era actuar como un catalizador en semejante mezcolanza de gente. Bebió con rapidez un poco de vino y, deseando que Alistair hubiera estado con ella, se situó en el centro de la tienda y gritó con su voz más fuerte:

—¡Mackenzie Gold, presenta para Gold! —y se puso a bailar un frenético baile con un compañero de estudios.

Bailaron durante algunos instantes y luego todo el mundo se les unió. Corrió hacia sus padres y los abrazó.

—¡Creo que me gustará este negocio! —les dijo.

—¿Quién es toda esta gente? —preguntó Esther.

Mackenzie se encogió de hombros.

—¡Qué sé yo! He invitado a medio mundo, es bueno para el negocio. Cuanto más gente me conozca, mejor.

Arrastró a su padre hasta un lugar de la tienda donde todo el mundo estaba bailando.

—Vamos, papi, a ver si te acuerdas.

Inventó una combinación de rumba y tango con Abe, ante los hurras y los aplausos de toda la concurrencia.

—¡Más vino! —gritó extendiendo su vaso de plástico. Alguien se lo llenó. Esa noche necesitaba emborracharse mucho.

Estaba bailando con Reggie, cuando vio que entraba Alistair. Corrió hacia él y lo besó, parloteando:

—¡Oh, niño, estoy tan contenta de que hayas venido! Estaba empezando a pudrirme aquí adentro. No hagas caso de mi familia. ¡Quédate conmigo!

—Estoy supercolocado, Mack —rió él con los ojos brillantes—. Estaba tan enfadado contigo que me fumé otro par de porros. Luego pensé, «¡qué diablos!» y tomé un taxi hasta aquí.

La hizo girar sobre el suelo de madera, al compás de un rock que martillaba y hacía que la tienda vibrara. Fue arrebatada por un amigo del Village y, cuando se volvió para mirar, Alistair estaba con su madre cerca de la mesa de los *canapés*. De alguna manera, Esther Goldstein había logrado meter de contrabando un gran bol de hígado picado casero. Extendió un poco sobre una galleta y se la ofreció a Alistair. Mackenzie acudió presurosa, justo en el momento en que Abe se aproximaba al grupo.

—¡Mamá, no puedes hacerme esto! ¡Vino Manischewitz, hígado picado! ¡La gente pensará que esto es una tienda de embutidos!

Alistair mordió la galleta y le palmeó el hombro a Esther.

—¡Es delicioso!

—¿Lo ves! —Ella miró triunfalmente a Mackenzie y se acercó a su esposo.

—Abe, te presento a Alistair Briarly, el amigo de Mackenzie. ¡Adora mi hígado de pollo picado!

—¿Esto es Alistair? —Abe extendió su mano velluda—. De atrás creí que eras una chica.

—¡Papá, por favor! —aulló Mackenzie—. ¡Los chicos modernos llevan el cabello así! —Arrastró a Alistair para apartarlo de sus padres.— ¡Oh, Dios, voy a morirme!

Su hermano le daba charla a una modelo que estaba mirando algunos pantalones.

—¿Me permite tomarle las medidas de su pierna, señorita? —oyó que él le preguntaba.

—¡Max! —chilló Mackenzie y elevó los ojos en blanco dirigiéndose a Alistair—. Te lo digo, estoy por morirme.

Alistair se tronchaba de risa.

—¡En mi vida he visto algo tan divertido, Mack!

Un Reggie borracho aferró el brazo de Mackenzie.

—¡Les gusta, les gusta a todos, Mack! ¡Y ya se están vendiendo prendas! ¡Papá ya ha embolsado quinientos dólares! ¡No puede creerlo!

Alistair la levantó en volandas, haciéndola dar giros, hasta que ella gritó. Dusty Springfield aullaba: «¡Sólo quiero estar contigo!». Y toda la tienda empezó a dar vueltas alrededor de ella formando una difusa mancha de colores, mientras se estrechaba contra Alistair.

Alrededor de las once, la mayor parte de la gente se había

marchado. Mackenzie abrió la caja registradora y contó casi ochocientos dólares.

—¡Lo partiremos en cuatro! —gritó y metió doscientos dólares en su bolso—. ¡Ahora salgamos y emborrachémonos! —vociferó atrapando a Alistair—. ¡Hay que celebrarlo!

Nunca se había sentido tan feliz.

Gold redondeó cuatro mil dólares en su primera semana, alrededor de cuatro veces la suma que habían previsto. A medida que pasaban las semanas, los ingresos siguieron aumentando hasta que llegó un momento en que los sábados, a las dos de la tarde ya tenían todo el surtido vendido. El sábado era el día de más movimiento: ese día, los Goldstein tenían que lanzarse a una frenética caza por Manhattan y el Bronx para volver a encargar telas, llevarlas a las costureras, recoger prendas y contratar mano de obra extra para que trabajaran todo el día para ellos. Reggie y Max transportaban las nuevas ropas a la ciudad en bolsas de plástico, viajando en metro, hasta que se decidió alquilar una segunda furgoneta. A los tres meses, había una docena de chicas trabajando a tiempo completo para producir las prendas sueltas que se vendían tan bien.

Esther Goldstein llegaba cada sábado desde el Bronx, para hacer de cajera en la tienda, de manera que Mackenzie pudiera atender a los clientes y estudiar sus necesidades. La clientela empezaba a esperar la llegada de la furgoneta de *Gold* los sábados, tratando de arrancar los vestidos de las perchas, antes de que las entraran a la tienda. Aquella moda se llamaba el London Look o Mod y el genio de Mackenzie consistía en destilar esa moda, interpretándola en prendas que ofrecían todos los detalles que deseaban los clientes. Las ropas ceñidas, muy conscientes del cuerpo, que sólo se habían visto en las revistas o en los grupos pop británicos, de pronto, no sólo se podían conseguir, sino que, además, eran baratas: una combinación irresistible. *Gold*[14] encontró oro de un día para el otro.

La *boutique* seguía creciendo más allá de los más delirantes sueños de Mackenzie. Ella mantenía el sistema de estéreo funcionando todo el día, vociferando canciones de Cilla Black, los

14. Juego de palabras con el nombre de la tienda *Gold* y la palabra *gold* que en inglés significa oro. *(N. del T.)*

Stones, los Animals, y se inspiraba. Cada noche se le ocurrían nuevas ideas mientras trataba de conciliar el sueño, y solía sentarse en la cama de Alistair para bocetar furiosamente en su cuaderno de apuntes.

Para desayunar bebían champán, mezclado con jugo de naranja natural. Alistair llamaba a esa bebida Buck's Fizz. Todavía trabajaba mucho para ella, haciendo recados, tomando fotografías de sus ropas para los folletos; y estaba siempre colocado. Pero en aquel año de «boom» eso no importaba. ¡Todo el mundo estaba colocado! Mackenzie sacaba puñados de billetes de la caja, cada vez que se le ocurría. Cortaba sus minifaldas en vinilo, en lamé dorado, en piel sintética. Los grupos pop y las estrellas y también los diseñadores de ropas para los shows de TV, como Hullaballoo, iban a la tienda y compraban mucha ropa.

Y entonces llegó el espaldarazo supremo: la secretaria de Coral Stanton concertó una cita para que Coral fuera «cuando el lugar estuviera a tope», lo que quería decir, alrededor de las tres de la tarde del sábado. Alistair le pasó el dato a *WWD* para que la visita de Coral quedara debidamente registrada en la columna «Ojo». A las tres y media del sábado siguiente, un Rolls negro escupió por su portezuela lo que parecían ser tres chicas «a go-go», vestidas en vinilo blanco al estilo de las «majorettes». Sin embargo, si uno miraba con más atención, podía ver que una de las «chicas» era una mujer de cuarenta y cinco años, disfrazada de muchachita: Coral había capturado el *look* juvenil. Entró a grandes pasos, abriendo mucho sus ojos y exclamó:

—¡Genio! —y, abrazando a Mackenzie, gritó—: ¡Y fui yo quien te descubrió! ¡Ésta es la tienda de modas del futuro! ¡Haremos que Avedon fotografíe a Julie Christie, a Cher y a Cilla Black aquí, en esta misma tienda, será muy *reportage*, muy ahora, muy *à la page*. ¿Quizás una compañía de jóvenes bailarines o bailarinas? ¡Black! ¡Amy! —llamó a sus asistentes—. ¡Averiguad si la compañía de Alvin Ailey está en la ciudad! ¡Mackenzie! ¿Esos rieles podrían soportar el peso de una persona? Estoy viendo cuerpos jóvenes, con reluciente piel negra, colgando de los focos, como acróbatas, usando todos los colores del arco iris! ¡Será genial!

Alistair sirvió champán para todos y Coral brindó por el éxito de la tienda. Aquel día los robos de prendas fueron abundantes, gracias a la presencia de Coral, que distrajo a todo el mundo, pero cuando ella abandonó majestuosamente el local, sintieron que había valido la pena. *WWD* le hizo una entrevista en profundidad a Mackenzie y la llamó «La Reina de los Mods Yanquis», diciendo que «por fin, la invasión británica ha sido detenida por un espécimen local: la burbujeante y práctica Mackenzie Goldstein...».

Cuando Mackenzie leyó el comentario arrojó la revista al otro extremo de la habitación.

—¡No quiero ver nunca más en letras de molde ese nombre hortera! ¡De ahora en adelante, me llamo Mackenzie Gold!

Empezó a hacer los trámites para cambiarse legalmente el apellido.

«¡Oh, Mia!» escribió a París. «¡Esto es lo mejor! A partir de ahora dirige todas tus cartas a la señorita M. Gold! ¡Vuelve pronto para visitarme! ¡Estoy orgullosísima de mi tienda! No importa lo que suceda en el futuro, nada significará para mí como este lugar.»

Se equivocaba sobre este último punto. *Gold* llevaba funcionando cuatro meses, cuando sus hermanos empezaron a hablar de una segunda tienda. Esta vez se mantuvo firme y dijo: «¡Será Madison Avenue o nada!».

Con el respaldo de medio millón de dólares de tres bancos muy interesados, que habían quedado encandilados por las increíbles cifras semanales que movía la modesta tienda de la Segunda Avenida, se hizo realidad su nuevo sueño... ¡Abrir una tienda en Madison! El dinero entraba a raudales. Los Beatles seguían cantando y cantando, y se conseguía una yerba cada vez mejor. Ella y Alistair hicieron un viaje de LSD y Mackenzie fumaba hierba para relajar sus nervios destrozados. Empezó a buscar pisos caros y grandes en la parte alta de la ciudad. Pero los sueños que se hacen realidad, como los de ella, todavía siguen pareciendo sueños. La Mackenzie Gold más delgada y más *chic* no podía sacudirse el temor de que un día volvería a ser la vieja y vulgar Marsha Goldstein, gorda, despreciada y todavía viviendo en el Bronx. Mientras tanto, los Goldstein estaban en camino de hacer una de las fortunas más rápidas de los años sesenta.

11

Las habitaciones de Mia daban a una calle de castaños y a una escuela para niños. Era un apartamento alegre y modesto, aunque sólo veía el sol una hora por las mañanas, cuando se levantaba. Durante las horas de trabajo era como las demás chicas del taller, que cada día cosían desde las ocho y media hasta las cinco, yendo del autobús al salón, comprando algo para comer, asistiendo a clases de dibujo en una pequeña academia en Saint Germain de Prés.

La *couture* no era como ella la había imaginado. Odiaba el aburrimiento del taller, sentada junto a las jóvenes francesas y argelinas, que hacían las tareas repetitivas de coser y planchar.

Pensaba que no se encontraría tan abrumada si pudiera ver cada día a Phillipe Roux, pero no lo había vuelto a ver a solas desde que había empezado a trabajar. De tanto en tanto, entraba en el taller, con una chaqueta o una falda en sus manos para hablar de algunas modificaciones con la señora Martine, la supervisora, para indicarle dónde debían hacerse las modificaciones de los vestidos que había vendido a sus clientas. Pero, durante tres semanas de trabajo, Mia apenas si lo había entrevisto en aquella habitación hedionda y calurosa.

Las otras chicas se preguntaban quién era ella. Le hacían preguntas sobre América y sobre su real situación en la firma. Phillipe le había dicho que debía aprender a trabajar los materiales y a coser. Pero la había arrumbado en el taller y le había encomendado tareas muy elementales —planchar dobladillos y sobrehilar—. Parecía que estuviera volviendo a empezar en MacMillans, pero sin la compañía de Mackenzie y David.

Se convenció a sí misma de que era una especie de prueba a su profesionalidad. ¡Los días eran tan largos y tan aburridos!

La señorita Josephine, la asistente de Phillipe, solía irrumpir en la habitación de una forma prepotente e imperativa. Mia la estudiaba con el rabillo del ojo. No era guapa, más bien alta, casi cuarentona, con el pelo corto, con pantalones y blusones blancos. Entraba y salía con aire de suficiencia. Mia la odió desde el primer momento. Se dio cuenta muy pronto de que sus sentimientos hacia ella eran compartidos por las otras chicas, que cuchicheaban que la señorita Josephine era muy dura con ellas y muy celosa. «¿Celosa de qué?», preguntaba Mia. Y le contestaban con mucha timidez: «Del señor Phillipe».

Escuchaba atentamente los chismorreos de las chicas. Decían que la señorita Josephine era la protectora y guardaespaldas de Phillipe, y que se interponía entre él y el mundo exterior. Era probable que también fuera su amante, ya que ambos llegaban en el pequeño coche de Phillipe y se marchaban juntos por la noche. Josephine las amonestaba por sus fallos, en cambio el señor Phillipe era un artista sensible, que jamás utilizaba una palabra dura. Daba la impresión de que cada uno se había atribuido un papel.

Al final de la interminable tercera semana en el taller, la mente de Mia era tan gris y tan opaca como los cotorreos de sus compañeras. Se había olvidado de su propósito de ser diseñadora. Parecía que estaba sentenciada a trabajos secundarios, como un castigo por su atrevimiento de tener la ilusión de estar cerca de un gran diseñador.

La presión iba creciendo en su mente, hasta que tomó la decisión de ir a hablar con Phillipe para comunicarle que se marchaba. Si esto era lo que significaba trabajar en *couture*, regresaría a Nueva York y encontraría un trabajo en cualquier sitio. ¡En ningún caso se encontraría peor que ahora!

En ese preciso momento, Phillipe asomó su cabeza a través de las cortinas de la entrada del taller y la llamó.

—Mia, ven a verme esta noche, antes de marcharte, por favor.

Ella se ruborizó y se dijo que no la había olvidado.

A las cinco se dirigió al pequeño cuarto de baño de la parte trasera y se retocó el maquillaje. Se despidió de la señora Martine y, sintiéndose muy privilegiada, entró en el salón. ¿La habría puesto deliberadamente en el taller para humillarla? Pasó a la oficina y Stephanie, levantando la vista, le dijo:

—Le diré que estás aquí.

Stephanie desapareció por la puerta, para reaparecer segundos más tarde, y le hizo ademán de que entrara, anunciándola en el estudio de Phillipe.

El estudio estaba situado en el frente del edificio y tenía grandes ventanales que daban a estrechos balcones, sobre una avenida ruidosa y congestionada. La señorita Josephine estaba junto a Phillipe y ambos estaban revisando un montón de prendas.

—Ésta es mi asistenta, Josephine —dijo Phillipe a modo de presentación—. Mia está haciendo un aprendizaje en el taller.

Daba la impresión de que nunca antes habían hablado de Mia.

Josephine le tendió la mano con brusquedad y la miró directamente a los ojos.

—Espero que lleguéis a ser buenas amigas.

Mia pensó que eso no era posible, sintiendo las oleadas de hostilidad que le llegaban. Sin embargo, era un suerte poder examinarla desde tan cerca. El rostro que vio era duro, huesudo, con rasgos bien definidos y con ojos oscuros como los de Phillipe, pero sin ningún encanto. Tenía unas labios finos y mezquinos y su cara estaba reluciente y limpia de maquillaje. El cuerpo huesudo no tenía ni pechos ni redondeces.

—¿Verdad que te encanta trabajar en el taller? —Su francés tenía un ligero acento español.

—Nunca me ha gustado coser. Soy una diseñadora y no una costurera.

Josephine replicó con presteza:

—Aquí, el único diseñador se llama Phillipe Roux. Uno debe aprender a coser, antes de considerar la mera idea de diseñar. Es como aprender a caminar antes de aprender a correr, ¿verdad?

—Cuando presente la colección, ella trabajará con nosotros en el estudio para hacer algunos diseños.

Mia dijo con rapidez:

—Estaré encantada.

Josephine volvió a concentrarse en las prendas que estaban mirando antes y comentó:

—Elegiré ésta, Phillipe. —Le mostró una lana *beige* y empezó a examinar un montón de recibos.

Phillipe le sonrió a Mia y le dijo:

—El taller no es un lugar muy divertido, Mia, pero tus

compañeras son buenas chicas y es el único camino para que aprendas el oficio.

—La única forma —repitió Josephine sin volverse.

Phillipe cogió la mano de Mia con calidez.

—Ven a verme si tienes algún problema.

Cuando cedió la delicada presión de sus dedos, sintió como si le hubieran sustraído la fuerza vital. Se dirigió hacia la puerta.

—Mia, ¿tú diseñas en casa y durante los fines de semana? —le preguntó Phillipe antes de que ella se retirara.

—Sí, siempre dibujo —respondió Mia.

—¿Podrías traerme tus diseños cada semana? Me gustaría ver tus progresos.

Ella sintió que el salón se convertía en algo maravilloso. No importaba lo que hubiera dicho Josephine. Lo único que tenía sentido era lo que le había pedido Phillipe, y lo que había visto en los ojos de éste no era producto de su imaginación, no podía serlo. Nadie podía imaginar nada tan intenso como aquella expresión.

Aquella noche, caminó por la orilla del Sena, perdida en sus fantasías. Cuando llegó a su casa se dio un largo y reconfortable baño, sin dejar de pensar en Phillipe. Levantando los brazos sobre su cabeza, se miró en el espejo empañado, examinando las líneas de sus pechos y percatándose de su vida y de su plenitud. Eran jóvenes y tersos. Se tocó los pezones sonrosados, preguntándose qué sentiría Phillipe si los tocara. Se imaginó haciendo el amor con él, de una forma muy diferente de lo que había sido su experiencia con David. Phillipe debía de ser delicado y sensible con ella, aunque al mismo tiempo se imaginaba que en él había una electrizante parte animal, que podía adivinarse en su boca sensual y en sus ojos. Por primera vez en su vida, deseaba que un hombre la tocara y que ese hombre fuera Phillipe. Se fue a la cama, sintiéndose vacía, frustrada, incompleta, asqueada, insatisfecha.

La Cámara Sindical de *Haute Couture*, un organismo social con muchas pretensiones y poco poder, informó a Phillipe Roux que su nueva colección se presentaría el último miércoles de julio. Comenzaron a confeccionar las prendas a comienzos de junio.

Mia estaba excitada y atemorizada. Esta colección serviría

para definir su posición en la casa. Si él utilizaba sus diseños como puntos de partida, ella se sentiría aceptada como parte de la empresa. El estudio comenzó a llenarse de piezas de tela, que les llegaban desde las fábricas más importantes de Europa. Phillipe se proponía presentar una colección de unas ochenta prendas. La rutina del salón cambió. Las costureras dejaron de hacer ropas para los clientes privados, a la espera de que Roux les trajese las muestras para hacer las ropas. Éstas se probaban y se cortaban sobre modelos humanos. Una vez que estaban cortados, se llevaban al taller y se pasaban a patrones. El patrón era la segunda etapa en esta complicada confección de trajes y abrigos y sus mágicas entretelas.

Escoger el material era la decisión más importante. Phillipe llamó a Mia al estudio varias veces para que eligiera los materiales con él. Las pesadas piezas de lana, seda con lana o *cheviot* eran los materiales básicos y los trataba con la misma reverencia con la que un maestro escultor trata una pieza de mármol.

—Tócala —le decía a Mia, haciendo que ella palpara la tela con sus manos. Era siempre de la mejor calidad: suave, espesa, cara, con etiquetas que marcaban hasta noventa dólares el metro.

Ella trabajaba constantemente en su bloc de dibujo, que a veces olvidaba en el estudio de Roux. Una tarde volvió para recogerlo y encontró a Roux examinando sus dibujos. Cuando la vio entrar, levantó la vista avergonzado y le dijo:

—Mia, éstos son muy interesantes. —Le extendió el bloc—. Estoy acostumbrado a trabajar con diseños de otras personas. A veces, incluso, veo algo en un diseño que tú no pretendías hacer. —La tomó del brazo con delicadeza—. ¿Podrías ayudarnos en el estudio cuando estemos preparando la colección?

¡Salir de aquel taller, de la costura y las conversaciones sin sentido de sus compañeras! Intentó que sus ojos revelaran su entusiasmo.

En su casa no hizo otra cosa que diseñar y diseñar.

Después del fin de semana, llevó un montón de diseños nuevos para enseñárselos a Phillipe. El martes él fue a buscarla al taller, mientras todas las chicas se preguntaban con sorpresa para qué la llamaba. La condujo a un pequeño habitáculo, al final del pasillo. Habían retirado todas las estanterías y habían colocado una mesa y una silla.

—Éste será tu despacho, dibujarás aquí —le dijo Phillipe con orgullo—. Pero debes tener siempre la puerta cerrada, para que, cuando lleguen las clientas para las pruebas, no puedan verte.

Recorrió con la mirada el reducido espacio, tan pequeño como un lavabo y, de repente, sintió claustrofobia al imaginarse encerrada allí. Él adivinó su pensamiento y se apresuró a prometerle:

—Estarás la mayor parte del tiempo con nosotros, en el estudio.

Ahora Mia utilizaba para entrar las escaleras principales del edifició y recibía el seco *bonjour* de la señorita Josephine. Más que una bienvenida, parecía un ¡«Vete al infierno!».

Cada vez que entraba en el estudio, antes de instalarse tranquilamente en un rincón, Mia miraba el tablón de anuncios, donde Phillipe pinchaba con chinchetas algunos de sus dibujos. A veces adjuntaba a los diseños muestras de material. Una vez Mia vio algunos dibujos, arrancados sin consultarla, de las páginas de su bloc. ¿Eso significaba que pensaba utilizarlos? No se atrevió a preguntárselo. El ambiente, cuando Phillipe trabajaba, era reverente y solemne.

Otro día, al entrar en el estudio, su corazón palpitó con fuerza. Phillipe estaba probando sobre una muchacha uno de los diseños de Mia, un vestido de cóctel, con pliegues de tela que se juntaban en la parte de atrás y hacían que uno de los hombros quedara desnudo.

—¿Ves esta costura? —comentó Phillipe indicándole la cintura—. En tu dibujo quedaba demasiado alta. Las mujeres prefieren un torso alargado. La he bajado... Así queda más suave.

Recogió con delicadeza un doble pespunte en la cintura para lograr que fuera más etérea, con una línea más delicada. Mia lo miró. Estaba casi sin respiración. El mejor diseñador de París, y posiblemente del mundo, estaba transformando uno de sus diseños en un vestido real. Mia le sonrió a Elisabette a través del espejo. No era bonita; una modelo de «clase B», que se utilizaba para las pruebas, pero que nunca desfilaba en las pasarelas.

Ante sus ojos, Phillipe preparó la prueba, esculpiendo la tela como si fuera barro. Le pidió a Elisabette que se quitara el vestido y que llevara la compleja estructura de tela a su mesa de trabajo. Dibujó la pieza, volvió a repasar algunos hilvanes y se la probó de nuevo. Ahora, la cintura caía y redondeaba en la parte delantera, haciendo el torso más estilizado. Le mostraba a Mia cómo se hacía la gran moda —esa magia que hacía que la ropa se vendiera—. Esa forma de ensalzar la figura, esa exaltación de la femineidad hacían que la ropa de Phillipe fuera especial. Él admiraba los cuerpos de las mujeres y esa admiración se traslucía en sus creaciones. Por eso eran únicas, tan ponibles y tan buscadas.

—¿Te gustaría moldear la espalda? —le preguntó Phillipe.

En MacMillans nunca había aprendido a modelar las espaldas. Intentó fijar la tela en un hombro, con un hilván. Aunque parecía que era fácil sujetar la tela para que la seda quedara flotando e intentó hacer pliegues con soltura el resultado quedó duro y sin gracia. Cuando todo estuvo sujeto, se alejó, con las manos húmedas de sudor, sintiendo que había fallado.

—*Quelle atrocité!* —gritó y todos rieron.

La señorita Josephine entró en ese momento y contempló la escena con una sonrisa sarcástica.

—¿Lo estáis pasando bien? —preguntó.

—Mia estaba intentando trabajar sobre la modelo —le contestó Phillipe.

Josephine parecía contrariada.

—Pero, ella ha estado posando desde las nueve, Phillipe.

Phillipe cogió el vestido y deshizo el trabajo de Mia. Con algunos alfileres lo hizo fluido y delicado.

—Nunca aprenderé a trabajar con el lienzo de pruebas —dijo ella con un suspiro.

—Practicarás hasta que aprendas.

Josephine ayudó a Elisabette a quitarse el vestido y lo estudió mientras lo llevaba a la mesa de trabajo.

—Pero, ¿estas piezas no habrían resultado más fáciles trabajando al bies? —le preguntó a Mia con una mirada bastante furiosa.

Mia frunció el entrecejo.

—¿Eso que quiere decir?

—¡Al bies! ¡Cortando en diagonal! —Josephine hizo un gesto brusco—. Seguramente sabes qué es.

Mia meneó la cabeza, aturdida por las cortantes palabras de Josephine.

—Por supuesto sé lo que es. Pero he utilizado el trozo de tela que Phillipe me dio.

—¡Debía de haberlo cortado al bies! —gritó—. ¡Todo el mundo lo sabe!

Mia sintió brotar las lágrimas ante semejante agresión y, sin palabras, se volvió hacia Phillipe.

—Es un error normal —le dijo él a Josephine con calma.

Josephine explotó. Con los brazos en jarras.

—¡Pero, Phillipe! ¿Cómo es posible que emplees a alguien que no comprende la importancia de cortar al bies?

Mia abandonó el estudio dando un portazo y se dirigió hacia su pequeña habitación, donde se encerró. Se desplomó en la silla, llorando. Josephine tenía razón, y eso la hacía sentirse peor.

Llamaron suavemente a la puerta y ella respondió:

—*Attendez!*

—Soy yo, Phillipe —llegó el murmullo de su voz a través de la puerta.

Mia abrió y Phillipe entró. La miró con dulzura y le sonrió, con ojos emocionados. Cerró la puerta con suavidad. Mia se enjugó las lágrimas con la mano.

—No hay ninguna razón para llorar —dijo él.

Sacó de su bolsillo un pañuelo impecable y se lo dio. Ella acercó el pañuelo a sus mejillas, sin mirarlo.

—Ella es brusca, ya lo sé. Es su manera de ser —murmuró él.

Estaba tan cerca de Mia, que ella podía oler la colonia, mezclada con el olor de su cuerpo. Se le ensancharon las fosas nasales. Deseaba mirarlo, para que él la cubriera de sus besos, y tembló antes de que la tocara. Como si hubiera leído su pensamiento, Phillipe le tocó la nuca con la punta de los dedos. Mia se estremeció levemente. De aquel contacto brotaron oleadas de bienestar. Phillipe dejó quietos sus dedos durante un momento, mientras ella respiraba agitada, intentando controlarse para no cubrirlo de besos. Por primera vez, sentía el intenso deseo de besar a un hombre y este hecho la sorprendió. Le devolvió el pañuelo.

—Gracias. Ya me siento mejor.

Intercambiaron otra larga mirada, en la que ella pudo interpretar millones de cosas. Que le apenaba el carácter celoso de Josephine, que la amaba mucho más de lo que jamás había amado a Josephine, que se sentía atado a Josephine por cuestiones de trabajo y también que estaba arrepentido de haberla contratado.

Mientras buscaba más significados a la seria mirada de Phillipe, él se marcho, cerrando la puerta con suavidad.

Le dio rabia descubrir que él era capaz de hacerla sentir bien con pequeños gestos de amabilidad y atención, como se acaricia con ternura a un pequeño animal doméstico. Lo que realmente quería era que él la abrazara. Se daba cuenta de la fuerza que emanaba de Phillipe y de cómo podría estrecharla entre sus fuertes y bronceados brazos. También sabía cómo olía y cómo sabría su piel si ella le lamiera el cuello con la lengua. Estas fantasías la asombraron y la atemorizaron. Sólo la idea de ella y Phillipe desnudos, estrechándose mutuamente era una fantasía demasiado increíble. Comenzó a temblar con violencia ante el mero pensamiento. De repente, se dio cuenta de que él sería el hombre que la liberaría. Estaba segura de que sabría cómo hacerle el amor para que no sintiera miedo. Probablemente sería el único hombre en el mundo que podría conseguirlo y el destino la había colocado allí: una inmadura chica norteamericana, trabajando en el estudio de un diseñador de primera categoría. Debía ser así. El intercambio de miradas, sus ojos que la transportaban a otro mundo cuando se encontraban, un mundo en el que se quedaba sin aliento, temblando, sin importarle lo que pasara, siempre que terminaran juntos en algún lugar. Escondió la cabeza entre sus manos. Lo amaba tanto que era incapaz de pensar con claridad.

Cuando llegó a su casa aquella noche, encontró un mensaje de Wayland pidiéndole que le telefoneara a la tienda.

—Tu madre y yo llegaremos a París el 24 de julio —le dijo con entusiasmo—. Nos alojaremos en el Crillon. Ella está muy bien. Toda esta liberación le ha hecho mucho bien. Quiere que tú estés con nosotros lo más que puedas, mientras estemos en París. ¿Verdad que podrás acompañarnos a cenar y salidas?

—No sé. Es la época de más trabajo para nosotros. La colección es muy importante para Phillipe. Desde luego, me encantaría veros...

—Bien, tu madre está deseando verte, así que inténtalo, Mia. Podremos pasarlo muy bien. También estará allí Colin. Todos coincidiremos, tontita.

—¡Maravilloso! —exclamó Mia, intentando que su voz sonara entusiasmada.

Cuando colgó, se sintió mal. Después del esfuerzo que

había hecho para no pensar en Coral durante aquellos meses, su llegada a París volvería a hacer surgir todos sus problemas. Seguramente, Coral querría ver a Phillipe. Incluso, esperaría un trato especial de su parte. La forma en que *Divine* cubriera la noticia de la nueva colección representaría una gran diferencia para el futuro de la casa.

—Esta colección significa para él una cuestión de vida o muerte —murmuró Stephanie en su oído, una tarde en la que estaban solas en el estudio—. Es una lástima que hayas entrado en la firma en un momento tan tenso.

—¡Pienso que la mayoría de los momentos de Phillipe Roux son tensos! —replicó Mia.

Stephanie no rió.

—Él sabe que debe cumplir con la promesa de su primera temporada o reventar. Sucede que no hay bastante respaldo financiero para mantenerlo en funcionamiento, a menos que logre ganar mucho dinero.

—¿Compradores americanos? —preguntó Mia—. ¡Tengo un buen amigo en Headquarters! Él mirará la colección.

Stephanie asintió, mirando la lista.

—Sí, pero también necesitamos japoneses, ingleses, alemanes y es importante que se interesen las tiendas, las compañías que venden patrones, los *parfumiers* y toda esa gente.

Mia suspiró.

—Y mucha cobertura de prensa. Dios, espero que a mi madre le guste él...

Todas las agencias de modelos importantes mandaron a sus estrellas a Phillipe, para que eligiera cuatro modelos femeninas para presentar su colección. Encontró cuatro con las proporciones que prefería: piernas largas y tipo saludable y deportivo. Estas modelos, muy preciadas, se empleaban pocas veces. Phillipe continuaba usando a Elisabette, su modelo de la casa, y a una chica alemana, Rosemarie, para aguantar las largas horas de prueba, ya que sus medidas correspondían con las de las modelos estrellas.

Una de las chicas que Phillipe eligió era una hermosa neoyorquina de cabello oscuro, que se llamaba Audrey Zelco. Tenía sólo diecinueve años y un garbo y un refinamiento muy superiores a lo habitual en su edad. Ella y Mia charlaban, mientras esperaba a que le tomaran medidas. Sus grandes y oscuros ojos, su nariz respingada y su boca llena y sensual sugerían algo exótico. Le dijo a Mia que había llegado a París hacía un mes y que ese mismo día había iniciado su carrera de modelo. Era de ese tipo de raras criaturas: una modelo fotográfica, que también era buena a la hora de mostrar ropas en la pasarela.

Audrey tenía una corte de admiradores, que la llevaban los fines de semana a lugares como Marruecos y a los mejores restaurantes y *bôites* de París, durante la semana. Era apabullante y llevaba las ropas con un *chic* europeo. Sus faldas abiertas, con un tajo hasta el muslo, mostraban sus hermosas, largas y esbeltas piernas. Las otras modelos, una de ellas una muchacha negra que exhibía a la perfeccción las ropas de Phillipe, rondaban por el estudio fumando cigarrillos, llenando el salón de humo, para gran irritación de Josephine. Mia miraba a Josephine, para ver si se sentía perturbada o molesta por la presencia de esas adorables criaturas. Pero Josephine sabía que Phillipe se concentraba tanto cuando estaba probando las ropas, que la daba igual usar un maniquí de madera.

Audrey empezó a tomar el hábito de reunirse con Mia en el *tabac* cercano, donde eran contempladas con interés por los hombres de negocios de la zona, mientras almorzaban a base de *croque-monsieurs* y grandes tazas de *café crème*.

—¿Y que hay de tu amiguito? —preguntó Audrey, después de haber hablado de algunas citas que había tenido con varios hombres—. Seguramente tienes uno.

—David era un chico que realmente me gustaba en la escuela de moda en Nueva York —replicó—. Sin embargo, desde que llegué aquí, he perdido el contacto con él.

Audrey asintió con su exquisita cabeza.

—Yo también odio escribir. Me gusta que los tíos me llamen. Generalmente lo hacen, si están encaprichados. El único tío por el cual rompí mi regla, fue Mick Jagger. Una vez me dieron su número en Nueva York y le telefoneé —levantó sus cejas—. Y no pasó nada —confesó.

Un rato más tarde le dijo a Mia:

—Tendrías que ver la choza en la que estoy viviendo ahora. Apostaría a que es el hotel más barato de París. Quiero ahorrar hasta el último céntimo que gane con mi trabajo, para mantenerme cuando esté vieja y gorda.

Mia se echó a reír.

—No te imagino a ti viviendo en la pobreza... ¡Jamás! Estarás viajando a Marruecos los fines de semana y cenando en el Ritz.

—¡Sí, y escondiendo comida en mi bolso para la mañana siguiente! —le aseguró Audrey—. ¿Pero, qué haces para divertirte, si no tienes un amiguito aquí?

—Mi diversión es el trabajo —dijo Mia.

—¿Diversión? —gritó Audrey—. ¿Trabajar para ese dúo horrible...?

—Pienso que hay uno sólo de ellos al que se le aplica lo de horrible.

—¡Oh!, Phillipe administra muy bien su encanto, pero allí la atmósfera es tan estricta... Te hace sentir que tienes que pedir disculpas si dices «¡Mierda!». ¡Y esa Josephine, por Dios, sí que me saca de las casillas! ¡Me hace sentir embarazo cuando tengo que mostrar mis tetas en su presencia! Y ella mataría a cualquiera que mirara a Phillipe.

—¿Y qué piensas de él? —preguntó Mia con timidez.

—¿De Phillipe? —Audrey reflexionó por un momento, al tiempo que tomaba un sorbo de café. Miró a Mia francamente—. ¿Estás obsesionada con él, no? He visto cómo lo mirabas.

Mia clavó los ojos en su nueva amiga. ¡Hacía tanto tiempo que no se confiaba a una chica de su edad!

—Estoy enamorada de él —confesó por fin—. ¡Oh!, Audrey, nunca sentí esto por nadie en mi vida.

—Oh...

Audrey mordió un gran pedazo de su bocadillo y masticó en silencio durante un momento.

—¿Qué pasa? —preguntó Mia.

Audrey se encogió de hombros.

—Mi opinión es que deberías empezar a escribirle a David lo más pronto posible. —Se inclinó sobre la mesa redonda de mármol aproximando su cara a la de Mia—. ¿Sabes algo sobre la moda, no es cierto? ¿Sabes lo que está bien y lo que está mal, no? ¡Bueno, yo sé bastante acerca de los hombres! Phillipe Roux es un hombre increíblemente sexy, pero sólo apuesta por Phillipe Roux. Usará todo su encanto para llegar ahí y lo conseguirá. Pero hay algo raro en esos dos, ¿no lo hueles? Hay algo extraño. No son refinados y, realmente, en esta ciudad no están en su elemento. Escucha lo que te dice Audrey: no te interpongas en su camino.

A medida que se aproximaban las fechas de los desfiles, a los diseñadores de todo París los acometía el pánico, y Phillipe no era ninguna excepción a esto. Todo el mundo perdía la calma, se enfadaba por nimiedades, por pequeños desastres, como un botón mal pegado, una falda con el ruedo desparejo, un alfiler que se había quedado olvidado en una costura y pinchaba a una modelo temperamental.

Phillipe Roux parecía un maestro de ajedrez tratando de resolver un problema. El problema era la elegancia y cómo otorgarle al cuerpo de una mujer —de cualquier mujer— la forma que esa mujer deseaba.

Mia se sentaba cada mañana en su pequeño cuarto, concentrándose en el diseño; las ideas le surgían como torbellinos. Estaba tratando de reunir la vitalidad de la moda de la calle y la artesanía de la *couture*.

Phillipe veía luego lo que ella hacía y, mientras recorría sus bocetos y le sugería materiales, Josephine los dejaba a solas. Esas reuniones se habían convertido en el punto cumbre del día de Mia y también parecían inspirar a Phillipe. Pronto, el tablero de la pared quedó cubierto por completo de los bocetos de Mia. No había entre ellos un solo dibujo original de Roux. El significado de esto era casi demasiado para lo que ella podía entender. La colección completa para otoño-invierno de Phillipe Roux, París, Francia, iba a estar basada en sus diseños, en sus ideas. No dijo nada, no habló con nadie: se guardó para ella ese increíble secreto.

Sólo Audrey, que había visto el tablero y había ojeado su cuaderno de apuntes, le preguntó:

—¿No son esos tus dibujos? ¡Mia, no me digas que tú has diseñado todo la maldita colección.

—Bueno, yo he contribuido —dijo Mia con suavidad.

—¡Ah, chica tonta! Y probablemente ni siquiera cobras un salario decente.

Lo que era la estricta verdad: Phillipe le pagaba menos que el costo de sus almuerzos.

Mientras la colección tomaba forma ante sus ojos, se dio cuenta de que estaban haciendo algo muy novedoso. Sabía que

Phillipe sería proclamado o como un loco o como un genio de la moda. Algunos de los conjuntos eran tan cortos y tan descarados, que las modelos protestaron cuando se los probaban. Phillipe quería que los exhibieran caminando de una forma diferente. No lenta o lánguidamente, sino bailando o corriendo a través del salón.

—Los escuché chillarse el uno al otro anoche —le contó Audrey, mientras tomaban un almuerzo rápido—. Creían que estaban solos, pero yo había vuelto para recoger el maquillaje que me había dejado olvidado. Josephine le estaba preguntando a Phillipe por qué estaba tan influido por la norteamericana y si había olvidado cómo les gustaba vestir a las mujeres francesas. Él contestó que América era el nuevo líder... ¡aún para la moda! Y dijo que podía hacer diseños que les gustarían a las mujeres norteamericanas, porque ellas los habían inspirado... Y entonces entendí, Mia. Todos esos diseños son tuyos, ¿verdad? Tú lo has inspirado a él. Su corte ha sido siempre excelente, pero esta temporada, las ropas son muy diferentes. Tú debes representar para él la joven América: piernas largas, cuerpos saludables. Por eso nos ha elegido a mí y a la chica negra: quiere ser importante en América. Le interesa un bledo Francia.

Pero él le había dicho cientos de veces a Mia que trabajaban para el bien de la casa y el dinero no le importaba. Buscar un reconocimiento, cuando era su genio el que había hecho que las ropas quedaran tan maravillosas, no estaba bien. Ella sabía que Phillipe ahora la necesitaba y eso era todo lo que en verdad le importaba.

12

—¡Oh, por Dios, Lloyd! Desembucha lo que sea —siseó Coral.

Estaban en la mejor mesa de La Côte Basque y todo el mundo los miraba con perplejidad. Coral, perfectamente maquillada, estaba deslumbrante. Su traje Chanel había sido una excelente elección. Mucha gente creía que era un estilo en desuso y allí estaba ella, volviendo a ponerlo de moda, haciendo que los demás se sintieran fuera de lugar.

—¡Estás maravillosa, Coral! Pero, vamos a encargar la comida primero.

Lloyd estaba muy alegre. ¿Por qué?, se preguntó ella. Por lo general sus fotógrafos, peluqueros, maquilladores eran quienes regían los humores de Lloyd. Una atmósfera extraña los envolvía: su mujer se marchaba fuera por una semana. Coral lo estudió, mientras los ojos de él recorrían el menú con ansiedad. Estaba preocupada. Los años sesenta empezaban a ponerla nerviosa. Tal vez fuera la marihuana que había estado fumando, pero sintió que algo se revolvía en su interior. Había sido la editora jefe durante dos años y había hecho que el mundo de la moda utilizara estrellas del pop como modelos: Cher, The Supremes y finalmente las superestrellas de Andy Warhol. Dos de ellas, Baby Jane Holzer y Edie Sedgwick, eran tan elegantes como cualquier modelo profesional. Ahora todo el mundo recurría a ellos, lo que significaba que Coral tenía que avanzar: ¿Cuál sería el próximo gran paso? Sería ella quien debería descubrirlo.

—Phoebe está de acuerdo con el divorcio —anunció Lloyd, cerrando el menú de golpe—. ¿Langosta?

Coral lo miró con sorpresa, sin palabras, con el cerebro a

toda velocidad, mientras él ordenaba el champán. ¿Eran buenas o malas noticias?

—¡Por la felicidad! —propuso Lloyd, mientras les servían el champán.

Mecánicamente, Coral hizo chocar su copa contra la de Lloyd. Las noticias, ayudadas por el Dom Pérignon, tardaron algunos segundos en llegar a su cerebro. Deseó tener a mano un poco de marihuana. Intentó una sonrisa.

—¿Cómo lo conseguiste, querido? ¿Ella encontró a alguien?

—No. Tengo que agradecérselo a mi abogado. Como sabes, es una cuestión de dinero. No te preocupes, sigo dueño y señor de *Divine*. Ella no obtendrá ninguna de mis publicaciones.

—¿Y por eso estás tan contento?

—También estoy enamorado. Quizá, por primera vez en mi vida. Hubiera querido traer a la mujer en cuestión, pero ella me dijo que no.

Mientras el camarero servía el primer plato, Coral preguntó:

—¿Pero, por qué?

—Es un poco tímida. La muchacha pensó que tú no la aprobarías. Trabaja para ti.

—¿Una de mis editoras? —Lloyd negó con un gesto—. ¿Una de mis editoras *junior*? ¡Oh, Lloyd eres un niño travieso! Déjame adivinar: ¿Donna Haddon, mi pequeña y eficaz editora de ropa deportiva?

Lloyd asintió.

—¿No es cierto que es guapísima?

—Encantadora. —Coral se atragantó con la ensalada. Tosió y tomó un sorbito de champán.

Donna estaba en la misma posición en la que ella había comenzado en *Divine*. Un escalofrío de miedo la hizo temblar.

—Lloyd, París resultará una experiencia maravillosa —dijo con presteza—. He firmado un contrato de Twiggy, contra viento y marea. Cher pasará toda la ropa americana: Twiggy y Cher, ¿no está mal, eh?

—Mejor que Sonny y Cher, me imagino —gruñó él—. Donna ha hecho de *I got you babe* nuestra canción. Dijiste que la música pop envolvería todos los aspectos de nuestras vidas, ¿recuerdas?

Ella musitó un «sí», mientras comía sin apetito. «En especial si los abuelos de sesenta años como tú empiezan a ir con chicas de veinticinco», pensó.

Ese pensamiento la puso de un mal humor que le duró por el resto del día. Cuando dejó La Côte Basque para asistir a una sesión fotográfica, estaba tan irritable que se enfadó a causa del pelo multicolor de la modelo Tovarich Dynel y logró que se echara a llorar. Todo iba a ser juventud, juventud, juventud, se dijo a sí misma en el taxi que la llevó de vuelta a su casa. ¿Dónde me llevará todo esto? Cuando llegó a su piso tenía muchos deseos de fumar un porro. Cerró los ojos, agotada, y se apoyó contra la pared del ascensor, mientras subía hasta su piso. Ella había amado los años sesenta. Y ahora tenía el sentimiento de que los sesenta no la conducirían ya a nada mejor. Se dio cuenta de que los sesenta podrían hacerle daño.

En su piso, buscó ansiosamente su secreta hierba. Unas pocas caladas, como solían llamarlas los muchachos, la relajarían. Sonrió débilmente. Tienes que aprender a olfatear lo que está en el aire. Esto te hará sentir que la vejez está lejos y que los demás te consideran parte de los jóvenes.

Encendió el porro que había liado y se quitó los zapatos, reclinando su cabeza, mientras inhalaba el cigarrillo y aguantaba el humo en los pulmones. Poco a poco, su humor cambió. Ya nada le importaba en realidad. Tenía que hacer algo antes de abandonarse por completo.

Llamó a Howard Austin. Podría matar dos pájaros de un tiro: sacrificar a Howard y eliminar la amenaza de Donna Haddon en un solo movimiento. Donna era guapa y Howard elegante. ¿Podrían resistirse el uno al otro?

Habían pasado algunas semanas desde que se habían visto por última vez. Él parecía cauteloso.

—Howard, ¿todavía estás buscando un editor?

—¿No me digas que has cambiado de parecer? —dijo él riéndose. El tono de su carcajada la excitó y la hizo sentir como si estuvieran haciendo el amor.

—Se me ha ocurrido que alguien de nuestro equipo sería la persona ideal para ti. Se llama Donna Haddon y es tan elegante como un junco...

Él reconoció a Donna no bien apareció en la puerta del pequeño bar alejado que habían elegido para que nadie sospechara que ella estaba tratando de cambiar de trabajo. Había pasado una semana desde la llamada de Coral y Howard estaba agotado después de la venta de su salón, de alquilar nuevas oficinas, de visitar a impresores, de conectar con un editor y dejar en orden el despacho que había alquilado. Miró cómo Donna avanzaba con un andar digno, como una modelo salida de las páginas del *The Great Gatsby*: alta, delgada, con rostro alargado y pelo ondulado y oscuro. Su ropa inmaculada y perfecta mostraba a las claras que era una editora de modas.

Se puso de pie y se acercó a ella, estrechándole la mano y sonriendo. Ella se paró, le sonrió y cogió su mano.

—Es usted muy joven.

—Tú también —contestó él riendo.

Cerraron los ojos y una especie de estremecimiento los recorrió. La acompañó hasta la mesa y apartó la silla para que se sentara.

—¿Quién le ha dado referencias mías? —preguntó ella mientras se sentaba.

—Colin Beaumont —mintió Austin con naturalidad, tal como le había pedido Coral.

—Un hombre muy especial.

—Te tiene mucho aprecio —le aseguró él—. ¿Qué quieres beber?

—Me encantaría una copa de champán —respondió Donna.

Howard pidió una botella y se dedicó a escudriñar a la chica. Tenía una gran ventaja sobre Coral: era quince años más joven, más fresca y más bonita. Vestía un traje de estilo clásico de lino color crema. Su elegancia contrastaba por su frescura con los trajes recargados de Coral. Dejó que sus ojos se recrearan en ella y Donna le sonrió con franqueza.

Llegó el champán y hablaron de moda. Austin le contó sobre *Confidencias* y sus intenciones. Donna se mostró educadamente interesada, pero sin mostrar ningún entusiasmo. Se habló también de dinero y ella levantó una ceja. Era obvio que el dinero no era su objetivo. Después de tres copas de champán, se inclinó hacia él.

—Usted sabe, señor Austin...

—Howard.

—Howard, si me lo hubieras dicho hace unos meses, me habría interesado mucho más, pero, para ser honesta, no tengo el más mínimo interés en dejar *Divine* ahora. Me halaga mucho que me hayas tomado en cuenta y te lo agradezco. En *Divine* están sucediendo cosas. No puedo entrar en detalles, pero es muy importante que me quede por el momento.

—No entiendo —dijo él frunciendo el entrecejo—. ¿Cómo te llevas con Coral?

Ella se encogió de hombros.

—Como todo el mundo.

—¿Es una persona difícil?

—No soy una colegiala chivata —respondió ella sonriendo—. Fui educada en Nantucket. Digamos que Coral sabe usar el poder.

—¿Y tú vas tras su puesto?

—No tengo tantas pretensiones.

—Está bien. Me doy por vencido. Olfateo algo raro, pero mucho me temo que no piensas darme ninguna pista. ¿Podrías llamarme si te enteras de algo? Voy a necesitar todos los contactos que pueda.

Ella siguió sentada, sonriéndole.

—No puedo aceptar el trabajo —dijo con nerviosismo—. Eso no significa que no esté interesada en ti.

Él abrió mucho los ojos.

—¿Permite esto la estricta educación de Nantucket?

Ella aguantó la mirada franca y fría.

—Me has conmocionado. ¿Esto es un hotel, verdad? ¿Por qué no tomas una habitación?

—¿Estás bromeando?

—¿No estamos en los sesenta? —le dijo ella desafiante.

Howard no necesitó nada más. Era maravillosa. Su sugerencia había sido inesperada, pero también él la deseaba. Se excusó un momento y se dirigió hacia el mostrador. Le envió a Donna con un conserje un mensaje escrito con el número de la habitación, en una bandeja de plata, y la esperó en la *suite*. Cuando ella entró, se acercó a sus brazos: sus bocas se besaron y se desplomaron en la cama. Le bajó la cremallera del pantalón y se sentó sobre él para que la penetrara. La falda caía sobre sus rodillas.

—¡Qué placer! —gritó Donna, mientras se movía arriba y abajo con su pelo negro aleteando sobre sus hombros. Él la sostuvo mientras ella se desprendía de toda su ropa. Muy pronto estuvo desnuda y, sin separarse, se las arregló para quitarle las ropas a él, arrancándole algunos botones.

Cuando ambos estuvieron desnudos, frotándose uno contra el otro, perdieron todas sus inhibiciones. Howard escondió la cara entre sus piernas, chupando y lamiendo hasta que ella le pidió que parara. Donna tenía unos pechos perfectos y redondos. Él le chupó los pezones hasta sentirlos duros e hinchados, como apuntándole. Donna le susurró palabras obscenas, al tiempo que acariciaba su cuerpo con sus suaves manos, hasta que él trepó sobre ella. Entonces le hizo el amor con fuerza y simplicidad, hasta que ambos gritaron de placer, llegando al clímax al mismo tiempo. Después, yacieron uno junto al otro en la cama arrugada.

—Ésta es la experiencia sexual más intensa que he tenido en mi vida —dijo Howard jadeando y apretando la mano de Donna—. Pido tener esto, por lo menos, una vez por semana para el resto de mi vida.

Él se volvió para mirarla y ella dijo:

—No sé si una vez por semana, pero siempre que pueda escabullirme de...

El tono de advertencia de su helada voz borró de pronto toda su felicidad.

—¿Escabullirte de qué? ¿Acaso es tan apretada tu agenda de *Divine*?

Ella asintió con un movimiento de cabeza y agregó:

—Entre otras cosas.

Se puso de pie y comenzó a vestirse, mientras él la miraba, sintiendo una punzada de desaliento.

—¿Otras cosas como qué, un marido, un novio, un amigo? —no pudo dejar de indagar—. Estas condenadas mujeres de *Divine*...

Ella se vistió con asombrosa rapidez, retocó su maquillaje en el espejo y se detuvo junto a la puerta, con una mano en la manilla. Era increíble que, con aquella mirada tan fría, fuera la misma persona que quince minutos antes había experimentado tanto placer sexual.

Howard dijo, mientras buscaba sus ropas:

—¿Estás intentando crear un misterio?

—¿Lees *Women's Wear*? La edición de mañana contiene las respuestas.

Abrió la puerta, le envió un beso y desapareció.

A la mañana siguiente, Howard estaba impaciente por leer

la revista, mientras se dirigía a primera hora a la oficina. La hojeó, hasta que encontró el tema.

Lloyd Brooks de Publicaciones Brooks, editor de la famosa y brillante *Divine*, anunció hace una semana su separación de Phoebe Brooks, con quien ha estado casado durante más de treinta años. La pasada semana ha sido visto con la *chic* editora de ropa deportiva de *Divine*, Donna Haddon. «Se trataba de una reunión de trabajo», insistió el señor Brooks, echando a nuestro fotógrafo de la entrada de Divertimenti, un lugar de última moda donde había cenado con la joven miembro del equipo, de veintiséis años. La editora jefe, Coral Stanton, sólo comentó para «Ojo» que era un país libre y que el señor Brooks, de sesenta y dos años, era una persona seria.

—¡Mierda! —blasfemó Howard arrojando la revista al otro extremo de la habitación—. Seré mi propio jodido editor.

La semana siguiente llamó a Donna y lo atendió su secretaria.

—¿Una secretaria para una editora de ropa deportiva? —se sorprendió.

—Estamos preparando una importante sección deportiva.

—¿Sobre el cadáver de Coral?

—Algo así.

—Quería felicitarte y decirte cuánto siento el buen rato que pasamos.

—Howard —contestó ella con suavidad—, pienso que aquel momento fue perfecto.

—¿No estás por casarte con tu jefe?

—¿Y eso que importa?

—¿Eso significa que no estás enamorada?

Meneó la cabeza para sí y se dijo: «Pero, ¿cómo he podido ser tan tonto?». ¿Cómo era posible que pensara que una muchacha tan lista como Donna pudiera ser un ángel?

—No es exactamente amor —dijo ella y se rió abiertamente. Howard imaginó su esbelto cuello, mientras ella echaba la cabeza hacia atrás—. Lloyd y yo seremos muy felices —le aseguró—. Pero eso no quiere decir que tú y yo no podamos hacernos felices el uno al otro también.

Howard sonrió con tristeza.

—Perdóname Donna, te he subestimado. No encontraré a nadie como tú...

—Soy única —asintió ella—. Y odio que me comparen con nadie, sobre todo con alguien como Coral.

—¿Quién te ha comparado con ella?

—Tú eres uno de ellos. Y todos, en el mundo de la moda, porque saben que estoy aspirando a su puesto.

—¿Así que lo admites?

—¿Por qué no habría de admitirlo? Y será un trabajo infernal deshacer toda la maraña que ella ha construido en la revista en los dos últimos años. No apruebo su actitud hacia la moda: es poco femenina. Las mujeres no pueden moverse con las ropas que ella hace fotografiar. Por eso ella adora a las estrellas del rock y a los marginales: son demasiado poco flexibles para moverse. Yo adoro la ropa y veo el futuro muy claro. Mostraremos ropas que se pueden usar, ropa deportiva, saludable y con un toque de acción. Así serán los setenta. Coral no podrá soportar todo ese aire fresco.

Después de oírla, él soltó un leve silbido.

—¿Con que es eso? ¡Una chica con una misión! Eres bastante ambiciosa, ¿verdad?

—Lo suficiente para tener mi pastel y comérmelo. O sea a ti, Howard. Me gustó muchísimo la forma en que nos sentimos juntos. Nuestras pieles son compatibles... ¿No lo percibiste?

Howard se sintió débil.

—¡Oh, sí que lo sentí, Donna! Me pongo duro con sólo escuchar tu voz, niña...

—Y yo me derrito al escuchar la tuya. Me ablando y me humedezco.

—Pero no me quedaré satisfecho con medias horas robadas, en cuartos de hotel —le dijo él con firmeza.

—Ya nos ocuparemos de eso —prometió ella—. Y, por cierto, tenemos el mismo objetivo, ¿no es cierto?

—¿Lo tenemos? ¿Cuál?

—A ambos nos gustaría que ella recibiera su merecido por ser tan perra, ¿no es verdad, Howard?

—¿Por qué dices eso?

—¡Howard, todavía me sigues subestimando! Ya sé que tuviste un *affaire* con Coral. Ya sé que fue más serio para ti que para ella. Ya sé que le ofreciste antes que a mí la dirección editorial de *Confidencias*.

—¿Y cómo sabes todo eso?

—Soy despabilada —replicó ella sin vacilar—. Fui preguntando, adiviné un poco. —Ella rió—. Y estoy en excelentes relaciones con su secretaria, Virginia.

—Suena como que podrías conseguir todo lo que quieres sin mi ayuda.

—Por cierto, podría persuadir a Lloyd para que la despida, cuando llegue el momento de renovar el contrato. Pero eso haría que yo pareciera mala. Sería mucho más... limpio si ella simplemente dimitiera. Y en eso tú puedes ayudarme, Howard. Te brindaré información que podrás atribuir a una fuente anónima. No te pediré que publiques nada que no sea verdad. Estarás informado sobre hechos concretos. Además, tú mismo dijiste que necesitabas contactos. ¿Lo harás, no es cierto? Convertiré en algo realmente caliente tu paginita de cotilleo.

Él guardó silencio. Se dio cuenta de que Donna lo estaba usando, pero a veces uno se sentía bien al ser usado. Sexy. Se acordó de la herida que había sufrido después de aquel fin de semana en Southampton con Coral, cuando habían hecho el amor de una manera tan maravillosa y él aún era un tío inocente, ingenuo y, de alguna manera, inmaduro. Coral lo había convertido en un cínico y en un desconfiado. Recordaba su enloquecedora y denigrante carcajada cuando le sugirió que trabajara para él. Recordaba su airado desprecio ante su proyecto de una nueva publicación. Pensó en el cuerpo de Donna, en su boca, en la forma en que se abandonaba al hacer el amor...

—Sí, seguro, lo haré —le prometió a Donna.

Coral estaba sentada entre Wayland y Colin sobre los asientos de terciopelo de Impressionati, reluciendo bajo los reflectores. Era su última cena antes de marcharse a París.

—¿Estaremos todos, en la primera tarde del domingo? —les preguntó Coral—. ¿La Coupole? ¡Es una tradición! Quizás hasta mi hija acceda a unirse a nosotros.

Wayland mostró una gran sonrisa.

—¿Volveréis a haceros amigas? ¡Me haríais tan feliz!

—Ella es mi hija —dijo Coral, encendiendo un cigarrillo pensativamente—. He vuelto a establecer contacto con mis sentimientos enterrados. Es un poco ridículo que seamos enemigas. He cometido errores. Ésta es la época del amor y de la paz, me dice todo el mundo. Y, de eso, Mia no ha recibido mucho de mi parte. Me gustaría hacer un esfuerzo esta vez para... para llegar a ella. Me siento muy orgullosa de que haya conseguido ese trabajo con Phillipe Roux. *Women's Wear* ha dejado caer algunas insinuaciones de que su nueva colección lo instalará en el mercado. —Miró con intensidad a Wayland y después a Colin—. Por cierto, nosotros podríamos sacar beneficios de una nueva orientación en la moda: los sesenta parecen estar agonizando. Deberías ver las cosas que estamos fotografiando para octubre. ¡Todo es vinilo, todo es transparente, todo es salvaje! Mi descubrimiento, Mackenzie Gold, será la mayor diseñadora de América! De pronto, me ha hecho añorar un retorno a la elegancia.

—Si alguien puede hacer que la elegancia regrese, eres tú —le aseguró Colin.

—O quizás éste no sea el momento para la elegancia —musitó Coral—. Tenemos que atravesar los *swinging sixties*, al menos así los llama *Time*, hasta que podamos volver a recuperar los viejos valores. Entiendo muy bien esta época y tendré que adaptarme a ella, pero —y dio un pequeño suspiro—, ¡la odio!

No podía dar a conocer su mayor temor: que Donna Haddon se casaría muy pronto con Lloyd Brooks. Si ella mostraba a la prensa mundial que sabía quién o qué sería la Próxima Cosa Grande, podría salvarse, volviéndose indispensable para *Divine*. Y, entonces, Lloyd no se atrevería a reemplazarla. ¡Tenía que descubrir en París a un nuevo mago de la moda!

Cuando llegó su cóctel, levantó la copa y propuso:

—¡Por el retorno a la elegancia y porque nos divirtamos mucho en París!

—¡Chicos, chicos!

Abe Goldstein golpeó la mesa para llamarlos al orden. La familia se había reunido en el comedor del piso del Bronx. Mackenzie apoyó la boca sobre la muñeca y sopló con un sonido rudo. Se negaba a tomar en serio esas reuniones de familia, considerándolas como meras exhibiciones del ego paterno. Hasta Max y Reggie estallaron en risas al ver la severa expresión del padre.

—¡Por favor, queréis escuchar! —gritó Abe.

Por supuesto, estas cosas le gustaban, pensó Mackenzie. Se volvía a instalar como cabeza de familia. Pero estas horas ruidosas a menudo no pasaban de ser rencillas familiares. Era responsabilidad de Mackenzie y de Regie arreglar el asunto, mientras Abe se echaba hacia atrás en la silla, con un gesto de resignación. Aunque había apoyado a *Gold*, no comprendía lo que pasaba con la moda moderna. Tampoco Reggie comprendía, pero, al menos, su hermano tenía el suficiente olfato para los negocios, para darse cuenta de que aquello por lo que peleaba Mackenzie solía funcionar.

Abe echaba miradas furtivas a las facturas de la semana, como un viejo verde espiando una revista pornográfica. Las cifras superaban diez veces a las que él estaba acostumbrado y no podía creer lo que estaba viendo. Pero, cuando discutían los alquileres de los locales en el centro de la ciudad, se agarraba el corazón y gritaba.

Mackenzie se mantenía en sus trece.

—¡Nuestra segunda tienda tiene que estar en Madison! —dijo por centésima vez—. Y todavía seré más concreta. Tiene que estar en las manzanas de los 60, 70 u 80 y en el lado oeste de la avenida. Realmente tenemos que hacer de *Gold* algo espectacular. Creedme, tengo razón. ¿Acaso, hasta ahora, os he llevado por un camino equivocado?

Abe puso mala cara y se encogió de hombros, mientras los hermanos de Mackenzie aceptaban a regañadientes que las decisiones que ella había tomado hasta entonces habían funcionado. Todo había salido bien: todos los detalles en los que ella había insistido —las horas de apertura, los exhibidores, las dependientas, hasta los diseños de las bolsas para que los clientes llevaran las prendas— habían tenido éxito.

—¡Bueno! —dijo Reggie, con cierta renuencia—. Supongo que tendremos que empezar a mirar a lo largo de la Madison. ¿Y ese amigo tuyo, ese Alistair?

—Quiero que forme parte de la compañía —declaró Mackenzie—. Si abrimos en Madison, necesitaremos cobertura de prensa y promoción. Y él se ocupa de eso. También tendría que empezar a concurrir a nuestras reuniones.

—¿Desde cuándo forma parte de la familia? —preguntó Abe.

—Él es mi familia, ¿vale? —saltó Mackenzie.

—Sólo porque te estés sacudiendo con un tío, él no se convierte en parte de mi familia, Mack —gruñó Reggie.

—¿Estás viviendo con ese hombre? —interrogó Abe—. ¿Es judío?

—¡Oh, por Dios! —gritó Mackenzie—. Dejemos mi vida privada fuera de esto.

—¿Pretendes que ese muchacho cobre un sueldo? —quiso saber Abe.

—¡No, claro, trabajará gratis! —Los ojos de Mackenzie relampaguearon—. Honestamente, papá, se ha roto el culo por nosotros, corriendo por toda la ciudad y echando una mano en este negocio. Ya es hora de que cobre un salario. Debería de haberlo empezado a cobrar hace tiempo.

Los tres hombres se miraron entre sí con resignación. Por fin, Reggie dijo:

—De acuerdo, decide qué clase de salario espera él. Pero que sea lo menos posible. No necesito las hojas de salario cada semana y, además, hemos establecido una norma con respecto a las reuniones familiares, ¿verdad papá? Sólo la familia. Él no puede estar presente en nuestras reuniones.

—¿Por qué tendría que enterarse un extraño de la cantidad de dinero que ganamos? —confirmó Abe.

Mackenzie meneó la cabeza negativamente. El tono firme de su padre le indicaba que no podría influir sobre su manera de pensar.

Max dijo:

—No necesita conocer todos los detalles. Es un negocio familiar y tenemos que mantenerlo así.

—¿Y qué pasa si un día me caso con él? —explotó Mackenzie.

—Ese día veremos —replicó Abe con sabiduría.

—Cruzaremos ese puente cuando llegue el momento —prometió Max.

Ella siempre salía de aquellas reuniones sintiéndose seca y exhausta.

—No saben nada de modas —se quejaba a Alistair, pero no decía nada acerca de su batalla para que lo aceptaran en la compañía—. Todo lo que digo se cuestiona, pero son los que tienen el dinero y, por ahora, tengo que llevarme bien con ellos.

Sabía lo suficiente de negocios para darse cuenta de que su contable, un primo de Abe, que siempre había llevado los negocios familiares, no estaba preparado para manejar un negocio como *Gold*. Reggie estaba de acuerdo con ella y propuso a un viejo amigo de la escuela, Ed Schreiber. Como las ventas habían aumentado y estaban a punto de inaugurar la segunda tienda, sugirieron abrir un taller en el Bronx con veinte costureras. Ed Schreiber asistió a la reunión. Mackenzie mantuvo la cabeza hundida en su bloc de dibujo, diseñando nuevas ideas para la próxima colección, y no le prestó atención.

No tenía tiempo para ella misma, pero, entre tarea y tarea, buscó un nuevo piso, más acorde con su nueva vida. El amplio apartamento que encontró en Madison Avenue podía considerarse un ático dúplex, explicó a su familia.

—Creo que debéis pagarme el alquiler. Dibujaré allí, en lugar de alquilar un estudio. Todo esto puede deducirse de los impuestos.

Su padre y sus hermanos se quedaron atónitos. Jamás se les había ocurrido que Mackenzie necesitara un lugar donde diseñar.

Más tarde le comentó a Alistair:

—Me lo han permitido. —Tenía los ojos brillantes por su triunfo—. No tendré que poner más los pies en ese apartamento destartalado del Village, y el lugar es enorme, Alistair. Te aseguro que es un ático fantástico.

Lo arrastró hasta allí llevando un enorme paquete de Doritos y la lata de caviar más grande que encontraron en Bloomingdale. El ático dúplex estaba en un edificio muy refinado de pequeños apartamentos, con un portero y residentes muy distinguidos.

—Yo seré aquí el bicho raro —dijo Mackenzie, disponiendo la comida en el centro del cuarto de estar vacío.

Alistair se paseó por todas las habitaciones, huroneando la cocina y el cuarto de baño, y volvió cuando ella le ofreció una patata frita.

Maravillado, le dijo:

—Eres la única persona en el mundo que puede comer caviar Beluga con un Doritos.

—Me siento tan asquerosamente rica que puedo comer lo que me dé la gana —rió ella—. Y, cuando se acaben los Doritos, utilizaré mis dedos.

Alistair se sentó junto a ella, que le iba ofreciendo Doritos con caviar.

De pronto, Mackenzie dijo:

—Ellos nunca me respetarán. Pero, por la forma en que me tratan, veo que piensan que soy la gallina que pone los huevos de oro de la moda. —Arrugó el entrecejo ante el caviar—. Incluso, esto no me gusta, pero acabará por gustarme y me gustará cualquier cosa que sea cara.

—Tú me sobrepasarás, Mack. Irás mucho más lejos de lo que nunca pensé —dijo Alistair.

—Serás feliz por mí, porque crees en mí —le dijo Mackenzie—. Quiero comprar los muebles de diseño italiano más de moda y más maravillosos, Alistair. Bloomingdale cierra tarde. ¿Me acompañas?

Volvieron a la *boutique* y se quedaron allí hasta las cinco de la tarde, hora en que las últimas clientes empezaron a retirarse.

—Hay algo de lo que tenemos que hablar —dijo suavemente Alistair—. ¿Trabajo o no para *Gold*?

—Tú estás siempre aquí. —Le acarició la barbilla—. ¿Quieres ser el gerente general?

Él frunció el entrecejo.

—¿No deberías hablar con tu familia antes de empezar a darme títulos?

Ella acomodó en el exhibidor de acrílico un montón de jerséis de colores brillantes.

—¿Piensas que no he estado peleando por este asunto durante toda la semana?

Su rostro se ensombreció y ella se dio cuenta de lo importante que era eso para él.

—¿Así que ellos no me quieren? —dijo Alistair, intentando restarle importancia.

—¡Oh, corazón! —Lo envolvió con su mirada—. ¿No te das cuenta de que tengo que luchar por cada cosa? Y también lucho por ti. Nosotros te queremos, Alistair, todos. —Lo abrazó impulsivamente, mientras un cliente sonreía ante la escena.

—¡Bien! Pero quiero un contrato formal, Mack —replicó él—. Y un salario digno.

—¡Oh...! ¿Así que de repente te conviertes en una persona solemne? No me gusta hacer las cosas con tanta seriedad. Todavía disfruto jugando a tenderos. ¿Qué te sucede? ¿Necesitas dinero?

Mackenzie se inclinó sobre la caja registradora, tecleó para sacar un puñado de billetes y se los dio.

—Sabes que sólo tienes que pedirlo. ¡Demonios! Ya sé que te has dejado las pestañas por mí aquí.

Él miró el dinero que ella le entregaba y después a los clientes que todavía estaban en el local.

—Mack, ésta no es la forma de hacerlo.

—No seas tan remilgado —contestó ella, al tiempo que le metía los billetes en el bolsillo de la chaqueta.

Despidió a las dependientas y cerró la tienda. Alistair ordenó las prendas que estaban desparramadas y apagó las luces. Una vez que la tienda estuvo a oscuras y la alarma conectada, la tomó en sus brazos y le susurró:

—¿Por qué no nos casamos, Mack?

Ella le devolvió el abrazo y contestó con brusquedad:

—¡No!

Él se separó, herido.

—Vivamos en pecado por algunos años —continuó ella. Lo cogió del brazo y caminaron hacia la Segunda Avenida—. El matrimonio es una práctica antigua y bárbara y yo tengo que ver un poco de mundo antes.

—La gente casada también puede ver mundo.

—Vamos a Bloomingdale y ayúdame a elegir los muebles —pidió ella y lo besó en la mejilla—. Podemos hablar de esto cuando me quede embarazada.

«Pero no me quedaré», terminó mentalmente, «ni un minuto antes de cumplir los treinta años».

«Si estuvieras aquí», le escribió a Mia a París, «comeríamos en los lugares más exquisitos. Me encanta tener dinero para derrochar, Mia». Y, realmente, lo quemaba cada sábado en Bloomingdale, donde empezaron a conocerla como la clienta chalada que compraba el frasco de perfume más grande que había en el almacén o la botella más grande de Dom Pérignon, después de un día de ventas ininterrumpidas en *Gold*.

—Cuando tú has ganado dos mil dólares y te duelen los pies y la espalda, ¿qué son cuarenta dólares en una botella? —le explicaba Alistair riéndose.

Bebían y hacían el amor en el nuevo ático, redecorado en blanco, con una espesa moqueta. Era posible sentarse en el suelo mullido para comer, hacer el amor y dormir. Ése era uno de los mejores placeres del mundo: no sólo el champán o el sexo, sino también la certeza de que lo que ella creaba era lo que la gente quería comprar. El éxito le proporcionaba un ingrediente mágico: confianza. Vestía sus propias prendas haciéndolas más cortas, bajando el cuello para hacerlas un poco más escotadas y más atractivas. ¡Todo era tan fácil y tan divertido!

Cuando encontraron el sitio perfecto en Madison Avenue, en la manzana de los 70, en el lado bueno de la calle, se firmó el contrato para la tienda, avalado por un inmenso crédito del banco con el que operaban los Goldstein. Mackenzie pasaba mucho tiempo en la nueva tienda, mirando cómo trabajaban los operarios para colocar enormes espejos en las paredes o para colgar los raíles cromados que zigzagueaban de un extremo a otro del local, en contraste con las luces de neón.

Después, Alistair se trasladó al ático con ella. Estaba amueblado con los mejores muebles italianos, elegantes y caros. Mackenzie también se había empezado a ocupar de su propia apariencia. El trabajo duro y la dieta la habían vuelto más delgada, más atractiva y más refinada.

En una de las primeras noches en el nuevo piso, llamó a Alistair y le dijo:

—¡Mírame, Alistair!

Él estaba fumando un porro y mirando la televisión con una expresión de tedio en su cara. Desde que había obtenido un salario que casi le había provocado un patatús a Abe Goldstein, Alistair compraba una yerba de óptima calidad que lo colocaba muchísimo.

Mackenzie estaba de pie en el cuarto de baño decorado en blanco y negro, mirándose al espejo. Alistair se aproximó tembloroso hacia ella. Vidal Sassoon le había cortado el pelo de una forma asimétrica. El nuevo maquillaje hacía resaltar sus grandes ojos castaños y le estrechaba la cara. Había aprendido a colocarse largas pestañas postizas, usando dos pares para los párpados superiores y uno para los inferiores. Tenía un aspecto increíblemente refinado. Alistair permaneció detrás de ella, contemplándola.

—¿Verdad que ya no me parezco a Marsha Goldstein?

—Por supuesto que no. Tú eres Mackenzie Gold.

Ella se echó a reír moviendo la cabeza.

—Ahora sé cómo se sentía Frankenstein.

Lo condujo hasta el salón, cogido de la mano. Después se sirvieron más champán y lo miró, mientras él liaba un nuevo porro.

—Preferiría que nadie supiera que tengo algo que ver con

los Goldstein. —Bebió un sorbito de champán—. Nunca he tenido nada en común con ellos. Me dan vergüenza, si quieres que te diga la verdad. —Estaba sentada en el borde de uno de los enormes sofás italianos, mirándolo—. ¿Sabes cómo se siente uno cuando se avergüenza de su familia?

Alistair se encogió de hombros.

—Yo nunca me sentí avergonzado de la mía: sencillamente, me aburrían hasta el bostezo.

—Nunca me hablas de ellos.

—Me enviaron a un internado cuando tenía ocho años. Es la forma de resolver la educación de los niños de la clase alta inglesa.

—¿Así que tú perteneces a la clase alta? ¿Por eso tienes ese acento tan impecable?

—Sí. Por eso mi padre conserva un caserón, viejo y destartalado, que está en la lista de los edificios históricos. Pertenece a la familia desde hace siglos.

—¡Oh, Alistair! ¿No podríamos nosotros ir allí?

—No sé. Estoy muy distanciado de la familia y lo cierto es que la casa no es muy acogedora.

—Estoy harta de dar la cara por mis burdos hermanos —dijo ella—. No los necesito y además no quiero que me relacionen con ellos.

—Tranquilízate, no es tan importante.

—Lo es para mí.

Ella lo sentía irritantemente tranquilo, distante y atiborrado de marihuana.

—Mack, estás demasiado obsesionada, ¿por qué no te relajas?

De repente, su temperamento explotó.

—¡Vete al infierno, Alistair! No has escuchado una sola palabra de lo que he dicho. ¿Quieres hacer el favor de conectarte durante dos minutos, mientras intento decirte algo? ¿Sabes que te estás convirtiendo en un tonto?

Salió de la habitación dando un portazo.

Más tarde él llamó suavemente a la puerta.

—Venga, Mack, déjame entrar.

Sabía que antes o después lo dejaría entrar y harían el amor. Siempre era fantástico después de una riña.

13

—¡Aquí estamos, querida! —La voz de Coral vibró a través del teléfono e hizo que un temblor recorriera la espina dorsal de Mia. Casi podía oler el aroma de las velas Rigaud.

—Wayland estaba por llamarte, pero le arranqué el teléfono de la mano y le dije: «Quiero escuchar la voz de mi hija».

—¿Conque de repente vuelvo a ser tu hija?

—No seas tonta, Mia. Siempre fuiste mi hija...

Hubo un silencio embarazoso. Para llenar el vacío, Mia preguntó mansamente:

—¿Cómo fue el vuelo?

—*Gin rummy* y champán todo el tiempo: bastante vergonzoso de nuestra parte. ¡Le gané veinte dólares a Wayland! Bueno, ahora, ¿cuándo te reunirás con nosotros? ¡La Coupole esta noche es un *must*, por supuesto! ¡Todo el mundo va allí! ¡Oh, Mia, tenemos que ponernos al día sobre tantas cosas! ¿Por qué no vienes por aquí alrededor de las ocho y luego nos encontramos con los muchachos, Colin y Wayland?

Mia contuvo la respiración, sin poder creer lo que estaba escuchando.

—Madre —dijo por fin—. ¿Estás tratando de fingir que no ha pasado nada? ¿Se supone que debo olvidar que me echaste de casa hace dos años?

—¡Oh, Mia, por favor! —El tono de Coral era impaciente—. Si yo puedo decir que lo pasado pasado está, también podrás tú, seguramente. Casi me has costado el puesto, ¿recuerdas? ¡Hagamos una tregua, querida! Perdonemos, olvidemos y empecemos un nuevo capítulo aquí, en París. ¿Recuerdas que yo acostumbraba decir que éramos una pequeña familia de dos? Bueno, he extrañado a mi familia, Mia.

Mia seguía al teléfono. Estaba sorprendida y hecha polvo al sentir que dos lágrimas corrían por sus mejillas.

—¿Así que extrañaste? —susurró.

—Por supuesto que sí. De modo que trata de pasar algún tiempo conmigo. Debes de tener un enorme talento para poder trabajar para Phillipe Roux. Por cierto, él te estima por tu talento, ¿no es así?

—¿Qué quieres decir?

Coral rió con su risa tintineante y enloquecedora.

—Tendremos que tener esa charla tan postergada, que nunca tuvimos, acerca de los hombres.

—Madre —suspiró Mia—, todavía no nos hemos encontrado y ya me estás propinando pequeñas puñaladas insultantes. Phillipe sin duda me contrató por mi talento.

—¿Así que no estás teniendo un maravilloso *affaire* con él?

Mia se ruborizó, pero no dijo nada.

—Bien, ¿es que hay algún amiguito en tu vida? —insistió Coral.

—Estoy enamorada —farfulló Mia—. Dejémoslo así.

—Por supuesto, estás enamorada de Phillipe Roux. ¿Es muy guapo, no?

Mia tragó saliva. No podía encontrar el tono de broma correcto para defenderse de su madre. Se aclaró la garganta.

—Escucha, madre —empezó—: en realidad, tú y yo nunca nos hemos llevado bien. Siempre anhelé tu apoyo... tu amor, supongo... y cuando realmente lo necesitaba, después de la muerte de papá, no lo obtuve. ¿Por qué tendría que ser distinto ahora?

—Porque ambas hemos cambiado —replicó Coral con gran soltura—. Estos dos últimos años me han cambiado enormemente. Estoy más en contacto con mis sentimientos. A lo mejor fueron necesarios Los Beatles y el porro para sacarlos a la luz, pero he logrado admitir que hubo aspectos de mi vida que no estaban bien...

—¿Tales cómo?

—Por ejemplo, nuestra relación —dijo Coral—. ¿No crees que me habría gustado que fuera una relación perfecta, de libro de texto? Me gustaría arreglar las cosas contigo.

Mia quedó en silencio. Pudo ver que Coral encendía un cigarrillo y lo inhalaba. No confíes en ella, se imploró a sí misma. ¡No confíes!

—Los sesenta nos están liberando —continuó Coral—. Y no pienso perderme nada de estos años. Y eso incluye ser una madre, Mia. Tu madre. No me lo puedes negar: es un hecho. Ahora, dime: ¿Phillipe Roux está enamorado de ti?

Algo le avisó a Mia que debía callarse. Pero lo que Coral estaba diciendo contenía algo de verdad. Quizá, si ella pudiera abrirse a su madre, podrían estrechar las relaciones, podrían ser amigas. Su familiar ambivalencia interior la lastimaba: el impulso dual de ser aceptada por su madre, pero también de evitar la posibilidad de que le hiciera más daño, de que volviera a traicionarla.

—Phillipe es el hombre más maravilloso que haya encontrado jamás —dijo por fin.

—¡Lo sabía! —El tono triunfante de Coral hizo que Mia se arrepintiera al instante de haberse confiado a ella—. Y, por supuesto, estáis teniendo un *affaire* loco, ¿no?

—No ha llegado a esa etapa —balbució Mia—. Es simplemente una... maravillosa manera de comprensión que hay entre nosotros. Es algo tan poderoso...

—Ya veo —dijo Coral con sequedad—. Bueno, no dejes que siga así durante demasiado tiempo, querida. Lo más probable es que haya hordas de mujeres tratando de cazarlo.

—No es ese tipo de hombre —protestó Mia—. Vive para su trabajo.

—¡Pues, entonces, no veo el momento de volver a encontrarlo! —gritó Coral—. ¡Yo también vivo para mi trabajo! ¿Por qué no lo traes contigo esta noche a La Coupole?

—¡Tú no entiendes! —replicó Mia, lanzando una carcajada—. ¡Estamos trabajando como bestias! Sólo nos restan cuatro días de trabajo hasta la exhibición para la prensa. Estamos en el estudio todo el día, todos los días. Ahora mismo, estoy por salir para el estudio.

—¿En la colección hay algún trabajo tuyo? —preguntó Coral.

Mia vaciló y luego estalló:

—¡Oh, madre! ¡Toda la colección está basada en mis diseños! ¿Puedes creerlo?

Coral dejó escapar una risilla estrangulada.

—Por cierto, suena demasiado bien para ser verdad.

—Phillipe Roux mostrará las mejores ropas de París —prometió Mia.

Otra cascada plateada de la risa de Coral resonó en el teléfono.

—¿Tu opinión no es una pizca tendenciosa, querida?

—Ya verás...

—No puedo esperar. Bien, ven a verme tan pronto como puedas. Muchos besos y amor, querida.

Mia colgó, sintiendo que, de alguna manera, su madre le había ganado.

El fin de semana anterior a la semana principal de las presentaciones de las colecciones de París, cientos de periodistas y compradores de todo el mundo iban llegando para informar y elegir las nuevas ropas. En diez días abarrotaron los hoteles y los restaurantes y se desparramaron por las calles, en pequeños y excitados grupos, a la espera de las exhibiciones más importantes. Alrededor de treinta diseñadores, desde los hombres cumbre, como Dior, hasta los combativos nuevos *coutiers* como Phillipe Roux, iban a mostrar, en salones esparcidos como joyas por todo París, los prototipos que influirían sobre la manera de vestir de millones de mujeres. A veces, los diseños estaban tan adelantados a la moda de la calle, que pasaban años hasta que se filtraban hacia abajo y llegaban a la mujer promedio. Los diseños de Balenciaga se consideraban tan *avant-garde* que, por lo general, eran copiados por sus colegas varias temporadas después, lo que les aseguraba una vida de varios años. En cualquier profesión hay uno o dos genios que marcan el camino, y Balenciaga estaba casi por encima de la moda, como su vidente, profeta e inspirador. Givenchy, su dotadísimo discípulo, estaba al mismo nivel. Esas dos casas ya no necesitaban cobertura de prensa: tenían suficientes clientes y compradores devotos para tener garantizado de por vida el éxito de su negocio. Como una concesión, permitían que la prensa penetrara en sus salones unas semanas después de que los compradores de tiendas y la clientela privada hubieran elegido modelos.

Los otros diseñadores tenían que resignarse a que la prensa galopara por sus elegantes salones, en su ansiedad por informar al mundo sobre qué usaría tarde o temprano la mitad de su población. Los estilos serían rápidamente copiados por las tiendas baratas de la Séptima Avenida y aparecerían en las tiendas de cadena a las pocas semanas, especialmente si *WWD* publicaba unos bocetos detallados. Por esa razón, las grandes casas guardaban celosamente sus nuevas modas, ocultando sus modelos con fundas, mientras ellos recorrían los laberínticos edificios que alojaban a las *maisons de couture*. También prohibían la entrada de fotógrafos de prensa, hasta seis semanas después de la primera exhibición, y, sólo a regañadientes, permitían que artistas como Colin Beaumont hicieran «bocetos de la tendencia», que mostraban una vaga silueta sin revelar detalles. Sólo *WWD* rompía a veces el bloqueo y publicaba una fotografía tomada de contrabando a través de un teleobjetivo enfocado en la ventana de un *couturier* o un dibujo detallado. Las casas de París dependían demasiado de la publicidad para poder permitirse más que un chasquido de lengua cuando una publicación rompía las reglas.

Algunas de las prendas que se mostraban eran exageradas y, en realidad, no estaban dirigidas a la venta; se incluían para atraer publicidad o para despertar o divertir a un público adormecido. Muchas ropas de las colecciones eran aburridas y convencionales; dirigidas a clientes privados, mujeres ricas de cierta edad, que no querían parecer demasiado diferentes, sino simplemente elegantes. Toda colección tenía que incluir algunas ropas para cualquier público: ropas usables para los clientes, ropas que fueran noticia para la prensa y ropas que fueran lo bastante diferentes de las de la temporada anterior para hacer que los compradores de las grandes tiendas de cadena y de las tiendas de Nueva York quisieran comprar la tela o los patrones: de ese modo las harían llegar enseguida a Nueva York y las copiarían a miles en una tela más barata. Algunos conjuntos no venderían una sola copia, mientras que otros venderían centenares. Eso significaba, a veces, que dos de las mujeres mejor vestidas del mundo compraran el mismo vestido o conjunto y después trataran de no odiarse mutuamente, haciéndose cumplidos sobre sus respectivos exquisitos gustos y creyendo cada una que había convertido el conjunto en algo muy diferente por la forma en que había añadido los accesorios. Algunos clientes celosos cambiaban detalles de los conjuntos que habían comprado, pidiendo que no tuvieran bolsillos o quitando las solapas, para asegurarse de que su conjunto era único. Esto, a veces, se hacía sin conocimiento del diseñador, con la colaboración furtiva de la *vendeuse* que vendía el conjunto y la de un pequeño sastre de la casa. Si un cliente era un favorito personal del diseñador, podía añadir algún detalle en el diseño para hacerle sentir que recibía un trato especial. La mayoría de los diseñadores se quejaban cuando los clientes cambiaban sus creaciones y se enfurecían al descubrir el cambio al mirar la portada de las revistas de acontecimientos sociales.

Una colección podía hacer famosa a una casa de la noche a la mañana, lanzando en todo el mundo sus perfumes y maquillajes y haciéndole ganar una fortuna. Mientras duraba este ambiente de nerviosismo, se tomaban miles de fotografías, se escribían miles de palabras, se servían cientos de tazas de *espresso* para levantar los ánimos, y las fortunas de un grupito de diseñadores de primera línea se reaseguraban o se arruinaban o se quedaban sin avanzar un solo paso hasta la siguiente temporada. París tenía que mantenerse como la capital de la moda durante otros seis meses, a pesar de las amenazas crecientes que llegaban de Roma, Milán, Londres y Nueva York. París se apoyaba en *collections week* para conseguirlo.

El estudio de Phillipe Roux parecía invadido por una avalancha. Las piezas de tela y de lana, cajas con botones, plumas, sombreros, joyas y zapatos se acumulaban en la habitación, colgaban de las sillas y de las mesas y reposaban en el suelo. Se guardaba todo para los interminables ensayos de la *défilé*, el paso de los modelos. Phillipe quería que todo fuera sobre ruedas, que sus ropas impactaran en forma instantánea y desaparecieran en un santiamén, antes de que el público tuviera claro qué era lo que lo había impresionado.

La colección de Roux parecía completamente nueva. Todo se había hecho en lanas de tonos pastel muy suaves, sobre breves vestidos hechos a medida. Los dobladillos tenían que ser los más cortos de la historia de París. Los colores y las telas eran increíblemente favorecedores. Casi todas las modelos eran veinteañeras, por lo que, durante el desfile, cada mujer del público pensaría que podría sentir que tenía veinte años cuando se pusiera alguno de los lujosos abrigos. Phillipe creía en la sencillez y eliminaba la mayoría de las joyas, sombreros o chales. Los pendientes de perlas eran las únicas joyas que complementaban cada traje. Todas las chicas llevaban medias de colores brillantes y zapatos planos para hacer conjunto con los tonos pastel de las ropas. Los sombreros sólo eran pequeños tocados, que se llevaban al costado o atrás de un esculpido corte de pelo.

Entre los parisienses que se dedicaban a los accesorios e iban de salón en salón —las forradoras de botones que hacían que los hilos fueran del mismo color que los botones y los proveedores de accesorios como cinturones, zapatos y joyas—, Phillipe Roux era una persona a tener en cuenta. Toda esa gente estaba acostumbrada a encontrarse en los diferentes salones y a cotillear sobre lo que habían visto de las colecciones de otros diseñadores. En este sentido la red sumergida de la moda estaba al corriente de toda la moda y a veces el mismo estilo aparecía en dos salones distintos, haciendo que la prensa especializada resaltara que dos diseñadores estaban misteriosamente de acuerdo, como una forma sutil de sugerir que uno copiaba al otro.

Stephanie denegó todas las peticiones para los desfiles de ensayo. La prensa quería bocetos de tendencias, *WWD* quería ver algunos de los modelos, pero no lo consiguieron.

—Debéis tener buenas relaciones con *WWD*. Si los ofendéis, ellos pueden fastidiaros —intentó aconsejarlos Mia.

Phillipe y Stephanie se rieron y dijeron que aquella negativa crearía una aureola de misterio sobre la colección, pero, al fin, y a regañadientes, se pusieron de acuerdo para enseñarles algunos modelos atípicos al editor de *WWD*, John Fairchild, y a su director, James Brady.

«Un intelectual de la moda», escribió *WWD* acerca de Roux. «Un refrescante antídoto al geometrismo de Courrèges.»

El mundo de la moda estaba siempre preparado para fabricar un nuevo héroe y, si había alguien preparado para descubrir a un nuevo artista, esa persona era Coral Stanton. Donna Haddon le había dado un motivo increíble. Se estaba puliendo las uñas con una pequeña lima de plata, en su *suite* del Crillon, pero lo hacía con impaciencia. El aroma de ciprés de sus velas perfumadas Rigaud había aumentado con el dulce olor del porro que había contrabandeado por las aduanas en su maletín Louis Vuiton. Colocó las velas encendidas en puntos estratégicos, alrededor de toda la *suite*, mientras contaba los minutos para los nuevos acontecimientos de la moda de París, que eran su vida y su razón de ser.

A las nueve de aquella noche de domingo en París, una caravana de limusinas negras y de taxis llevaba a los más ricos de la moda a través de la Place de la Concorde, hacia la orilla izquierda del Sena. La *rive gauche* representaba en París la contestación. Era el barrio de los estudiantes y de los artistas. La caravana de la moda se dirigía hasta La Coupole, un enorme café de artistas, que había estado en la cresta de la ola en los años veinte y tenía una decoración que todavía recordaba aquella época.

Los coches dejaron a los grupos de modelos, editores, fotógrafos, estilistas y a unos cuantos diseñadores que no exhibían sus colecciones. Las mesas del paseo estaban abarrotadas y el sonido de las conversaciones se elevaba cada vez que salía gente de un coche. Franceses y británicos eran saludados por los norteamericanos recién llegados. Amigos que habían llegado desde Nueva York en diferentes vuelos se reunían como si hubieran estado separados durante años. Se daban y se devolvían besos. Durante esos escasos ocho días en París, todos se hicieron amigos; se besaban, se tiraban besos al aire y se chismorreaba.

Coral dejó de lado a los insignificantes y se dirigió al fondo del café, donde había sentado sus reales la aristocracia de la moda.

—*Vogue* inglés, *Vogue* francés, *Vogue* norteamericano —le explicó a Colin mientras los saludaba al pasar—. ¿Oh, quiénes son ésos tan extraños?

—Los de *Vogue* de Australia —contestó Wayland secamente.

Se sentaron en una mesa en el fondo del enorme local. Los hombres que rodeaban a Coral no paraban de hacer comentarios. Entre los dos, estaba segura de no perderse nada. Wayland echó un vistazo al ininterrumpido fluir de gente que iba desde la entrada hasta el interior del café y dijo:

—Si echas una bomba esta noche en este lugar, el mundo de la moda desaparecerá y, a partir de mañana, todo el universo vestirá sacos de patatas.

—Y todavía habría una competencia entre las mujeres por tener el saco más elegante.

Ella curioseaba a su alrededor. Llevaba el pelo rojo y muy corto, en un nuevo estilo.

—¡Querida Coral! —Alix, un asistente de fotógrafo que ellos habían contratado para que informara a David Bailey, le plantó en la mejilla su primer beso de París.

—¿Qué piensas, Alix? ¿Una temporada fructífera?

Alix se encogió de hombros agitando su largo pelo.

—Se dice que la colección de Phillipe Roux será... —vaciló—, *inattendu*.

—¡Inesperada! —tradujo Coral—. ¿Estará Mia con un triunfador?

Wayland suspiró.

—Me habría gustado tenerla con nosotros esta noche.

El camarero se inclinó hacia ellos y escuchó pacientemente las explicaciones de Wayland sobre lo que era un «vodkatini».

La gente peregrinó desde la entrada del café hasta la mesa de Coral para darle la bienvenida a París y ella saludó a quienes estaban en buenas relaciones con ella e hizo caso omiso de las caras curiosas que la escrutaban. Hubo besos y brindis. Se intercambiaron chismorreos y, al final de la noche, ningún diseñador, modelo o editor conservaba su reputación intacta. Sólo el nombre de Phillipe Roux se seguía pronunciando con respeto. Para entonces, Coral ya había reinado lo suficiente. Vacilante por el vodka se aferró al brazo de Wayland para no trastabillar mientras atravesaban la ruidosa multitud en dirección al coche que los esperaba a fuera. Dejaron a Colin en su modesto hotel en la Madelaine y se dirigieron hacia el Crillon.

Wayland le dijo al oído mientras zigzagueaban a través de los bulevares:

—París es tan hermoso y tan romántico que es una pena no tener un romance.

—¡Cállate, Wayland! —le espetó Coral.

Pero ella se sentía igual que él. Era un crimen. Empezó a sentir por primera vez en su vida que la moda no era lo único en el mundo. Miró por la ventana hacia las brillantes luces, sintiéndose repentinamente sola.

En la mayoría de las colecciones había uno o dos modelos que causaban muchos dolores de cabeza. Phillipe Roux había deshecho un traje de *tweed* de color crema seis veces y lo había recompuesto una vez más, sintiendo que seguía sin estar logrado. Era un foco de pánico suficiente para que cada diseñador de París sintiera que era demasiado tarde para cambiar la colección. A pesar de ello y del hecho de que las modelos se movían alrededor del salón con escasa ropa interior, ante la evidente desaprobación de la señorita Josephine, y a pesar que los salones estaban abarrotados de sillas doradas y de que el taller estaba inundado por los vapores de sudor de las muchachas agotadas por el trabajo, Phillipe parecía estar en su elemento. Había establecido horarios inhumanos, que él también cumplía. Llegaba al taller antes de que lo hiciera la primera empleada, la señora Martine, a las ocho de la mañana. Y todavía se encontraba en el estudio cuando Mia asomaba su cabeza por la puerta para despedirse, a las diez u once de la noche, inclinado sobre alguna chaqueta rebelde, a la que sus fuertes manos bronceadas forzaban a tomar forma o que era dominada con una plancha de vapor o simplemente moldeada y sostenida con alfileres. Pero se lo veía con el rostro fresco y feliz y el corazón de Mia desfallecía por él. Todo el mundo en la casa deseaba que la colección fuera un gran éxito, pero estaban demasiado cerca de las prendas para saber si estaban o no en lo cierto al esperarlo.

Phillipe buscó a Mia tres días antes de la presentación de la colección.

—Esta mañana me telefoneó tu madre —le dijo—. Stephanie no estaba, por eso cogí el teléfono. Me pidió que llevara tres conjuntos a su hotel esta tarde.

—¡Oh, no! —Mia sintió que su cara se ruborizaba, mientras él la contemplaba con una mezcla de interés y diversión. Pensó que era típico de Coral esperar un tratamiento especial—. ¡Todavía no la he visto! No tenía ningún derecho a pedirte eso, Phillipe. Por favor, no pienses que tienes que hacerlo por mí. ¿Quieres que la llame?

—He telefoneado a Stephanie, que todavía estaba en su casa. Dice que la revista de tu madre es la más importante de Norteamérica. Si le gustan mis ropas, tendremos el éxito entre manos. Iré. Me siento halagado por el interés que demuestra.

Los ojos de Mia relampaguearon súbitamente y, sin quererlo, aferró el brazo a Phillipe.

—¡Oh, no! ¡No, Phillipe! ¿No te das cuenta? No son tus ropas las que le interesan. Es su manera de meterse en mi vida.

Él frunció el entrecejo.

—¿Es posible que alguien sea tan sórdido?

Ella soltó su brazo, embarazada por su arranque.

—Hace dos años que no nos hablamos —confesó— Me telefoneó al llegar aquí, diciendo que quería que nos reconciliáramos.

Él sacudió la cabeza con tristeza.

—Quizás es el camino que tu madre eligió para reconciliarse: interesarse en mí, tu empleador.

Le palmeó el brazo y ella miró su cara feliz y anhelante que le ofrecía su maravillosa sonrisa. Phillipe siguió trabajando con la mente ya puesta en otro asunto.

Tan pronto como pudo llegar hasta el teléfono de la oficina de Stephanie, Mia llamó a Wayland y consiguió encontrarlo en el restaurante del Crillon, donde estaba desayunando solo.

—¿Qué intenta hacer ella, Wayland? —gritó—. ¿Está tratando de mostrar lo poderosa que es? ¿Tratando a Phillipe como a una especie de recadero?

Él la calmó.

—Lo hace con todo el mundo, en especial con los nuevos diseñadores. Quiere adelantarse a las otras revistas. La moda significa mucho para ella, muñeca. ¡Recuerda que es todo, su vida entera!

—No sé... —Mia jugueteó con una pila de invitaciones que estaban sobre el escritorio de Stephanie—. Siento de alguna manera que si yo no estuviera trabajando aquí, ni siquiera se le habría pasado por la cabeza molestar a Phillipe.

El día pasó muy rápido y, a las seis en punto, Phillipe se cruzó con ella en el pasillo; llevaba tres vestidos protegidos por bolsas de plástico para ropa. Ella miró a través de la ventana del salón, mientras él cargaba las prendas en su pequeño coche negro de dos caballos, aparcado en la avenida. Pensó de pronto que tal vez tendría que acompañarlo, para protegerlo de la sonrisa burlona de su madre.

«Estaré de vuelta en una hora», oyó que le decía a Josephine. Pero, dos horas más tarde, las cuatro modelos estaban sentadas en el suelo del estudio, esperando junto a Stephanie, Josephine y Mia, bostezando y bebiendo café. El ensayo final estaba programado para las siete de esa tarde y había montones de pequeños detalles que esperaban el toque de Phillipe. Josephine estaba poniéndose nerviosa; dolida por los celos, sabía Mia. A ella no le gustaba que Phillipe fuera conminado por una poderosa editora de modas norteamericana y no servía de ayuda que esa editora fuera la madre de Mia. Pero no quedaba otro remedio que esperar.

Coral se sentó en el sofá de terciopelo azul, junto a Phillipe Roux, y lo observó. Nunca en su vida había encontrado a un hombre al cual deseara físicamente de una manera tan repentina. Se sintió arrastrada por su mirada y se zambulló en esos ojos grandes y cálidos de color jerez que tenían una mirada tan intrigante y, a la vez, tan sincera. No quería pensar en Mia. «Este hombre», se recordó a sí misma, «está enamorado de mi hija». Pero eso sólo contribuía a hacerlo más deseable.

Era su segundo encuentro con Phillipe Roux. El primero había sido un fugaz encuentro entre bambalinas, para felicitarlo después de su primera colección, aunque ella lo recordaba de un modo vago. Era posible que en aquella época prestara menos atención a los hombres. De todas maneras, sus encuentros con diseñadores parisienses nunca habían figurado en la categoría de encuentros potencialmente románticos.

Su mano temblaba, mientras servía champán con copas aflautadas.

—¡Por tu éxito! —brindó ella—. No puedo decirte cuánto aprecio que hayas venido. He escuchado tantos rumores sobre tu colección que, con franqueza, no podía aguantar la curiosidad. Si es tan buena como se dice que es, me gustaría ser la primera en anunciarte en los quioscos de revistas.

Phillipe asintió, sonriendo y comprendiendo a duras penas. Sólo gracias a un gran autocontrol, Coral se las arregló para no tocarle la cara, para no dejar que su mano se deslizara dentro de su camisa hasta su pecho, para verificar si el resto de él era tan bronceado y tan suave como la piel de su cuello.

Él hablaba de su colección, mientras el aroma de las velas Rigaud flotaba en el ambiente. Coral apenas lo escuchaba. El tono de su voz era tan bajo, tan musical, que parecía despertar dentro de ella algo muy oscuro y profundo, un sentimiento desconocido curiosamente doloroso. Bebió su champán deprisa, esperando amortiguar la sensación.

—¡Déjame ver tus vestidos! —dijo, poniéndose de pie. Volvió a llenar las copas y señaló las bolsas de plástico—. ¡Te das cuenta, Phillipe, yo vivo para la moda, no puedo esperar!

Con sumo cuidado, el colgó cada prenda en el borde de la tela que enmarcaba el gran espejo.

Coral contempló, en silencio, los conjuntos desde todos los ángulos; los sostuvo contra el espejo y, luego, contra ella misma.

—¡Dios, el aroma de ropas nuevas de París! —susurró y arrojó los vestidos sobre los respaldos de tres sillas—. ¡Por supuesto, Phillipe, éste era el camino que debía seguir la moda! —le dijo con aprobación—. ¡Esto es... genio! Has tomado la cultura pop, las calles y lo actual y lo has combinado. ¡Es ingenioso, es correcto, es de un *chic* total!

Phillipe estaba resplandeciente. Le alcanzó una chaqueta.

—¡Por favor, me gustaría ver a una mujer norteamericana poniéndose esto!

Ella se puso la chaqueta que él le sostenía. Ambos miraron su reflejo en el espejo. Las nuevas proporciones hacían maravillas con ella: parecía diez años más joven.

—¡Dios mío, sí que tendrás éxito! —exclamó ella—. ¡La hace a una tan joven!

Phillipe echó la cabeza hacia atrás, con una carcajada de placer. Una actuación brillante, pensó ella. Un hombre refinado que se finge ingenuo e inocente. Volvió a llenar su copa.

—Me hace muy feliz contar con su opinión —dijo él—. A veces uno está demasiado cerca del propio trabajo...

Mientras él aclaraba algunos puntos, tocó la mano de Coral con sus cálidos dedos. Eso la hizo temblar. La mera idea de esas manos trabajando con una prenda que ella podía llevar pegada al cuerpo, la hacía estremecer. Ella clavó la mirada en sus manos bronceadas, fuertes: las manos de un campesino. Limpias, pero con cierta rudeza, como si hubieran sido talladas en madera por un escultor talentoso. Se las imaginó rodeando sus pechos, con los índices acariciando sus sensibles pezones y, ante ese pensamiento, sintió que, en efecto, sus pezones se endurecían bajo el vestido de lana. Él la miraba, silencioso, como si estuviera leyendo sus pensamientos. Rápidamente ella le sirvió más champán.

—Quiero ver la colección completa —dijo.

Él asintió, sonriendo con calma.

—En dos días...

—¿Tendré que esperar tanto? —imploró ella—. Para entonces ya habré visto Saint Laurent, Courrèges, Ungaro y tengo un número de páginas limitado, ¿sabes?

Ella levantó las cejas esperanzadamente, mirándolo con los ojos muy abiertos. Phillipe se encogió de hombros con cansancio. Durante unos pocos y silenciosos instantes, bebieron su champán. Ella se alegraba de haberse puesto uno de sus conjuntos más sexy. Un vestido negro de punto, de Sonia Rykiel, con un tajo a lo largo del muslo y un pequeño trozo de seda debajo de él, medias negras de encaje y escarpines de Vivier, también muy provocativos. Hundió los dedos en su pelo en un gesto nervioso.

Phillipe se puso de pie.

—Todavía queda mucho para preparar. En el salón me está esperando todo el mundo y las modelos son muy caras.

Ella también se puso de pie y lo cogió del brazo.

—¡Llévame contigo! ¡Muéstrame tu colección! Llevaremos con nosotros a Wayland Garrity, aprovechando que todavía tiene todo el presupuesto para gastar. Por supuesto, habrás oído hablar de su tienda Headquarters, ¿verdad? Es como Galleries Lafayette y Printemps juntas. ¡Su tienda te consagrará!

—Si es un comprador, tendrá que pagar los derechos, como cualquier otro —advirtió Phillipe.

—¡Ya ha pagado los malditos derechos! —estalló Coral—. De manera que deja que vea tus prendas esta noche. ¡Tus ropas lo enloquecerán!

—¿Y si no enloquece?

—Enloquecerá si yo enloquezco —prometió Coral mientras le daba el brazo—. La locura es contagiosa, Phillipe.

El contacto de su brazo con el de él le provocaba pequeñas sacudidas eléctricas. Trató de imaginarlo con el torso desnudo. ¿Cómo sería sentirlo apretado contra sus pechos?

Él se deshizo del brazo.

—Señora Stanton, su interés es halagador, pero trato de la misma forma a toda la gente de la prensa. Me parece de elemental justicia. Si yo coopero con usted antes de la muestra, todos los demás editores se enfadarán conmigo.

Clavó su mirada en ella, sin ceder posiciones.

Por un momento, ella le sostuvo la mirada y luego sonrió ampliamente.

—¡Muy bien! ¡Vuelve a tu salón! ¡Manténme en suspenso! Ya estoy viendo cómo sorprenderás a París el jueves. ¡Vete!

Él se inclinó sobre su mano y la besó con una leve ironía. Quizá no la comprendía, pensó ella, pero su tozudez y astucia de campesino estaban a su propia altura. Cerró la puerta detrás de él y se recostó contra ella, suspirando. ¡Debía conseguirlo de alguna manera! Tenía que haber un camino para que una editora de moda en la cumbre consiguiera a un hombre como él. Se sirvió el resto del champán y lo bebió de un trago. Sólo entonces recordó que no le había preguntado nada a Phillipe sobre Mia.

14

Mia nunca había presenciado escenas como las que ocurrieron la noche anterior a la muestra para la prensa. Los franceses las llamaban *crises* y cada uno en el salón parecía decidido a tener por lo menos una. Por lo general, se trataba de chillarle a algún subordinado, haciendo que esa persona llorara, para luego pedir perdón y terminar uno en brazos del otro.

Ensayaron hasta las dos de la mañana. Las modelos, exhaustas y con los ojos irritados, amenazaron con retirarse, pero fueron seducidas por el encanto de Phillipe y por la oferta de que, si se quedaban, recibirían una paga extra en efectivo. Los amigue-tes que esperaban en la calle, dentro de sus coches, tocaban los cláxones con cansancio para que todo el mundo recordara su presencia.

—Le haré un juicio a Phillipe si pierdo a este tío —amenazó Audrey, asomándose por la ventana y haciendo señas a alguien que estaba dentro de un Mercedes negro.

A un vestido le habían cerrado, por error, el agujero para pasar el brazo. Otro llevaba botones que se negaban a permanecer en su sitio. En cada caso, el culpable era arrastrado fuera del taller y se oían gritos. La mayor parte de los gritos provenían de Josephine que era bastante buena para eso. La señora Martine redujo su parte a tres ataques de nervios a lo largo de la noche. Stephanie, a su vez, le gritaba a Jean-Jacques, un sombrerero amigo de Phillipe. Sólo Phillipe permanecía calmo.

Las piezas de bisutería demasiado llamativas se devolvieron al proveedor pues no combinaban con las ropas. Phillipe insistía en que el aspecto general no debía parecer abarrotado. A una modelo cuyo físico no servía para esas ropas, se la despidió hacia la noche y ella se largó, llorando y estrujando un puñado de billetes de cien francos. La reemplazó otra modelo, a la que las demás se apresuraron a aconsejarle que exigiera quinientos francos extra por el trabajo nocturno.

Trabajaron hasta las tres. Las modelos esperaron de pie, mientras Josephine abría la caja y aflojaba efectivo para esas ávidas manos, y luego corrieron a besar a Phillipe, haciendo caso omiso de Josephine.

Mia se permitió el lujo de volver a su casa en taxi. Dejó a Phillipe encorvado sobre su mesa de trabajo, dando forma con la plancha a la chaqueta de un traje. Él apenas advirtió su partida.

Coral la llamó a la mañana siguiente, muy temprano.

—Tenemos una hora entre Laroche y Patou —dijo con tono apremiante—. Sería demasiado ridículo que no pudiera verte por lo menos una vez mientras estamos aquí. ¿Puedes estar en el bar del Crillon a las doce y media?

Phillipe había dicho que empezarían a las dos de la tarde para que tuvieran tiempo de descansar.

—Estaré ahí —prometió Mia.

Se había puesto el vestido que había comprado en los *soldes* del salón; ropas que se habían usado en las colecciones de temporadas anteriores. Se sentía maravillosa con él, un simple conjunto en un delicioso rosa almendrado. El corte diestro hacía que se ajustara al cuerpo y terminara por encima de las rodillas para mostrar sus largas piernas. Se maquilló con cuidado, sabiendo que debería pasar por el crítico examen de su madre.

Cuando llegó al Crillon, respiró profundamente antes de zambullirse en el bar. Su madre estaba charlando animadamente con Wayland. Éste la vio y se levantó para abrazarla con fuerza.

—¡Mi querida! ¡Estás sensacional! ¡Fabulosa! ¡París se lleva muy bien contigo!

—¡Wayland! ¡Amor! —lo abrazó y añadió, mirando hacia Coral—. ¡Hola, madre!

Coral se puso en pie de un brinco y tomó a Mia entre sus brazos. Luego se echó hacia atrás para examinarla y Mia se inclinó hacia adelante para besar a su madre. Su aroma familiar la retornaría a su infancia.

—¿No tiene un aspecto espléndido? —preguntó Wayland.

Coral la miró, sonriendo.

—¿No te está haciendo trabajar demasiado? —inquirió Wayland—. ¡Pareces muy cansada!

Mia se arrellanó en una silla.

—Anoche trabajamos hasta tarde —admitió. Dio un vistazo al bar, que estaba lleno de gente de la moda—. ¿Y qué tal parece hasta ahora la temporada?

Coral le palmeó la mano.

—Nada que te haga estallar la cabeza, todavía. La mayoría de la gente está fanatizada por Saint Laurent. ¡Yo no! ¡Pero, déjame mirarte!

Ella le devolvió la mirada a su madre. Coral estaba un poco más vieja. Alrededor de sus ojos se formaban algunas arrugas cuando sonreía. Sin embargo, su *visagiste* había hecho un gran trabajo: la piel todavía era puro alabastro blanco.

—¿Y qué tal es trabajar para el Monje, Mia? —preguntó Wayland.

Ella rió.

—¡Sólo *Women's Wear* lo llama así. —Se dio la vuelta hacia Coral—. ¿Qué piensas tú de él? Es muy especial, ¿verdad?

Coral tomó una aceituna de un plato y la masticó muy despacio, mientras sus ojos se entrecerraban.

—Ella quiere fotografiar todas sus ropas —soltó Wayland con impaciencia.

Coral le disparó una rápida mirada envenenada.

—¡Primero me gustaría verlas! —contestó tajantemente.

—¿No es especial? —volvió a preguntar Mia.

Coral lanzó una mirada al rostro esperanzado de su hija.

—Es de primera categoría... si se lo considera como sastre. —Pronunció la última palabra arrastrándola, como un pobre premio de consuelo.

Mia trató de ocultar su desengaño.

—Es mucho más que eso —replicó.

—¿Qué vas a tomar, muñeca? —preguntó Wayland.

—Sólo un jugo de tomate, por favor. —Miró a Coral—. Su sentido del color, la forma de tratar las telas: las esculpe, las moldea...

—Impresionante —concedió Coral, encendiendo un cigarrillo y aspirando una larga bocanada—. Estoy segura de que adoraré la colección. Recuerda, sólo he visto tres trajes. Pero eran mejores que los de Courrèges.

—¿Y como persona? —insistió Mia.

—Carisma a manta —se entusiasmó Coral—. Un hombre

atractivo, muy atractivo... Las damas deben de estar locas por él. Ya veo por qué te has quedado dada vuelta, querida.

Llegaron las bebidas y Mia dio un sorbo a su jugo.

—¿Cómo anda el *affaire*? —preguntó Coral con interés.

Mia le devolvió una mirada helada.

—En realidad, para mí es ante todo un maestro. Y, de todas maneras, tiene una asistenta de la que parece estar muy cerca...

—¿Quién?

Coral quería aparentar indiferencia, pero ambas se dieron cuenta de la urgencia de su pregunta.

—Una chica de su ciudad natal... Trabajaron juntos en Dior durante años, antes de empezar con esta casa.

—¿Guapa? —preguntó Coral con aire distraído.

—Realmente no. Parece un muchacho..., un golfillo.

—¿Y no será eso lo que a él le gusta? —sugirió Wayland con presteza—. A veces, una reina reprimida...

—¡No es una reina reprimida —protestó Mia.

—¡Por supuesto, en absoluto! —estuvo de acuerdo Coral—. Por lo menos, no por lo que he visto y por lo que he oído.

Mia apuntó la mirada directamente a los insinuantes ojos de su madre.

—¿Y qué has oído?

Coral se encogió de hombros.

—¡Querida, tú sabes que el mundo de la moda produce más chismes que ropas!

—¡Cuéntanos, Coral! —imploró Wayland—. ¡Cuéntalo todo!

Coral tomó un sorbo de su bebida, chasqueando los labios y haciéndolos esperar.

—Dicen que Phillipe Roux es el Casanova de la *haute couture*. Ama a las damas y viceversa. ¿Sabes que raro es eso? ¡Las pruebas de ropa que hacía en Dior son legendarias! A menudo, cuando estaba en el camerino de pruebas con una cliente, la puerta estaba cerrada con llave...

—¡Eso era para proteger sus métodos de trabajo! —gritó Mia—. Él usa vapor y almohadillas de planchado para moldear el vestido o el abrigo, cuando ya está puesto sobre la persona.

—¿De verdad? —rió Coral—. ¡Me temo que sus métodos son mucho más tradicionales que eso! Intentas protegerlo, pero sólo te estoy diciendo lo que es el *on dit* de la ciudad. Tiene una legión de clientes de Dior que están tan enloquecidas por él que lo han seguido hasta su propia firma. Muy pocos *couturiers* pueden darse ese lujo, porque a la mayoría de ellos, como bien sabes, no les gustan las mujeres. Jacques Hay, de Patou, no quería ni siquiera tocar a una mujer: para sus pruebas, usaba guantes... ¡Imagínate!

—¿Por qué lo llaman el Monje? —preguntó Wayland.

Coral sonrió.

—¡Preferiría que mi hija trabajara para un monje!

—¿Qué quieres decir! —preguntó Mia encolerizada—. ¿Qué insinúas?

—Realmente, Mia... —Coral le echó un frío vistazo—. Primero dices que estás enamorada de él. Después te enfadas porque digo que las damas lo aman. Ahora te fastidia que diga que es un monje. ¿No hay nada que te venga bien?

Mia sacudió la cabeza.

—Desde que entré aquí has estado tratando de provocarme de alguna manera —dijo poniéndose en pie.

Coral también se puso en pie y la rodeó con un brazo.

—Sólo estaba bromeando, querida. —Besó a Mia en la mejilla—. No me hagas caso. Probablemente estoy celosa, si quieres saber la verdad. También me siento muy nerviosa por ti.

—Más vale que me vaya —dijo Mia, dándole un rápido abrazo a Coral; luego se inclinó y besó la mejilla de Wayland—. Tenemos el desfile a las cinco, pero empezamos a prepararlo a las dos. Espero que os guste la colección.

Wayland insistió en acompañarla hasta la calle.

—No le hagas caso, muñeca —dijo—. Pudiste enfrentarla: eso hizo que me sintiera muy orgulloso.

Ella lo abrazó y dio un paso atrás, con los ojos llenos de lágrimas.

—Jamás trates de justificarla ante mí, Wayland. No sé por qué permití que se me acercara. Ya no la necesito más...

Él la acompañó hasta que Mia tomó un taxi y se inclinó ante la ventanilla.

—¡Toda la suerte del mundo esta noche, querida! ¡Seré el que aplauda más fuerte!

Él apretó su mano y el taxi partió, perdiéndose en el tráfico.

Aquella tarde a las cinco, la prensa y los compradores privilegiados abarrotaban el pequeño salón de Phillipe Roux y un hirviente murmullo de excitación y de expectativa recorría la sala. El piso de enfrente, al otro lado del rellano, había sido alquilado para esa tarde. Era un gran salón con colgantes de algodón blanco y sillas doradas alineadas. Las modelos debían pasar a lo largo de la tribuna en la que se sentaban los espectadores. Los periodistas que no tenían un asiento asignado estaban parados en las escaleras, estirando sus cuellos.

Wayland se sentó al lado de Coral y observó que la silla tenía una tarjeta donde se leía «Maynard Cowles»; la quitó con presteza para no alterar a Coral.

—Parece que va a pasar algo —secreteó Wayland.

—Sí, querido, sí que parece —dijo Coral.

Ella apartó un poco su rodilla, cuando el editor británico de *Vogue* se sentó a su lado. Se ignoraron mutuamente.

—¿Y sabes eso basándote sólo en tres vestidos?

—¡Te digo que tenían algo nuevo! ¡Algo nunca visto! —susurró—. Es una cuestión de proporción, de perspectiva, de *je ne sais quoi*; una manera completamente nueva de ver a las mujeres. Si el resto de la colección es tan buena como lo que he visto, esta noche se convertirá en el primer diseñador del mundo.

Los ojos de Wayland se agrandaron.

—Me dejas patitieso —le dijo.

Más y más periodistas se iban filtrando en el salón. La gente estaba apretujada. Los rivales mortales estaban rodilla con rodilla, los viejos enemigos respirando uno sobre la nuca del otro, en tres filas bien compactas. El amontonamiento de gente obstruía el vestíbulo de entrada y el corredor, y el aire estaba espeso de perfume. Habían empezado el día muy frescos y bien vestidos, pero ahora, después de seis colecciones, el maquillaje empezaba a correrse, el sudor creaba manchas, el cabello estaba pegajoso. Sólo las publicaciones del más alto nivel podían permitirse conducir en limusinas a los editores de moda, de una colección a la siguiente, lo que les permitía permanecer más descansados y frescos. Una gorda editora alemana había extendido un chal de seda sobre sus rodillas.

Mia estaba alerta, en el estudio, para ayudar a las modelos, que debían entrar y salir del cuarto a una velocidad vertiginosa. Debía encargarse de un modo especial de Audrey, quien estaba exquisitamente maquillada, con sus grandes ojos marrones delineados y pintados en una gradación de sombras marrones y grises.

Espió a través de una rendija de la puerta del estudio y miró cómo los periodistas se abrían camino a empujones. Hacia las cinco de la tarde, la moda se había vuelto una cuestión de vida o muerte, hasta el punto de que muchos de ellos hubieran preferido morir a perderse la posibilidad de ver una colección importante.

Llevaban treinta minutos de retraso.

—¡Caminad deprisa! —les decía Phillipe a las modelos—. Si alguien se abalanza para tocar la tela, no os quedéis paradas. ¡Seguid moviéndoos! ¡Dad una sola vuelta en cada cuarto!

Le preocupaba que los artistas de ojos avizores y los compradores pudieran copiar los nuevos detalles inéditos de las solapas y los puños.

El calor era sofocante. El estudio quedó en silencio, mientras las cuatro chicas, vestidas con los primeros conjuntos, se preparaban para salir a una señal de Phillipe. Él espió a través de la rendija para vigilar la señal que Stephanie le haría desde su escritorio. Cuando John Fairchild de *WWD*, Nancy White de *Harper's Bazaar*, Diana Wreeland de *Vogue* y Coral Stanton de *Divine* estuvieron instaladas, llegó la señal.

Phillipe se volvió hacia su personal:

—*On commence* —dijo.

Con una rápida ojeada, Mia alcanzó a distinguir la exquisita cara de Audrey en el instante de abandonar el estudio; la angustiada y tensa cara de Josephine, blanca y fatigada, con sus oscuros ojos lanzando dardos en todas direcciones, en exámenes de último minuto; y Phillipe, pálido y agotado bajo su tono bronceado. Habría querido tomarlo en sus brazos y asegurarle que todo iba a marchar a la perfección.

Audrey recorrió el corredor hasta el salón principal. La cháchara se fue interrumpiendo abruptamente en cada habitación, hasta que todo el piso quedó en silencio. Cientos de pares de ojos se concentraron en los nuevos detalles, las nuevas proporciones, los nuevos colores, la moda de Phillipe Roux.

Pronto, las cuatro modelos habían salido y Mia esperaba, con el próximo conjunto de Audrey en las manos. La colección se exhibió en total silencio, sólo interrumpido por ráfagas de aplausos, a menudo encabezadas por Coral. Las mujeres se estiraban para palpar con los dedos las suaves y lujosas lanas. Para la primera docena de conjuntos, la reacción fue de conmoción, pero luego «le pusieron el ojo», como escribió un editor inglés, y todo empezó a parecer correcto, inevitable y excitante. Las ropas eran diferentes de las de otras casas de París, y la colección, una sorpresa. Un editor del *Vogue* francés se dirigió a su vecino diciendo:

—Ha dejado a los otros fuera de moda.

Aun dentro de las prisas de ayudar a Audrey a cambiarse, Mia escuchaba los sorprendidos murmullos, el deleitado aplauso, y veía las radiantes sonrisas en los rostros de las modelos, mientras corrían de regreso a la habitación para despojarse de las ropas y se quedaban inmóviles como figuras de palo, rígidas, mientras les abotonaban con prisa la ropa o les corrían las cremalleras. Mia ayudaba a las modelos, que entraban tropezones, pateaban lejos sus zapatos y se ponían los vestidos a toda prisa, mientras el peinador les soltaba un mechón de cabello o bien se lo escondía detrás de un adorno.

El estilo de la colección se debía a ella. Había conseguido esa sorprendente combinación de la exuberante moda americana y de la *haute couture*. Había convencido a Phillipe de que abandonara los sombreros grandes y formales que había usado la temporada anterior. Ahora las ropas valían por sí mismas: la frescura del corte, las faldas cortas y los amplios hombros y solapas proporcionaban a las modelos una extrema juventud. Los brillantes colores claros sugerían un parvulario —un alivio de los azules marinos, los grises y los negros de las otras casas—. Aquí todo era luz: pasteles, blancos, colores de caramelo. Era como si a uno le lavaran los ojos con lociones suavizantes. Toda la agonía sobre el corte de los vestidos y de los abrigos había rendido sus frutos. Una vez la pieza había sido trabajada y manoseada hasta parecer un trapo sucio, se había cortado en la tela definitiva, con un *chic* que hacía parecer que la prenda había sido creada por entero con un solo movimiento de la mano. Parecía mágico, fresco, nada laborioso. Phillipe no quería que sus ropas parecieran demasiado «rebuscadas», demasiado trabajadas. Como un acróbata o como un juglar, quería que su oficio apareciera como algo fácil, poco esforzado.

Desfilaron los vestidos de cóctel, con espaldas ablusadas y drapeadas, que habían surgido de los dibujos de Mia. Estaban tan perfectamente cortados, con su talle bajo y sus magníficas faldas cruzadas en seda fucsia o negra, que todas las mujeres desearon tener uno. Sus pequeños vestidos negros —la prueba de fuego para cualquier creador de moda— fueron muy aplaudidos. Habían sido diseñados tantas veces que, si un diseñador podía hacer que tuvieran frescura, era un signo de genialidad.

El traje de novia, con el que todo *couturier* pone el punto final a su colección, no podría haber sido más simple: una forma clásica y escultórica, en seda blanca, con mangas largas, terminadas en punta, el torso moldeado y una falda perfecta de cintura baja.

La novia tuvo que abrirse camino, luchando para volver al estudio, en medio de los gritos y las felicitaciones. Coral se había puesto de pie sobre su silla, instando a Wayland para que la imitara, y gritando «¡Bravo!». Pedían la aparición del autor.

Se armó un pandemónium cuando los fotógrafos empezaron a buscar a Phillipe: la prensa lo llamaba. En la ruidosa confusión, Mia vio que Stephanie conminaba a Phillipe a agradecer el aplauso. Él sacudió su cabeza con énfasis y cerró la puerta del estudio; abrió una botella Magnum de champán y les fue alcanzando una copa a las modelos, al peinador, a Josephine...

Las modelos se despojaron de sus últimos conjuntos y se pusieron sus pequeños abrigos blancos de salón; encendieron cigarrillos y apoyaron los pies sobre los improvisados tocadores. Mia estaba sentada en el suelo, seleccionando zapatos, y Phillipe se inclinó hacia ella para alcanzarle una copa de champán llena hasta el borde. Las miradas quedaron como enganchadas: los ojos brillaban de excitación y alivio.

—¡Por tu éxito, Phillipe! —dijo ella levantando la copa.

—¡Por nuestro éxito! —susurró él—. Deberías ir a ver a tu madre: es una mujer influyente...

Mia siguió seleccionando los zapatos con los ojos bajos.

—Mia... —Él le dirigió una sonrisa—. ¡Gracias por todo lo que has hecho! No pienses que no me doy cuenta de todo lo que has contribuido. Quiero que hablemos de un nuevo salario, de una nueva posición para ti en la casa...

¡Él la necesitaba!

En ese momento se abrió la puerta del estudio con brusquedad y dos editores del *Vogue* francés se precipitaron directamente hacia Phillipe. Lo rodearon con los brazos, lo besaron en las mejillas y lo arrastraron hacia la puerta. Phillipe parecía incómodo y cansado. Josephine se puso a recorrer con aire furioso las perchas de las ropas, verificando en su lista. Mia adivinó que Josephine se sentía abrumada porque el mundo se estaba llevando a Phillipe... Ella misma se sentía también un poco así. Tomó algunos tragos de champán y el alcohol se le fue directamente a la cabeza. Habían mostrado la colección, ¡y había sido un éxito! Y también una terrible decepción.

Siguió a Phillipe, manteniéndose a cierta distancia, mientras un grupo de admiradores lo arrastraba hacia el salón. Los flashes de las cámaras anunciaban las fotografías que aparecerían al día siguiente en los periódicos. «Phillipe Roux, cuya nueva colección cambió ayer la dirección de la moda...» «Un diseñador desconocido desafía a Dior y a Saint Laurent, al presentar una colección de asombrosa originalidad...» Y hasta *WWD* concedía a regañadientes: «Un recién llegado sorprende a la prensa de la moda y a los compradores con ropas juveniles y de corte impecable». Mia observó como su madre abrazaba a Phillipe y lo besaba en ambas mejillas: el premio máximo había sido concedido.

Durante la semana siguiente, el salón fue invadido. Phillipe tenía citas para pruebas desde las ocho de la mañana hasta pasada medianoche. Las mujeres elegantes del mundo habían entendido el mensaje y querían que él las vistiera. Había mucho trabajo que hacer para completar los envíos a las tiendas americanas: cortar patrones, encargar nuevos pedidos de tela. Mia disfrutaba al no tener que estar ya en su pequeño cubículo y poder mezclarse con la gente de las revistas, los equipos de los noticiarios de televisión y con una variedad de buitres de la moda que se habían posado sobre el pequeño salón. Los compradores volvían para ver de nuevo la colección. *Vogue* envió a sus editores *junior*. Cada día que mostraban la colección, Mia ayudaba a vestir a las modelos. Las ropas que se habían prestado por una noche a los fotógrafos, una vez devueltas tenían que ser verificadas, limpiadas y planchadas. Era maravilloso estar tan ocupada, aunque echaba de menos el trabajo directo con Phillipe.

La señorita Josephine mostraba una expresión triste en su cara huesuda.

—Está perdiendo a Phillipe —le había murmurado Stephanie a Mia, cuando se encontraron en el vestíbulo—. Y no a manos de otra mujer, sino del mundo.

Phillipe se cruzó con Mia en el atiborrado pasillo y se limitó a hacer un rápido y preocupado movimiento de cabeza.

—Dime rápido lo que necesitas, Coral querida, antes de que me desmaye. —Gilles pasó corriendo junto a Coral hacia el cuarto de baño para arreglar sus cosméticos y sus pinceles—. He tenido una sesión de dieciséis horas, maquillando a modelos *prima-donna* para fotógrafos *prima-donna* —murmuró.

Coral lo siguió hasta el cuarto de baño y se sacó su ropa de seda. Gilles le echó un vistazo profesional y negó con el índice.

—¡No pierdas ni un kilo más, Coral! ¡No es verdad lo que dijo la duquesa de Windsor! Sí que se puede ser demasiado flaco. A los hombres les gustan los cuerpos redondeados.

Coral se plantó delante del espejo.

—¿Y cómo sabes tú lo que les gusta a los hombres?

Gilles frunció el entrecejo.

—Me lo cuentan.

—Pues, entonces, conviérteme en una mujer irresistible para esta noche. Tengo que ver a un hombre...

Gilles empezó a trabajar a pincel con la base, sobre su cara, mientras ella cerraba los ojos, recostada contra la fría pared de azulejos blancos.

Le había dicho a Phillipe Roux que la visitara esa noche para decidir «los últimos detalles de su reportaje». Una tarea totalmente innecesaria pero, ¿de qué otra manera podría arreglarse para verlo a solas?

—¿Quién te peinó? —murmuró Gilles con un pincel para labios entre los dientes.

—Alexandre —suspiró Coral—. Cien dólares para que me secara el cabello con su propio aliento. ¡Estuvo soplando sobre mi cabeza durante media hora! No es extraño que sólo Elizabeth Taylor pueda permitirse el lujo de pagarle a ese tío. ¡Pero es un milagro!

—Sublime —exclamó Gilles.

—Y aquí... —dijo Coral, señalando su entrepierna—. Hazme alguna fantasía.

Gilles le bajó con suavidad las bragas y la contempló pensativamente.

—No hay mucho para tusar, pero trataré de conseguir una forma bonita y divertida.

Empezó a rebuscar en su maletín de Louis Vuitton y extrajo una pequeña afeitadora y crema de afeitar; le roció un poco de esa crema y, con destreza, trazó el contorno de un corazón con la afeitadora.

—¿Eso es lo que les gusta a los hombres? —dijo Coral contemplando su imagen en el espejo.

Gilles se echó a reír, muy divertido.

—¡Todos los travestidos del Bois de Boulogne lo están haciendo!

—¡Gilles!

Ella cogió un cepillo de pelo y le pegó en las nalgas. Se dio cuenta de que sus pantalones eran de algodón blanco, pegados a la piel, y su trasero sobresalía atractivamente.

—¡*Ah, non*! —gritó él, mientras Coral volvía a pegarle.

Se ruborizó y ella se dio cuenta de que su sexo se había erguido y hacía dura presión contra la bragueta de sus pantalones.

—¿Así que eso es lo que te pone en forma? —gritó ella, intentando hacer que se sentara sobre su regazo.

Él se puso en pie, muy firme, diciendo:

—¡Coral!

Fingía sentirse embarazado, pero ella podía ver que se estaba contemplando con admiración en el espejo.

Coral dibujó el contorno del sexo de Gilles con su índice.

—¡Qué desperdicio! —dijo—. Si no tuviera planes muy concretos para esta noche, creo que podría mostrarte cómo se usa esto.

—¡Yo lo uso! Y a menudo —replicó él, guardando todo su equipo en el maletín y cerrando la cremallera. Se acomodó la ropa con un movimiento del cuerpo—. Bueno, ahora tengo que irme a la carrera, querida. Tengo que hacer un maquillaje para... —se mordió el labio, enviándole una mirada de picardía.

—¿Para quién? —preguntó ella—. ¿A quién más está usando *Bazaar*? ¿Es la Vicomtesse de Ribes? Le arrancaré los ojos. Me había prometido que...

—No es ella —respondió él con suavidad—. Es para... para la «otra colección».

—¡Oh, Gilles...! —Se aferró a él, implorante.— ¡Dime qué es! Ya sé que sólo se trata de hombres pero, ¿qué modas usan? ¿Son maravillosas?

Los ojos de Gilles brillaron.

—Son para los muchachos, para los artistas y diseñadores a los que les gusta aparecer *en travesti.* ¿Entiendes? Con ropas de mujeres. Son diseños de ellos mismos, por supuesto. Y yo los maquillo para que parezcan modelos estrellas. Algunos llevan barbas o bigotes, de manera que es... muy estilizado, ¿entiendes?

—¡Ya lo creo! Pero, ¿por qué no me invitan a mí?

Gilles hizo una mueca.

—Todo empieza *comme il faut*, muy distinguido. Luego se pone un poco rudo. Empiezan a desvestirse y todo eso. Y termina como una orgía. Son algunos de los diseñadores más famosos, ¿sabes? ¡Y no quieren ser observados por editores de revistas de modas!

Ella levantó las cejas.

—Un día entraré una cámara de contrabando y los chantajearé a todos.

Lo acompañó hasta la salida y luego abrió las puertas del balcón de su *suite* para aspirar un poco de aire fresco. El aire olía a Gauloises, a ajo, a lustrador para muebles y a escapes de gasolina barata.

—El oxígeno de París —murmuró ella, cerrando la ventana.

Se detuvo ante el gigantesco espejo y recorrió con su mano el corto y pinchudo cabello. Le agradaban los colores que Gilles había aplicado sobre sus párpados, el aspecto pesado que el lápiz de carbón y bronce le había agregado a su mirada.

Phillipe se atrasaba. ¿Era posible que no fuera a cumplir con su cita? Ella había fotografiado todas sus ropas: si él esperaba que las desparramara sobre las páginas de *Divine*, más le valía aparecer. Estaba desnuda, bajo una túnica de seda negra, hecha para ella la temporada anterior por Balenciaga. Se estremecía ante la mera idea de la presencia de Phillipe en esa habitación. Él era impredecible, orgulloso. Ahora que era el diseñador del momento, quizá podría reírse lisa y llanamente de sus planes de seducción.

Se paseó con nerviosismo enderezando una caja de cigarrillos, ordenando una pila de papeles, mientras aguardaba impaciente el suave golpe en la puerta. Cuando por fin se produjo el golpeteo que esperaba, hizo una profunda inspiración y fue hacia el cuarto de baño, para rociar su cuello y sus brazos con Joy. Luego, abrió la puerta.

Phillipe estaba ante ella, muy erguido y formal, en un traje de estilo naval. Su cara la dejó sin respiración. Había adquirido algo en la última semana, una especie de autoconocimiento. El éxito había agregado todavía más encanto a su aspecto: resplandecía de vitalidad.

—Por favor, pasa —dijo ella.

Él obedeció.

Coral había dejado la puerta del dormitorio entreabierta, con una vela Rigaud parpadeando dentro. Las lámparas de mesa daban un tinte dorado a la habitación donde se hallaban, que se asomaba a la brillante Place de la Concorde como un gigantesco globo de aire.

Phillipe caminó hacia las ventanas, sonriendo.

—París debe parecerte muy hermoso visto desde aquí, ¿verdad?

Ella rió.

—Casi no he tenido momento para mirar fuera: ¡veintiocho colecciones en seis días es algo ridículo!

Él levantó las cejas y se volvió.

—¿Eran todas buenas?

Ella cayó de rodillas sobre la espesa alfombra.

—Sólo la tuya...

Él miró con sorpresa a la mujer arrodillada, a la más poderosa editora de modas de la prensa americana, y le cogió la mano.

—¡Por favor! —le dijo—. No soy el Papa...

Ella tomó su mano, pero la retuvo y permaneció en el suelo.

—Quiero ofrecerte este homenaje —dijo—. Tú eres el sumo sacerdote de la moda y tus ropas darán comienzo a una nueva era. El buen gusto, la calidad y la elegancia resurgirán.

Lo miró profundamente a los ojos, con sinceridad. Por fin, le permitió que la ayudara a ponerse de pie y le indicó que se sentara cerca de ella en la butaca de terciopelo. Había algo casi beatífico en él, como si un nimbo lo convirtiera en intocable.

Ella había puesto una botella de Taittinger a enfriarse en un cubo. Él llenó las copas. Coral observó que sus rodillas se marcaban en sus pantalones azul marino. Parecían angulosas y fuertes. La piel bronceada de su cuello y de sus muñecas la llevaron a preguntarse qué normas estúpidas decretaban que un hombre como él tuviera que vestir un traje cruzado azul marino. Debía estar desnudo, como lo estaba ella bajo el Balenciaga.

Se preguntó si él lo habría advertido. La seda de su túnica realzaba delicadamente sus pechos y sintió que éstos presionaban la delicada tela. Habría dado cualquier cosa por que él le levantara el vestido y deslizara su lengua sobre sus duros pezones. Cuando Phillipe se volvió y le clavó su seria y oscura mirada, ella estuvo a punto de abandonar su plan: de pronto había comprendido que ese hombre era auténtico.

—¿Por quién brindamos? —preguntó ella.

—¡Por la moda! ¡Es mi único objetivo!

—También harás mucho dinero —dijo ella dando un sorbo a su bebida; le tendió la copa vacía—. Más, por favor, mucho más. —Mientras él llenaba la copa, le dijo—: Cuéntame, Phillipe. Mia me ha dicho que ha diseñado la mayor parte de tu colección. ¿Es eso posible?

Él asintió.

—Fue mi colaboradora. Es muy inteligente y me he inspirado en sus dibujos. Yo fui cortador de Dior y tenía el hábito de trabajar a partir de los bocetos de otra persona.

Coral meneó la cabeza con tristeza.

—No deberías haberme dicho esto, Phillipe. Quiero que respondas de nuevo a mi pregunta, pero ahora dame la respuesta correcta, y la respuesta correcta es: «Sólo yo diseño».

Él frunció el entrecejo y preguntó:

—¿Por qué?

—¡Oh, querido! ¡Nunca compartas tus logros con nadie! ¿Es que no sabes que es uno de los secretos para llegar a la cumbre? A las mujeres no les gusta que sus ropas hayan sido diseñadas por una desconocida joven norteamericana. Quieren ropas diseñadas por Phillipe Roux, el nuevo y excitante diseñador parisiense.

Phillipe la miró durante un instante sin pestañear y, de inmediato sus ojos centellearon.

—Sólo yo diseño —dijo con convicción.

Ella se rió de muy buena gana, echando la cabeza hacia atrás y gritando:

—¡Bravo! —terminó su copa de champán y se la tendió para que le sirviera más—. ¡Estás aprendiendo! Establecerás negocios con Norteamérica y nosotros no apreciamos la modestia.

Phillipe se rió con ella, un poco vacilante, pero deseando aprender los extraños y complejos comportamientos de los norteamericanos. Bebió un poco de champán y volvió a llenar la copa de Coral.

—Mia —dijo suavemente, convirtiendo su nombre en algo francés y romántico— es una muchacha maravillosa y deberías estar muy orgullosa de ella.

Coral arrugó el entrecejo.

—¿Orgullosa? Nosotras nunca estuvimos unidas, Phillipe. En realidad, no tengo vocación maternal. ¿Qué piensas tú?

Phillipe la examinó.

—Por cierto, no eres como mi madre.

Coral estalló en una carcajada. «Es un patán», pensó ella, «pero un patán encantador y sexy».

—¡Cuéntame algo de ella, Phillipe! —insistió—. ¿Qué es ella? ¿Una pequeña y digna señora española?

—Sí, muy digna —contestó pensativo—. Ha muerto, pero era una humilde y simple mujer que hacía vestidos para las señoras ricas de nuestra ciudad. Fue así como aprendí.

Coral asintió.

—¡Muy Balenciaga! Suena encantador. Me gustaría saberlo todo con respecto a tu vida. Admiro a la gente de cuna humilde que llega a la cumbre. Tenemos eso en común, Phillipe.

Él levantó las cejas.

—Pero, conversaremos cuando vengas a mi ciudad, a Nueva York —continuó ella con presteza.

—Tengo muchísimos modelos que hacer para mis clientes privados...

—Entre las cuales yo quiero figurar. —Coral bebió un poco de champán—. Necesitaré por lo menos seis prendas y también necesito pruebas, Phillipe.

—Llama a la señorita Stephanie —le sugirió—. Te buscaremos un momento antes de que te marches de París.

—Pero no quiero perderme ninguna prueba —le gritó.

Ella había escuchado de una editora del *Vogue* francés que las pruebas eran la especialidad de Phillipe; que los espejos del probador mostraban cada ángulo de su elegante cabeza, que la atmósfera de exquisita atención a la cliente y la forma de examinar minuciosamente el cuerpo de ésta era como el toque de un médico o de un masajista y producía una excitación intensa. Algunas clientes sentían su tacto tan excitante cuando les tocaba el pecho, los hombros, que alcanzaban pequeños orgasmos.

—Acostumbro hacer dos pruebas. Si te quedas otra semana, te podremos hacer algunas prendas.

—¿Llevas un metro, Phillipe?

—No —gruñó él.

Coral se dirigió hacia el dormitorio y encontró un metro sobre su cómoda. Se miró en el espejo y se arregló el cabello. «Ahora o nunca», se dijo a sí misma. No esperaría hasta que Phillipe decidiera ir a Nueva York. Se desabotonó la túnica, que cayó al suelo. Se encaminó desnuda hasta la puerta del dormitorio y asomó la cabeza. Él estaba sentado con aire grave en el sillón, con las piernas cruzadas, golpeteándose el tobillo mecánicamente.

—Quiero que me tomes las medidas, Phillipe —lo llamó.

—¿Para qué? —dijo él volviendo la cabeza—. ¿Un vestido, un abrigo, un traje?

Ella entró en la habitación.

—¿Qué te parece dos de cada?

En ese instante Phillipe distinguió su cuerpo desnudo y se levantó con rapidez, abriendo un poco los ojos. Ella le arrojó el metro y él lo cogió.

—Aquí —dijo Coral, mientras permanecía en el centro de la habitación, contemplándolo. Era maravilloso estar desnuda delante de él: apasionante. Las velas resplandecían a su alrededor—. ¡Mídeme! —le ordenó.

Pasaron algunos segundos. «No me importa lo que él haga», pensó, «con tal de que me preste atención». Esperó paciente e impacientemente al mismo tiempo, sintiendo que el golpeteo de su pulso retumbaba en su cabeza.

—¿Estás muy enamorada de él, gatita? —le preguntó Wayland a Mia.

Estaban en el lugar más de moda del momento, Quadrille, un restaurante iluminado por velas de la Île Saint Louis.

—Sí —confesó ella con suavidad—. Pero él tiene a Josephine, de modo que no tengo ninguna posibilidad. Pero me siento feliz de estar cerca de él ayudándolo y de ser parte de su salón. ¿No está bien, verdad?

—No me preguntes, gatita —dijo él tragando el último sorbo de vino—. Yo no soy imparcial cuando se trata de ti. Te deseo todo lo mejor. Conocí a Josephine y te aseguro que si un hombre la encontrara más atractiva que a ti me merecería una pobre opinión.

Mia soltó una carcajada.

—Halagas demasiado mi ego.

—Hay una cosa cierta: tu madre lo haré enormemente popular. Ha fotografiado toda su colección y hay por lo menos cuatro casas de cosméticos que están deseando usar la marca de Phillipe.

—Phillipe no tiene prisa por ser manipulado —le contestó Mia con firmeza—. Siempre dice que no le interesa el dinero.

—Por favor, Mia: ellos tienen que decir eso, pero las personas como Roux son las que lo quieren todo. ¿Cómo puedes creerle?

Ella meneó la cabeza.

—No me importa lo que la gente piense de mí. Phillipe me necesita y eso es lo que me importa.

—Mia, se trata de tu carrera. Déjame que llame a James Brady de *Women's Wear*. Estará encantado de saber que una chica norteamericana está detrás del éxito de Roux.

Mia le cogió la mano.

—No, prométeme que no lo harás. Phillipe no me lo perdonaría jamás.

Wayland movió la cabeza con un gesto de frustración y pidió la cuenta.

—No quería decírtelo, pero he intentado comunicarme contigo en la *maison* varias veces durante esta semana, y siempre me han contestado que allí no trabajaba ninguna Mia Stanton.

Sus ojos se nublaron, mientras fruncía el entrecejo.

—Puede ser que no te entendieran. Estos días pasados han sido de locura.

—He hablado con personas distintas, Mia. Es una casualidad que todas se confundieran.

—No lo entiendo, pero lo comprobaré.

Se encogió levemente de hombros, como para indicar que no estaba preocupada, pero sentía un nudo en el estómago. Ahora se daba cuenta de que era extraño que ninguno de los periodistas y fabricantes a los que había dado su nombre la hubiera llamado.

En el taxi, camino de su casa, Wayland le preguntó:

—¿Cuándo te veré otra vez, gatita?

—Pasaré por el hotel para decirte adiós —le contestó Mia—. No quiero continuar siendo la enemiga de «la Madre», pero, en realidad, me pone las cosas muy difíciles. Creo que no puede evitar sentirse en competencia conmigo ahora. Ha sido maravilloso estar a solas contigo esta noche. ¿Cómo te has librado de los demás?

—Colin está trabajando a tope en la habitación de su hotel y Coral está con tu jefe, como sabes.

Los ojos de Mia se dilataron. Admitió que no lo sabía y permaneció en silencio durante el resto del camino. ¿Por qué Phillipe no le había comentado nada?

En la puerta de su casa, Wayland la besó y le dijo:

—Guarda algo para ti, Mia, aunque sólo sea un trocito. No quiero verte herida.

Phillipe Roux le sonrió enigmáticamente, lo que le permitió a Coral dar rienda suelta a sus salvajes fantasías. Estaba segura de que esa reticencia, ese control, eran el principio del animal salvaje que estallaría dentro de él. Se quitó la chaqueta con lentitud, sin quitarle los ojos de encima.

—Vosotros, los norteamericanos, vais siempre muy deprisa —dijo con suavidad.

—No —le contestó—. No tengo prisa, en absoluto. Tómate el tiempo que quieras.

Él se acercó, vestido con su impecable camisa de seda blanca. Coral cerró los ojos mientras se le aproximaba, pero él ni la tocó ni la abrazó. Sólo sintió sobre la piel el roce de su chaqueta, aún con el calor de su cuerpo, que él le había puesto sobre los hombros. Abriendo mucho los ojos, Coral le clavó la mirada. Él la estaba contemplando con calma.

—Soy un hombre normal, Coral. No soy un hombre moderno.

Ella apretó la chaqueta contra su cuerpo.

—¿Qué estás intentando decir?

Phillipe tragó saliva.

—No entiendo nada de esto. Eres una mujer atractiva y muy respetada en tu profesión. ¿Por qué te comportas así?

—Normalmente no me comporto así. A duras penas puedo reconocerme a mí misma. ¡Es que te deseo tanto que haría cualquier cosa! ¡Por favor, Phillipe, cógeme!

Él la cogió por los brazos y la sacudió un poco.

—No soy un hombre libre. No es el momento oportuno.

—¿Cuándo será ese momento? Oh, querido mío, ¿en Nueva York?

Él se encogió de hombros y paseó la mirada por la habitación.

—No lo sé.

—¡Oh, Phillipe! —dijo Coral acariciándole la nuca—. Te dedicaré a ti toda la temporada parisiense y te convertiré en el más grande diseñador que jamás se haya visto en Nueva York. Y juntos haremos resurgir la elegancia.

—Quizá, ya veremos —dijo Phillipe, separándose de ella—. Pero, por ahora, no pretendo jugar al *gigolo*.

Le extendió la mano y ella la cogió, como en trance, desnuda bajo su chaqueta. En un segundo, él se había vuelto y había cerrado la puerta tras de sí, dejándola sola en su *suite*.

Mientras se cerraba la puerta ella gritó:

—¡No!

Le arrojó la chaqueta y se miró en el espejo. Su cuerpo aparecía tenso, expectante, esperando sus caricias. Cogió la copa de champán y la estrelló contra la pared. La copa se rompió en pequeños trozos. Furiosa, corrió hacia la habitación, cogió el teléfono y marcó el número de la habitación de Wayland.

—Soy yo —dijo cuando él contestó.

—¿Qué te sucede, Coral? Pareces tan enfadada... ¿Cómo ha sido la velada?

—¡Desastrosa! Phillipe se acaba de marchar. Estoy tan encolerizada que podría... —Se mordió el labio—. Dime, Wayland, ¿qué puede hacer una señora terriblemente frustrada en una ciudad como París?

Wayland soltó una pequeña carcajada.

—Acabo de formularle a alguien la misma pregunta. ¿Conoces la agencia de Jean Christian, Beau Monde?

—Algunas veces hemos tenido relaciones, ¿por qué?

—Toma nota. Passy 5805. Pregunta por Claude. Dile que quieres utilizar el servicio de acompañantes. Es especial para los turistas norteamericanos y lo puedes cargar en la cuenta. Se dedican a buscar la pareja ideal. Descríbeles al hombre de tus sueños, alguien que te guste.

—¡Estás completamente loco!

—¡Inténtalo, Coral! Acabo de pasar la última media hora con lo más parecido a Charlton Heston que puedas imaginarte.

—Buenas noches. —Colgó el teléfono de un golpe y se sentó desnuda en su cama. «No podré dormir», pensó. En un impulso, marcó el número. Comenzaba a perder el control y a actuar de una manera anormal en ella.

Claude pareció bastante sorprendido por la llamada.

—¿En quién está pensando, señora? —le preguntó.

Coral sonrió, acomodó la almohada que tenía detrás y se estiró para estar más cómoda.

—Veamos... Alguien de un metro ochenta a cuarenta y cinco años, ligeramente calvo, moreno, de piel cetrina, delgado, con profundos ojos oscuros, de carácter rudo, con apariencia latina y muy, muy viril.

—Todos nuestros acompañantes son viriles, señora —le recriminó Claude—. ¿Cómo podrían trabajar si no? Pienso que tengo lo que usted busca, pero puede ser que no conozca su lengua.

—Me basta con que tenga lengua.

Colgó el teléfono y tomó un baño para relajarse. Apagaría las luces y lo llamaría Phillipe. Con seguridad, estaría acostumbrado a peticiones más extrañas que ésa.

A las siete y media de la mañana siguiente, Coral se desperezó con deleite, ahuecó bajo su cuello la pequeña almohada y suspiró. Paulo no se había quedado toda la noche, pero se había comportado bien. ¡Dios, qué bien lo había pasado! Aún le parecía que su cuerpo se estremecía por los intensos orgasmos que había tenido. Tenía las nalgas y la pelvis doloridas de tanto restregarse contra él. Se sentía en carne viva. La agencia le había enviado lo más parecido posible a lo que ella había pedido. Era mejor parecido que Phillipe, en muchos sentidos y, por cierto, se había comportado de acuerdo con sus expectativas. Un poco más tarde, ya vestida con un traje de pantalón de seda, estaba casi convencida de que había pasado la noche con Phillipe. De alguna forma, había logrado que se enamorara de ella.

Ahora que la primera y ajetreada semana de diarias presentaciones de las colecciones había terminado, Mia volvió al salón muy decaída. Las modelos tan caras de las revistas se habían marchado y habían sido reemplazadas por unas modelos con menos encanto, que mostraban la colección dos veces por semana. Mia había dibujado con dedicación cada pieza de la colección, mostrando con todo detalle las prendas, por delante y por detrás, para los archivos de la casa. Había tratado con docenas de artistas, fotógrafos y periodistas que pedían fotografías de Phillipe o entrevistas con él. De pronto se encontró con que no tenía nada que hacer. Era demasiado temprano para empezar a diseñar para la próxima colección, que no tendría lugar antes de cinco meses y medio, y a la vez sentía que ya no podía volver al taller, con las costureras, para el que se habían reclutado más chicas.

Phillipe se dedicaba a las pruebas para las clientes privadas e incluso Josephine parecía inmersa en supervisar el taller y dar la bienvenida a las clientes, como si fuera algo muy importante. Mia se demoraba a la hora de comer. Llamó al Crillon y supo que Coral se quedaría otra semana, para que Roux le preparara sus nuevos modelos. Aquella tarde se estaba preguntando si debería preguntarle a Phillipe por Coral, cuando él se le acercó en el pasillo.

—Mia, tú y yo iremos a cenar la semana próxima.

—¿Sí? —preguntó ella.

Había alimentado tantas fantasías con respecto a él que casi tuvo que pellizcarse para sentir que era de verdad.

El timbre de la puerta del salón sonó, anunciando una cliente. Él le tocó el brazo rápidamente y le dijo:

—Escoge el restaurante que prefieras, y dímelo. ¿Te viene bien el jueves?

Había decidido compartir con Coral una cena de despedida aquella noche, pero habría roto incluso una cita con Dios para estar libre.

Parecía que el jueves no llegaría nunca. Ella intentaba imaginar cómo pasarían la noche juntos. ¿Sería un simple gesto de patrón agradecido hacia un buen trabajador? ¿O sería la manera de agradecer de Phillipe?

Llamó a su madre y decidieron verse la misma mañana de su partida, el día después de la cena con Phillipe.

Aquel mes ella había cobrado una paga extra de mil francos. El recibo rezaba: horas extras trabajadas. Tarde o temprano tendrían que hablar sobre cuál sería su papel en la casa y cuál sería el salario, ya que ella no podía permitir que Wayland la siguiera manteniendo.

Por fin llegó la noche del jueves. Le dijo que quería cenar en Quadrille, el restaurante romántico al que la había llevado Wayland. Phillipe no había oído hablar de él. Había quedado en ir a recogerla a las ocho a su apartamento y habían convenido que ella lo estaría esperando en el portal.

Aquella noche se maquilló con más cuidado que nunca. Se había comprado dos vestidos de la anterior colección de Roux y llevaba uno estampado en azul y amarillo con *pantys* a juego y un par de botas blancas. Tenía el pelo limpio y reluciente. Nunca había estado tan guapa. El amor la hacía brillar y le daba a sus ojos una expresión misteriosa. Estaba convencida de que aquella noche todo cambiaría.

15

Lo estaba esperando cuando él llegó con su pequeño y modesto coche negro y se apeó para abrirle la puerta. Era muy formal y educado. Se preguntó cómo discurriría una velada entera con esta persona tan sobria y tan seria y si sería capaz de hacerlo reír. Sus sentimientos hacia él la hacían sentirse protectora y confiada: parecía tan torpe y tan reprimido... Se había afeitado el rostro moreno y llevaba el pelo peinado hacia atrás, despejando su frente. Había algo especial en el ambiente, como si fueran quinceañeros en su primera cita. Sintió curiosidad por saber cómo se las habría arreglado con Josephine. ¿Le habría dicho: «Voy a cenar con la niña, que se lo ha ganado» o «Voy a invitar a Mia a cenar y no me importa lo que tú digas»?

Una vez en Quadrille, los condujeron a una mesa en la esquina, alumbrada por pequeñas lamparillas. Los camareros giraban a su alrededor, agasajándolos como si fueran una pareja de enamorados. La mayoría de los restaurantes bonitos de París hacían que todas las parejas se sintieran como enamorados, se dijo Mia, convenciéndose a sí misma para no dejarse llevar por el ambiente, pero era imposible no hacerlo. Después de unos sorbitos de vino blanco espumoso, comenzó a flotar. Estaba con el hombre más maravilloso del mundo, cenando en un lugar romántico en París. Y estaba enamorada.

—¿Cómo ha sido tu infancia, Phillipe? —le preguntó, mientras ordenaban la cena.

Él lanzó una breve risita.

—Ni te lo imaginas. Era habitual que tuviera hambre...

No siguió con el tema y, como si quisiera compensar su silencio, le cogió la mano y la retuvo con suavidad, en un gesto de padre cariñoso. Los ojos de Phillipe se clavaron en los suyos y Mia sintió que él intentaba decirle con la mirada algo que no era capaz de expresar con palabras.

—Sé que no te resulta fácil —dijo él de repente— y estoy todo el tiempo tratando de encontrar una solución.

—¿Una solución?

—Para llevar adelante el negocio, para que todos podamos trabajar juntos y contentos. La falta de espacio hace que a veces choquemos. Esta semana, algunas casas norteamericanas me han hecho ofertas para que crezcamos. Sé que acabaré por aceptar una oferta, pero, mientras tanto, trabajaremos mejor si seguimos siendo un negocio pequeño. Ya sé que no es fácil trabajar con Josephine...

—¿Te casarás con ella? —musitó Mia.

—Estamos muy unidos —contestó Phillipe y sus palabras la golpearon como un bofetón—. Mucho más unidos de lo que tú puedas comprender, a causa de nuestra infancia compartida. Hemos crecido juntos, en el mismo pueblo.

—Ya sé que piensas que soy una norteamericana malcriada que sólo ha conocido el lujo.

—Pienso que estás acostumbrada al lujo —admitió él—. La semana pasada estuve una noche con tu madre y creo que a vosotras os sería muy difícil imaginar de dónde he salido o lo que es en realidad la pobreza. ¿Has tenido hambre alguna vez, Mia? No me refiero a sentir hambre a la hora de la cena, sino a irte a dormir con hambre, el hambre que te corroe las entrañas.

—¿Tan pobre fuiste?

—Sí, lo fuimos. Y salimos de eso gracias al trabajo.

El camarero les sirvió los entremeses. De pronto ella miró el apetitoso plato que tenía delante tal como debían de verlo los ojos de Phillipe y comprendió que él debía de considerarlo un restaurante demasiado lujoso.

—Pero, si tú vendes tu prendas a miles de dólares, no puedes censurar el lujo.

—No estoy en contra del lujo —replicó él—. Estoy tratando de explicarte la actitud de Josephine hacia ti.

Mia intentaba comer, pero no tenía apetito. Con sólo mirar su cara, sus ojos, se sentía perturbada. Todo lo que sentía por él y todo lo que pensaba que él creía sobre ella le quitaba el apetito.

—Veré a tu madre en Nueva York.

—Ella piensa que te ha descubierto —le contestó Mia con tristeza.

—Mia... —dijo él poniendo sus manos sobre las de ella—. ¡Entiendo muy bien a tu madre! Hemos tenido muchas clientes privadas como ella, mujeres solitarias. ¿Sabes que he tenido ricas clientas solitarias que me encargaban una prenda a la semana a lo largo de todo un año, ¿sólo para verme?

El tono grave de su voz la envolvía mientras hablaba y la mirada serena de sus ojos oscuros, combinada con el efecto del vino, la hipnotizaba. Sintió deseos de que algún fotógrafo de *WWD* tomara una foto y la publicara con algún comentario insinuante, para que todo el mundo la viera.

—¿Subirás a tomar café?

Estaban en el coche ante el portal del edificio. La cena había pasado como un sueño. Había esperado con impaciencia el final de la cena para ver qué pasaría entonces. Por la forma en que él la había cogido del brazo, mientras daban un corto paseo por Saint Germain des Pres, de vuelta a casa, sintió que algo estaba sucediendo. Él la había conducido a través de calles oscuras y una vez más Mia había albergado ilusiones de estar con un amante, de que en algún momento se detendrían en algún portal y se besarían.

Él miró su reloj con tristeza y dijo:

—Tengo citas a las ocho de la mañana y ya son las once y media.

No era posible. No podía apearse simplemente del coche e irse a su casa.

—Me gustaría que vieras dónde vivo —murmuró.

—Sólo un momento —contestó él mientras descendía del coche con cierta renuencia, como si no lo juzgara lo más apropiado.

En el pequeño ascensor quedaron muy cerca uno del otro, pero ella tuvo la precaución de que no se tocaran, a pesar de que se sentía afectada por la proximidad de su cuerpo y por su olor fuerte y envolvente. Abrió la puerta y cruzaron el recibidor oscuro hasta su habitación. Encendió la lámpara, manteniendo la habitación en penumbras, y él cerró la puerta tras de sí.

Ahora Phillipe Roux estaba en su casa. Estaba viendo al hombre de su vida paseando lentamente por el espacioso ambiente, examinando las fotografías enmarcadas, los bocetos de sus diseños en la pared y la vista desde el tejado, y, sin embargo, no podía creer que Phillipe estuviera allí con ella.

—Es un lugar muy agradable —dijo él, sentándose en su cama.

Mia estaba sentada en una silla frente a él, contemplándolo. Tenía una expresión de tristeza mientras la miraba. «¿Por qué?», se preguntó Mia. La expresión de preocupación era un enigma para ella. ¿Por qué no hacía algo? No sería ella quien diera el primer paso y corriera el riesgo de una negativa. Tenía que partir de él. Tenía que... Mia intentó expresarlo con la mirada para que él lo percibiera; tenía que hacerle sentir lo que estaba pensando. Pero él lo sabía, lo sabía demasiado bien, advirtió de repente. Ésa era la razón por la cual se mostraba tan preocupado: no sabía qué hacer con su amor.

Se quedó sentada, mirándolo, excitada por la noche y por el vino, inmersa en un estado de felicidad mezclado con la terrible certeza de que él nunca sería suyo, disfrutando de la novedad de su presencia en su entorno familiar y a la vez temerosa de que se marchase de repente.

Y, entonces, algo le hizo perder el sentido de lo que pasaba. Deseaba tanto que sucediera, que no sabía si lo veía o si soñaba que Phillipe se inclinaba y la cogía entre sus brazos. Era tan real que podía sentir cómo ella besaba sus párpados cerrados, como él rozaba su mejilla con sus labios sensuales y deslizaba la boca hasta su cuello, y luego la cogía entre sus brazos y la estrechaba.

Sus ojos se dilataron. Phillipe la miraba, sonriente.

—Estás cansada. Tienes que dormir —dijo él.

En ese momento de semivigilia, Mia alzó los brazos hacia él, como en un sueño. Él le cogió las manos con suavidad y se sentó en el borde de la cama, mirándola con ojos escrutadores.

—¡Te quiero, Phillipe! —Jamás se habría perdonado si no hubiera tenido el coraje de decírselo—. ¡Estoy enamorada de ti!

¡Qué alivio haberlo dicho! Ya no importaba qué le contestara. Para ella el asunto había ido más allá: había podido expresar su amor. Era como liberarse de una pesada carga. Ahora todo parecía más simple.

Sus ojos se dilataron, mientras Phillipe clavaba los ojos en los suyos durante un largo minuto, sin hablar, manteniendo todavía sus manos aprisionadas. Luego se inclinó y la besó. Fue el beso más dulce que jamás habían compartido un hombre y una mujer. Ella pensó que tenía que ser así, que no podía haber nada más dulce que eso. Los labios de él contra los suyos eran tan sensuales y suaves como ella los había imaginado. Era la gloria, algo que ella no había creído posible, pero entonces él se apartó...

Cuando Phillipe habló, su tono era diferente.

—Te quiero —le dijo—. Tú representas el sueño que he tenido desde mi niñez, la preciosa muchacha rubia americana, que admiraba en el cine de mi pueblo. —Sonrió y agregó—: Entraría por la puerta trasera para mirarte, Mia, la mujer de mis sueños.

—¡Oh, amor mío, cariño! —suspiró ella y las lágrimas comenzaron a deslizarse por sus mejillas. Sus ojos expresaban al mismo tiempo tristeza y felicidad.

—Tú eres mi sueño. ¿Cómo podría preservar este sueño hasta el momento en que pueda disfrutarlo, en que podamos disfrutarlo?

—¿De qué momento hablas, cariño?

—No sé cómo puedo hacer para que formes parte de mi vida, Mia. —Abrió las manos en un ademán de desesperación y ella se las cogió—. Todo estaba planeado, todo estaba preparado, todo, excepto esto.

—¡Josephine! —gritó ella.

Phillipe asintió.

—¿Cómo sería posible de una forma honorable y amistosa...? —Hizo un gesto de desesperanza, contemplándola.

Ella se puso de pie y lo rodeó con sus brazos, apretando contra su pecho la cabeza de él.

—¡Bésame, Phillipe, ámame, cariño! —le suplicó.

Él permaneció de pie, impasible, mientras Mia besaba su cara, besaba los párpados tal se como había prometido a sí misma que haría. Sintió la calidez de su piel mientras deslizaba los labios suavemente por su mejilla. ¿Estaba soñando? Se clavó las uñas en la palma de las manos para verificarlo: no, no era un sueño. Por fin las manos de Phillipe comenzaron a acariciar su cuello, su garganta, de un modo tan temeroso, tan tierno que, a pesar de ella misma, gimió:

—¡Oh, Dios mío, tócame más, Phillipe! ¡Ámame! ¡Me moriré si no lo haces!

Algo completamente nuevo estaba sucediendo dentro y fuera de su cuerpo. Era el deseo... que se movía imparable en ella y la sorprendía. Phillipe le giró la cabeza con una suave presión de la mano, para que sus bocas se tocaran. La boca de él cubrió los labios de Mia y se quedó allí. La sensación de los labios de él contra los suyos era tan grandiosa, que era como estar sentada ante una pantalla viendo aproximarse a un gigante. La punta de su lengua se movió sobre sus labios y ella los separó con presteza, dejándole que metiera la lengua dentro de su boca y se la invadiera. Se hundió en sus brazos, entregada. Pero, de repente, él se alejó, abriendo sus ojos febriles, mirándola como si fuera el demonio enviado para tentarlo, para destruir su vida.

—¿Qué pasa? —gritó Mia—. ¿Qué está mal? Te quiero, Phillipe, te deseo y también tú me deseas, lo sé.

—¡Nunca había deseado tanto a nadie! —Cogió la mano de Mia y se la llevó a los labios. Mia sintió cómo temblaba. Él sacudió la cabeza—. Sabía que esta noche no debía subir aquí, pero soy humano: no fui capaz de resistirme.

—Te amé desde el momento en que vi tu cara en una revista.

—Y yo te amé desde el momento en que te vi en mi salón —confesó Phillipe—. Pero tengo que rechazarlo, Mia. Todavía tengo que rechazarlo. No puedo hacerle esto a Josephine, le debo todo. Tengo que encontrar una solución, tengo que encontrar la forma de no herir a nadie.

—Pero, me estás hiriendo a mí ahora mismo.

—Lo siento, Mia. De veras que lo siento mucho, pero entiéndelo.

—Lo único que entiendo es que si me quieres debes dejar de preocuparte y cogerme en tus brazos ahora, mientras tenemos la oportunidad.

Mia se levantó y lo atrajo hacia ella sobre la cama. Por un momento, Phillipe perdió el control de sí mismo y sepultó su cara en el cabello de ella. Depués le quitó la parte de arriba del vestido y el sostén, le recorrió los pechos con su cálida boca y le chupó los pezones con delicadeza, mientras colocaba su mano entre las piernas de Mia y comenzaba a acariciarla.

—¡Oh, no, no Phillipe!

«¿Es que voy a tener un orgasmo sólo con sus besos?» pensó Mia. «¿Sólo con la mano de un hombre entre mis piernas?» Él deslizó la mano por debajo de sus *pantys* y Mia se agitó contra sus dedos. Estaba a punto de llegar al orgasmo. Todo lo que había leído y pensado sobre eso durante años, le estaba sucediendo ahora. Una ola de placer creciente se estaba apoderando de su cuerpo. Se agarró de la nuca de Phillipe, cogiéndolo, abrazándolo con una pierna de manera que podía empujarse contra la mano de Phillipe para que la sensación no se detuviera.

En silencio, jadeante, amándolo, ella se entregó a la mano que la acariciaba. Se abrazó a él temblando, sujetándose con todas sus fuerzas, con los ojos cerrados, llorando. Podía sentir su cálido aliento sobre el cuello, mientras Phillipe tenía la boca apretada e intentaba quedarse quieto. Su sexo, dentro del pantalón, estaba rígido, presionando contra ella. Su perfume, su cuerpo y su olor la intoxicaban. Restregó la nariz contra su oreja, contra su cuello, mientras él seguía inmóvil. Cuando el placer la abandonó, se separó de él y él se apartó, jadeante.

Se miraron uno a otro, respirando con fuerza. La cara de Mia estaba roja, sus labios hinchados por los besos y los ojos enrojecidos por la fatiga de la sensualidad.

Había experimentado su primer orgasmo real y lo había hecho con un hombre, aunque él no había estado dentro de ella. Eso sería el paso siguiente, pero ya se sentía una mujer.

—Si realmente te preocupas por mí, deberías hacer algo.

—¡Hacer algo! —Él lanzó una desagradable risita—. Eso es muy americano. Es la gran diferencia entre los europeos y tú, Mia. Siempre queréis obtener resultados inmediatos, acciones concretas, ¿verdad? Si tuvieras una pistola, matarías a alguien o cogerías un coche y conducirías deprisa hasta cualquier sitio, sin pensar. El sexo, el matrimonio, incluso herir a alguien: nada se planea. ¿No oíste lo que te dije? Toda mi vida ha estado planificada. Era el único camino para mejorarla. Te pregunté si alguna vez habías sentido hambre. Un hombre que ha pasado hambre tiene que echar unas raíces muy profundas. Así crecí yo, y es por lo que dudo antes de tomar cualquier decisión importante.

Él miró a su alrededor, como buscando algo en la habitación, y preguntó:

—¿Hay algo para beber?

Ella buscó una botella de coñac y dos copas. Llenó la de Phillipe y vertió un poco en la suya. Él vació su copa de un trago y se sirvió un poco más. Se levantó, se dirigió hacia la ventana, la abrió y dejó que entrara el fresco aire de la noche, respirándolo a grandes bocanadas.

Regresó hasta donde estaba Mia y le cogió fuertemente la mano.

—Mia, intenta entender lo que ha sido mi vida hasta esta semana, hasta este momento.

Nunca había visto sus ojos tan llenos de pasión. Ella sólo deseaba que la cogiera entre sus brazos y la tranquilizara con caricias, pero entreveía lo importante que era para él hablar.

—Mia, te hablé del hambre, que fue mi fuente de ambición. En primer lugar, no volver a tener hambre y, después, ser alguien. Alguien, Mia. ¡No puedes imaginarte lo necesario que es! Sabía que tenía talento, Mia, de la misma manera que tú sabes que lo tienes. Pero mi talento significa mucho más para mí. Es un pasaporte para un mundo mejor. Trabajé duro, más duro de lo que puedas imaginarte, para que por fin París me aceptara. Quería poder abrir la boca sin que se burlaran de mí. Cuando llegué aquí, no sabía nada. Era un simple obrero en un taller, tan inmaduro como esas chicas con las que has trabajado, pero el recuerdo de la pobreza me llevaba hacia adelante, trabajando y trabajando.

Bebió otro sorbo de coñac.

Mia puso su mano sobre las rodillas de Phillipe, pero sintió que él no quería que lo tocara. Se dio cuenta de que se alejaba. Seguía intentando explicarle que no podían ser amantes, aunque ella no quería oírlo.

—Josephine se unió a mí apenas alcancé una posición en Dior —continuó él—. Encontré *chambre de bonne* barata. ¿Sabes lo que es eso? Una pequeñísima habitación de criada en el piso más alto de un edificio. Ni siquiera tenía agua corriente. Josephine llegó y me dedicó su vida. Cuando llegó era tan inmadura como lo había sido yo y tuve que enseñarle el camino. ¡Me conocía tan bien, Mia, por dentro y por fuera! Ella me amaba y siempre me había amado. Me veía crecer, sentirme cada vez más seguro de mí mismo. Tenía que vivir con la idea de que yo algún día podía superarla, porque ambos sabíamos que yo tenía talento y ella sólo podía aspirar a ser costurera. Para contrarrestar esto, me ofreció todo su amor, toda su atención y llegó a serlo todo para mí, mi amante, mi madre, mi hermana, mi hija. He estado tan solo en París que agradecía su amor y lo necesitaba. Me alimentaba. Pero no éramos lo mismo. Yo no la amaba de una forma romántica, estaba reservando este amor para ti, Mia, ¿lo entiendes? Quizás esperaba que ella llegara a conocer a otros hombres, pero debía conocerlos sola. Pero para Josephine no hay otros hombres: ella moriría por mí. Jamás podré abandonarla...

Mia cogió la mano y se la llevó a la boca, sintiendo con sus labios la cálida palma. Bien podía imaginarse a Josephine muriendo por él. También ella habría podido morir en ese momento. Lo deseaba tanto que su corazón palpitaba y le dolía la cabeza.

Se echó en sus brazos llorando.

—¿Y yo qué, Phillipe?

Él la besó una vez más en la boca y enseguida la apartó.

—¿Es que no lo entiendes? —gritó muy enfadado.

¿Por qué la vida la trataba así? Ahora que él la tenía abrazada y la miraba de la forma que siempre había soñado, no podía disfrutar de ese momento. Él no podía prometerle nada, porque una vez había tenido hambre y había sido pobre. ¿Por qué no podía ser de ella? Su intrincada relación con Josephine parecía más asfixiante que la de un matrimonio. Se abandonó a esos ojos ardientes durante otro maravilloso minuto. Tenía que recuperar el control si no quería volverse loca. Contó despacio hasta treinta, mientras descansaba en sus cálidos brazos, cerca de su pecho, disfrutando y a la vez lamentando cada segundo.

—¡Déjame, entonces! —dijo por fin, colocándose el vestido y poniéndose de pie. Abrió la puerta de la habitación y agregó—: Será mejor que te vayas.

Él se levantó sin dejar de mirarla.

—Sí, sí, me voy, pero dame tiempo, no debes olvidar que nosotros...

—¡Oh, Phillipe! —Lo acompañó a la puerta con decisión—. ¿Olvidar? ¿Es que no sabes que sólo pienso en ti?

En la puerta, él se volvió y la besó una vez más.

Todavía con la sensación de los labios de Phillipe en los suyos, corrió a su habitación y se hundió en un sopor de agotamiento no bien se estiró. Su cabeza oscilaba entre sueños y pesadillas. Phillipe estaba en todos ellos, intentando alcanzarla, pero no lograba tocarla. Algo se interponía siempre entre ambos; una pared de cristal, trenes que no llegaban a destino o ascensores que se detenían. Cuando se despertó a la mañana siguiente, la cabeza le latía con fuerza. Él no sería suyo, lo sabía: un dolor profundo e intenso se lo predecía. Podría ser que la amase, pero estaba demasiado controlado y era demasiado disciplinado, estaba demasiado sometido al control de Josephine para que pudiera ser libre. Se estiró y escondió la cabeza entre las almohadas, en las que todavía había rastros de su colonia. El aroma hizo que se estremeciera y que no sintiera deseos de abandonar la cama hasta estar segura de encontrar un lugar seguro, protegido, donde el dolor no pudiera alcanzarla...

Aquella mañana, un poco más tarde, se arregló con cuidado para aparecer ante los ojos críticos de su madre. Audrey le había prestado un vestido negro y se echó sobre los hombros un chal de cachemira de color morado, regalo de Wayland. Se lavó los ojos con agua fría y se los maquilló ligeramente. Debía ahuyentar a Phillipe de su cabeza por esa mañana, para que su madre no pudiera entristecerla.

Cuando Coral abrió la puerta, el intenso olor de las velas Rigaud la golpeó con un recuerdo nauseabundo. Coral se inclinó hacia ella y le puso la mejilla para que se la besara.

—¡Qué temporada! Ayer envié a Virginia a Nueva York —le dijo— porque ya me estaba poniendo nerviosa. Wayland y yo nos marcharemos esta tarde. Él se ha quedado una semana más por mí. ¿Verdad que es encantador por su parte? Con él el vuelo resultará menos pesado. Jugamos a las cartas y bromeamos.

Mia echó un vistazo a un montón de pruebas de contacto que estaban sobre la cama y dijo:

—¿Puedo ver algo de lo que fotografiaste de Phillipe?

—Virginia se llevó casi todo el material con ella. —Coral colocó rápidamente su bolsa de maquillaje sobre las fotografías—. Pero, ¿qué llevas puesto? ¿No te parece que el negro es demasiado serio para tu edad?

—Me encanta el negro. ¿No eran maravillosas las fotografías? He oído que hiciste un montón de fotografías...

—Le he enviado algunas a Phillipe y supongo que te las habrá enseñado. ¿Acaso no estáis muy unidos?

—Es probable que las tenga Stephanie. Ella se encarga de los asuntos de prensa.

—¡Perdóname! Olvidé que tú eras la diseñadora —le dijo con ironía.

Mia comenzó a protestar, pero luego pensó: déjalo estar, nada cambiará las cosas. Me basta con saber que amo a Phillipe y que él me ama a mí.

Coral cogió un bolso negro de cocodrilo y metió en él algunos pañuelos de cuello y unos pendientes que estaban sobre la cómoda. Mia se sentó en la cama deshecha, que olía a Joy.

—¿Mostrarás muchas de las ropas de Phillipe? —le preguntó a su madre.

—Tantas como pueda —contestó Coral—, aunque los otros salones se enfurezcan. Probablemente Saint Laurent nos prohibirá la entrada, pero esta vez no me importa. Tengo que hacer lo que me dice mi corazón...

—¿Tu corazón o tu olfato para la moda? —inquirió Mia.

Coral se estaba comportando de una manera extraña, esquivándola, rehuyendo su mirada.

—Ambas cosas —respondió Coral—. Es devastadoramente atractivo, ¿verdad? Creo que nunca he conocido a un hombre más bello.

Mia clavó los ojos en los de su madre, sin decir una sola palabra.

Coral la miró con aire acusador y le dijo:

—A propósito, Phillipe niega totalmente que tú hayas tenido algo que ver con los diseños. De modo que no contaré esta historia a mucha gente.

—¿Y tú le crees? —preguntó Mia.

—¿Por qué tendría que mentirme?

Mia se levantó.

—Entonces me voy. No podría comer con alguien que piensa que soy una mentirosa, en especial si se trata de mi propia madre.

—No te estoy llamando eso, por favor, Mia. —Coral la cogió por los brazos y la sujetó—. Lo que pienso es que a veces mezclas la realidad con la fantasía. —Soltó a Mia y se arregló el pelo en el espejo—. Tengo que reconocer que él es un genio.

—Estoy de acuerdo, pero aún necesita mis ideas.

Coral la interrumpió.

—Dejemos de discutir sobre esto. Él visitará Nueva York muy pronto y entonces sabremos la verdad. Lo conoceré mucho mejor en mi propio terreno.

Mia la miró fijamente y le preguntó:

—¿No se irá a hospedar en tu casa?

—Creo que podremos instalarlo en la habitación de algún

hotel, incluso en una *suite*. Depués de mis reportajes en la revista, será una superestrella.

—Pero, ¿qué intentas hacer? ¿Acapararlo?

Coral empezó a mirar sus labios en el espejo, dibujando el contorno con un lapicero rojo oscuro.

—Aquí hacen una ensalada maravillosa. Comeré eso o una de sus fantásticas tortillas...

Mia inquirió con cautela:

—¿Josephine irá con él a Nueva York?

—No hemos hablado de esos detalles.

—¿No lo hiciste? —preguntó Mia con tono burlón—. Entonces no sabes que ellos son algo así como un matrimonio.

—¿De verdad? ¡Lo dudo! —Miró a Mia en forma esquiva—. Incluso en la liberalísima Francia es bastante raro que ocurra esto.

—¿Por qué?

—¿Es que aquí no es ilegal casarse entre hermanos?

Mia sintió que se derrumbaba. Se apoyó con una mano en la pared.

—¡Estás loca! —le gritó—. ¡No sabes lo que dices! —Pero, mientras hablaba, algo le parecía que debía de ser verdad. Y eso lo explicaría todo. La torpeza de Phillipe la noche anterior, la extraña tensión entre ellos, la fiereza de Josephine y sus celos protectores...

Se prometió a sí misma que se lo preguntaría.

—Mia, soy una periodista de modas y tengo espías en todas partes. Créeme, Josephine Roux es la hermana de Phillipe. Si él quiere ser alguien en América, deberá tener muchísimo cuidado. Le aconsejaré que nos visite sin su hermana. Puede ser mi acompañante.

—¿Por qué estás haciendo tanta comedia para él? ¿No te das cuenta de que yo lo amo? —gritó Mia—. ¿Eso no te importa?

Coral la miró con agudeza.

—Pero, ¿cómo puedes amarlo después de lo que sabes ahora? Es un hombre complicado y raro, no te conviene. Creéme, Mia. Lo lanzaré en la escena americana, si se decide a jugar fuerte.

—Es el único camino que te queda para conseguir a un hombre: ofrecerle algo.

Coral se le acercó y la agarró del brazo.

—No quiero que me hables así, Mia. No está bien que una hija le hable así a su madre.

—Pero, ¿realmente crees que te considero mi madre? —Mia se echó a reír en su cara—. Para mí eres un enemigo al que todavía estoy atada. Y seré feliz si no vuelvo a verte nunca más. Estás intentando robarme a Phillipe. ¿No te bastó con matar a mi padre?

—¿Qué yo lo maté? —Coral la agarró con fiereza y la sacudió con furia—. Me has estado culpando de eso durante todos estos años.

—Sí, te considero culpable. Él no habría tenido que marcharse a California si tú hubieras sabido amarlo.

Coral empujó a Mia a un lado y se levantó, pálida de rabia.

—Yo tampoco te consideré a ti nunca como una hija. ¿Sabes lo que representas para mí? Perdí la oportunidad de ser la editora jefe de *Divine* hace años por el embarazo. Tú también has sido el recordatorio constante de un matrimonio malogrado. Siento haberte tenido. Y no entro en competición contigo por Phillipe porque él está fuera de tu alcance. ¿O es que piensas que él necesita a una virgen con fobias?

—¡Él me ama y yo lo amo! —gritó Mia.

—Estarás de acuerdo conmigo en que es tan bueno en la cama como haciendo ropas...

—¿Cómo lo sabes? —vociferó Mia—. Phillipe no ha estado contigo en la cama.

Una oleada de rabia la sacudió con una fuerza incontrolable. De repente, quiso herir a Coral de la manera más feroz posible, pero las palabras no eran suficientes para lograrlo. Sintió bajo sus dedos un pesado cenicero de cristal.

Coral se dirigió deprisa al salón y cogió la chaqueta de Phillipe.

—¡Devuélvesela! —dijo al tiempo que se la arrojaba—. Se la dejó aquí la otra noche, después de haber hecho el amor de la forma más apasionada y maravillosa que he conocido.

Mia aulló:

—¡Mentirosa! ¡Eres una mentirosa!

Coral pasaba por delante del espejo que cubría toda una pared del salón, cuando Mia le arrojó el cenicero con todas sus fuerzas. No intentaba golpearla, sólo asustarla pasándole muy cerca de la cara. Y no la golpeó, pero rompió el espejo con gran estrépito y muchos cristales volaron y se incrustaron en la cara de Coral. El espejo se derrumbó, llenando la habitación de brillantes fragmentos.

—¡Eres una lunática! —chilló Coral, bamboleándose, con las manos en la cara y los dedos empapados en sangre—. ¿Qué me has hecho?

Mia la miró azorada por lo que había hecho. Coral dio unos pasos hacia el dormitorio y cayó al suelo, rasgando con las uñas los laterales de seda del cubrecama. Mia corrió hacia ella y miró aterrorizada su cara ensangrentada. Aun sin saber nada de heridas o de cirugía plástica era fácil comprender que a Coral le quedarían cicatrices de por vida. Llena de pánico, se precipitó a la otra habitación de la *suite*.

—¡Espera! —le gritó Coral. Se incorporó con un enorme esfuerzo, sosteniéndose de la cama con una mano, con los ojos llenos de dolor y de ira—. ¡Estás terminada! —le dijo a su hija—. ¡Nunca volverás a trabajar en el mundo de la moda! ¡Aunque sea lo último que haga!

Mia movió la cabeza intentando que de sus labios saliese una disculpa. Después huyó de esa escena de pesadilla y corrió, corrió como nunca lo había hecho antes en su vida. Atravesó los corredores, tropezó con los carros de las doncellas, pasó por las puertas de emergencia y bajó volando por las escaleras de servicio. Corría mientras sollozaba, sin respiración. Deseaba que las escaleras nunca terminaran. Deseaba correr y correr, hasta llegar al infierno...

Sin saber cómo, cogió un taxi y le dio su dirección. Entró corriendo en el cuarto de baño de su apartamento y se vio a sí misma como una mujer loca que se contemplaba en un espejo. No importaba cuánto odiara a Coral en ese momento: no podía permitir que muriera desangrada sobre una alfombra de Crillon. Marcó el número del hotel y preguntó por Wayland Garrity. Gracias a Dios, estaba.

—Wayland —dijo tartamudeando, casi incoherentemente—. Por favor, llama a un médico para que vaya a la habitación de mi madre. Ha habido un accidente.

Colgó en el momento en que él le preguntaba qué tipo de accidente.

Sabía que la dueña del apartamento utilizaba pastillas para dormir y encontró un bote de cristal en el armarito del cuarto de baño. Estaba casi lleno. ¡Por favor, Dios mío, haz que sean suficientes! Se puso las doce pastillas en la boca y las tragó con agua. No podía seguir adelante. La noche anterior había creído que tenía todo lo que esperaba de la vida: trabajar con un diseñador de moda, estar enamorada de él, saber que también él la amaba. Hoy el aire de París lo había disipado todo de la forma más terrible y brutal. Se echó en la cama, donde sólo unas horas antes Phillipe había hecho el amor con ella. Imploró: ¡Qué surtan efecto las pastillas! ¡Por favor, Dios, déjame morir!

Segunda parte

16

—Pero tú has vivido para contarlo —le dijo Wayland con gentileza, sorbiendo su bebida.

—Sí, pero yo no llamo a esto vivir; lo llamo subsistir —dijo Mia.

Wayland la miró durante un momento y después se rió.

—Por supuesto que vives. Me sentiría feliz si después de tomar doce pastillas no hubiera hecho más que dormir. ¡Bienvenida a la tierra de los vivos! —le dijo abrazándola.

Tres meses después del intento de suicidio, estaban sentados en el piso de Wayland, contemplando los últimos rayos del sol de octubre. Era viernes por la noche en Manhattan y la ciudad estaba en calma, esperando el fin de semana. Wayland había hecho redecorar su piso con losas de mármol de color coral y sofás de terciopelo en gris oscuro. Rosas blancas perfumaban el aire. Mia acababa de llegar de París aquella mañana. Todavía sentía molestias en los oídos por el ruido del avión. Aún no quería hacer planes; prefería quedarse en blanco, tan en blanco como había estado desde aquel terrible día en París. Wayland le echó una mirada de curiosidad.

—¿Querías realmente morirte?

Mia se encogió de hombros.

—Pensé que luchar en contra los problemas cotidianos no tenía nada de maravilloso...

Se recostó en el suave sofá, mientras Wayland le alcanzaba un poco más de hielo. De alguna manera, era un gran alivio estar de vuelta en Nueva York. Recordó el día en que la dueña del apartamento la había encontrado y había llamado a su médico, quien a toda prisa le había hecho un lavado de estómago. Había resultado una experiencia increíble: volver a vivir, cuando había deseado tanto morir. Cuando todo hubo pasado, Mia le suplicó que no informara del incidente. La señora Bella le había entregado al médico un billete de diez mil francos doblado.

—Las cosas se arreglan aquí de esta forma —le explicó más tarde.

Mia estuvo en cama unos cuantos días, débil y sintiéndose mal. No había querido recibir las llamadas de Phillipe ni de Stephanie. Se les dijo que tenía gripe.

—No podía enfrentarme con Phillipe, después de lo que mi madre me había dicho —le comentó a Wayland—. Quería salir corriendo, pero sabía que antes tendría que verlo. Habría sido una cobardía escapar.

—¡Pobre niña, mía! —la reconfortó Wayland, al tiempo que añadía algunos cubitos de hielo a la bebida.

—Fuiste la primera persona a la que llamé, para saber qué le había pasado a mi madre. Estaba enferma de preocupación.

—¡Oh, ella sobrevive! —Wayland tragó un largo sorbo de su bebida—. Tendrías que haberte preocupado por mí. No quiero volver a pasar otra vez algo como aquello. ¡No sabes lo que fue subirla al avión! El American Hospital la llenó de analgésicos y estaba tan profundamente sedada y tan cubierta de vendas que apenas podía ver por dónde iba. Era peor que Joan Crawford en *Un rostro de mujer.* Antes de que saliéramos de París me hizo llamar a ese cirujano plástico de Nueva York. Parece ser que es el mejor del mundo. Él me contestó que no podría darle un turno en tres años, pero Coral me arrebató el teléfono y se las arregló para que la viera aquel mismo día. El vuelo fue una auténtica pesadilla. Cogimos un taxi desde el aeropuerto Kennedy hasta su clínica privada y la operó enseguida. Ella sigue diciendo que le va a dar un espacio en la revista.

—¿Y? —insistió Mia—. ¿Cómo quedó?

Wayland se encogió de hombros.

—Pasó dos semanas con vendajes, tomando megadosis de vitamina C. Todo el mundo pensó que se había hecho una cirugía estética. Después de quitarle los vendajes, vimos que no había quedado tan mal: una cicatriz en zigzag, cerca del nacimiento del cabello...

—¡Oh, Dios! —Mia se tapó la cara con las manos.

—El problema más importante es que ella piensa que no ha quedado bien. Insiste en decirme: «Ahora soy imperfecta y ya sabes lo que el mundo de la moda piensa de las mercancías imperfectas». Se toca la cara continuamente, disimula la cicatriz con un pañuelo o un sombrero y pregunta si se le ve la cicatriz.

Wayland fue en busca de la coctelera y vertió en un vaso lo que quedaba.

—Acabará por acostumbrarse... —agregó mientras llenaba el vaso de Mia con Perrier.

Mia meneó la cabeza.

—Era lo único que le faltaba a nuestra relación. Me odiará hasta la médula y con razón. Nunca me lo perdonaré.

—Estoy seguro de que en el fondo de su corazón ella sabe que no querías herirla —dijo Wayland tratando de confortarla—. Cada día fuma más hierba y lo justifica diciendo que calma sus nervios. Parece tan decidida a seguir el último grito de la moda que a veces pienso en ella como en una joven de cuarenta y cinco años, con su minifalda y sus botas, colocada todo el día, mezclándose con esas apestosas estrellas del pop. Colin Beaumont me habla de la moda y me tiene al día sobre los años sesenta, pero en realidad me parece horroroso. Odio la ropa de hoy.

Mia levantó el rostro hacia él.

—Wayland, ella me juró que nunca más podría trabajar en el mundo de la moda. Sé que es tremendamente poderosa y necesitaré un trabajo aquí, ¿qué voy a hacer?

—¡Cálmate, gatita! —Se acercó y le palmeó la rodilla—. Coral es importante, pero no es Dios. Siempre habrá un lugar para ti en HQ, en especial ahora que has trabajado en París como diseñadora.

—Te matará, si piensa que me estás ayudando.

—No tiene por qué saberlo todo. Pero, dejemos de hablar de Coral. Me gustaría saber algo de ti. ¿Es verdad que has terminado con Phillipe Roux?

—Por supuesto, todo ha terminado.

Ella intentó aparentar firmeza, pero incluso escuchar el nombre de Phillipe le produjo un dolor helado. ¿Podría realmente terminar con Phillipe? ¿Podría romper una parte de su corazón? Había pospuesto muchas veces su último encuentro con él.

Por fin se había obligado a verlo. Sintiéndose enferma, se encaminó con lentitud por la Avenue Marceau hasta el salón. ¿Qué razones alegaría para marcharse? Había tratado de ensayarlas dentro de su cabeza. «Phillipe, no puedo trabajar para un hombre que comete incesto.» No. «Phillipe, jamás podría amar a un hombre que hace el amor con mi madre.» No. Simplemente le diría que la había decepcionado en todos los niveles y le devolvería la chaqueta, que por cierto no recordaba haber cogido de la *suite* de Coral.

Stephanie le abrió la puerta. Eran casi las cinco de la tarde y el salón estaba tranquilo y en calma.

—¿Te marchas? —le preguntó Stephanie, haciéndola pasar a su pequeña oficina—. ¿Es así, verdad?

Mia asintió y Stephanie le dijo:

—No sé por qué te vas, pero me entristece. Trabajar para esos dos no es fácil, lo sé, pero...

Sus ojos claros de largas pestañas miraron a Mia en forma expectante.

—Un día hablaremos de ello —prometió Mia.

Stephanie se encogió de hombros.

—No hay nada para discutir, en realidad. Él destroza a las personas, mejor dicho a las mujeres. O una le entrega la vida a él o... —alzó las cejas— o una escapa. ¿Trabajarás para otro salón? ¿Para Courrèges, quizá? Phillipe se pondrá muy celoso.

Cuando Phillipe la llamó a su estudio, le temblaron las rodillas y sintió que se mareaba. Para su tranquilidad, el estudio estaba vacío. Sus bocetos todavía colgaban de las paredes, junto a pequeñas muestras de materiales. Phillipe cerró la puerta detrás de ella, sonriéndole con ternura.

—¿Se te ha pasado la gripe? Se te ve bien.

Ella tragó saliva y lo miró fijamente a los brillantes y cálidos ojos. Él se aproximó y apoyó sus cálidas manos en sus brazos. Ella retrocedió un paso.

—Mia, estamos teniendo un enorme éxito. Tenemos docenas de nuevas clientes privadas. Incluso la duquesa de Windsor se ha mostrado interesada. He hablado con su secretaria y le he dicho que no le haría ningún descuento. Tu madre ha encargado seis modelos. La Begun Khan ha encargado ocho. Hemos contratado personal extra y estoy negociando con el piso de al lado, para ver si podemos construir un nuevo estudio y convertir esta habitación en un segundo taller. Y estoy redecorando para ti una habitación en el piso alto, para que tengas un lugar digno, no un armario. Necesito que empieces a trabajar ya en las colecciones de punto, que acordamos hacer para Japón. Headquarters de Nueva York quiere que nosotros...

—Me marcho, Phillipe —dijo ella.

El rostro de él se transfiguró.

—¿De qué estás hablando? ¿Necesitas unas vacaciones?

Ella negó lentamente con un movimiento de cabeza, sin dejar de mirarlo.

—No, quiero decir que te dejo. Quiero abandonar tu salón.

Él preguntó con dulzura:

—Pero, ¿por qué?

La mirada de Phillipe penetró en su corazón, con una expresión inocente e intensa, pero al mismo tiempo perdida. Aquella mirada surtió en Mia el mismo efecto de siempre. Lo único que deseaba era arrojarse en sus brazos. Parecía tan herido, tan sorprendido, que incluso pensó que debía pedirle perdón por haber osado pensar en dejarlo.

—¿Es que algún otro salón te ha ofrecido algo mejor?

Ella lo miró con furia.

—¿Tienes miedo de eso? No, no es por eso, en absoluto. Creo que tú sabes muy bien por qué debo marcharme...

Él se encogió de hombros, comenzando a enfadarse.

—Pero no lo sé. Lo único que sé es que he empezado a preparar una habitación para que trabajes cómoda. Intento ofrecerte un salario mejor, gracias al éxito de esta temporada. También sé que la noche que estuvimos juntos alcanzamos un buen entendimiento. Mia, ¿es que no nos dijimos uno al otro las palabras más importantes que pueden decirse un hombre y una mujer? —Cubrió la mano de Mia con la suya.

Ella retiró la mano.

—Me dijiste que estabas atado a Josephine —gritó ella—. ¡Atrapado por el honor! ¿Qué se supone que debo hacer? ¿Estar todo el tiempo a tu alrededor y adorarte?

—Ya veo —dijo él con aire grave y preocupado—. ¿Es por eso que te vas? Has dejado que tus emociones se interpongan entre tú y tu trabajo.

—Ésa es sólo una razón. —Se agachó y sacó de su bolso la chaqueta de Phillipe—. Ésta es otra.

Él cogió la chaqueta y puso mala cara.

—¿Esto te lo dio tu madre?

—Ahora ya sabes que estoy enterada de todo.

—No sucedió nada entre tu madre y yo, Mia —aseguró él—. En realidad, creo que ella pasó un mal rato, pero eso no importa ahora. Es sólo un chisme. Ella admira mi ropa y su revista publicará muchos modelos que se podrán conseguir en HQ. Firmé un contrato exclusivo para Nueva York con el amigo de tu madre, el señor Garrity...

—Maravilloso —dijo Mia, de un modo inexpresivo—. Me alegro por ti.

—¡Oh, Mia!, ¿por qué estás tan enfadada? ¿Porque quiero progresar?

Ella respiró profundamente.

—Estoy tratando de explicarte todas las razones por las que quiero marcharme. A la gente que me llama aquí se le dice que no trabajo para el salón...

De inmediato, él se mostró avergonzado.

—Tengo la culpa de eso, lo admito. Seguí las indicaciones de Josephine y de tu madre. Ellas dijeron que, si yo compartía el éxito de los diseños, eso disminuiría el interés por mí.

—¡Eso es una vergüenza! ¡Tú utilizaste todos mis diseños!

—Sí. Pero primero debemos afianzar el nombre de la casa y más tarde reconoceremos el trabajo de cada uno.

—Eso es demasiado injusto... —dijo ella.

—No, no lo es. Es habitual en este tipo de negocios. Algunos salones tienen diez o doce jóvenes diseñadores trabajando en el estudio y, si son buenos, acaban llegando a la cumbre.

—No quiero trabajar para alguien que me engaña.

Se levantó y se dirigió hacia la puerta, pero él la cogió del brazo.

—Mia, ¿es que no has mentido alguna vez en tu vida?

Ella se soltó.

—Pero no a ti, Phillipe —respondió, abriendo la puerta.

—¿Piensas que vas a irte así? —gritó él—. ¿Qué te irás de mi vida? —La miró intensamente a los ojos y la cogió por los hombros—. ¡No te dejaré marchar!

—Me voy —repitió Mia, tratando de convencerse a sí misma, y, con esfuerzo, se apartó de él.

Él la siguió y volvió a cogerla por el hombro.

—Puede ser que regreses a América, pero de aquí... —se golpeó la frente— y de aquí —puso la mano sobre el corazón—, nunca te dejaré salir, Mia.

Mia se alejó del estudio, luchando consigo misma por no volverse para mirarlo.

—¡Siempre serás mía, en el sentido más profundo! —le gritó él.

Se alejó por el pasillo, con el rostro bañado en lágrimas, pero él la alcanzó:

—¡No puedes dejarme! —suplicó él, inclinándose sobre su cuello.

Ella intentó no sentir nada mientras sus labios besaban suavemente su mejilla. Todo su cuerpo tembló.

—¡Oh, Dios! ¿Por qué sólo lo has dado todo cuando ya es demasiado tarde? —gritó ella.

Sabía que llevaría el roce de sus labios durante el resto de su vida. Se separó de él y echó a correr escaleras abajo, atravesando el patio. En la calzada, tropezó y casi se cayó, imaginando que él la perseguía y la llamaba por su nombre. Se dejó arrastrar entre una multitud que se dirigía por l'Étoile hasta el metro. Dejó que la multitud la envolviera, sin importarle dónde la llevaba, y fue empujada dentro de la estación de metro hasta un tren. Cualquier lugar era mejor que regresar a casa. Se bajó en Montparnasse y caminó por los amplios y casi desiertos bulevares. De pronto, se dio cuenta de que estaba llegando a La Coupole.

El café estaba a rebosar, con el interior muy iluminado y acogedor. Mia se abrió paso entre las mesas de afuera, deslizándose entre filas de caras interesadas que se volvían a su paso. Se escurrió, entre el ruido y las luces, hasta el lavabo de mujeres. Unas cuantas mujeres se encontraban frente a los espejos que había sobre los lavabos de mármol, corrigiendo con ojo crítico la pintura de sus labios o el peinado. Mia hurgó en su bolso, buscando un cepillo; al levantar la mirada, vio su rostro demudado en el espejo. Cerró los ojos y lanzó un breve suspiro. Una chica con una mata de pelo rubio la cogió por el brazo y le preguntó:

—*Ça va pas?*

—*No. Ça va, merci* —masculló Mia, intentando sonreír.

Salió. Él le había dicho que nunca la dejaría marcharse. Una parte de ella estaba disgustada porque él no la había forzado a quedarse. Ahora, se dijo a sí misma, era el momento de comenzar una nueva vida, una vida que no girara alrededor de él, pero no estaba segura de poder hacerlo. Se sentó en una mesa vacía y pidió un chocolate caliente, pensando que su dulzura podría reanimarla. Cada vez que intentaba pensar en el futuro, sentía un vacío en su cabeza. Dos horas más tarde cogió un taxi hasta su casa, agotada.

Había esperado que Phillipe la llamara, pero después de algunos días comprendió que no lo haría. Se preparó para regresar a Nueva York, pero se permitió a sí misma unas cuantas semanas en París, descansando y disfrutando de la ciudad que ahora tenía un sabor agridulce. Cada vez que salía del apartamento se imaginaba que encontraría a Phillipe esperándola. Incluso mientras subía las escalerillas de metal del avión, esperaba verlo aparecer para detenerla. Ya en la puerta, se volvió para echar una última mirada al cielo de París, a sus esperanzas, a sus ilusiones, a su alma.

—Y ahora has vuelto a tus raíces —le dijo Wayland tragándose lo que le quedaba de cóctel—. Deseo que me permitas organizar una pequeña fiesta de bienvenida. Podrían asistir Mackenzie Gold, David, Colin y todos los compañeros que conociste en Macmillans.

—De momento, prefiero estar tranquila y no ver a nadie.

—No te irrites, gatita —la calmó Wayland—. Las personas de cuna humilde como Roux siempre aspiran al máximo.

—Bien, ahora lo tiene —respondió Mia, señalando el *WWD*, que estaba sobre la mesita del café con un gran titular: «Roux hace enloquecer la moda».

—¡Déjalo estar! —aconsejó Wayland con un suspiro—. A pesar del Rolls blanco, de la mansión en la Costa Azul y del ático en Passy tiene que compartir la mesa con esa repugnante mujer, Josephine. ¡Ajj...! No puedes imaginarte los esfuerzos sobrehumanos que tuvimos que hacer Coral y yo, cuando estuvieron aquí, para no estrangularla allí mismo.

Mia se volvió en el sofá para mirarlo.

—Será mejor que me cuentes toda la historia de la visita de Phillipe.

Phillipe Roux había llegado a Manhattan a finales de agosto, con el mayor montaje publicitario que ningún diseñador francés había tenido desde Dior. Coral lo había jurado. Doce páginas de sus diseños en el número de *Divine* de París lo habían situado como el diseñador de los sesenta, eclipsando incluso a Mary Quant y a Ives Saint Laurent. La prensa decidió hacerlo responsable de cada movimiento en la moda: la minifalda, el Mod Look, el Skinny Look y el Majorette Look. Para la prensa era mucho más simple acreditárselo todo a una persona. Phillipe llegó a ser el sumo sacerdote de la moda.

HQ lanzó las ropas de Roux en Nueva York, con páginas enteras de publicidad en los periódicos. Vallas publicitarias y autobuses difundieron por toda la ciudad las fotografías de sus prendas en los flexibles cuerpos de las bailarinas. La campaña divulgó el nombre de Phillipe Roux en la mente de todos los neoyorquinos.

Las celebridades de Nueva York habían encargado ropa a París. Jackie Kennedy y la duquesa de Windsor se fotografiaron con sus modelos. Mujeres de todas las edades parecían enamoradas de sus ropas y las modelos suplicaban a Coral que las utilizara en la gala de presentación de la colección de Roux, que ella había organizado.

Coral todavía seguía muy preocupada por su cara. Cuando su ansiedad crecía, visitaba a maquilladores y peluqueros para disimular la rosada cicatriz en zigzag. Para su cita con Roux eligió una gorra de angora negra, sujetada a su pelo corto con horquillas de diamantes. Le daba un aspecto fresco y juvenil que armonizaba bien con su nuevo modelo de chaqueta y vestido gris de Roux. Una hora más tarde de que Roux se hubiera registrado en el Pierre, ya estaba allí.

Phillipe la esperaba en el bar. La vio y caminó hacia la entrada para saludarla. Ella se sintió sin respiración cuando lo vio.

—¡Phillipe, querido! —gritó. Lo abrazó y lo saludó con un par de besos generosos, a cada lado de la mejilla.

La espalda de Phillipe estaba tensa y en su boca había un esbozo de sonrisa. La cogió con delicadeza del codo y la condujo hacia el bar.

—No quiero beber nada, querido. ¡Vayamos directamente a tu habitación! ¡Tenemos tanto que discutir!

—Estamos en el bar, Coral —respondió él, sin dejar de conducirla hacia el bar.

—¿Estamos? —repitió ella.

Él la llevó hasta una mesa donde una mujer con pelo negro y expresión seria esperaba sentada.

—Mi colaboradora, Josephine —le dijo presentándola.

La sonrisa de Coral se congeló por un instante. Después, aceptando la situación, volvió a reír ampliamente.

—¡Bienvenida a Nueva York!

Cogió la mano de Josephine, que se levantó para saludarla.

—*Enchanté*! —le contestó Josephine.

—¡Qué agradable sorpresa, Phillipe! —le dijo con amabilidad.

—Josephine tenía muchas ganas de conocer Nueva York.

—¡Felicidades por tu increíble éxito! —exclamó Coral—. ¿Habéis visto los cartelones mientras veníais? ¡Las modelos son bailarinas del New York City Ballet, nada menos!

—Te debo muchísimo —le dijo Phillipe, inclinando la cabez hacia ella.

—¿Te refieres a mis doce páginas? Supongo que es un buen comienzo... —replicó Coral, aparentando modestia.

El pequeño bar era oscuro e íntimo. Se les acercó un camarero. Coral echó un vistazo a sus vasos de Perrier y pidió un martini triple.

Josephine le lanzó una mirada suspicaz, entre inquieta y confiada. Coral pensó que se comportaba como si Phillipe le perteneciera.

—*Voulez-vous voir l'*Empire State?

—*Je veux bien, madame.* —Josephine abrió los ojos con agrado—. *Quand est-ce que vous pouvez l'arranger*?

—*Je...* —Coral frunció el entrecejo y enseguida se echó a reír—. Esto es ridículo. *C'est ridicule!* En realidad, Phillipe, no sé suficiente francés, tendrás que traducir.

Inclinó su gorra hacia un lado y apoyó la cara sobre la palma de las manos. Sin darle tiempo a Phillipe para responder, continuó:

—Tenemos marcado un calendario. Hay una gala de caridad para un pase de tus vestidos el lunes. Allí ofreceremos el primer premio de *Divine*; habrá entrevistas y hemos encargado a Irving Penn para que te fotografíe. Sí, y también *Vogue* y *Harper's Bazaar* harán fotografías.

—¿Por qué tanto interés en mí? Deberían fotografiar los modelos.

Ella se rió y dijo:

—En América nos gustan las personalidades y eso es lo que tú eres ahora. Trata de acostarte temprano el martes. No puedes aparecer cansado ante Penn, porque el objetivo de su cámara es implacable. ¿No hay nadie que pueda hacer de niñera para tu asistente...?

Phillipe se encogió de hombros.

—No te entiendo...

Coral lo miró intencionadamente y le dijo:

—Es la única manera de que podamos disfrutar de un rato juntos, tú y yo.

Cuando llegó su bebida, la cogió y, mirando a Phillipe a los ojos, exclamó:

—¡A tu salud!

Josephine la taladró con la mirada.

Coral dio un largo trago. Poseía una increíble habilidad para hacer caso omiso de la gente. Tenía mucha práctica; había experimentado en Nueva York y en París, cuando tenía que encontrarse rodilla contra rodilla con sus enemigos, en los desfiles. Por fin miró a Josephine.

—Intentaré hacer una cita con uno de nuestros mejores maquilladores para ella —le prometió a Phillipe—. Por si acaso aparece en algunas de las fotografías.

Phillipe protestó

—A nuestro juicio las mujeres norteamericanas utilizan demasiado maquillaje.

Coral rió con frialdad.

—El arte está en utilizar justo lo necesario.

Obviamente, Josephine no llevaba maquillaje y no había nada en el mundo que le irritara más a Coral.

Phillipe tradujo todas las fechas y las horas que Coral le indicó y Josephine las apuntó en una pequeña agenda. Coral le adelantó los nombres de *Vogue*, *Town and Country* y Andy Warhol. Eran citas que se repetían a lo largo de varios días.

—Haré la recepción más importante en mi piso —le dijo a Phillipe—. El martes. He invitado a ocho buenos amigos, las ocho personas con mejor gusto de toda la ciudad. Trata de llegar temprano, así podemos ensayar una pequeña presentación.

—Estaremos allí puntuales —aseguró él con los ojos brillantes.

—¿Nosotros? —le tocó el brazo—. ¿Por qué insistes en decir nosotros? ¿Es que no vas a ningún sitio sin tu asistenta?

Él se rió.

Estaban llamando al «señor Roux» y, ante la posibilidad de

quedarse a solas con Josephine, Coral cortó con un *au revoir* y acompañó a Phillipe hasta la cabina.

—Estaré en constante contacto contigo —le prometió e intentó besarlo de nuevo, pero él giró su cara y, una vez más, ella se encontró dando un beso al aire.

Salió del hotel furiosa. No era posible que él se acostara con aquella mujer; hermana o no, era una campesina.

—Imagino que ellos están mucho más unidos de lo que piensas —la consoló Wayland, cuando lo llamó para quejarse.

—¡Quítala de mi vista!

Los premios de *Divine* en HQ fueron presentados con toda la solemnidad y el brillo que la revista y la tienda juntas eran capaces de lograr. Coral había reclutado a miembros de un comité de caridad para convertir el acontecimiento en una ocasión en la que cada plato costaba cien dólares y las ganancias iban a parar a las arcas de la Fundación de la Industria de la Moda para Costureras Retiradas. La recepción con champán tuvo lugar en el cuarto piso de la tienda, animada por la prensa de moda y los fotógrafos. También estaban los grandes de la moda y sus acólitos. Donyale Luna era la primera modelo de portada de raza negra y estaba allí, dándole un toque de exotismo a la ropa de Roux. Coral se movía entre la multitud, poniéndose de puntillas y estirando el cuello para ver quién llegaba. El murmullo ensordecedor de gritos y chillidos se mezclaba con el perfume y el humo de los cigarros volviendo pesado el aire. Los flashes de las cámaras detonaban sobre los invitados, quienes, ignorando las cámaras, simulaban indiferencia.

—¿Sabes lo que adoro de sus modelos? —le confiaba una señora de la alta sociedad, con un modelo de Roux hasta las rodillas, a otra—. Sus dobladillos, sus maravillosos dobladillos.

Wayland sonreía a todo el mundo.

—Pensé que sus ropas no iban a venderse —parloteaba— porque hacen que todo el mundo parezca vestido para ir al parvulario. Pero, eso es lo que hace que se vendan mejor. Acabo de ver a Shrimp y a Twiggy en el ascensor. Era como ver el futuro. Ambas con sus pequeñas minis, todas piernas y ojos... Daban ganas de saltar sobre ellas y cogerlas.

La multitud parecía alucinada viendo aquella ropa que se mostraba al ritmo de la música de los Kinks, Herman's Hermits y los Four Tops. Por último, Coral salió sola al escenario.

Vestía un modelo de Roux, una especie de funda brillante de color morado, con un corte muy simple, que terminaba diez centímetros por encima de sus rodillas. Llevaba las piernas enfundadas en medias brillantes. Al día siguiente, el *Times* comentaba que ella aparentaba total tranquilidad, ante un auditorio compuesto por «todos los que tienen algo que decir en el mundo de la moda del momento, desde los grupúsculos de la moda, hasta lo que *WWD* llama las "víctimas de la moda"».

El público se quedó en silencio y Coral comenzó a hablar:

—*Divine* tiene el honor de presentar este premio al diseñador que ha puesto la moda en la buena senda, que ha cambiado el rumbo de la moda. Phillipe Roux ha hecho esto en su colección de otoño-invierno. Estoy encantada de entregarle este premio a usted, monsieur Roux, por su ingenio en el arte de vestir a las mujeres, ya que la moda, a partir de ahora, no será la misma...

Ella sostuvo una estatuilla de bronce que representaba a una mujer estilizada, mientras Phillipe subía al escenario para recibirla y besaba a Coral en ambas mejillas, en medio de los aplausos de la multitud.

—Es lo más parecido a hacer el amor con él que ha podido conseguir —comentó cáusticamente Wayland.

Phillipe Roux pronunció un discurso encantador y terminó diciendo:

—Le debo la mayor parte de mi éxito a una mujer que me ha brindado toda su ayuda.

Coral Stanton, que permanecía en un costado del escenario, dio un paso hacia adelante para agradecer este tributo pero Wayland la sujetó por la parte de atrás del vestido y logró hacerla retroceder.

—¿Qué...? —Se volvió para soltarse de Wayland, mientras Phillipe se dirigía a las primeras filas.

—Josephine, *présente-toi!*

Coral no podía creer lo que estaba viendo, mientras Josephine subía con torpeza los peldaños hacia el escenario, con sus tacones altos, cogida de la mano de Phillipe.

—Querría aprovechar este momento feliz para anunciar nuestro matrimonio.

—¡Dios mío! —exclamó Coral, pero su exclamación quedó ahogada entre los aplausos del público.

—Me encantaría poder describirte la cara de Coral —le dijo Wayland más tarde a Mia—. El color de su rostro hacía juego con su abrigo magenta.

Con un gesto torvo en la boca, Coral corrió hacia el vestidor de las modelos y le pidió un poco de estimulantes a Maxime d'Arvebille, su modelo favorita. Los bebió con un poco de champán y correteó saludando a los invitados, tratando de evitar todo el tiempo a la feliz pareja.

Colin le dijo a Wayland más tarde:

—Por supuesto que no era su hermana. Eran simplemente primitos.

—¡Jodidos primos! —diría ella—. Josephine Roux parece una mujer que nunca tiene bastante. ¡Esos ojos! ¡Una vulgar campesina...! Ellas sí saben agarrar a sus hombres. ¿Has visto todos los zapatos que compró? Sabe muy bien cómo gastarse el dinero de él.

La fiesta que Coral le ofreció a Phillipe contaba con el servicio de La Grenouille. Las habitaciones estaban alumbradas por cientos de velas que reflejaban sus románticas luces en los techos. Phillipe llegó temprano, con Josephine a remolque, y entregaron sus abrigos a los camareros. Coral le había pedido a Colin que se ocupara de entretener a Josephine.

Phillipe vestía una preciosa chaqueta corta de noche (una prenda de Balenciaga, según confesó a la gente) y estaba muy elegante con su pelo ligeramente humedecido y peinado hacia atrás. Adoptaba un aire de cortés interés ante todas las costumbres e ideas curiosas con las que lo ponían en contacto. Ella se enfadó al descubrir que también utilizaba esta pose con ella, cuando le pidió que la siguiera hasta su estudio, como si eso constituyera otro rito extraño que se sentía obligado a aceptar. Pasaron entre camareros que ofrecían bandejas de entremeses, floristas que ponían rosas y claveles en enormes jarrones y fotógrafos que esperaban para disparar sus cámaras. Coral cerró las puertas de su estudio y se volvió hacia él. Le habría encantado echarse en sus brazos, pero algo internamente le indicó que pusiera distancia entre los dos.

—Pero, ¿qué significa esto? ¿Intentas provocar un escándalo? Ina Mellinford me comentó que todo el mundo sabía en Dior que tú y Josephine erais hermanos, que los dos venís del mismo pueblecito español y que tenéis el mismo apellido...

Phillipe asintió.
—Sí, somos primos.
—Vuestros hijos podrían fácilmente...
—No queremos niños —replicó Phillipe con tono cortante.
—¿Por qué no me dijiste lo de Josephine en París?
—Porque tú no me lo preguntaste. Lo único que pude decirte es que vosotros, los norteamericanos, vais siempre muy deprisa y, antes de que pudiera hablar, tú entraste desnuda en la habitación...
—De acuerdo —asintió ella, al tiempo que le apretaba el brazo—. Es que nunca había deseado tanto hacer el amor con un hombre. Pensé que podríamos estar juntos en este viaje. ¿Por qué me lo has puesto tan difícil? ¿O te has olvidado de que este viaje fue idea mía? Yo te invité y yo inventé este premio.
—¿Sí? —Sus oscuros ojos mostraron una mirada de desagrado—. ¿Por qué hiciste todo esto? ¿No lo hiciste porque te gustaban mis ropas?
—Pero también porque tú me gustas, Phillipe —contestó ella tomándolo del brazo—. ¡Dios mío, eres el primer hombre que conozco que me hace sentir así! ¡Quiero tocarte y quiero que tú me toques! Pero ya está bien. No me hagas suplicar... —Ella acarició su mejilla y su boca y él apartó su cara—. ¡No lo entiendo! ¿Cómo es posible que seas tan frío?
—No soy frío, en absoluto. Soy un hombre apasionado.
—Demuéstramelo —le susurró en el oído. Le acarició las mejillas con la boca. Él estaba recién afeitado, con la piel morena y suave.
Coral se separó y fue a cerrar con llave la puerta del estudio. Volvió y tendió los brazos hacia él, pero él volvió a apartarse y se apoyó contra un sillón. Ella extendió los brazos, implorante, con todo su cuerpo ardiendo e invadido por un horrible sentimiento de rechazo.
—¡Me estás estropeando la chaqueta! —dijo él.
Coral se echó hacia atrás para coger la chaqueta y se la arrojó. Él la recogió y la estiró con suavidad. Coral miraba cómo sus fuertes manos bronceadas acariciaban dulcemente la tela y gritó:
—¿Me estás queriendo decir que esa jodida chaqueta significa para ti más que yo?
Él se volvió con una tranquila sonrisa.

—¡Por supuesto! Es mi oficio.

Coral se sintió invadida por una ola de furia. Se arrancó el vestido y lo pateó hacia él. No tenía puestas más que unas bragas blancas. Al cabo de un instante, le arrebató el vestido de las manos.

—Pero, Coral —objeto él mientras miraba estupefacto cómo ella descosía los dobladillos y las costuras—. Tú encargaste este modelo y pagaste mil dólares por él —le recordó.

—¡Los vale! —gritó Coral, al tiempo que abría unas puertas corredizas que daban a su dormitorio y se ponía a buscar en su armario. Cogió un modelo de Saint Laurent de la temporada anterior y se lo puso rápidamente. Caminó con gesto ceñudo hacia él y le ordenó:

—¡Súbeme la cremallera!

Él le cerró la cremallera.

—Nunca he dicho que yo fuera el único diseñador, Coral. Fuiste tú la que dijiste que...

—He cambiado de opinión. De la noche a la mañana, puedo enterrarte, Phillipe.

Él meneó la cabeza con tristeza y se encaminó hacia la puerta del estudio. Ella le preguntó:

—¿Y dónde está Mia? ¿Todavía trabaja para ti?

Él había abierto la puerta y se volvió hacia Coral.

—Se marchó hace algunas semanas.

—¿De verdad se marchó? —Coral se alisó el cuello de seda—. ¿Le pusiste la mano encima? ¿Hiciste el amor con ella?

Los ojos de Phillipe centellearon.

—Si están tan interesada, pregúntaselo a ella.

Estaba a punto de salir, cuando ella volvió a llamarlo:

—¡Espera! —Él se volvió para mirarla—. He cometido una gran equivocación contigo, Phillipe. Pensé que tenías talento. Pero también pensé que conocías las reglas del juego un poco mejor de lo que veo. ¿Conoces a Andy Warhol? Está haciendo mi retrato... Ha predicho que, en el futuro, todo el mundo podrá ser famoso durante quince minutos.

Phillipe, sorprendido, levantó las cejas. Los ojos de Coral relampaguearon.

—Tus quince minutos ya han pasado, Phillipe.

Al promediar su estancia en Nueva York, la figura de

Phillipe habría crecido de tal modo que se había escapado de las manos de Coral. Donald Kramer había hecho una buena oferta para dirigir la casa. Sería la pequeña joya parisiense en la cadena de Comunicaciones Kramer, una gran empresa dedicada a todo tipo de negocios, excepto, hasta entonces, la alta costura de París. Bendel, Bloomingdale, Bonwit, Teller. Todos querían entrar en contacto para la siguiente temporada. Cuando las ofertas se volvieron irresistibles, Phillipe optó por firmar con Kramer. Una nueva colonia, llamada Phillipe, se lanzó al mercado.

—Coral y Josephine continuaron desentendiéndose mutuamente hasta el último momento —contó Wayland—. Volamos juntos a Washington para recoger otro premio, un premio que ofrecía la Embajada de Francia al comercio...

Coral había persuadido a la Embajada Francesa para que utilizara todo lo que había publicado en *Divine* de París a modo de presentación en la recepción, y había acordado que presentarían a Phillipe a un grupo especial de invitados VIP. Para ellos, Phillipe Roux y la moda eran una invasión en el mundo diplomático, de modo que procuraron agregar pompa y ceremonia a la presentación.

Al llegar a Washington, Phillipe y Josephine fueron al Consulado, que les ofrecía un almuerzo. Coral se excusó alegando cansancio y se quedó en su habitación. Aquella noche se encontraron en la recepción de la Embajada. En su primer alarde de éxito, Phillipe le había comprado a Josephine un par de pendientes de diamantes en Tiffany. Josephine llevaba puesto un modelo blanco de Roux en forma de túnica, que la hacía más delgada. Se había cortado el pelo en Sasson, logrando que ella y Coral parecieran hermanas, con veinte años de diferencia. Coral vestía un nuevo dos piezas de Phillipe, gris pálido, que él le había traído desde París. La chaqueta era corta, con una falda estrecha, adornada con clips de esmeraldas y un chal negro. La había maquillado un experto estilista, con grandes pestañas que hacían resaltar sus ojos y sombra oscura en los párpados.

Wayland comentó:

—Había tantos efluvios de Dior, Joy y Chanel, que se habría podido abastecer a un pequeño avión durante algunas horas. Nadie puede montársela como los franceses.

La multitud de Washington se mezclaba con los neoyorquinos, entre aromas de perfume y humo. Catherine Deneuve apareció sorpresivamente. No hacía mucho que había encargado unas ropas de Phillipe, y ambos posaron ante cientos de flashes. Donald Kramer, el hombre que había «comprado» a Phillipe Roux mediante un fabuloso contrato, aseguró a todo el mundo que la colonia Phillipe estrecharía las relaciones francoamericanas para siempre. Se había dado prisa en preparar pequeños frasquitos de colonia para regalar en la recepción. Cada frasco tenía el nombre de Phillipe en gris brillante, con pequeñas borlas grises colgantes de hilos de seda.

—Los hombres que consideren a Chanel demasiado vulgar para sus esposas, comprarán esto —anunció Coral—. El nombre de Phillipe es señal de lujo gracias a mí.

Wayland había quitado el tapón de un frasco, había olido y había murmurado:

—Yo la llamaría «Bailarina Muerta».

Bebieron vodka en uno de los salones privados del consulado, en una exclusiva fiesta que se dio después de la fiesta oficial. Wayland observaba como miraba Coral a Phillipe.

—¿Has conseguido algo, querida?

—No puedo rescatarlo de ese torbellino humano —se quejó Coral.

Cuando acabó la fiesta, regresaron a Nueva York y volvieron a la ciudad. Coral estaba cansada, enfadada y borracha. Estaba sentada en el asiento de atrás del Rolls que les había prestado HQ durante una semana, y se mantenía cerca de Wayland y lo más alejada posible de Phillipe y Josephine. Cada uno llevaba el frasquito de colonia Phillipe.

—Le regalaré el mío a la señora de la limpieza —le susurró Wayland a Coral antes de darle un beso de despedida. Se despidió también de los Roux y les deseó un buen viaje para el día siguiente. El coche se dirigió hacia el Pierre. Phillipe y Josephine, fatigados, miraban las calles.

Coral colocó una mano sobre la manga de Phillipe y le dijo:

—¡Déjala a ella y vuelve para tomar café conmigo! Tenemos cientos de cosas para hablar antes de que te marches.

Phillipe la miró con fatiga.

—No hay nada que tengamos que hablar, Coral, y yo estoy muy cansado. Quizá podamos desayunar juntos mañana.

—¡Maldito desayuno! —gritó Coral.

Josephine salió de la limusina. El chófer le sostuvo la

portezuela y ella, mirando a Phillipe dubitativa, con una semisonrisa en su rostro dijo:

—*Tu viens?*

—¡Mándala a la cama! —vociferó Coral y le agarró la mano a Phillipe. Él intentó soltarse y le dijo:

—Coral, creo que estás muy cansada.

—Sí, cansada de que me trates así.

Coral se echó hacia adelante, con el cuerpo casi fuera del coche, y empujó a Josephine con todas sus fuerzas. Ésta gritó, tropezó y se cayó:

—*Mais qu' est-ce qu'elle a?* —masculló mientras se levantaba—. *Elle est folle?*

—¡Y *bonne nuit* para ti también! —gritó Coral.

Cerró la portezuela de un golpe, atrapó a Phillipe y se dirigió con presteza al conductor:

—¡Llévenos a casa!

El conductor se quedó helado y confuso. Los ojos de Josephine estaban inmensamente abiertos, mientras miraba hacia adentro del coche.

—¡Coja el volante! —ordenó Coral con su voz metálica al conductor.

—Coral, debo bajarme aquí —protestó Phillipe.

—¡Conductor!

El conductor subió al coche y se volvió.

—El señor desea bajarse aquí, señora Stanton.

—Y yo le digo que siga, si quiere conservar su trabajo.

El coche arrancó con un rugido. Phillipe se volvió para mirar la solitaria figura de Josephine, que se perdía en la Quinta Avenida.

—Pero Coral. ¡Esto es absurdo! —Phillipe la sujetó por el brazo—. ¡No pensarás secuestrarme!

Coral se volvió y lo miró.

—Tú y yo tenemos que llegar a un acuerdo. Si ésta va a ser la última vez que nos veamos, permíteme que sepa, al menos, lo que me pierdo.

Lo agarró por los brazos y tiró de él para quedar enfrentados. Luego se montó sobre una de sus piernas, de espaldas al conductor, le bajó la cremallera de los pantalones negros y dijo:

—¡Quiero ver lo que el gran Phillipe Roux guarda ahí!

—¡Coral!

Ella metió la mano en la bragueta y cogió su sexo con una mano, mientras que con la otra le desabrochaba la impecable camisa blanca, dejando a la vista su suave y bronceado pecho.

—¿Ves cómo te excito? —le dijo, mientras el sexo crecía en su mano. Giró la cabeza para mirar al conductor y cerró la ventanilla. Se deslizó hasta el suelo y metió la cabeza entre las piernas de Phillipe.

—¡Hazme el amor, Phillipe! ¡Me lo debes!

Estaba muy borracha, muy excitada y él le atraía mucho. Tenía su pesado sexo entre sus manos y lo acarició hasta que creció y se volvió enorme.

—¡Oh! ¡Eres como un condenado toro! —exclamó—. Esto explica tu arrogancia, tu confianza y tu increíble atractivo. Ningún hombre con una cosa como ésta entre sus piernas necesita suplicar.

Coral se puso el sexo de él en la boca, intentando que tuviera un orgasmo, acariciándolo y chupándolo. Le acarició el prepucio con los labios, dándole pequeños mordiscos, mientras Phillipe intentaba separarse de ella, cada vez más soprendido, con el rostro alterado. Por el bien del conductor, intentaba hacer como que nada pasaba. Movió las piernas hacia un lado, separándola de él con una mano, y la cabeza de ella golpeó contra la ventanilla de cristal que los separaba del conductor. Phillipe logró subir la cremallera de sus pantalones, antes de que ella pudiera recobrarse del pequeño golpe.

—¿Amor? —se rió él—. Tú no entiendes esta palabra. En el amor no hay deber.

Ella se alzó para sentarse a su lado y le soltó:

—¿No ibas a casarte con Josephine? ¿No lo haces porque lo consideras un deber? ¡No es posible que la encuentres atractiva!

Phillipe abrió la ventanilla que los separaba del conductor y gritó:

—¡Pare, pare este coche! —Se volvió hacia ella y le dijo—: ¿Cómo puedes saber lo que veo cuando miro a Josephine? ¿Por qué estás tan segura de lo que es atractivo y lo que no lo es?

Giró el espejo que estaba en el respaldo del asiento delantero, cogió la cara de ella con las dos manos y la acercó para que se reflejara en él.

—¿Piensas que esto, una mujer hambrienta de hombre, es

atractivo? ¿Crees que también es atractivo abrirle la bragueta a un hombre? ¿Sabes quién es hermosa de verdad? Tu hija, por dentro y por fuera, pero no se parece a su madre...

Coral, de repente, se sintió fríamente sobria. Lo miró con fijeza un momento. Luego abrió por completo la ventanilla de separación y le gritó al conductor que se detuviese.

El coche se detuvo con un frenazo. Ella se volvió hacia Phillipe.

—Te machacaré y no sabrás de dónde han venido los golpes. La próxima temporada promocionaré a un nuevo diseñador. Dentro de un año nadie recordará tu estúpido nombre. Lo único que quedará de ti será esta pestilente y barata colonia.

Phillipe abrió la portezuela, agotado y molesto, y la miró con una expresión que le causó miedo. Su cara se había ensombrecido. Las venas de su frente se habían dilatado, en el esfuerzo por controlar sus instintos. De repente, agarró el cuello de Coral con las manos y comenzó a apretarlo.

—Te mataré —le dijo lentamente entre dientes. Por un momento ella se asustó mucho y sus ojos se nublaron. Dejó escapar un quejido—. Pero la muerte sería algo demasiado bueno para ti, Coral. En vez de eso, te deseo una vida muy larga. Envejecerás muy deprisa y sin ningún atractivo. Te convertirás en algo desagradable para los hombres, y francamente, Coral —agregó poniendo un pie fuera del coche—, esto pasará muy pronto.

Salió cerrando la puerta con fuerza. Los ojos de Coral se entrecerraron. Lo miró con una expresión de puro odio. El coche se puso en marcha y ella bajó la ventanilla y le arrojó el frasquito de perfume. Él se apartó con elegancia, mientras el frasquito se rompía con un estallido sobre el pavimiento. Phillipe continuó andando.

Coral subió la ventanilla y se recostó en el asiento, agotada y atemorizada de sí misma. Tenía unos deseos fuertes e incontrolados de destrozar y quemar toda su ropa.

—¿A casa, señora Stanton? —le preguntó el conductor con gentileza.

—¡No! —dijo ella moviendo la cabeza con furia.

Hurgó en su bolso y sacó una pequeña caja de pastillas. Una superestrella de Andy Warhol le había dado una cápsula y le había aconsejado que la tomara cuando sintiera que deseaba tener una experiencia interesante. Tragó la pastilla. Volver a casa aquella noche sin Phillipe significaba aceptar una derrota. Intentaba calmar la rabia y la frustración que bullían en su interior.

El Rolls cruzó en silencio la Quinta Avenida, mientras ella hojeaba su agenda de direcciones. Alguien le había comentado que había un lugar muy divertido en el centro de la ciudad.

—¡Lléveme al The End of the World! —le indicó al conductor.

17

El chófer miró a Coral por el espejo retrovisor con una mirada de cansancio. Estaba impaciente por llegar a casa y contarle a su mujer lo que había visto aquella noche: una famosa editora de modas, volviéndose loca por un diseñador francés. Tal vez podría llamar al *Daily News* y contar la historia.

—¿Dónde queda The End of the World —la interrogó—, si es que puedo preguntarlo?

—¡Aquí! —Ella le alcanzó la agenda—. Está antes de llegar a Chinatown.

El conductor detuvo el coche a un lado de la calle y frunció el entrecejo ante la escritura de Coral.

—Me da la impresión de que está en el East Village, señora Stanton. Pero son más de las dos. ¿No sería mejor que la llevara a casa?

—Por supuesto que no —replicó, tendiéndole un billete de viente dólares—. Necesito pasar por el Hotel Chelsea y no tengo ninguna intención de ir allí sola —le advirtió.

Unos minutos más tarde, Coral estaba en una de las sucias calles de Chelsea, gritando por el interfono:

—¡Estoy en un viaje de ácido!

Una voz le respondió:

—¡Bajo enseguida!

Había utilizado a Neon como modelo en algunas ocasiones. Su cabeza llena de rizos y sus maquillados ojos combinaban muy bien con los hermosos rasgos de su cara. Neon apareció balanceándose dentro de su pequeño minivestido, con una boa de plumas alrededor de los hombros. Distinguió la limusina y saltó adentro, murmurando:

—¡En marcha!

Partieron rumbo al Village. Con una sonrisa, Neon le dio un puñado de estimulantes a Coral.

Veinte minutos más tarde, después de preguntarle a un montón de gente dónde quedaba el local, llegaron hasta una zarrapastrosa discoteca, con luces de neón que decían The End of the World. Coral la encontró encantadora. Siguió a Neon por unas escaleras oscuras, que descendían y llegaban hasta la entrada del club. La iluminación psicodélica y la música de rock la colocaron. Pidió una mesita en un rincón y ordenó champán. Un hombre negro y alto arrastró a Neon hasta la pista de baile y Coral los contempló, mientras el LSD comenzaba a surtir efecto. El champán se convirtió en el vino más delicioso que había probado en su vida. Un traguito le produjo la sensación del más sutil y burbujeante líquido que rugía, garganta abajo, dejándola sin aliento. Escudriñó la marca: ¿era posible que California hubiera podido perfeccionar la fabricación del champán? El suelo de la pista de baile era lo más maravilloso que hubiera visto. De alguna forma, el decorador había logrado producir tal efecto en el suelo que éste parecía respirar como algo vivo. Era de baldosas cristalizadas y se preguntó cómo lo habrían hecho. Los maquillajes y las ropas de las parejas que bailaban eran, incluso, más perfectos que los de *Divine*. Nunca había visto tales colores y estilos. Los brillantes colores del neón chocaban y a la vez hacían juego, iluminando los ojos pintados con arco iris o flores psicodélicas y los dibujos en las mejillas y en las frentes.

Mucha gente habló con ella. Uno o dos parecían conocerla. Coral les contó la historia de su vida a algunos de ellos. Preguntó por el nombre del grupo musical que tocaba, ya que ninguna música le había parecido tan perfecta y evocadora. Se prometió a sí misma llevar al club a Wayland y a Colin.

Cuando el chófer pasó a recogerla a las tres, no le hizo caso. No podía bailar. El lugar tenía un poder demasiado fuerte como para hacer otra cosa que permanecer sentada, disfrutando de lo que veía. Por momentos, creía que estaba paralizada pero, con mucho esfuerzo, descubría que aún podía moverse.

Después de despedirse de sus nuevos amigos con un beso, salió del club a las cuatro y media. Encontró la oscura calle tan extraordinaria como el club. Las farolas parecían tener vida propia y respirar. Un perro vagabundeaba por la acera, a pocos metros. Ella le gritó a un taxi amarillo brillante. Subió al coche e intentó que el conductor no se diera cuenta de que su cara la perturbaba.

—Marco Ramírez —le dijo leyendo la placa—. ¡Encantador!

Él la miró con recelo.

—¿Tiene algo de dinero, señora?

Coral frunció el entrecejo. Miró a su alrededor; su pequeño bolso había desaparecido.

—¿Tiene cinco dólares, señora? No me gusta llevar a estas horas a pasajeros que no tienen dinero.

Coral se inclinó para quitarse sus *ballerinas*.

—¿Ve esto? —le mostró—. Me las compré en París y es la primera vez que me las pongo. Cuestan ciento cincuenta dólares. Son suyas si me lleva a casa.

—No necesito zapatos.

—Éstos son Roger Vivier. ¿Ve la marca? ¿No tiene una mujer o una hija?

—¿Y usted, señora, no necesita zapatos?

—Necesito más llegar a mi casa —dijo ella, echándose hacia atrás y cerrando los ojos...

El taxi se puso en marcha: el conductor debía de haber aceptado el trato. Mientras circulaban por la Segunda Avenida, observó que Nueva York nunca le había parecido tan apasionante, tan limpia, tan hermosa.

En el siguiente número de *Confidencias*, en la columna de «Tittle Tattle», apareció este comentario: «¿Qué renombrada editora de modas dejó que la revolución de los años sesenta se le subiera a la cabeza? Recientemente abandonó a los popes de la moda por los bajos fondos, en un conocido antro del ácido en el East Village. ¿Era consecuencia de la fatiga de la moda o de una cápsula lo que le daba a su cabeza sassoniana ese aspecto de "fuera de sí"? El *look* psicodélico se ha abierto paso en los más inesperados ambientes.»

Ed Schreiber, el fornido y engreído contable de *Gold*, estaba apoyado contra el cristal exterior del escaparate de la nueva tienda *Gold*, esforzándose por ver hacia dentro.

Sentada cerca de la caja, Mackenzie charlaba animadamente por teléfono. Ed miró su reloj: las ocho y media. Había ido temprano para tener la seguridad de encontrarla. Ella abrió la puerta.

—No abrimos hasta la semana próxima —le dijo.

Él la miró fijamente, fascinado.

—¡Hola! —contestó él—. ¿No te acuerdas de mí?

Nunca la había visto vestida de aquella forma. En verdad no había visto a nadie así. Mackenzie llevaba una preciosa mini en una tela de imitación de piel de leopardo, con *pantys* negras y unas botas cortas de leopardo. Sobre la parte superior del vestido, en negro, que le marcaban sus voluminosos pechos, llevaba una chaqueta de hechura descuidada. Un mechón de cabello le colgaba sobre un ojo y le daba un aire de distinción a su ya interesante mirada. El colorete luminoso en las mejillas y una barra de labios sonrosada completaban su imagen.

—¿Quién eres tú? —lo saludó con una expresión interrogativa en la cara.

—Esto es un ofensa para mi ego —contestó él—. ¿Cómo te has olvidado? Soy Ed Schreiber. ¿No te han dicho que vendría?

Lo hizo pasar y cerró la puerta tras de él.

—Lo siento, tengo la cabeza llena de anchos de pana en este momento. ¿No conocerás a nadie que pueda proveerme algunos metros en todos los colores?

Ed dio algunos pasos y contempló la tienda.

—¡Es fantástica!

—¿Verdad que sí? —Se separó de él y saltó sobre un pie hasta el centro del local, como una niñita—. La han decorado en un abrir y cerrar de ojos. Aunque prácticamente he estado viviendo aquí, para asegurarme de que no la estropearan. ¡Estoy tan contenta con lo que han hecho!

Miró encantada a su alrededor. Contempló con deleite las paredes de espejos y los cubos acrílicos repletos de mercancías.

—Mira —dijo al tiempo que encendía algunos focos de luz.

La nueva tienda tenía algunas de las ideas de la antigua, pero las había superado. Los reflectores, rosados, morados y blancos, eran iguales, pegados a los espejos para semejar un escenario.

Ella lo miró con detenimiento.

—Sí que me acuerdo de ti. Estuviste en una de nuestras reuniones familiares, intentando no quedarte dormido.

—¿Con tu familia? ¿Te estás burlando de mí?

Mackenzie se echó a reír.

—¿Verdad que no somos gente demasiado tranquila?

Lo observó con mucha atención. Era bajo, de constitución

fuerte y fornida. Tenía una cara alegre y vivaz, que solía mostrar una mueca o un gesto de burla y se estaba dejando crecer el liso cabello castaño. «Es de esa clase de tipos que se dejan crecer el pelo un año antes que el resto de la gente», pensó ella. Lo mejor que tenía era la mirada azul brillante de sus enormes ojos con reflejos morados.

Ella se aproximó más y escudriñó sus ojos.

—Azul marino —decidió—. ¿Por qué tienen que ser los hombres quienes posean los ojos más hermosos con las pestañas más largas?

—Los tuyos tampoco están mal —comentó él.

—Sí, pero los míos son pintados.

Había algo muy sexy en él, pensó Mackenzie. De hecho, era el primer hombre cuya virilidad la impresionaba. Había habido sólo dos tipos de hombres en su vida: los brutos del Bronx y los hippies del Village. Y Alistair. Ed Schreiber formaba parte de una nueva categoría. Alistair la había iniciado en el sexo, pero nunca lo había encontrado sexy; en cambio éste sí que lo era. Nunca había deseado el cuerpo de Alistair. No le gustaban ni su piel lechosa ni su delgadez. Mirando a Ed se daba cuenta de que siempre le habían atraído los hombres robustos. Sería una nueva experiencia hacer el amor con un hombre cuyo cuerpo deseaba.

Nunca había mirado a otros hombres. Su inseguridad era la causa de que se sintiera afortunada por estar con Alistair. No se le había pasado por la cabeza la idea de encontrar a un hombre más atractivo que él o de que un hombre atractivo pudiera fijarse en ella.

Mackenzie se sonrojó. Sus modales y su voz habían mejorado gracias al contacto con Alistair. Era mucho menos estridente, mucho más suave. Sus constantes dietas habían acabado por hacerla adelgazar y tenía ahora una figura atractiva aunque llenita. Sus expertos maquilladores, junto con los mejores peluqueros de la ciudad, le habían dado una apariencia reluciente y llamativa. Sin saberlo, se había convertido en una mujer sexy y seductora.

Ed se sentó junto a ella y hablaron de temas relativos a la contabilidad. Le explicó que a partir de ese momento debía guardar todos los recibos personales, pagar con cheques y conservarlos para sus archivos.

—Vamos a encaminar las finanzas del negocio —le dijo.

—¿Sí? ¡Buena suerte!

Cogió un montón de etiquetas y empezó a escribir en cada una: diecinueve dólares.

—Los números no son lo mío. Siempre lo he dejado en manos de mis hermanos. ¿Piensas que ellos me están estafando?

Ed se encogió de hombros

—De la forma en que metéis la mano en la caja y sacáis montones de dinero cuando lo necesitáis, es imposible saber quién estafa a quién. Una vez que esté instaurado mi sistema de contabilidad, ninguno podrá hacerlo. ¿Es que no te fías de tus hermanos?

Ella lo miró de arriba a abajo y dijo:

—No.

—No me extraña —le contestó él riéndose.

—¿No te das cuenta de que podría echarte por esto? —preguntó ella sonriendo.

—Sólo intentaba ser honesto contigo.

—¿De modo que no eren tas correcto, después de todo?

—Debajo de este traje de tres piezas, vive un animal chiflado y salvaje.

—¡Pruébamelo!

Impulsivamente, ella le dio un beso en la mejilla. Para su sorpresa, Ed la atrajo hacia él y la besó en la boca. Fue un beso largo y Mackenzie no opuso resistencia ni a sus labios ni a su lengua.

Ella retrocedió e inhaló aire con los ojos muy abiertos.

—Esto no es muy profesional, Eddie —le dijo, mientras la invadía un estremecimiento desconocido—. Eres un hombre muy sexy —añadió sorprendida.

Él parecía tan asombrado como ella.

—También tú lo eres.

Ella rellenó algunas etiquetas más y durante algunos minutos permanecieron en silencio.

—¿Qué posibilidades puede tener contigo un cabeza cuadrada como yo?

Ella levantó la vista.

—Con esos ojos azules, más que la media, pero tengo novio.

—¿Y él te deja ir por ahí besando a contables desconocidos?

—¡Oh, no! ¿No te acuerdas de que fuiste tú quien me besó?

Él la miró muy serio y con evidente deseo. Sintiéndose incómoda de repente, ella bajó la vista.

—¿Hasta dónde crees que llegará a crecer esto? —preguntó Ed. Ella se encogió de hombros y volvió a mirarlo—. ¿Se expandirá por toda la nación, por todo el mundo o por toda la galaxia? ¡*Boutiques Gold* en la luna!

—¡Eso será estar en la onda! —exclamó ella. Cogió una chaqueta negra y dijo—: Venga, Eddie, te invitó a un café.

Conectó la alarma y cerró con llave las puertas de cristal. Soplaba un frío viento de marzo. Se acercó a Ed y lo cogió del brazo. Él se sintió alto, fuerte y protector.

Mientras tomaban un café en el bar de al lado, él escuchaba con suma atención los planes de Mackenzie para la nueva tienda. Era muy agradable hablar con alguien que realmente la escuchara. Con sus hermanos, las charlas siempre acababan en litigios y Alistair tenía una mirada perdida en sus ojos, cuando ella le contaba algo, como si estuviera casi celoso de que ella, que era su obra, se hubiera distanciado tanto.

—Si sigue creciendo tendrás que trasladar el taller —le aconsejó él—. La fabricación es mucho más económica en California. O incluso en Hong Kong o en la India.

—¿Por qué? —preguntó ella.

—La mano de obra es mucho más barata.

—Pero yo quiero que mis prendas se hagan aquí —replicó ella—. Estimo mucho a mis trabajadores. Son como madres: puertorriqueñas, negras o judías. Piensan que estoy loca.

—Yo también lo pienso.

—Pero, yo sé muy bien lo que estoy haciendo —le dijo ella y le hizo un guiño.

—Ya lo sé.

—Escucha. Sé que tendrás que vértelas con Reggie y con Max, pero, ¿verdad que estarás siempre de mi lado?

—¡Por supuesto!

—¿Estarás siempre conmigo? Si hueles que algo no va bien, ¿me lo dirás? No quiero ningún mal rollo en esta compañía. No quiero que mis hermanos me tomen el pelo o cometan algún disparate en mi nombre. Conozco la calle tanto como ellos...

Él movió la mano para parar un torrente de palabras.

—¡Tranquilízate! Da la impresión de que estás trabajando con la mafia.

—Es que a veces tengo esa sensación —admitió ella—. Démonos la mano para cerrar este pacto, Eddie, ¿vale?

Ella le tendió la mano y él la cogió entre las suyas, cálidas y envolventes. Mackenzie se sintió más tranquila con respecto a la marcha del negocio. Crearía una pequeña red de espionaje. Ya le había pedido a un par de costureras del Queens que la llamaran, si no las trataban bien.

—¿Puedes devolverme mi mano, por favor? —le pidió a Ed.

Ed se rió, pagó la cuenta y regresaron a la tienda. Al apoyarse contra la puerta de entrada, la invadió la súbita fantasía de hacerlo entrar y hacer el amor en un probador. Dejó que la besara educadamente en una mejilla mientras se prometía a sí misma: «En otra ocasión».

—No quiero hacer una fiesta de inauguración —insistió Mackenzie—. Si tengo que ver a Esther Goldstein ofreciendo su hígado picado y el vino barato de mi padre, moriré.

Estaba en casa con Alistair, haciendo planes para la apertura de su nueva tienda. Él frunció el entrecejo al ver la lista de los editores y de las grandes mujeres de la prensa.

—¿Qué te parece si hacemos grupos de gente selecta y nos encargamos de atenderlos? Podríamos colocar mesas y sillas en el centro del local y encargar a Le Croissant que sirva algunas copas de champán y ellos se marcharían sintiéndose felices y muy especiales.

—¡Fantástico! Podemos hacerlo —dijo Mackenzie con aprobación. Últimamente Alistair no solía tener buenas ideas y, ya que ahora tenía una, sintió que debía apoyarlo.

«El nuevo *Gold*», había proclamado *WWD*, «un nuevo concepto en tiendas de ropa», una trillada frase que salía siempre a relucir cuando se inauguraba una tienda un poco diferente.

La maledicente *Confidencias* había dicho de ella «que no era nada más que una tienducha a la moda». El diseño de la tienda estaba inspirado en los recuerdos infantiles de Mackenzie sobre la decoración de los almacenes Woolworth.

Ella había comprendido que el ambiente de la tienda era tan importante como lo que había adentro. Mackenzie era una innovadora en materia de modas. Su cabeza hervía con visiones futuras de *Gold*. Hermosos salones de belleza, tiendas de zapatos y líneas de maquillaje. Sus nuevas ropas habían llegado a extremos increíbles de creatividad, y podían combinarse de muchísimas formas. Los colores ácidos y luminosos —lima, fucsia, amarillo yema y azul eléctrico— se usaban para las minifaldas, y combinados con telas que imitaban cuero y con telas vinílicas. Era una combinación de Mod Look, Hippy Look y Red Indian Look, en una delirante mezcla de épocas y razas, que daba por resultado el desenfrenado estilo de Mackenzie Gold.

En la primera tienda, ella había puesto a la venta sus creaciones en series limitadas y se las habían arrebatado de las manos. Sus ideas eran, precisamente, lo que las fanáticas de la moda querían, y el potencial de *Gold* era ilimitado.

A Coral Stanton no se le había pasado por alto. La invitación para que acudiera a las oficinas de *Divine* llegó seis días antes de la apertura.

—¿Por qué se habrá acordado de mí de repente Coral Stanton? —se preguntó Mackenzie en voz alta, la noche antes de su cita con ella, mientras yacía en la cama junto a Alistair.

—Debe de haber oído que eras la primera dama de la revolución de la moda —contestó Alistair—. Quiere verte mientras estás caliente.

Ella se rió.

—¡Oh, estoy caliente! ¿Y tú?

Tiró las revistas al suelo y se volvió hacia él, que estaba fumando un porro. Había una botella de champán y unas pastillas en la mesilla de noche. Ella las miró con preocupación. Últimamente Alistair estaba mucho más pálido y más delgado.

—¿Es que tienes que fumar esto incluso en la cama?

—Me ayuda a relajarme. Esta semana he trabajado como un loco. Cuando me acuesto, mi cerebro sigue trabajando y el porro me ayuda.

Ella apagó la luz y se escurrió junto a él, metiendo las manos entre las sábanas para tocarlo entre las piernas. Alistair estaba desnudo como de costumbre, pero no reaccionó ante las caricias.

—¡Éste no es mi Alistair! Yo acostumbraba a tener que ahuyentarte, ¿te acuerdas?

Él se libró de su abrazo dándose la vuelta y permanecieron en silencio en la oscuridad.

—Mira, nada de esto tiene sentido si no te sientes feliz —agregó ella—. Sé que quieres ser aceptado tanto por mis hermanos como por mí. Pero no merece la pena, si nuestra vida juntos se va por el desagüe.

Alistair no contestó nada. Ella acarició suavemente con el pie la pantorrilla de él y se quedó dormida.

Por la mañana, se volvió en la cama para excitarlo. Alistair tenía un tono gris enfermizo y permanecía echado, respirando, con dificultad. Ella se sentó y lo empujó; luego lo agarró por los hombros y lo sacudió:

—¿Qué te pasa Alistair? ¿Estás enfermo?

De sus pálidos labios brotó un quejido.

—¡Por favor, querido! ¡No te pongas enfermo, no hoy! Tienes una cita a la hora del almuerzo y yo tengo que ver a Coral.

Corrió a la cocina para preparar un café cargado y se lo dio a cucharaditas.

—Alistair, cariño. —Ella lo acunó en su regazo, implorando a Dios—. ¡Oh Dios, sé que no he vuelto a acordarme de ti desde que gané el concurso, pero, por favor, que no se enferme!

Había visto situaciones similares en las películas y sabía qué hacer. Sacó a Alistair de la cama y soportó su peso. Lo arrastró hacia la ducha y abrió el agua fría sobre su cabeza. Él se estremeció y sus labios comenzaron a moverse tratando de hablar hasta que por fin pudo articular con un hilo de voz:

—¿Qué demonios estamos haciendo aquí? —Intentó sentarse en el taburete, pero ella lo cogió por debajo de las axilas y puso su cabeza directamente bajo el chorro de la ducha. El agua fría lo hizo tiritar. Por fin, tras lo que parecieron horas de tortura, reaccionó y murmuró:

—Ya estoy bien, estoy bien, Mack.

Ella cerró el grifo y le puso un albornoz sobre los hombros.

—¡Esto es ridículo! —dijo, mientras él se sentaba en la cama y bebía el café a sorbitos—. Nunca más vuelvas a asustarme como ahora, Alistair. No soy tu condenada enfermera. Soy la única que necesita atención aquí. Tengo una cita muy importante con Coral Stanton y, ¡diablos!, ya llego tarde.

Él se rió con suavidad.

—Eres todo corazón, Mack. Deberías llegar tan lejos...

Ella le arrebató la taza de café.

—No trates de hacerme sentir culpable, Alistair. Mi carrera es lo más importante para mí. Nunca te he hecho una trastada, ¿verdad?

Alistair murmuró:

—Ahora déjame en paz.

Ella lo miró furiosa durante un momento y enseguida se metió en el cuarto de baño para vestirse. Quería tener un aspecto diferente y original. Sabía muy bien que Coral lo examinaría todo cuidadosamente. Se pintó los ojos con mucho cuidado, a la moda de Londres. Una pincelada de barra de labios blanca debajo de la roja, les dio un aspecto fosforescente. Había cortado dos pares de medias y se había puesto una rosada y una naranja. Su falda, con un estampado de piel de cebra, se cerraba en la parte delantera con un lazo zapatero a rayas. Llevaba un jersey negro, pegado al cuerpo, y en un hombro tenía cosido un parche gigante con la palabra «Roux». El conjunto se completaba con un chal con flecos de estilo antiguo y una enorme bolsa de plástico rosada que colgaba del hombro.

Se preguntaba si lo chismes sobre Coral serían verdad, si le habrían desfigurado la cara por accidente dentro de un ascensor en París, mientras hacía el amor con un diseñador muy conocido. Eso era lo que la columna de «Tittle Tattle» de *Confidencias* había dejado entrever.

Cuando estuvo preparada, volvió a la habitación para ver a Alistair. Él dijo con admiración:

—¡Estás fantástica!

Lo besó y llamó al portero para que le buscara un taxi. En la puerta principal, cogió el atomizador de L'Air du Temps y se perfumó durante veinte segundos. Oliendo como una millonaria, cogió el ascensor hasta el vestíbulo.

La oficina de Coral estaba en penumbras. Las velas titilaban esparciendo por la habitación su aroma a madera. Mackenzie se dio cuenta de que Coral estaba sentada de espaldas a la luz. Distinguió la cicatriz en zigzag de su cara.

—¡Mi descubrimiento! —gorjeó Coral cuando Mackenzie se acercó para besarla en las mejillas. El choque de sus perfumes casi pudo oírse—. ¡Ha sido tan amable por tu parte venir a verme!

—¿Cómo podría no haber acudido a su llamada? —contestó Mackenzie dejándose caer en la silla frente a ella—. *Women's Wear* la llama «Su Alteza Real de la Moda».

Coral se rió con brusquedad.

—El día que yo hago caso de lo que dicen...

Mackenzie echó un rápido vistazo a la cara de Coral. Su maquillaje era alegre, su roja boca estaba dibujada con mucho cuidado, sus ojos definidos por la sombra y el delineador y su cara sonrosada por el polvo. Estaba tan exquisitamente maquillada que hizo que Mackenzie se sintiera vulgar y barata.

—Estás cambiando la apariencia de la moda americana. —Coral se inclinó hacia ella—. Estoy muy orgullosa de haberte descubierto, Mackenzie. No todo el mundo pensó en ti como la candidata adecuada para ganar el concurso. Otros preferían a la típica chica anticuada, vestida con un traje sastre y adornada con perlas, que es la que suele ganar.

Esto era un golpe, pero Mackenzie sabía cómo se devolvían los golpes.

—Eso está tan *passé* ahora, ¿no es verdad? —comentó—. En estos días la moda puede ser cualquier cosa, menos mohosa y rancia. —Coral asintió con la cabeza.

—Por supuesto que tienes razón. Lo que más gusta de ti es que eres norteamericana. ¿Y cuántos diseñadores tenemos hoy en América? Sí, tenemos a Bill Blass, Geofrrey Beene, Halston... pero ninguno de ellos tiene audacia. ¡Si supieras lo que tengo que arriesgarme y luchar por ellos aquí!

Mackenzie se rió.

—Espero que no cometa un error conmigo

Cruzó las piernas con cuidado, para que Coral viera sus medias.

—Bicolor —dijo Coral—. ¡Absolutamente fantásticas!

—Son exclusivas de *Gold*. Se pueden combinar de diez formas diferentes. Cuestan sólo dos dólares.

—Envíame diez pares de cada color —le pidió Coral—. Realzarán la delgadez a la que todo el mundo aspira. Y ahora te contaré algo muy interesante, Mackenzie. Estamos preparando un suplemento pop de *Divine*. —Se inclinó hacia Mackenzie con complicidad, bajando la voz—. Allí definiremos la moda y el pop, y será un reportaje que barrerá.

—¡Oh, fantástico, genial!

Coral volvió a asentir con expresión seria.

—Frente a esto, *Vogue* y *Bazaar* no tendrán nada que hacer por el resto del año. Sonny y Cher, The Mamas and the Papas, Dylan, Janis, Jimi Hendrix y las dos Julies, Julie Christie y Julie Driscoll, se vestirán con nuestra moda. —Su voz se convirtió en un susurro—. ¿Has hecho algún *viaje*, Mackenzie? Debes probarlo, ¡es alucinante! Nunca en mi vida me había sentido tan inspirada con respecto a los diseños y las formas. ¿Conoces un lugar llamado The End of the World? Te llevaré allí. Podríamos montar algo en ese sentido. ¿Tienes un galán?

—Sí, un tipo inglés.

—¿Cómo se llama?

—Alistair. Alistair Briarly.

Coral arrugó el entrecejo y mordisqueó un bolígrafo.

—Briarly, Briarly..., debe de ser el hijo menor de lord Briarly, ¿no? Magnífico, el hombre vestido en *tweed*, lord Briarly.

Mackenzie sacudió la cabeza, negando.

—Me parece que se confunde de Briarly. Su padre no es un lord...

Coral abrió los ojos y sonrió.

—¡Pregúntale a él! Es posible que quiera estar de incógnito en América. Después de todo, un día será lord Briarly.

—Pero, ¿por qué tendría que ocultármelo?

Coral dio unas palmadas.

—¡Es el nuevo *snobismo* que se han inventado! —gritó—. Este suplemento será especial, por eso pensé en ti sin vacilar. Una amiga me invitó la semana pasada a un concierto de *rock and roll*: Dusty Springfield, Cilla Black, Petula Clark... Todos iban a la última moda, cantando lo más nuevo. Me encanta el *Downtown*. ¿Y a ti? Les he reservado algún espacio y quiero que tú los vistas, Mackenzie. Quiero que utilices los diseños más atrevidos. Puede ser que incluso tengamos a Los Beatles. Tengo una cita con Brian Epstein esta tarde.

—¡Qué fantástico! Porque estoy creando una colección unisex que también sirve para vestir a los chicos.

—¿Te importa que mi equipo vea lo que llevas puesto?

Coral se puso al interfono y dijo:

—¡Qué entre todo el mundo, y traigan café!

En un momento, el despacho se llenó con editores de moda y sus asistentes. Una secretaria, con un carrito, servía café y algunos fotógrafos y modelos también entraron al escuchar la algarabía.

—¡Ponte en pie, Mackenzie! —le ordenó Coral.

Mackenzie se echó a reír, se subió a la silla y abrió los brazos.

—¡Mirad! —le gritó Coral a su equipo—. Esto es lo que está

de moda hoy. ¡Esto es juventud! Éstos son los atuendos actuales. Esto es lo que vuestros ojos deben aprender a mirar.

Todos miraron con detenimiento. Algunos parecían admirados y otros, asqueados, como si les hubieran colocado un trozo de queso Brie podrido bajo las narices. Donna Haddon, la editora de ropa deporiva, tomó algunas notas.

—Me siento como una imbécil —se quejó Mackenzie, mientras adoptaba poses alocadas.

Los editores la rodearon y se acercaron para tocar su pequeña falda y su chal.

—¡Corinne! —Coral llamó a la editora de temas de belleza—. ¡Mira su maquillaje! Tonos brillantes como los de una muñeca. Ojos muy enmarcados y pestañas dibujadas. ¡Que alguien coja una Polaroid! ¡Ésta es la moda que quiero para abril. Mirad el pelo! La cabeza bien abultada.

—Esto puede explotar en cualquier momento —murmuró la editora de belleza en el oído de Mackenzie.

—Tengo que irme —dijo Mackenzie al tiempo que se bajaba de la silla—. Estáis haciendo que me sienta como un animal en el zoo.

Salió disparada de las oficinas de *Divine*, inmersa en una sensación de felicidad, y regresó por Madison Avenue. Esto era lo que siempre había querido: atención, orgullo, apoyo. Parecía todo demasiado fácil. Esos editores de moda la habrían aplaudido igualmente si hubiera llevado una bota sobre la cabeza o si hubiera estado vestida con ropas hechas con papel de periódico. Algo tenía que estar mal. La moda era muy frágil. ¿Qué pasaría si se dieran cuenta de que estas ropas no podían durar?

Alistair estaba en la tienda, preparándose para su primera comida con la gente de la prensa. Ella podía verlo en la parte de atrás del local, supervisando los arreglos florales que estaban sobre las bonitas mesas con manteles rosados.

Se dirigió hacia él, pasando entre electricistas y obreros. Él la miró sonriendo.

—Siento lo de esta mañana, ¿cómo te ha ido?

—¿Tu padre es un lord? —preguntó Mackenzie.

Él frunció el entrecejo y volvió a mirar las flores.

—¡Desgraciada! —murmuró.

—¿Quién? —inquirió Mackenzie con los brazos en jarras—, ¿Coral o yo?

—Ella, por supuesto. ¡Oh, Mack! —Se volvió y la estrechó contra él—. Has descubierto el secreto de mi familia.

—¡No me digas que eres verdaderamente millonario y que estás permitiendo que me pele el culo de esta forma!

Él se rió.

—Siento que mi ilustre linaje no lleve aparejada una fortuna. Son sólo unos cuantos acres de pradera, con una casa semiderruida que mi padre rehúsa vender. Cuando él muera, todo pasará a mi hermano y cuando él muera, yo solo heredaré deudas y dolores de cabeza. ¿Impresionada?

—¡Uhhh!

Lo miró fijamente, desilusionada e impresionada al mismo tiempo. Era mucho más de lo que podía llegar a pedir cualquier chica del Bronx de un suegro, pensó, si es que alguna vez se casaban.

La prensa, embelesada informó que *Gold*, durante las primeras semanas, no había cesado de vender. Lo que más destacaban era que se trataba de la primera *boutique* de Madison Avenue que tenía precios razonables. Cientos de mirones se compraban un par de pendientes, una barra de labios. Esto incrementó en cientos de dólares las ventas diarias y se añadió a las ventas de ropa.

—Nadie ha visto antes una tienda como ésta —estalló Abe Goldstein, como si él hubiera tenido la idea.

Mackenzie esperaba que alguien de su familia la felicitara, pero nadie lo hizo.

—Nadie me ha dado palmaditas en la espalda para decirme «¡bien hecho, chiquilla!» —se quejó a Alistair.

Él se encogió de hombros y siguió cantandop *I can't get no satisfaction* de los Stones, hasta que ella le dijo que se callara.

Esther Goldstein fue la única de la familia que la apoyó y la escuchó.

—¿Te sientes feliz, querida? —le preguntó su madre mirándola detenidamente.

Estaban en el salón de Mackenzie. Le había dicho a su madre que estaba invitada a ir a su casa siempre que fuera al centro, pero ella muy de tarde en tarde había hecho uso de esa invitación.

Mackenzie gruñó:

—No me preguntes si me siento feliz, madre. —Le ofreció una taza de té—. Me haces recordar aquel sentimiento de depresión que tenía siempre en casa. —Revolvió su taza de té—. Me siento feliz a un noventa y nueve por ciento. Creo que esto es perfecto.

—Entonces, ¿qué es lo que te falta para ser completamente feliz? —le preguntó Esther con preocupación.

—¡Oh, mamá! —exclamó Mackenzie, sentándose en el brazo del sillón de la madre y acercándose para abrazarla—. ¡Te echo muchísimo de menos!

—Me has dejado rodeada de hombres —dijo Esther—. Yo también echo de menos a mi hija.

Abrazó a Mackenzie y el olor familiar a la crema para manos Jurgens y a jabón le hicieron recordar el pasado, cuando corría hacia su madre para contarle cualquier pequeño problema.

—Amo mi trabajo. Adoro la tienda nueva y también este piso. ¡Estoy feliz! —dijo.

—No te he oído decir que ames a tu... amigo. Sin embargo, estáis viviendo como marido y mujer. —Esther la miró con su habitual expresión para hacerla sentir culpable.

—¡Oh, ya lo has hecho! —gritó Mackenzie—. Tu expresión lo dice todo: «Si al menos se asentara junto a un dentista judío...». Bien, lo siento. Alistair no es dentista, mamá.

—Y me imagino que tampoco es judío.

Mackenzie estalló en carcajadas.

—Bien sabes que no lo es, pero acabo de enterarme de que es hijo de un lord inglés.

—¿Lo quieres, cariño?

Mackenzie se sentó en el suelo y exhaló un largo suspiro. Ya no podía confiar en Esther. ¿Cómo podía contarle los problemas de sexo y de drogas que tenía él? Contempló cómo su madre examinaba el piso intentando mostrar una sonrisa de aprobación ante los espacios vacíos, pero llenándolos mentalmente con tapices y fundas de plástico.

Esther se levantó con dificultad.

—¡Enséñame la cocina! ¿Qué tipo de comida cocinas para ese Alistair que está en los huesos?

Acompañó a su madre hasta la brillante pero poco utilizada cocina.

—La mayoría de las veces comemos fuera, mamá.

Era lo mejor de tener mucho dinero: no necesitar nunca ir al mercado o cocinar. Habían experimentado con restaurantes japoneses, mexicanos o tailandeses. A veces cenaban en restaurantes elegantes o de moda, para impresionar a la gente. Alistair reservaba una mesa y aparecían vestidos con ropa hippy o con modelos extravagantes de la tienda y pedían el mejor champán y la comida más cara, antes de ir a Max's Kansas City o The Scene a divertirse toda la noche fuera de casa.

Esta situación era tan divertida, tan extraña, pensó Mackenzie. Dos muchachos con éxito, con dinero, comportándose como colegiales traviesos, a los cuales todo el mundo consideraba demasiado importantes para denunciarlos al director.

El dinero también permitía ir a arrasar las tiendas. Mackenzie siempre había sido una compradora impulsiva. Ahora, cuando iba a Capezio y no se decidía sobre el color a elegir, simplemente compraba todos los colores. Zapatos de todos los colores del arco iris y medias a juego. Papelería con monograma en Tiffany, comida en las secciones *gourment* de Bloomingdale. Todo lo que había soñado que podía hacer y comprar. Era divertido pero, una vez que tenía todo en casa y lo acomodaba, parecía que no significaba nada: sólo parecía atractivo cuando estaba en las tiendas. Más tarde, cuando las cosas empezaron a ir mal, solía decir: «Quienquiera que haya acuñado eso de que el dinero es la raíz de todos los males, tenía mucha razón». Sin dinero, Alistair jamás habría sido capaz de permitirse las drogas más caras y las mejores. De no haberlo tenido sin duda habría progresado...

Una semana después de regresar de París, Mia seguía recluida en el piso de Wayland. Su única distracción era ir a comprar alimentos en la tienda Gristedes, que estaba al lado, y dedicar luego el resto del día a prepararlos. A veces se sentaba ante su viejo escritorio y diseñaba nuevas ropas para una colección imaginaria.

—Eres demasiado bonita para recluirte, gatita —le dijo un día Wayland cuando habían transcurrido dos semanas desde su regreso, mientras comían un complicado plato que había cocinado—. La cena es fantástica, pero no estás utilizando todo tu talento. ¿Por qué diablos no diseñas una pequeña colección para Headquarters?

Ella levantó la vista y lo miró con esperanza.

—Si mi madre sabe que me estás ayudando, te cortará en trocitos.

Wayland se encogió de hombros.

—Entonces, utiliza un nombre distinto, algo que suene a francés o italiano.

—¿Así que le tienes miedo?

Él bajó los ojos.

—Es sólo por el bien de la tienda. Si deja de prestarnos atención, perderemos dinero. Cuando *Divine* muestra algo de lo que vendemos, no puedes imaginarte la cantidad de pedidos que tenemos.

Mia se levantó para retirar la mesa.

—A veces siento que debería olvidarme para siempre de la moda y empezar una nueva carrera...

—¿Como dedicarte a la higiene dental? —le espetó Wayland—. ¿No recuerdas que eres mi inversión? Espero mis beneficios.

Ella estaba en pie, detrás de él, con las manos apoyadas en sus hombros.

—¡Te has portado tan bien conmigo! Pero, si comienzo a diseñar de nuevo, bajo un nuevo nombre, necesitaré más dinero para materiales, pruebas, trabajadores, cortadoras, etc...

—Mia... —Se volvió para hablarle—. Mi madre me dejó medio millón de dólares y estoy decidido a invertir en ti. Estoy convencido de que ayudaste a Roux con su famoso éxito de la temporada pasada y su ropa se está vendiendo de un modo increíble.

Mia llevó los platos a la cocina. Cuando regresó, se inclinó para abrazar a Wayland y le dijo:

—Tengo que hacer algo. Ya pensaré en ello.

A la mañana siguiente tenía pensado un nombre para su colección: Anaís, por su escritora favorita, Anaís Nin, y Du Pasquier, por su encantadora amiga de la escuela, que era medio suiza. Anaís du Pasquier sugería un mundo de belleza, de lujo y extravagancia.

Ahora que ya tenía el nombre, los diseños le llegaban fluidamente a la cabeza. Se sentó ante la mesa de dibujo durante días y todo su amor por la moda resurgió y brotó de ella. Eran los diseños que habría preparado en el despacho de Phillipe Roux para la próxima temporada, si todo hubiera marchado bien entre ellos. Pero estos diseños suyos no llevarían otro nombre. Eso le proporcionaba un gran orgullo y se puso muy contenta cuando Wayland se entusiasmó con ellos.

Él la puso en contacto con alguien que podía guiarla para encontrar buenos operarios y así poder empezar a visitar fabricantes y ser capaz de preparar una pequeña colección de ropa para la primavera.

No había llamado ni a David ni a Mackenzie para decirles que estaba de regreso. Estaba al tanto de los éxitos de Mackenzie por *Confidencias* y *WWD*. Miraba detenidamente las fotografías de Mackenzie y Alistair en las inauguraciones y los restaurantes. Era difícil relacionar a esta mujer de aspecto refinado de las fotografías con aquella chica regordeta y basta que había conocido en la cafetería de la vuelta.

¡Dios, parecía haber pasado tanto tiempo! Antes de verlos, tenía que poner en orden su propia historia, tenía que tener preparadas todas las respuestas para las preguntas que ellos le iban a formular.

También necesitaba un poco más de tiempo, antes de ver a David. Quizá lo pudiera ver más tarde, cuando sintiera que el frío dolor que le provocaba pensar en Phillipe se había desvanecido, cuando pudiera dejar de revivir esa noche con él que le había proporcionado tanta excitación y tanto placer, cuando pudiera dejar de soñar que él la abrazaba y la besaba, cuando las mañanas dejaran de ser un progresivo desencanto a medida que se iba borrando la nítida imagen soñada de su cara, sus ojos ardientes, su voz profunda...

A veces sentía necesidad de un descanso y salía a pasear por las antiguas calles de la ciudad, deteniéndose en cualquier cafetería para tomarse un chocolate caliente, como lo hacía en París. Se preguntaba cómo estaría su madre. Quería verla y pedirle perdón: se sentía amargamente avergonzada de haberla herido. Deseaba verla y enfrentarla, incluso gritarle, culparla y perdonarla. Quizás entonces podrían empezar una nueva relación.

Una tarde, uno de sus paseos la condujo a la casa de su madre. Miró su reloj: eran las seis. Posiblemente Coral estuviera en casa, después de un día de trabajo en la revista. En un impulso decidió intentar verla.

El viejo portero irlandés, Jimmy, estaba de servicio.

—¡Señorita Mia! —la saludó con afecto—. ¿Cómo le ha ido todo? Sabía que estaba viviendo en Francia.

Ella le sonrió.

—Me alegro de volver a verlo —le dijo—. Acabo de regresar. ¿Está mi madre?

—Hace diez minutos que llegó. —Él oprimió el botón del ascensor—. ¿Por qué no sube?

Mia dudó. Sintió un repentino retortijón de miedo en su estómago.

—Tal vez sea mejor que primero hable usted con ella. Dígale que estoy aquí...

Jimmy se acercó al interfono y llamó.

—¿Señora Stanton? Mia está aquí. ¿Quiere usted que suba? —Le tendió el tubo a Mia—. Desea hablar con usted.

Mia cogió el teléfono y Jimmy se alejó para ayudar a alguien a descender de un taxi.

—¿Has vuelto? —gruñó la voz de Coral en el aparato.

—Hola, mamá. ¿Cómo estás?

—Bueno, sobrevivo. ¿Qué querías?

—Pasaba por aquí y pensé que quizá podía...

—¿Verme? ¿Echar un vistazo a mi cicatriz? —la interrumpió Coral.

—En realidad quería...

—¿Pedirme perdón? No, Mia. No te daré el regalo del perdón. Me alegra saber que has regresado. Así podré advertir a todo el mundo —incluido Wayland— que no te brinden ningún tipo de ayuda.

—¡Oh, madre, no puedes ser tan vengativa! No quería hacerte daño. ¿No podemos olvidarlo todo? Sabes que me provocaste de un modo terrible. Me contaste un montón de mentiras sobre Phillipe.

La línea se cortó con un «click», y Mia se quedó en el vestíbulo, con las lágrimas surcándole las mejillas.

18

Mackenzie se encontraba en su estudio de diseño, rodeada de estuches de joyas, telas, resplandor y destellos, cuando llamó Mia.

—¡Mia! —gritó al oír aquella apacible voz familiar—. ¿Dónde diablos estás, en París o en Nueva York?

—Tan sólo a unas manzanas de aquí... Estoy viviendo en casa de Wayland.

—¡Magnífico! ¡Fabuloso! ¿Cuándo has vuelto?

—Hace unas dos semanas. Ése es el tiempo que me ha llevado recobrarme del viaje.

—¿Y de tu madre, de Phillipe, del *shock* cultural y todo eso? —rió Mackenzie—. ¡Oh, Mia! ¿Qué le ha pasado a tu madre en la cara? Cada uno tiene su teoría. *Confidencias* ha insinuado que ha tenido un romance con un modisto de París. ¿Se trata de Givenchy? ¿Qué otro podría ser?

—¡Adivínalo! Te doy tres oportunidades —dijo Mia.

—¡Oh, no! ¡Dios mío, quiero que me cuentes todo!

—Es una larga historia, Mackenzie. Necesitaría un largo almuerzo para contártela.

—¿En algún sitio elegante? Yo invito, ¿de acuerdo? Sólo que ya nunca mantengo largos almuerzos. No paro de trabajar. Mis hermanos me apremian para que contrate a diseñadores como ayudantes, pero yo..., quiero decir, ¿para qué me metí en este negocio? Para diseñar, ¿no? Así pues, ¿cómo voy a dejar que diseñen otros?

—Supongo que tienes que aprender a delegar responsabilidades...

—Sí, ahora tengo un imperio, Mia. Max y Reggie quieren abrir toda una cadena de tiendas.

—¿Cuándo podemos vernos?

—Mañana voy a una manifestación... Ahora me preocupa la política, Mia. Vamos a ocupar Washington Square para protestar contra la guerra. ¿Por qué no vienes?

—Preferiría que nos encontráramos en algún sitio tranquilo, donde podamos hablar...

—Entonces en el Serendipity, mi local favorito. ¡Bienvenida a casa, querida!

Mia colgó. La misma Mackenzie de siempre... Está tan absorta en su propia vida, que ni siquiera se ha interesado por mis planes.

Mackenzie trazaba deprisa sus esquemáticos bocetos en un enorme cuaderno de dibujo. Acudía a las manifestaciones de protesta desde que sus ex compañeros de piso la habían llevado a una manifestación en Central Park. ¡Manifestarse era una de las cosas en las que más empeño había que poner! Su presencia en tales eventos era puntualmente recogida por el fotógrafo de *Confidencias*, y las fotos salpicaban las crónicas bajo titulares como «¡Rebeldes con causa!». *WWD* a veces la encasillaba en su categoría de «chicos exquisitos». Todo aquello era publicidad.

Durante los últimos meses, las reuniones del consejo de *Gold* habían tenido lugar en su piso. Lo malo que tenía eso era que su padre y sus hermanos esperaban que les sirviera algo de comer. Hoy los esperaba. Llegarían dentro de una hora.

Se levantó de un salto de su mesa de dibujo para ir a buscar a Alistair. Él nunca había aceptado el hecho de ser excluido de tales reuniones. Ya le disgustaba bastante cuando se trataba sólo de la familia, pero últimamente Ed Schreiber se había unido al consejo, en calidad de director financiero, por lo que se sentía muy resentido. Lo encontró tomando café en la cocina.

—¿Te vas? —preguntó ella en tono casual, sirviéndose un poco de café.

Él alzó la vista.

—Ya sé que hoy tienes reunión, si es eso lo que quieres decir.

—A veces pienso que Abe sólo viene por los bocadillos —dijo, intentando bromear. Alistair se limitó a hacer una mueca.

Las reuniones siempre la aburrían, pero ahora que tenían el mágico ingrediente de la presencia de Ed Schreiber, las encontraba mucho más interesantes. Ed tomaba notas mientras dirigía a Mackenzie miradas de sincero interés, de inquietud, y... sí, de deseo. Ella se daba cuenta de que coqueteaba con él, y no podía evitarlo. Ed era el primer hombre al que había deseado y él también la deseaba a ella. Esto era algo animal, incontrolable. Se esforzaba en parecerle atractiva, y siempre había alguna reacción de su parte: abría los ojos con asombro o se sonrojaba súbitamente. Una vez lo sorprendió acomodándose los pantalones y sintió un estremecimiento de deseo al cruzarse sus miradas.

Aquella mañana, cuando Alistair se marchó, ella se apresuró a esconder un bote de hierba, poniendo un enorme pote de café en su lugar.

Los hombres llegaron puntualmente a mediodía, y Reggie empezó a gruñir antes de quitarse el abrigo.

—En el *Women's Wear* aparece una foto tuya, y llevas una maldita banda de paz en la frente —le dijo a Mackenzie.

—¿Y qué?

—¿Crees que está bien que se te vea metida en cosas de política? Algunos están recibiendo palizas por quemar cartillas militares y todo eso...

—¿Y qué? El día que sea tan cobarde que me dé miedo manifestarme por la paz, puede que pase de todo y me largue a Rusia.

—¿Ah, sí? Bueno, nuestra política de empresa debería...

—¡Vete a la mierda, Reggie! ¿Desde cuándo tenemos una política de empresa?

Entraron en el salón, donde zanjaron los asuntos básicos tan deprisa como pudieron. Sus hermanos siempre la trataban con resentimiento. Eso la enfurecía, pero se decía a sí misma que debía mostrarse fría e ignorarlos. «Eres más astuta que ellos», no dejaba de recordarse. Su padre se hacía viejo y ya casi no intervenía. Sólo le gustaba discutir de los ingresos de capital. Puesto que Ed era el único miembro del consejo que no pertenecía a la familia, ejercía sobre todos ellos una influencia apaciguadora.

Siempre estaban hablando sobre una posible expansión: dónde abrir la próxima tienda *Gold*.

—¿Qué tal Boston? —preguntó Reggie—. He oído decir que Cambridge se está poniendo de moda. Están los estudiantes, la gente joven... —Hubo un silencio de expectación. Mackenzie desvió su mirada de Ed, para encontrar que todos esperaban su comentario.

—Yo ya había dicho que la próxima tienda estaría en Boston —convino—. Habrá que hacer un estudio. Enviaremos a alguien para que registre la afluencia de transeúntes en diversos barrios... —Se detuvo bruscamente—. ¿No tenéis hambre? Yo estoy desmayada.

Mientras preparaba la bandeja en la cocina, Ed se acercó a ayudarla.

—Tengo que verte —susurró él con tono apremiante.

Ella lo miró a los ojos y vio su mirada de preocupación.

—Vuelve cuando todos se hayan ido —respondió.

Apenas pudo esperar a que se acabaran el maldito pastrami. Parecía que masticaban con especial lentitud, y no dejaban de pedir más café. Cuando se marcharon, ella corrió al cuarto de baño para pintarse los labios y ponerse rimel. «No se puede conquistar a un tipo con la blusa manchada de comida», pensó mientras se ponía una camisa de seda negra. Se detuvo un momento para verterse en el cuello una generosa cantidad de L'Air du Temps. «¿Estoy intentando conquistar a Ed?» La respuesta a eso podía hallarla en los nervios que sentía en el estómago. Se ahuecó el cabello. ¿Cómo se sentiría —se preguntó— si Alistair intentara cazar a alguna gatita? Intentó sentirse culpable, pero no podía.

«¡Mierda! —pensó—. Yo también puedo disfrutar. No pienso hacer nada.»

Cinco minutos después él llamaba a la puerta.

—He dado dos vueltas a la manzana... vives en un barrio muy bonito —sonrió tontamente—. ¿Te has cambiado de ropa por mí?

—¿Te has dado cuenta? —Soltó una risita y lo dejó entrar—. Creí que sólo te interesaban los números.

—Ya ves que no —rió él.

Se acercó a ella y le puso las manos en los pechos. Sus senos eran la parte de su cuerpo de la que se sentía más orgullosa. Eran grandes, firmes y redondos, y en las manos de Ed parecían aún más cálidos. Ella echó la cabeza hacia atrás, sorprendida, y se separó, mirándose la blusa semiabierta.

—¡Parezco algo salido de los años cincuenta! —exclamó para ocultar el estremecimiento del placer prohibido.

—Eso es porque yo te gusto casi tanto como me gustas tú a mí —dijo él.

—Voy a hacer un poco de café —comentó ella, al tiempo que se dirigía a la cocina.

Una vez allí contuvo el aliento, luchando por no perder el control. Sentía la excitación que siempre le provocaba el apetito de un hombre pero, por primera vez, ella compartía ese deseo.

Ed la estaba esperando en el amplio salón, mirando por la ventana.

—Las reuniones de negocios se han convertido en una especie de tortura sexual —le dijo cuando ella entró—. A veces me hace daño mirarte.

Ella le puso una taza de café sobre la mesa.

—No, Eddie —dijo—. Si sigues adelante, puede que me guste.

—Creía que la gente como tú estaba sexualmente liberada. —Él se volvió hacia la mesa y cogió la taza de café—. Me estás tomando el pelo, ¿no?

—Te deseo, ¿vale? —admitió ella—. Con locura. Pero te lo advierto, no juegues conmigo.

Él movió la cabeza.

—Admiro tu integridad, pero quizá no permanezcas tan íntegra cuando te diga lo que tengo que decirte.

—¿De qué se trata?

—Se trata de dinero, ¿de qué si no? Hay algunos gastos que no comprendo.

—Qué emocionante...

Él volvió a sacudir la cabeza.

—¡No digas eso! Un negocio que funcione bien debe poder dar cuenta de cada céntimo. Pero cada semana falta una cantidad fija. Alguien se la está apropiando. Sé que no son tus hermanos...

Ella se rió.

—Cuando ellos me estafen no será por cuatro perras.

—Doscientos cincuenta pavos por semana es algo más que cuatro perras. Estoy revisando los fondos de ventas de las tiendas, lo cual no es mi trabajo.

—No, es tarea de Reggie, pero él está demasiado ocupado en leer los cotilleos del *Women's Wear.*

—No me importa —Ed se encogió de hombros, parpadeando—. Hace que me sienta como un duende.

—Sólo Reggie, Max y yo tenemos llave de las cajas registradoras. Papá ya no suele ir por las tiendas.

—¿Y Alistair?

—Sí, a veces es él el que cuadra la caja —se detuvo—. No te gusta Alistair, ¿verdad? —pero mientras lo decía, supo que era él quien cogía el dinero. Eso explicaba la hierba de mejor calidad, el que siempre tuviera dinero a mano, toda su actitud con el dinero. Habían discutido con furia acerca de su salario cuando entró oficialmente en la nómina de *Gold*. Ella se dio cuenta de que ninguna cantidad le habría parecido bien. Tenía ideas bastante fantasiosas acerca de lo que se merecía.

—Yo también he hecho un poco de detective —le dijo a Ed—. ¿No podría ser que alguna de nuestras dependientas tuviera algún cómplice que se lleva ropa sin pagar?

—Es posible —dijo Ed no muy convencido.

—Me voy a dedicar un poco más a las tiendas —prometió ella—. Últimamente he estado muy ocupada, pero me gusta estar en contacto con los clientes. Si tan sólo tuviera un poco más de energía...

Cuando por fin Ed se marchó, se encontraba tan exhausta que llamó a un médico que le habían recomendado, y lo amenazó con suicidarse si no la examinaba aquella misma tarde. No era normal que se sintiera tan cansada. Salió del edificio, y se encaminó hacia Park Avenue.

Antes de que Coral se diera cuenta, había una nueva tienda en la planta de diseño de Headquarters, perteneciente a una nueva diseñadora, Anaís du Pasquier. La ropa no se parecía a la que había en Nueva York; era obvio que era de inspiración parisiense. Un cliente tocó la calidad de la lana y dijo:

—Phillipe Roux, Courrèges y Ungaro, unidos por un ángel.

Wayland, que rondaba por allí, sonrió.

Mia había estado inspirada. Había trabajado a velocidades increíbles, completando una pequeña colección para Headquarters justo dos semanas antes de Navidad. Encantado e impresionado, Wayland contrató una página entera del suplemento dominical del *Hew York Times* para anunciar «un nuevo departamento especial para una nueva diseñadora especial...». Se describía a Anaís du Pasquier como una parisiense que traía «detalles de *couture* del *prêt-à-porter*». La colección de doce prendas hechas a mano, lujosas, magníficas, era joven, refinada, clásica. Era lo que deseaban los miles de mujeres que ni eran «fans» de Los Beatles ni viejas extravagantes. La colección se vendió en una semana.

Wayland estaba entusiasmado. Mia había hecho un trato con un fabricante de abrigos de Nueva Jersey, y las prendas se entregaron directamente en Headquarters. Wayland volvió a hacer otro pedido en varios colores. Estaba preocupado por Coral. El mundo de la moda era demasiado inquisitivo, y Anaís du Pasquier no podría pasar inadvertida. A la oficina de prensa de Headquarters llamaron periodistas de *Confidencias* y *WWD*. Sabía que antes o después alguien se iría de la lengua, y Coral se enteraría y no le volvería a dirigir la palabra. Wayland la invitó a cenar e intentó sondearla acerca de Mia.

—Equivocarse es humano —le recordó cuando llegaron a los postres—, perdonar es...

—¿Divino? —Coral rió roncamente—. ¿A quién quieres que perdone? —preguntó.

Se encontraban en Rumors, un restaurante decorado en terciopelo burdeos, en la zona este, que atraía a una elegante multitud gracias a su cocina francesa y al pianista que interpretaba oscuras canciones de Broadway. Coral bebió un sorbo de café.

—¿No es hora de que perdones a Mia? —dijo Wayland con suavidad.

Coral puso en la mesa la pequeña taza de café.

—Ya has visto lo que ha hecho la carne de mi carne —se estremeció—. No pienso poner la otra mejilla. Podría ser que me la partiera también.

—Ella no quería hacerte daño —insistió Wayland.

Coral lo miró fijamente.

—Si fueras amigo mío dejarías de suplicar el perdón para esa mocosa. Tiene suerte de que yo no la denunciara... Podría estar en la cárcel. Y sé que está aquí; tuvo la desfachatez de llamarme el otro día desde el vestíbulo de mi apartamento. Me negué a verla...

Wayland dejó correr el asunto. Se dedicaron a los cotilleos habituales mientras terminaban el café.

Pasaron la tarde en el apartamento de Coral, bebiendo vodka.

—¿Estás colaborando con Mia en el terreno profesional? —preguntó Coral.

—¿Crees que lo haría? —dijo él de un modo evasivo.

—Sí. —Ella encendió un cigarrillo—. Siempre has tenido debilidad por Mia y ella se ha aprovechado de ello siempre que ha podido. Si dejas que te utilice ahora, quedarás excluido de mis amistades para siempre.

Wayland apuró el vodka con un gesto colérico.

—¿Y por qué habría de ser tan maravilloso contarse entre tus amigos? —le espetó.

Coral aspiró una bocanada de su cigarrillo antes de contestar.

—Creo que no es precisamente un mal negocio contar con nuestro apoyo, con créditos ilimitados...

—¡Oh!, no intentes que me sienta agradecido —la interrumpió Wayland con brusquedad—. Tú estás en deuda conmigo después de aquellos premios que concedimos a Roux. ¡Me persuadiste para que le hiciera un contrato de dos años, y ahora lo condenas al olvido porque no quiso follarte!

Coral abrió los ojos sorprendida.

—Qué forma más cruda de decirlo —replicó. Advirtió que Wayland estaba borracho y no pudo evitar sonreír con ironía—. Te voy a decir una cosa, Wayland —continuó—: ¡Si hubieras visto el... aparato de Phillipe Roux, pensarías que follar con él es una especie de bendición!

A Wayland se le escapó una risita, pero volvió a asumir su expresión iracunda.

—¿Qué te hace pensar que siempre vas a dirigir *Divine*? —preguntó—. *Confidencias* sigue publicando esos insensatos artículos y todo el mundo sabe que hablan de ti. En cualquier momento podrían cambiar el título de la columna «Tittle-Tattle» de cotilleo por el de «Las andanzas de Coral»...

Coral aspiró con furia el cigarrillo que acababa de encender.

—Howard Austin me la tiene jurada. Nunca me ha perdonado que no me enamorara de él. Debe tener sus puñeteros espías extendidos por todo Manhattan. ¡En cuanto paso una inocente velada en un club aparezco en su maldita revistilla!

—¿Inocente? Aquella noche, después de los premios, ibas colocada de ácido, ¿no es verdad?

—Y no veo el momento de tomarme otro. ¡Fue magnífico!

—¿Sí? Si vuelves a hacerlo, llegarás un día al trabajo y te encontrarás a la señora Donna Brooks en tu mesa.

—¡Él todavía no se ha casado con ella! —exclamó Coral.

Wayland se levantó, trastabillando. El alcohol le infundió valor.

—¿Sabes? Estoy harto de tu venganza contra tu propia hija —le dijo a Coral—. Es una buena chica y tiene talento. Deberías estar orgullosa de ella, en vez de odiarla.

—¿Orgullosa? —repitió Coral, volviéndose hacia el espejo de la pared para apartarse el cabello de la frente—. ¿Orgullosa de la marca que llevo como si fuera una res?

—Tú odiabas a Mia mucho antes de que te hiciera esa jodida cicatriz —replicó Wayland—. Gracias a Dios siempre me ha tenido a mí. Yo la protegeré.

—Puedes adoptarla legalmente si quieres —dijo alzándose de hombros—. Pero no esperes volver a conseguir un crédito nuestro. Yo eché a Phillipe Roux de la revista, y puedo hacer lo mismo con Headquarters.

—Y no esperes ninguna publicidad por nuestra parte —replicó Wayland, tras de lo cual recorrió el pasillo a grandes zancadas hasta llegar a la puerta principal—. ¡Buenas noches!

Coral lo saludó cortésmente con una inclinación de cabeza mientras él cerraba la puerta.

Wayland estaba furioso. Recorrió a toda prisa las pocas manzanas que lo separaban de su piso y llamó a Colin Beaumont antes de quitarse la chaqueta.

—¡Colin, no vas a creerlo! —dijo, y le hizo un relato de la pelea, con dramatismo de borracho—. Headquarters prácticamente le da de comer... le hacemos mucha publicidad. Estaba tan furioso cuando me fui de su casa que sólo tenía ganas de entrar al bar más cercano y darle a alguien un puñetazo.

—Me alegro de que no lo hicieras —respondió Colin en tono conciliador—. ¿Así que se ha declarado la guerra?

—Ahora te encargas tú de Coral. Te garantizo derechos exclusivos de visita.

La Navidad fue muy deprimente aquel año a causa de la lucha que se había declarado. Mia y Wayland invitaron a Colin a tomar una copa. La mayor expectación se centraba en el número pop de enero de *Divine*. Considerada el gran acontecimiento de las revistas de moda, se agotó en los quioscos y pronto se convirtió en un número para coleccionistas. Para aquel número, Avedon había recorrido las calles de Londres, posando con aspecto de aristócrata decadente con chalecos ribeteados y pantalones de elefante de satén negro. Mick Jagger había aparecido en las fotografías con el pelo enmarañado, y en Nueva York la compañía de Andy Warhol había posado desnuda, mirando a la cámara por encima de los hombros. Se anunciaba un número de revista de destape en Broadway. Coral estaba en su elemento, sin tiempo para echar de menos las atenciones de Wayland: estaba demasiado ocupada yendo a *happenings*, inauguraciones de galerías de arte y a un desfile de moda detrás de otro.

Una de sus modelos más delgadas le había hablado de las inyecciones para reforzar la energía de un tal doctor Robbins, en Park Avenue. Cuando le pidió que le especificara en qué consistían aquellas milagrosas inyecciones energéticas, la modelo había añadido:

—El complejo B, ya sabes.

Puesto que en realidad nadie sabía cuáles eran los componentes del complejo B, se sintió satisfecha.

Después del primer tratamiento, Coral volvió corriendo a la revista y preparó una sorprendente cantidad de artículos, coordinando colaboradores, temas y fotógrafos en medio de tal torbellino de actividad que los que estaban al tanto afirmaron que solo el *speed* podía ser la causa de aquella subida. Le gustaron tanto los efectos de la inyección que iba cada día, después del trabajo, a ponerse una.

El doctor Robbins era un hombre pequeño, delgado, nervioso, de unos cincuenta años. Tenía el pelo blanco y desgreñado. Era un hombre con una misión: había decidido salvar al mundo de lo que él llamaba «bajo nivel de energía». Nadie parecía cuestionar el hecho de que a su consulta sólo asistía gente de la moda y de los medios de comunicación. En la sala de espera, decorada con la más alta tecnología, con sillones de metal y ante, Coral apenas dirigía breves miradas al resto de los pacientes, oculta tras sus gafas Givenchy. A veces tenía que esperar hasta media hora para que le pusieran la inyección y, durante una de esas esperas, se abrió la puerta y entró Alistair. Intercambiaron miradas. Él se sentó a su lado, jugueteando nerviosamente con los dedos en el estrecho brazo de la silla Breuer. Por fin se inclinó hacia adelante, tendiendo la mano.

—Alistair Briarly —dijo, quitándose las gafas oscuras y besando la mano de Coral—. Trabajo con Mackenzie Gold.

—Claro —murmuró Coral, sin quitarse las gafas.

—¿También está bajo tratamiento? —preguntó él con suavidad.

—¿Cuál? ¿El complejo B? ¡Es milagroso!

—Enhorabuena por el número pop. A Mackenzie le encanta cómo publica usted sus diseños. No se la ve muy a menudo... ¿Ya no acude a los clubes?

—*Divine* es un jefe muy celoso —respondió ella—. Me exige cada segundo de mi tiempo.

Cuando la enfermera la llamó, se despidió de Alistair con elegancia. Se sentían tan violentos por aquel encuentro que lo habrían mantenido en secreto, pero había mucha gente del mundo de la moda en la consulta y contarían aquella breve entrevista a sus amigos y contactos.

Las más altas personalidades del mundo de la moda seguían visitando la torre de marfil de Coral. Hubert de Givenchy siempre pasaba una tarde con ella cuando estaba en la ciudad y siempre llevaba a su musa, Audrey Hepburn. Yves Saint Laurent acudía con su *manager*, Pierre Bergé. Todos los enemigos de Coral la perdonaban en cuanto les concedía un generoso espacio en *Divine*. Así era como funcionaba el mundo de la moda.

—Pero los días de su reinado están contados —explicó Donna Haddon por teléfono a *Confidencias*—. Le doy... bueno, seis meses más si no se comporta con más coherencia.

—¿Crees que es el momento de publicar lo que sabemos sobre ella? —preguntó Howard Austin.

—Adelante —replicó Donna Haddon.

—¡Anaís du Pasquier! —gritó Coral al teléfono—. ¡Alguien debe saber quién es!

—Lo siento, señoras Stanton —replicó tajantemente la encargada de prensa de Headquarters—. No podemos proporcionarle ninguna entrevista con la señorita Du Pasquier. Pasa en París la mayor parte del tiempo.

—Muy bien. Llámeme en cuanto esté en la ciudad —ordenó Coral—. Quiero una exclusiva. —Colgó con brusquedad el teléfono. La inyección matutina parecía no haberle hecho efecto. Probablemente se debía a que tenía una cita para almorzar con Donna Haddon.

—Siento que ella es una amenaza —le dijo Coral a Colin

por teléfono—. No parece ambiciosa pero, ¿qué otra cosa sino la ambición podría impulsar a una mujer joven a acostarse con Lloyd?

—¿No puedes enviarla con algún encargo a Alaska? —sugirió Colin.

—O eso o la invito a comer e intento que nos hagamos amigas.

Coral había programado un almuerzo de trabajo con Donna. No obstante, el chófer de Lloyd las estaba esperando en su Rolls Royce cuando salieron juntas del edificio.

—Él ha insistido —rió Donna, ayudando a entrar a Coral—. Está tan emocionado con este almuerzo... A veces es como un niño.

Coral se tragó la ácida respuesta que estaba a punto de darle y estudió el atuendo de Donna. Llevaba un brillante traje sastre. Un traje de pantalón en algodón, con un pañuelo rojo en la cabeza, y una gabardina hasta el suelo, forrada de visón, que llevaba descuidadamente abierta a pesar del frío de enero. «*Touché!*», pensó Coral secamente. Y con su sueldo. Era asombroso que no le hubiera dejado puesto la etiqueta.

Donna se echó hacia atrás en el asiento de piel cuando el coche salió de la curva.

—Esto es fantástico —se entusiasmó—. Tengo muchas ideas que discutir contigo sobre algunos artículos de deportes.

Coral cerró los ojos por un instante. Llevaba un traje blanco de lana y una blusa de seda violeta debajo, con la que hacían juego las medias, y un abrigo blanco de cintura ancha. El pelo rojo fuego estaba peinado a la moda. Donna olía a aire fresco y a colonia Hermes. Sus sinceros ojos grises brillaban en su rostro luminoso y saludable.

—¿No te importa que no vayamos a La Grenouille? —Coral le dirigió una sonrisa deslumbradora.

Donna también sonrió.

—Oh, Lloyd y yo vamos allí demasiado a menudo. De todas maneras, no tienen mucha variedad para una vegetariana como yo.

Coral la miró.

—Hamburguer Heaven —le indicó al conductor—. Estoy segura de que podrán hacerte una ensalada —dijo volviéndose hacia Donna—. A propósito, me gustaron las fotografías de

Hyannisport... con el tenis y el golf como telón de fondo. Tu fotógrafo es todo un hallazgo.

—Me alegra que te guste. ¡Yo estoy entusiasmada con su trabajo!

Al llegar al restaurante, Coral le dijo al chófer que volviera a recogerlas en una hora. Permitió que Donna le abriera la puerta para cederle el paso.

—Será un almuerzo corto y ligero, Donna; a las dos tengo una sesión de fotografía.

Las dos pidieron el plato especial de la casa y apenas lo probaron. Endulzaron con sacarina sus tés helados.

—Coral, todas esas estrellas del pop, el cine y el teatro en *Divine*... —comenzó Donna—. ¿No te parece que empezamos a parecernos a *Photoplay*? ¿No podríamos sacar más artículos sobre estrellas deportivas en vez de esos tipos vulgares?

Coral jugueteaba con una hoja de lechuga. Frunció el entrecejo.

—¿Vulgares? ¿No incluirás en esa categoría a Julie Christie y a Mick Jagger y ese tipo de gente, no? Debemos hablar sobre gente que tenga una influencia en la moda.

—Creo que el deporte y las personalidades del deporte ejercen más influencia sobre la moda —dijo Donna.

—¿Cómo? ¿Con sus chandals y sus pantalones cortos y sus cuerpos atléticos? Yo no tengo esa impresión en absoluto.

—¡Ah, pero yo sí! —replicó Donna—. ¿No podríamos al menos utilizar modelos más deportivos?

—¿Pero por qué... —Coral encendió un cigarrillo— si disponemos de gente exótica como las superestrellas de Andy? Viva es sensacional. Eddie Sedgewick lleva estupendamente la ropa... ¡Utilízala a ella! Tal vez ninguno de ellos podría correr una maratón, pero tienen *chic*.

—Los entrenadores olímpicos me informan cuando tienen a alguna chica especialmente fotogénica —insistió Donna.

Coral alzó la vista.

—Esto me recuerda mis discusiones con la pobre Maynard Cowles para que me permitiera sacar en los artículos a las estrellas del rock. —Estalló en sonoras carcajadas.

Hacia el final del almuerzo, Coral se ensarzó en un monólogo acerca de sus planes para *Divine*, y sobre lo buena que era como diseñadora Anaís du Pasquier.

—Es un asunto muy embarazoso no tenerla en la revista, pero no estoy en buenas relaciones con Wayland Garrity —confesó.

—¿Quieres que me ocupe yo de ello? —preguntó Donna en tono casual—. Siempre me encargo de la ropa de HQ...

—Ni lo intentes, querida. —Coral sacudió la ceniza del cigarrillo.— Es un asunto totalmente personal entre Wayland y yo.

—¿Ése es el motivo de que HQ cancelara su publicidad? Lloyd se sorprendió mucho.

Coral se encogió de hombros.

—Conseguiremos más publicidad. No sólo dependemos de la cuenta de HQ...

—¿Y qué pasa con los premios de moda de *Divine*? ¿Es que no se darán el año que viene?

—Mmm... Estoy segura de que para entonces volveremos a ser amigos. Ya sabes cómo es el mundo de la moda, Donna. —Pagó la cuenta y se inclinó para decirle en tono confidencial—: Te voy a decir una cosa. Hay un lugar en *Divine* para los deportes y la ropa deportiva. Siempre lo habrá, Donna.

Donna sonrió, alzando levemente las cejas.

Coral bajó la voz hasta convertirla en un susurro, obligando a Donna a acercarse más.

—Pero ese lugar está al final de la revista...

Donna entornó los ojos.

—¿Y París? —preguntó, casi rechinando los dientes.

—No sé si debería ir esta temporada —contestó Coral con vivacidad—. No les vendría mal que alguna vez los ignorara. Son demasiado arrogantes. ¡Ese Phillipe Roux y su horrible asistente! Balenciaga y Givenchy son los auténticos creadores, y ellos ni siquiera darán un pase a la prensa.

El almuerzo terminó en un ambiente de fría cortesía. Coral sintió que había ganado la contienda. Los aficionados siempre promocionan las prendas deportivas porque es algo mucho más fácil de entender. Basta con ponerles a las modelos un par de cintas en la frente y hacer las sesiones en algún elegante club de tenis. Acompañó a Donna hasta el Rolls. No tenía por qué preocuparse, decidió: la chica no estaba preparada para ocuparse de la auténtica moda.

Aquella misma tarde, Lloyd la llamó a su oficina.

—Gracias por llevar a Donna a almorzar —dijo, radiante de

alegría—. Te admira mucho, Coral. Quiero que os hagáis amigas. El mes que viene sustituirá a Amy Horton en la edición de modas.

—¿Ella? —Coral dio un respingo y se apoyó en la mesa.

Amy Horton era una magnífica ayudante a la que ella había ascendido a editora de modas, aunque sin concederle ningún poder real. Amy se limitaba a ayudar a Coral en las sesiones fotográficas, encargándose de tener a punto los accesorios.

—Es una chica estupenda, ¿verdad? —comentó Lloyd.

—Encantadora —acertó a decir Coral—. Totalmente adorable...

—Bueno, ¿y qué es lo que pasa con París? —preguntó Lloyd—. ¿Es verdad que le has dicho a Donna que quizá no vayas esta temporada?

Coral se dejó caer en una silla y revolvió en su bolso buscando el tabaco.

—Todo ha sido muy rápido este año. —Coral se tocó con nerviosismo la cicatriz—. Ya sabes el mal rato que pasé la última temporada con lo de mi... mi accidente. Ya no estoy segura de que París sea tan importante.

Lloyd jugueteaba con el bolígrafo, observándola.

—Eso sentaría un precedente muy peligroso. Los lectores esperan que *Divine* presencie y comente las colecciones en París.

—¡Ya es hora de que incomodemos a los franceses! —rió Coral. Encendió un cigarrillo y aspiró una bocanada—. Ya no son ellos los que gobiernan el mundo de la moda, Lloyd. Está Londres, Nueva York, Roma... Si ignoramos a los parisienses tal vez se les bajen los humos. Nuestros lectores lo entenderían.

—¿Esto no tendrá nada que ver con tu enemistad con Phillipe Roux, verdad?

—No me digas que lees las groseras columnas de *Confidencias*, Lloyd. Bueno, nunca he dejado que nadie se interponga entre mí y la auténtica moda... Eso iría en contra de todos mis principios.

—Hmm... —Lloyd frunció el entrecejo, pensativo—. A nuestros clientes franceses no les va a gustar. Coral, estás empezando a ponerte en contra de mucha gente con esa actitud altanera. *Divine* marcha muy bien ahora, pero no quisiéramos perder a ninguno de nuestros clientes. ¿Puedes decirme por qué Headquarters ha cancelado las diez páginas que nos pedía al mes?

Coral exhaló el humo con impaciencia, haciendo un gesto con la mano.

—Es cosa de Wayland Garrity. Nos hemos peleado. Volverán a nosotros...

Lloyd se encogió de hombros.

—Wayland Garrity —dijo, repiqueteando con los dedos—, Phillipe Roux... y Howard Austin de *Confidencias*, que es obvio que está llevando a cabo alguna venganza...

—¡Tendría que haberlo demandado! —estalló Coral.

—Coral, *Divine* no es un tribunal a tu servicio. Es una publicación con fines lucrativos... una revista de la que estoy muy orgulloso.

Coral le dirigió una mirada herida.

—Nunca me habías hablado así, Lloyd. ¿Es esto un precedente de lo que serán las cosas cuando Donna se convierta en la señora Brooks?

—No quiero que las cosas se desmanden —dijo Lloyd con firmeza—. Si no quieres encargarte de la temporada en París, le diremos a Donna que se ocupe ella del asunto. Le encantaría hacerlo.

—¿Una editora de moda deportiva? —gritó Coral, maldiciéndose a sí misma—. Lloyd, amor mío, eso no puede salir bien. Sería añadir el insulto a la injuria... Tal vez sea mejor que vaya yo, después de todo. Podría hacer el reportaje de las seis colecciones más importantes. Me quedaría allí una semana...

Lloyd esbozó una sonrisa, echó la silla hacia atrás y se levantó para rodearla con el brazo.

—Sabía que entrarías en razón, Coral —comentó en tono de aprobación.

Ella se apartó de él, pasándose la mano por el cabello. ¿Por qué no le hacía efecto la inyección? Estaba deseando ponerse otra.

—Tengo que irme —dijo con brusquedad—. He de hacer las reservas en París y todo eso...

—Ya está todo arreglado, Coral —le aseguró—. Tienes la *suite* de siempre en el Crillon...

—¡No! —gritó ella—. ¡No pienso volver allí!

Él la miró como si estuviera loca y ella le rozó el brazo con la mano, intentando controlar su temblor repentino.

—¡Quiero ir al Ritz, Lloyd!

—Muy bien —respondió él con un gesto de indiferencia—.

Quiero que estés contenta, Coral. Y la próxima temporada quiero que lleves a Donna contigo; deseo que le enseñes los trucos del negocio y todo eso.

Coral se estremeció. Lloyd la llamó cuando ya estaba en la puerta.

—¡Coral! —Ella se detuvo, mirando hacia atrás. Lloyd le mostraba un número de *Confidencias*—. ¿Has leído ya esta edición?

Coral negó con la cabeza y volvió sobre sus pasos.

—Tengo otras cosas más importantes que hacer... ¿Por qué?

Él le tendió la revista, abierta por la página de «Tittle-Tattle». Debajo de una silueta en negro del perfil de una mujer había un artículo que rezaba:

> ¿Cuál es la elegante editora que debe su actividad y eficiencia a un medicucho de Madison Avenue cuya distinguida clientela comparte las mismas características? Todos ellos son supertriunfadores, supereficientes, superdelgados y adictos a las inyecciones. También están todos superarruinados: Las inyecciones del doctor no son precisamente baratas. Los entendidos afirman que esas inyecciones están tan lejos de ser las vitaminas que pretenden que sería necesario llevar a cabo una investigación...

Coral leyó el artículo rápidamente y sin pestañear; luego arrojó la revista sobre la mesa de Lloyd.

—¿Por qué querías que leyera esto? —dijo con hielo en la voz.

Lloyd cogió la revista sin apartar sus ojos de Coral.

—No quiero que nadie que trabaje para mí, en alguna de mis publicaciones, se vea envuelto en un asunto de drogas. En especial si es del dominio público...

—¿No estarás insinuando...? —los ojos de Coral echaban chispas de ira—. ¡Oh, Lloyd, no puedes pensar...! Al fin y al cabo, hay un montón de editores en esta ciudad...

—¿Has ido a ver a ese médico? —preguntó Lloyd.

Coral se irguió tan alta como era, quedando muy por encima de Lloyd, que estaba sentado.

—Yo también tengo algunas preguntas —dijo, inclinándose sobre Lloyd—. ¿Acaso el último número de *Divine* no fue el mejor que hemos editado? ¿No estamos batiendo records de publicación? Las ventas están subiendo, ¿no es cierto?

—Sí —asintió Lloyd—, pero, Coral... —Él también se levantó,

inclinándose sobre la mesa para cogerle el brazo—. No quiero que pongas en peligro tu salud. En nuestro mundo corren muchos chismes. Estás demasiado delgada, no tienes buen aspecto, y tu comportamiento cuando estuvo aquí Phillipe Roux despertó muchas habladurías...

Coral apartó la vista de él. Sus ojos centellearon.

—Esta conversación no tiene sentido, Lloyd —dijo por fin.

Al salir de la oficina volvió muy enfadada a su despacho. «Ha sido una brillante actuación, he de admitirlo», se felicitó. Marcó el número de la consulta del doctor Robbins en cuanto se sentó a su mesa.

—¿Natalie? —susurró con urgencia a la recepcionista—. La inyección de esta mañana no me ha hecho efecto. Estaré allí a las seis para ponerme otra.

Al salir de la consulta del doctor, Mackenzie se encaminó muy despacio hacia la Quinta Avenida. Se abrió paso entre la multitud, sintiéndose fría y confusa. Intentaba pensar, mientras esperaba que el semáforo se pusiera en verde. ¿Cómo no había tomado precauciones? Generalmente Alistair iba muy deprisa haciendo el amor, pero ella siempre, siempre, lo había apartado. Aquello debía de haber ocurrido uno de esos sábados por la noche en que estaban colocados y borrachos de champán, cuando ella ni siquiera sabía lo que estaba haciendo. Se maldijo. Se detuvo en un semáforo, estrujada entre la multitud que se agolpaba a su lado, y se protegió instintivamente el vientre con las manos. Esta acción involuntaria cambió su estado de ánimo. La naturaleza ya se estaba encargando de proteger al bebé. Se sintió sola con su secreto.

—¿Por qué habría de ser tan horrible? —se dijo en voz alta. Se había prometido que no tendría hijos hasta los treinta años, pero quizás este niño estaba destinado a nacer.

Sus amigos del Village dirían que eso era el *karma* y que debía acoger al niño que crecía en sus entrañas. Lo que ella más deseaba hacer, dejando a un lado todas las objeciones que iba a oponer su madre, era amar a ese niño, mimarlo y cuidarlo. Educarlo con amor. Y también tendría que tener un padre. ¿Pero un padre que estafaba a su propia mujer?

Cuando llegó a casa, se puso a registrar sistemáticamente los bolsillos de Alistair. De pronto se detuvo. ¿Qué es lo que espero encontrar?, se preguntó. ¿Facturas de drogas?

Cuando Alistair llegó a casa esa tarde, ella se arrojó en sus brazos.

—¡Ey! ¿A qué viene esto? —preguntó, agradablemente sorprendido.

—Te he echado de menos, estúpido —exclamó ella—. Incluso he descongelado algo para cenar.

—¿De veras? —comentó él, empujándola hacia la sala—. Escucha, Mack, ¿qué te parecería tener guantes de deporte Gold?

Ella profirió un gruñido.

—¿No crees que por ahora tenemos suficientes artículos? No quiero diseñar rollos para empapelar paredes ni tazas de inodoro, Alistair.

—Te estoy hablando de guantes, no de tazas de inodoro. Son sólo para cubrir los dedos.

—Y tienen que estar bien fabricados y bien acabados. Y no pueden ser de piel. Acabo de unirme a un movimiento de defensa de los animales.

Alistair se dio una palmada en la frente, sin dejar de mirarla.

—¿Quién te ha convencido? ¿Luke?

—Nadie me ha convencido de nada. ¿Es que todavía no me conoces? —barbotó Mackenzie.

Alistair sacudió la cabeza.

—Compartir el piso con esos dos chicos exquisitos es lo peor que has hecho en toda tu vida.

—¿Por qué? —Se volvió hacia él—. ¿Porque han hecho que sea más consciente, más humana? No quiero ser responsable de la matanza de más animales. ¿No puedes respetar mis ideas?

—¡Se trata sólo de un guante, por Dios! —Vertió en un vaso un poco de vino de una botella que había descorchado. Ella se acercó a él, y de repente se acordó del niño y sacudió la cabeza.

—Te estás convirtiendo en una perfeccionista —se quejó él.

—Sí, y si no lo fuera, tú no tendrías esta magnífica vista de Manhattan y no beberías Château Rothschild —replicó ella. Se sentó en el suelo, observándolo mientras él liaba un porro con mano experta, lo encendía y aspiraba una buena bocanada.

—Beber y fumar —dijo Mackenzie—. Dentro de cinco minutos serás alguien inaccesible y no podremos hablar...

Él hizo un gesto de indiferencia, recostándose en el sofá.

—¿Y de qué tenemos que hablar? Acabas de dar al traste con unos cinco contratos posibles, negándote a utilizar piel o ante.

Llevo trabajando todo el día y, cuando vuelvo a casa, tú lo estropeas todo.

Ella movió la cabeza con suavidad. Sabía que se encontraba en un momento crucial del que dependía toda su vida futura. Si él le mostrara el más mínimo gesto de comprensión, podrían compartir sus vidas sin problemas. Si él se limitaba a ir de un lado a otro apartándose de ella, su hijo perdería a su padre natural.

—Nos prometimos que siempre seríamos sinceros —le recordó con calma—. Y eso implica que cuando estemos descontentos hemos de decirlo...

Alistair puso el vaso de vino sobre la enorme mesa negra.

—Supongo que yo estoy descontento, Mack. —Alargó el brazo para encender la lámpara de mesa. La luz se reflejó en la ventana—. Tu padre y tus hermanos hacen todo lo que pueden para dejarme de lado, y yo no me siento como un miembro de la compañía. Y almorzar con gordos fabricantes de guantes no es precisamente una realización profesional.

—¿Quién te ha pedido que almuerces con ellos? ¿Crees que me interesa mucho vender guantes?

—Se supone que he de promocionar nuestra firma.

—Hay muchas maneras de hacerlo. Podrías hacer una campaña publicitaria... hacer sesiones de fotografía de nuestros artículos, pensar en algún modo de atraer a todos esos quinceañeros cursis que piensan que nuestra ropa está muy lejos de ellos...

—Sí. —Alistair suspiró y aspiró una larga bocanada del porro—. En otras palabras, podría ser tu lacayo.

—¡No! —replicó ella arrebatándole el porro—. Te vas a colocar y estamos discutiendo algo muy importante.

Él recuperó el porro e inhaló otra bocanada.

—Puede que me convierta en tu lacayo pero, ¡maldita sea!, no impedirás que me fume un porro cuando me apetezca.

—Escucha... —Ella se sentó en el sofá a su lado, haciendo un esfuerzo por acercarse a él—. Sin ti no lo habría conseguido, en serio. Y nada saldrá bien si no estamos unidos. —Mackenzie apoyó la cara entre las manos y lo miró a los ojos, maravillándose una vez más de que alguien pudiera tener unos ojos tan claros. Eran tan ajenos al Bronx... Para ella, esos ojos significaban clase. ¿Podían ser unos ladrones los chicos con clase? Éste era el momento de decirlo. Oyó las palabras en su cabeza: «¡Estás robando dinero de las tiendas! ¡Me estás robando a mí!», pero no pudo pronunciarlas. Se sentía incapaz de acusar a un hombre que decía amarla.

—Yo quería ser alguien creativo —decía él—. Pero en cambio, la creativa eres tú...

—¿Estás celoso de mi creatividad? —preguntó ella—. Tú puedes ser tan creativo como yo, si quieres.

Él tendió los brazos para abrazarla, mirándola con tristeza.

—¡Oh, Alistair! —estalló ella—. Sabes que no puedo resistirme a tu actitud de niño perdido, maldita sea.

Cayó en sus brazos y él la estrechó contra sí. Durante uno o dos minutos, ella tuvo la ilusión de estar entre los fuertes brazos de un hombre. Ansiaba notificarle la buena nueva y de pronto se decidió a hacerlo.

—En realidad, has sido mucho más creativo de lo que te imaginas...

—¿Cómo?

—¡Has creado un bebé!

—¡No! ¡Mack! —La levantó por encima de él para poder mirarla, con el rostro iluminado por una sonrisa—. ¡Es increíble! ¿Cuándo lo has sabido? ¿Para cuándo será?

—Hoy. Esta tarde. Y nacerá en agosto. Un bebé veraniego...

—Pero... ¡Oh, querida! —Él la besaba en la cara, en los labios—. ¿Por qué diablos no me lo dijiste en cuanto llegué a casa?

—Para ser sincera, estaba pensando en abortar.

Alistair mudó el semblante.

—¡Oh, no, Mack! Tendremos al niño. Seré un padre maravilloso. Ahora tendremos que casarnos...

Ella se levantó del sofá de un salto y corrió hacia la cocina.

—¡Se me había olvidado la cena! ¡Se habrá carbonizado! Pensé que mamá y papá debían comer en... ¡Oh, Dios mío!

Él la siguió hasta la cocina y la abrazó por detrás mientras ella abría el horno.

—He dicho que tendremos que casarnos —repitió, frotando la nariz contra su cuello.

Ella se incorporó con lentitud y se volvió para mirarlo a la cara.

—¿Piensas que soy de esas chicas que creen que tienen que casarse en cuanto se quedan embarazadas? —preguntó—. Ya tendremos tiempo de sobra para casarnos algún día, si es que aún nos dirigimos la palabra...

Él se separó de ella. Se sentía herido e intentó disimularlo hurgando en la nevera.

—Esto hay que celebrarlo con el mejor champán —anunció.

Ella observó su forzada alegría, pensando que algo no marchaba bien. Pero cuando él le propuso un brindis, se estrechó contra él, posando sus labios en su suave pelo rubio, el mismo pelo que esperaba que tuviera el bebé.

—No me apartes de esto, Mack, por favor. Déjame que sea un padre de verdad.

Ella lo abrazó y le revolvió el cabello.

—Eso depende de ti, cariño —respondió con suavidad.

El champán los indujo a hacer el amor. Siempre era así. Estaban en el sofá del salón y, una vez concluida la botella, él empezó a acariciarla con ternura. Estuvo mucho tiempo ocupado en su entrepierna, primero con dulzura, después con dedos más insistentes, hasta que ella gimió. Él le provocó así un orgasmo y luego se echó rápidamente sobre ella penetrando en su cuerpo. En vez del bombeo habitual, se movió con suavidad en su interior, hasta que ella llegó a un clímax más intenso. Pero esta noche su placer tuvo una culminación agridulce. Dejó escapar un largo gemido mientras él se estremecía dentro de ella, y luego se relajó. Su futuro hijo los mantenía más unidos que nunca. De ahora en adelante ella y Alistair eran padres de un niño, estuvieran casados o no. Pensó en Ed, sintiéndose culpable, y por primera vez en su vida conoció el arrepentimiento.

Al día siguiente, en cuanto Alistair salió de casa, le dijo a Ed que fuera al apartamento. Se sentía cansada por las emociones de la tarde anterior, y habló con un hilo de voz:

—No quiero que le digas nada a nadie acerca de el dinero que falta. Yo misma lo pondré.

—¿No vas a presentar cargos? —Ed se recostó en el sofá, alzando las cejas.

—¡Oh, Ed! ¿Cómo iba a hacerlo?

—Pues simplemente viniendo conmigo a la comisaría más cercana.

Ella se pasó la mano por sus desordenados cabellos.

—No...

Se miraron unos instantes.

—¿No me ofreces un café? —preguntó él por fin.

Sonriendo, ella lo condujo hasta la cocina.

—Intenté cocinar anoche —dijo, señalando el caos a su alrededor mientras llenaba la tetera—. No debería hacer esas cosas.

Él observó como echaba el café en dos tazas.

—Es adicto a las drogas, ¿verdad? —preguntó—. Todo el mundo sabe que fuma marihuana. Pasará a drogas más duras... siempre lo hacen... en especial cuando pueden pagarlas.

—¡No quiero oír esas cosas, Ed! —dijo ella, acercándole un plato de galletas.

—¿Quieres oír un consejo? No me importa que sea inglés y tenga el acento más grandioso del mundo. También son humanos. Y no todos son buenos.

—Él no es malo, Eddie —respondió ella con calma.

Vio el interés en sus oscuros ojos azules y deseó que la abrazara y le diera fuerza y apoyo, todo eso que no podía ofrecerle Alistair. Cuando él se sentó a la mesa, ella se quedó de pie detrás de él y le puso las manos en los hombros.

—Voy a tener un hijo —anunció.

Él se volvió y la miró a los ojos.

—*Mazeltov* —dijo tristemente—. Ya veo. ¿Vais a casaros?

Mackenzie se encogió de hombros.

—Él quiere casarse, pero yo no estoy segura. Lo único que sé es que voy a tener al niño. Eso es lo primero.

—¿De verdad? —Ed hizo una mueca—. La mayoría de la gente diría que primero es el matrimonio y luego el niño...

—Sí, pero yo no soy como la mayoría de la gente, Eddie. ¿Todavía no lo sabes?

Él se levantó para quedar frente a ella.

—Has tenido exactamente la misma educación que yo. No finjas que no.

Mackenzie se rió.

—Se está llevando a cabo una revolución en este país, ¿no te has enterado? ¡Eddie, eres tan formal, tan estirado! Ya no tenemos por qué hacer las cosas como nuestros abuelos.

—Bien, enhorabuena —contestó él, tendiéndole la mano.

Ella se la estrechó, agradeciendo el calor y la seguridad que le ofrecía, y él no pudo evitar mirarla con arrobamiento. Se acercó a ella y, antes de darse cuenta, Mackenzie lo estaba besando estrechándose contra él. Ella entreabió los labios para dejar entrar su lengua y la succionó, metiéndola en su boca y dejando escapar un pequeño gruñido. Él la abrazó con fuerza sintiendo cómo sus cuerpos se tocaban desde los hombros a los muslos, sacudidos por una maravillosa corriente eléctrica.

—¡Oh, no puede ser! —murmuró ella.

Abrió los ojos y los clavó en los de él, llena de deseo. Era difícil hacer caso omiso de la inagotable energía sexual que el deseo de Ed le despertaba. Cerró los ojos mientras volvían a besarse, esta vez con más ansia. ¿Era eso amor? ¿Podía cogerlos tan de improviso? ¿Era esto lo que deseaba? Las manos de Ed acariciaron sus pechos dulcemente. Ella estaba temblorosa y húmeda. Ansiaba estrecharse desnuda contra él, acariciar su dureza entre las piernas, sentir que la penetraba... ¡Era una locura! Debía apartarse de él antes de que las cosas fueran a más. Lo abrazó una última vez y le dio un último beso antes de alejarse.

—¡No! —dijo—. No, Eddie... o no seré responsable de lo que pase luego.

—¿No se trata de eso precisamente? —Él la miraba con aire grave.

Ella sacudió la cabeza.

—No. Piensas que soy una loca, pero tengo mis propios principios morales. —Lanzó una risita falsa—. ¡Malditos sean!

Él caminó hasta la puerta con el rostro muy serio y Mackenzie lo siguió. Al poner la mano en el picaporte, se volvió hacia ella.

—No pienso jugar a los cavernícolas dándote en la cabeza con mi garrote... ¡pero desde luego es lo que me gustaría hacer! Alguien debería hacerte entrar en razón —le apretó la mano—. Tú y yo sabemos que algún día estaremos juntos. Lo sabes, ¿verdad?

Sí, pensó ella, lo sé. No sé cómo, pero hay una especie de atracción magnética. Alzó los hombros.

—No sé qué pensar, Eddie. Pero te agradezco que hayas venido...

—¿Me agradeces? —repitió enfadado. La miró con dureza antes de salir cerrando la puerta tras de sí.

Mientras volvía a su estudio de dibujo comprendió que él la amaba mucho más de lo que Alistair podría quererla.

—Tranquilo, pequeño —se frotó el vientre—. Mamá conseguirá que todo vaya bien. Te lo prometo.

19

Aparecido en la columna de «Tittle-Tattle» en *Confidencias*:

Hoy se encontraban almorzando en el Serendipity «dos antiguas compañeras de colegio»: la reina de la moda, Mackenzie Gold, y Mia Stanton (la hija de Coral Stanton). La Gold sorprendió a los parroquianos con su chaquetón de vinilo de un color rosa chillón, sobre unos ajustados pantalones negros, acompañados de la consabida cantidad de complementos Disneylandia y el maquillaje de carnaval. Las dos damas pidieron ensalada de pollo con curry y bebieron Perrier. La animada charla que mantuvieron durante dos horas fue, según la señorita Gold, «acerca de todo menos de moda».

—¿Has tenido algún orgasmo? —preguntó Mackenzie—. Eso es todo lo que quiero saber.

Mia suspiró y movió la cabeza echando una rápida ojeada a la gente de las otras mesas, que las estaban mirando. Su reunión con Mackenzie no podía ser cosa más pública. Su presencia había provocado un verdadero pandemónium desde el momento en que un fotógrafo del *WWD* las había cegado con un flash.

—Querida, ¡qué fantástico volverte a ver! —había gritado Mackenzie—. Estás muy delgada, bruja. —Había tardado mes y medio en encontrar un sitio en su apretada agenda de trabajo para este almuerzo. Era un frío día de febrero, demasiado frío para que nevara.

Las habían conducido a un sitio preferencial. Mackenzie desplegó toda una maraña de pañuelos de cashemira en el respaldo de su silla.

—¡Oh! —suspiró Mackenzie arrobada—. Me encanta esto.

Rebosaba de alegría cuando les trajeron una botella de sidra francesa.

—¿Ves los regalos que te hacen cuando eres famosa? —dijo, inclinándose hacia Mia—. Esto me habría venido estupendamente cuando vivía en las afueras sin un céntimo.

Un sonriente camarero les trajo el menú y Mackenzie le echó una rápida mirada.

—Lo mejor que tienen aquí es la ensalada de pollo al curry —le dijo a Mia—. Tomaremos dos. ¡Oh!, es estupendo poder comer sin Alistair vigilándome. Me obliga a seguir una dieta rigurosa... ahora puedo saltármela. —Tomó aliento y miró con atención a Mia, examinando sus ropas—. ¿Eso es tuyo? —señaló el traje de Mia—. Cielos, es muy elegante. Se aparta bastante de mi estilo, pero me encanta. —Entrechocó su copa con la de Mia—. Y ahora te toca a ti. ¿Has hablado con tu madre? ¿Qué le ha pasado en la cara? Tu amigo Wayland me sugirió que abriera una *boutique* en Headquarters, pero lo estoy pensando. ¿Has conocido a Diana Vreeland? ¡Quiero enterarme de todo!

La comida llegó, interrumpiendo el torrente de preguntas. Mackenzie atacó su ensalada como si llevara varios días sin comer, pidiendo más pan, más mantequilla, más salsa. Comía emitiendo leves gruñidos y grititos de «Mmm..., yummm...».

Mia le contó toda la historia de París, resumiéndola para que cupiera en el breve tiempo del almuerzo. Mackenzie tenía los ojos fijos en la cara de Mia, y su expresión reflejaba cada vez más asombro a medida que la historia progresaba.

—Y el mes pasado fui a su apartamento —terminó Mia— y se negó a verme. Ni siquiera acusó recibo de mi tarjeta de Navidad.

—¿Te sorprendió? ¡Tú la habías desfigurado!

—Me contó un montón de mentiras sobre Phillipe... perdí el control.

—Y al parecer ella te apretó las clavijas —comentó Mackenzie—. Te echó del trabajo, quiero decir...

—Mi madre juró que acabaría conmigo en esta ciudad.

—Pero tú te convertiste en Anaís no-sé-qué... ¿cómo va a enterarse? ¡Oh!, Mia, estoy viendo que voy a tener que encargarme de tu vida, de tu carrera y de tu vida sexual al mismo tiempo... Eres un desastre, querida. —Miró el plato de Mia—. ¿Vas a terminarte eso? —Y cogió un trozo de pollo—. Ahora te voy a contar yo mi vida. Todo debería marchar a la perfección, ¿no? Quiero decir, deberías ver el apartamento que tengo. Pero estoy cansada de decir que todo debería ser perfecto: quiero que lo sea de verdad. ¿Tu piensas que tu madre es un problema? Mi madre me someterá al peor chantaje judío que haya existido cuando se entere de que estoy embarazada.

—¿De Alistair? ¿Te vas a casar? —dijo Mia sorprendida.

—¡Mia! —Mackenzie la miró con conmiseración—. La gente ya no hace esas cosas. Ni siquiera sé si lo amo. ¿Qué significa estar enamorada?

Mia se mordió el labio.

—Para mí es una especie de desesperación, un deseo...

—Eso es exactamente lo que siento por Eddie Schreiber. Todavía no te he hablado de él. Es nuestro agente de finanzas. Un tipo encantador. Mi padre se está haciendo viejo y mis hermanos no cejan en su empeño de estafarme..., ¿y qué tal David, Mia? ¿Lo has visto?

—Todavía no he podido enfrentarme a ello —confesó Mia con voz quejumbrosa—. Me gusta mucho, pero...

—¿Qué es lo que ha pasado? Cielos, yo estaba tan celosa de vosotros dos...

Mia miró a su amiga. Era difícil resistirse a tal despliegue de interés. Y estar sentada a la mesa con la extravertida Mackenzie la hacía sentirse igualmente atrevida.

—¡Cuéntame! —ordenó Mackenzie, mojando un trozo de pan en la salsa de su ensalada.

—Algo salió mal —empezó Mia con timidez—. Cuando nos acostamos juntos, yo tenía miedo de hacer el amor con David. Me repugnaba la idea...

—¡Oh, Dios mío! —exclamó Mackenzie—. ¡Eso no tiene excusa en nuestros días! ¿Has intentado masturbarte? Alistair me regaló un vibrador para mi cumpleaños. ¡Cielos, deberías ver el tamaño que tiene! Después de eso ningún hombre podría asustarte. ¿Acaso David estaba especialmente bien dotado?

Mia sacudió la cabeza, confusa.

—Con sinceridad, no me acuerdo. Yo...

—¡Qué raro! Ésa es la primera cosa en la que yo me fijo. Cuando Alistair y yo...

—¡Mackenzie! —intentó acallarla Mia—. ¿Quieres bajar la voz? ¡Nos está oyendo todo el mundo!

—Bueno, ¿y qué pasa con Phillipe Roux? —preguntó Mackenzie, bajando la voz—. ¿No has tenido ningún lío con él?

—En realidad no...

—¿Has tenido algún orgasmo con él?

—Sí —admitió Mia. «Eso es verdad», pensó. «Aunque realmente no hicimos el amor: no estuvimos desnudos en la cama y Phillipe no me penetró. Ningún hombre me ha penetrado, soy virgen.» No podía decirle eso a Mackenzie. Sería como negar su propia femineidad. Como admitir ante ella misma y ante sus amigos que una parte muy importante de ella estaba atrofiada.

Mackenzie echó una ojeada a su reloj.

—He de irme —anunció levantándose y arrojando sobre la mesa un billete de veinte dólares. Recogió sus bolsas y se encaminó hacia la salida mientras lanzaba besos de despedida a los camareros—. ¿Estás de vuelta oficialmente? —preguntó por encima del hombro—. ¿Se lo digo a David? Solemos hablar por teléfono.

—¿Le va bien?

Mackenzie volvió a quedar frente a ella.

—Así que te interesa, ¿eh? Bien, para tu información, señorita Stanton, te diré que David tiene un trabajo muy bien pagado con un fabricante de trajes y abrigos. No tiene prisa, pero es ambicioso y llegará lejos, ya lo verás.

Todos los ojos estaban clavados en ellas cuando llegaron a la puerta. Mackenzie saboreó la atención que despertaban.

—Me alegró mucho de que te vaya bien —le dijo a Mia—. Intentaré pasarme por Headquarters para echarle una ojeada a tus creaciones. Nunca podremos ser competidoras, ¿verdad? Somos demasiado distintas. Quiero decir, fíjate —adoptó una de sus estrafalarias poses ante el espejo que había en la entrada—. Abriremos una tienda en Los Ángeles el año que viene —continuó tras una breve pausa—. También haremos allí las manufacturas. Mis hermanos dicen que es más barato. ¡Que ellos se encarguen de todo! *Ciao*, querida. —Lanzó un beso al recepcionista y detuvo un taxi al salir—. ¿Te llevo a algún sitio? —Se introdujo en el taxi sin esperar su respuesta—. ¡Ha sido estupendo! ¡Como en los viejos tiempos! ¡Llama a David! Siempre seremos amigas, Mia, ¿verdad?

El taxi dio media vuelta y Mackenzie se inclinó hacia un lado, aleteando sus mangas de flecos.

Mia caminó lentamente hacia la calle cincuenta y siete y luego hacia Lexington. Si alguna vez abría una tienda, pensó, sería la exacta antítesis de *Gold*. Se respiraría tranquilidad y claridad, con las paredes blancas o de un gris muy claro. Las ropas de bonito corte estarían colgadas con gran espacio entre ellas, ante largos espejos que llegarían al techo. La música clásica en el piano infundiría serenidad al ambiente. Las ropas serían hechas a medida con las telas más elegantes y de mayor calidad que el mundo pudiera ofrecer. Poco a poco iría introduciendo nuevos detalles, bolsillos, mangas. Serían prendas para hacer el guardarropa de cualquier mujer. Anaís du Pasquier: ese nombre sentaba una norma, un estilo de vida. «Puedo hacerlo», pensó Mia. «Yo también puedo ser ambiciosa.» Eso era mejor que quedarse parada echando de menos a Phillipe.

Wayland la había ayudado a reforzar la confianza que tenía en sí misma y la había devuelto al mundo de la moda en Manhattan. La acompañaba a inauguraciones, asistía con ella a las exhibiciones de los diseñadores. No corría ningún riesgo de encontrarse con Coral: ella ahora no asistía a ninguna exhibición fuera de las oficinas privadas de *Divine*. Viniendo de París, las ropas le parecían a Mia malas imitaciones de *couture*: baratas copias de inspiración francesa hechas en serie.

No dejaba de ojear las columnas de cotilleo. Leyó que Phillipe y Josephine habían pasado la luna de miel en Marruecos, que luego habían decorado todo un *hôtel particulier* en París, con salones de grandes dimensiones, y que habían firmado contratos con varios fabricantes para sacar gafas de sol Phillipe Roux, y pendientes, zapatos, colonias. Al igual que la mayoría de los diseñadores que vendían sus firmas, él tenía muy poco que ver con el diseño auténtico: los fabricantes sólo querían su nombre, y él se embolsaba los derechos.

Mia miró la fotografía que mostraba a una sonriente Josephine Roux junto a Phillipe en el aeropuerto de Orly: marido y mujer.

«No dejaré que te vayas», le había dicho él. Si consiguiera que esas palabras dejaran de resonarle en el cerebro... Con esas palabras la había atado a él, como si la hubiera hipnotizado. ¿Había sido sincero cuando las pronunció? Apartó el asunto de su cabeza.

Al llegar a Lexington le llegó el olor a pizza recién hecha.

Por los altavoces de una tienda de discos sonaba Petula Clark. Mia anduvo rondando por Bloomingdale, ojeando los escaparates. Un alma perdida en Manhattan.

Coral hizo el vuelo a París hirviendo de agitación. Llevaba bajo el brazo una maleta de viaje de piel de cocodrilo llena de inyecciones del doctor Robbins. Las «vitaminas» le harían enfrentarse a París con confianza.

Había mantenido en secreto su viaje a París, pero en su cabeza ya tenía una novedosa forma de presentar la moda de la temporada.

La acompañaba Todd Bundy, un fotógrafo de la nueva ola que ella había descubierto. Era un tipo calvo que vestía de piel negra y que compartía por completo sus ideas.

Una vez en París, evitó a Wayland y no se codeó más que con Bundy y su fotógrafo parisiense, Alexis. Coral se vestía a juego con Bundy, con faldas de piel de un siniestro color negro, chaquetas de piloto y botas. Se alojaba en el Ritz y se convirtió en habitual del bar, donde se sentaba en un rincón rodeada de unos pocos y elegidos amigos: un comprador de Texas; Gilles, su maquillador, que esa semana trabajaría exclusivamente para *Divine*, y la sorprendente presencia de Colin Beaumont.

Una tarde, *WWD* la fotografió charlando con Chanel durante una de las poco frecuentes salidas de la señorita Chanel por la calle Cambon. La señorita Chanel admiraba mucho el aspecto estricto y disciplinado de Coral, y había accedido a su petición de posar para su nuevo fotógrafo *avant-garde*. La fotografía de *WWD* mostraba a Chanel envuelta en *tweed*, perlas y cadenas, y a Coral vestida de piel negra y tocada con una gorra tachonada de piloto.

«Una deliciosa confrontación de estilos», anunciaba *WWD*.

Coral era la comidilla de París, por la nueva y perversa orientación que le estaba dando a la moda. En los pocos locales a los que se dignó asistir, todas las miradas se centraban en ella cuando hacía su entrada con aspecto severo y algo siniestro, acompañada por su fotógrafo como un silencioso guardaespaldas.

Contrató a jóvenes actrices de la Comédie Française como modelos, haciéndoles jurar que guardarían el más riguroso secreto sobre el asunto.

—Van a hacerlo gratis —le aseguró a Colin—. Simplemente

por la publicidad. ¡Y no son nada baratas estas gatitas francesas! Pero no han olvidado que Lauren Bacall, Suzy Parker y ahora Lauren Hutton fueron descubiertas en revistas de moda.

Las actrices francesas posarían a cambio de anunciar sus nombres en la revista, y ella se embolsaba los mil dólares que tenía de presupuesto para contratar modelos en París. Con ellos compraría marihuana para ella y para Bundy, y pagaría las nuevas inyecciones que tenía ahora el doctor Robbins, a treinta dólares cada una.

—Anoche cené con ellos en el Ritz Grill —informó Colin a Wayland durante una llamada telefónica—. ¡Y no dejaban de interrumpirnos funerarios parisienses y fabricantes de ataúdes! ¿Qué estará tramando?

Wayland se rió.

—Quizás esté organizando la búsqueda de la nueva gran diseñadora: Anaís du Pasquier.

—Cuando la vi en la recepción cogiendo la llave de su habitación, tenía su buzón lleno de mensajes de embalsamadores, propietarios de pompas fúnebres y floristas.

—¡Dios mío! —exclamó Wayland—. ¡No estará preparando algún tipo de suicidio espectacular!

—No —Colin movió la cabeza con tristeza. Le dolía ver que la elegante y brillante mujer que lo había descubierto se había convertido en una ruina, casi una caricatura—. Me temo que la pobre Coral ya se está suicidando desde hace mucho tiempo. Esas horribles inyecciones de *speed*... Me rompe el corazón ver el efecto que le causan.

Al día siguiente, cuando Colin estaba esperando a un diseñador italiano a las puertas del salón Dior, un coche fúnebre se detuvo y Coral descendió de él.

Colin dio un respingo.

—¿Qué diablos...? ¿Te encuentras bien, querida?

—Nunca he estado mejor —respondió mientras despedía al cochero—. Ésta será una de nuestras características. Supongo que también puedo llevar a Dior a dar un paseo en el coche —dijo con una risa entrecortada. Colin estaba atónito—. Lo comprenderás cuando veas la revista —le prometió Coral. Lo cierto es que *Divine* no había fotografiado muchas prendas—. Contaremos la historia de París en seis titulares —agregó con vivacidad.

En *Confidencias* y *WWD* se rumoreaba que Coral no había

sido invitada a la exhibición de Phillipe Roux. Ella había hecho caso omiso de la colección.

—Por lo visto, no me he perdido mucho —comentó aquella noche durante la cena, leyendo la copia mimeografiada de *WWD* que circulaba exclusivamente entre la prensa y los compradores—. «Una repetición de su última colección» —leyó con aire triunfal. El artículo de Howard Austin en la edición francesa de *Confidencias* la calificaba como «la colección más decepcionante de la década...».

Coral no pudo evitar preguntarse si aquella falta de inspiración tenía algo que ver con la marcha de Mia. Pero sabía que aquello no le haría daño a Roux. Había en retaguardia un montón de editores pasados de moda que siempre llevaban una temporada o dos de retraso. Ellos seguirían pensando que Roux era brillante.

Wayland llamó a Mia para contárselo todo.

—Tu madre se ha convertido en una auténtica celebridad —le dijo—. Es una rebelde... Una revolucionaria de la moda parisiense.

El secreto que rodeaba al número especial de *Divine* explotó cuando Coral volvió a Nueva York con una carpeta de contratos. El departamento de arte les echó una ojeada y acudió a quejarse a Lloyd Brooks. Estalló el escándalo. Todo el reportaje que Coral traía de París giraba en torno a los cadáveres: las fotografías mostraban a las modelos fingiendo estar muertas, con un maquillaje muy realista, llevando vestidos negros de Dior, Nina Ricci y Pierre Cardin. Las actrices de la Comédie Française aparecían yaciendo en ataúdes, o descansando en fosas a modo de tumbas, en un impactante artículo de dos páginas que tenía como telón de fondo la sala de embalsamamiento de unas pompas fúnebres.

Lloyd la llamó a su oficina. Cuando acudió, lo encontró acompañado de Donna hojeando su artículo. Lloyd alzó la vista cuando la oyó entrar.

—Esto es muy morboso, Coral. ¡Es algo patológico!

—Ésa es también mi impresión —replicó ella—. ¡París está muerto!

—Coral —gorjeó Donna—, no puedes hablar en serio.

Coral le dirigió una mirada helada, fijando en ella aquellos ojos que podían ser tan fríos.

—No sabía que tuvieras voz y voto en mis artículos, Donna. ¿O es que has sido ascendida en mi ausencia, sin que yo lo supiera?

Lloyd cogió a Donna de la mano.

—Quiero que Donna tenga mucho más voto sobre lo que aparece en *Divine*. Nos vamos a casar la semana que viene.

Coral tragó saliva con dificultad; luego esbozó una sonrisa deslumbradora.

—¡Enhorabuena, queridos! Pero deberíais estar preparando las invitaciones, la luna de miel y todo eso. No deberías perder el tiempo con mis pequeñas diversiones.

—El trabajo es lo primero —dijo Lloyd secamente—. Y esto... —señalaba una fotografía en la que aparecía una modelo con la cara blanca, vestida con una amplia toga negra de Gres en un ataúd en que la comitiva fúnebre, vestida con pantalones negros de Yves Saint-Laurent, arrojaba pétalos de rosa.

—¡Es algo original, agudo! Los chicos de hoy tienen un macabro sentido del humor. ¡Les encantará! —les aseguró Coral—. Oh, ¿no habéis leído los pies de foto? —bajó la mano hacia la mesa de Lloyd—. «Éste es el aspecto que querrán tener todas las chicas... pálido, interesante, etéreo...

Y tenía razón. La moda saludable, inocente e infantil de los sesenta iba a ser eclipsada por el aspecto vampiresco de las viejas películas que, con un poco de imaginación, podía verse en los rostros de los «cadáveres».

El número de *Divine* dedicado a la moda parisiense causó sensación, reafirmando la posición de Coral como directora de la revista. El número supuso igualmente el lanzamiento de Todd Bundy, que tenía muchos más encargos de los que podía llevar a cabo, todos para fotografiar modelos maquillados como cadáveres. Se convirtió en un número de coleccionista, y le quitó a París algo de la importancia que hasta entonces había tenido. Coral había triunfado. Pero el triunfo no le hizo mucho bien en la profesión. Sus observadores —y eso incluía a la mayor parte de la gente del mundo de la moda— dijeron que el número «París está muerto» la llevaría a su declive y caída.

A medida que *Divine* tenía más exito y se hacía más brillante, más impredecible, Coral se iba volviendo más excéntrica, dominante, enloquecedora. Tenía la antena conectada en cada evento de la moda y del mundo *underground*. Sus reportajes sobre teatro, cine, pop, arte y estilo no tenían rival, y se extendían con presteza por el ámbito de la moda en el que ella reinaba. Viajó a la Costa Oeste, haciendo una gira por Haigth-Ashbury cuando se estaba convirtiendo en la capital hippy mundial del ácido. Fue detenida por fumar hierba en una fiesta de famosos de San Francisco, que se trasladó durante unas horas a la cárcel local. Fotografió a Andy Warhol en Brooks Brothers y a Julie Christie en Zandra Rhodes. Convenció a los socialistas para que llevaran camisetas políticas, concurrió a los eventos literarios y políticos acompañada por unas panteras negras amaestradas y bailó *skate* en las discotecas con bailarines de jazz, ataviada con vestidos de vinilo de veinticinco dólares, de Mackenzie Gold. En una época en la que los propietarios de *boutiques* y los peluqueros eran celebridades, Coral era una celebridad como editora de modas. Se la fotografiaba por todas partes: una patética caricatura de su anterior personalidad.

—Y delgada, delgada, delgada —le decía Colin a Wayland quejumbrosamente—. Esas inyecciones van a matarla. Tengo que hablar con ella de eso.

Coral inducía a los fotógrafos de *Divine* a hacer las mayores locuras: duchar con agua a las modelos cuando llevaban vestidos de tarde, o arrojarlas a piscinas climatizadas vestidas con elegantes Diors para hacer fotografías etéreas y submarinas. Arrojó a un puñado de chicas muy elegantes en un estudio de cine de mala muerte en la calle cuarenta y dos y luego las fotografió junto a los asombrados propietarios. Se hablaba mucho de Coral, y *Divine* se vendía y era muy discutida. *Confidencias* y *WWD* se deshacían en alusiones a que no todo iba bien con la editora de la revista más *chic*.

—Ya no se trata sólo de moda, Colin —dijo Coral, gesticulando excitadamente durante la cena que celebraban cada semana. Llevaba un montón de anillos y sus gestos rápidos y nerviosos sumían a la conversación en un centelleo de fuegos artificiales—. ¡Es todo! Los movimientos de protesta, el arte, la sociedad, las drogas... ¡Y por fin *Divine* se está vendiendo a un público menor de treinta años! Lloyd aborrece lo que estoy haciendo, pero las cifras no mienten, y a Lloyd le gustan las cifras.

Colin asintió con gesto comprensivo. Cenar con Coral aquellos días era igual que montar en la montaña rusa. Su estado de ánimo oscilaba de un extremo a otro. Pero, al menos, siempre estaba en el candelero, se dijo, lo cual estaba muy bien. Estaban sentados en una mesa interior de Il Giardino, intentando comer un pasta tan *al dente* que necesitaban cuchillo y tenedor. Ella lo miraba con insistencia, sabiendo, aunque sin importarle, que debía de ofrecer un extraño aspecto sentada frente a este pequeño hombrecito. Habían llegado a un acuerdo tácito: ella nunca mencionaba su estatura y él nunca mencionaba su cicatriz.

—Siempre has estado por encima de todos —dijo Colin sonriendo—, pero me inquieta la campaña que Howard Austin parece haber lanzado contra ti.

—¡Oh...! él —replicó Coral con una falsa sonrisa—. Todos tenemos enemigos en este mundo... parece que él es el que me ha tocado a mí.

Cuando se retiraban, Colin la observó mientras ella se envolvía en un chal de cashemira.

—¿No pensarás adelgazar más, verdad, querida? —preguntó.

—El doctor Robbins me quiere esbelta.

Coral atravesó la gran puerta de cristal que él mantenía abierta. De camino a su casa respiraron el frío aire nocturno de Manhattan.

—Coral, querida, ¿sabes que al doctor Robbins lo llaman el doctor Feelgood?

Ella batió palmas.

—¡Ése es un nombre maravilloso! ¡Realmente ese doctor hace que te sientas bien![15]

—He visto a algunas modelos que también están bajo su tratamiento y ninguna de ellas tenía muy buen aspecto.

—¿Estás loco? —se volvió hacia él con los ojos brillantes— Esas inyecciones del complejo B están manteniendo en marcha a la mitad de la gente de la moda.

—Coral, tú no sabes qué es lo que tienen esas inyecciones.

Ella se detuvo en la acera para mirarlo. Los ojos le relampagueaban con un brillo de maníaco.

—Colin, en los cincuenta todas éramos pequeñas damiselas, ¿te acuerdas? Yo nunca salía sin mis guantes. En los sesenta protestamos, asistimos a espectáculos y nos metemos en drogas. ¿Y qué si las inyecciones tienen drogas? ¿No se supone que los médicos están capacitados para recetarlas?

15. *Feelgood* en inglés significa «sentirse bien». *(N. del T.)*

—Pero te están volviendo loca —protestó Colin—. Tu comportamiento está dando que hablar. Y me estás rompiendo el corazón, Coral.

Ella lo cogió del brazo en silencio y siguieron caminando hacia su bloque.

—Aprecio tu interés, querido —murmuró por fin—. Pero, por favor, no te preocupes por mí. Nunca me he sentido tan bien, tan llena de energía. Y necesito toda esa energía para luchar contra Donna Brooks, Colin. Tiene tanto interés en mi trabajo como el que tengo yo por conservarlo. ¿Qué pasa cuando una fuerza irresistible espera a Coral Stanton en la puerta que ostenta el rótulo de «editor jefe»? Bueno, ella tiene quince años de ventaja sobre mí. O Colin, querido... —se volvió para mirarlo con ojos suplicantes—. ¡No me odies! Esto es todo lo que tengo...

—Nunca te había visto así, Coral —dijo Colin asombrado. Buscaba las palabras que llegaran hasta ella, mientras su corazón latía con fuerza. Se detuvieron ante la casa de Coral y él la cogió de la mano.

—Sube a tomar una copa, querido —pidió ella.

Él movió la cabeza.

—Tengo trabajo que terminar esta noche. Pero escúchame, Coral, no pienso quedarme sin hacer nada viendo cómo te destruyes. Estás enferma. Ya sé que dicen que soy un tacaño, y es verdad. Debo de gastar menos en alquiler que tu chica de servicio, pero hay un propósito en todo eso: voy a comprarme una casita en Francia y, si vienes conmigo, yo haré que recuperes la salud.

Ella rió encantada, formando una nube de vaho en el aire frío de la noche.

—¿Y que harás cuando me vaya? ¿Morirte de aburrimiento? —lo interrogó Coral.

Él sonrió misteriosamente.

—Me dedicaré a la jardinería.

—Tonterías —replicó ella—. ¡Estás más atado a la moda que yo! —Se inclinó para besarlo—. Pero pienso que eres el único de mis amigos con el que puedo contar realmente. No te imaginas lo que significa eso para mí.

Con tristeza, él la miró entrar en el edificio y volverse para saludarlo antes de coger el ascensor. Mientras caminaba hacia su casa, lo invadió un fuerte sentimiento de pérdida: aquella noche había visto algo terrible en su rostro.

—Estoy embarazada, mamá.

Esther Goldstein miraba en silencio a su hija, sentadas en una mesa del Serendipity.

—¿Y bien? —estalló Mackenzie—. ¿No vas a felicitarme?

Intentó coger la mano de Esther, pero ella la retiró.

—¿Te has casado? —preguntó con calma.

—¡Oh, mamá, ya sabes que no! ¿Crees que no te habría invitado a la boda?

Esther Goldstein palideció, sacudiendo la cabeza.

—Sinceramente, ya no me puede sorprender nada de lo que tú hagas. Casarte en secreto, dar a luz a un... ¿Alistair es el padre?

—Lo será, sí, pero no pareces contenta.

Esther se inclinó hacia un lado, movió la cabeza y comenzó a tambalearse.

—¡Mamá! —gritó Mackenzie. Mojó a toda prisa una servilleta en agua con hielo y se la puso a su madre en la frente. La gente de las mesas vecinas las miraban alarmados y dos camareros acudieron corriendo.

—Estoy bien... estoy bien... No es nada —gimió Esther. Se puso en pie con dificultad—. Acompáñame al lavabo, por favor...

Mackenzie se las arregló para sostenerla hasta los servicios. Sentó a su madre en la tapa del inodoro y cerró la puerta.

—Ya estoy bien... —dijo Esther levantándose y mirando a su hija.

—¿Vas a salir? ¿No quieres vomitar? —Mackenzie la rodeó con el brazo, poniéndole la servilleta húmeda en la frente.

—Ya te he dicho que estoy bien —repitió Esther con calma—. Sólo he montado el numerito para poder alejarnos de toda aquella gente que te miraba y no perdía palabra.

—¿Y qué? —se encogió de hombros—. ¡Cielos, qué susto me has dado! ¿Por qué no puedes alegrarte y entusiasmarte por mí? No hagas que me sienta culpable de esto... —Se pasó los dedos por el cabello para ahuecárselo mientras se examinaba el maquillaje en el espejo.

Esther chasqueó la lengua con impaciencia.

—A lo mejor quieres que dé una fiesta en el barrio para celebrar que mi primer nieto será medio judío, además de ilegítimo.

Mackenzie emitió un gruñido.
—¿Así te lo vas a tomar?
—¿Y qué esperabas? ¿Crees que puedes tratar a tu familia como esclavos y que luego nos alegraremos cuando nos ensucias a todos?
—¿Qué suciedad? ¿Te refieres a que no he seguido las normas de la sociedad convencional? Yo hago mis propias normas. Mi familia nunca se ha interesado por mí, excepto tú. Para ellos sólo soy alguien que les hace ganar dinero, y nada más.
—Tu padre y tus hermanos te quieren —insistió Esther.
—¡Por favor, mamá! ¿Quererme? Nunca me han dado las gracias ni me han felicitado por nuestro éxito.
—¿Por qué no hablas con ellos? Podrías tener una pequeña charla con tu padre de vez en cuando. Podrías ayudarnos a entender por qué vas a tirar tu vida de esta manera.
—¿Es que alguna vez os he dado motivos para creer que yo sería el guardián de la fe judía? Además, la religión se transmite a través de la madre... así que puedes pensar que el niño será judío, si eso te hace feliz.
Esther movió la cabeza con gesto cansino.
—Nada de lo que se refiera a ese niño me hace feliz. Ni la forma en que ha sido concebido fuera de los lazos del matrimonio, ni la religión del padre, ni...
—¡Muy bien, pues entonces ya podemos salir de este puñetero lavabo y terminar el almuerzo! —explotó Mackenzie.
—¿Así es como le hablas a tu madre? —se sobresaltó Esther.
Mackenzie intentaba torpemente abrir el cerrojo.
—Mira, mamá, te he invitado a una comida de celebración para anunciarte que serás abuela dentro de cinco meses. No esperaba que lo celebráramos en un lavabo —le dio un desesperado golpe al cerrojo.
—¿Está usted bien, señorita Gold? —preguntó el camarero al otro lado de la puerta—. ¿No se habrán quedado encerradas?
Mackenzie forzó el picaporte y la puerta se abrió de golpe. El camarero la miró con ansiedad.
—¿Todo va bien?
—¡Muy bien! ¡Estupendamente! —Mackenzie salió del lavabo, seguida en silencio por su madre—. ¿No es un servicio? Pues nos estábamos sirviendo de él.
Terminaron el almuerzo sin cruzar más palabras. Esther

comió apenas y Mackenzie tuvo que enjugarse unas lágrimas inesperadas. Luego llevó a su madre hasta un taxi y le puso en la mano un billete de diez dólares que ella devolvió arrojándolo por la ventana. Le dio a su madre un rápido beso en la mejilla y en taxi partió.

—¡Maldición! —Mackenzie se inclinó para recoger el dinero. Ahora que pensaba que había empezado a meter a su familia en el siglo veinte tenía que venir su madre con aquello.

Cogió un taxi para ir al estudio en el que Alistair estaría supervisando fotografías para los carteles de color y el catálogo de *Gold*. Había pensado pasar la tarde con su madre comprando cosas para el bebé, pero le daría una sorpresa a Alistair y se irían juntos de compras.

Patrick McCallister, un joven fotógrafo, había convertido el atrio de una vieja iglesia del Village en un luminoso estudio del que surgía una estridente música rock que sacudía las tranquilas calles del barrio. El taxi se detuvo en la puerta. Tuvo que apretar el timbre durante treinta largos segundos antes de que la oyeran.

—Me estoy quedando helada aquí fuera —exclamó al fin cuando Chrissie, la ayudante de Patrick, le abrió la puerta. La siguió tiritando hasta la entrada—. Se oye la música por toda la ciudad —rió—. ¿Ocurre algo? —Preguntó al ver que Chrissie la miraba a través de sus largas pestañas con una expresión entre preocupada y sorprendida—. Todavía están aquí trabajando, ¿verdad? —dijo Mackenzie encaminándose a la puerta que daba al estudio.

Christine se interpuso en su camino, cerrándole el paso.

—¡No entres ahí!

—¿Por qué?

—Está... A Patrick le molesta mucho que lo interrumpan.

Mackenzie le clavó una mirada de hielo.

—Mira, chica... soy yo la que pago estas sesiones... así que tengo derecho a verlas.

La apartó a un lado y entró en el estudio. Todos estaban apiñados en el fondo. El disco de The Mamas and The Papas se acabó y el silencio se llenó de risas y gritos. Un olor de marihuana espesaba el aire en el que estallaban los flashes a cada segundo. Alguien puso «Dancing in the Street» de Martha y los Vandellas y el sonido de la batería restalló en los altavoces.

—¡Bravo! —exclamó Mackenzie con aprobación mientras se acercaba al grupo con un par de pasos de baile. Le encantaba el ambiente de los estudios de los fotógrafos de moda... tan loco, tan creativo. Una de las dos maquilladoras corrió a besarla y a estrujarla entre sus brazos en cuanto la vio. En el grupo hubo otra explosión de alegría. Una chica pelirroja que conocía, estilista de Sassoon, se lanzó hacia ella gritando:

—¡Qué pendientes más fantásticos! ¿Dónde los conseguiste? —intentó arrastrar a Mackenzie a un extremo del estudio, lejos del grupo que se apiñaba alrededor del objeto de la cámara de Patrick.

Mackenzie se separó de ella.

—¿Dónde está Patrick? ¿Intentáis ocultarme algo?

Apartó a la estilista y se acercó hacia el ruidoso círculo mirando hacia el suelo. Se dio de sopetón con unas enrojecidas nalgas masculinas que se movían arriba y abajo. Era Alistair... sólo él podía moverse tan rápido antes de un orgasmo. Estaba realizando en público su famoso final acelerado. Debajo de él, con las piernas enroscadas en su espalda, estaba la chica que ella y Alistair habían elegido para representar la nueva moda de *Gold* para el siguiente otoño. Janice Allen tenía los ojos fuertemente cerrados y profería pequeños gruñidos mientras todo el grupo contemplaba su orgasmo. Mackenzie vio la escena un segundo, y la invadió una ola de náuseas y humillación. No pudo evitar fijarse en que Janice llevaba pintadas las largas uñas de los dedos de sus pies. La cámara de Patrick disparaba incansablemente.

Parecía que se iban a quedar allí para siempre. Nunca había durado tanto un orgasmo, pero ella sabía que se quedaría allí hasta que terminaran y que luego daría comienzo su propia escena. ¿Hasta dónde podía conservar la sangre fría? Mackenzie no sabía cómo iba a reaccionar. De momento, tenía tanto curiosidad como cualquiera por ver lo que pasaba. Pero era muy consciente del torbellino de hirviente furia que iba creciendo en ella.

—¡Diez! ¡Nueve! ¡Ocho! —cantaban al compás de las embestidas de Alistair. Janice abrió de repente los ojos para clavarlos en Mackenzie. Todos pasearon la mirada de Janice a Mackenzie, como en un partido de tenis.

—¡Oooooh, Dios mío! —gritó Janice y arañó con fuerza el hombro de Alistair.

Él empezaba a tener sus típicas convulsiones, apretando las nalgas y gritando por encima del estruendo de la música. Mackenzie lo observó hasta que su cuerpo se relajó, mientras Janice la miraba con desmayo.

—Alistair —advirtió Janice.

La música se detuvo y se hizo el silencio.

—¿Qué pasa? ¿Te has corrido? —la voz de Alistair se amortiguaba entre su pelo. Se apartó de ella, con las nalgas aún estremecidas por los últimos coletazos de placer. Todas las miradas se centraban en Mackenzie.

—¿Lo has filmado todo, Patrick? —preguntó Alistair.

—Sí —dijo Patrick. Era un tipo increíblemente alto.

—¿He batido mi récord?

Esta vez fue Mackenzie la que contestó:

—Sí que lo has batido, Alistair.

Alistair se incorporó de un salto.

—¡Oh, hola, Mack! —se subió los pantalones con gesto de fastidio y le arrojó un jersey a Janice que yacía desnuda.

Había unas doce personas asistiendo a la escena más notable que se desarrollaba en la ciudad. Alistair y Mackenzie eran una pareja famosa: ¿cómo saldrían del paso?

—¿Quieres un porro, Mack? —dijo Patrick tendiéndole uno—. Hemos estado haciendo unas fotos estupendas...

Ella hizo caso omiso de él. Estaba mirando cómo Alistair se vestía lenta y cuidadosamente. Parecía estar decidido a no disculparse. ¡Así que después de todo ella no lo conocía en absoluto! El dolor se le hacía insoportable, en especial porque tenía que ocultarlo. Miró a su alrededor buscando una cabeza de turco, y eligió a Janice.

—¿Cuántas veces se la han follado hoy? —preguntó odiándose a sí misma—. ¿Tú también te la has tirado, Patrick?

—Mira, Mack —Patrick le puso la mano en el brazo, pero ella se la quitó de encima de un tirón—, no me gustan tus insinuaciones. Estaba haciendo fotos, eso es todo. A propósito, me encantan tus nuevas adquisiciones...

—¡Dame la película! —le ordenó chasqueando los dedos.

Patrick se quedó mirándola un momento; luego le indicó a un ayudante que sacara la película de la cámara y se la tendió a Mackenzie, quien se la metió en el bolso. Patrick dirigió una mirada irritada a los mirones.

—¡Vamos, largaos todos! Se acabó la diversión. —Rodeó a Mackenzie con el brazo—. ¿Desde cuándo tienes unos principios tan burgueses? Creí que eras una chica moderna.

—Pues esta chica moderna va a hacer unas cuantas cosas modernas... ¡Y te implica a ti!

Se alejó bruscamente de Patrick y se aproximó a Janice que se estaba vistiendo al otro lado del estudio.

—He cambiado de opinión con respecto a ti —le dijo—. No eres exactamente lo que me interesa. Estaba buscando a alguien un poco más saludable.

—¡Tendrás que pagarme de todas formas! —le espetó Janice, trastabilleando, mientras se ponía uno de sus altos zapatos de tacón—. ¡Llevo aquí desde las ocho! ¡He estado trabajando seis horas!

Mackenzie resistió el desafío dirigiéndole una mirada asesina.

—Tu mándame la factura y yo haré que te detengan por prostitución.

Janice se echó a llorar y Patrick se acercó a consolarla.

—También he cambiado de opinión con respecto a ti, Patrick —le dijo Mackenzie.

—Vamos, mujer, calma. —Patrick se volvió a mirarla.

—Lo he dicho con mucha calma.

Mackenzie estaba ahora junto a Alistair y se forzó a mirarlo. Tenía una expresión de indiferencia que ella nunca le había visto.

—¿Tienes algo que decir, Alistair? —le preguntó con calma. Él estaba agachado atándose los zapatos.

—Creía que era yo el que estaba a cargo de la publicidad —musitó.

—Acabo de relevarte de la tarea.

Él la miró a los ojos con suma seriedad.

—Mira, Mack, tenemos que hacer divertidas estas sesiones o sólo saldrían aburridos catálogos de fotos...

—¡Oh!, así que era en mi propio interés, ¿no es eso? ¿Eso era lo que estabas haciendo... mejorar la calidad de las fotografías? Qué curioso, a mí me pareció que estabas echando un polvo.

Alistair se detuvo en seco. Un espasmo de rabia le ensombreció el rostro.

—¿Me vas a decir que tú nunca has echado un polvo por ahí?

Ella miró a uno y otro lado. Había algunas personas que

los escuchaban con disimulo. De pronto se le llenaron los ojos de lágrimas. En su mente relampagueó la imagen de Eddie Schreiber y recordó cómo le había parado los pies la última vez, apartándolo cuando ella estaba deseando hacer el amor.

—No, no he echado ningún polvo por ahí —masculló. Luego miró a los otros y gritó—: ¡No he echado ningún polvo! ¿Lo habéis oído? Quería conservarme pura para Alistair porque llevaba dentro a su hijo. Seguro que nunca habéis oído nada tan estúpido.

Patrick, que rodeaba a Janice con el brazo, la miró.

—Lo más estúpido que he oído es cómo arruinas toda esta campaña sólo a causa de un poco de diversión.

—¿Alistair tirándose a una chica en público? —gritó ella—. ¿A eso lo llamas tú diversión?

—¡Bah!, todos somos amigos —protestó Patrick—. Paz y amor. Compartir el *karma*. ¿Dónde estabas metida los últimos dos años?

Mackenzie dirigió una última mirada a Alistair antes de encaminarse hacia la puerta del estudio. Todo el mundo la contemplaba mientras sus tacones repiqueteaban en el suelo. Al llegar a la puerta se volvió.

—¡Vete a la mierda, Patrick! ¡Iros todos a la mierda! No sois más que un puñado de groseros y asquerosos... —Se mordió el labio y salió corriendo a la calle antes de que la vieran llorar.

Una vez fuera veló la película y la tiró a la basura. Como si quisiera castigarse, anduvo manzanas y manzanas bajo el viento helado, reviviendo la escena. «Has sido una estúpida», se dijo. De ahora en adelante aprovecharía cada ocasión de divertirse y de hacer el amor. Quería llamar a Eddie e ir a verlo esta misma tarde. Finalmente sintió tanto frío que cogió un taxi y se fue derecha a su casa, compadeciéndose de sí misma. Su madre y Alistair le habían fallado en el mismo día. Comenzó a llorar de nuevo en el asiento del taxi, rehuyendo los ojos del conductor en el retrovisor. Si hubiera estado enamorada de Alistair, ese día habría dejado de estarlo.

20

—¡Ha llegado Anaís du Pasquier! —Wayland sirvió un largo trago de vodka para él y un zumo de naranja para Mia—. En mi oficina de prensa están frenéticos —le dijo, tendiéndole el vaso—. No hacen más que pedir entrevistas con ella. Quizá deberíamos contratar a una actriz francesa para que se hiciera pasar por ella.

—¿Sería capaz de hacerlo Bette Davis? —se rió Mia.

—Con una mano en la espalda —convino Wayland, dando un largo trago a su vodka—. Pero yo pensaba en alguien más en la línea de Catherine Deneuve.

Eran las siete en punto. Aquella tarde iban a salir. El mes de marzo había traído sobre Manhattan los cortantes vientos de Canadá. Mia estaba ganando mucho dinero con la ropa. Sabía que pronto tendría que pensar en tener su propio apartamento y que perdería a Wayland.

—Por lo menos deberías ver a nuestros clientes, pequeña —sugirió Wayland—. Todos han hecho juramento de silencio. No te vendría mal que te conocieran. —Le acercó un plato de cacahuetes—. Quieren mayores pedidos, faldas con diferentes largos. Tenemos contratos con vendedores por toda América, todos los cuales parecen muy interesados en nuestra pequeña Anaís. Deberías acudir a una agencia de publicidad para que lanzara alguna brillante campaña.

Mia sacudió la cabeza.

—Tiene gracia que todo esto esté sucediendo ahora que ya no me importa.

—A veces sucede así. —Wayland agitó un dedo ante ella—. Así que ya te puede ir importando. Tienes talento, tu ropa se vende, ¿qué es lo que te pasa?

—Supongo que he agotado mis energías entre mi madre y Phillipe —bebió su zumo.

Él la miró inquieto.

—¿No estarás teniendo una especie de crisis nerviosa, verdad cariño? Yo estaba desesperado cuando me dejó aquel estilista de escaparates. Pensaba que era el fin del mundo y todo eso. Pero... —se encogió de hombros, dando un trago—, tienes que salir y conocer más gente, cariño. ¿A quién vas a ver esta noche?

—A Mackenzie, creo...

—¿Por qué dices «creo»?

—Me dijo que fuera al Salón de Té Ruso a las ocho, y que fuera elegante... Quizá vaya acompañada, no lo sé.

Aquella noche se puso un traje de lana de dos piezas, de su creación, con unas gruesas medias y botas de media caña. Se cubrió con un abrigo de imitación de castor, se anudó al cuello una bufanda de un brillante color amarillo y se encaminó hacia el restaurante por la calle cincuenta y siete.

Al oír su nombre, el *maître* la condujo a la mesa de una esquina. El hombre que estaba allí sentado se levantó al acercarse ella. Le dio un brinco el corazón.

—¡David! —exclamó—. ¡Así qué tú eras la sorpresa!

La estrechó con un fuerte abrazo. ¡Ella tenía que haber imaginado que Mackenzie estaría impaciente por hacer de Celestina! El fresco olor a jabón que emanaba de él le trajo a la memoria los viejos días que habían pasado juntos.

—¡Voy a matar a Mackenzie! —rió ella mientras se sentaba e intentaba ordenar sus pensamientos.

Había olvidado lo guapo que era David, sus bonitos ojos, tan honestos, tan resueltos. Había estado tanto tiempo obsesionada por Phillipe que no había pensado en la posibilidad de que otros hombres pudieran resultar atractivos. Llevaba un año sin ver a David y ese tiempo le había sentado muy bien. Tenía el pelo más largo, más abundante, y sus ojos azules parecían más profundos.

Él sonrió contento.

—Es estupendo volver a verte, Mia. Estás más guapa que nunca. ¿Por qué no me dijiste que habías vuelto?

Ella se quitó la bufanda y se tocó la nuca.

—No lo sé —se limitó a decir—. Me he sentido tan extraña desde que volví... Wayland me apremió para que diseñara una pequeña colección, y lo hice bajo el nombre de Anaís du Pasquier. No tengo ningún tipo de vida social, aparte de lo que él me...

Él pareció decepcionado.

—¿Me lo vas a contar todo? —preguntó, con un centelleo de curiosidad en los ojos.

Pidieron café y bocadillos.

—Cuéntame primero de ti, David —rogó ella.

Él se encogió de hombros.

—Mackenzie y tú os llevasteis todos los honores del año. El año pasado estuve trabajando con una firma de la Octava Avenida, pero ahora soy diseñador en una firma de abrigos y trajes en el 1440 de Broadway. El trabajo es duro y está bien pagado, pero me aburro mortalmente. Tengo que pelear para que aprueben cada pliegue que diseño. Mis juicios creativos están...

—¿Obstruidos? —sugirió ella.

—«Malditos» sería una palabra más adecuada —rió—. Tengo previsto trabajar en mis propias ideas en casa por las tardes. He estado trabajando en un vestido sin costuras en forma de tubo. Cuando lo tenga acabado podría ser un clásico...

—¿Y?

—¡También necesito pasear o nadar o jugar al *squash* por las tardes!

—¿Te sigue gustando salir?

—Esto es Nueva York. Sólo sale el que le gusta andar.

Volvieron a sentarse cuando les trajeron la comida. Ella tuvo una visión fugaz de lo que sería una «vida normal» para ella con un hombre como David.

—¿Por qué te marchaste de París? —preguntó él—. Sé lo mucho que significaba para ti trabajar con Roux...

Ella bebió un sorbo de café, mirando sus fuertes mandíbulas.

—No sé... Eres una persona tan sana, tan íntegra... te parecería todo demasiado melodramático.

—Escucha, Mia: he esperado esto mucho tiempo. Quiero que me lo cuentes todo despacio, con todos los detalles.

Ella dio un largo suspiro mientras el camarero volvía a llenarle la taza de café. No quería que David supiera que había estado enamorada de Phillipe, así que le contó la historia a su modo, pintando a Phillipe como un tirano, un dictador. Le dijo que la razón por la que le había tirado el cenicero a Coral era que ésta se había negado a creer que ella había diseñado la colección.

David se extrañó.

—Pero si yo reconocí tu estilo en cuanto vi las fotografías. Reconocí los bolsillos y los cuellos... todos los detalles de Mia.

—Gracias —sonrió ella, haciendo un gesto con las manos—. Así que aquí estoy, viviendo a todo lujo en el apartamento de Wayland. Diseñando una colección, contando ya con los medios para mantenerme por mi cuenta pero incapaz de hacerme a la idea.

Bebió un sorbo de agua y continuó:

—Wayland es como si fuera mi familia. Tengo que presentártelo. Me gustaría que viera tus diseños, estoy segura de que son maravillosos.

Él rechazó la idea con un gesto.

—Hoy en día las ropas no deben ser demasiado maravillosas. Mira a Mackenzie. Ella produce ese tipo de cosas. Se venden gracias a la forma en que las presenta: las luces de colores, la música rock... Los chicos comprarían cualquier cosa...

—Yo tuve un montón de problemas en París con las artesanías finas —dijo ella—. No te puedes imaginar la cantidad de problemas que da hacer un vestido perfecto, tanto por fuera como por dentro. Todo se monta a mano...

—Háblame de los clientes... ¿son ricos, niños mimados?

—Algunos sí. —Ella terminó su bocadillo y dobló la servilleta—. Algunos esperan una garantía de por vida por un vestido o un traje. Pagan más de tres mil dólares por él, así que si se cae un botón o alguna costura tiene la más mínima imperfección, lo devuelven. Incluso cuando han pasado años quieren que se les ajuste si han engordado o adelgazado... Phillipe se volvió loco una vez que le trajeron para ajustar un traje que había hecho en Dior cinco temporadas antes. Pero tiene que mostrarse encantador y tener paciencia con todo el mundo. Y, naturalmente, todo el mundo da por supuesto que los ajustes se los harán gratis.

—¿Pagan pronto las facturas? —preguntó David.

—Él se niega a tratar con las actrices y las mujeres de los políticos que tienen fama de no pagar. Algunas de ellas discuten el precio o convienen en pagar sólo el precio de fábrica. Piensan que la publicidad que dan a la casa ya vale dinero.

David la observó mientras le daba un sorbo al café.

—¿Nunca intentó ese tipo conquistarte?

—Está casado —dijo Mia secamente—. Cuando trabajas para Roux se supone que has de dedicar tu vida a la empresa. Es como una especie de secta religiosa. La moda trae el orden y el estilo al mundo... como una misión divina.

—Puede que un diseñador de primera fila tenga que pensar así.

—A Phillipe le interesa tanto el dinero como a cualquiera. Estaba impaciente por vender. Kramer Industries compró su nombre... con el que están sacando no sé qué colonia.

—Pareces un poco desilusionada —sonrió David—. ¿Terminasteis como amigos?

—No se puede salir de una casa de *couture* de París de un modo amigable. Él estaba convencido de que yo me iba para unirme a algún rival suyo. Con sinceridad, cuando volvía a pensar en ello, todo me parecía un mal melodrama.

—¿Y tu ropa en Headquarters? —David estaba pidiendo la cuenta—. ¿Por qué no las presentas con tu nombre?

—A causa de mi madre —le sonrió—. Pero ésa es otra larga historia que ya te contaré otro día.

Poco después, él la llevo a su casa.

—Empiezo a tener ganas de que se me reconozca —confesó él—. Tengo tanto talento como Halston o Bill Blass. Sólo tengo que encontrar el medio de lanzarlo.

—Lo que necesitas son contactos —dijo ella—. Mackenzie me dijo que tiene un brillante contable, Ed no sé qué, que les lleva la firma. No te vendría mal una charla con él... Necesitarás un contable brillante para los costos.

—Sí, ella es muy buena dando consejos. Supongo que estoy tonto, pero quiero las cosas a mi modo.

La besó en la mejilla a la entrada de su apartamento.

—¿Seguirás en contacto? —preguntó él.

—Sí. Gracias por esta agradable tarde. Estoy muy contenta de haberte visto de nuevo.

Ella lo miró alejarse y cayó en la cuenta de que él no le había pedido el número de teléfono.

Donna Haddon Brooks pasó los dedos por el ensortijado cabello negro de Howard Austin.

—Te he echado de menos —confesó—, más de lo que había imaginado que sucedería. Había olvidado lo suave que era tu piel aquí... —le acarició el costado, justo debajo de las costillas.

—Pues yo no había olvidado cómo eras tú —dijo él con voz ronca, apretando la boca contra su cuello y cubriéndole los pechos con las manos—. Señora Brooks...

—¡Nunca me llames así! —le advirtió ella—. Tú no. Especialmente tú.

Hacía dos meses que había tenido lugar «la boda del año en el mundo de la moda», como la había llamado *Women's Wear Daily* y esa misma semana Donna se había convertido en editora de *Divine*.

Yacían los dos desnudos en la cama de una de las mayores *suites* del Plaza, con vistas al parque. De vez en cuando le llegaba el relincho de un caballo a través de las ventanas. *Confidencias* había ido captando cada vez más publicidad de los fabricantes que no ignoraban su enorme influencia, lo cual había hecho que lograran la increíble hazaña de igualar casi la tirada del *WWD* después de sólo un año. La moda de los sesenta todavía era una área con un gran público.

—Hasta Lloyd lee tu página de «Tittle-Tattle» cada día —le dijo Donna—. Y no sólo para averiguar qué droga está tomando Coral.

—¿Alguna vez te sientes culpable por ella? —preguntó Howard. Se movió en la cama para que sus cuerpos pudieran estrecharse. Le encantaba encontrar nuevas formas de tocarla. Ahora descansaba entre sus piernas, con la nariz enterrada en su aromático pelo.

—Nunca llegará el día en que me sienta culpable por Coral —afirmó Donna, acariciándole distraídamente el vientre con un dedo que fue a parar a su sexo. Lo asió suavemente—. No sabes los estragos que causó en la oficina. Si la echara se ahorraría un enorme montón de dinero.

Él la acalló, apretándole los labios con los suyos. Ambos pudieron sentir la excitación que le recorrió el cuerpo.

—No hablemos de ella hoy —murmuró él—. Parece estar siempre con nosotros, como un fantasma.

—Howard, siempre decimos que esto no es más que sexo. Pero cuando Lloyd me hace el amor, me siento muy distinta. Él hace cualquier cosa por mí... besarme, chuparme durante toda la noche si yo quiero. Y llego al orgasmo, no voy a mentirte. Pero, bueno, es muy diferente a lo que siento contigo. Es más desapasionado, de alguna forma. Algo más indiferente. Contigo...

Se detuvo cuando sintió que él montaba sobre ella penetrándola.

—¡Oh! —gimió.

Él le hizo el amor con una nueva confianza. Se habían encontrado muchas veces desde que empezó la aventura, siempre en un hotel diferente. Sus encuentros sólo se habían interrumpido durante la luna de miel de Donna, en Nueva Inglaterra.

—¿Sabes lo que de verdad me gustaría hacer hoy? —dijo ella—. Me gustaría sorprenderte. —Lo empujó y se puso en pie.

—¡Ey! —protestó Howard—. Justo ahora que empezaba a...

—Vamos —lo urgió ella, vistiéndose con prisa—. Vístete tú también.

Sólo llevaban media hora en la habitación, pero él se vistió con un encogimiento de hombros.

Era un magnífico día de primavera, uno de esos días templados con que el mes de abril puede sorprender a Nueva York. Cuando salieron, Donna corrió hacia el primer coche de caballos que esperaba en la esquina y se encaramó a él.

Howard frunció el entrecejo.

—¡Esto sí que es una sorpresa! ¿Y si alguien nos ve?

Ella se rió, cogiéndolo de la mano y sentándolo a su lado.

—¿Alguna vez te has fijado en la gente que va en coche de caballos? Pareceremos cualquier pareja pueblerina en luna de miel...

Él miró su vestido Halston de seda color pistacho, sus medias a juego y su pelo envuelto en un luminoso pañuelo violeta. Se rió.

—No tienes precisamente aspecto de pueblerina.

El coche entró trotando en el parque. Por debajo de la manta que les habían dado, los dedos de Donna se esmeraban toqueteándolo. Le desabrochó los pantalones y sostuvo su sexo en la mano hasta que alcanzó su máximo tamaño. Inclinó la cabeza hacia él, mirando el despejado cielo azul. Él deslizó las manos bajo la manta, entre sus piernas, y le encantó descubrir que llevaba medias y liguero. Masajeó su entrepierna. El viejo conductor tuvo la delicadeza de no prestar atención a sus gemidos. Howard se deslizó hasta el suelo del vehículo, a los pies de Donna.

Cualquiera que se hubiera fijado en el coche podría haber visto la figura de un hombre arrodillado en el suelo con la cabeza y los hombros baja la manta y a una mujer sola en el asiento con la cabeza echada hacia atrás y las piernas abiertas suspirando y gimiendo de placer. Él hizo que se corriera rápido, usando sólo la lengua, alternando suaves chupadas con pequeños apretones. Ella le guiaba la cabeza con las manos y le arañó los hombros cuando las olas de placer la sacudieron. El coche parecía añadir excitación a la situación... el peligro mientras saltaba sobre los caminos sin asfaltar, el ruido de los pasos del caballo, las sacudidas en las curvas.

Donna yacía a su lado exhausta, satisfecha. Sacó un pequeño tubo de crema de manos de su bolso y, después de untarse la mano, comenzó a acariciarlo por debajo de la manta, insistiendo en su centro de placer, sintiendo cómo su sexo se hinchaba y palpitaba en su mano. Howard cerraba los ojos con fuerza, echado hacia atrás en el asiento, abandonándose totalmente a las sensaciones.

Cuando terminó el paseo por la plaza, les temblaban las piernas por el placer que se habían dado mutuamente. Howard le dio al cochero un billete de cincuenta dólares.

Donna le arrojó un beso al coger un taxi y él se dirigió hacia sus nuevas oficinas en Madison. Pensó que un artículo acerca del curioso paseo en coche por Central Park de la editora de modas de *Divine* y el editor de *Confidencias* habría causado sensación en la página de «Tittle-Tattle». Era una lástima que no pudiera publicarlo.

—¡Mierda! —maldijo Mackenzie. Estaba sentada en la cama leyendo *Confidencias*, que había abierto directamente por la página de «Tittle-Tattle», la primera que la gente del oficio leía.

> ¿Quién es la diseñadora que decidió sorprender a su novio en una sesión de fotografía y se lo encontró desnudo? ¡Y la travesura estaba siendo fotografiada para... eh... la posteridad! No se lo vamos a contar, pero la historia, ¡vale su peso en... oro!

Arrojó la revista al suelo. Uno de los ayudantes del estudio debía de haberse ido de la lengua. Se lo enseñaría a Alistair esa noche. Bebió un sorbo de café pensativamente. Su vida estaba cambiando, y también su relación con Alistair. Justo ahora que pensaba que tenía las cosas bajo control, su vida se había vuelto cabeza abajo. Estar embarazada ya había supuesto un importante cambio y, después de lo ocurrido en el estudio de Patrick, habían pasado una semana sin hablarse. Por último, Alistair había pedido perdón, pero ella tenía el inquietante presentimiento de que no lo había hecho porque la quisiera, sino porque le convenía seguir a su lado. La había humillado y ella no estaba segura de poder volver a confiar en él. De todas formas, él había sido una especie de Svengali durante tanto tiempo que ella tenía miedo de perderlo. Si no llevara dentro a su hijo probablemente lo habría echado. Pero perdonarlo había sido un gran compromiso en su vida. La única razón por la que lo había hecho era porque no podía quitarse de encima la convicción de que el niño debía criarse junto a su padre. Ella luchaba por establecer su propia filosofía de la vida, su propio sistema moral, lejos de la influencia de las convicciones de su madre o la filosofía de amor y paz de sus amigos de las afueras. Pero la vida resultaba ser mucho más complicada de lo que ella esperaba: no siempre se puede hacer lo que uno quiere. Había imaginado que, cuando tuviera fama y dinero, todo iba a ser fácil. Pero ahora comprendía que sólo con mucho esfuerzo encontraría su propio modo de vida puro, honesto y sincero.

Pensaba mucho en Eddie. Pero ahora que estaba embarazada y que ni siquiera se planteaba el matrimonio, él no estaba de acuerdo con ella. Y ahora mantenía las distancias.

Y por encima de todo había que atender y programar el negocio y tenerlo bajo control, y tenía que ser más astuta que sus hermanos. Tampoco se fiaba de ellos. Sabía que harían cualquier cosa para ahorrar gastos, de modo que tenía que vigilarlos. Incluso eran capaces de comprar hilo y botones más baratos a sus espaldas. A medida que la producción de *Gold* iba aumentando, a medida que se hacían más prendas para satisfacer la demanda, más había que tratar con los sindicatos y con los obreros, y ella ansiaba dejar esa tarea a sus hermanos, aunque sabía que no lo haría. Ahora que estaban fabricando en California, podrían contratar algún taller en Los Ángeles donde se cosiera bajo horribles condiciones, pagando menos del salario mínimo y empleando como maquinistas a extranjeros ilegales. La conciencia social que se le había despertado en los días vividos en el Village rechazaba la idea y volvía más áspero el trato con sus hermanos.

De hecho, a Mackenzie le disgustaban sus hermanos; Reggie, en particular, ya que Max simplemente lo secundaba. En vez de irse haciendo cada vez más refinados a medida que tenían más éxito, habían ido retrocediendo en cuanto a estilo y actitud. Por cada paso que daba Mackenzie para alejarse del Bronx, ellos parecían atarse más a sus raíces. Compartían un apartamento a una manzana de sus padres, y Esther todavía les hacía la comida, les lavaba la ropa y no dejaba de mimarlos. Reggie estaba gordo y los dos vestían groseramente, como para burlarse de la nueva imagen *chic* de Mackenzie, y para demostrarle que ellos nunca se verían envueltos de modo personal en el negocio de la moda porque nunca intentarían vestir con estilo. Se esforzaban en dejar muy claro que para ellos la moda no era más que una forma de hacer dinero.

Cuando su embarazo llegó a un estado avanzado, empezó a preocuparla la salud del bebé. Se acostaba temprano y se negaba a comer en restaurantes llenos de humo. Eso la alejó aún más de Alistair, al que le gustaba salir cada noche y mantenerse en contacto con la multitud que frecuentaba Max's Kansas City, Scene y Arthur.

—Es un asunto de trabajo, Mack —le aseguró él. Pero ella sabía que también era una forma de conseguir drogas.

Finalmente su trabajo fue una tarea demasiado pesada para ella. Había lanzado una línea tejana que se vendía en todo el país bajo la etiqueta de *Gold*. Tenía género de punto, ropa de niño y varios contratos con fabricantes de medias, gorros y zapatos. Se vio obligada a abdicar de su reino de única diseñadora. Después de hablar con el decano de MacMillans, entrevistó a varios estudiantes graduados y empleó a cuatro de ellos.

—Les enseñaré a diseñar en mi línea —les dijo a sus hermanos en la siguiente reunión, a la que no asistieron ni su padre ni Ed—. No sacaré ninguna prenda que no lleve mi sello.

Observaron su figura, ahora embutida en unos pantalones especiales de pana con adornos trenzados.

—¿Y qué hay del asunto de abrir una tienda en Los Ángeles? —le preguntó Reggie—. ¿Crees que podrás hacerlo?

Ella suspiró.

—¿En mi estado? ¡Pensarían que estoy abriendo un circo!

—Quizá, si te casaras con tu amigo —sugirió Reggie—, parecerías un poco más respetable.

—Tú limítate a tratar con los camioneros y los sindicatos —le cortó Mackenzie—. Eso es lo que se te da bien. Y déjame a mí las cuestiones morales.

—¡Chicos, chicos! —dijo Max, imitando a su padre.

Reggie emitió una risita burlona.

—¿Qué es lo que pasa con ese tipo, de todas maneras? Está viviendo a tu costa, tú lo sabes.

—¡No es cierto! —negó acaloradamente Mackenzie—. Hace un buen trabajo con los medios de comunicación. ¿Crees que no hay que encargarse de eso? Alistair sabe cómo encandilarlos. Están encantados con el hecho de que sea inglés... eso proporciona a *Gold* una buena imagen, y...

—¿También les encanta el hecho de que sea un drogadicto... un drogadicto inglés? —rió Reggie con un destello en su rostro gordo y brillante.

—Nuestra producción sobrepasa el millón, Mack —le dijo Max—. Esto ya no es un juego de niños. La gente de negocios del banco nos apremia para que nos expandamos antes de que otras firmas nos quiten el puesto... Sitios como San Francisco, San Diego...

—¡Tampoco quiero que crezcamos mucho! —exclamó Mackenzie.

—Pues entonces será mejor que lo dejes ahora, porque esto va a ser muy grande —le advirtió Reggie—. Y no podemos permitirnos el lujo de tener en el negocio a gente que no sea profesional al ciento por ciento. Yo soy un antiguo, vale, pero leo los periódicos. Todos los comentarios acerca de tus manifestaciones, de los polvos que se va echando Alistair por ahí... no son buenos para nuestra imagen. Estamos vendiendo a chicas jóvenes y necesitamos una imagen limpia que podamos mostrar a todos los americanos.

—¡Vete a la mierda! —gritó Mackenzie.

—Max y yo somos dueños del cincuenta por ciento de la compañía, de modo que tenemos bastante voto en todo lo que ocurra. Haz que Alistair cambie su conducta, o acabaremos con ese tipo.

Mackenzie lo miró con odio.

—Si hacéis eso os quedaréis sin diseñadora.

—Hay otros diseñadores —dijo Reggie con aire sombrío; Mackenzie se rió—. ¿Crees que eres indispensable? —agregó Reggie—. Nadie es insustituible. Tus diseños se venden gracias a la etiqueta... no porque sean tuyos...

—¡Qué poco sabéis! —gritó ella—. He sudado sangre hasta dar con los diseños acertados. He mirado miles de tejidos hasta encontrar los adecuados. Yo... —sacudió la cabeza—. ¡Oh, iros a la mierda, los dos, antes de que os tire algo a la cabeza!

La reunión terminó temprano aquel día. Mackenzie se quejó de sus hermanos con todo el mundo al que pudo llamar aquella tarde, desde Ed hasta su padre, desde Alistair hasta Mia.

—Las cifras están empezando a asustarme —le confesó a Mia—. Es como si hubiera creado un monstruo. Va a seguir creciendo y creciendo y devorando cuanto encuentre en su camino. Ahora tengo cuatro diseñadores trabajando para mí y me siento muy extraña. Me aterroriza herir sus sentimientos si critico sus diseños. No estoy preparada para ser jefe.

—Entiendo lo que quieres decir —dijo Mia—. Yo también estoy ganando más dinero del que nunca pensé que tendría. Realmente es una tontería seguir viviendo aquí con Wayland, pero no tengo energía para empezar a buscar piso.

—¡Yo he tenido que buscar oficinas y estudios! —dijo Mackenzie—. He encontrado un local en la esquina de Madison, en la calle cincuenta y nueve. Alistair también tendrá allí una pequeña oficina. ¡Oh, Mia!, tengo que atender a inauguraciones, he de aparecer en reuniones, hacer promociones en tiendas de las afueras que venden mi mercancía...

Se quejaron de lo cansadas que estaban y continuaron compadeciéndose la una a la otra.

Alistair tenía que atender una cuestión familiar. Aquella semana, cuando Mackenzie llegó a casa después de pasar el día en el estudio, él agitó una carta en sus narices.

—¡Viene mi padre! —dijo. Parecía contento—. Viene a promocionar un tejido de *tweed*. Tiene un billete de avión de primera clase y le han reservado tres *suites* en el Savile Row. Supongo que el pobre viejo debe de andar necesitado de dinero... nunca le gustó aceptar nada de nadie.

—¿Así que al fin voy a conocerlo? —comentó Mackenzie

al tiempo que se dejaba caer en el sofá. Se quitó los zapatos y bebió un sorbo de zumo de naranja.

—Os llevaréis muy bien, estoy seguro —afirmó mientras la abrazaba.

—Si pudiera quedarse para ver nacer a su nieto... —dijo ella con cansancio—. Lord Briarly, ¿es así como debo llamarlo?

—Bueno, puesto que no te has casado conmigo, no creo que puedas llamarlo «papá».

—Alistair, ¿no tendré que presentarle a mis padres, verdad?

—¡Oh, no empieces otra vez! ¿Tienes miedo de que le ofrezcan hígado de pollo? ¡Le encanta!

Ella se puso un cojín bajo la cabeza y cerró los ojos. Oyó a Alistair rondando por el apartamento, abriendo y cerrando puertas. Sabía lo que estaba buscando. Al cabo de un rato volvió al salón.

—Mack, ¿dónde has escondido el bote de hierba?

—No lo he escondido —murmuró ella con los ojos cerrados—. Lo he tirado.

Él la miró fijamente.

Ella abrió los ojos y lo miró a la cara.

—No quiero tener hierba en casa cuando nazca el niño. No quiero que intente comérsela o que respire el humo, ni siquiera que crezca en ese ambiente. Así que vete acostumbrando a prescindir de ella... en casa por lo menos.

—¿Sabes lo que costaba esa hierba? Es la mejor marihuana que...

—¡Me importa un comino que fuera la mierda fosilizada de la reina Isabel! —gritó Mackenzie—. ¡Eres un puñetero drogadicto! Quiero decir, colocarse de vez en cuando puede ser divertido, sí. Pero entre eso y las inyecciones de *speed* y las borracheras, me siento como si estuviera viviendo con un jodido drogadicto. Llevo dentro a tu hijo, Alistair. Tú dijiste que querías compartir la experiencia... muy bien, ¿te vas a dedicar a tu hijo o qué?

El rostro de Alistair palideció de furia.

—Tengo derecho a gastar mi dinero como quiera.

Ella se incorporó con brusquedad.

—¿Crees que eres tú el que paga esto? —señaló el apartamento—. ¿Crees que tu sueldo puede costear este ritmo de vida? ¿Y las inyecciones diarias que te pone ese medicucho? ¿Y kilos de la mejor hierba? ¿Y los mejores vinos? Sin contar con el alquiler del apartamento, que lo paga la compañía. Lo sabes, Alistair. Esto me está haciendo daño y le va a hacer daño a mi hijo.

—¡Nuestro hijo! —la corrigió él.

—Sólo si yo estoy de acuerdo. Me estás complicando mucho la vida.

—Mack, por Dios, te quiero. Por favor, no peleemos más.

Ella lo rodeó con los brazos, sacudiendo la cabeza.

—¡Oh, Alistair!, a veces pareces un colegial travieso. ¿Qué es lo que te pasa? Yo te admiraba tanto... Lo eras todo para mí.

Él gruñó, murmurando algo en su hombro.

—Dices que me quieres —continuó ella—, pero me lo tienes que demostrar con tu género de vida. Ahora viene tu padre... Intenta reformarte, Alistair. Deja de ir a ver a ese doctor por un tiempo. Engorda un poco. Camina dos o tres kilómetros por el parque cada día...

Él alzo la cabeza para besarla

—Muy bien, Mack. Lo intentaré, te lo prometo.

Se inclinó hacia ella, deslizando las manos por el cuello de su vestido hasta acariciarle los pechos. Luego le hizo el amor en el sofá lentamente, con ternura. La llevó hasta el clímax, una y otra vez. Era muy bueno en eso, admitió ella. Sintió cómo se tensaba su cuerpo y cómo se movía en su interior cuando le vino el orgasmo. Pero esta vez parecía que faltaba algo. Se fueron temprano a la cama, y ella sintió el frío y delgado cuerpo cuando se acostó a su lado, abrazándola por detrás hasta que se durmieron.

«Supongo que tengo que ser fuerte», pensó ella. Estaba empezando a echar de menos a Ed, y se odiaba por eso, pero tenía que intentar que esa relación funcionara bien... Se lo debía a su hijo.

A la mañana siguiente, muy temprano, dejó a Alistair dormido y se dirigió al centro de la ciudad para ver unas pruebas de su nueva campaña publicitaria. El catálogo de colores le había llevado meses de trabajo en su inventario para producir modelos con anticipación. Tuvo que suplicar a los fabricantes de manufacturas para que tuvieran listos los tejidos que necesitaba para sus modelos. Ahora diseñaba contra reloj, compitiendo con otros diseñadores y firmas que intentaban copiar sus estilos.

El único aspecto de su vida que tenía bajo control era el no ver a Ed. Intentaban evitarse el uno al otro, y acudían muy raras veces a las mismas reuniones. Ella ni siquiera se permitía pensar en él: la confundía demasiado. Su madre siguió recordándole, en las periódicas llamadas telefónicas, que aún estaba a tiempo de legitimar a su futuro nieto si quería. Pero en vez de eso, Mackenzie prefirió volcarse en el trabajo. Era una gran evasión: la mantenía demasiado ocupada para pensar.

Ella seguía siendo el eje alrededor del cual giraba *Gold*. Aquella tarde, cuando se marcharon los empleados de las oficinas del primer *Gold*, Reggie y Max convocaron una reunión con los arquitectos del nuevo *Gold* de Los Ángeles. Sus hermanos habían ido allí varias veces para decidir el emplazamiento y supervisar la construcción. Habían elegido un gran solar en Melrose Avenue, justo en las afueras de Beverly Hills. Mientras estaban por allí, empezaron a adoptar alguno de los estilos de Hollywood: llevaban corbatas más llamativas y piezas cada vez más aparatosas de joyería. Mackenzie tenía que morderse la lengua para no decirles lo que pensaba de su nuevo estilo.

Por lo que podía ver en las fotografías, el *Gold* de Los Ángeles iba a ser una versión de lujo de sus ideas originales para la primera tienda, teñidas con un toque de Hollywood. Parecía muy viva y llena de color, pero era como si aquello estuviera ocurriendo en la Luna. No tenía tiempo para ir allí a verlo por sí misma, y no podía poner mucho interés ni energía en el proyecto. Esto no era normal en ella, porque siempre se había interesado hasta en los más mínimos detalles de su negocio. Se lo achacó al cansancio producido por su embarazo.

Había que zanjar un montón de detalles antes de que los arquitectos volvieran a Los Ángeles, y Mackenzie estaba exhausta cuando al fin terminó la reunión, a las ocho. Intentó telefonear a Alistair a casa, pero no obtuvo respuesta. Tuvo un incontrolable capricho de comer comida mexicana y decidió salir a buscarla.

—Mamá no está muy bien —le dijo Max mientras se ponía el abrigo.

—¿Ah, sí? —lo miró preocupada—. Hablé con ella anoche y no me dijo nada.

—No quiere que tú lo sepas.

—Oh, cielos... —Se envolvió en su abrigo—. ¿Otra vez con secretos judíos? Supongo que sigue enfadada conmigo.

—Supones bien. Se pasa las noches llorando. Papá me lo ha dicho. Le gustaría que te casaras con ese tipo, aunque no sea judío.

Mackenzie se encaminó hacia la puerta.

—Cuanto más insistís en que me case, menos me apetece hacerlo —dijo antes de irse—. Si todos estáis tan de acuerdo con el matrimonio, es que debe de haber algo malo en él.

Cogió un taxi para dirigirse a su restaurante mexicano favorito, en la Octava Avenida, y pidió chiles rellenos, burritos y tacos. El conductor la esperaba para volverla a llevar a la parte alta de la ciudad. El taxímetro marcaba más de doce dólares.

Dejó la comida en la cocina y atravesó el salón y el estudio gritando:

—¿Alistair? ¡Ya estoy en casa! —Miró hacia arriba por la escalera que llevaba al piso superior y subió al dormitorio. Las ventanas estaban cerradas a cal y canto, lo cual era muy extraño: siempre las dejaban abiertas para ver el cielo. Tuvo un mal presentimiento. Entró en el dormitorio. Alistair estaba acurrucado en un rincón, temblando.

—¡Alistair! —corrió hacia él, tropezando al llegar a su lado—. ¿Qué pasa? ¿Qué has tomado?

Los asustados ojos de Alistair la miraron mientras sus labios intentaban formular palabras. Dejó escapar un leve gruñido.

—¿Qué? —gritó ella—. ¡Por Dios, dímelo!

—Están muertos. —Tenía los ojos muy abiertos con una expresión de incredulidad—. ¡Mi familia ha muerto!

—¿Qué quieres decir? —Ella lo agarró y lo sacudió—. ¿Cómo?

Él hizo un esfuerzo para recobrarse.

—Mi padre y mi hermano cogieron un helicóptero para ir a Londres. Iban a quedarse unos días allí antes de venir para acá. El helicóptero se estrelló en las afueras de Londres... todos murieron. —Se arrojó llorando en sus brazos.

—¡Oh, Dios mío... no! —Un horror frío le atenazó el cuerpo. ¡Aquello era lo que se conseguía con el éxito! Lo abrazó con fuerza, como si pudiera borrar la noticia. Por algún motivo se sentía tan culpable como si ella hubiera sido la responsable del accidente—. Lo siento mucho, querido... Lo siento mucho.

—Nunca estuve muy cerca de él —murmuró Alistair—. Ni de Ian. Pero siempre tuve la esperanza de que llegáramos a ser amigos algún día. Pensaba que su visita me daría la oportunidad de conocerlos mejor.

—¿Cómo te has enterado?

—Mi hermana me llamó desde Londres. No podía creerlo. He estado aquí sentado intentando hacerme a la idea. El teléfono ha sonado, pero no he podido cogerlo.

En ese momento volvió a sonar el teléfono, sobresaltándolos.

—Que suene... no puedo hablar con nadie. —Se volvió hacia ella y la abrazó—. Mack, ahora te necesito más que nunca.

—Muy bien, muy bien, querido —lo tranquilizó, intentando pensar. Todo tiene una razón de ser. Todo forma parte de un plan cósmico, como dirían sus amigos del Village. Quizás esto había ocurrido para que ella se decidiera a casarse con Alistair, a darle un padre a su hijo.

Estuvieron mucho tiempo en el rincón del dormitorio. El teléfono sonó varias veces. De alguna forma, ella se sentía responsable de Alistair, como si ahora tuviera la obligación de compensar su pérdida, de hacerle la vida más agradable.

—Necesito un trago —dijo Alistair al cabo de un rato.

—Voy a buscarlo —se ofreció ella. Se levantó y estiró los brazos, arqueando la espalda.

Fue a la cocina y sirvió un generoso vaso de *bourbon* con hielo. Bebió un trago. Mientras subía las escaleras sintió su reconfortante calor invadiéndole el estómago. «Me pregunto si el bebé puede emborracharse», pensó mientras le tendía el vaso. Él bebió deprisa y se volvió hacia ella con una extraña expresión en el rostro.

—No te he contado toda la historia. Creo que habrás adivinado...

—¿Adivinado qué? —Se sentó en la cama observándolo.

—Ahora soy lord Briarly. Me fui de Inglaterra para escapar de ese género de vida y el título me ha seguido hasta aquí.

Ella lo miró frunciendo el entrecejo y sintiendo cómo el bebé se movía en su interior.

—Claro que no tengo por qué usar el título —dijo él pensativamente.

—No seas tonto —respondió ella con presteza—. Claro que lo usarás. ¿Crees que renunciaré a que mi niño sea hijo de un lord? ¡Esto parece un cuento hadas! Yo seré la princesa Grace del Bronx...

Se miraron a los ojos y no pudieron evitar sonreír ante sus palabras.

—Todavía no has sumado dos y dos, ¿verdad Mack? —preguntó él.

Ella alzó los hombros.

—Tú no serás princesa —continuó él—. Pero si te casas conmigo serás lady Briarly.

¡Así que eso era! Su cuerpo se vio sacudido por la misma excitación que había sentido cuando ganó el concurso de *Divine*. La misma sensación, mitad ardiente, mitad fría, de que algo fantástico se estaba haciendo realidad... algo que podía cambiar por completo su vida. ¡Lady Mackenzie Briarly! ¿Que chica podía resistir eso?

—La primera diseñadora de la nobleza en la industria de la moda —dijo ella—. Sin contar al conde Hubert de Givenchy...

Alistair la miró con aire grave.

—¿Y bien? ¿Te casarás conmigo, Mack? ¿Te convertirás en lady Briarly?

—¡Lord y lady Briarly! —repitió Mackenzie por centésima vez—. ¡Mi familia se va a cagar en los pantalones!

Había pasado una semana desde que se enteraron de la muerte de lord Brian. Mackenzie había llamado a Mia para que fuera a su casa.

—Lo siento, pero no puedo sentir pena por un hombre que no conocía —explicó—. No hago más que pensar en las caras que pondrán mis padres cuando se enteren de que soy lady Mackenzie. ¡Y mis hermanos! ¿Te los imaginas? Pensarán que han sido tontos por quedarse en Beverly Hills cuando fueron a Los Ángeles. ¡Y yo seré parte de la nobleza europea!

—Mackenzie —dijo Mia con suavidad—, no tienes que pasarte la vida intentando impresionar a tu familia.

—¡Que se vayan a la mierda! ¡Soy yo la que está impresionada! Mi hijo pertenecerá a la alta sociedad. ¡Y yo podré ir donde quiera! ¿Cómo puedo negarle a mi propio hijo esa oportunidad?

—Estás considerando todas las ventajas de ese matrimonio sin mencionar una cosa...

—¿Si lo quiero? —preguntó Mackenzie enfadada—. Eres como Polyanna, Mia. ¿Qué harías tú si estuvieras embarazada y descubrieras a tu hombre follándose a una modelo, con una docena de mirones animándolos como si se tratara de una carrera de cien metros llanos?

—Yo... —comenzó Mia.

—¿Y qué harías si ese hombre se convirtiera en lord y te pidiera que te casaras con él? ¿Qué harías si supieras que es adicto al *speed*, a la marihuana y a todo tipo de drogas conocidas? ¿Y si él...?

—¡Mackenzie! —la detuvo Mia—. Lo siento, pero no te entiendo.

—No... Bueno, somos muy diferentes. —Mackenzie descorchó una botella de champán y lo sirvió en dos copas altas—. Por eso tú diseñas ropa elegante para damas clásicas y yo diseño prendas para chicas medio locas como yo. Nuestras ropas reflejan nuestra personalidad, querida. —Levantó la copa para brindar con Mia—. ¡Por que a mi hijo le guste el champán! Lo tendrá en grandes cantidades... Llevo bebiendo de esto toda la semana.

—¿Por qué? —Mia dio un sorbo—. ¿Lo estás celebrando?

—¡Oh...! —Mackenzie miró por un momento a Mia a los ojos y enseguida apartó la vista—. A ti no puedo engañarte, Mia... Estoy enamorada de otro hombre. ¿Has oído alguna vez algo tan estúpido?

—¿El director de finanzas que trabaja para ti?

Mackenzie asintió.

—Eddie... ¡Dios mío!, Mia... qué suerte tienes de ser tan tranquila. Ojalá yo fuera una persona tranquila. Ojalá nunca me hubiera fijado en él.

Mackenzie se tumbó en el sofá.

—Hay ciertas cosas que siempre he deseado. Esto —hizo un gesto abarcando el apartamento— es lo que he perseguido toda mi vida. Y un hombre... Un hombre tierno y cariñoso... ¡Ciertamente nunca había pensado en un hombre con un título! Si ahora mismo leyera algo acerca de mí en una revista... ¡cómo me envidiaría!

Mia continuaba mirándola en silencio.

—¡Oh, cielos! —Mackenzie elevó la mirada hacia lo alto—. ¿Por qué no puede Ed Schreiber ser un lord? Eso habría sido perfecto.

—¿Tan importante es para ti que Alistair sea un lord? —preguntó Mia.

—Todo lo que tiene que ver con Eddie me excita —siguió Mackenzie con su cháchara como si no hubiera oído—. Me gustan los hombres con ese aspecto de... como de ositos de peluche. ¿Y qué es él? Un contable, que maneja el dinero que ganan los demás. Puedo imaginarme lo que es salir a cenar con Eddie: se tragaría cualquier vino que nos trajeran y diría «¡estupendo!». Alistair se pasa horas hablando de vinos con el camarero y, cuando por fin nos suben alguna polvorienta botella de vino viejo de las bodegas, él lo prueba con una actuación digna de un premio de la Academia de Hollywood.

—¿Y qué?

—Me gustan los hombres que saben hacer eso. A mí me privaron de eso en mi infancia, Mia. Tú podías observar a tu madre y a sus amigos. Yo sólo podía mirar a Abe Goldstein. ¿Crees que él entendía algo de Châteu Rothschild? ¡Daba las gracias si encontraba una lata de cerveza en la nevera! Incluso cuando era pequeña solía escribir a Manischewitz. Yo estaba destinada a apreciar las mejores cosas de la vida... Este champán que estamos bebiendo es Dom Pérignon, ¿has visto la etiqueta? Y ahora se me cruza en el camino un lord... Bueno, estaría loca si no me casara con él.

—¿Nunca te has preguntado si él estaría dispuesto a casarse contigo si no tuvieras el éxito que tienes? —le preguntó Mia—. Me parece que a él también le gusta la buena vida.

Mackenzie miró a su amiga.

—Lo que dices es repugnante.

—¿Por qué? Todavía no has dicho que lo quieras.

—¡Él me quiere! —exclamó Mackenzie—. ¿Lo entiendes? ¡Me quiere! A veces con eso basta. ¡La vida no siempre es un cuento de hadas, querida! Y su amor servirá para los dos. Mi hijo tendrá un padre. Y yo sacaré de ello lo que quiera.

—Estás hablando del matrimonio como si fuera algún tipo de negocio.

—Es mejor que vivir la vida como si fuera un convento —dijo Mackenzie devolviendo el tiro—. ¿Has ido ya a algún terapeuta?

A Mia le tembló el labio.

—¿De qué estás hablando?

—De tu problema de frigidez. No sé por qué te escucho... Tú no sabes qué es lo que pasa entre un hombre y una mujer. Ésa es la auténtica razón de que tu ropa sea tan diferente. Tu ropa es señorial y estirada, y la mía sexy y alocada.

Se hizo un horrible silencio. Mackenzie se dio cuenta de que había sido muy cruel, y bebió despacio su champán, como una niña traviesa.

Mia se levantó y miró a Mackenzie.

—Ha sido imperdonable que me tiraras eso en cara —dijo—. Todo eso te lo había contado en confianza. Pero, a pesar de lo que yo sea, soy más honesta que tú. Nunca me casaría con un pobre diablo al que no quiero, sólo por un estúpido título. ¿Qué importa que todo el mundo te salude como a una lady, si eres desgraciada con él y quieres a Ed?

Se encaminó a toda prisa a la puerta.

—¡No seré desgraciada! —gritó Mackenzie.

—¡Pues deberías serlo! —Mia cerró con un portazo.

21

Mia salió furiosa del edificio de Mackenzie y bajó por Madison hacia la calle cincuenta y siete. ¡Vaya amistad! Estaba furiosa consigo misma por haber confiado en Mackenzie. A Mackenzie no le interesaba su vida. Ni siquiera le había preguntado cómo fue el encuentro con David, ni si su ropa se vendía bien, ni ninguna otra cosa. A ella sólo le interesaba su propia vida y sus problemas.

Mia cruzó la calle Cincuenta y Siete para ver los escaparates de Henri Bendel. Los maniquíes sin cara llevaban vestidos de Zandra Rhodes. Un enorme ventilador hacía ondear los pañuelos de tonos pastel. Mia miró hipnotizada las etéreas prendas.

¿Tendría razón Mackenzie acerca de su frigidez? La gente como Mackenzie tenía intuición sobre estas cosas. Ella había preferido culpar a David por su falta de delicadeza. Había sido más consolador creer que, si alguna vez llegaba a hacer el amor con Phillipe, sería perfecto. Pero, si tanto le dolía ser acusada de frígida, debía de haber algo de cierto en ello.

Mia no había vuelto a ver a David desde aquella tarde en el Salón de Té Ruso. Se había dado cuenta de que él todavía la deseaba. Iría a verlo y haría el amor con él... despacio, con suavidad. Era la única forma. Decidió llamarlo enseguida, ahora que aún estaba a tiempo. Pero primero tenía que llamar a Mackenzie para que le diera el número de David, lo cual sería una humillación, aunque no le importaba.

David convino en encontrarse con ella en el café de la calle Cincuenta y Siete oeste... El mismo en el que se había visto con Mackenzie por primera vez. En cuanto colgó el teléfono, tuvo una punzada de vergüenza al pensar que quizá había hecho que lo dejara todo de golpe para atenderla a ella.

Estaba bebiendo una taza de chocolate caliente y observando la calle cuando se detuvo un taxi del que se apeó la alta y atlética figura de David. Ella lo observó mientras él pagaba al chófer. Era un hombre fuerte y guapo; ¿a qué chica no le gustaría? Él la saludó sonriendo a través de la ventana.

Ella se levantó para abrazarlo. Sintió su solidez y su fuerza, justo lo que necesitaba en ese momento.

—¡Ey! —Él la miró sorprendido—. ¿Me he vuelto un hombre afortunado de repente?

Ella lo soltó un poco violenta, y él se inclinó para besarle la frente.

—Lo siento —dijo ella—. Estoy un poco emotiva esta noche. He estado con Mackenzie y nos hemos peleado. Cuando volvía para casa me di cuenta de que tenía muchas ganas de verte.

Él sonrió contento y se sentó enfrente de ella.

—Bueno, pues aquí estoy.

—A ti nunca te ha gustado Mackenzie, ¿verdad? —preguntó ella—. Esta noche se ha portado como un mal bicho.

Él se encogió de hombros.

—Mackenzie me resulta bastante indiferente. ¿Por qué os peleasteis?

—Ella... —Mia evitó la mirada de sus penetrantes ojos—. No estamos de acuerdo en nada.

Después de que el camarero hubo tomado nota de su pedido, David inquirió:

—¿Todavía echas de menos París?

—Ya me voy acostumbrando —sonrió ella—. Nueva York no está mal. Antes de darse cuenta, se siente una aquí como en casa.

David se inclinó hacia adelante, apoyando su enorme cuerpo en la pequeña mesa.

—La última vez me estabas contando algo sobre las técnicas de Roux. Me dijiste que utilizaba rellenos para hacer las ropas.

—Sí. Los mete en los hombros o en el cuerpo y les da vapor.

—¿Eso es lo que les da a sus prendas ese aspecto escultural?

—Sí... Les da forma con calor en el taller.

—Ya veo —excitado, David golpeó con las manos en la mesa—. No es una técnica para *prêt-à-porter*, pero seguro de que les da mejor aspecto a los modelos simples. Estoy preparando una pequeña colección. Me está llevando mucho tiempo, pero... —Se acomodó en la silla cuando el camarero le trajo el pedido y le tendió a Mia una servilleta de papel—. ¿Podrías dibujar la forma de relleno que utiliza?

Mia frunció el entrecejo.

—Esto empieza a parecer un interrogatorio.

Él cogió la servilleta y la arrugó.

—Tienes razón, lo siento. Es que nunca he sabido cómo... cómo estar contigo, Mia. Supongo que trato de adoptar una actitud impersonal, pero... —La miró intensamente a los ojos—. Tú sabes que preferiría estar diciéndote lo bonita que eres...

Ella le devolvió la mirada.

—Tal vez sea eso lo que necesito oír esta noche —replicó cogiéndole las manos—. La última vez que nos vimos ni siquiera me pediste el número de teléfono...

—Mia, sabes que siempre he estado loco por ti. No seas tan esquiva conmigo, ¿de acuerdo? He intentado olvidarte y ojalá pudiera. Estoy empezando a pensar en la lobotomía... —sonrió—. Es sólo que... bueno, desde el primer día en que te vi he tenido la loca convicción de que tú y yo... nos pertenecíamos el uno al otro. No sé por qué lo sigo creyendo. No es que tú me hayas dado esperanzas...

—Hasta esta noche. —Ella alzó las cejas.

—¿Y por qué esta noche es tan diferente? ¿Te has peleado con Mackenzie y no sabías qué hacer?

Ella movió la cabeza.

—¡No! —suplicó—. No, por favor, David. Mackenzie me ha hecho pensar. Me dijo cosas muy crueles, pero casi siempre hay algo de verdad en las crueldades.

—Ya veo... —David la miró con interés—. Bueno, no preguntaré más. Debería estar agradecido con Mackenzie por acercarte a mí.

Cuando salieron a la calle él le rodeó los hombros con el brazo y ella dejó que la besara dulcemente, despacio, y sintió cómo la punta de su lengua la rozaba los labios.

—Llévame a tu casa —murmuró ella.

David lo miró, con destellos de colores en sus ojos azules.

—¿Estás segura de que es eso lo que quieres? —preguntó—. ¿Recuerdas lo que pasó la última vez? No creo que pudiera volver a soportarlo.

—No ocurrirá lo mismo —susurró cogiéndolo del brazo—. Tienes que ser muy dulce. Tenemos que intentarlo, ¿no crees?

—¡Oh!, Mia... —Frotó la nariz contra su mejilla—. Si supieras cuánto te deseo...

En el taxi de camino a su apartamento, ella le cogió con fuerza las manos, deseando sentir dentro de ella su fortaleza. Quería refugiarse en unos brazos fuertes que sabía que la deseaban. Recordó las palabras de Mackenzie: «Él me quiere... A veces con eso basta».

En cuanto él abrió la puerta, ella recordó su estilo: blanco, claro, espacioso. Estaba de puntillas mientras él le rodeaba el cuello con las manos y la estrechaba contra su cuerpo.

—Ámame —susurró ella—. Ámame, David.

Él le cerró los labios con el calor de su boca y, sin interrumpir el beso, la llevó al dormitorio. Estaba tan desnuda como la otra habitación, sin más muebles que una amplia cama blanca y un armario de pino. Él la sentó suavemente en la cama y se levantó para quitarse la chaqueta. Cuando se agachó a su lado ella reconoció su fresco olor. La luz del recibidor iluminaba su cara mientras él frotaba los labios contra los suyos. Con mucho cuidado él le desabrochó y le quitó la ropa. Ella lo ayudó, dándose cuenta de que no sentía ninguna timidez. Estaba orgullosa de su cuerpo: Phillipe Roux le había hecho el amor. David la miró cuando estuvo desnuda y se desnudó a su vez deprisa.

—Tienes un cuerpo precioso —le dijo, acariciándole el costado con las manos—. Tu torso... tus pechos tan perfectos... tu vientre tan liso...

Él estaba en ropa interior, pero ella advirtió que se excitaba con sólo mirarla. Puso la mano en el grueso bulto de su sexo. ¿Por qué la asustaba tanto ese duro músculo? Sintió cómo se movía entre sus dedos. Sabía que si bajaba el slip el miembro se erguiría ante ella.

—Por favor, apaga la luz —pidió.

Él lo hizo y volvió para acostarse junto a ella, con la cabeza a la altura de sus pechos. Estaba desnudo y ella advirtió su sexo erecto. Se lo tocó y él gimió. Inclinándose, le acarició dulcemente los pechos con la lengua.

—No puedo creer que esto esté sucediendo, Mia —susurró—. Te deseaba tanto... Se estaba convirtiendo en una obsesión... Sólo podía pensar en ti.

—¡Oh!, por favor, sé dulce conmigo, David —pidió temblorosa—. Tan dulce como si fuera una frágil muñeca de porcelana.

—Sí, sí, amor mío. Yo nunca te haría daño. ¿Te gusta que te acaricie aquí? —le tocaba suavemente los pezones, que se pusieron duros con el lento masaje de sus dedos—. ¿Y aquí? —se inclinó para acariciarle los muslos.

—No lo sé —murmuró ella—. ¡No lo sé!

Y era verdad. Sus caricias la excitaban y la confundían, pero el placer quedaba ahogado en el miedo y la expectación. Intentó relajarse. Arqueó la espalda, ofreciéndole su cuerpo, permitiendo que sus manos, sus dedos, se deslizaran en su entrepierna. Cerró las piernas apretándole la mano. Intentó un truco sucio: pensar en Phillipe. Recorrió con las manos su musculosa espalda, sus cuadrados hombros, imaginando que estaba abrazando a Phillipe. Pero sabía que era la espalda de David la que acariciaba, más ancha que la de Phillipe, más joven. ¿Por qué había sido mucho más excitante con Phillipe, en París? No pudo evitar hacer comparaciones. Phillipe la deseaba, pero nunca habría dado un solo paso si ella no lo hubiera presionado. Apartó de su mente este pensamiento, sin querer pensar en por qué había sido más excitante cuando ella había tomado la iniciativa. Se concentró en lo que hacía David... jugueteaba con sus pezones en los que ella sentía su cálido aliento, y luego tomó uno de ellos en la boca, succionando suavemente. Se puso duro. Empezó a sentir algo en la entrepierna. Ahora él la besaba, palpando su boca con la lengua. Ella le acarició el cuello, sintiendo su fortaleza. Su sexo duro se estrechó contra su cuerpo.

—Ahora, David, quiero que lo hagas ahora.

Él se echó sobre ella.

—¿Seguro que estás preparada?

¡No! ¡Nunca lo estaría! Era como un niño temeroso ante su primer paseo en tiovivo, queriendo a medias, a medias asustado. A todos los demás les encantaba el paseo... todos los demás reían y disfrutaban. Se ha escrito tanto sobre eso, diciendo que es lo mejor que se puede hacer en la vida... estar enamorado, hacer el amor.

—No preguntes más —suplicó ella, casi sollozando—. Sólo hazlo. ¡Hazlo!

Se sentía trastornada, furiosa; habría querido gritar. ¿Por qué era para ella una dura prueba algo que era lo más excitante en la vida de la mayoría de las mujeres? Sí, era virgen y se avergonzaba de ello, la enfermaba. Quería ser como las demás mujeres, quería olvidar a Phillipe. Quería un amante de verdad, aunque eso significara tomar esta medicina amarga, endulzada con el azúcar del amor...

Pero le gustaba el amor. Cuando David la envolvió, con los brazos a su alrededor, había disfrutado de aquella cercanía. Luego él la había abrazado tan fuerte, con su boca gimiendo junto a su oreja, que ella había pensado que le rompería las costillas. Parecía como si él temiera que ella se fuera a escapar. David se encaramó sobre ella y ella abrió las piernas. Él comenzó a penetrarla mientras ella contenía el aliento. Sintió el impulso de empujarlo fuera de ella, pero se quedó quieta. Él se movía muy lentamente, entrando en ella muy despacio, con dulzura, hasta que la penetró por completo. Ella no se atrevía ni a respirar.

Sus gemidos le decían lo bien que se sentía él. David empezó a moverse arriba y abajo mientras ella se agarraba a sus hombros y se apretaba contra él, con la cabeza hacia un lado. Se mordió los labios, rezando para que aquello no durara mucho y él alcanzara el placer deprisa. Así podrían vestirse y pasar la tarde, charlando y riéndose como si esto no hubiera pasado, como si la gente no necesitara hacer aquello para acercarse unos a otros, para ser amantes.

—No te estaré haciendo daño, ¿verdad, amor mío? —dijo él en un susurro.

Mia sacudió violentamente la cabeza, apretando los dientes para que no rechinaran.

—Córrete —lo instó ella—. Córrete todo lo deprisa que quieras.

—Mi pobre muñeca... —él se estremeció dentro de ella, frotando las caderas contra las suyas. Se movía sobre ella como un hombre en el mar, con el cuerpo empujado por la corriente, hacia adelante y hacia atrás, mientras jadeaba con suavidad.

Cuando el cuerpo de él empezó a tensarse, ella supo que estaba cerca. De repente le cubrió la boca con la suya y enseguida se separó bruscamente para decir:

—¡Oh, Mia!

Su cuerpo se sacudió con las convulsiones que ella tan bien recordaba de la primera vez. Sintió su sexo tenso en su interior, su escalofrío de placer, su largo grito provocado por el éxtasis. Un temblor le recorrió todo el cuerpo y un suspiro de cansancio y satisfacción escapó de sus labios. Ella sintió una especie de orgullo por haber pasado por todo aquello sin soltar un grito. Con los dientes apretados, había conquistado una parte de su miedo.

Algo después, él le besó los dedos.

—Gracias —murmuró.

Luego su respiración se hizo más profunda. Ella se movió, hasta que ya no lo tuvo dentro. Pronto estaba dormido.

—Voy a ser lady, mamá —dijo Mackenzie.

Se sentó en una silla del viejo comedor familiar, inclinándose hacia su madre. Su sueño de que la vida de Esther cambiara mágicamente con su éxito no se había hecho realidad. Sus padres habían rechazado la idea de mudarse a un apartamento más lujoso. Habían pintado la casa de color crema, pero aquello no la hacía parecer muy diferente. El olor era el mismo. Esther se agarraba a sus viejas posesiones como si su paz espiritual dependiera de ello. Eso hacía que Mackenzie sintiera una horrible depresión cuando la visitaba.

—Lady Mackenzie Briarly —repitió Mackenzie, ya que Esther no parecía haberse enterado—. Lord y lady Briarly.

—¡Deja de repetirme todo el rato lo mismo como si yo fuera idiota! —saltó Esther de pronto—. Me importa un comino que te haga la reina de Saba... ¿Lo quieres?

Mackenzie estalló en una carcajada.

—¿Habría vivido tanto tiempo con él en el caso contrario?

—¿Ves? —señaló Esther—. Estás respondiendo a mi pregunta con otra pregunta. No puedes contestar directamente y decirme: «sí, mamá, lo quiero». Venga, dime eso.

Mackenzie sacudió la cabeza.

—No soy una marioneta, mamá. No me digas lo que tengo que decir. —Apartó los ojos del rostro de su madre para fijarlos en el vaso de té con limón que ella le había ofrecido, junto al *kugel* casero. Mordió un trozo—. Todavía haces los mejores *kugel*, mamá —dijo.

—Y ahora piensa que puede cambiar de tema halagándome —comentó Esther a un público inexistente—. ¿Sabes lo que me gustaría saber, joven dama? ¿Qué pasa con Ed?

Mackenzie abrió los ojos con sobresalto.

—¿De qué me estás hablando? ¿De nuestro director de finanzas? ¿Qué tiene que ver él en todo esto?

—Eddie es como un hijo para mí —respondió Esther—. Él confía en mí. Su madre murió cuando era pequeño. Pero él no puede competir con Alistair, no es un lord. Pero es un hombre bueno y te quiere, Mackenzie. Sé que te quiere.

—Pues ha tenido bastante valor para decírtelo —replicó Mackenzie, con ojos chispeantes—. ¡Alistair también me quiere! Y al menos él me lo dice a mí. Dios mío, mamá, hay un millón de chicas que darían cualquier cosa por ser una lady. ¡Y Alistair me ha elegido a mí! ¿Por qué no puedes alegrarte por mí y estar orgullosa?

—Estaría orgullosa si hubieras elegido a tu marido por la razón debida. No porque serás lady sino porque lo amas, aunque no fuera más que un pobre don nadie.

Mackenzie la miró.

—No podría amar a un don nadie. ¿Por qué iba a hacerlo? Yo he llegado a ser alguien en la vida... y quiero que mi marido haya logrado lo mismo.

Esther dio un bufido.

—¿Heredar un título? ¿Eso es un logro? Eddie consiguió terminar una carrera universitaria.

Mackenzie mordió otro trozo de pastel, moviendo la cabeza, y se obligó a quedarse otra hora allí sentada, bajo la desaprobadora mirada de su madre.

En el taxi que la llevaba de vuelta a Manhattan, tuvo que admitir que Esther tenía razón. Se miró las uñas, pintadas de negro. Su impulso hacia el matricidio sólo la asaltaba cuando su madre tenía razón. Sí, probablemente iba acasarse con Alistair por motivos equivocados, y todo el mundo lo sabía. Se agitó en el asiento con impaciencia, mordiéndose el labio. Luego se inclinó hacia el conductor.

—He cambiado de idea. Lléveme a la Segunda Avenida con la calle Setenta y Nueve.

Se enfrentaría a Eddie y arreglaría las cosas con él de una vez por todas. Le prohibiría que le hiciera confidencias a su madre... no tenía por qué aguantar aquel chantaje moral. Automáticamente sus dedos empezaron a hurgar en su enorme bolso. Empezó a maquillarse. Era más profesional aparecer bien arreglada ante Ed, se dijo. Eso dejaría claro que era una cuestión de negocios.

Le dijo al chófer que esperara, antes de subir el tramo de

escaleras que llevaba a las oficinas de la compañía. Tenía un millón de cosas que hacer, pero esto era lo primero. No pensaba tontear con él; le diría que se apartara de su vida, que no volviera a hablar con su madre, o...

—¿Sí? —preguntó la recepcionista, alzando la vista de la mesa cuando Mackenzie entró en la oficina.

—¿Está Ed?

—¿A quién debo anunciar?

—Ya conozco el camino —dijo Mackenzie mientras se dirigía hacia el despacho de Ed.

Abrió la puerta del despacho y entró. Él se levantó de un salto de la mesa, con una expresión de sorpresa en el rostro. Ella cerró la puerta y lo miró con chispas en los ojos. Había conseguido llegar a tal estado de ira que, por un momento, se le olvidó por qué estaba tan enfadada. Ed estaba en mangas de camisa, con unos viejos tirantes, un mechón de pelo sobre la frente y la camisa arremangada dejando al descubierto sus musculosos brazos. Sus ojos de un azul muy oscuro interrogaban a Mackenzie sobre su inesperada aparición.

—He venido a verte porque... —dijo Mackenzie. Y se detuvo cuando él se acercó a ella.

Se miraron uno al otro durante un helado instante y luego sus bocas se unieron, se abrieron, y las lenguas exploraron húmedas, amorosas, con un dejo de asombro. «Esto es lo que hemos deseado hacer desde que nos conocimos», pensó ella, succionando su ágil lengua. Todos sus propósitos desaparecieron. Su boca, su cuerpo era lo único que importaba. Él la empujó contra la puerta, deslizó las manos a su espalda y le dio la vuelta a la llave.

Se separó de él, sin aliento.

—Esto es una locura —susurró.

Pero él ya había metido las manos entre sus ropas y le acariciaba los pechos, haciendo que sus pezones se endurecieran. Le besó el cuello, la oreja, haciéndola gemir. Bajó la mano hasta su entrepierna.

—Estás loco —musitó ella, mientras se quitaba la falda con un mano y le atraía la cabeza hacia sí, deseando sentirlo más cerca, con más fuerza, dentro de ella.

En silencio, extendieron en el piso la chaqueta de él y el jersey de Mackenzie y se dejaron caer sobre ellos, después de arrancarse deprisa el resto de la ropa. Le parecía increíble la maravillosa sensación de los besos de Eddie en sus pechos desnudos, besándolos y lamiéndolos. Nunca había deseado a un hombre con tanta intensidad.

—Oh, nena... nena —gimió él—. Deseaba tanto que vinieras...

Puso la mano entre sus piernas, y la acarició firmemente con el pulgar. Ella se estrechó contra él sin aliento, temblando de deseo. Disfrutaron de la maravillosa sensación de sus cuerpos, la piel junto a la piel. Luego Ed... su maravilloso Eddie, la penetró, y fue tan increíble que apenas podía respirar.

—¡Me voy a morir! —suspiró ella—. Es tan bueno...

Se apretó contra él para que su grueso miembro penetrara más profundamente dentro de ella. Era una sensación nueva y al mismo tiempo parecía que habían hecho esto muchas, muchas veces. Moviendo las caderas ella subía y bajaba sobre él, con la boca seca de suspirar por el delicioso placer. Abrió los ojos y se encontró con los de él que la miraban con intensidad. Continuaron mirándose a los ojos mientras él se movía rítmicamente contra ella, dentro de ella.

—Bésame, Eddie...

Frunció los labios y él los cubrió con su boca, succionándole la lengua con suavidad. Mientras se movía sobre ella, le cogió los pezones entre los dedos, pellizcándolos con dulzura.

—¡Oh, qué placer!

El orgasmo le llegó tan deprisa que no pudo evitar soltar un grito, y él le tapó la boca con las manos para acallarlo. Las olas de placer la sorprendieron por su inusitada intensidad. Enroscó las piernas en el cuerpo de Ed, estrechándose contra él, queriendo más de él, queriéndolo más hondo, más hondo en su interior. Él aceleró sus movimientos, casi cubriéndole el rostro con su cuerpo de oso, salpicándola con gotas de sudor. Ella apretó la cara contra su pecho, sintiendo su virilidad. Alistair era pálido y no tenía pelo. En cambio esto era diferente, era algo animal, sexual, excitante.

Tuvo otro orgasmo, y otro y otro, hasta que ya no pudo resistir más. Las intensas oleadas de placer la trasladaron a otra dimensión. Las lágrimas surcaban su cara mientras se abrazaban, rodando por el suelo. Y ahora, mientras Ed gemía en su oído, mientras sentía su cuerpo tenso por la descarga... y su sexo crecer y palpitar dentro de ella, comprendió de pronto que eso era lo que debían sentir los amantes. Eso era hacer el amor, aquel impacto sexual y emocional... la emoción que siempre había echado a faltar en la forma técnicamente perfecta que tenía Alistair de hacer el amor.

Observó como Ed echaba hacia atrás la cabeza al correrse, mordiéndose los labios, cerrando los ojos con fuerza. Cuando poco a poco él fue dejando de moverse, apoyó la cabeza sobre su pecho y ella lo abrazó con ternura. El suave pelo castaño de Ed le hacía cosquillas en el cuello, mientras sus sudores se mezclaban.

—¡Oh, Eddie! —suspiró ella cuando los temblores de placer se fueron calmando—. Yo nunca, nunca... —movió la cabeza, todavía sin aliento—. Ha sido algo tan auténtico. No tiene sentido que te lo diga, pero...

—¿Por qué no tiene sentido? —preguntó él alzando la cabeza—. ¿Crees que para mí no ha sido auténtico? ¿Crees que siempre me he sentido así con una mujer?

—No lo sé. Lo único que sé es que esto no puede volver a ocurrir.

—¡Oh, vamos!, es imposible —rió él, apartándose de ella para mirarla—. ¿Crees que podemos evitar que suceda algo tan maravilloso como estar juntos? Tan sólo me gustaría estar en una cama la tercera vez que hagamos el amor.

—¿La tercera vez? ¿Y la segunda qué?

—Ésta era la segunda.

—¿De verdad? ¿Y cuál fue la primera? —lo miró a los ojos, que brillaban maliciosos.

—¿De verdad no te acuerdas? —le preguntó—. Tenías unos dieciséis años, y deseabas tanto una chaqueta de piel negra, que te tiraste a todos los chicos del edificio para conseguirla. Yo fui el último de ellos, ¿te acuerdas? Todavía me parece sentir el frío de aquel suelo. Al menos hemos progresado; éste es un suelo de madera.

—¡Oh... oh! —exclamó Mackenzie—. ¡Ya me acuerdo! Tú fuiste aquel chico encantador. ¡Y yo tuve contigo mi primer orgasmo! Claro que en aquel momento no me di cuenta... —Lo miró con los ojos abiertos por el horror—. Lo has sabido todo el tiempo y nunca me has dicho nada! ¡Bastardo!

Él se rió.

—Así que, cuando tus hermanos nos presentaron, yo según

tú debería haber dicho: «Hola, soy el tipo que te tiraste por una chaqueta de piel».

La besó en la boca y ella se relajó en sus brazos. Se podía pasar la vida besándolo. Nunca tenía bastante de él. Haciendo un esfuerzo supremo, lo apartó y se puso de pie agarrándose a la mesa.

—Debo irme —dijo mientras recogía la ropa y se vestía deprisa—. Sólo había venido a... —Frunció el entrecejo, abrochándose el cinturón— a decirte que no debemos volver a vernos. Y que no quiero que hables con mi madre. Voy a casarme con Alistair.

—¡No digas disparates! —replicó él vistiéndose a su vez—. Estás tan loca por mí como yo por ti. Lo siento... aquí —le puso la mano en la entrepierna y la acarició con suavidad.

Ella se apretó contra él, dejándole hacer. El deseo volvió a invadirla y gimió.

—¡Oh!, podría volver a hacerlo ahora mismo, Eddie. —Se apartó de él para buscar sus zapatos—. Pero tengo que irme.

—Te quiero, Mackenzie —dijo Ed con dulzura, observándola con los ojos llenos de cariño mientras ella se ponía los zapatos—. Nunca le he dicho eso a nadie...

—¡Estupendo! —bromeó Mackenzie dándole la espalda—. Y supongo que te gustaría casarte conmigo y adoptar al pequeño bebé rubio cuando lo tenga...

—Lo haría —aseguró él mirándola cuando se volvió de frente—. Ya te he dicho que te quiero.

Lo miró a los ojos y asintió.

—Sí. —Y por dentro se dijo: «y yo también te quiero, Eddie. Estoy loca por ti, pero voy a casarme con Alistair».

No tuvo necesidad de pronunciar las palabras. Pudo leer en su cara que él sabía lo que ella pensaba. El silencio de él fue más expresivo que cualquier excusa y su expresión se fue volviendo sombría mientras ella terminaba de vestirse. No se dijeron nada más; todo estaba decidido. Ni siquiera los apasionados minutos que habían pasado juntos podían cambiar las cosas.

Antes de que ella abriera la puerta, él la abrazó con ansia.

—No te cases con ese tipo —le dijo—. Sería un gran error.

Ella le dirigió una mirada de acero y abrió la puerta, lanzándole un beso con tristeza.

Aquella misma noche fijó la fecha de la boda con Alistair.

Mia se desasió con cuidado del brazo de David. El gruñó deslizándose a un lado de la cama. El reloj de la mesilla marcaba las tres de la madrugada. Una vez vestida, se detuvo a su lado, observando cómo su atlético cuerpo subía y bajaba al compás de su profunda respiración. Era guapo, deseable. Su cuerpo agradaría a cualquier mujer. Retiró las sábanas para mirarlo. Su sexo colgaba fláccido ahora. ¿Por qué era tan terrible cuando estaba duro? Volvió a cubrirlo y él se echó las mantas sobre los hombros, todavía estaba dormido.

Mia apoyó la cabeza en el frío cristal de la ventana, mirando las luces de la calle. ¿Podía haber algo más desolado, más solitario que una calle de Manhattan a las tres de la madrugada?, se preguntó. Pasaron un par de coches, un borracho, un taxi, un coche de policía. «Phillipe, Phillipe... ¿estás despierto en algún lugar de París... quizá pensando en mí? Tú podrías haberme ayudado...»

Le escribió una nota en la cocina: «David, querido, eres una persona muy especial. Quiero que siempre seamos amigos. Perdóname, por favor... No podía dormir. Me voy a casa. Hasta la vista. Te quiere, M.».

Mia volvió de puntillas al dormitorio y dejó la nota en la almohada. Se puso el abrigo y se encaminaba a la puerta cuando una mano en su hombro le hizo dar un grito. Se volvió, con todo el cuerpo temblando del susto, para encontrar a David, desnudo en la oscuridad.

—¿Cómo puedes salir corriendo de esa manera? —preguntó enfadado.

—No podía dormir —balbució—. Te he dejado una nota...

—¿Vas a hacer que vuelva a sentirme como un leproso?

Mia dio un hondo suspiro.

—No. No, ya sabes que no se trata de eso. Es sólo que... —sacudió la cabeza, sin saber qué hacer.

—Mia —la rodeó con el brazo—. ¿Vas a dejar que te quiera?

Ella todavía estaba helada.

—Quizá sea mejor que no...

—¡Pero no lo entiendo! —exclamó él—. Esto fue idea tuya, ¿lo recuerdas?

Ella se apartó de él y se sentó en una silla cerca de la puerta, cogiéndose la cara con las manos.

Él se agachó a su lado.

—¿Tan horrible fue? ¿Tan torpe soy?

Ella alzó la cara y lo miró, viendo en sus ojos que estaba dolido. Su cuerpo fuerte y sus anchos hombros brillaban reflejando en la oscuridad las luces de la calle.

—No me gusta el sexo, David —estalló—. ¡Pero quiero disfrutarlo! ¡Lo deseo! Pensé que esta noche podía ser diferente. Pensé que si era yo la que lo proponía... sería menos... no sé, menos terrorífico.

David movió la cabeza con incredulidad.

—Mia, yo sólo quiero que seas feliz.

—Ya lo sé. Ya lo sé. —Una lágrima empezó a surcarle la mejilla.

—¿Es sólo conmigo? —preguntó él—, ¿o es con cualquier hombre?

—No lo he intentado con muchos...

—¿No podemos encontrar la forma de arreglarlo? —preguntó, cogiéndole la mano—. Mia, esto me atañe a mí también. Si tú tienes este problema, yo te ayudaré. —Miró por un momento su expresión de tristeza y sonrió—. Lo que podemos hacer es practicar mucho.

Ella se apartó disgustada.

—Sí, para ti sería estupendo.

Él mudó el semblante.

—Todavía estas enamorada de Phillipe Roux, ¿verdad? ¿No es ése el problema?

Ella se apoyó en la pared fatigadamente.

—No. No has oído nada de lo que te he dicho, David. Lo que escribí en esa nota era verdad. Quiero que seamos amigos. Pienso que eres una persona muy especial, ¿vale? Pero ahora me quiero ir a casa.

Por un momento pareció que él iba a intentar convencerla, pero luego su expresión se tornó dura. Le abrió la puerta en silencio.

Mia salió sin tocarlo. En el ascensor se le llenaron los ojos de lágrimas. Nada de autocompasión, se dijo. Tienes todo lo que desearía cualquier chica, pero tienes un problema. Un terrible problema. «¡No!», pensó. «No puedo aceptarlo. Lo que pasa es que todavía estoy muy enamorada de Phillipe.»

Caminó varias manzanas en el aire helado de la noche. Por lo menos, ya no era virgen, pensó sombríamente. Para sentirse mejor, se juró que nunca más la penetraría otro hombre que no fuera Phillipe. Parecía que él la había embrujado, con un hechizo que alzaba un muro invisible entre ella y los otros hombres. Y casi se convenció a sí misma de que aquello no era ningún problema, sino un hermoso secreto.

Cogió un taxi y llegó a casa a las tres y media. Entró de puntillas al apartamento de Wayland y oyó ruidos provenientes de su dormitorio: jadeos, gritos y el ruido de un vaso al romperse. Escuchó por un momento y, en su perturbado estado, se imaginó que alguien estaba pegando a Wayland. Cuando llamó a la puerta se hizo el silencio. Por fin se oyó la voz de Wayland:

—¿Sí?

—Soy yo, Mia. ¿Va todo bien?

Él abrió la puerta. Por lo que ella pudo ver, estaba desnudo.

—Los chicos están esta noche algo alborotados —dijo en voz baja—. Ya les diré que se aplaquen. Lo siento, muñeca.

Cuando él cerró la puerta sintió naúseas. Corrió hacia el baño y vomitó en el lavabo. La invadió una sensación de *déjà vu*. La cabeza le daba vueltas. Se dio una ducha caliente y luego se frotó enérgicamente con la toalla. Locos pensamientos le cruzaban la imaginación: llamar a su madre, llamar a Phillipe Roux sólo para oír su voz, coger un avión e irse a cualquier parte... a cualquier parte que no fuera París ni Nueva York.

Se acostó e intentó dormir, pero sus sueños eran pesadillas llenas de imágenes sexuales. Vio a toda la gente que conocía reunidos en una orgía: Wayland con una cuadrilla de mancebos; Mackenzie, horriblemente preñada; Alistair retozando con una modelo. David restallaba un enorme látigo y ella estaba desnuda y terriblemente avergonzada, con las manos atadas a una anilla en la pared. De repente se sentó de un salto en la cama, cansada, temblorosa; eran las siete menos cuarto. Pensó que sólo había una persona en Nueva York que podía aconsejarla.

A las siete y media, Mia se dirigió al apartamento de Beaumont, caminando lentamente por la avenida Lexington. El cansancio la hacía sentirse como si todavía estuviera en un sueño. Ni siquiera sabía por qué estaba haciendo aquello, pero tenía que hablar con alguien. No conocía muy bien a Colin, pero había oído hablar mucho de él, primero a su madre y luego a

Wayland. Se había sentido intrigada desde que lo conoció y le habría gustado conocerlo mejor; quería preguntarle muchas cosas. Había oído que solía aconsejar a todo el mundo y, quizá por ser tan pequeño e inteligente, tenía algo de misterioso que atraía. Esa mañana la había atraído hacia él.

Era un día lluvioso y casi todas las calles estaban desiertas. Nueva York le parecía una ciudad extraña. Había un par de cafés abiertos en los que algunas personas desayunaban, por lo general solas. Le repugnaba la idea de comer. Llamó a Colin desde una cabina.

Colin no pareció en absoluto sorprendido de que ella lo llamara tan temprano y de un modo tan repentino.

—Hay un café en la esquina de Lexington con la Cincuenta y Uno —le dijo él—. ¿Te importa que nos encontremos allí? Estaré en quince minutos.

Ella lo esperó bebiendo un café y preguntándose qué le iba a decir.

Él apareció al cabo de diez minutos, con sus habituales pantalones de pana negros y jersey negro de cuello vuelto. Se sentó frente a ella.

—Qué magnífica sorpresa. —Se inclinó sobre la mesa para darle un beso en la mejilla—. Me tenías preocupado: viviendo con Wayland, sin ningún contacto con tu madre...

—¿Cómo está ella? —dijo con brusquedad—. Tengo muchas cosas que preguntarte...

Colin la miró muy serio. Se acercó un camarero para tomar nota del pedido y llenó la taza de Mia.

—¿Quieres la cruda verdad? —preguntó él—. ¿Estás preparada para oírla? Sé que ahora estás pasando un mal momento...

—¿Cómo lo sabes?

Él emitió una breve risita.

—No soy tan vanidoso como para pensar que las chicas guapas vienen a verme por la mañana sólo por mi cara bonita. Has venido porque tienes algún problema, ¿no? Un lío emocional, según veo por tu aspecto...

Mia evitó su amable y penetrante mirada.

—Yo... necesitaba hablar con alguien —murmuró—. Ya sé que no somos amigos íntimos, pero... pareces una persona tan inteligente, tan comprensiva... Quiero decir, por lo que he oído de ti...

Colin sonrió.

—Parece que he adquirido toda una reputación de que resuelvo los problemas de la gente. No puedo imaginar por qué. Mi propia vida no es precisamente perfecta...

—Eso es porque eres bueno —saltó Mia.

Él alzó las cejas y luego se arrellanó en la silla mientras el camarero le ponía un plato delante. Probó sus huevos revueltos, masticando despacio antes de contestar:

—Siempre me he sentido algo así como un observador de la vida. Quizás eso me haga tener una perspectiva más clara. —Bebió un sorbo de café—. Escucha, Mia. Yo también necesito tu ayuda. Necesito que me ayudes con alquien que se está destruyendo poco a poco. Alguien a quien quiero y admiro demasiado para quedarme quieto viendo su... desintegración.

—¿Mi madre?

Asintió con la cabeza.

—Está muy mal. Son las drogas, claro: eso que ella llama «vitaminas», que administra un medicucho, el doctor Feelgood. Están afectando su trabajo. Si sigue con ellas, veo que lo perderá en un año o dos.

—¡Dios mío! —Mia apoyó la barbilla en las manos—. No tenía idea. Wayland ya no la ve, así que no me ha contado nada.

—Desde que él perdió contacto con ella, ha ido de mal en peor. Pero aún hay un rayo de esperanza, Mia —le sonrió—. Está totalmente loca con una nueva diseñadora que cree haber descubierto. Una tal Anaís du Pasquier.

—¿Tú lo sabes?

—No te preocupes: el secreto está a salvo conmigo. Wayland me enseñó las ropas y yo deduje que eran tuyas. Tienes mucho talento, Mia. Has hecho impacto en un sector del mercado que todos habían olvidado, y lo has convertido en moda.

—¡Qué ironía que a ella le gusten! —dijo Mia sonriendo con tristeza—. Siempre pensé que a mi madre le gustarían, si es que ignoraba que yo las había diseñado.

Colin se inclinó hacia ella.

—Mia, ¿quieres hacer algo por ella?

—¿Qué puedo hacer? ¡Ni siquiera quiere verme!

—Wayland me ha contado que no concedes entrevistas para mantener el secreto y el anonimato de Anaís. ¿Por qué no pones a disposición de tu madre una verdadera primicia en la moda?

Permite que Headquarters arregle una entrevista con tu madre. ¡Y cuando ella llegue, se encontrará contigo!

—¿Y crees que caeremos una en brazos de la otra jurándonos devoción eterna? —preguntó Mia mirándolo con tristeza—. ¡Oh, Colin, se limitará a darse media vuelta y alejarse!

—Quizá tengas razón —reconoció Colin—. Pero tenemos que hacer algo, intentar lo que sea para ayudarla —agregó mientras firmaba la cuenta—. ¿Quieres ver lo zarrapastroso y desordenado que puede tener su apartamento un ilustrador?

Cuando llegaron a su casa, ella echó un vistazo a la habitación, escasamente amueblada, y quitó una pila de revistas de un sofá. Los últimos dibujos de Colin estaban colgados en las paredes: hermosos y coloridos diseños de ropas de Bill Blass, Halston y Geoffrey Been.

—¡Son tan llamativos y esculturales! —lo felicitó Mia.

Colin se sentó en una silla frente al sofá, con una expresión de gravedad en los ojos.

—¿Por qué querías verme? —preguntó. Ella se arrellanó en los cojines del sofá y lanzó un suspiro.

—Sé que debería ir a un psiquiatra, pero no tengo fuerzas para hacerlo. Me dije que tú eras lo más cercano a eso... si es que tienes tiempo.

Él se inclinó hacia adelante y la miró con interés. Ella le contó la historia. Nadie la había escuchado nunca como Colin. Tenía un modo de escuchar que hacía que lo que ella decía sonara más inteligente de lo que era, haciéndola sentirse interesante, valiosa. Le hizo mucho bien poder contar su vida. Ni siquiera sintió vergüenza con los detalles sexuales, que describió casi como si fueran los síntomas de otra persona. La expresión interesada que asumía Colin daba coherencia a su vida. Su presencia, la ausencia de culpa y crítica o asombro de su expresión borraron su miedo y su angustia.

Cuando terminó, él puso las manos sobre las suyas, en un gesto de comprensión.

—Entiendo perfectamente bien todo lo que me has contado —dijo con suavidad—. No soy psiquiatra, Mia. Quizás un psiquiatra podría ayudarte a profundizar en ti misma para encontrar la razón de tu... miedo. Yo no estoy cualificado para diagnosticar...

—¡No importa! —Mia se levantó y estiró los brazos—. Ya

me siento mucho mejor. Contártelo todo ha... bueno, me ha aliviado de la presión. Tendré que aprender a vivir con eso, a no esperar mucho de ese aspecto de la vida.

—Pero ¿por qué vivir tu vida como una especie de minusválida emocional? —estalló Colin de repente—. Eres bonita, tienes talento...

Ella lo miró sorprendida y él movió la cabeza.

—¡Oh!, no me hagas caso, querida. Yo también tengo mis locuras. Siempre pienso que la gente hermosa y de estatura normal debería ser feliz por completo. No veo por qué tienes que perder ningún aspecto de la vida... en especial el aspecto amoroso o sexual. Pero si la vida se convierte en algo demasiado doloroso, prométeme que irás a un terapeuta o vendrás a verme, ¿de acuerdo?

Mia se volvió a sentar y se acomodó la falda con aire pensativo.

—¿Y si Phillipe y yo estamos enamorados de verdad? —preguntó—. ¿Y si es él el hombre de mi vida? ¿Crees en el amor?

Colin sonrió apesadumbrado.

—¡Oh, sí, creo en el amor! —afirmó—. Yo llevo años amando a tu madre. Pero no dejo que se convierta en una obsesión. Es más fácil para ti creer que tu amor por Phillipe es el obstáculo entre tú y la felicidad... es la excusa perfecta.

—¡Pero yo siento el amor de Phillipe! —protestó Mia—. Incluso ahora. Y sé que algún día estaremos juntos.

Colin se encogió de hombros.

—Mucha gente vive de esperanzas, Mia. A mí personalmente me parece una forma equivocada de vivir. Se pasa por alto el placer del presente... Mientras vives de esperanzas, no vives el ahora.

—Tú has dicho que amabas a mi madre —dijo Mia, casi con rudeza—. ¿Acaso no vives tú de esperanzas?

—¡Oh, no! —Sus ojos se clavaron en los de ella—. Yo no espero obtener nada de mi amor por ella. Lo he convertido en un amor de amigo. Y así será siempre.

—Mi madre tiene suerte de tenerte por amigo —dijo Mia, con las mejillas surcadas de lágrimas por ella y por su madre—. Gracias por intentar ayudarme —agregó, echando una ojeada al reloj. Él se inclinó para besarle la mejilla.

—Siempre supe que eras una persona especial —le dijo ella.

Mia caminó por la avenida Lexington hacia su banco. Los cheques de Headquarters se habían ido acumulando en su cuenta y, como vivía en casa de Wayland, gastaba muy poco. Colin la había hecho caer en una cosa: era hora de empezar una nueva vida, su propia vida.

Un mes después se mudaba a un piso de la parte este. Acondicionó primero el salón, poniendo una larga mesa de caballetes. Se sentaba en una silla de director para diseñar y cortar los patrones. Intentó poner interés en diseñar una pequeña colección de doce prendas. Tenía idea de que fueran un guardarropa para cubrir las necesidades de las mujeres trabajadoras. Tenían que tener buen corte, ser proporcionadas y amplias. Eligió las telas más gruesas y lujosas que podía pagar. Wayland le presentó a cortadores y sastres de modelos. Enseñándoles los métodos de costura que había aprendido en París, pudo producir ropa sumamente elegante a mitad de precio de las prendas francesas.

Le gustaba volver a estar sumida en el trabajo. Pensaba en Phillipe y lo imaginaba en su estudio de la Avenue Marceau seleccionando telas, supervisando tallas, preocupándose por detalles como botones y cuellos. Sus vidas se tocaban.

Mientras tanto, se mantenía a distancia de todo el mundo. David la había llamado unas cuantas veces, Mackenzie todavía tenía que pedirle perdón y Wayland parecía un poco ofendido de que se hubiera marchado. Ella cenaba con él un día a la semana y, de vez en cuando, pasaba una tarde con Colin. Se había convertido en una persona solitaria, pero no se sentía sola. El hablar con Colin la había serenado y la había liberado en cierto modo. Algunas noches de primavera, se palpaba el cuerpo, explorándolo, tocándose los pechos acostada en la cama, se acariciaba entre las piernas mientras se imaginaba que aquella era la mano de Phillipe o la de David. Se preguntaba qué era el placer sexual y por qué su cuerpo lo rechazaba. Pero era algo muy turbador: era mejor pensar en el trabajo.

Decoró su apartamento con sus colores favoritos: el azul y el gris. Era muy coqueto, muy femenino. Nadie que viera su dormitorio, con las almohadas de encaje y el cobertor de un blanco níveo, habría podido imaginar que esa hermosa rubia había desterrado el sexo de su vida.

Mackenzie Gold se convirtió en lady Briarly en una breve

ceremonia privada en la capilla del consulado británico en Nueva York. Corría el mes de julio y por ese entonces ella era, en palabras de Wayland, «tan grande como Cleveland», tan próxima a dar a luz que reservaron habitación en una clínica cercana donde ingresó apenas concluida la boda. A la sencilla ceremonia asistieron únicamente sus padres y hermanos y la hermana de Alistair, Hilary, que viajó en avión desde Shropshire y apareció con un traje de *tweed* como los Goldstein no habían visto en su vida.

Después de muchas llamadas telefónicas internacionales y de muchas reuniones con abogados, fue quedando claro que todo lo que Alistair aportaría al matrimonio sería su título y la obligación de pagar ciertos impuestos.

«No importa», pensó Mackenzie, «ella ganaría lo suficiente para todos». Sus diseños proporcionarían infinitos ingresos. Las ventas de *Gold* se habían disparado. La tienda de Los Ángeles estaba haciendo un negocio increíble y había una gran demanda por parte de jóvenes prometidas de sus trajes de novia de estilo pop (perversamente sexies, con corpiños de encaje blanco que daban a la novia aspecto de haber sido sorprendida en ropa interior), gracias a que Mackenzie se había cuidado de llevar su diseño a la prensa hacía dos meses.

—¡El primer traje premamá de novia con firma de diseñador! —había publicado *Confidencias*. *WWD* había sacado un boceto del vestido: «*Gold* mata dos pájaros de un tiro: un traje de novia que se puede usar nueve meses antes de la boda».

El día de la boda, la prensa tuvo una jornada agitada. *Confidencias* emplazó fotógrafos en la puerta principal y en la de atrás de la clínica de maternidad de Park Avenue. No era corriente que una novia judía se casara con un aristócrata en una capilla, pero los influyentes amigos de Alistair se habían encargado de pulsar los resortes necesarios.

«Los nuevos lord y lady Briarly intercambiaron los anillos —escribía el periodista de *Confidencias*— y, al salir de la capilla, fueron directamente a la *chic* clínica de maternidad de Park Avenue, donde se dio una recepción con champán en una *suite* de dos habitaciones...»

Cuando salieron de la limousine para entrar en la clínica fueron sorprendidos por un fotógrafo de *Confidencias*.

Su familia se reunió con ellos en sus habitaciones. Esther

tenía un aspecto que Mackenzie conocía muy bien y del que solía hacer caso omiso. Asumía el aire de tragedia y gran sufrimiento que siempre tenía desde que Mackenzie se negara a invitar a la boda a Ed Schreiber.

Alistair propuso un brindis y las lágrimas surcaron el rostro de Esther cuando entrechocó las copas con su hija, que yacía tumbada en la cama. Resultaba embarazoso estar toda la familia unida, en especial ahora que Alistair formaba parte de ella.

—Ahora tengo que llamarles «papá» y «mamá» —había intentado bromear con Esther.

—¿Y se supone que nosotros debemos llamarte «lord Alistair»? —preguntó ella.

Abe Goldstein estaba confuso. No podía entender el rápido inglés que hablaba la hermana de Alistair y dejó que Reggie y Max se ocuparan de ella. Los recién casados bebieron champán, entre risitas y murmullos.

El honorable Jordan Aquarius Briarly, «el primer bebé aristocrático de la moda pop», en palabras de *Confidencias*, nació dos días después. Mackenzie rogó a los fotógrafos que no publicaran que Alistair estaba colocado en el momento en que nació su hijo.

—Es por la conmoción de haber perdido a su padre y a su hermano —explicó ella.

El fotógrafo, también colocado por el porro que le había pasado Alistair, asintió. El retrato familiar apareció en *Divine* dos meses después.

Coral Stanton les envió rosas blancas. Todos los fabricantes de tejidos enviaron flores, y también todas las *boutiques*. Los Goldstein también enviaron un ramo de flores para dar la bienvenida a su primer nieto.

Mackenzie volvió a casa después de cuatro días en la clínica, con su hijo impregnado de aceite de pachulí y luciendo un diminuto gorrito de abalorios que le habían enviado sus amigos del Village. Una vez en su casa, Mackenzie sacó al niño del emperifollado cochecito que había mandado un comerciante de tejidos, y lo sostuvo ante el espejo. Alistair corrió al dormitorio para buscar una bolsa de cocaína. Había llegado a la casa un enorme ramo de flores con una tarjeta de felicitación de Ed.

—¡Qué amable de su parte! —Alistair olisqueó las flores y alzó las cejas.

Ella lo miró para ver si era un sarcasmo, pero él estaba muy ocupado haciendo rayas de coca en la mesa de cristal.

—He conseguido a un mayordomo oriental —le dijo a Alistair. Ya había contratado a una chica para hacer de niñera—. ¡Por Dios, que no te vea la chica haciendo eso! Alistair, dijiste que lo ibas a dejar... lo prometiste.

Él se recostó en el sofá, haciéndole muecas al niño.

—Puedo jugar mejor con el niño si estoy colocado —replicó.

—¡Mierda! —explotó ella.

Él le alcanzó los últimos números de *WWD* y *Confidencias*, que ella hojeó deprisa, hasta encontrar el reportaje de su matrimonio.

—Aquí están las fotos de nuestra boda —comentó ella—. ¡Dios mío, estaba gordísima! —Volvió a coger al bebé para arrullarlo ante el espejo—. ¡Eras tú, pequeño! ¡Tú eras ese gran bulto en mi barriga! ¡Oh!, mira, Alistair... tiene los ojos cerrados. Ni siquiera sabe que está en casa.

Jordan gorjeó y ella le acarició la cabeza, cubierta por un ralo pelo rubio.

—Deja que coja a mi hijo —dijo Alistair. Se sentó junto a ella en el sofá y cogió al pequeño.

Mackenzie sintió miedo de dejarle al bebé. ¿Y si lo dejaba caer? Lo observó preocupada mientras él ponía al niño en su regazo y lo miraba a la cara.

—¿Crees que alguien lo llamará Acuarius? —preguntó riéndose.

La coca lo volvía contento y sociable. ¿Por qué no podía estar siempre así?, se preguntó ella.

—¿Estás orgulloso de mí, querido? —inquirió ella.

—¡Claro que sí! Has sido muy valiente. Pero... no sé... El niño no se parece mucho a ti... ni a mí. ¿No nos habrán dado un niño equivocado, verdad?

Ella dejó escapar una risita nerviosa.

—Ya lo descubriremos. Si empieza a esnifar cocaína, sabré que es hijo tuyo.

Alistair la miró durante un instante y le devolvió el niño con brusquedad.

—Bueno, será mejor que empiece a contestar alguna de las llamadas —dijo él—. Puede que sean asuntos de negocios, y ahora no podemos permitirnos perder dinero, ¿verdad?

Ella frunció el entrecejo.

—No, si vas a seguir gastándotelo en drogas.

Alistair salió silbando de la habitación. Ella miró el hermoso ramo de flores de Ed con una repentina punzada de dolor.

—Vas a tener una vida perfecta, amor mío —murmuró a su hijo—. Buen gusto, arte, cultura, dinero... todo lo que yo no tuve.

Oyó a Alistair hablar por teléfono en la habitación de al lado. Lord Briarly, pensó. El espejo le devolvía la imagen de lady Briarly, la mujer que ahora lo tenía todo: una fortuna, un título, un hermoso bebé. ¿Por qué entonces se sentía tan triste? No era difícil de imaginar. Cada vez que pensaba en Eddie, oía la respuesta con toda claridad: se había casado con el hombre erróneo. Una horrible sensación en el estómago se lo hacía evidente. De pronto se sintió muy sola: se había alejado de sus padres, de Mia, de Eddie. Sería mejor que empezara a reconciliarse con todo el mundo, decidió, porque algo le decía que este matrimonio no iba a funcionar y que necesitaría a sus amigos en los años venideros. Ahora que Alistair le había dado un título, suponía que tenía pleno derecho a hacer lo que quisiera. Y lo único que quería era estar colocado.

El niño empezó a llorar.

—¡Mierda! —dijo la nueva lady Briarly.

22

Lord y lady Briarly salieron tan a menudo en fotografías, crónicas y entrevistas, que hubo que inventar un nuevo término para ellos: se decía que «saqueaban los medios de comunicación». Junto con su «bebé moderno», corrían el peligro de ser demasiado conocidos. Según de qué revista se tratase eran «La pareja in», «La pareja del año», «Los modernos aristócratas», o la «Tontocracia» (término que aplicaba *Confidencias* a los chicos de buena familia que estaban dispuestos a dilapidar su herencia).

Todo el mundo quería que los Briarly asistieran a sus inauguraciones, a sus veladas y a sus fiestas. Dondequiera que acudieran, llevaban el sello del éxito. Mackenzie añadía un toque de su refinado estilo a los elegantes locales que visitaba, causando estupefacción cuando amamantaba en público a Jordan. En Rumors se apresuraron a poner biombos en torno a su mesa en cuanto empezó a desabrocharse el vestido. En Saint Tropez le pidieron que se marchara después de que se negó a alimentar a su hijo en un reservado.

La publicidad a que todo ello dio lugar, pintaba a Mackenzie como una rebelde, una transgresora de las reglas, y supuso un éxito de ventas en las tiendas de Manhattan. El mayor problema de la cadena *Gold* era el de tener a punto la suficiente cantidad de prendas. Todo parecía indicar que la solución era incrementar la producción en California. Los hermanos Goldstein volaron hasta allí para cerrar un contrato y llegaron a un acuerdo con una fábrica para que se encargara de toda la producción.

—¡Pero nada de fábricas que exploten a los obreros! —les advirtió Mackenzie antes de que firmaran—. Ahora soy lady Briarly... tengo miras más altas. No quiero que se me asocie con explotadores o aprovechados.

—No estoy muy seguro de lo que es un aprovechado —replicó Reggie con desprecio—. Si significa sacar provecho, eso es lo que pienso hacer.

—¡Pero no a costa de los trabajadores! —gritó Mackenzie—. Quiero que trabajen en condiciones decentes, ganando un salario justo.

—Tú déjanos eso a nosotros —respondió Reggie alejándose.

Su mayor miedo ahora era que sus hermanos hicieran algo deshonesto y le dieran mal nombre a ella y al negocio. Quizá si ella se mantenía en contacto con Eddie, pensó, podría evitar que eso sucediera. Pero realmente no estaba preparada para ello.

Durante las primeras tres semanas desde el nacimiento del niño Alistair fue un padre ejemplar. Le gustaba posar con Mackenzie para las fotos de las revistas que los asediaban como la primera pareja de aristócratas comerciantes de prendas de vestir. Pero una vez que pasó la excitación de la novedad, él dejó de estar «al pie del cañón» y comenzó a dejar a Mackenzie sola por las tardes.

La primera tarde que Alistair salió, Mackenzie marcó el número de Mia.

—¿Me perdonarás algún día? —preguntó—. Sé que me porté como una bruja, pero te echo de menos...

—Traicionaste mi confianza —dijo Mia—. Es muy difícil olvidar eso.

—Inténtalo —rogó Mackenzie—. Yo no quería decir lo que dije. Las mujeres suelen tener extraños ataques cuando están embarazadas, ya sabes. Sé un poco tolerante.

—Siempre soy tolerante contigo, Mackenzie.

Mackenzie miró a su hijo que dormía en su cuna.

—Ven a ver a mi hijo. Es tan adorable... y no tengo a nadie a quien enseñárselo.

—¿Estás de broma? No dejan de hacerte fotografías con él.

—Sí, pero lo que quiero decir es que... mi madre persiste en su distanciamiento. Yo... no tengo una familia de verdad. Mia, ¿qué estás haciendo ahora? ¡Me siento tan sola! Alistair se ha marchado. ¿Sabes lo que eso significa? Empieza en Max's Kansas City, se une a sus amigotes y luego van al Dome o a Arthur o a Scene...

—¿No sabías todo eso cuando te casaste con él?

Mackenzie suspiró.

—Pensé que el matrimonio y la paternidad lo harían cambiar. ¡Oh, Mia, ven, por favor! ¿Es que tú nunca te sientes sola? Podemos pasar un buen rato juntas. Ya te he dicho que lo siento, ¿qué más quieres? ¿Sangre?

Mia sacudió la cabeza. Era difícil discutir con Mackenzie y, además, sí que se sentía sola.

Fue a verla la noche siguiente. Volvieron a establecer una especie de amistad distante, pero Mia guardaba más las distancias... Nunca podría volver a confiar por completo en Mackenzie.

Mackenzie se lo contó todo.

—Acostarme con Eddie lo estropeó todo —le explicó a Mia, mientras ambas estaban inclinadas sobre la cuna—. Supongo que no se puede tener todo, ¿no? —Miró a Mia con expectación—. Eddie me mostró cómo podían ser las cosas. Desde entonces mi cuerpo tiene ansias de él. ¿Puedes imaginarte lo que es eso?

—Sí... Es lo que yo siento por Phillipe. Es como si se te saltara la piel.

—¡Lo entiendes! —Mackenzie le dio un rápido beso en la mejilla y la condujo de nuevo al salón—. ¿Y David? Es tan encantador... ¿No es un buen sustituto?

Mia sostuvo la inquisidora mirada de Mackenzie.

—Lo he intentado, pero no salió bien. Todavía estoy enamorada de Phillipe.

—Las dos estamos enamoradas de otro hombre y las dos estamos destinadas al fracaso. ¡Oh, Dios, Mia, es algo trágico! Y las dos tenemos un gran éxito y toneladas de dinero, pero somos desesperadamente desgraciadas.

—Yo puedo explicarlo de un modo racional —dijo Mia—. Parece que él es el único hombre al que yo puedo amar. Somos... el uno para el otro. ¿Sabes lo que quiero decir?

Mackenzie se recostó en la pared y cerró los ojos, con una botella de champán en las manos para descorchar.

—¡El uno para el otro! ¡Dios mío, claro que sé lo que quieres decir! —suspiró. El corcho de la botella de champán saltó y rebotó en el techo—. Ya nos podemos emborrachar. De todas maneras estamos condenadas.

Mia sonrió y se sentó junto a Mackenzie en el enorme sofá.

—Y no me siento condenada —cogió su copa—. En mi corazón sé que Phillipe y yo estamos destinados a estar juntos. Parece una tontería, pero eso es lo que creo...

Mackenzie alzó su copa.

—Me gustaría poder creer eso acerca de Eddie y yo, pero... bueno, ahora soy una mujer casada, ¿no? ¿Por qué diablos iba a seguir interesado por mí? ¿Por qué brindamos, Mia?

Entrechocaron las copas. Mia se alzó de hombros.

—Digamos que por el final de la guerra del Vietnam —propuso Mackenzie—. Eso es más importante.

Bebieron con aire solemne.

—¿Sigues viendo a Ed? —preguntó Mia.

—Verlo, no; hablo con él por teléfono. Es más seguro. Pero... —Mackenzie bebió un sorbo y se rió—. Sólo oír su voz me vuelve terriblemente loca. Es como si me atravesara todo el cuerpo y fuera a parar a mi entrepierna. Cuando cuelgo, siempre necesito una ducha fría.

Mia se rió agitando la cabeza.

—Estás tan «rabelesiana» como siempre.

—Si eso significa estar caliente, has acertado de pleno.

—¿Le has preguntado alguna vez a Ed si se ha encontrado con David y si le ha dado algún consejo de negocios? —preguntó Mia—. Tú dices que Ed sabe de todo.

—Sí, él comprende este negocio. Y mejor que yo. Yo sólo quiero diseñar y llevar las tiendas, pero él conoce toda la parte financiera. ¡Oh, Dios!, cómo amo a ese tipo.

—¿Querrá ver a David?

—¿Por qué no? —Mackenzie sirvió más champán—. Sí, que se conozcan nuestros hombres, Mia. Eso me dará una magnífica excusa para llamarlo.

David Winters y Ed Schreiber se gustaron enseguida, quizá porque los dos esperaban encontrarse ante alguien muy diferente. David había previsto encontrarse con un tipo severo, la típica rata de despacho sin conocimiento del mundo de la moda. Ed esperaba un diseñador afeminado. Los dos se sintieron agradablemente sorprendidos.

Aquella reunión era tan importante para Ed como para David. Ed llevaba ya algún tiempo pensando en dejar *Gold* tan pronto como le surgiera algo. Desde la boda de Mackenzie, no estaba a gusto en la compañía. Antes él la veía en las reuniones y alimentaba la esperanza de que ella cambiaría de opinión acerca de Alistair y se casaría con él. Y, además, la decisión de trasladar la manufactura a California, donde se utilizaría mano de obra más barata y a veces ilegal, lo había convencido de que sus días en la compañía estaban contados.

El objetivo de Ed era establecer una nueva firma respaldando a un nuevo diseñador, poniendo en práctica todo lo que había aprendido en *Gold*, donde había podido estudiar todo el negocio a fondo. Ahora sabía cómo comerciar con los productos, cómo manufacturarlos, cómo darles salida y cómo venderlos. También tenía un conocimiento intuitivo de la moda que ni Reggie ni Max habían adquirido: Ed sabía lo importante que era un etiqueta para el cliente, y estaba convencido de que la etiqueta sería el medio de vender de los setenta. Lanzar una etiqueta significaba que uno podía vender un patrón en un mercado determinado... Ya no era simplemente una cuestión de diseño, sino de imagen.

Se encontraron en un restaurante indio de un área comercial de Manhattan y hablaron durante el almuerzo. David hizo una descripción de las ropas que estaba diseñando (una pequeña colección, vestidos de buena calidad, trajes y abrigos para la mujer que está de moda). Ed hizo muchas preguntas.

—¿Cómo es que sabes tanto de todo esto? —quiso saber David.

—¿Bromeas? —preguntó Ed—. ¿Tratando con los Goldstein? Tienen *schmatta* en la sangre!

—¿*Schmatta*? —preguntó David, pronunciando mal.

—*Schmatta*, trapos, modas —dijo Ed—. ¿No conoces la terminología?

—Tendré que aprenderla.

—Escucha —dijo Ed agitando ante él un trozo de atún—: nunca pensé que conocería la diferencia entre una falda satinada y una fruncida, pero se aprende. Ahora dime, ¿cómo conociste a Mackenzie?

—Estudiamos juntos en MacMillans. Incluso entonces se hacía evidente que ella era distinta de todos los que estábamos allí. Yo sabía que sería un gran éxito o un fracaso estrepitoso.

—Ha transformado su buen gusto en una producción multimillonaria —dijo Ed—, y va creciendo por días. Las chicas de quince años vienen a ver las tiendas sabiendo que pueden permitirse comprar el último vestido. Está sacando la última moda, a precios asequibles. ¿Qué es lo que tú ofreces?

David dejó su bocadillo y miró a Ed con seriedad.

—Justo lo contrario —contestó—. Mis clientes no tendrán que tirar mis ropas hasta que se rompan. Serán prendas para chicas de unos veinticinco años, prendas de trabajo y de vestir. Elegantes, clásicas y no desechables.

—¿Dónde quieres venderlas?

—Donde sueña todo diseñador: Bendel, Bloomingdale, Bonwit, Teller...

Ed asintió con la cabeza.

—Eres un tipo muy guapo: podrías haber sido artista de cine.

—¿Y eso qué tiene que ver con todo esto? —dijo David riendo con embarazo.

—Estaba pensando... —comenzó Eddie, al tiempo que se golpeaba la sien con el dedo—. La computadora empieza a zumbar, y yo tengo la fórmula del éxito. Verás, conozco el secreto del mercado de la moda de mañana, David. —Hizo una pausa mientras la camarera volvía a llenarles las tazas de café—. El negocio de Mackenzie es brillante, ¿no? Pues ha sido copiado, y a veces la copia ha resultado ser mejor. ¿No podrían hacerlo un montón de diseñadores? No es más que mezclar y combinar, ¿no? Un jersey azul con una falda amarilla, a lo que se añaden unas cuantas cadenas. ¡Pero no es eso lo que están comprando los chicos! Están comprando la imagen, la etiqueta. Las luces, la decoración, la música, las bolsas de colores...

—Pero yo quiero dedicarme sólo a la ropa, Ed —señaló David—. Ropa elegante y bien cortada. Nada de música, nada de ambiente enloquecido...

—Tengo mis propias ideas al respecto —dijo Ed—. Pero primero tengo que ver tus ropas para saber lo que estás haciendo, el tipo de imagen que quieres vender.

Acordaron una cita para el domingo siguiente, en casa de David. David le enseñó los prototipos de los cuatro vestidos, trajes y abrigos que compondrían la primera colección. Los vestidos estaban cortados en forma de tubo; era un nuevo tipo de prendas, sin costuras, ceñidas, polifacéticas.

Ed soltó un silbido, recostándose en la silla de lona del salón.

—Al lado de esto, la ropa de *Gold* parece la de unos grandes almacenes. ¿De verdad puedes hacer una producción masiva de esto?

—Trabajo con un viejo sastre muy bueno —dijo David sentándose frente a Ed con los ojos brillantes—. Podría sacarlas con él. Luego es cuestión de encontrar buenos técnicos y cortadores de patrones, montar un taller... Pero no tengo el capital para financiar todo eso.

Ed movió las manos con impaciencia.

—Ése es mi trabajo. ¿Cuánto costarían las prendas?

—Alrededor de cien dólares, tal vez unos ciento veinticinco los abrigos...

—¿Estás dispuesto a trabajar mucho, David? Este negocio es muy duro.

David asintió.

—Si me hubieras preguntado eso hace unos meses, no habría sabido qué decirte. Pero he diseñado todo esto en los dos últimos meses, y he estado viviendo en una especie de sueño. De repente vuelvo a ser ambicioso.

Sin querer, echó una rápida ojeada a la fotografía de Mia que descansaba sobre un estante. Ed le siguió la mirada.

—¿Eres ambicioso por ella? Es muy bonita.

—Soy ambicioso porque sé que nunca la tendré.

David se levantó, cogió la fotografía y la colocó entre unos libros. Trajo más café de la cocina y sirvió dos tazas. Ed removió su café, sacudiendo pensativamente la cabeza.

—¿Qué es lo que pasa? —preguntó David.

Ed alzó la vista.

—No puedo creer que sea tan fácil. Tú tienes talento y yo llevo tiempo diciéndome que lo único que necesitaba para independizarme era un buen diseñador. Ahora ya no tengo excusa para seguir en *Gold*.

—¿De verdad crees que encontrarás el dinero?

—Seguro. La industria de la moda está creciendo como un monstruo, y la gente de los bancos con la que trato están deseando invertir. Me gusta tu estilo, David. Y te voy a utilizar a ti para venderlo... tu nombre, tu cara, voy a hacer de ti una personalidad en la prensa.

—Te advierto que no soy nada extravertido.

—Mejor me lo pones. Serás un interesante y taciturno solitario. Invertiremos en tu imagen. Ésa será la clave del comercio de la moda en los setenta. Será lo que busquen las mujeres, te lo prometo.

Se estrecharon las manos: David algo indeciso, Ed con una gran confianza. Reconocía algo bueno cuando lo veía. David

Winters iba a ser uno de los grandes hombres en la moda norteamericana.

Ed se decidió aquella misma tarde, mientras se dirigía a su apartamento en la parte este. Estuvo pensando la forma de dejar *Gold*. No quería dar formalmente la noticia; ésa sería una forma fría y oficiosa de terminar con una larga y amistosa relación de trabajo con los Goldstein. Decidió intentar ver a Mackenzie.

—Es algo importante —le dijo cuando hablaron aquella tarde—. ¿No podemos vernos esta noche durante media hora?

—¿Te das cuenta de que ahora soy una mujer casada, no? —rió ella, buscando coquetear con él.

—Se trata de negocios —la interrumpió él con brusquedad.

—¡Ah, qué lástima...! —suspiró—. Bueno, de acuerdo. Estaré en casa esta tarde.

Mackenzie colgó el teléfono y subió a cambiarse de ropa. Ya estaba cansada de llevar sus propias prendas pop. Desde que sus hermanos se habían negado resueltamente a comprar telas caras de alta calidad que habrían elevado el nivel de *Gold*, ella, en un gesto de rebeldía, sólo se vestía con prendas caras de *couture*. En su armario colgaban Halstons, junto a trajes ingleses de Jean Muir y Zandra Rhodes. En realidad, ése no era su estilo, pero ahora era lady Mackenzie Briarly y ya no podía seguir llevando minifaldas de vinilo de veinticinco dólares. Eligió un vestido de seda gris, que era refinado y sexy al mismo tiempo. Tenía los pechos muy llenos desde el nacimiento de Jordan, y sintió cómo se apretaban contra la fina seda cuando entró a ver si Jordan seguía dormido.

El domingo era la noche en que salían los dos miembros del personal, y Alistair estaba fuera. El bebé tenía seis meses y estaba empezando a dormir de un tirón toda la noche. Ella se quedó mirándolo, deseando que llorara para poder cogerlo y arrullarlo. Era un niño hermoso y dulce y se había convertido en la persona más importante de su vida.

De pronto se acordó que Ed estaba a punto de llegar y le dio un vuelco el estómago. Había intentado olvidar aquel increíble encuentro en su despacho, pero no siempre podía controlar las fantasías y deseos que su recuerdo desencadenaba.

Volvió al salón y lo arregló meticulosamente para que Ed

no viera ningún resto de las drogas de Alistair. Ella y Alistair habían hecho el amor muy pocas veces desde el nacimiento del Jordan. Alistair siempre estaba colocado de coca o estaba en baja forma y necesitaba esnifar más. Ella estaba cansada de soportar sus alteraciones de humor y, ahora que tenía a Jordan, simplemente le importaban un comino. El matrimonio no era más que una fachada para que dos personas que no se llevaban bien vivieran bajo el mismo techo. Ella ya no lo quería, si es que lo había querido alguna vez. Alistair salía cada noche, pero ella había perdido el interés en todo aquello: los clubes, los flashes, las miradas centradas en ella. Era más gratificante una tarde con Jordan. Y una tarde con Ed lo sería aún más.

Cuando llamó el portero para anunciar la llegada de Ed ella se apresuró a arreglarse el pelo en el espejo. Ahora lo llevaba más largo, atado en una coleta. Cuando abrió la puerta y sus miradas se encontraron le dio un salto el corazón. Su aire apacible lo hacía aún más atractivo. Llevaba una camisa oscura y tirantes azul marino y se cubría con una chaqueta. Su posición en *Gold* le había dado un aspecto de triunfador; él también comenzaba a vestir con ropas caras. Ella le dio un rápido beso en la mejilla y lo hizo pasar. Ed no respondió a su beso.

—¿Cómo estás? —preguntó, encaminándose al salón, que había sido recientemente redecorado en suaves tonos grises.

—No he vuelto a verte en las reuniones —dijo ella, al tiempo que cogía una botella de champán y dos copas—. Mi padre también ha dejado de venir. Creo que empieza a sentirse viejo. Me alegro de que no venga.

—¿Y yo? —quiso saber él. Se sentó en el sofá sin dejar de mirarla.

Ella también lo miró.

—No sé si me alegra o me entristece. —Le tendió la botella de champán.— ¿Quieres abrirla, Eddie?

Él la descorchó.

—¿Por qué brindamos?

—No sé. Por mi hijo, supongo. Ahora es lo más importante en mi vida. —Brindaron con aire solemne y bebieron, mirándose a los ojos—. ¿Me echas de menos? —preguntó ella por fin.

—¿Tú que crees?

—Chico, yo sí te he echado de menos —suspiró Mackenzie—. Tienes que ayudarme a convencer a mis hermanos de que elevemos la calidad de la firma, Eddie —comenzó ella—. Ya no puedo hablar con ellos. Es como si mi matrimonio hubiera alzado un muro más alto entre nosotros. Si pudieras hacerles ver...

—Voy a dejar la compañía —la interrumpió él con brusquedad, mirándola intensamente con sus ojos azules—. Esto es lo que he venido a decirte. Dejo *Gold*.

Ella lo miró y sacudió con suavidad la cabeza.

—Sabía que lo harías... Lo sabía.

—No pareces decepcionada.

—¡Oh!, Eddie... —Se inclinó y le tocó el brazo—. Daría cualquier cosa por que te quedaras. Eres la única persona en quien confío. ¿Puedo hacer algo para convencerte?

—No, es mejor así, lady Mackenzie.

—¡No digas eso! —exclamó apretándole la mano—. Me harás odiar mi título si lo usas conmigo. Creo que ya lo odio.

—¿No te casaste por eso? —preguntó él.

Ella le soltó la mano y lo miró con franqueza.

—Ya te lo dije entonces: quería que Jordan tuviera un padre. Su padre auténtico. Pienses lo que pienses, tengo una conciencia, Eddie. Pensé que valía la pena intentarlo, aunque en mi interior sabía que Alistair no era el mejor marido. Lo hice por mi hijo, ¿no lo ves? Todo el mundo piensa que estoy loca, que soy una bruja egoísta, pero si se molestaran en conocerme se darían cuenta de que hay cosas que me importan. La gente, este país, el final de esta ridícula guerra.

—Yo te creo.

—Eddie —comenzó ella con tono de urgencia, inclinándose hacia adelante—. Para mí la vida no consiste sólo en hacer dinero y divertirse. Voy a manifestaciones, a actos de protesta... y, aunque *Confidencias* y *WWD* se divierten ridiculizándome, sigo haciéndolo. Quiero ayudar a acabar con esta guerra, con la discriminación... ¡Hay cosas que puedo ayudar a cambiar!

—Yo admiro eso —dijo Eddie—. No te rindas. No dejes que nadie te convenza para dejarlo.

—A Alistair le importa todo un comino, Eddie, mientras tenga su coca y su hachís... y esas inyecciones para estar en forma —confesó Mackenzie, dándose cuenta de repente de que estaba hablando demasiado. No hacía más que corroborar lo que él había dicho hacía un año.

—Bueno, él no es el único. —Ed bebió un sorbo de su copa—. Se dice que Coral Stanton es una drogadicta, y lo mismo se dice de la mitad de la gente de la industria de la moda.

—Eso no hace que me sienta mejor —replicó ella mirándolo a los ojos. Deseaba con fuerza sentarse junto a él, tocarlo, apoyar la cabeza en su hombro, pero sabía que no debía ceder a la tentación—. Muy bien —se controló, bebiendo un sorbo de champán—, cuéntamelo con detalles. ¿Con quién vas a trabajar? Algún pez gordo, supongo. ¿Betsy Johnson? ¿Halston?

—¿Qué dirías si te digo que es con David Winters?

—¿David? —repitió, poniéndose rígida—. ¿Bromeas? Él no es un pez gordo.

—Yo haré que lo sea.

—¡No puedo creerlo! Mia dijo que él sólo quería hablar contigo. ¡Le hago un favor a un amigo y me roban a mi mejor hombre en mis narices!

—Nadie me ha robado —replicó Ed levantándose—. Soy mi propio dueño. Estaba buscando un diseñador para trabajar con él... Y David y yo encajamos bien. Yo ya tenía pensado dejar *Gold* desde que te casaste con tu lord.

—Ya me imagino —Mackenzie también se puso de pie y comenzó a caminar de un lado a otro de la habitación. Se volvió para mirarlo.

—¿De dónde vais a sacar el dinero?

—Lo conseguiré. Ésa es mi parte del trato.

—¿Y la suya?

—Mack, él ha diseñado unos patrones de vestidos que todas las mujeres querrán tener. Es... No sé, sin costuras, en forma de tubo o algo así.

—¿Tubo? —chilló—. Yo le pedí a Reggie que me dejara utilizarlo hace dos temporadas y él dijo que era demasiado caro. Podría haber hecho con él las cosas más fantásticas...

—No es barato —convino Ed, dejándose caer en el sofá—. David me dijo el precio. Pero sus ropas no intentan ser baratas: buscaremos calidad.

—Él no es un hombre de negocios —advirtió ella.

—Yo soy el hombre de negocios. David sólo tiene que diseñar y cuidar su aspecto.

—¿Su aspecto? —Ella frunció el entrecejo—. ¿Qué tiene eso que ver?

—Se me ha ocurrido pensar que a las mujeres les gustará comprar la ropa de un tipo tan guapo como David.

Ella movió la cabeza.

—¿Y cómo diablos sabrán que es guapo? ¿Vas a poner su retrato en todas las etiquetas?

—No es mala idea... Sí, algo así —sonrió él.

—Ya andamos con secretos profesionales, ¿eh? ¡Y lo has aprendido todo en *Gold*!

Ella volvió a llenar las copas y bebió deprisa.

—¡Oh!, Eddie... ¿no me olvidarás? —dijo cogiéndolo de la mano. A pesar de todos sus propósitos, no pudo evitar tocarlo—. Ya sé que lo he embrollado todo, pero me gustaría pensar que quizás algún día...

—¡Algún día! —interrumpió él—. ¿Crees que soy de esos que se pasan la vida esperando que llegue «algún día»? Ya te dije cómo te deseaba antes de que te casaras con ese título. Tú elegiste...

—Y elegí al padre de Jordan —replicó ella—. ¿Cómo podrías haberte casado conmigo sabiendo que estaba embarazada de otro hombre?

—Porque te quería —dijo con sencillez—. Este vulgar contable judío lo habría hecho por amor.

—¡No digas «quería» en pasado! —suplicó ella, mientras todos sus propósitos se desvanecían—. ¡Todavía me amas! ¡Lo sé! Puedo verlo en tus ojos, Eddie. ¡Y yo te amo! Por favor...

Él volvió a levantarse.

—Esto es ridículo, tengo que irme —dijo encaminándose a la puerta. Mackenzie lo siguió, se le adelantó y puso la mano en el pomo, forzándolo a volverse y a mirarla.

—¿No me vas a dar un beso de despedida? —preguntó con suavidad.

Él se inclinó hacia ella con la impaciencia y la irritación brillándole en los ojos. Ella cerró los suyos: aquello era una tortura exquisita. Él le rozó con dulzura los labios, sin querer alargar el beso.

—¡Ya has tomado una decisión! —exclamó ella mirándolo—. Has resuelto vivir sin mí.

—Tienes toda la razón —contestó—. Y no te hagas la loca ¿Qué otra cosa podía hacer? Llevo meses sin verte.

—¡Pero puedo encontrar la forma de que nos veamos, Eddie! ¡Tengo un millón de oportunidades!

—Ahora es demasiado tarde, Mackenzie. Sería un embrollo y yo me voy de la compañía y... —hizo un gesto de impotencia— no voy a ir cortejando a las esposas de otros.

Sus ojos arrojaban fuego y ella lo encontró completamente irresistible. Le acarició la mejilla con la mano.

—Bien. Eres un tipo duro —intentó reír. La suavidad de su mejilla hacía que pareciera tan vulnerable... Lo miró a los ojos azules que ahora mostraban una mezcla de emociones.

—¿Te proporciona esto algún placer? —preguntó él con rudeza. Ella vio cómo tragaba saliva con dificultad—. Porque yo no estoy jugando... —Por un momento le puso la mano en la mejilla y ella sintió su calor y su deseo cuando la miró a los ojos. Entonces él abrió la puerta y salió deprisa, sin volver la vista atrás.

Mackenzie volvió al salón, sintiéndose desolada y vacía, con las lágrimas corriéndole por las mejillas.

—Se acabó —dijo en voz alta.

Miró la imagen que le devolvía el espejo: una mujer a la que se le había negado algo que había acabado por suplicar.

—¡Jodida lady Mackenzie! —le espetó a su reflejo.

Acabó con el champán antes de coger el teléfono.

—¿Reggie? —dijo cuando contestó su hermano—. Ed Schreiber se larga. No lo dejes entrar en su despacho mañana. Cambia las cerraduras esta misma noche. No me importa cómo... llama a un servicio de emergencia. Que alguien saque sus cosas y que le den sus efectos personales. Y pagadle exactamente lo que le debemos.

—¿Estás totalmente segura de lo que dices? —ladró Reggie.

—Totalmente. Acaba de salir de mi apartamento...

—¿Qué es lo que ha pasado entre vosotros?

Ella titubeó antes de decir:

—Nada... Va a fundar su propia compañía con un nuevo diseñador. No sé de dónde sacarán el dinero, pero ya no van a aprender nada más de nosotros.

Colgó el teléfono. Sabía que se estaba portando de un modo injusto, pero la emoción, la frustración y el champán la invadían de tal modo que tenía que desfogarse con alguien. «Si Mia no hubiera presentado a Ed y a David», pensó, «esto no habría pasado».

Marcó el número de Mia. El teléfono estuvo sonando un

largo rato. «No me digas que esa bruja está divirtiéndose por ahí», pensó Mackenzie, cada vez más iracunda.

—¿Sí? —respondió una voz femenina.

—¡Puta asquerosa! —explotó Mackenzie al teléfono—. ¿Te acuerdas de tu brillante idea de presentar a Ed a David para que le diera algunos consejos? ¡Si no estuviera sola con Jordan, iría directamente para allá y te arrancaría de cuajo tu puto pelo rubio!

Se detuvo para tomar aliento y la voz dijo:

—Aquí el servicio telefónico de Mia Stanton. ¿Quiere dejar algún mensaje?

—¡Desde luego que sí! —rugió Mackenzie—. Soy lady Mackenzie Briarly.

—¿Y el mensaje es para...?

—Para Mia Stanton. Y asegúrese de que lo reciba, ¿de acuerdo, señorita?

—Claro. ¿Me puede decir el mensaje?

—Sí. El mensaje es —Mackenzie elevó el tono de voz—: ¡Que te jodan! ¿Lo ha cogido, operadora? ¡Que te jodan! —Colgó de golpe, sintiéndose un poco mejor.

Descorchó una botella de champán, fue a ver al bebé y esperó despierta hasta que Alistair llegó de madrugada.

Entró tambaleándose en el dormitorio a las dos y media, con los ojos enrojecidos. Ella estaba sentada en la cama con una pila de revistas de moda en las rodillas. Él la miró sorprendido.

—¿Qué pasa? ¿No podías dormir? ¿O estabas esperando a tu maridito? —Arrojó la chaqueta sobre una silla y se desplomó a los pies de la cama.

—Podía dormir perfectamente —dijo ella—. Pero tenemos que hablar.

—Tendrá que ser en otro momento —farfulló él—. Estoy exhausto. He pasado una noche muy dura promocionando a *Gold*.

—¡No te lo crees ni tú! —gritó ella.

—¡Shhh! —se puso un dedo en los labios cerrando los ojos—. Vas a despertar a Jordan.

—No te preocupes por él, duerme profundamente ¿Por qué estás tan cansado? ¿Has estado tirándote a modelos otra vez prometiéndoles contratos?

Él se volvió, sonriente. Parecía estar temblando. Encogió las rodillas.

—¿Sabes lo que es un *speedball*, Mack?

—¿Qué importa? ¿Un combinado?

Él rió.

—Sí, es un combinado, pero no es para beber. Es una raya de heroína pura a un lado y al otro coca pura...

—Alistair, si alguna vez te metes con la heroína, considérate despedido y divorciado.

—¿Va una cosa con la otra? —replicó sarcástico—. ¿Se debe el trabajo al matrimonio? No pensabas así cuando yo me estaba partiendo los cuernos en la primera tienda.

—¡No pienso vivir con un heroinómano!

—No he probado el *speedball*... todavía —murmuró él—. Lo estoy dejando para una gran ocasión...

—¡Se suponía que tu hijo era una gran ocasión! —Se detuvo un momento antes de preguntar—: Alistair, ¿por qué te casaste conmigo?

—Me pareció una buena idea en aquel momento. La pregunta más interesante es por qué te casaste tú conmigo. Ahora eres lady Briarly, ¿verdad? ¿Qué más quieres?

—Pero pensé que estaríamos unidos. Pensé que empezaríamos una nueva vida.

—Llama a Ed Schreiber... será un gran sustituto.

—¿Alguien te ha estado contando mentiras sobre Ed y sobre mí?

—¡Oh! —gruñó—. Ni siquiera me importa...

—Ha estado aquí esta noche. Vino a decirme que se va de *Gold*.

—¡Es la mejor noticia que he oído este año!

—Yo estaba deseando acostarme con él y no lo hice...

—Mañana te impondré la medalla de los huevos de acero de lord Briarly, querida. Aunque las mujeres no tienen huevos, ¿no?... Ya pensaré algo.

—¡Alistair, estoy intentando hablar contigo! Las drogas te estan volviendo loco, por no hablar de la impotencia...

—¡Ah!, y estoy seguro de que Ed es muy potente... —susurró él con ironía.

—¡Oh!, deja de hablar de él. No tiene nada que ver con nosotros.

Él se volvió en la cama para mirarla. Tenía la cara pálida y el pelo rubio desgreñado.

—De verdad, no entiendo por qué te casaste conmigo. Es

decir, ya sé que fue por el título, porque sólo consideraste la idea del matrimonio cuando murió mi padre...

—Esperaba que nuestro matrimonio saliera bien —respondió ella—. Nos llamaron «la pareja del año» tantas veces que incluso yo había empezado a creerlo. Ya sabía que no estábamos enamorados, pero pensé que nos gustábamos y que nos respetábamos. Pero ahora estoy empezando a perder el respeto.

Él echó las piernas a un lado de la cama, para descalzarse y se tumbó con un suspiro.

—Mack, mi vida es una ruina.

—¿Por qué?

—No puedo sentir nada a no ser que esté colocado.

—Pues ve a ver a un psiquiatra, Alistair. Podemos pagar el mejor. ¡Busca ayuda! Eres una persona inteligente...

Él se encogió de hombros.

—Sí, quizá vaya a ver a un psiquiatra, algún hombre muy viejo y muy sabio. Ayúdame a encontrar a alguno, Mack.

—¡Oh!, querido, claro que lo haré. —Se inclinó para darle un beso en la frente. Había conseguido que admitiera que necesitaba ayuda. Aquello era un paso importante—. Todo se arreglará, Alistair, lo sé. Lo tenemos todo, cariño. Sería muy estúpido desperdiciarlo.

Ella lo metió en la cama, ayudándolo a desnudarse. Pronto su cuerpo delgado estaba junto al de ella. Ambos estaban desnudos. Ella lo abrazó y lo rodeó con sus piernas, frotándose contra él. Su sexo fláccido sólo la rozó.

—Mack... —dijo él en la oscuridad—. No me he metido un *speedball* esta noche. Sólo coca pura. No pasa nada... no crea adicción. Era muy buena, no estaba mezclada...

Sus palabras se convirtieron en murmullos ininteligibles y se quedó dormido en mitad de la frase. De repente se puso a roncar. Ella escuchó su respiración carrasposa, preocupada por su bronco sonido que era nuevo en Alistair. Un psiquiatra le haría dejar las drogas, descubriría por qué era tan autodestructivo. Se pondría bien. Su matrimonio podría sobrevivir, si ella luchaba por él. «Ed...», pensó, «¿te cuesta tanto dormir como a mí? ¿Estás pensando en mí? ¿O has encontrado a otra esta noche? A un tipo sexy como tú no debe de serle difícil encontrar una chica». Sintió unas dolorosas punzadas de celos al imaginárselo haciendo el amor con otra chica, con el apasionamiento con que lo había hecho con ella, volviéndose loco, perdiendo el control.

Tapó a Alistair con las mantas y él mascullό algo en sueños. Mackenzie alisó las sábanas Porthault que siempre había deseado tener, desde que había leído que Jackie Kennedy y C. Z. Guest dormían en ellas. ¿Se había imaginado alguna vez que cubriría con ellas a un marido drogadicto? Las mantas de lana de trescientos dólares que yacían a los pies de la cama también eran algo con lo que había soñado. Se arropó con ellas y se acercó a Alistair, intentando darle algo de calor.

Por la mañana la despertó la alarma del reloj. Jordan lloraba en la habitación de al lado. Había que cambiarlo y la niñera no llegaría hasta dentro de una hora. Durante la noche, Alistair había adoptado su habitual posición, abrazándola por detrás. Todavía estaba frío, pero al menos había dejado de respirar roncamente. Quiso librarse de su abrazo con suavidad para no despertarlo, pero él la tenía cogida más fuerte que de costumbre. Estuvo un minuto o dos intentando desasirse, mientras el llanto de Jordan iba subiendo de tono. De repente la asaltó una sensación de peligro: esa sensación helada y ardiente al mismo tiempo que la embargaba siempre que sucedía algo importante en su vida. Cuando ganó el concurso de *Divine*, cuando Alistair le dijo que era lord y ahora... ahora era como si su cuerpo supiera antes que ella que iba a suceder algo terrible.

De pronto, se dio cuenta de que estaba aprisionada en el rígido abrazo de un muerto.

Cuando de repente cayó en ello, abrió los ojos con una mirada fija y ciega. Se quedó helada de horror y abrió de un golpe la boca. Empezó a gritar sin pensarlo. Forcejeó para liberarse del último abrazo de Alistair, sin dejar de gritar hasta que se quedó ronca. Sus gritos primero se unieron a los de su hijo en la cuna y luego los ahogaron. Era 1968, pero para ella era el fin de los sesenta...

Tercera parte

23

—No habría pasada nada si la coca no hubiera sido tan pura. La cocaína tan pura puede provocar un paro cardíaco...

—De todas formas, pienso que está mejor muerto: ese tipo no era nada.

—No le ha dejado nada a ella, sólo su título y un montón de deudas. Todos los traficantes de cocaína de Manhattan afirman que les debía dinero.

—Ya sabes que ella sólo quería su título: los dos estaban saliendo con otra persona.

—Ella no se irá del piso. Se culpa de su muerte.

El chismorreo se extendía por todas partes. Colin escuchaba pensativo. Ahora iba a encontrarse con Wayland para cenar. Le contaría el último berrinche de Coral, en el que había abofeteado a una modelo y le había tirado de los pelos, lo cual sin duda aparecería en el próximo número de *Confidencias*. También le confiaría sus temores de que Howard Austin y alguien de *Divine*, probablemente Donna Brooks, seguían un plan sistemático para arruinar a Coral. Lo peor de todo era su presentimiento de que la muerte de Alistair Briarly no era sólo la muerte que anunciaba el fin de los sesenta —para lo cual sólo faltaban dos años—, sino la primera de una serie de tragedias que sacudirían al mundo de la moda.

El presentimiento de Colin era acertado.

Todo el dinero y el éxito que se habían logrado en los sesenta empezaba a evaporarse en una nube de hierba y en cascadas de cocaína. Las cómodas ropas de los sesenta empezaron a ser vistas, de la noche a la mañana, como chabacanas, malas y baratas. Ya no se llevaba el vinilo. Ya no se llevaba nada barato. El «status», una nueva palabra de moda, alcanzó su cumbre cuando las mujeres empezaron a querer ropa de calidad, que se viera que era cara.

—Se acabó lo barato —anunció Wayland.

Halston fue uno de los primeros diseñadores norteamericanos en sacar esta nueva línea conservadora y de calidad. Era observado muy de cerca por Ed Schreiber, que tenía sus propios planes para saturar el mercado. La moda parecía haber dado un giro de ciento ochenta grados, y Coral estaba preparada para ello, porque lo había predicho. A pesar de su adicción a las drogas, su excéntrico temperamento, sus jugarretas y sus enemistades, seguía atenta y vigilante al futuro, comprendiendo la evolución de la moda como nadie.

—Eso hay que reconocerlo —admitió Wayland—. Sigue siendo un lince.

Coral celebró el retorno de la elegancia. Aparecerían de nuevo en sus artículos las ropas bien cortadas en tejidos de alta calidad. Y, como siempre, ella sería la reina suprema.

Aquel día, después de la inyección del doctor Robbins, salió del despacho para concurrir a la primera entrevista que concedía Anaís du Pasquier. La limousine la dejó en Headquarters. Sorprendentemente, Wayland Garrity la esperaba en la entrada. No se habían vuelto a hablar desde que discutieron acerca de Mia. Ahora, cuando llegó la limousine, él se adelantó a abrirle la puerta.

—Coral —tendió la mano—. ¡Estás estupenda!

—Wayland... —sonrió con frialdad—. Qué sorpresa.

Coral bajó del vehículo. No estaba en absoluto estupenda. Tenía el aspecto de una mujer enferma luchando por parecer sana. El cansancio de su rostro, la expresión de sus ojos, los movimientos crispados de sus labios, todo decía que estaba acabada. Él la cogió del brazo: estaba muy débil. La ayudó a subir los escalones de la puerta principal de Headquarters y la condujo, en el ascensor especial para VIP, hasta el cuarto piso.

—¿Qué clase de persona es? —quiso saber Coral—. Yo me he imaginado una belleza agradable...

—Bueno, es muy bonita, en eso has acertado —convino Wayland. Salieron del ascensor y él la guió por el pasillo hacia la sala de muestras—. ¿Cómo te va, Coral, querida? —preguntó él con amabilidad.

Ella le apretó el brazo.

—No me podría ir mejor. La moda está a punto de entrar en una nueva etapa de elegancia. Puedo volver a amar la moda, Wayland.

Mia llevaba media hora esperando a su madre en la sala de muestras, mientras acomodaba en las perchas su nueva colección. Cuando oyó la voz de Coral, sintió un miedo frío en el estómago, aunque había sido ella la que por fin había decidido que estaba preparada para esa entrevista. Se había vestido con mucho cuidado, con uno de sus vestidos de muestra, de fina lana blanca. Ahora centraba tanto su vida en torno a sus diseños, que la aprobación de su madre y su posible amistad significaban mucho para ella. Esperó a que entraran, de cara a la puerta.

—¡Aquí está! —dijo Wayland presentando a Mia con una ampuloso gesto.

Coral se quedó mirando a su hija.

—No lo entiendo. ¿Dónde está Anaís?

—Yo soy Anaís, mamá —contestó Mia—. Estoy muy contenta de que te gusten mis diseños. Yo soy la diseñadora de esta línea ¡Soy yo!

A Coral se le salían los ojos de las órbitas. Se paseó por la habitación, mirando las muestras, manteniéndose lejos de su hija.

—¡Es maravilloso! —exclamó Wayland—. Tiene un éxito total.

—¿Queréis decir que me habéis tomado el pelo? —chilló Coral—. ¿No hay tal Anaís?

—Sí... Soy yo —Mia avanzó hacia ella—. Mamá, a ti te encantan las prendas y las hice yo. Estabas admirando algo que yo he hecho. Vamos a perdonarnos la una a la otra. Por favor, vamos a ser amigas.

Cuando abrazó el frágil cuerpo de su madre le corrían las lágrimas por la cara. No había imaginado que esta reunión iba a afectarla tanto. Ahora que por fin podía ver la cicatriz, no era tan horrible como había temido.

Wayland las rodeó a las dos con los brazos.

—Enterremos el hacha de guerra. Que todo sea como en los viejos tiempos —rogó.

Coral se desasió del abrazo.

—Me temo que es demasiado tarde para eso.

—Mamá, por favor...

—Supongo que pensáis que habéis sido muy listos, engañándome de esta manera —gritó Coral—. Muy bien, me habéis engañado, lo habéis conseguido. Y estoy furiosa con los dos. —Sin darse cuenta, tocó un abrigo especialmente bonito. Lo descolgó y se lo puso, admirándose en el espejo.

—Os dejo solas —dijo Wayland—, yo tengo que irme.

Coral seguía mirando el abrigo en el espejo, volviéndose de uno y otro lado, y ni siquiera advirtió que él se iba.

Mia observaba a su madre. Era obvio que aquello no iba a ser una emotiva reconciliación. Pero sentía que tenía que asumir alguna responsabilidad por esta débil criatura.

—Mamá —empezó—, no tienes buen aspecto.

—¡Me encuentro de maravilla! —saltó Coral. Se quitó el abrigo y estudió el vestido que colgaba a su lado.

—Estás demasiado delgada...

—La duquesa de Windsor dice que una mujer nunca puede estar demasiado delgada. —Se puso el vestido por encima frente al espejo.

—Mamá —dijo Mia, poniéndole las manos en los hombros—. ¡Mírame! —Los ojos chispeantes de Coral se clavaron en el rostro de su hija—. ¿Cómo estoy yo?

Los ojos de Coral llameaban.

—Eres una mujer hermosa, Mia —respondió—. Incluso podría estar celosa de ti... celosa de tu juventud y de tu belleza.

Mia sacudió levemente a su madre, todavía con las manos en sus hombros.

—Entonces, ¿por qué no acabamos con esta... enemistad? Me gustaría tener tu atención y tu amistad. ¿Por qué me lo pones tan difícil?

Coral se alejó. Se apartó un mechón de pelo con gesto teatral.

—¡He aquí el porqué! —dijo mostrando la cicatriz—. Primero intentas matarme y ahora quieres que seamos amigas. No sé si puedo perdonar... —De repente se tambaleó y Mia se apresuró a acercarle una silla. Coral se desplomó en ella sacudiendo la cabeza.

—¿Lo ves? No estás bien. Yo podría ayudarte, cuidarte. Mamá, por favor, te lo suplico... —Mia se arrodilló junto a la silla y apoyó la mano en el brazo de su madre—. Deja esas inyecciones. Te están matando. Cada vez necesitarás más y más, hasta que un día...

Coral retiró la mano de Mia. Se levantó vacilante, rehusando la ayuda que le ofrecía Mia, y lanzó una risita.

—¿Qué tú me ayudarás? Me parece absurdo que una niña le diga a sus padres lo que tienen que hacer. —Miró a su alrededor buscando su abrigo, lo cogió y se lo echó sobre los hombros—. Adiós, Mia.

Mia la observó impotente, mientras ella salía de la habitación.

Coral se detuvo para ponerse una inyección, haciendo que el coche la esperara. Cuando volvió a la oficina, llena de energía, se puso a reajustar el número de julio. Ahora no podía publicar nada de Anaís du Pasquier, con lo cual tenía seis páginas en blanco.

Virginia la llamó por el interfono.

—Donna Brooks quiere verte.

—Que pase. —Coral sintió una punzada en la nuca cuando Donna entró con una fresca sonrisa.

—¿La has visto? —preguntó Donna inquisitivamente.

—¿A quién?

—A Anaís du Pasquier. Lloyd me dijo que te había concedido su primera entrevista. ¡Vaya golpe! Enhorabuena. ¿Cómo es? Yo adoro su ropa.

—Sí, Donna, pero no vamos a sacarla. —Coral hizo un gesto dramático hacia su esquema del número de julio que colgaba detrás de ella en la pared, para señalar las seis grandes equis en las páginas centrales. Se volvió hacia Donna—. ¿Cómo está mi editora de modas favorita? —preguntó—. ¿Quieres un poco de Perrier?

Donna sacudió la cabeza mientras observaba cómo Coral se servía un vaso. Se sentó en el sofá doblando una pierna bajo ella.

—¿Por qué están en blanco esas páginas? Anaís du Pasquier es una diseñadora de éxito. ¿Tan mala era su colección?

Coral bebió despacio su Perrier. Volvió a dejar el vaso en la mesa y le dirigió a Donna una mirada de inocencia.

—Era alucinante —señaló—. Me probé un abrigo que era un sueño. Los vestidos maravillosos. Pero no vamos a sacar ni un botón.

—¿Por qué?

—Porque da la casualidad de que Anaís du Pasquier es mi hija —declaró Coral rotundamente.

—¿Tu hija? ¿Mia? ¿Estás segura?

—La he visto esta mañana, ¿no? Wayland Garrity lo preparó todo, ¿es que no lo ves? Ella se esconde tras ese nombre porque sabe que de otra forma yo no publicaría nada sobre ella. Ya me da rabia haber sacado tantas cosas suyas en la revista de febrero... Sin duda la hemos ayudado a lograr el éxito.

—Pero ella se merece triunfar, sea tu hija o sea una extraña. Sigue siendo una gran diseñadora —afirmó Donna—. ¿No diseñaba para Phillipe Roux?

—Exactamente, y eso es lo que es: un sucedáneo de Phillipe Roux.

Donna se levantó, moviendo la cabeza.

—¡Oh!, no, Coral. Anaís du Pasquier está más allá de Roux. Tendré que ir a ver su colección por mí misma.

—¡He dicho que no la vamos a sacar, Donna! —insistió Coral—. No, mientras yo sea editora en jefe.

Donna se quedó mirándola, dejando que las palabras de Coral se quedaran en el aire el tiempo suficiente para que adquirieran un nuevo significado.

—¿Y cuánto tiempo crees que seguirás siéndolo si sigues manteniendo esas ridículas prohibiciones? —preguntó Donna—. Supongo que hace mucho tiempo que le tienes inquina a tu propia hija.

—¡Intentó matarme! —Coral se echó hacia atrás el cabello, mostrando la cicatriz.

Donna se apresuró a cerrar la puerta y volvió a sentarse frente a la mesa de Coral.

—Si tú hubieras sido mi madre —dijo inclinándose hacia Coral—, te habría matado hace mucho tiempo.

Coral montó en cólera.

—¿Cómo te atreves a decirme eso? ¿Estás loca? ¡Fuera de mi despacho!

Donna se quedó sentada, muy calmada, muy controlada.

—Coral, no voy a mentirte. Llevo muchos años trabajando a tu lado y esta confrontación tenía que llegar. ¿De verdad crees que vamos a basar la filosofía de la moda de *Divine* en quien tú quieras? En ese caso no sacaríamos otra cosa que los retratos de Colin Beaumont de las damas de sociedad. No es así como funciona *Divine*. Ya es hora de que yo tenga más decisión en la dirección de la revista.

—No puedo creer lo que estoy oyendo —murmuró Coral.

Se sirvió más Perrier, derramándolo por toda la mesa con mano temblorosa.

—Todavía vas a ver a ese doctor, ¿verdad? —preguntó Donna—. Una de nuestros modelos me dijo que te vio allí, temblando en la sala de espera porque necesitabas con urgencia una inyección. Nos estás hundiendo, Coral. ¿No abofeteaste a Marcie Phillips el otro día? Nos pide indemnización por un diente roto y dos días de trabajo. ¿No prendiste fuego a un abrigo de Bill Blass?

—Se nos había acabado el hielo seco —gritó Coral—. Necesitaba efecto de humo.

—Nos piden doscientos dólares —le dijo Donna—. He perdido la mitad de mi tiempo al teléfono defendiendo tu... excéntrico comportamiento. El año pasado fui yo quien instó a Lloyd a renovar tu contrato porque admiraba tu trabajo. Pero pensé que empezabas a desmadrarte en cuanto *Confidencias* empezó a sacar artículos sobre ti.

—¿*Confidencias*? —gritó Coral—. Eso es un libelo, todo son mentiras...

Donna alzó las cejas, pero no dijo nada.

—¿Y cuándo ha renovado Lloyd mi contrato? —preguntó Coral.

Donna se encogió de hombros.

—El último septiembre, creo.

Coral echó una ojeada al calendario.

—Eso significa que soy editora en jefe hasta el próximo septiembre. Estamos en marzo. Según mis cálculos todavía tengo que editar cinco números. Empieza a tachar los días de tu calendario, Donna, porque voy a aprovechar mi año hasta el último minuto.

—No espero que Lloyd te despida —replicó Donna con tranquilidad—. Serás ascendida a editora consejera jefe. Seguirás en tu despacho...

—¡Conozco esa historia, Donna! —exclamó Coral—. ¡Yo se lo presenté a Maynard Cowles de la misma forma! Y tú y yo sabemos que, tal como ella, yo no me quedaré bajo esas condiciones. Preferiría unirme a la competencia, a *Vogue* o a *Bazaar*...

—Creo que ya están bastante contentos con los editores que tienen —dijo Donna con suavidad—. Diana Vreeland es particularmente querida...

Se quedaron en silencio por un momento. Coral abarcando con el pensamiento lo que durante los últimos años había sido su reino. El reinado de la moda de Manhattan (millones de metros cuadrados de tiendas, *boutiques*, almacenes, estudios de diseñadores, salas de muestras, estudios de fotógrafos) era demasiado fascinante para desaparecer. Miró los familiares alféizares y parapetos de los edificios cercanos, y la hermosa cúpula verde de un tejado.

Volvió a mirar a Donna, dándose cuenta de que ella la observaba con suma atención, y rió en voz alta.

—¿Las ventanas? ¿Te asusta que pueda tirarme por una de ellas como la pobre Maynard?

Donna alzó las cejas.

—Sé lo mucho que significa *Divine* para ti.

—Casi tanto como para ti, Donna —convino Coral—. Pero no tanto como para casarme con su propietario. O como para dejar que me toque con sus sudorosas manos.

Donna no dejó de sonreír.

—Lloyd es un auténtico hombre, Coral, aunque a ti te parezca lo contrario. Para mí es mucho mejor que esos tipos con los que andas...

Coral respiró hondo.

—Yo tengo algunos buenos amigos entre los talentos que mantienen a *Divine* muy por encima de la competencia. Si crees que los deportes son la clave de la creatividad, eso no dice mucho de tu sentido de la moda.

Se quedaron mirando hasta que Donna preguntó por fin:

—¿Así que no aceptas el cargo de editora consejera?

—¡Te lo puedes meter donde te quepa! —replicó Coral.

Donna agitó la cabeza.

—¡Estás loca! ¡No puedes hablarme así!

Coral comenzó a examinar una pila de pruebas.

—Todavía me quedan cinco meses de contrato —dijo—. Me iré el primero de septiembre. Hasta entonces, no vuelvas a poner los pies aquí si en algo aprecias tu pellejo, Donna.

Donna se levantó apretando los labios.

—No era necesario que fueras tan grosera —masculló—. Podría hacer que Lloyd te despidiera hoy mismo por lo que me has dicho, pero entiendo tus problemas. Realmente me das pena, Coral.

Cuando se marchó del despacho, Coral buscó un porro en el cajón de su mesa y encendió dos barras de incienso para ocultar el olor.

—Se supone que tengo suerte de que no quisiera mi puesto apenas vuelta de su luna de miel —le dijo Coral a Colin aquella noche en su apartamento. Lo había llamado para que la consolara. Había puesto a enfriar una botella de champán y había *canapés* de caviar con salsa picante—. Y toda su ambición se oculta tras una máscara de asquerosa sinceridad que me enfurece. ¡Que se interesa por mi salud! ¡Ja! —Brindó con Colin—. Brindaremos por una generosa pensión de *Divine*.

—¿Bromeas? —respondió Colin, inclinándose para besarla en la mejilla—. Las demás revistas se matarán para contratarte.

—¿De verdad lo crees? —preguntó ella con una nota de duda en la voz—. Me gustaría tener dinero suficiente para retirarme.

Acabaron con la botella a lo largo de la tarde, mientras Colin le contaba las novedades.

—Estoy planeando retirarme del mundo de la moda — explicó—. Al parecer, ya nadie quiere mis dibujos. Los directores de arte prefieren las fotografías.

Coral le puso la mano en el brazo en un gesto de comprensión.

—¡Qué poca visión tienen, querido! ¡En qué estúpido mundo vivimos! Bueno, supongo que los sesenta tocan a su fin. ¿Qué es lo que vas a hacer, Colin?

Él miró su rostro fatigado.

—La última vez que estuve en París me acerqué a Provenza a explorar el terreno. Estoy invirtiendo mis ahorros en la casa más bonita que hayas visto nunca. Hasta tiene jardín. Entraré en contacto con la naturaleza, supongo.

—Te iré a visitar —prometió ella—. Muy a menudo. Pero antes he de superar esta crisis. ¡Dios mío, vaya día! Además de la espantosa Donna, tengo la pesadilla de Wayland y Mia tomándome el pelo. ¿Tú tenías alguna idea de que Mia diseñaba las colecciones de Anaís du Pasquier, Colin?

Él la cogió de las manos mirándola muy seriamente.

—Sí. Y me temo que soy el responsable de la reunión de esta mañana. Wayland me llamó y me dijo que había sido un desastre. Lo siento.

—¿Por qué te metiste en ello?

—Pensé que debías hacer las paces, con Wayland y con Mia. ¿Por qué seguir con las enemistades? Si de verdad vas a dejar el trabajo, Coral, necesitarás a todos tus amigos. Y tu hija te necesita.

—Parece que está en la cima del mundo.

—¡Oh!, Coral, sabes que Mia es una chica muy desgraciada...

—¿Estás tratando de decir que es por culpa mía? Al contrario, me he desviado de mi camino para ayudarla, para darle mi apoyo... ¿y qué es lo que he recibido a cambio? Ella prefiere hacer tratos a mis espaldas, lo que casi me cuesta mi posición, o mi tira a la cabeza pesados objetos de cristal.

Colin se levantó.

—Has tenido un día muy largo. Creo que deberías dormir —dijo.

Ella lo vio salir, sintiéndose vacía y cansada.

Aquella noche no pudo dejar de pensar en Donna Brooks. Había que acabar con ella de cualquier manera. Más tarde, cuando no tuviera nada que perder. Primero era imprescindible lograr una posición fabulosa en otra revista de prestigio y luego podría darle en su punto débil. De una forma sutil y elegante, por supuesto.

Coral se quedó dormida con un plan a medio formar rondándole en la cabeza.

La nueva firma de David Winters Inc. se convirtió en una leyenda durante su primer año de sonoro éxito. David siempre atribuyó a Ed Schreiber aquella increíble historia de Cenicienta.

La historia de cómo habían llevado la primera partida de vestidos y abrigos de muestra por toda la Octava Avenida, recorriendo Bloomingdale, Bendel y Saks y recibiendo pedidos de los tres almacenes, pronto se convirtió en un mito en el mundo de la moda.

Se alabó el brillante diseño de sus ropas y la oportuna aparición de una moda de calidad en un mercado saturado de novedades. Las telas que utilizaban no eran baratas, y tampoco lo eran las prendas, pero aún así habían subido de la nada a una producción anual de un millón en el primer año.

La campaña publicitaria comenzó una nueva línea: doce páginas de publicidad en las revistas más prestigiosas, que mostraban fotografías de David, a veces sexy, a veces taciturno. En algunas aparecía en la playa con el pecho al descubierto, con una modelo en segundo plano vestida con una de sus ropas.

La novedosa campaña publicitaria sentó una imagen para la firma e indicó a las mujeres que a aquel atractivo diseñador le gustaban las chicas y quería que llevaran sus ropas. Ellas respondieron acudiendo tumultuosamente a sus exhibiciones personales en los grandes alamacenes, pidiendo autógrafos, consejos e incluso citas. Davis realizó una gira por la mayoría de las grandes ciudades de América, presentando un espectáculo de moda con una gran coreografía, pronunciando pequeños discursos y vendiendo prendas a compradoras que se convertían en leales y entusiasmadas clientes.

Ed y David fueron vistos con las más bellas modelos en Nueva York. *Confidencias* y *WWD* los fotografiaban con sus últimas amigas, siempre encantadoras, en todas las grandes inauguraciones y exhibiciones privadas. Pero ambos se burlaban de sus imágenes de *playboys*: los dos esperaban una señal de la mujer que amaban y a la que no podían sustituir ni olvidar.

David seguía llamando a Mia de vez en cuando. Sus conversaciones eran un poco torpes, salpicadas de silencios cuando ninguno de ellos sabía qué decir. Hablaban sobre Mackenzie y la reputación de solitaria recluida que había adquirido: no quería verlos y no se la había visto en el funeral de Alistair.

Mia también se había retraído. Tenía pocos amigos y mucho tiempo para estar en casa y leer los últimos artículos de *Confidencias*. Uno en particular le atañía:

> ¿Comienzan los problemas a amenazar el voluble hogar de los Roux? Casado hace menos de dos años, Phillipe Roux desmintió ayer los rumores de que su matrimonio con Josephine estaba a punto de terminar. Los observadores afirman que a la pareja no parece irle muy bien. En Nueva York, Wayland Garrity, defensor del estilo Roux, ha informado de la buena venta del *prêt-à-porter* de Roux que posee en exclusiva...

Mia devoraba los rumores, sin atreverse a imaginar qué pasaría si de repente Phillipe fuera libre.

Wayland la apremiaba para que iniciara una gira por todo el país para promocionar sus prendas. Él se encargaría de los detalles. Ella rehusó. La asustaba aparecer en público y quería permanecer en el anonimato. A pesar de su renuncia, *Confidencias* publicó: «Anaís du Pasquier compite con Mackenzie Gold y David Winters por el título del diseñador más conocido por el público», aunque no habían podido averiguar la identidad de la diseñadora, ya que Mia no aparecía en fotografías ni concedía entrevistas.

—Eres la Garbo de la industria de la moda —dijo Wayland, cogiéndola por la barbilla—. ¿Y qué importa eso mientras sigas vendiendo?

Pero el éxito de su firma no le había proporcionado a Mia ni la felicidad ni la tranquilidad que buscaba. En las cálidas noches de Nueva York, cuando su cuerpo parecía saber algo que su mente no podía asumir, echaba en falta una caricia, un poco de ternura, alguien que se interesara por ella no como diseñadora sino como mujer. Manhattan la tenía atrapada, aunque ella no quería marchar.

Leía cada palabra que se escribía sobre Phillipe. Nunca había vuelto a merecer el aplauso de la crítica que había recibido la colección que hizo con ella, pero el suyo era un nombre tan firmemente establecido que podía subsistir repitiendo los diseños de Mia en diferentes telas y combinaciones. Mientras tanto, la colonia de Phillipe se hacía muy popular, y se anunciaba por toda América con la cara de Phillipe. Por desgracia, aquella cara parecía observarla desde cualquier esquina, desde los autobuses y vallas publicitarias.

Desde aquella horrible mañana en que se había despertado en la cama con su marido muerto, Mackenzie casi había dejado de funcionar. Sus amigos, su familia e incluso alguno de sus empleados habían intentado consolarla de muchas maneras, pero sólo su hijo parecía tener algún significado para ella. Permaneció aislada, sin fuerzas para contestar a los cientos de cartas que recibía ni para telefonear a las muchas personas que dejaban mensajes en su contestador.

Iba a ver a un terapeuta para que la librara del trauma que le había provocado aquel horror. Ed Schreiber era la única persona a la que quería y temía ver.

—Es como si, al ver a Eddie, me sintiera la asesina de Alistair —les había explicado a sus amigos Luke y Loretta. Ellos todavía vivían en el Village y Mackenzie les enviaba un coche para que fueran a su casa. Eran los únicos amigos que la confortaban un poco.

—¿Lo entendéis? —les preguntó, y ellos asintieron—. Deseo tanto ver a Eddie que no me atrevo a verlo.

Dejó que sus hermanos se encargaran de todos los asuntos de *Gold*, firmando donde ellos le decían que firmara, sin importarle realmente ninguna cosa. Sólo disfrutaba el tiempo que pasaba con Jordan, jugando con él, enseñándole cosas.

Estar con Jordan era el único escape de su autorreclusión, aunque llevarlo al parque o al zoológico se convertía en una permanente huida de los fotógrafos.

Lo peor de todo era que sentía que podía haber salvado la vida de Alistair. El sentimiento de culpa invadió todos los aspectos de su vida, en especial aquel que más tenía en la cabeza: continuar su relación con Ed. A sus ojos este deseo la convertía en una malvada.

Ed se negó a entenderlo. La llamaba muchas veces al día, pero sólo tenía tiempo de hablar unos minutos.

—Está sufriendo por un tipo al que no amaba —le explicaba a David—. Como si se creyera obligada a sufrir sólo para sentirse mejor.

Pronto Ed limitó las llamadas a nada más que una por semana. Pero nunca se despedía sin preguntar a Mackenzie cuándo podrían verse.

—¡Oh!, Eddie... —Ella estalló en lágrimas la última vez que se lo había preguntado—. ¿Cómo voy a verte, si siento que fue nuestro amor lo que mató a Alistair?

—¡No, escúchame! —protestó Ed—. Ese tipo iba por el camino de la autodestrucción mucho antes de que yo pusiera los ojos en ti. Tú no lo mataste y yo tampoco. Se metió una sobredosis, simplemente.

—¡Oh!, Eddie... —se le quebró la voz, enronquecida de llorar a diario—. Lo que más deseo en el mundo es abrazarte y que me abraces, pero ahora no puede ser.

Ed sacudió la cabeza y crispó su mano en el teléfono.

—Yo no quería que muriera, Mack, lo juro. Pero ahora que está muerto, ¿por qué no podemos ser nosotros felices?

—Porque yo no puedo ser feliz —dijo ella con tristeza—. Todavía no...

Después de colgar, ella siguió sentada con el teléfono en el regazo, mirando por la ventana.

En mayo, *Divine* encargó a Colin Beaumont que hiciera retratos de los cuatro grandes diseñadores de América, para un número que había programado Coral. Fue una de las primeras personas del mundo de la moda que visitó a Mackenzie después de la muerte de su marido, y la dibujó sentada en el enorme sofá italiano junto a la ventana del salón.

—Me resultaría muy fácil sumirme en una larga depresión —confesó Mackenzie—, pero tengo que mantenerme serena por el bien de Jordan. Y también por la compañía, claro.

—Tus hermanos no estarán contentos hasta que no tengan almacenes de *Gold* en todas las grandes ciudades de los Estados Unidos —bromeó Colin, ocupado en dibujar la morena melena de Mackenzie.

Cuando terminó, bebieron una taza de café.

—Sé lo que significa ver cómo alguien que amas se destruye poco a poco —dijo él—. ¿Por qué no te dedicas a hacer algo para ayudar a los jóvenes drogadictos, o algo así? Forma algún tipo de comité para luchar contra la drogadependencia...

Ella lo miró, casi hipnotizada por ese hombrecito vestido de negro que se sentaba en su sofá.

—¿Cómo se lucha contra la drogadependencia? —preguntó—. ¿No es ése un trabajo para la policía?

Colin se encogió de hombros y bebió un sorbo de café.

—No era más que una idea. Crear alguna especie de fondo... Con tu encanto y tu fama, reunirías el dinero...

—¿Pero el dinero para qué? —inquirió ella con desesperación.

Se quedaron un rato en silencio. De repente ella misma contestó su pregunta:

—¡Dinero para abrir un centro de desintoxicación! —gritó—. El Centro de Desintoxicación Alistair Briarly. ¡Oh, Colin! —Sus ojos brillaban con una repentina energía—. Podría contribuir a que nadie tenga que volver a sufrir por las drogas... Podría ayudar a financiar nuevos métodos de desintoxicación. He leído algunas cosas sobre drogas sintéticas que podrían ayudar...

Después de la visita de Colin, Mackenzie comenzó a volver a la normalidad. Volvió a diseñar y a mostrar interés por el imperio que dirigía. Viajó a Londres y a París, con Jordan, para buscar el emplazamiento adecuado para los dos primeros almacenes *Gold* en Europa. Y devoraba los cientos de revistas y periódicos que no había querido ni abrir antes, enterándose de todas las noticias. Su exilio autoimpuesto la había despejado. El mundo parecía haber cambiado. La moda también parecía distinta: había habido un cambio, sutil pero definitivo.

Convocó una reunión con sus hermanos y se encerraron durante dos horas en un despacho. Ella los observaba con suma atención para ver si sus propuestas despertaban en ellos algún interés. Reggie mostraba una expresión de autosatisfacción, manteniéndose a la defensiva. Max, que se estaba quedando calvo a los treinta años, paseaba la mirada por toda la habitación con impaciencia.

—¿No os interesa lo que os estoy diciendo? —les preguntó.

—¡Claro! —asintió Reggie, y Max se enderezó en su silla para demostrar atención.

—He ido a hacer una investigación de mercado. ¡Y he vuelto! He estudiado a toda la competencia y he revisado nuestras últimas ventas. Lo podemos hacer mucho mejor, chicos. Tenemos que llevar a *Gold* a la cabeza del mercado. Tenemos una gran oportunidad de abrir en Londres y París. Quizá podamos elaborar la producción en Francia...

—¡Ya tenemos muy buenos trabajadores en Los Ángeles! —dijo Reggie con énfasis.

—Bueno, al menos podemos comprar mejores telas, hacer prendas más caras. No voy a volver a utilizar vinilo, ni acrílicos ni rayón. Tengo que confiar en mi intuición y ésta me indica que las chicas querrán más calidad. Todo el mundo está empezando a cambiar... Mirad a David Winters: sus prendas son el doble o el triple de caras que las mías, y se venden como rosquillas.

—¡Mack! —interrumpió Reggie, alzando una mano en gesto de protesta—. ¿Cuántas veces te lo tengo que decir? Uno de los primeros principios de nuestro negocio es que no podemos pensar que existe la fórmula del éxito...

—No hay ninguna fórmula para la moda, Reggie —replicó ella con impaciencia—. La moda cambia constantemente... por eso es moda. Vamos a volver al estilo convencional. He estado haciendo el tonto bastante tiempo, pero hay una etapa para cada cosa. Mira lo que ha hecho Ed Schreiber por David Winters.

Y mira el éxito que tiene Anaís du Pasquier. No es ninguna coincidencia que ambos estén a la cabeza de la moda. Eso es lo que quieren ahora las mujeres.

—Están vendiendo vestidos de cien dólares, Mack —comentó Reggie—. ¡Y los tuyos valen cuarenta y cinco pavos, por Dios!

—¡Quiero estar en ese sector del mercado! —exclamó Mackenzie—. Quiero trabajar con seda y cashemira.

—Ésa no es tu imagen, Mack...

—¡Mi imagen es la que yo quiero que sea! —chilló ella—. ¡Esto no es un capricho! ¡Se trata de nuestra compañía, por Dios, y podemos hacer lo que queramos!

—No exactamente... —Max se agitó incómodo, mirando a Reggie—. ¿Por qué no se lo dices, Reggie? Tendrás que hacerlo antes o después.

—Mira, Mack... —Reggie giró en la silla para mirarla—. Desde que Ed dejó la firma he estado intentando llevar nuestras finanzas...

—¿No buscaste un sustituto? —preguntó ella.

—Espera un momento... Estoy tratando de decirte... —hizo un gesto de impaciencia con la mano—. Cada vez que abríamos una tienda necesitábamos un fuerte respaldo. Los almacenes costaban más de un millón, ¿lo sabías? Hemos aceptado fondos de algunos financiadores y ellos quieren que sigamos con lo que hacemos mejor: el mercado de la gente joven, precios razonables, todo eso.

Ella los miró con desdén.

—¿Es que no sabíais que necesitábamos a alguien en el puesto de Ed, payasos? ¿Habéis contratado a alguien en el lugar de Alistair?

—No te excites, lo estamos haciendo bien. Ahora es la prensa la que viene a nosotros, no necesitamos pagar a nadie para que los busque a ellos...

—¿Pero quién trata con ellos? ¿Los dependientes de las tiendas? ¡Oh!, Reggie, lo vas a echar todo a perder porque eres tan mezquino que no quieres contratar a nadie. Quiero que pongas un anuncio mañana en el *Women's Wear* buscando a un agente de prensa...

—Estamos ganando más dinero que nunca —replicó Reggie enfadado—. No necesitamos hacer cambios drásticos justo ahora. *Gold* nació con la idea de vender moda barata a las chicas jóvenes y nos ha ido bien en ese sector. Nadie puede alcanzarnos en moda barata.

—Reggie, Max —dijo ella muy despacio, exagerando su paciencia—. Estoy tratando de explicaros que tenemos que estar a la cabeza del juego; que nos puede ir mucho mejor si nos anticipamos a lo que va a pasar en un año, en dos años...

Discutieron durante una hora. Eran tan tacaños a la hora de autorizar gastos en telas de más calidad como lo habían sido siempre a la hora de buscar los emplazamientos de las nuevas tiendas y de decorarlas. Y la idea de que hubiera patrocinadores anónimos diciéndoles lo que tenían que hacer era demasiado horrible de considerar. Por fin estuvieron de acuerdo en permitir que Mackenzie comenzara a trabajar en una partida experimental de ropas de mejor calidad, que se pondrían en el almacén de la avenida Madison para ver cómo se vendían. Después le mostraron unos documentos para que ella los firmara, cosa que hizo sin leerlos siquiera, y acabaron la sesión exhaustos.

—Declaro terminada la reunión —anunció ella—. ¡Cielos, son más de las once!

Mientras esperaban el ascensor ella les dijo:

—Voy a conceder la primera entrevista desde hace meses. Howard Austin ha conseguido que lo deje entrar en mi apartamento. Me ha prometido que él escribirá la entrevista y que no tendrá mala intención. Lo hago sólo para anunciar una fundación en memoria de Alistair: un centro de desintoxicación de drogadictos.

Reggie y Max intercambiaron miradas.

—¿Desintoxicación? —repitió Reggie—. ¿Una gran publicidad, eh? Le vendrá muy bien a tu imagen. ¿Vas a volver a ocuparte de causas perdidas, Mack?

Ella se volvió hacia él furiosa.

—¿Qué tiene esto que ver contigo? Voy a hacerlo por Alistair. Para que su hijo pueda estar orgulloso de él...

—Pues no demuestras tener mucho tacto —opinó Reggie. El ascensor llegó y ellos subieron a él—. ¡Drogas! ¡Adicción! La gente oirá esas palabras y pensarán...

—¿A quién le importa lo que piensen? —gritó Mackenzie.

Llegaron a la planta baja y esperaron con embarazo mientras Max buscaba torpemente las llaves.

—¿Te llevamos a casa? —le preguntó a Mackenzie.

—Iré andando: sólo son unas manzanas.

—¿Vas a ir sola a estas horas de la noche?

Ella los miró con los ojos llameantes.

—¡No tengo miedo! ¿Podéis entenderlo? Mi marido murió en mis brazos. Después de eso, ¿de qué me voy a asustar? Si alguien quiere atracarme, que lo haga. ¡Me importa un comino! Tal como me siento ahora, ¡podría asaltarlos yo a ellos!

Se alejó por la avenida Madison mientras sus hermanos se miraban en la oscuridad. Max gruñó al agacharse para cerrar las puertas de cristal.

—Iba todo tan tranquilo con esos cuatro diseñadores que había contratado... —dijo—. Hacían lo que se les decía. Pero ella siempre encuentra algo con lo que incordiar y siempre tiene ideas que nos hacen gastar más pasta. ¡Ahora es cashemira y seda!

Reggie puso cara de resignación. Se encaminaron al coche.

—Reggie —Max se volvió hacia él—, ¿de verdad la necesitamos? ¿Tan buenos son sus diseños o venderíamos de cualquier forma?

Reggie se encogió de hombros.

—Algun día lo sabremos. —Abrió un paquete de cigarrillos y se puso uno en la boca—. Habrá que descubrirlo porque yo ya no aguanto tantas provocaciones. Tengo muchos otros problemas que atender, como la producción y la venta, y justo ahora aparece lady Mackenzie con sus putas drogas, sedas y cashemires...

—Mamá se moriría si tratáramos de echarla —señaló Max.

—Mamá se iba a morir si ella tenía aquel bebé *goyishe*, pero sobrevivió —dijo Reggie, lanzando una risita—. Si empieza a ver otra vez a Ed Schreiber (y esos dos siempre han estado locos el uno por el otro), tendremos más problemas. Le llenará la cabeza de ideas de calidad y clase. Ya va siendo hora de que sepamos si *Gold* necesita a lady Mackenzie o viceversa.

24

Persuadieron a Coral para que se quedara en *Divine* hasta mediados de septiembre, aunque su nombre seguiría apareciendo en la cabecera de la revista hasta finales de año.

—Por la continuidad de la revista —explicó Donna Brooks.

Pero el mundo de la moda hervía en rumores. *Confidencias* publicó:

> ¿Qué editora de una de las más prestigiosas revistas de moda tiene los días contados en su puesto? La noticia se mantiene en secreto para no alarmar a los clientes, pero el mundo de la publicidad se pregunta...

Wayland leyó el artículo con estupor. ¿Podía llegar tan pronto la caída? Sintió una punzada de añoranza por los viejos tiempos con Coral. Con Donna Brooks no sería en absoluto tan divertido. Mientras pensaba en esto, sonó el teléfono sobresaltándolo.

—¿Wayland? Soy Donna... Donna Brooks.

—Justamente estaba pensando en ti —replicó él—. Debe de haber sido telepatía. Ese artículo de *Confidencias* es...

—Sí, es sobre Coral. Tienes que saberlo, porque quiero organizar contigo los próximos premios de moda de *Divine*. Quiero mantener tan viva como siempre la comunicación entre Headquarters y *Divine*. Espero que estés de acuerdo.

—¡Pues claro, Donna! De hecho, estaba pensando en lo bien que vamos a pasarlo tú y yo cuando dirijas la revista. Siempre me ha gustado el trabajo que hacías en *Divine*... tienes muy buen gusto.

—Bueno, gracias, Wayland. Por favor, no le digas nada de

esto a nadie, ¿de acuerdo? La pobre Coral ya lo pasará bastante mal sin que sea la comidilla de toda la Séptima Avenida. Supongo que los premios se darán un poco tarde este año, pero estoy decidida a seguir con ellos.

—¿Quién elegirá al ganador?

—Yo, por supuesto.

—¿Me das alguna pista? Tengo la corazonada de que elegirás a Mackenzie Gold...

—Bien, ya que eres tan curioso, te lo voy a decir: voy a darle el premio a Anaís du Pasquier. Tendrás que sacarla de su escondite, Wayland. Recibirá el premio en persona, ¿verdad?

Donna colgó, dejando a Wayland con los ojos abiertos de estupor.

—Me siento una nueva mujer —le dijo Mackenzie a Ed por teléfono el día después de que apareciera publicada la entrevista en *Confidencias*.

Aquella entrevista lo había cambiado todo. El leer todo un respetuoso artículo sobre sí misma junto a una fotografía de ella con Jordan, había hecho que se contemplara con cierta perspectiva. Anunciaba públicamente la creación de un centro de desintoxicación con el nombre de Alistair.

—Me han estado llamando toda la semana —contó ella—. Me han felicitado porque es el primer artículo sin mala intención que jamás ha publicado *Confidencias*. He ganado la apuesta, Eddie. Es el primer atisbo de respeto que he tenido por parte de la prensa. Eso me da un margen para pensar en el futuro...

—¿El futuro? —gruñó Ed.

—Vamos a empezar de nuevo —le dijo—. No quiero volver a hablar de todo lo que ha pasado antes de hoy. Quiero pensar y hablar sobre el futuro.

—¿Eso me incluye a mí también?

—Claro que te incluye a ti, querido —murmuró ella—. Dios mío, ¡si supieras cómo te ha echado de menos todo mi cuerpo! Siempre ha sido así, lo sabes. ¿Puedes venir esta noche? Tendremos un encuentro que pasará a la historia como...

—¿Como qué? —preguntó él, con un tono resentido, dolido.

—¿Qué quieres decir? —dijo ella sorprendida—. Estaba deseando que...

—¿Crees que puedes tenerme esperando durante meses y

luego simplemente chasquear los dedos como si yo fuera un perrito faldero?

—¡Oh!, Eddie —suspiró ella—. Querido, tú eres mucho más que eso, ¿no? Y no me vas a echar a la cara tu orgullo de macho, ¿verdad? Estaba sufriendo por un marido muerto, ¡por Dios! No he estado tonteando con otros hombres. Sólo estabas tú.

—Bueno, ya sé que esperabas que saltara de alegría, pero mi orgullo está herido. Me habría gustado ayudarte en tu sufrimiento. Me habría gustado estar allí para...

—¡Pero estabas aquí!

—¿Al otro lado del teléfono?

—Más que eso. Saber que me querías me ha ayudado mucho. ¡Oh, cariño, no hagas que te suplique! Ven a las siete, hablaremos aquí. Tengo muchas ganas de verte. —Colgó antes de que él pudiera decir que no. Dios mío, pensó, que susceptibles son los hombres.

Esa tarde, a las cinco, Mackenzie se sumergió en un baño caliente de espuma. Vertió medio bote de Chanel en la bañera: quería estar perfecta para Eddie. Después de frotarse con una suave toalla de baño, se echó más perfume por el cuerpo. ¿Era posible?, se preguntaba. ¿Podría tenerlo todo ahora? De repente se sentía tan feliz que tenía miedo. Intentó no hacer el recuento de todas las cosas buenas que tenía: su hijo, su carrera, su compañía... y, esta noche, su amante. Nadie puede tenerlo todo, ¿no?

Cuando Ed llamó a la puerta, después de ser anunciado por el portero, ella bajó un poco las luces y colocó un disco de Sly. Había imaginado que caerían uno en brazos del otro pero, cuando abrió la puerta, hubo un extraño y tímido silencio. Ella llevaba un largo vestido negro muy suelto. Ed llevaba un traje con corbata y su aspecto era inmaculado, aunque su pelo indómito le caía sobre los ojos; estaba más alto, más fuerte, y sus ojos azul marino chispeaban como siempre. La cogió de la mano y la miró con aire grave.

Ella no quería hablar. Había encendido montones de velas por todo el salón que vacilaban insinuantes. Se acercaron al sofá que estaba junto a la ventana, donde los esperaban dos botellas de champán metidas en hielo.

Ella lo condujo a la ventana para disfrutar de las vistas. Se paró delante de él, le hizo poner las manos sobre sus hombros, y se recostó contra él. Sintió la electricidad. ¡Dios mío, la electricidad! Era el último día de agosto y Manhattan hervía de calor, pero la suave corriente de su aparato de aire acondicionado los aislaba de la humedad y los ruidos del exterior. Ella sintió el calor de su aliento en la nuca.

Con un gruñido, que era todo lo que pudo proferir, se volvió hacia él para abrazarlo. Se quedaron así inmóviles mucho tiempo, sólo abrazándose. Ella aspiró su olor cálido y limpio: la colonia que ella recordaba, el olor de su pelo, de su aliento. Él se inclinó lentamente para besarle los labios. Primero con mucha suavidad y luego su lengua se abrió camino y se besaron con ansia, con todas sus fuerzas, entre gruñidos y suspiros de placer... Un sonido sorprendente e involuntario que sólo pueden emitir los amantes, sólo dos personas cuyos cuerpos están en comunión.

Él deslizó la mano por debajo de las mangas anchas de ella. Se sintió sorprendida por su contacto. Con mucha dulzura y mucha ternura, él la acariciaba en sitios inesperados: bajo los brazos, en la espalda, el pelo, el cuello. Esas suaves caricias, que parecían intentar volver a familiarizarse con su cuerpo, y su intensa mirada la llenaron de fuego. Sus caricias eran tan suaves que incrementaban su deseo y la impulsaban a apretar el cuerpo contra su mano. Luego él le tocó los pechos por debajo de la ropa, acariciando la piel alrededor de los pezones que ansiaban ser tocados, pellizcados, excitados.

Ella gimió, relajándose en sus brazos.

—Quisiera que esto durara para siempre —musitó.

Sintió cómo se tensaba su sexo bajo el fino algodón de los pantalones. Acarició sus nalgas duras y deslizó la mano entre sus piernas para ver cuánto la deseaba, mientras la otra mano se abría camino entre su camisa para tocar su pecho. Él ya estaba listo, con el sexo duro como una roca. Él gemió cuando ella le desabrochó rápidamente los pantalones y empuñó su miembro, gozando de su contacto mirándolo mientras movía despacio la mano arriba y abajo. Él había metido dos dedos dentro de ella y la acariciaba con suavidad. Cerró los ojos ante el intenso placer. Él le descubrió los pechos y empezó a chuparle un pezón.

—¡Espera! —dijo ella apartándose—. Eddie —musitó—, vamos a convertir nuestras fantasías en realidad por esta noche.

Vamos a hacer lo que hayamos soñado alguna vez hacer con alguien. Nunca un hombre me ha lamido todo el cuerpo y yo tampoco se lo he hecho nunca a nadie. Quiero hacerlo esta noche...

Él gruñó roncamente en su oído.

—Todo lo que me hagas te lo haré yo a ti.

Ella se obligó a separarse de él, ajustándose el vestido. Acercó el champán, tiro algunos cojines en el sofá y lo hizo tumbarse.

—¡Oh, cariño!, sólo quiero que me abraces y me hagas el amor todo la noche... —murmuró ella.

Él abrió el champán mientras sus miradas ardían de amor y deseo no disimulados.

—Por nosotros —dijo ella, y se bebió de golpe toda la copa.

Él la miraba con expresión seria, casi hipnotizado, y ella lo encontró insoportablemente sexy. Volvió a llenar las copas.

Dejó que ella lo desnudara. Su cuerpo era tan fornido, moreno y peludo como ella recordaba. Él también la desnudó y ella vaciló mientras él la examinaba. Todavía tenía algunas estrías del parto de Jordan y había envejecido pero, cuando él empezó a cubrirle el cuerpo de besos, se relajó con la maravillosa seguridad de que la magia y el magnetismo seguían existiendo entre ellos.

Ella se echó sobre él, buscando con la lengua las zonas más suaves, la tersa piel de los costados. No había nada en él que no le gustara. Conocía su sabor, su olor, su contacto. Él también utilizaba la lengua. La chupaba por los hombros y en las orejas, en el cuello, bajo la barbilla. Ella le chupaba los brazos, la espalda, los muslos. Y sentía en su cuerpo cómo él repetía cuanto ella iba haciendo. La sensación de su lengua le provocaba un placer tan agudo, que casi se corrió. Su cuerpo la excitaba hasta el delirio. Cuando por fin ella llegó con la boca hasta su parte más íntima, lamiendo aquel orgulloso músculo masculino, él le abrió las piernas y enterró la cara entre ellas. Sintió cómo la penetraba su lengua, rozándole con la nariz la pelvis, y la sensación casi le arranca un grito. La sacudió una estremecedora descarga de satisfacción, que hizo que arqueara el cuerpo, ofreciéndose más. Entonces se sintió muy lejos de él y se dio la vuelta para volver a estar entre sus brazos, la boca en su boca.

—Se me había olvidado cómo me gusta besarte —le dijo—. Nunca me cansaría...

Él rió, estrechándola, sus cuerpos desnudos y cálidos uno junto al otro. Tenía las manos bajo sus nalgas, con las puntas de los dedos curvadas hacia dentro, excitándola. Agachó la cabeza para mordisquear la parte más sensible de su cuerpo, haciendo que la invadiera un ardor de placer sexual. Entonces tuvo su primer y húmedo orgasmo. Ella sostuvo su sexo con la mano, acariciándolo con los dedos, mientras crecía hasta el máximo de su grosor. Se chupó los dedos y comenzó a frotarlos suave y lentamente por la punta, haciéndolo temblar. Él tomó entre los dientes uno de sus pezones y, cada vez que lo mordía suavemente, ella sentía un latido de deseo en su miembro. Aquello hizo crecer su propio deseo, hasta que lo apremió para que se echara sobre ella.

—Eddie, me voy a volver loca si no me penetras ahora mismo... ¡Oh, amor mío!, métemela... por favor, métemela.

Él le mordisqueó el lóbulo de la oreja mientras se deslizaba en su interior, penetrándola poco a poco. Entonces ella lo rodeó con las piernas y comenzó a moverse arriba y abajo. Él llevaba tanto tiempo tan excitado que no pudo resistirlo. El movimiento de ella le causó a su pesar un suspiro de sorpresa y luego un largo grito de placer inminente. Sintió cómo la sensación comenzaba en las ingles para explotar rápidamente en todo su cuerpo, hasta que todo su ser pareció estallar de placer. Su sexo bombeó el semen como un volcán en erupción, al tiempo que sentía un increíble estallido de sexualidad. Asió con fuerza los hombros de ella, enterró la cara en su cuello y luego se separó para mirarla. Mackenzie se sintió invadida por el estallido de una gran ola de placer por encima de la que ya había tenido. Aquella sensación la inundó, mientras Eddie se estremecía sobre ella, y gemía en su oído, presa de un placer arrollador. Ella sintió cómo las maravillosas sensaciones físicas se convertían en amor. ¡Se convertían en amor por él!

—¿Me amas? ¿Me amas? —gritó, metiendo las manos entre su espeso pelo para tirar de él.

Él la miró de soslayo, con el entrecejo fruncido y una expresión de agonía en la cara. Asintió.

—¡Sí! ¡Te amo! ¡Te amo! ¡Maldita sea! También te odio, pero ámame.

Ella rió y lloró, porque sabía lo que quería decir. Quería estar muy cerca de él, quería que sus cuerpos se fundieran, que se convirtieran en una sola persona. Enlazó las piernas con las de él, los pies bajo los suyos, los labios entre sus labios, sus respiraciones acompasadas. Ahora era una con Eddie. Eran una pareja.

El número de diciembre de *Divine* estuvo listo a finales de agosto. Era el último número de Coral. Había resumido toda la década de los sesenta en un artículo restrospectivo de diez páginas acerca de la moda de aquellos años. Sería otro número de coleccionista.

Pocos días después, Coral retiró sus efectos personales del despacho. Quitó la piel de cebra de la silla que siempre había usado. Algunos viejos colegas habían enviado ramos de flores. No había anunciado que tuviera planes para el futuro. Donna, con mucho tacto, había salido aquel día para buscar un buen escenario natural en Chinatown para sacar fotografías. Coral adoptó una expresión radiante, y casi silbaba mientras metía efectos de aseo y guantes en grandes cajas que serían llevadas a su apartamento. Virginia lloriqueaba en el despacho de al lado.

—No, por favor, Virginia —dijo Coral poniéndole las manos en los hombros—. En cuanto consiga un magnífico trabajo, insistiré en que tú formes parte de mi equipo. Pronto volveremos a trabajar juntas.

Virginia levantó los ojos para mirar a Coral y una sonrisa iluminó su llorosa cara.

—¿De verdad? ¿Me vendrás a buscar? No estoy a gusto trabajando para la señora Brooks. Y hoy me siento peor que nunca; ni siquiera puedo trabajar. ¿Te apetece tomar una taza de té?

—No mucho, querida —contestó Coral. Se volvió con un repentino temblor en los labios.

Aquella tarde fue a buscar a Lloyd a su despacho.

—*Adieu* —dijo, dándole un rápido beso en la mejilla—. Las despedidas pueden ser tan cursis...

—Coral —él tragó saliva—, no... no me siento bien con todo esto. ¿Me dejas que te invite a comer? Me alegraría poder pagarte la estancia en un sanatorio, si eso te sirve de ayuda.

—Estaré demasiado ocupada para eso —replicó, haciendo con la mano un gesto de rechazo—. Dios te bendiga, Lloyd, querido —dijo apretándole la mano—. *Au revoir.* Estamos condenados a encontrarnos. Y muy a menudo, espero. —Sus ojos estaban secos y eran duros, pero ella salió corriendo del despacho como si temiera echarse a llorar.

El equipo de arte desfiló durante la tarde por su despacho para darle un beso de despedida, y a ella le costó mucho trabajo no llorar.

Cuando Donna Brooks volvió a la oficina por la tarde, encontró a su marido sentado en su mesa muy pensativo.

—Parecía tan triste, tan vulnerable —le dijo a Donna—. ¿Estás segura de que no puedes convencerla para que se quede como editora asociada o algo así?

—Me dijo que me metiera mis ofrecimientos por el culo —contestó ella acariciándole la mejilla—. No llores por Coral, cariño. Sobrevivirá.

Donna se fue temprano para preparar una cena de gala en su casa aquella noche para celebrar su brillante ascenso. Había invitado a Howard Austin y a unas pocas personas de la prensa. Todo el mundo estaría allí. Y Coral celebraría su libertad bebiendo copas con Colin Beaumont, e intentando no estallar en gritos.

Coral mandó a Virginia a casa temprano porque sus lloriqueos la estaban sacando de quicio. A las cinco salió con mucha calma del edificio y cogió un taxi para ir al salón de Gilles para un tratamiento completo de dos horas. Iba a salir a cenar con Colin y quería estar espléndida... Seguro que estaría rodeada de fotógrafos. ¡No dejaría que la sonrisa abandonara su rostro ni un segundo!

Coral llevaba semanas manipulando su horario para poder estar absolutamente segura de que Donna también tendría una cita con Gilles.

—*¡Et voilà!* —dijo Gilles estudiando la cara de Coral en el espejo—. Nunca has estado más bonita, Coral.

Ambos observaban su cara devastada intentando pasar por alto los nerviosos temblores de sus labios, provocados —como bien sabían los dos— por la necesidad de una inyección de *speed*. Iría a ponerse una cuando volviera a su casa, decidió ella. Miró de reojo su imagen en el espejo.

—¿No crees que me has puesto demasiado rojo, Gilles, querido? —preguntó—. Tengo montones de reuniones esta semana para buscar un nuevo trabajo y...

—Te queda perfecto —le aseguró él, con su rostro radiante.

Ella se volvió para besarlo y entregarle un billete de cien dólares. Cuando él salió en busca de cambio, ella tardó apenas unos segundos en rellenar la botella de laca con una pequeña ampolla de ácido clorhídrico que llevaba oculta en su bolso Chanel.

Ése fue el último trabajo que hizo como editora en jefe de *Divine*. Ya podía estar tranquila. Quizás a Donna le volvería a crecer el pelo, pero le llevaría mucho tiempo. Coral alzó unos ojos agradecidos al cielo: «Gracias por las pelucas», murmuró. «Donna se sentirá muy reconocida por ellas.»

La columna de «Tittle-Tattle» de *Confidencias* del lunes dos de septiembre decía:

> El viernes por la noche, un coche de bomberos, una ambulancia y dos enfermeros fueron enviados a toda prisa a Gilles, un salón de peluquería y belleza situado en la calle dieciséis de la zona este, al que acuden celebridades y gente de alta sociedad, cuando Donna Brooks, la nueva editora en jefe de *Divine*, fue rociada accidentalmente con ácido clorhídrico. Después de tratarla para que se recuperara de la conmoción, la dejaron marchar a tiempo para acudir a la fiesta de celebración de su ascenso en casa de los Brooks, en Park Avenue. La señora Brooks calificó todo lo sucedido de «accidente y nada más». Agregó que estaba segura de que no había sido un acto intencionado y anunció que no iba a presentar cargos contra Gilles Huppert, propietario del salón. Algunas fuentes han indicado que detrás de este «accidente» podría haber alguna venganza. La fiesta, a la que la señora Brooks acudió cubriendo su calvicie con un hermoso turbante Pucci muy poco característico de una editora de moda deportiva, fue un gran éxito.

—Claro que sé que lo hizo Coral —dijo Donna mientras Howard Austin le servía un vaso de vino en el diminuto bar de un hotel desconocido en mitad de la avenida Madison. Era el día siguiente a la fiesta y la tarde estaba avanzada.

—¡Por la nueva editora en jefe! —brindó Howard—. Sigo pensando que deberías dejarme publicar toda la historia y presentar cargos. Esa mujer está loca. Podría haberte matado...

Donna asintió y luego se encogió de hombros.

—Me da mucha pena, Howard. Nunca pensé que me sentiría así, pero hay algo patético en una mujer que se autodestruye. Ella ha sido prácticamente la editora que más tiempo ha reinado en la historia de la moda... Yo me habría sentido honrada de trabajar con ella.

—Nadie le dijo que se colgara del *speed* —replicó Howard con un gesto de indiferencia—. Probablemente nuestra historia haya acabado con cualquier resto de su carrera que le pudiera quedar.

—Supongo que será borrada del mundo de la moda —convino Donna—. Sólo Wayland Garrity, Colin Beaumont y su hija tendrán algo que ver con ella.

—Y tú estás decidida a darle a su hija el premio de la moda, ¿no? ¿Es sólo para molestar a Coral?

—No. Realmente creo que se lo merece. Anaís du Pasquier está sacando las mejores ropas que he visto hace años. David Winters está muy por debajo...

—La reina ha muerto, larga vida a la reina —declaró él entrechocando los vasos. Miró el pañuelo de seda con que se envolvía la cabeza—. ¿Duele? —preguntó.

—No mucho...

Se les desvaneció la sonrisa mientras se miraban.

—Sube —murmuró ella—. Yo iré en cinco minutos.

Ella lo observó dirigirse hasta el pequeño mostrador de recepción y pedir la habitación que habían convenido. Tenían que tener mucho cuidado. Donna se estiró, con los brazos por encima de la cabeza, y echó una ojeada a su reloj, imaginando a Howard desnudo en la cama, esperándola. Su estómago saltó con una descarga de lujuria apenas contenida. Lo obligaría a hacerle el amor muy despacio, fingiendo que necesitaba mucho tiempo para estar preparada. Como editora jefe de *Divine* tenía una nueva sensación de poder, de control. Se levantó lentamente y se encaminó hacia el ascensor.

Durante varias semanas, Coral pareció desaparecer de Manhattan. No contestó a las llamadas de Colin. En un intento de enterrar las enemistades, Wayland le escribió, enviándole dos entradas de primera fila para el ballet de Nureyev en el Met. Coral no contestó.

Colin la llamaba cada día. A veces Coral cogía el teléfono y decía con brusquedad:

—¡Estoy ocupada!

Y muchas veces ni siquiera cogía el teléfono. Por fin Colin recibió un aviso para que fuera a verla.

—No esperes que haya cena —le advirtió ella por teléfono—. Abriré una lata de cacahuetes... si me apetece.

Colin llamó a Wayland para contarle la noticia.

—Hagas lo que hagas, no le digas que Mia se llevará el premio de moda de *Divine* —le advirtió Wayland—. Probablemente eso sería la gota que haría rebasar el vaso.

Colin llegó justo antes de la siete, llevando en la mano el mejor ramo de flores que pudo encontrar.

—¡Querido, qué delicadeza! —dijo ella al abrir la puerta, haciéndolo pasar mientras se inclinaba para besarlo.

Su aspecto lo sobresaltó. No se había peinado; ni siquiera se había pintado los labios. Nunca la había visto tan descuidada. Sus delgadas piernas estabas embutidas en unos ceñidos pantalones negros, y una blusa de seda blanca hacía juego con la palidez de su piel. Estaba muy envejecida.

Coral revolvió por todas partes buscando un cenicero.

—Espero que no estés hambriento, Colin, porque no puedo soportar ni la vista ni el olor de comida.

—¡Se nota! —La cogió de la mano y la hizo girarse para mirarla de frente—. ¡Coral, estás esquelética! Sinceramente, deberías intentar...

—No te vayas a poner maternal, Colin... —Fue a la cocina para coger un carro cromado en el que descansaba una botella de champán en un cubo de hielo y llevó el carro a la habitación.

Colin no podía apartar la vista de ella. Ella vio cómo la observaba.

—¡No me mires el pelo! —estalló—. Ahora de repente soy persona *non grata* en las peluquerías. Gilles me ha prohibido volver a pisar su salón... Y por más que me esfuerzo no puedo averiguar el porqué.

—¡Oh, Coral! —dijo Colin moviendo con tristeza la cabeza—, estoy seguro de que si lo intentaras lo sabrías.

Ella le señaló los vasos que había en el carro y se desplomó en uno de los enormes sillones. Colin descorchó el champán, sirvió dos copas y le tendió una.

—¿Por qué brindamos? —preguntó, intentando parecer alegre.

Coral alzó su vaso y, de repente, estalló en un lastimero gemido. Aquel sonido lo atravesó, helándole la sangre. Dejó su vaso y rodeó a Coral con el brazo.

—Coral, ¿qué pasa?

Con los ojos inundados de lágrimas, Coral bebió un largo trago de champán.

—No me quieren, Colin. —Se bebió el resto de la copa.

—¿Quién? —preguntó él con suavidad.

—¡Nadie! —Tragó saliva y alzó su copa para que la volviera a llenar, con el gesto de un niño necesitado.

—Muy bien. Vamos a definir quién es «nadie» —dijo él llenándole la copa.

Coral encendió un cigarrillo y se recostó en el asiento. Abrió los ojos para fijarlos en él.

—He mantenido ocho pequeños almuerzos en esta misma habitación —contó—. Los trajeron de un restaurante japonés. No quiero volver a ver el *sushi* nunca más. Eran perfectos. Incluso vino un puñetero pianista muy bueno para entretenerlos. Puede que haya sido una loca, pero quería estilo... ¡quería deslumbrarlos! Bien, es obvio que los he deslumbrado tanto que se han quedado mudos. Empecé con *Vogue*, luego con *Bazaar* y así con todos los demás. Me centraba en una revista cada vez... Reunía pequeños grupos: publicista, propietario, editor... todo de lo más civilizado... Y, después de tanto esfuerzo, sólo me ofrecieron una columna de ventas en *Mademoiselle* y algunas ideas vagas para escribir artículos por mi cuenta. Intenté en vano hablar con el *Women's Wear* y, naturalmente, no podía llamar a *Confidencias* después de lo que Howard Austin ha publicado acerca de mí. No le intereso a nadie. Nadie me quiere. ¡Mi peor pesadilla se ha hecho realidad!

Le temblaba el labio superior y parecía hundida: una dama solitaria y envejecida.

—¿Qué voy a hacer? —le preguntó—. ¡No me puedo retirar!

—¿Por qué no te dedicas a la venta? —sugirió él—. ¿Has ido a ver alguna tienda? Seguro que Headquarters podría emplearte.

—¿Trabajar con Wayland? —saltó ella—. Me ha traicionado demasiadas veces.

—Estoy seguro de que le gustaría ayudarte.

—No pienso aceptar la caridad de nadie, Colin.

—No te lo tomes así.

—¡No le digas ni una palabra de esto a nadie, Colin! ¿Me lo prometes? —lo apremió ella—. Si esto sale en *Confidencias*, estoy acabada. ¡Oh, Dios mío!, quizá Maynard hizo lo mejor tirándose por la ventana. Quizá ya no haya vida después de *Divine*.

—Déjame que hable con Wayland. Estoy seguro de que se le ocurrirá algo. Y no será caridad —le aseguró él.

—Tú sabes que llevo tinta en las venas, Colin.

Se quedaron un momento en silencio, hasta que Colin dijo con aire apenado.

—Mia lo está haciendo muy bien... Deberíais perdonaros y olvidar, y haceros amigas de nuevo... Os podéis ayudar mucho la una a la otra.

Coral suspiró.

—No lo sé. Me siento un poco culpable. Quiero decir, que sus diseños son maravillosos, y quizá tendría que haber terminado con nuestra enemistad, pero me quedé tan sorprendida cuando supe que ella era Anaís du Pasquier... Yo esperaba encontrarme con una mujer francesa, y de repente vi a Mia. Me sentí como si se hubieran burlado de mí. Ella estaba tan bonita, tan encantadora... La he echado de menos estas semanas.

Colin la observó con atención. Si pudiera utilizar su habilidad de mediador para unir a esa familia destrozada, sentiría que había logrado algo.

—Coral, ¡acabo de tener una idea estupenda! —dijo, con el corazón acelerado porque de pronto le había asaltado el cerebro una imagen increíble—. Voy a decirte una cosa que había prometido no decirte, pero creo que es importante que lo sepas. El premio de la moda de *Divine* se lo van a dar a Mia este año.

El rostro de Coral mostró una mezcla de emociones: orgullo, envidia, alegría y enfado. Él observó fascinado cómo se iban reflejando en aquella cara ajada. Fuera lo que fuese Coral, era una persona de la que era difícil apartar la mirada.

—¡Donna! —exclamó. ¡Donna Brooks la ha elegido para molestarme!

Colin gimió con exasperación y la agarró del brazo.

—¡Olvida eso de que la gente lo hace todo para molestarte! No eres el ombligo del mundo, Coral. Mia habría ganado el premio de todas maneras, ¿es que no lo ves? ¡Es muy buena y se lo merece!

Coral se echó hacia atrás en el sofá.

—¿Y qué? —dijo con tozudez—. ¿Qué tiene todo eso que ver conmigo?

—Tu nombre estará en la cabecera de la revista hasta que llegue a los quioscos el número de enero —señaló él—. Para mucha gente tú sigues siendo la editora en jefe de *Divine*. Si muevo las cuerdas necesarias, quizá podría arreglarlo para que tú presentaras el premio de tu propia hija. Sería una publicidad fabulosa para ti y un gran símbolo de buena voluntad. Podrías retratarte con Mia y te vería todo el mundo de la industria de la moda... Y podrías cuidarte y estar magnífica para entonces. Pero tendrás que dejar el alcohol, la hierba y las inyecciones.

Coral hizo una mueca.

—No sé lo que quieres decir: bebo muy poco —replicó sirviéndose más champán.

—¡Coral, querida! —Colin rodeó su delgado hombro con el brazo—. ¿Nunca has pensado que ésa es la razón de que la gente no te quiera? Todo el mundo sabe que lo peor que hay es un drogadicto. Bueno, apareció un artículo en el *Times*...

—¿Eso es lo que piensas que soy? —lo interrumpió ella—. ¿Una drogadicta? —Se volvió para mirarlo a los ojos con una mirada repentinamente clara y azul.

—Siento ser tan crudo, Coral, pero... echar ácido en el pelo de Donna... No me digas que estabas en tus cabales. Ésas son las cosas que hace la gente drogada... y todo el mundo sabe que fuiste tú. Por eso no te dejan entrar en los salones de belleza. Tienes suerte de no estar en la cárcel.

Coral lo miró con fijeza por unos momentos y luego estalló en carcajadas.

—La venganza es muy dulce, Colin.

—¡Coral! —dijo él con voz paciente—. Si consigo que Donna Brooks te permita presentar el premio, ¿no me dejarás mal, verdad? Serás la serena y elegante Coral que siempre he conocido...

Ella suspiró.

—¡Oh!, supongo que sí. Sé que tienes razón. Me gustaría que Mía y yo fuéramos amigas, pero soy terriblemente orgullosa. ¿Sabes?, la semana pasada fui a que ese Jimmy Palazza me echara el tarot. Todo el mundo acude a él. A cada pregunta que hacía salía la carta de esa maldita mujer con la cabeza en la horca. Él intentaba disimularlo, pero yo sé que esa carta significa tragedia y muerte, Colin.

—Lo que necesitas es pasarte un par de semanas en Provenza conmigo, Coral. El cambio te sentará de maravilla. Nos iremos después de los premios... si puedo arreglarlo todo, y tendré que mover muchas cuerdas.

25

—¡Ha sido mejor que nunca, Eddie! ¡Nunca, nunca, nunca! —le dijo Mackenzie. Estaba tumbada en su amplia cama junto a él, la barbilla por encima de su cabeza, acariciándole suavemente los hombros mientras recobraban el aliento y se enfriaban sus cuerpos.

Ed rió.

—¡Eso dices siempre!

—Cada vez es mejor. ¡De verdad! ¿No lo crees tú?

Él volvió a reír con su risa grave y ronca.

—Desde luego que sí.

Cada vez que estaban juntos, ella se maravillaba de que dos personas pudieran sentir una atracción sexual tan intensa. Y no disminuía en grado alguno, sino que aumentaba.

A ella le gustaba el ritual de prepararse para Ed antes de que llegara: darse un prolongado baño caliente y luego echarse perfume en las partes de su cuerpo que sabía que él iba a besar. Ella mantenía en secreto sus encuentros: no quería que nadie supiera de ellos. Había que cuidar de Jordan, puesto que la doncella y el mayordomo habían salido. Llegó Ed. Se besaron y luego, sin hablar, él la llevó arriba al dormitorio. Ella había cambiado la posición de la cama, que ahora estaba cubierta con sábanas negras de satén. En aquel nido, desnudó a Ed y luego se desvistió ella y, cuando sus pieles entraron en contacto, ella lo miró a sus ojos azul oscuro que tan intensamente se clavaban en los suyos. Él acarició todo su cuerpo, explorando cada rincón con la lengua y los labios, llevándola hasta un punto de deseo que era casi insoportable, y luego la satisfizo. El goce era casi inmoral, prohibido, y esto aumentaba el placer.

Mientras lo abrazaba, abriendo los ojos para mirarlo de vez

en cuando, pensó: «¡Te quiero tanto!». Desde aquella primera noche no se lo había vuelto a decir. Las palabras podrían romper el hechizo. Sólo ella debía saber de su amor... pero él debía de darse cuenta por la forma en que lo abrazaba y le hacía el amor.

—¿Así que cuándo nos casamos? —preguntó él.

Ella suspiró.

—Cada vez me preguntas lo mismo... y todavía no ha llegado el momento.

—Mack, ¿es que crees que la gente se agolpará en la avenida Madison para lapidarte porque te has casado dos veces?

—Siempre me ha importado un comino lo que la «gente» piensa, ya lo sabes. Lo que importa es lo que yo pienso, y todavía no me gusta la idea.

—Lo que no te gusta es dejar de ser lady Briarly —dijo él con amargura—. No te gusta perder tu precioso título.

Se separó de ella, dejando caer las piernas al borde de la cama para ponerse los pantalones.

—No te vistas tan pronto —protestó ella, tocándole el brazo—. Sabes que me encanta estar aquí tumbada contigo, sintiendo tu piel...

—Odias la idea de ser la simple señora de Ed Schreiber, reconócelo —contestó él sin dejar de vestirse.

—Eddie —comenzó ella al tiempo que se colocaba dos almohadas a la espalda y se incorporaba en la cama—, voy a ser absolutamente sincera contigo. Mírame, por favor.

Él se volvió y se miraron a los ojos intensamente.

—Los premios de la moda de *Divine* serán anunciados muy pronto. Creo que tengo una buena oportunidad de que me den uno este año. Si gano, para mí significaría mucho aceptarlo en nombre de Alistair... Él fue mi primer estímulo, ¿lo entiendes?

Eddie siguió vistiéndose.

—¿Alguna vez te has preguntado cómo me siento yo? —cuestionó él, colérico—. Tal vez me gustaría llevar a Jordan al zoológico o que me vean en público con la mujer que amo, como la gente normal...

—Bueno, yo no soy una persona normal, Eddie. He aparecido en tantos espectáculos, en tantos anuncios, que mi cara es tan familiar como la de Lucille Ball.

—Pues yo sí soy normal —dijo él poniéndose la chaqueta.

Mackenzie se levantó para abrazarlo y lo besó en los labios.

—Por favor, cariño —gimoteó—. No te enfades. Eres el único hombre de mi vida.

Ella lo besó poniendo en los labios y en la boca todos sus sentimientos, toda su pasión, y consiguió persuadirlo para que se quedara.

Más tarde, encargaron comida japonesa y cenaron salmón *teriyaki* y *saki* con los pies desnudos tocándose por debajo de la mesa.

—¿Cómo le va a David? ¿Sigue siendo el Señor Éxito? —preguntó ella.

Ed asintió.

—Es fenomenal. Debería estar andando por las nubes, pero ese tipo es un gruñón. Yo lo llamó «El condenado romántico». Esas fotografías taciturnas y melancólicas que le sacamos no están muy lejos de la realidad. Se reúne con las modelos más atractivas, las actrices lo persiguen. Pero nadie llega hasta él. Está muy colgado de una chica.

—¿De Mia? —aventuró Mackenzie—. Vive como una monja. Él nunca la tendrá. Ahora no me hablo con ella, no me acuerdo por qué. Me envió una carta muy amable cuando Alistair murió. Debería haberla contestado, pero... hay un muro de hielo entre las dos. De todas formas, su ropa me vuelve loca. ¡Tiene tanta clase! Los diseños de David también son pura clase. ¿De dónde habéis sacado esos tejidos increíbles?

—Se pueden comprar —dijo Ed—. Pero tus hermanos no te dejan llegar a esos precios.

—Eddie, están intentando controlarme... —comenzó ella, pero él la acalló poniéndole los dedos en los labios.

—Yo ya no trabajo con vosotros —le recordó—. Pero, aunque lo hiciera, nunca me metería entre tus hermanos y tú.

—No te gustan, ¿verdad?

Él se encogió de hombros.

—Ahora que tengo mi propia compañía, veo que hay otras formas de funcionar sin explotar a la gente.

—¿A quién explotan? ¿A mí?

—¿Bromeas? —rió él—. Tú tienes un cuarto de la firma, obtienes un cuarto de los beneficios. Estoy hablando de esos pobres obreros de Los Ángeles.

—¿Qué pasa con ellos? —preguntó—. Reggie y Max son empresarios, ¿no? ¿No le pagan a todo el mundo el salario básico?

—¿Y no sabes lo que significa eso en California? Pensé que estabas políticamente comprometida...

—¡Lo estoy, maldición! —dijo indignada—. Por Dios, casi me arrestan por protestar contra la compra de lechuga en Gristedes el mes pasado. Y no he comido uvas en meses...

—Olvidémoslo —musitó Ed.

—Me prometiste que cuando algo fuera mal siempre me lo dirías —pidió ella—. ¿Es que no pagamos lo justo a nuestros obreros?

Él sacudió la cabeza.

—No pienso meterme en eso. Ya tengo suficientes problemas contigo —dijo él buscando con la vista su chaqueta.

Mackenzie le cogió el brazo mientras él intentaba ponérsela.

—¿No te vas a quedar esta noche, cariño? —rogó ella—. Haré que la niñera se lleve a Jordan temprano, diremos que has venido a desayunar...

—Mackenzie, ya te he dicho que no pienso andar por aquí a hurtadillas. Ya sabes cómo me siento. Pero, si no piensas casarte conmigo, demos esto por terminado. Te he esperado demasiado tiempo. ¡Por Dios, tengo casi treinta años y yo también quiero una familia!

Le dio rápido un beso en la puerta y se metió en el ascensor sin hacerle su acostumbrado gesto de despedida.

La señora de Ed Schreiber, pensó ella mientras volvía al dormitorio. ¿Podría permitirse serlo? Con un estremecimiento, cogió una revista. Era una decisión imposible de tomar ahora mismo, y tenía cosas más urgentes que hacer. Lo primero era descubrir cómo trataban a sus trabajadores en California.

—¡Claveles frescos! —dijo Wayland por teléfono—. ¡A montones! ¡Blancos, sólo blancos! Haremos guirnaldas que indicarán el camino a los ascensores, aunque desagraden a alguno de los trescientos encargados de seguridad.

Estaba en su elemento, arreglando la decoración y las luces para la presentación de los premios en Headquarters.

—Que el nombre de Coral no aparezca en el programa —le advirtió a Donna Brooks en otra llamada telefónica—. Por si acaso Colin no puede convencerla... Será una sorpresa maravillosa para todos.

Mia se asustó mucho cuando se enteró de que le iban a dar

el prestigioso premio, que ese año se entregaría en octubre. Pero parte de la excitación desapareció cuando supo que sería Coral la que los entregaría.

Mientras tanto, Donna Brooks estaba desplegando toda la publicidad y el encanto de que era capaz para inaugurar su reinado como nueva editora en jefe de *Divine*. Desde que Coral había instaurado la entrega de premios, la ceremonia de entrega de *Divine* se había convertido en la noche más importante del año en el mundo de la moda... era como la noche de los premios de la Academia de Hollywood. Este año Lloyd Brooks había utilizado toda su influencia para que acudieran las mayores celebridades. Al donar los ingresos a la beneficencia, habían atraído a los socialistas y aficionados a la moda, muchos de los cuales habían venido de Europa. También habían prometido acudir estrellas como Liza Minelli, Lauren Bacall y Catherine Deneuve. *WWD* y *Confidencias* tenían programado dedicar un número entero al evento.

—Será el acontecimiento de moda más sonado del año —le prometió alegremente Wayland a Colin—. Después de Coral, tratar con Donna es muy fácil. Supervisamos juntos la mayoría de las cosas y tiene una influencia fantástica sobre su marido. ¿Qué va a llevar Coral?

—Ha pensando en un traje largo y negro.

—¿Balenciaga?

—¡Claro! Dice que él es el único diseñador...

—Bueno, cuando ella deje el mundo de la moda, él ya no será un diseñador.

Wayland soltó una breve carcajada y Colin lo miró, molesto. Estaban en Divertimenti, su restaurante favorito, una de las pocas noches en que Colin no se hacía cargo de Coral. Quedaban dos días para los premios y los dos estaban exhaustos.

—¿Qué aspecto tendrá? —preguntó Wayland, cogiendo con el tenedor un poco de cabello de ángel—. He utilizado toda mi influencia con Elizabeth Arden para que la dejaran entrar. He contratado un peluquero y un maquillador especial, Pablo, que tiene una gran habilidad con las caras ajadas.

Colin asintió con aire sombrío.

—Estará bien, creo. Me ha prometido que dejaría esas inyecciones de *speed*, y yo la creo. Supongo que tengo que confiar en ella. Dice que está descansando para el gran día.

—¿Ha encontrado trabajo? —quiso saber Wayland.

Colin hizo una mueca.

—Nadie quiere correr el riesgo de contratarla... Temen despertarse un día con ácido clorhídrico en la cabeza, supongo, y no se los puede culpar. Si consigo que todo vaya bien en esta ceremonia de los premios, voy a insistir para que venga conmigo unas semanas a Provenza, para tener un poco de paz y tranquilidad. El problema es que ha gastado tanto dinero en drogas que no creo que pueda pagarse ni el viaje.

Wayland se comió el último bocado y suspiró.

—Yo le pagaré el viaje, Colin. Le debo mucho y siento lo que le está pasando.

—¡Tengo que suplicarle para que coma! —se quejó Colin—. Le llevo todas las cosas que antes le encantaban, pero sólo toma líquidos. Si sigue de esta forma pronto tendrá peor aspecto que yo. Puede que entonces tenga las agallas suficientes para pedirle que se case conmigo.

—¡Estás de broma! —Wayland abrió mucho los ojos, mientras el camarero le ponía delante un plato de *petit fours*.

—No, lo digo totalmente en serio —dijo Colin—. Y también podría salvarle la vida.

Wayland le hizo una seña al camarero.

—Tráiganos un café y la cuenta.

Alzó el vaso de Cointreau para proponer un brindis.

—Por que salves la vida de Coral y, mientras, por que no provoque ningún desastre en la presentación de los premios.

—No veo por qué he de acudir a los premios si no me han dado ninguno —dijo Mackenzie al teléfono enfurruñada.

—¿Quieres ganar uno el año que viene? —preguntó Ed.

—Naturalmente. ¿Crees que quiero ser la única de los tres, David, Mia y yo, que no ha tenido ningún premio?

—Entonces irás la semana que viene —aseguró él—. Vas a ir, Mackenzie, y sin poner ningún pero.

—¡Eddie! —se asombró ella. Alistair nunca había intentado imponerle su voluntad de ese modo y le resultaba muy atractivo—. Muy bien —respondió, fingiendo ceder—, pero no me sentaré al lado de Mia. Será mejor que llames a Wayland Garrity o a Donna Brooks o a quienquiera que sea el encargado de las localidades y les digas eso de mi parte.

Colgó el teléfono y marcó otro número, una línea directa con el nuevo contable de *Gold*, Jim Leopold, quien dijo ignorar por completo las condiciones de trabajo de California.

—Pero seguro que sabe el salario que les pagamos a los trabajadores —insistió ella.

—Creo que será mejor que le pregunte al señor Reggie o al señor Max, señora... eh, lady Briarly —balbució él.

—Ellos serían los últimos en decírmelo —farfulló ella antes de colgar.

Aquella semana invitó a su madre a comer, pensando que quizá podría descubrir algo. Esther Goldstein todavía mantenía las distancias, disgustada por el hecho de que no se hubiera casado con Ed. Al día siguiente, a Mackenzie le dió un salto el corazón cuando vio aparecer a su madre acompañada por Reggie.

—¡Hola, querida! —Esther la besó con cariño y le entregó los dulces y las flores que siempre le llevaba.

—¡Reggie! —dijo ella al ver a su hermano.

Vestía un traje azul marino, cuyos destellos le recordaban las ropas que usaba su padre. Llevaba también una ancha corbata y, sorprendentemente, una medalla de Paz y Amor colgada al cuello.

—¡Que encantadora sorpresa! —dijo con sarcasmo—. ¿A qué debo este honor? —Intentó sonreírle, pero su presencia la sacaba de quicio.

Reggie entró al salón. Tenía la costumbre de observar todo con detenimiento, con una expresión ceñuda y crítica.

—Jordan volverá muy pronto de la guardería —dijo ella—. Siéntate, mamá. —Se volvió a su hermano—. ¿Tu visita tiene algo que ver con la llamada que le hice ayer a Jim Leopold?

—Yo creo que es estupendo que quiera ver a su sobrino —intervino Esther. Y luego añadió, sin poderse contener—: Por favor, no crees problemas, Mackenzie. Deja los asuntos de negocios a tus hermanos.

Mackenzie sintió cómo enrojecía.

—¿Qué tipo de problemas se supone que estoy creando exactamente? —preguntó.

—No tenemos ningún secreto —contestó Reggie enfadado—. Pero los salarios que paguemos a los obreros de Los Ángeles no tienen nada que ver contigo. Tu trabajo es diseñar.

Sus aires de superioridad enfurecieron a Mackenzie.

—¡Tú sabes que me importa mucho la explotación de los obreros! —exclamó.

Él se volvió furioso hacia ella.

—¿No te has salido con la tuya en cuanto a los emplazamientos, la decoración, las prendas?

—Desde luego, porque eso es el negocio.

—¡La manufactura también es el negocio! Tus ideas no serían nada si nosotros no hiciéramos que todo funcionara bien.

—¡Reggie! ¡Mackenzie! ¡No gritéis! —gritó Esther—. ¿Por qué no podéis estar juntos en paz, como antes?

—Nunca hemos estado juntos en paz —la corrigió Mackenzie—. Estábamos obligados a soportarnos el uno al otro, pero ellos nunca me han respetado... ni entonces ni ahora.

Reggie la miró con inquina.

—Tú no hagas tonterías —le advirtió— y yo te respetaré.

Ella se desplomó en un sofá, sin dejar de mirarlo.

—¿Así que es verdad? —preguntó con calma—. Debe de ser verdad o no te lo tomarías así.

—¿Qué quiere decir, Reggie? —quiso saber Esther—. ¿De qué está hablando?

Reggie movió la cabeza.

—No creo en ella, mamá —explicó él—. Pensaba que las revistas se inventaban todo ese rollo de tus numeritos radicales. Ya sé que es muy moderno preocuparse por los trabajadores, ¿pero acaso no te gusta vivir en esta torre de marfil? ¿No te encanta que te llamen lady Briarly? La gente como tú no puede permitirse ser radical...

Mackenzie se levantó y apoyó las manos en los hombros de Reggie. Buscó en su rostro algún signo de emoción al que ella pudiera responder.

—Reggie, si nos estamos aprovechando de las miserables condiciones de nuestros trabajadores, yo preferiría dejarlo todo e irme a vivir a un cochambroso apartamento del Village. Ya lo he hecho antes y no puedo decir que no fuera feliz.

—Nadie se está aprovechando —respondió Reggie, quitándose sus manos de encima—. Sacamos beneficios, ¿no es lo que hace todo el que tiene un negocio? No estamos haciendo nada que no hagan cientos de otras firmas. Todo el mundo manufactura en California utilizando el mismo tipo de obreros...

—¡Hijo de puta! —Se abalanzó hacia él, pero él se la quitó de encima sin esfuerzo.

—¡Reggie! ¡Mackenzie! —Esther se levantó para separarlos y se llevó una mano al pecho—. ¡Me vais a provocar un infarto!

—¿Has visto los talleres? —preguntó Mackenzie con chispas en los ojos—. ¿Qué condiciones tienen? ¿Cómo són?

Reggie hizo una mueca.

—En California hace mucho calor, ¿qué quieres que te diga? ¿Y no creerás que vamos a importar costureras francesas y a poner oficinas con aire acondicionado en Beverly Hills? Hay que utilizar medios económicos...

—¡Iré a verlo yo misma! —Se apartó de él y cogió a su madre del brazo—. Sólo así podré saberlo.

—¡Tú no vas a ir a ninguna parte! —gritó Reggie.

—¿Por qué? ¿Cómo lo vas a impedir? —preguntó ella—. ¿Vas a hacer que me pongan bajo arresto domiciliario? ¿Crees que puedes controlar mis movimientos? —Cogió el teléfono y llamó a información—. American Airlines, por favor. —Miró a su madre y a su hermano mientras marcaba el número—. Quisiera hacer una reserva para el viernes, un adulto y un niño, para un vuelo a Los Ángeles en primera clase...

—¡Dame eso!

Reggie le arrebató el teléfono y lo colgó de golpe mientras ella gritaba de ira. Se pelearon para coger el teléfono. Reggie lo mantenía colgado, sin ningún esfuerzo, con una sola mano.

—¿Para esto os he criado? —grimió Esther—. ¿Para veros pelear? ¿Por qué no podéis disfrutar de vuestro éxito? Todos habéis trabajado mucho...

—¡Hijo de puta!

Mackenzie le dió un golpe en la barbilla a Reggie y se alejó de él.

—¡Os estáis comportando como salvajes! —chilló Esther.

De repente, se abrió la puerta y entró el mayordomo llevando a Jordan de la mano. Se detuvieron en la entrada, advirtiendo la violencia que flotaba en el aire y que no habían llegado a ver.

—¿Quiere que volvamos más tarde, lady Briarly? —preguntó el elegante mayordomo japonés.

—¡Mami! —Jordan corrió a dar un beso a Mackenzie y luego a su abuela.

—Está bien, Iko. Prepárale a Jordan un bocadillo, por favor —dijo Mackenzie—. ¡Llévatelo de aquí! —le pidió a su madre.

Reggie se acercó a besar a su sobrino, pero Mackenzie lo alejó de él con presteza.

—¡Oh! —Reggie sonrió con ironía—. ¿Es que no soy lo bastante bueno para besar a tu pequeño lord? Vamos, mamá... —le tendió la mano a Esther para ayudarla a levantarse del sillón.

Esther miró con preocupación a su hija.

—No sé por qué os tenéis que llevar tan mal. ¿Qué hay de nuestro almuerzo?

—Yo te llevaré a almorzar —le aseguró Reggie llevándola hacia la puerta—. Conmigo comerás mejor.

—Mackenzie, querida... —Esther se volvió con los ojos brillantes—. No me gusta que te vayas sola a California de esta manera. Escucha a Reggie. Deja que él y Max se hagan cargo de eso. Lo han estado haciendo muy bien. Todos sois millonarios... ¿qué más quieres? La ropa está dando mucho dinero y eso es lo que importa.

Mackenzie agitó la cabeza con desesperación.

—Mamá, no es eso lo único que importa. ¿Por qué nunca respetas mis opiniones?

Reggie empujó a su madre hacia la puerta y se volvió para pronunciar una última amenaza.

—Si vas a Los Ángeles considérate fuera de la firma. ¡Lo digo en serio! Te daremos una patada en tu noble culo.

Mackenzie se rió.

—Eso podría ser lo mejor que me ha pasado nunca, porque si descubro lo que creo que voy a descubrir allí, me aseguraré de que todo se sepa y *Gold* se hundirá. Nadie querrá comprar en *Gold* y os quedaréis con un imperio vacío. Mamá, siento lo del almuerzo.

Reggie cerró con un portazo ocultando la triste expresión de su madre.

Mackenzie cogió a Jordan y le dio un beso.

—¡Nos vamos a California! —le dijo.

Mia se estiró placenteramente en la cama, extendiendo brazos y piernas y girando sobre las frescas sábanas. Era día veintisiete y sentía una ligera punzada de temor en el estómago. De repente se acordó: ¡esa noche era la presentación de *Divine*! Esa noche estaría ante todo el mundo de la moda para revelar, no sólo que era la diseñadora que se ocultaba bajo el nombre de Anaís du Pasquier, sino también que era la hija de Coral. Estarían rodeadas de público y cámaras. ¿Qué pasaría después? No se fiaba de Coral, aunque Colin le había dicho que su madre estaba mejorando.

Mia salió de la cama con cierta renuencia y se puso en pie. Su camisón de algodón blanco la envolvía como un cruel remedo de un traje de novia. Se había embardurnado el cuerpo de Chanel después de la ducha de la noche anterior y el perfume la hacía sentirse muy femenina. Dirigió una mirada a su desaliñada imagen en el espejo del tocador que Wayland le había regalado. ¡Femenina! Rió para sí con amargura. ¿Cómo podía ser femenina? Estaba desperdiciando su vida en amar a un hombre que no podía tener e ignoraba a todos los demás, incluyendo a David Winters. David la había llamado para preguntar si le gustaría que la acompañara a la ceremonia de los premios aquella noche. Ella sabía que Wayland y Colin estarían ocupados haciéndose cargo de Coral, así que asintió. Sería una gran publicidad que David y ella llegaran juntos: el señor y la señorita Moda. A veces pensaba en cómo ella suspiraba por Phillipe y David suspiraba por ella, como si hubiera una larga escalera de amor no correspondido en la que todos se desesperaban contemplando al objeto imposible de su amor, subido un escalón más arriba.

—¿Y qué pasa con Mackenzie? —había preguntado David—. Irá con Ed...

—Lo último que supe de ella fue un mensaje que me dejó y que decía: ¡que te jodan! —contestó ella—. Le envié una carta de pésame cuando murió Alistair, pero no he oído nada de ella. Realmente, pienso que el próximo gesto ha de venir de ella.

Wayland había dispuesto que las dos parejas se sentaran en los extremos opuestos del auditorio.

Mia se despejó bajo la ducha y comenzó a hacer planes para el día. Se había comprado el vestido más caro de su vida: un Zandra Rhodes de doscientos dólares, cubierto con los sutiles y rizados bordados y las brillantes lentejuelas que constituían su sello. «Debo estar más guapa que nunca esta noche», se dijo. Todo aquello era una prueba por la que debía pasar. Se secó con la toalla y se envolvió en un albornoz para disfrutar del ritual del desayuno. Por lo general leía el *Confidencias* y el *WWD* que le traían a domicilio. Se sentaba junto a la ventana y tomaba un té y una manzana.

Fue directamente a la página de «Tittle-Tattle» y casi se le cae la taza.

Después de muchas conjeturas, la noche pasada Phillipe Roux acabó por admitir a nuestro representante en París que su matrimonio ha sufrido una crisis. Josephine Roux está en su villa de St. Tropez mientras él permanece en su *hôtel particulier* en la zona parisiense del Campo de Marte. Su relación, a menudo tormentosa, ha sido una curiosidad en los círculos de moda. Los observadores han visto muy a menudo las desigualdades de la pareja. El sereno Roux, uno de los escasos *coutiers* casados, ha vestido a celebridades como Jackie Kennedy, los duques de Windsor y Catherine Deneuve. La señora Roux no ha hecho ningún comentario acerca de la separación, pero se ha anunciado que no seguirá siendo socia en el negocio de Roux.

Mia leyó el artículo dos veces, aunque lo sabía de memoria después de la primera lectura. Algo revivió en su interior mientras miraba hacia la calle. ¿Por qué hoy? El mismo día en que ella iba a recibir el premio que Phillipe había recibido dos años antes. Tuvo la súbita convicción de que por fin Phillipe era suyo. Sabía que era algo ridículo, pero la sensación se resistió a desaparecer aunque ella se riera.

Tenía planeado pasar la mañana trabajando en su estudio, pero supo que no podría concentrarse en nada. Llamó a su secretaria para decirle que no iría.

Se maquilló con vigor y alegría. Al menos ahora podía admitir que siempre había habido un pequeño rincón de su alma que esperaba una palabra de él.

El estridente timbre del teléfono la sobresaltó de tal modo que el corazón le dio un vuelco. Levantó el auricular.

—¿Sí? —dijo con cautela.

—¿Lo has leído? —preguntó la ruda voz de Mackenzie—. Me moriré si no hablamos de esto, Mia. ¿Podemos ser amigas, por favor? ¿Has leído ya *Confidencias*? ¿Lo de Phillipe Roux? ¿Qué piensas hacer?

Mia movió la cabeza. Mackenzie la hablaba como si su amistad nunca se hubiera visto interrumpida. Soltó una risa nerviosa.

—Nada —replicó—. Nada en absoluto.

—¡Entonces eres la persona más tonta del mundo! —gritó Mackenzie—. ¡Si yo estuviera tan enamorada de un hombre, cogería el primer vuelo a París y lo atraparía! ¡Por Dios, Mia, ya no son los hombres los que van detrás de las mujeres!

—Bueno, yo no voy a ir detrás de los hombres...

—Pero siempre has dicho que era el único tipo del mundo que te volvía loca —chilló Mackenzie—. Has estado viviendo como una maldita monja por su culpa. ¿Y no vale eso un jodido billete de avión?

Mia se calló para pensar un momento.

—Él es el único hombre en mi vida, Mackenzie —respondió por fin—. Pero ya sabe lo que siento. Y debe ser él quien se ponga en contacto conmigo si...

—¡Mia Stanton! —vociferó Mackenzie—. ¡Si no te largas hoy mismo a París, no te volveré a dirigir la palabra nunca más! Ésta es la historia de amor de todos los tiempos: quiero saber qué pasa con ella.

—Tengo una cita esta noche —dijo Mia—. ¿Recuerdas?

—¡Oh, sí! —gruñó Mackenzie—. Te felicito, supongo. ¡Qué bien que tu madre se las haya arreglado para darte el premio antes de dejar la revista!

Mia sonrió. Había olvidado la mala intención que puede tener un diseñador rival.

—En realidad no tiene nada que ver con ella —informó—. El premio me lo ha concedido Donna Brooks. Mi madre se limitará a presentarme. La idea ha sido de Colin Beaumont. Piensa que eso la rehabilitará ante los ojos de la industria de la moda.

—Y lo necesita —convino Mackenzie—. He oído las historias más espeluznantes sobre ellas.

—Todos estamos rezando para que todo salga bien esta noche.

—Bueno —murmuró Mackenzie torpemente—, supongo que te veré esta noche. Imagino que estarás deslumbrante, ¿no? Yo iré con mi descuidado aspecto de siempre. Tienes que causar muy buena impresión. A mí también me gustaría obtener un premio... Quizás el año que viene.

Colgó antes de que a Mia se le ocurriera algo que decir. Se dedicó a hacer algunas tareas, intentando vencer la tentación de volver a leer el artículo de *Confidencias*. ¿Cómo pueden acelerar tanto el corazón unas pocas líneas impresas?, se preguntó. ¿Y si Mackenzie tenía razón? ¿Y si debía hacer algo dramático para mostrarle a Phillipe cuánto lo quería? Se preguntó si él no estaría ya liado con otra chica. ¿Alguna guapa actriz francesa? Pero algo en su interior le decía que ella era la causa de la separación. Phillipe nunca había dejado de amarla, igual que ella nunca había dejado de quererlo a él.

Se puso a arreglar el apartamento, cada vez más nerviosa. Cuando por fin rompió un jarrón de flores se maldijo en voz alta.

—¡Tengo que salir de aquí! —gritó—. ¡Me voy a volver loca si me quedo!

Nunca se había comportado de esta forma, pero hoy nada podía sorprenderla.

Cogió una chaqueta y bajó corriendo las escaleras. Lo único que quería era pasear, distraerse viendo caras y tiendas. Caminaba por Lexington cuando se detuvo ante un escaparate. Una gran exposición de la colonia de Phillipe mostraba un enorme retrato suyo en blanco y negro. Su cara sonriente, de más de un metro de altura, la dejó congelada. Se quedó mirando la fotografía; conocía cada milímetro de aquella frente, de las mejillas, cada expresión de sus ojos. También conocía su tacto y podía oler la deliciosa colonia que usaba y que tan seductoramente se mezclaba con su propio olor. Se obligó a alejarse del escaparate y continuó el paseo.

«¿Y si está intentando llamarte en este momento?», se preguntó. «¿Bromeas?», se contestó de inmediato. Hace más de dos años que no te ha visto, ¿de verdad esperas que te llame por teléfono? «Wayland le podría dar mi número», pensó. Este diálogo interior la dejó preocupada, pero se forzó a seguir caminando para mostrarse lo disciplinada que podía ser y lo ridícula que era la idea que le rondaba la cabeza. Él diseñaba ropas para las mujeres más hermosas del mundo, las más deslumbrantes, las más ricas, las más poderosas... ¿por qué iba a interesarse por ella?

Volvió caminando lentamente hasta su apartamento. Al meter la llave en la cerradura oyó el estridente timbre del teléfono de la cocina. Su cuerpo se estremeció como si acabaran de liberarla de la botella donde un mago la hubiera tenido encerrada. Tardó una eternidad en abrir la puerta. Corrió a coger el teléfono, sabiendo que era él antes de levantar el auricular, tal como siempre había sabido que algún día recibiría esa llamada, como sabía que su amor no había muerto, que nunca moriría...

—¿Mia? ¿Mia? —dijo él a través del océano Atlántico, a través de medio mundo.

Saber que el hombre que amaba estaba en París pronunciando su nombre después de los cientos de veces que había deseado que estuviera pensando en ella, la aturdió tanto que se quedó momentáneamente sin habla.

—¿Mia? —repitió Phillipe—. Mia, ¿estás ahí?

Por fin logró articular:

—Sí... Sí...

—Soy Phillipe. ¿Estás bien? ¿Has leído las noticias? ¡Soy libre!

—Lo he leído esta mañana. ¿Qué ha pasado?

—¡Oh, Mia!, lo que ha pasado es que he visto claro. ¡Totalmente! Comprendí que nunca podría satisfacerla, nunca podría hacerla feliz. En vez de eso, nos hacíamos desgraciados el uno al otro. Ella sabía que te quería desde el primer día en que te vi, Mia. Incluso cuando hicimos esta mascarada de nuestro matrimonio, ella sabía que en el fondo yo te quería. Pero me sentí obligado. Josephine, nuestros amigos, yo mismo... todos pensábamos que lo mejor era casarnos. Ahora ella se ha dado cuenta de que fue un error, y yo... Yo siempre lo he sabido. Desde aquella noche que estuvimos juntos. Así que... ¡vente conmigo! ¡Ven, Mia!

—¡Oh, Dios! —murmuró ella.

Se sentía como si hubiera entrado en otra dimensión. Su cuerpo, su vida, su cerebro habían sufrido una especie de transformación en los últimos minutos. Se agarró a la mesa para no desplomarse. Todo su cuerpo gritaba, su alma volaba y su cerebro giraba en un torbellino porque por fin oía realmente lo que siempre había soñado oír.

—Te mando el billete de avión, Mia. ¿Vendrás esta noche?

Se recostó contra la fresca y familiar pared de la cocina, mientras las lágrimas se abrían paso a través de sus párpados cerrados. Tuvo que controlarse para no sollozar en voz alta.

—Hemos esperado tanto tiempo... ¿No estarás con otro? ¿Me quieres todavía, Mia?

—¡No! ¡Sí! —exclamó ella—. ¡Oh!, Phillipe, das muchas cosas por sentado, ¿no crees? ¡Pero sabes que sólo podré amarte a ti! Estaré contigo tan pronto como pueda, amor mío —dijo, imaginando el sabor de sus labios, de su boca y la sensación de estar entre sus fuertes brazos, y esta vez sin culpa ni arrepentimiento—. Me reuniré contigo muy pronto...

Aquella noche, en Manhattan, cualquiera que tuviera alguna relación con la moda se estaba preparando. Los más ricos llamaban a los peluqueros para que fueran a sus dormitorios. Los menos ricos peregrinaban a sus salones favoritos. Los más pobres calentaban sus pinzas del pelo.

Mackenzie embutió su voluptuoso cuerpo en un traje negro de cashemira que había diseñado aquella semana. Era un traje largo (las minifaldas estaban pasadas de moda). Los brillantes botones centelleaban bajo las luces del cuarto de baño de mármol negro. Se volvió de uno y otro lado, estudiando su imagen.

—No está mal —decidió.

No muy lejos de allí, Mia, con la respiración contenida, y casi parado el corazón, preparaba una pequeña maleta con tejanos, jerséis y trajes de noche. Luego se vistió con sumo cuidado con su vestido nuevo de Zandra Rhodes. Llevaba el pelo rubio en un peinado alto, del que le caían rizos y flores que hacían juego con el tono pastel del ajustado vestido. Metió el pasaporte en el bolso de noche, llamó a Pan American para confirmar la reserva y echó una ojeada a una botella de champán que había en la nevera, preguntándose si la calmaría o la excitaría aún más. Estaba casi en trance, nada le parecía muy real. Pero la prueba de aceptar el premio en público no era nada comparado con lo que la esperaba después de los premios... Un viaje a París, ¡y Phillipe!

Mientras tanto, Colin llegó al apartamento de Coral, vestido con un magnífico esmoquin que había sido ajustado a su talla.

—¡Dios mío! ¡Qué elegante! —Los ojos de Coral se iluminaron cuando le abrió la puerta. Se inclinó para besarlo—. Deberías vestirte así siempre, Colin. ¡Te sienta muy bien!

Él la observó con atención. Casi parecía la antigua Coral. Estaba muy bien maquillada y arreglada, y el traje negro de Balenciaga le sentaba a la perfección. La miró maravillado: la moda era algo mágico.

—¿Te has portado bien? —preguntó cuando entró al salón olfateando el aire.

—Sólo un porro pequeño... para relajarme —contestó ella entrando en la habitación—. Y no me trates como a un niño travieso, Colin. ¿Cómo estoy? —dio una vuelta en el centro de la alfombra gris y él asintió con aprobación.

—¡Absolutamente soberbia! —afirmó—. Estoy muy orgulloso de ti.

—Bien —dijo ella con satisfacción tendiéndole un vaso de champán—. Todavía queda algo de vida en esta vieja mujer, ¿eh?

—Por una noche de éxito —propuso Colin—. Subirás al escenario y sostendrás el premio —le indicó—. Esto es todo lo que tienes que decir... —Sacó del bolsillo la hoja mecanografiada que le había dado Wayland.

Observó a Coral mientras la leía. Decididamente estaba de buen humor, pero Colin no sabía si eso significaba que se había puesto una inyección de *speed* o no. Era imposible vigilarla las veinticuatro horas del día.

—Ya lo sé —dijo doblando con cuidado el discurso.

—Quiero oír cómo lo dices —insistió Colin.

—¿De verdad? —Sacudió la cabeza, y desdobló el discurso—. *Divine* otorgará el premio de la moda de este año a la firma Anaís du Pasquier, quien, como muy pocos saben, es mi hija, Mia Stanton. Para evitar la acusación de nepotismo, esta brillante diseñadora ha presentado su firma bajo un seudónimo. Me alegra anunciar que el premio fue concedido por Donna Brooks, nueva editora en jefe de *Divine* antes de saber quién era Mia. ¿Tengo que decir todo esto, Colin? Me atascaré con el nombre de Donna...

—¡Lo dirás todo! Puedes leerlo si lo prefieres...

—Improvisaré —respondió metiendo el discurso en el bolso—. Ya sabes que lo he hecho otras veces, como con un tal Phillipe Roux, ¿lo recuerdas?

La limousine llegó a recogerlos a las siete y media. Colin ayudó a Coral a entrar en el vehículo, charlando y riendo, pero con los dedos cruzados a la espalda.

Había una larga fila de limousines esperando en Headquarters a las ocho. A la entrada había un enorme foco de luz que movía un rayo deslumbrador por el cielo oscuro. Del coche que los precedía bajaron Halston y Liza Minelli. Andy Warhol caminaba lentamente por la acera, rodeado de un grupo de sus superestrellas.

Colin vio a David y a Mia, esperando el ascensor. También

distinguió a Donna Brooks y Lloyd; Howard parecía haber venido solo. Estilistas, fotógrafos, editores y asistentes cubrían el blanco camino salpicado de claveles que conducía hasta los ascensores. Los diseñadores de la Séptima Avenida vestían sus mejores galas, intentando eclipsar a sus rivales. Colin intentó proteger a Coral de la muchedumbre. Ella tenía la mirada fija al frente, sin querer ver ni a amigos ni a enemigos.

Un cordón de guardias de seguridad cotejaban los nombres y las invitaciones en una lista, mientras los altavoces rugían con una música rock que daba la bienvenida a los invitados.

Coral permaneció muy derecha en la cola. El cuidadoso peinado dejaba al descubierto los huesos del cuello y los destellantes pendientes de Kenneth Lane y las medias negras salpicadas de brillantes le daban un aire festivo. Llevaba los brazos cubiertos de brazaletes de plata. La multitud pareció apercibirse de su presencia: al pasar el control de guardias, la gente pareció apartarse, dejando paso a Coral y Colin hasta la cabeza de la cola, murmurando y señalando a la orgullosa y carismática mujer del pelo rojo. Realmente parecía rodeada por una aureola, advirtió Colin mientras la acompañaba hasta el ascensor.

Al llegar al último piso, se encontraron en medio de otro estallido de perfumes, charlas y cabezas que se alzaban. Colin condujo a Coral a través del gentío hasta la parte trasera. La gente lo llamaba por la espalda para saludarlo. Besó a varias modelos mientras Coral, tranquila y serena, sonreía graciosamente a las caras que los rodeaban, la mayoría de las cuales conocía.

Los encargados de presentar los premios fueron conducidos hasta una mesa en una esquina donde los atiborraron de bebidas y consejos. Wayland estaba allí; saludó con un beso a Coral y le alcanzó una silla.

—No dejes que beba mucho —le susurró al oído a Colin—. Y ni siquiera la dejes ir sola al lavabo. Si tiene que ir, monta guardia en la puerta.

—¿Dónde está Mia? —preguntó Coral, paseando su mirada por todo el salón.

—Estará sentada al final de una de las filas del auditorio —le dijo Wayland—. Vamos a llevar esto como los Óscares de Hollywood... Los ganadores se levantarán de sus asientos y subirán al escenario para recoger sus premios. ¡Dios mío, espero que salga bien!

Afuera, una multitud intentaba llegar hasta sus asientos en medio de charlas, besos y grititos. Alzaban el cuello para detectar a las celebridades, se saludaban unos a otros, intentaban actuar de un modo natural cuando los fotógrafos enfocaban la cámara a un metro de distancia de sus rostros.

Los nombres célebres de los sesenta (Betsey Johnson, Joel Schumacher, Mary Quant, Zandra Rhodes, Jean Muir) estaban en las primeras filas. Las modelos, rostros familiares de cientos de páginas de revista y portadas, brillaban como estrellas desde sus asientos. Se habían contratado veinticinco modelos para exhibir las ropas de los ganadores con un espectáculo de coreografía. Estaba programado que cantara Dionne Warwick, para lo cual habían dispuesto una pequeña orquesta a un lado del escenario. Un elegante maestro de ceremonias dirigiría los actos.

Las cámaras fotografiaron a Mia junto a David, en el extremo opuesto de Mackenzie. David llevaba una chaqueta de perfecto corte francés y corbata negra; tenía un aspecto grave y elegante. Mackenzie, rodeada de todo un cortejo, estrechaba manos y recibía besos, con Ed a su lado, nervioso y magnífico con su esmoquin.

A las ocho y media, las luces bajaron de intensidad y la banda comenzó a tocar una mezcla de melodías de anuncios de ropas. Cuando acabaron, Wayland Garrity subió al escenario.

Los discursos fueron interminables. La gente se agitó con impaciencia mientras Wayland, Lloyd Brooks y luego Donna Brooks les dieron la bienvenida, les agradecieron su presencia, alabaron sus almacenes o revistas y solicitaron su aplauso para los premios que aquella noche serían otorgados, coronados por el más codiciado: el Diseñador del Año.

Hubo un desfile de modas con una prenda de cada una de las colecciones de los diseñadores, que terminó con una completa exhibición de la línea de Anaís du Pasquier. Los abrigos y vestidos de Mia eran de corte fino y buen acabado, y tenían un aspecto maravilloso en el iluminado escenario blanco.

El espectáculo llegó a su fin entre un estallido de aplausos de la multitudinaria concurrencia cuando el escenario quedó vacío y un redoble de tambores anunció las presentaciones de los premios.

Mia apretó la mano de David hasta que éste dio un respingo.

Ella se deshacía en una especie de agonía. No dejaba de pensar en la maleta que tenía tras el escenario y en las caras que pondrían los organizadores cuando la vieran marcharse antes de la gran fiesta programada para después del espectáculo. Esta espera era como ahogarse poco a poco, pensó, observando todo su pasado desfilar ante ella. «¡Phillipe!», llamó en silencio. «Muy pronto estaré contigo. Muy pronto.»

Coral estaba entre bambalinas, muy calmada. Se había tomado a hurtadillas dos tranquilizantes cuando llegó a Headquarters, acompañados por dos copas de champán. Ahora intentó conseguir una tercera copa, pero Colin se las arregló para alejar con discreción al camarero.

—No bebas más, querida... pronto será tu turno.

Apoyó una mano en su brazo y la sintió temblar. Ella llevaba los hombros y brazos, patéticamente delgados, cubiertos con una estola negra.

Wayland le hizo una seña desde un extremo del escenario. Colin ayudó cortésmente a Coral a levantarse y la condujo a través de la multitud que se agolpaba detrás del escenario hasta llegar a la sala de espera.

Se quedaron juntos entre bastidores, mirando al escenario, donde un diseñador que había ganado el premio de la categoría de ropa deportiva estaba agradeciendo con fervor a sus padres todo lo que habían hecho por él.

Por fin el presentador anunció:

—Y ahora, el premio final de la noche; ¡el Diseñador del Año! Y lo presenta la señora Coral Stanton...

Hubo una ola de respingos y murmullos entre el auditorio: ojos asombrados, sacudidas de cabezas, labios que murmuraban comentarios. Wayland dio un suave empujón a Coral, lanzándola al escenario. Los focos la cegaron. Vio cientos de luces, todas centradas en ella. Volvía a estar entre los focos, en su lugar. Los aplausos (provenientes de la gente de la industria de la moda que sabían poco de la lucha de poder que había habido en *Divine*) le calentaron el corazón. Coral salió con la cabeza alta y un porte real, como la reina de la moda que un día fue.

Mia apretó la mano de David, sentada al borde de su asiento.

—¡Dios mío!, parece curada por completo.

El brillante maquillaje, aplicado con tanto arte, en Elizabeth Arden, era como una especie de máscara artificial sobre una cara ajada. Su famosa y deslumbrante sonrisa era casi una mueca. Coral puso toda su concentración en cubrir el aparentemente interminable camino hacia el podio, en el centro del escenario.

La multitud enmudeció cuando ella llegó al micrófono. Había olvidado el discurso que le habían encargado leer y que se había dejado en el bolso que había quedado con Colin. Tendría que improvisar.

—Soy muy feliz por estar aquí esta noche —comenzó—. He estado fuera unas semanas y os he echado de menos a todos...

Se oyeron unos débiles aplausos. Entre bastidores, Wayland y Colin casi se agarraban el uno al otro con tensión. Mia, en el borde de su asiento, clavaba las uñas en la mano de David mientras él intentaba sonreír.

—La moda es... —continuó Coral y vaciló, mirando hacia los focos. Se oyeron algunos murmullos y unas risas—. La moda es... —repitió Coral. De repente logró recuperarse—. Bueno, es toda mi vida. Realmente, es la única cosa que me importa. —Estaba radiante—. Por eso estoy muy orgullosa de presentar el premio *Divine* al... a un gran talento que diseña bajo el nombre de Anaís du Pasquier... y estoy más orgullosa aún por el hecho de que sea mi hija, Mia Stanton.

Hubo un estallido de aplausos, y Wayland y Colin respiraron con alivio. David le dio un codazo a Mia, que se levantó de un salto y corrió hacia un lado del escenario. Subió los cuatro escalones con los brazos abiertos a su madre.

Coral también extendió los brazos, sosteniendo la estatuilla de *Divine* en uno de ellos. Se abrazaron y la multitud enloqueció. Coral le entregó la estatuilla a Mia y Mia sonrió aceptando los aplausos. Cuando éstos se fueron aplacando se dirigió al micrófono sin soltar la mano de Coral

—Quiero dar las gracias a la revista *Divine* por este gran honor que me concede. Y quiero dar las gracias a mi madre y a Wayland por animarme, y a mis maravillosos colaboradores de Anaís du Pasquier por su trabajo y apoyo...

Sonrió ante la nueva ola de aplausos y cogió a Coral del brazo para ayudarla a salir del escenario. Coral aceptó el apoyo de Mia. Se puso la mano en los ojos a modo de visera y miró hacia la multitud como si esperara reconocer a alguien.

De repente cogió el micrófono.

—¡Eh, vosotros! —gritó—. ¡Necesito trabajo! ¿Me habéis oído? ¡He dicho que necesito trabajo!

—¡Oh, Dios mío! —gimió Wayland tapándose la cara—. Que alguien baje el telón.

Hubo un estremecimiento en la sala y luego todos se quedaron congelados en sus asientos, hipnotizados por aquella delgada y trágica figura. Se hizo un pesado silencio.

—He hecho mucho por muchos de vosotros —continuó Coral—. A muchos os he dado vuestra primera oportunidad y ahora algunos estáis en situación de ayudarme. Todos conocéis mi capacidad. ¡Maldición, tengo una gran experiencia! Llevo mucho tiempo en el negocio, sé cómo...

Mia había intentado empujar con suavidad a Coral cuando ésta comenzó a hablar. Bruscamente, Coral se calló y se dejó guiar por Mia fuera del escenario, mientras lanzaba besos al público. Bajaron el telón. Algunas personas aplaudieron, pero la mayoría se quedaron en un silencio atónito ante el espectáculo de Mia Stanton, una joven y triunfante diseñadora, llevándose del escenario a su patética madre.

En el camino hacia los bastidores, Mia se sintió asaltada por un repentino resentimiento. La tensión y los nervios crecieron cuando pensó que Coral había arruinado el momento más importante de su carrera y las había humillado a ambas. Wayland y Colin las esperaban entre bastidores.

Mia se volvió hacia Coral fuera de control.

—¿Por qué has hecho eso? —preguntó.

Coral rió.

—Porque necesito un trabajo. Tú has tenido éxito, Mia, quizás puedas proporcionarme uno.

—¡Egoísta, egoísta! —estalló—. No te daría un trabajo ni aunque mi vida dependiera de ello.

Coral abrió la boca de golpe, con los ojos brillantes.

—Tenías que arruinarlo todo, como siempre —continuó Mia—. Nadie quería que vinieras esta noche. ¡Desde luego yo no! —gritó—. Colin le tuvo que suplicar a todo el mundo para que te dejaran hacer esta...

Colin cogió a Mia del hombro.

—¡No! No digas eso. Coral sigue siendo un gran nombre en el mundo de la moda. Mucha gente piensa...

Coral lo hizo callar.

—Deja que se desahogue, que saque toda la bilis que lleva dentro.

—Esta noche estás acabada, madre —le espetó Mia—. ¡Estás acabada!

Los ojos de Coral cambiaron, reflejando dureza e incomprensión e incluso un extraño triunfo. Se volvió hacia Colin con aire altanero.

—¿Ves lo cruel que puede ser mi hija? —Miró a Mia—. Hemos estado luchando desde que naciste. Quizá yo haya sido la peor madre de la historia, no lo sé. Pero ahora me arrodillo, Mia, estoy hundida, ¡has ganado! Te estoy suplicando un trabajo. Debe de haber algo que pueda hacer por ti. Dame trabajo, Mia. No puedo vivir sin trabajar. Si no... —se calló y miró lastimosamente a Mia.

Todos miraban a Mia.

—¡No! —gritó—. ¡No, madre! Por fin he aprendido a decirte que no. No te necesito. No te debo nada.

Coral abrió los ojos. Por un segundo brillaron de dolor. Luego se sobrepuso y abofeteó con fuerza a Mia.

Mia le devolvió la bofetada sin vacilar. El golpe arrojó a Coral en brazos de Wayland. Colin se adelantó para contener a Mia, pero alguien tiró de ésta por la espalda con violencia y le propinó un potente golpe en la mejilla. Mia se tambaleó sorprendida, lanzando un grito. Cuando se le aclaró la vista y Colin la hubo tranquilizado, vio quién la había abofeteado: Mackenzie.

—¿Qué diablos...? —se lanzó hacia Mackenzie.

Las chicas se miraron con una mezcla de coraje, odio y sorpresa. Entonces Mackenzie le dio una patada a Mia y, antes de que nadie se diera cuenta de lo que pasaba, las dos estaban rodando por el suelo tirándose de los pelos.

Colin alejó a los mirones, mientras Wayland sostenía a Coral gritando:

—¡Socorro! ¡Qué alguien haga algo!

David y Ed llegaron corriendo, vieron a las chicas en el suelo y las separaron, manteniéndolas bien sujetas cuando se levantaron con las caras enrojecidas sin dejar de mirarse. Mia había perdido las flores del pelo y tenía el traje roto, con un trozo de tela colgando.

Mackenzie intentaba recuperar el aliento.

—No pienso permitir que abuses de tu madre —gritó.

—¿Qué demonios tiene que ver esto contigo? —chilló Mia.

—Ella me metió en este negocio —dijo Mackenzie frotándose el brazo—. Le debo mucho. No pienso permitir que nadie la golpee ahora que está acabada. Y mucho menos tú. ¿Qué te hace pensar que eres mejor que tu madre? ¡Por lo menos ella ha vivido! ¿Y qué has hecho tú excepto esconderte del mundo y morirte de apatía?

Mia sacudió la cabeza, mirando los jirones de su vestido.

—¡Era un Zandra Rhodes nuevo! —exclamó de pronto.

Los ojos de Mackenzie echaban chispas cuando miró el vestido roto.

—Está mejor así —dijo.

David observaba a Mia. Nunca la había visto tan guapa. La cara brillante y el pelo desgreñado le añadían una especie de erotismo provocador a su estado por lo general apacible. Mientras tanto, Wayland se había llevado con presteza a Coral.

—Lo que pasa es que tú querías el premio —declaró Mia rompiendo el silencio—. No puedes vivir con tu envidia...

—¡Eso no es verdad! —gritó Mackenzie—. He venido aquí a felicitarte. Pensé que podíamos volver a ser amigas. No esperaba verte golpeando a una pobre e indefensa...

—¡Oh!, esa pobre e indefensa mujer es una asesina —la interrumpió Mia—. Podría haber herido de muerte a Donna Brooks. Me ha destrozado emocionalmente. Ha causado más problemas y dolor de lo que nadie pueda imaginar. Y, por lo que respecta al premio,... ¡toma! —Recogió del suelo la estatuilla de bronce y se la arrojó a Mackenzie—. ¡No lo quiero ¡No significa nada para mí! Es tuyo... felicidades.

Mackenzie cogió el premio sin hablar, mientras Ed se acercaba a Mia para decirle algo. Mia soltó su brazo de la mano de David y pasó ante todos ellos, alejándose deprisa por los iluminados pasillos hacia las pequeñas oficinas que aquella noche hacían de vestuarios.

—Mia —la llamó David.

—Llego tarde —contestó ella sobre el hombro—. Tengo que salir de aquí.

Llegó a los vestuarios y cerró la puerta con llave. No tenía tiempo de ponerse los tejanos, la camisa y el jersey que había planeado llevar en el avión. Le dolía el cuerpo por el golpe que se había dado en el suelo y en la cara tenía claramente marcada la señal de los cuatro dedos de una mano. Se echó un poco de agua en la mejilla, se puso un abrigo sobre el vestido roto y cogió su maleta.

David y Wayland la esperaban detrás de la puerta cuando ella salió.

—¿Estás bien? —preguntó Wayland—. ¿Necesitas un médico? Mia, lo que ha pasado... Yo nunca...

—Mia —dijo David con cara preocupada—, ¿hay algo que yo pueda hacer?

Ella rehusó con la cabeza ambos ofrecimientos y se encaminó sonriendo al ascensor. De pronto ambos vieron la maleta.

—¿Adónde vas?

—¿Qué pasa con la fiesta?

Ella se volvió.

—Escuchad, siento haceros esto, pero me voy esta noche a París. Phillipe me está esperando y estaremos juntos para siempre. —David mudó el semblante—. ¡No me mires así! —dijo ella cuando llegó al ascensor—. Nunca te he prometido nada, David. Tú sabías que lo quería. Siempre lo he querido.

—Mia, ¿estás segura...?

—No puedo creer que de verdad vayas a... —dijo Wayland.

Entró en el ascensor y se volvió hacia ellos con los ojos brillantes de alegría.

—Nunca he estado tan segura de nada en mi vida —afirmó mientras se cerraban las puertas ocultando sus caras expectantes—. ¡Adiós!

Afuera, en la esquina de la calle Treinta y Cuatro, la esperaba la limousine que había alquilado para aquella tarde. La llevó directamente al aeropuerto Kennedy. Tuvo el tiempo justo de llamar a Phillipe y de coger el avión para París.

26

—¡Dios mío, qué desengaño!

Mackenzie se quitó los zapatos en el asiento trasero de la limousine que la llevaba por la calle Treinta y Cuatro. La fiesta de los premios había terminado a las once. Miró a Ed y suspiró.

—No sé por qué pero, después de que le deshice su estúpido peinado, la abofeteé y rodé con ella por el suelo, la tarde pareció ir decayendo —dijo ella con expresión de inocencia.

Ed la miró apesadumbrado, moviendo la cabeza.

—¡Lady Briarly! —dijo—. Deberías ser lady Peleona. ¡Pobre chica! Cuando David y yo llegamos... bueno, no podíamos creer lo que vimos: las dos diseñadoras más encumbradas de América tirándose de los pelos.

—Ella se lo buscó —musitó Mackenzie. Apoyó los pies en el regazo de él y movió los pulgares—. No puedo soportar a la gente tan santa y pura. Ha salido corriendo a París tras «el amor de su vida». ¡Ja! ¡Lo que necesita es un buen polvo! Eso le da un miedo de muerte, claro, y sabe Dios lo que pasará en París. Ni siquiera me ha dado las gracias por convencerla para que se fuera.

Ed se recostó en el asiento con los ojos cerrados, mientras el vehículo giraba hacia Madison. Ella le acarició la frente y la nariz y detuvo la mano en sus labios. Él abrió la boca y le mordió suavemente los dedos.

—Pobre Coral Stanton —continuó ella—. Supongo que le podría dar trabajo en *Gold*, pero no seguimos su estilo. Quizá si consigo trabajar con cashemira...

Él se volvió para besarla y cortar su cháchara.

—¿Me invitas a casa a tomar la última copa? —preguntó.

Mackenzie se acordó de la maleta que tenía a medio hacer

sobre la cama. No quería que Ed se enterara de que se iba al día siguiente a Los Ángeles: podía intentar detenerla.

—Tengo un desayuno a las ocho —dijo evasiva—. He de impresionar a unos clientes de fuera. Tendré que estar fresca. Te llamaré más tarde, cariño.

Mackenzie lo dejó en su apartamento después de darle un largo beso de despedida. Él no lo sabía, pero aquel beso sería el último por algún tiempo.

—Te aseguro que estoy bien, Colin —dijo Coral cogiéndolo de la mano en la puerta de su apartamento.

—¿Vendrás conmigo a Provenza esta semana? Tengo un billete para ti, regalo de Wayland.

Ella sonrió con tristeza. Los sucesos de la tarde habían acabado con ella. Aunque Colin se la había llevado temprano de la fiesta, tenía un aspecto ojeroso.

—¡Oh, qué amable por su parte! —dijo—. Mañana lo llamaré para darle las gracias. De pronto todo el mundo es más amable, Colin. Ni siquiera le guardo rencor a Mia. En cierto modo admiro cómo ha madurado... aunque me habría gustado que me hubiera ofrecido un trabajo.

Él la contempló, tan fascinado como siempre. Milagrosamente, había recuperado su dignidad. Estaba soberbia, lúcida, como si el enfrentamiento con su hija la hubiera liberado de algo. Antes de darle un beso de despedida, Colin le dijo:

—Estoy orgulloso de ti. Te llamaré mañana...

—Colin... —lo llamó mientras él se alejaba por el pasillo—, ¿crees que *Confidencias* tendrá piedad en su artículo?

—Esta noche veré a Howard Austin y ya veremos lo que puedo hacer. Quizás si le ofrezco unos cuantos dibujos gratis, no insista en los aspectos desagradables de esta noche.

El apartamento parecía diferente cuando ella entró; lo encontró vacío, extraño y hostil. Abandonó su regia pose al cerrar la puerta. Había esperado mucho más de esta noche, ¡mucho más!

Encendió la luz y se encaminó al dormitorio. En algún sitio debía de tener una cápsula de LSD. Esa noche la realidad se le hacía muy dura de soportar: la cambiaría haciendo un viaje. Encontró la cápsula, se la tomó y luego fue al salón para quemar unos periódicos en la chimenea. Quería sentir el bienestar del fuego, su calor y su sonido. Pronto ardieron los periódicos y se oyó el crepitar del fuego en la madera. Se tumbó en el suelo frente a la chimenea, contemplando las llamas, todavía vestida con el Balenciaga que no había tenido fuerzas para quitarse...

—¿Lady Briarly? —la voz nasal le sonó familiar. Mackenzie miró el reloj: eran las ocho de la mañana—. Soy Jim Leopold, ¿recuerda que estuvimos hablando la semana pasada? Quería usted saber el salario de los obreros en California. Sus hermanos me han despedido, lady Briarly. Alegaron que debía haberle dicho que era el salario mínimo. Ya que no trabajo para ustedes, puedo decirle que se les paga a cincuenta centavos la hora, muy por debajo del mínimo. Sus hermanos se aprovechan de que la mayoría de los obreros están en la ciudad ilegalmente y se dan por contentos con poder recibir cincuenta centavos.

Mackenzie se sentó en la cama, cogiendo bolígrafo y papel.

—Gracias por llamarme, Jim —dijo—. Ha sido usted una gran ayuda. ¿Podría darme su número de teléfono o su dirección para que...?

—Creo que será mejor que no. Buena suerte, lady Briarly.

Llamó a American Airlines para confirmar el pasaje del vuelo de esa tarde para Los Ángeles. Pasó el resto de la mañana haciendo el equipaje, arreglando la ropa de Jordan y hablando por teléfono para que los diseñadores tuvieran listos sus diseños para que ella los supervisara a su vuelta.

—¿Cuando volverás, Mack? —le preguntó su diseñador jefe.

—Cielos, no lo sé —replicó ella.

Ed la llamó por la tarde.

—¿Qué tal el desayuno? —preguntó.

Ella alzó las cejas haciendo un gesto de indiferencia.

—Como siempre. Dos tostadas de centeno. Jordan tomó sus cereales...

—¿No has ido a esa reunión? Dijiste que era a las ocho...

Ella se acercó el teléfono a la boca y murmuró:

—Eddie, me odiarás por esto, pero esta tarde salimos para Los Ángeles. No te lo quería decir antes porque tenía miedo de que intentaras detenerme...

—¿Nosotros, quién?

—Jordan y yo.

—¿Se trata de tu quijotesco plan de ver a tus trabajadores? ¿Qué piensas que vas a hacer, Mack? ¿Cambiar el mundo?

—No lo sé. Darles una bonificación... Mostrarles que hay alguien en *Gold* a quien les importa su bienestar. Buscar una agencia para que vigile sus condiciones... Cualquier cosa será mejor que quedarme en Nueva York sin hacer nada.

—¡Voy para allá ahora mismo, Mack! —dijo él—. Espérame.

—No hay nada que esperar —gritó ella—, nos vamos a las tres. —Pero él ya había colgado.

Llegó en veinte minutos.

—He tenido que faltar a dos reuniones de negocios para venir —explicó al entrar.

Ella le dio un rápido abrazo y él la siguió por la escalera hasta el dormitorio, donde una gran maleta Louis Vuitton yacía en el suelo. Ed se sentó en la cama, observándo cómo doblaba los jerséis.

—¿Cuánto tiempo estarás fuera? —preguntó—. ¿Un año?

—¡Me gustaría irme por diez años! —replicó ella, sentándose a su lado—. Vente ,conmigo, Eddie.

—No puedo abandonar a David. Estamos a punto de sacar nuestra colección de media estación.

Se inclinó hacia ella y se besaron. Él comenzó a acariciarle los pechos, tocándole los pezones que se marcaban en la seda de la blusa. Su lengua entró en su boca. Después de algunos días sin estar juntos, Mackenzie sentía sus caricias como algo nuevo, excitándose como siempre. Se separó de él con un gran esfuerzo.

—Ahora no, Eddie. Tendría la incómoda sensación de que intentas seducirme para que pierda el avión.

—Llama y cancela el viaje —rogó él agarrándola del brazo—. Lo que vas a hacer es una tontería. Incluso podría ser peligroso para el niño y para ti.

—Pues entonces, vente conmigo —volvió a decir ella—. Si me amas, si de verdad me deseas... ven conmigo. Juntos crearemos una firma mejor. Una firma que no trate a las personas como si fueran basura.

—No puedo dejar a David y tú lo sabes. El mundo de la moda no gira a tu alrededor, Mack. Tenemos que seguir cierta ética, como en cualquier negocio. Yo no sé qué arreglos habrán hecho allí tus hermanos, pero nosotros también tenemos que manufacturar los trajes de David a precios razonables.

—¿Cómo lo hacéis? —quiso saber ella.

Él agitó la cabeza.

—Hay distintas maneras de mantener los costos bajos.

—Apuesto a que no utilizas trabajadores ilegales.

Ed lanzó un suspiro y la miró con los ojos llameantes.

—Mira, Mack —le dijo—, no soy más que un tipo normal que se tiene que ganar la vida sin salirse de la ley. Reggie y Max no están haciendo nada ilegal. Quizá sea inmoral, pero eso es Dios quien lo ha de juzgar...

—¿Cuándo? —saltó ella—. ¿El día del juicio final? Si no detenemos a la gente como Reggie y Max, no lo veremos.

Él la estrechó contra sí, metiéndole la mano entre las piernas.

—No te la tomes conmigo, Mack. Yo no tengo las respuestas, sólo quiero vivir en paz. —Le levantó el vestido y metió la cabeza entre sus piernas.— Y ahora sólo te deseo a ti. ¡Oh!, te deseo tanto...

—Cuidado... Jordan... —musitó ella.

—Tengo que hacer el amor contigo, cariño —gimió él—. Si no me voy a correr en los pantalones...

Ella también lo deseaba y se apresuró a cerrar la puerta. Le diría al conductor del taxi que se diera prisa en llegar al aeropuerto. Esto merecía la pena.

Él le subió la falda y se bajó los pantalones. Sus cuerpos se estrecharon y el frenesí de su prisa la excitó. Se tumbó en la cama, dejando que Ed la montara. Hacía una semana que no habían hecho el amor y ella lo necesitaba. Él le lamió la cara como un perrito ansioso, mientras sus cuerpos se frotaban el uno contra el otro. Luego la penetró. Enterró la boca en su cuello, frotando la nariz en su oreja. Ella volvió la cabeza hacia él, deseando su lengua en la boca, su sexo dentro de ella, queriendo ser totalmente invadida por él. Él se movió en su interior, con rápidas embestidas, gimiendo de placer, y ella llegó al orgasmo con increíble rapidez.

—¡Oh, cariño...! —suspiró ella, enterrando los dedos en el grueso pelo negro de su nuca—. Cariño...

Se corrieron a la vez, abrazados, respirando pesadamente el uno en el rostro del otro, mientras el placer agudo, corto, explotaba en su interior. Él se incorporó para mirarla con los ojos soñolientos de placer, pero ella no tenía tiempo de disfrutar del calor de sus brazos como le habría gustado.

—Esto es una locura, Mack —dijo él—. ¿Por qué nos hacemos esto el uno al otro? ¿Por qué no te casas conmigo y acabamos con esto?

Mackenzie soltó una carcajada. Lo abrazó con ternura, se sentó en el borde de la cama y empezó a vestirse.

—¿Acabar con qué? —preguntó—. Yo me iría a Los Ángeles aunque estuviéramos casados. ¿O crees que la pequeña señora de Eddie Schreiber sería más obediente?

Un destello de dolor cruzó los ojos de Ed.

—No pronuncies ese nombre como si fuera la mayor infamia que se te pueda ocurrir —le dijo encaminándose al baño.

Volvió con una toalla húmeda y cálida y la frotó con ella suavemente.

—Cariño, tienes varios millones, ¿no? ¿Por qué te creas tantos problemas?

Ella le arrebató la toalla y la arrojó al suelo enfadada. Se levantó de un salto y se abrochó y se ajustó el vestido.

—Yo solía pensar así antes de que mis amigos del Village me hicieran tomar conciencia...

—¿Aquellos hippies?

—Son gente decente y humana. Ellos no piensan, como tú y mi madre, «en cuanto tengas un millón, quédate quieto, no vayas a hacer zozobrar el barco». Precisamente porque puedo permitírmelo debo ayudar a otros menos afortunados... y esa gente está trabajando para mí. Están ayudando a que me haga rica.

—¿Es muy *chic* ser radical? —Ed hizo una mueca. Se abrochó los pantalones buscando sus zapatos con la vista.

—¡No, Eddie! —Ella lo cogió por los hombros y lo forzó a mirarla—. No estoy haciendo esto porque sea *chic*. Creo en esto de verdad.

Él sostuvo con calma su mirada grave.

—Sí —asintió—. Crees en ello, ya lo veo.

Se puso los zapatos y se marchó escaleras abajo, hacia la puerta. Ella lo miró, sintiéndose desgarrada por dos necesidades.

—¡Espera! —gritó—. No te vayas así. —Salió corriendo detrás de él.

Al llegar a la puerta Ed se volvió para mirarla.

—¿Sabes lo que creo que es todo esto, Mack? —le dijo—. Culpabilidad. ¡Tú nunca amaste a ese tipo! Y estás proyectando tu culpabilidad sobre todo el mundo. Alistair era un idiota. Y el que haya muerto no lo convierte en un santo. ¡Pero no puedes aceptar eso! Tienes que hacer cosas extravagantes. El centro de desintoxicación Alistair Briarly...

—¡Estamos ayudando a los drogadictos jóvenes! —replicó Mackenzie—. Estoy eliminando algo de sufrimiento... ¿qué hay de malo en ello? Y tal vez pueda también eliminar algo de pobreza en Los Ángeles... ¡Sólo quiero ir a verlo! Deberías admirarme... respetarme por ello.

Ed ya había abierto la puerta. Se miraron fríamente el uno al otro.

—¡Está bien! —explotó ella—. ¡Me alegro de que te vayas! ¡Vete! ¡Vete a ganar algunos pavos más a la Séptima Avenida!

—Mack, no te vayas a Los Ángeles —dijo él con suavidad—. Es una locura. Estás equivocada... Vas a acabar con todo esto...

—¡Eso es cierto! —replicó dándole un pequeño empujón—. La equivocada Mackenzie, ¡ésa soy yo! Un corazón de oro y una conciencia hippy y liberal, y es horrible tener un negocio multimillonario y un hijo que es lord... Pero juro que yo no lo tenía planeado...

Él avanzo hacia el ascensor. Mientras cerraba la puerta le dijo:

—Llámame si me necesitas.

Ella gritó a través de la puerta:

—¡No te necesitaré!

Apenas tenía tiempo para coger a Jordan, decirle al portero que llamara a un taxi y darle al conductor cincuenta dólares para que la llevara al aeropuerto todo lo deprisa que pudiera a través del tráfico de Manhattan. Pero, por alguna razón, no podía dejar de llorar.

Eran las cinco de la mañana y Coral se había quedado sin periódicos. Cogió una pila de *WWD*, *Confidencias* y *New York Times* y los echó al fuego, que los devoró agradecido.

Este viaje de ácido había sido muy diferente. Los efectos visuales no fueron los ordinarios. Su mente lo contemplaba todo bajo un nueva luz. Observaba arder las llamas en tonos anaranjados, amarillos, rojos... Por cierto, no eran los colores de la temporada. Frunció el entrecejo. Veía en el fuego personas, caras, gente de la moda que conocía, muertos y vivos. Pronto se consumieron las revistas y Coral arrojó al fuego una costosa caja laqueada. El fuego la destruiría y algo nuevo renacería de las cenizas. Deseó poder destruir su vieja vida y crear algo totalmente nuevo. La moda siempre había sido su vida: ¿podría haber sido de otra forma? Tiró su chal negro a las llamas. Una vez había dicho que París estaba muerto: quizá la moda también estaba muerta. Corrió a sus armarios y volvió con los brazos llenos de ropa para alimentar el fuego. De las cenizas surgirá el ave fénix, pensó. Fue tirando al fuego los vestidos uno a uno: Chanel, Dior, Norell, Galanos y Halston. Vio en las llamas la historia de la moda. Las colecciones eran exhibidas por altivas modelos que caminaban majestuosamente por las pasarelas hacia el infinito: Givenchy, Ungaro, Phillipe Roux. Las ropas se mezclaban en su cerebro drogado de ácido, explotando en luminosos colores. Frunció el entrecejo: todo estaba mal. Las modelos de los sesenta llevaban *tailleurs* de 1930 y jovencitas con peinados de los años veinte llevaban trajes de Mary Quant y Courrèges.

El fuego se convirtió en un animal salvaje que pedía más comida. De ninguna manera podía permitir que se consumiera. Le exigía quemar su propia vida, después de haberse devorado con ansias los vestidos: ¡el fuego amaba la moda tanto como ella! De repente comenzó a hablar en voz alta, como recitando una lección:

—Aunque vuelva un estilo, tiene un aire diferente. No es la copia de un estilo, es una referencia. Son las reglas de la moda.

La moda siempre debe ir hacia adelante, nunca hacia atrás, así que... adiós a la vieja vida, pensó. Cuando ya no quedaban ropas para alimentar al monstruo, acercó la alfombra al fuego y metió una esquina en la boca de la llama. Al principio, el fuego se limitó a lamer la goma de abajo, como degustándola. Luego ardió en una gloriosa llamarada verde que se extendió por la habitación.

Coral batió palmas.

—¡Verde esmeralda! —gritó.

¡Pronto toda la habitación sería verde esmeralda! En el número de primavera de *Divine* no sacaría nada más que verde esmeralda. Podría ser una referencia a la escena «Piensa en rosa» de Kay Thompson, en *Funny Face*. Luego se acordó de que ya no dirigía *Divine* y dejó escapar un doloroso gemido. Cuando el suelo llameó, miró a su alrededor con los ojos muy abiertos, intentando averiguar lo que estaba ocurriendo. La falda de su vestido estaba ardiendo.

—¡Balenciaga! —gimió. Al menos, moriría con el más *chic* de los nombres en sus labios.

Abajo, en el vestíbulo, saltaron las alarmas de los detectores de humo de aquel piso, acallando su grito.

La primera página de *Confidencias* del 18 de octubre de 1968 rezaba:

> Coral Stanton, la sacerdotisa de la moda cuya intuición la mantuvo siempre a la cabeza de la industria, ha desaparecido, probablemente muerta después de que ayer un incendio devorara su apartamento de la calle Cincuenta y Siete de la zona oeste en que habitaba. Aunque todavía no ha sido encontrado el cuerpo de la señora Stanton, se la vio entrar en el vestíbulo del edificio una seis horas antes del siniestro, cuando volvía de la presentación de los premios de moda de *Divine* en Headquarters. El portero y los bomberos pusieron a salvo a los demás habitantes del edificio.
>
> Desde 1964, la controvertida editora en jefe fue el alma de *Divine*, la publicación de moda más influyente del mundo. Coral Stanton fue la responsable de la llegada de la Revolución Mod a la industria de la moda en Nueva York a mediados de los sesenta, la descubridora del diseñador Phillipe Roux, que recibió el primer premio de moda de *Divine* en 1966, y quien mantuvo siempre un alto nivel de calidad y diseño en sus páginas. Quizá lo que más reivindicó fue la fantasía, la unión de la moda y la diversión y la inspiración que hizo de su revista una estímulo y un punto de referencia.
>
> Lloyd Brooks, propietario de *Divine*, reunió a su personal para guardar dos minutos de silencio como tributo a Coral Stanton y pronunciar unas palabras: «Vamos a echarla mucho de menos. Ella era una inspiración para todos con su buen gusto, su intuición y su anticipación. Era una mujer muy especial».
>
> El director de Headquarters y amigo personal, Wayland Garrity, ha dicho: «Ya nadie podrá hacer lo que hizo Coral. Era una grande de la moda».
>
> Colin Beaumont, artista de moda y su mejor amigo, no ha aparecido. Algunas amistades declararon que está en camino de su refugio francés en Provenza.

El apellido Stanton sobrevive en la hija de Coral, Mia Stanton, que diseña bajo el nombre de Anaís du Pasquier, de quien no pudimos obtener ningún comentario.

California asombró a Mackenzie por su luminosidad. Cuando aterrizaron, el sol se reflejó en el avión despertando a Jordan.

—¿Estamos en Disneylandia, mami? —preguntó soñoliento.

Mackenzie miró por la ventana.

—Así es, querido —le dijo.

Había decidido volar en segunda clase, como una muestra de su conciencia liberal. «Necesitaré todo el dinero que pueda ahorrar», se dijo.

En Stetson, el conductor de un taxi la ayudó con el equipaje.

—¿Cuál es el mejor hotel de la ciudad? —preguntó ella. Era un hombre canoso y bien parecido. ¿Una estrella retirada?, pensó ella.

—El Hotel Beverly Hills —dijo él mientras atravesaban el lento tráfico de la tarde—. Raquel Welch estuvo allí la semana pasada.

—Llévenos allí —pidió Mackenzie.

Jordan volvió a dormirse en sus brazos, mientras ella contemplaba los amplios bulevares.

—¿Dónde está todo el mundo? —preguntó al conductor. Era muy extraño ver las calles tan vacías.

—En sus coches.

Las únicas chicas que pudo ver eran como Sandre Dee en *Gidget*, o bien desgreñadas hippies. «Dios mío», pensó ella, «aquí llevan diez años de retraso». «Deberíamos enviar a nuestro anexo de Los Ángeles todo el surtido viejo». Todavía se llevaban las minifaldas y los pantalones de campana. Se quitó su largo abrigo negro.

Cuando llegaron al hotel, le dio al conductor un billete de veinte dólares y los botones del hotel le llevaron rápidamente el equipaje a recepción. Allí la trataron como si todos los días recibieran a excéntricas damas con títulos nobiliarios y acento del Bronx.

—Una *suite* —pidió Mackenzie.

—¿Y cómo la va a pagar, lady Briarly?

Ella le tendió al director su tarjeta de American Express.

—Gracias. —Le hizo una seña al botones para que la acompañara a sus habitaciones.

—Jordan, querido, esto te va a encantar. Podrás aprender a nadar —le dijo cuando el botones le mostró el cuarto de baño, la nevera, los salones.

Gold disponía de toda una sala de muestras en la parte baja de la ciudad, en California Mart, pero cuando ella llamó aquella tarde, estaba cerrado. Dejó recado de que la llamaran en cuanto abrieran a la mañana siguiente. Después, exhausta, ordenó un bocadillo al servicio de habitaciones y acostó a Jordan. Se quedó dormida antes de terminar la cena.

Jordan la despertó muy temprano por la mañana. Después de desayunar y de ducharse, todavía eran las ocho y media. La oficina de Mart llamó a las nueve.

—Soy Mackenzie Briarly —dijo ella—. Quiero que me den la dirección de la fábrica que hace nuestras prendas.

—No estoy segura de tenerla, señora, eh... lady Briarly —replicó la voz de una chica joven—. ¿Puede esperar un momento?

Apareció otra voz en la línea.

—¿Lady Briarly? —dijo en tono confidencial—. Soy Brad Powell, director de la sala de muestras. ¿Qué puedo hacer por usted?

—Quiero que me recoja en el hotel Beverly Hills y que me lleve a nuestros talleres...

—Me temo que eso no será posible, señora. Se encuentran fuera de la ciudad, a una hora de camino. Y hoy tengo la agenda llena de presentaciones de venta.

Mackenzie se impacientó.

—Pues encuentre a alguien que me lleve, o iré sola. Es urgente.

Le enviaron una destartalada furgoneta. Ella dejó a Jordan en la guardería del hotel, después de darle un beso y de prometerle que no tardaría mucho. El conductor observó su atuendo cuando ella salió del hotel. Su vestido negro y suelto resultaba ridículamente sexy bajo el sol de California.

—¿Adónde vamos? —le preguntó al conductor, sentándose a su lado. Era un mexicano. Buena señal, pensó ella.

—Vamos al este de Los Ángeles, lady —respondió mientras ponía en marcha el motor.

Mackenzie se preguntó si él sabría que ése era su título. Él se inclinó sobre ella para echar el pestillo de seguridad a la puerta.

—No es una zona muy buena.

—Ya me lo imagino —murmuró ella.

Atravesaron lo que le parecieron cientos de bulevares y estrechas calles, pasando por casas «Do-Nut», almacenes de coches usados y quioscos de comida rápida. Al parecer, había una gasolinera en cada esquina. El maquillaje se le derretía en la cara y los rayos de sol a través de la ventana la hacían sudar. El cielo era de un brillante color azul. La única gente que vio eran viejos o pobres, sentados desvalidamente en las paradas de autobús o en bancos que constituían sus lúgubres hogares.

Para cuando llegaron a los talleres, estaba casi desmayada de calor. Nada parecía indicar que los trabajadores pertenecieran a *Gold*. El exterior del edificio, una especie de enorme almacén, era ruinoso. Una vez dentro, la condujeron al sucio y caluroso despacho del director.

—Bienvenida a Los Ángeles —saludó él, levantándose con una sonrisa y tendiendo la mano. Su nombre, Ángel Flores, estaba grabado en la puerta.

—Hola —contestó Mackenzie, estrechándole la mano—. ¿Tiene un poco de agua? —pidió al ver un depósito. Él le alcanzó un vaso de papel y ella se lo bebió de un trago, y luego pidió otro y otro.

—¡Dios mío, cómo lo necesitaba! —suspiró ella.

Tocó el brazo del director y éste dio un respingo. Era un mexicano pequeño y moreno, muy formal y nervioso, de mirada cautelosa. Echó al conductor con una palabra.

—Por favor, tome asiento —le dijo a Mackenzie, indicando una sucia silla en la que ella se dejó caer—. Nos honra mucho su visita.

—¡Oh!, por favor... —Hizo un gesto para rechazar tales honores—. Tendría que haber venido hace meses. Para examinar esto, quiero decir. Me siento culpable por no haberlo hecho. ¿Sabía usted que vendría hoy?

Él asintió.

—El señor Reggie... me llamó anoche a mi casa, muy tarde, para decirme que usted venía. ¡Bienvenida a Los Ángeles!

—Gracias —replicó ella.

Su madre se lo habría dicho a su hermano. Se quedó mirándolo, intentando recobrarse del calor. Él también la miró sin saber qué decir.

—¿Cuántos obreros trabajan aquí? —preguntó ella al cabo de unos instantes.

—Ciento veinte.

Ella se levantó.

—Vamos a verlos...

Ángel Flores la condujo orgullosamente a los talleres. Mientras atravesaban los polvorientos pasillos, hacia la parte trasera del edificio, Mackenzie oyó llantos de niños. La puerta de los talleres, que hervían con el sonido de las máquinas, estaba abierta. Mackenzie miró al interior. El sudor de los cuerpos hacinados y el calor que desprendían las máquinas eran abrumadores. Hizo un esfuerzo para entrar. Los ciento veinte trabajadores eran en su mayoría mujeres, amontonadas en una habitación llena de máquinas de coser y mesas de corte. En un rincón había un montón de niños y bebés, casi todos ellos gritando y moqueando y contribuyendo a aumentar el horrible ruido del local. Las chicas mexicanas, con las frentes perladas de sudor, levantaron la cabeza de las mesas para observar a la visitante con sus inquisitivas miradas. Desde el rincón donde estaban los niños le llegó a Mackenzie el olor a orina y excrementos, y ella intentó mantenerse impasible. Bajó unos escalones hacia un estrecho pasillo; apenas podía respirar.

Miró hacia las ventanas, que, aunque estaban abiertas, no dejaban pasar mucho aire al interior, y se volvió hacia Flores.

—¿No tienen ventiladores? —preguntó.

Flores se alzó de hombros.

—Hace calor, sí. Mucho calor —intentó sonreír.

—¡Es insoportable! —gritó Mackenzie.

Hizo un gesto indicando que quería recorrer toda la sala, y Flores se abrió paso entre un grupo de mujeres que la miraban y la condujo por la naves, mientras ella iba sonriendo a los obreros. Algunos le devolvían la sonrisa, otros parecían asustados o tímidos, y otros se limitaban a mirarla. El ruido de las máquinas era tan intenso que las vibraciones y el estruendo alcanzaban límites casi insoportables para el oído humano.

Después de recorrer algunas salas más, de pronto se tambaleó y buscó una silla con la vista. Una vieja y sonriente mujer le acercó su banco de madera.

Mackenzie suspiró, abanicándose con la mano.

—¿Tienen un poco de agua? —pidió.

Le trajeron una Coca-Cola y ella se la bebió agradecida. Advirtió que la mujer que la había dado el banco seguía trabajando de pie, cosiendo un par de pantalones. Las ropas que estaban haciendo le resultaban familiares: ella las había diseñado.

—¿Cuánto se le paga a esta gente? —le preguntó al director.

—Lo normal.

—¿Y cuánto es eso?

—Cincuenta centavos la hora.

—¡Eso es terrible! ¿Cuántas horas trabajan a la semana? Escuche, ¿no pueden parar un momento para que pueda hablar con ellos?

—Tienen que cumplir una cuota, señora. Si se detienen, perderán dinero.

—Muy bien, hablaré con ellos mientras trabajan. Ayúdeme a subir. —Se apoyo en sus brazos para subir a un banco desde donde los dominaba a todos—. ¿Saben quién soy? —le preguntó al director.

Él anunció en español que la dama que diseñaba las ropas había venido a visitarlos.

—Hola —gritó Mackenzie—. ¡Escúchenme todos, por favor! ¡Hola! Soy Mackenzie Briarly. Antes era Mackenzie Gold. Yo soy la diseñadora de las ropas. He venido desde Nueva York para visitarles. Para mostrarles que hay alguien que se preocupa por ustedes.

Alguien gritó:

—¡Nueva York!

Algunas mujeres aplaudieron, pero la mayoría de ellas observaron a Mackenzie con cansancio y continuaron trabajando, obligando a Mackenzie a gritar.

—¡He venido desde Nueva York para verles! —repitió—. Quería que supieran cuánto aprecio su trabajo.

Una chica muy joven se acercó a ella y tocó maravillada sus zapatos.

—Me acabo de enterar del tipo de salario que ganan, y estoy francamente sorprendida. Yo nunca quise que *Gold* fuera una de esas compañías que se aprovechan de sus trabajadores... ¡Y estas condiciones son indignantes! Quiero compartir con ustedes nuestros beneficios. Es obvio que ustedes necesitan más dinero y nosotros podemos invertir en mejorar las condiciones de la fábrica. Quiero intentarlo. Voy a cambiar las cosas, lo prometo. Mientras tanto, quiero darles algo a cada uno. ¿Qué les parece doscientos dólares por cabeza?

Alguien, probablemente la única que la había entendido, aplaudió y silbó.

—¡Doscientos dólares! —se murmuraba por toda la sala. Todos la miraron con renovado interés. Un niño gritó y lo hicieron callar. El ruido de las máquinas fue cesando poco a poco mientras todos la observaban con la alegría reflejada en sus rostros.

—Quiero que se pongan delante de mí... Les firmaré un cheque a cada uno —dijo Mackenzie bajando del banco y buscando el talonario en su bolso.

Flores se aclaró la garganta nervioso.

—Eh... señora Mackenzie, por favor... un cheque será inútil para la mayoría de ellos. Les será muy difícil cobrarlo. Si está usted decidida a hacer esto, ¿puedo sugerir que les dé dinero en metálico?

—Claro. ¿Cuántos son?

—Hoy han venido ciento veintiuno...

Ella hizo una rápida multiplicación.

—Eso hace 24.200 dólares, le extenderá un cheque a usted, señor Flores, y confío en que usted los distribuya; doscientos dólares a cada uno, ¿de acuerdo?

Se despidió de las sonrientes mujeres, estrechando las manos de algunas chicas que se la tendían al pasar, y volvió al despacho.

Flores la miró con curiosidad desde atrás de su mesa.

—¿Saben sus hermanos algo de esto? ¿Aprueban ellos lo que hace usted?

—Mis planes no necesitan su aprobación —respondió ella firmando el cheque.

—Pero comprenda que algunas de estas chicas, si reciben así doscientos dólares, no vendrán a trabajar. Tenemos que cumplir importantes pedidos, ¿se da usted cuenta?

—¡Oh!, sí... —Mackenzie frunció el entrecejo, mordiendo la punta de la pluma—. Deje que vuelva a hablar con ellos.

Lo dejó en el despacho y volvió al taller mientras Flores se apresuraba a coger el teléfono para llamar a Nueva York.

Abrió la puerta del taller. Todas las mujeres hablaban entre ellas comentando los extraños sucesos de aquella mañana.

—Óiganme todos —dijo Mackenzie. Todos pararon el trabajo y la miraron—. Su trabajo es muy importante para mí. Sin su trabajo, mis diseños no podrían salir adelante. Ni las tiendas, ni el negocio en general. Dependemos de ustedes. Quiero que me aseguren que seguirán viniendo a trabajar aunque les dé ese dinero extra. Haré todo lo que pueda por mejorar sus condiciones, pero no me abandonen, ¿de acuerdo? Todos acudirán a su trabajo, ¿verdad? Tenemos que cumplir muchos pedidos y haremos que nuestra firma sea la más grande del país si todos trabajamos unidos.

Ellos sonrieron y asintieron, y para entonces ella tenía tanto calor que lo único que deseaba era una bebida helada en su hotel de Beverly Hills.

Volvió al pequeño despacho justo cuando Flores colgaba el teléfono. La miró de una forma extraña.

—Sus hermanos no sabían nada de esta bonificación —le dijo—. Está haciendo esto sin su permiso.

Mackenzie se rió.

—No necesito su permiso. ¡Estoy utilizando mi dinero, no el suyo! Si yo quiero premiar a los trabajadores que me han ayudado a ganarlo, es cosa mía, ¿no? Verá, señor Flores, a mis hermanos no les importan las condiciones de su gente. ¡Y a mí, sí! Y me alegra mucho poder ayudarlos de alguna manera.

Flores la miró con rostro inexpresivo. Ella le alcanzó el cheque.

—Sé que puedo confiar en usted. Le dará a cada uno de los obreros doscientos dólares en metálico, ¿de acuerdo?

Él cogió el cheque y lo leyó, frunciendo el entrecejo y moviendo los labios. De pronto sonrió enseñando los dientes.

—Éste es el cheque más grande que he visto en mi vida —dijo maravillado. Luego volvió a asumir su expresión grave.

—Y esto es sólo el principio —le dijo Mackenzie—. Haré que reformen todo el local, dándole una marca y haciendo que tengan una identidad y un orgullo.

—Señora Mackenzie —la interrumpió Flores—. ¿Tiene un número de tarjeta de crédito que pueda escribir en el cheque? A veces el banco lo pide.

—Ah, claro.

Buscó en su monedero y le tendió la tarjeta de American Express. Él la cogió y la leyó con cuidado. Entonces asió unas grandes tijeras que tenía sobre la mesa y cortó la tarjeta.

—¿Qué diablos está haciendo? —gritó Mackenzie, recogiendo los pedazos de la tarjeta—. ¿Está usted loco?

—No estoy loco, señora Mackenzie —respondió Flores—. He hecho esto porque sus hermanos me lo han ordenado. Acabo de llamarlos a Nueva York. Me han dicho que usted ya no trabaja para *Gold*. Cuando les dije que pretendía pagar a cada trabajador doscientos dólares, me ordenaron que destruyera su tarjeta de crédito... Dijeron que usted estaba loca.

—Pero era mi tarjeta... ¿cómo ha podido hacer eso? —se enfureció ella—. Y yo poseo el veinticinco por ciento de *Gold*, no pueden quitarme eso. Ahora me he quedado sin dinero aquí. ¿Qué voy a hacer?

Él se encogió de hombros.

—Debo pedirle que se vaya, es lo único que sé. Por favor...

Lo miró dolida y con un miedo repentino. Él la agarró del brazo para sacarla de la oficina, pero ella se desasió con brusquedad.

—Volveré con la policía —prometió—. Esa tarjeta era de mi propiedad. No tenía usted ningún derecho a destruirla... ¡ningún derecho!

La puerta de la fábrica se cerró tras ella. El sol del mediodía parecía borrar toda identidad de aquella blanquecina calle. No tenía ni idea de dónde estaba. Su chófer estaba junto a la furgoneta, hablando con otro hombre.

Mackenzie le dio un golpecito en el hombro:

—Lléveme de vuelta al hotel Beverly Hills.

Él sacudió la cabeza.

—Tengo que quedarme aquí, lady. Lo siento...

—¡Esto es ridículo! Tenga... —Rebuscó en su bolso—. Le daré veinte dólares. Pero, mientras cogía el monedero, cayó en la cuenta de que no tenía veinte dólares. Aquella tarde intentaría hacer efectivo un cheque en el hotel. No tenía dinero ni tarjeta de crédito.

—Mire —dijo, enseñándole el talonario—, le firmaré un cheque. Tengo fondos, no tendrá problemas...

Él sacudió la cabeza y continuó hablando con su amigo. Sintió una oleada de terror. ¿Sería verdad que Reggie y Max la habían echado de la compañía? ¿Pero cómo? ¿Y cómo diablos iba a volver a la civilización? Se quedó mirando a su ex chófer, pestañeando ante el deslumbrante sol. En ese momento Flores apareció en la puerta y le gritó una orden en español al chófer, que salió corriendo hacia el edificio.

Mackenzie echó a andar con desgana calle abajo. El calor del sol agotaba sus resistencias y borraba sus pensamientos. Se hizo sombra en los ojos para ver si podía divisar algún taxi. Estaba en la zona mexicana de la ciudad... Todos los carteles estaban en español. Las ropas que ostentaban los chillones escaparates eran llamativas y baratas y los quioscos de comida rápida olían a aceite rancio. Pasó ante una puerta que era la más patética de todas, con un raído y enorme cartel que rezaba: «Sala de fiestas». La gente se volvía a mirar su vestido negro cuando ella pasaba por delante con vacilante paso. En una esquina, un grupo de niños se rió de ella y dos de los niños bailaron a su alrededor.

Se detuvo en el vestíbulo de una tienda y rebuscó en su bolso para ver exactamente cuánto dinero tenía. No encontró más que un puñado de calderilla. «No puede ser que me esté sucediendo esto», pensó. No debo dejar que me domine el pánico... eso me haría pasar aún más calor. Al otro lado de una calle ancha vio una gasolinera y un teléfono público. Espero a que el semáforo se pusiera en verde mientras apretaba con fuerza sus monedas. El sol seguía cegándola a pesar de sus gafas oscuras. Llegó al teléfono jadeando. Deseaba tomar una Pepsi, pero tenía que elegir entre eso y la llamada: no tenía bastante dinero para las dos cosas. Llamó a información para obtener el número del Beverly Hills, y luego introdujo una moneda.

—Cuarenta y cinco centavos, por favor —indicó una voz grabada. Tenía lo justo—. Gracias —dijo la grabación.

El teléfono sonó y una voz respondió:

—Hotel Beverly Hills, buenas tardes.

«¡Por fin la civilización!», pensó ella.

—¡Dios mío, me alegro de dar con ustedes! —comentó Mackenzie. Pero de pronto oyó un «click» y un zumbido que indicaban que la línea se había cortado. Apretó el botón de retorno de monedas, pero no salió ninguna.

—¡Oh, no! —gritó, y volvió a apretar el botón una y otra vez, golpeando el teléfono con la mano. Un chiquillo se acercó corriendo y, poniéndose de puntillas, apretó el botón repetidas veces; luego se encogió de hombros y se marchó.

Lágrimas calientes le surcaron la cara, corriéndole aún más el maquillaje.

«Soy lady Mackenzie Briarly», se dijo, «y no voy a perder el control».

Volvió vacilante a la carretera, mirando a un lado y otro. Un coche detuvo su marcha a su lado. Los dos hombres que viajaban en su interior la miraron.

—¿Necesita que la lleven a algún sitio, señora? —le dijo uno de ellos.

—¿Se ha perdido? —preguntó el otro.

Ella se tambaleó sobre sus tacones sin decir nada, mientras el sol caía sobre su cabeza provocándole náuseas.

Después de caminar algunas manzanas, todas iguales, se dio cuenta de que no sabía adónde se dirigía, así que era absurdo acalorarse andando. Vio un banco a un lado de la calle y se sentó. Jadeó, sedienta, preguntándose qué ocurriría si llegaba la noche y no podía volver con Jordan. Estalló en lágrimas. «Esto es lo que se consigue intentando ayudar a la gente», pensó. Para entonces se había reunido a su alrededor un grupo de niños y mujeres curiosas. De vez en cuando alguien se dirigía a ella en español, pero todo lo que Mackenzie podía gimotear era: «Hotel Beverly Hills», y luego seguía llorando.

Estaba muy mareada y sintió que iba a desmayarse. Antes de que eso pasara se tumbó en el banco.

27

Phillipe, de pie en el aeropuerto De Gaulle, con un enorme ramo de rosas blancas en la mano, escudriñaba las caras de todos los pasajeros, hasta que vio a Mia. Ésta lo vio en el mismo momento y advirtió que sus ojos tenían la misma mirada intensa y decidida de siempre. Le dedicó a Mia una de sus maravillosas sonrisas y ella se sintió como siempre se había sentido en su presencia: bendecida, como si el estar a su lado fuera un honor especial. Comenzó a correr hacia él, pero Phillipe le hizo un leve gesto con la cabeza señalándole a los fotógrafos que estaban pendientes de él. Mia aminoró el paso y le indicó al mozo de equipajes que siguiera al hombre del ramo de flores. Cuando los fotógrafos se dieron cuenta de lo que pasaba, los persiguieron hasta la oscuridad del aparcamiento e hicieron estallar una tormenta de flashes en el fresco aire francés.

Él no la tocó hasta que estuvieron a salvo dentro de la limousine. Entonces, mientras el chófer enfilaba con tranquilidad hacia la autovía, Phillipe la cogió en sus brazos. El perfume de las rosas impregnaba el coche. Él la besó en el cuello, en la cara, en los labios, y ella se sintió trasladada a aquella noche en que se habían besado por primera vez. Pero ahora ella sabía, más allá de toda duda, que él era el único hombre de su vida. Se recostó en el asiento, con las manos enlazadas a las de Phillipe, entregándose a él, sintiendo los primeros latigazos de excitación mientras él le tocaba levemente las piernas, los pechos, el vientre, metiendo los dedos entre sus piernas y acariciándola. Ella sintió un fuerte y repentino deseo.

No hicieron el amor en el coche, pero estuvieron muy cerca. Mia aspiró el aroma de él mientras se besaban, sosteniendo su lengua en la boca y estrechándose contra él.

Cuando entraron en la ciudad, él se separó.

—Me siento un poco violento por la casa a la que nos dirigimos, Mia —confesó él—. Me aconsejaron comprarla. Me he convertido en un capitalista, Mia...

Tanto le daba que le hubiera dicho que era un estafador o un asesino... Lo único que le importaba era el sabor de su boca y su aliento en los labios, y la certeza de que estarían siempre juntos.

—Es muy grande —explicaba él como disculpándose— y está muy vacía. No he tenido tiempo de escoger los muebles. —Se rió y le acarició con ternura la mejilla.

—Me encantará, Phillipe. —Ella lo besó en la cara—. Me encantaría aunque fuera una cueva.

Cuando llegaron a Étoile despidieron al chófer y pasaron al asiento delantero: Phillipe conduciría el resto del camino. Ella no le quitó la mano de la pierna, para convencerse de que todo era real.

La casa y los alrededores eran increíblemente románticos. A ambos lados del camino, tras de los bien recortados setos, se alzaba con orgullo la fachada de un edificio del siglo XIX. La casa era la vivienda privada más espectacular que Mia había visto en su vida: todo un patio de adoquines para aparcar el coche y veinte ventanas, en cada una de las cuales oscilaba la luz de una vela que Phillipe había encendido en su honor. Atravesaron el patio central, donde crecían bojes y arbustos cortados en forma de pirámide. Una pequeña fuente cantaba con un musical hilo de agua. Y la luna llena, como atendiendo a una orden, bañaba la escena en una suave luz blanquecina.

Cuando el coche se detuvo, la noche se tornó silenciosa y mágica. Phillipe cogió a Mia en brazos y subió con ella los escalones de piedra. Ella estrechó su cara contra la de él, besando su suave mejilla una y otra vez e intentando convencerse de que aquello no era un sueño.

Él se detuvo en el vestíbulo.

—¿Tienes hambre? —preguntó—. ¿Quieres que vayamos primero a la cocina?

—¡No! ¡No! —exlamó ella.

Phillipe rió encantado y continuó subiendo la interminable escalera de piedra. Las velas en las ventanas proyectaban a su paso titilantes sombras en las paredes. Por fin llegaron a una amplia habitación en cuyo centro se encontraba una hermosa cama con dosel.

—Ésta es nuestra habitación —dijo él, depositándola con suavidad sobre la cama y tumbándose a su lado—. Pensaba en ti todo el tiempo, Mia. ¿No me sentías?

—Pero nunca me escribiste —se quejó ella, tocándole las sienes, las cejas—. Nunca me llamaste...

—Por mi testarudo sentido del honor. —Le acarició el pelo—. Tenía que olvidarte, se lo debía a ella. Pero no pude...

—Yo he pensado en ti cada minuto, querido, cada segundo...

Él la besó en la boca y ella se abandonó al beso, se abandonó a él. Le rodeó la espalda con los brazos sintiendo su anchura, su calor, su fuerza.

—Intenté complacerla, pero ella era...

—¡No! —lo acalló Mia colocándole un dedo sobre los labios—. No hablemos de ella, amor mío. Quiero recordar esta noche para siempre. No quiero enturbiarla. Sólo nosotros, Phillipe... Sólo tus besos.

Él la besó, en la cara, mordisqueándole los labios dulcemente.

—Pero tengo que decirte que ella no tenía ninguna intención de dejarme marchar —le advirtió él—. He sido yo el que ha escapado. Yo he anunciado que nuestro matrimonio se acabó. Pero para ella no se ha acabado. Me persigue, me llama a mitad de la noche, viene aquí...

—No vendrá esta noche, ¿verdad? —preguntó Mia alarmada.

—¡Espero que no!

—Mientras estemos juntos.

Ella lo besó en la frente y tocó sus sedosas cejas negras con los dedos. Él rió besándola en la oreja. El cuerpo de Mia comenzaba a vivir, como despertando de su largo sueño. Cuando sus dedos empezaron a tocarla suavemente, en exploradoras caricias, crearon en ella temblores, deseos, corrientes. De pronto le empezaron a castañetear los dientes.

—¿Tienes frío?

—No. Phillipe, por favor, no te rías de mí. Yo... no tengo experiencia. Siempre me ha dado miedo el amor... el sexo, lo que hacen los hombres...

—No... No... —la acalló él, mordiéndole el labio, deslizando las manos bajo su blusa, acariciándole los pechos con tanta suavidad que ella se estrechó contra él, buscando más caricias—.

Lo vamos a hacer muy lentamente. Es como preparar un buen plato. No hay que mezclar sin más los ingredientes. Iremos con cuidado, muy despacio. Yo no soy como la mayoría de los hombres, ya lo verás...

—Confío en ti, amor mío. Sé que es una estupidez, pero estoy asustada.

Él desnudó sus pechos y empezó a morderle los pezones, al tiempo que su mano se deslizaba por debajo de la falda hasta su sexo y comenzaba a acariciarlo, provocando una ola de fuego en su interior. Ella dejó escapar un gemido de deseo y de miedo.

Él cogió su mano y se la puso en el bulto que formaba su sexo enhiesto bajo las ropas.

—¿Lo sientes? —le preguntó—. Estoy impaciente. Impaciente por unirme a ti. Pero no tengo prisa... Sólo cuando tú estés preparada, no antes.

—Sí. Espera hasta que esté preparada —repitió ella.

La mano de él se hizo más insistente. Su cuerpo la buscaba, mientras los dedos de él la penetraban y se movían dentro de ella, dándole ese placer que tan bien recordaba de la primera vez. Ella dejó la mano sobre su miembro duro, intentando borrar el miedo que ese contacto le despertaba. Parecía tan grande, tan duro.

—Quiero gozar de esto, querido —susurró ella.

Los dedos que se movían en su interior volvieron a despertar en ella un sinnúmero de sentimientos contradictorios. Ella se apartó de él.

—Por favor, ve muy despacio —suplicó.

Él se levanto para desnudarse y luego la desnudó a ella. Mia lo contempló bajo la luz blanquecina de la luna llena que bañaba sus cuerpos, mientras él le acariciaba todo el cuerpo, los costados, la espalda, los pechos. Era como un escultor probando un nuevo bloque de mármol, pensando qué hacer con él. Su cuerpo era moreno, enjuto, como una estatua egipcia de anchos hombros y pecho liso. Ella lo acarició: era bruñido, suave, fuerte. Él gimió, agachando la cabeza y enterrando la cara entre sus piernas. Ella sintió su lengua en el pubis y cerró los ojos entregándose a sus caricias, abriendo las piernas para él. Comenzaba a sentir el placer. Ya no tiritaba. Sintió un estremecimiento de júbilo: todo iba a salir bien.

Él guió su sexo para entrar en ella, rozándole los labios de la vagina con la punta. La acarició suavemente con la mano, como si quisiera calmar un animal asustado, y se quedaron quietos durante largos minutos. Luego él apartó la mano y apretó su miembro contra ella. Ella sintió cómo se movía como si fuera otro brazo, empujando contra su sexo. Contuvo el aliento, sin atreverse a respirar. Todo en su vida se había centrado en ese momento. Si iba a haber un «para siempre» con Phillipe, iba a empezar ahora. Con mucha suavidad él introdujo la punta. ¡Oh, que todo vaya bien! Ella deseaba aquel músculo enhiesto en su interior, aunque al mismo tiempo la asustaba. Deseaba al mismo tiempo apartarlo, y estrecharlo con fuerza, y volverlo a apartar... vacilando hasta la eternidad. ¡Sí! ¡No! ¡Sí! ¡No!, gritaba su cuerpo. ¡Déjalo! ¡Apártalo! ¡Déjalo! Volvieron a castañetear sus dientes y cerró con fuerza la boca. ¡Iba a ser muy grande para ella! Él acarició su cara con una mano, mientras con la otra guiaba su miembro dentro de ella. La recorrió un espasmo de miedo.

—¡Phillipe! —gritó—. Yo...

De pronto, las velas de la habitación vacilaron y un timbre estridente rompió el silencio. Dieron un respingo. El timbre volvió a sonar.

—*Merde!* —exclamó Phillipe sobresaltándola.

Se levantó de la cama y arrimó la cara a la ventana, intentado ver quién era.

El timbre sonó una vez más, con timbrazos cortos y repetidos.

—No voy a contestar —murmuró. Ella se acercó también a la ventana y se quedó detrás de él, acariciándole los desordenados mechones de la nuca y su fuerte cuello. Se apretó contra sus nalgas, gozando del contacto de su piel.

El timbre siguió sonando, como si no tuviera intención de dejar de hacerlo.

—¿Es ella, verdad? —preguntó Mia.

Pulsaron el timbre con más insistencia, rasgando la noche con su estridencia.

—Va a echarlo todo a perder —musitó Phillipe. Los dos escucharon, uno junto al otro, casi sin respirar.

Ella se puso frente a él. Su sexo estaba menos enhiesto, pero aún estaba duro, crecido por su deseo. Ella acarició las flojas bolsas que colgaban bajo él. Él gimió por la caricia y ella aspiró su delicioso olor. El timbre sonaba ahora en largos intervalos de treinta segundos. Él se volvió y empezó a morderle con mucha suavidad un pezón, haciendo caso omiso del ruido. Ella deseó que se lo chupara con fuerza y eso hizo él, como leyendo sus pensamientos. Aquello pareció relajarla, y se encontró ofreciéndose a él. Su mano estaba sobre ella, con los dedos dulcemente curvados en su interior, volviéndola a la vida.

Cuando sonó otro largo timbrazo, se separó de ella y se acercó a la ventana.

—Voy a contestar —dijo—. Es capaz de despertar a todo el barrio. ¿Cómo podemos hacer el amor con este ruido de fondo? Está loca, es tan exigente... —Se puso encima una bata de seda y se aproximó a la cama, donde ella había vuelto a recostarse, para darle un beso.

—Te librarás de ella, ¿verdad, Phillipe? Para mí son las seis de la mañana...

—Le diré que me deje en paz —prometió él—. Hemos terminado y debe acabar con esta persecución. Volveré en cuanto la convenza, Mia. —Se inclinó sobre ella y le dio un largo beso, moviendo la lengua en las profundidas de su boca. Luego se separó y salió de la habitación, bajando la escalera.

Mia volvió a oír el timbre, y luego el ruido de la puerta al abrirse y voces. Aunque intentó mantenerse despierta, cayó en un estado de duermevela en el que apenas era consciente de su extraño entorno. Quizá todo había sido un sueño, pensó quedándose dormida. Tal vez despertaría en su apartamento, víctima de una fantasía cruelmente decepcionante. Estas cosas no ocurrían en la vida real, ¿no? Intentó pellizcarse en sueños y no sintió dolor.

Entonces empezaron a ocurrir otras cosas. Se oyó gritar a Phillipe, un ruido de cristales rotos y un portazo. Una mujer gritó y sus gritos se convirtieron en súplicas. Phillipe tranquilizaba a la mujer con suaves sonidos, con un vaso de vino, con musitadas promesas de no abandonarla nunca. Mia se agitó en la cama, dando vueltas entre las sábanas, frunciendo el entrecejo entre sueños terriblemente agitados.

El sueño cambió. Estaban en un sombrío castillo. La luz de las velas hacía bailar caricaturescas siluetas en las paredes de piedra. Phillipe estaba haciendo el amor en la oscuridad con alguien muy familiar, alguien que había llorado tanto que tenía los ojos hinchados. Alguien que ahora jadeaba de deseo mientras Phillipe se la follaba. ¡Sí... follar! Ésa fue la palabra que ella pensó en sueños. Había una extraña música de fondo, que fue subiendo de tono hasta que se paró de golpe...

Mia se sentó de un salto en la cama, totalmente despierta. Tenía la garganta seca. La cama estaba vacía y no se oía un ruido en la enorme casa. No tenía ni idea del tiempo que llevaba dormida, pero aún estaba oscuro, y sólo la luna iluminaba la noche. ¿No tendría que haber regresado ya Phillipe? La silenciosa luna llena arrojaba la luz más extraña que había visto nunca. Acentuaba lo raro de aquella noche, de aquel día de su vida. Salió de la cama, tambaleante, y tropezó con su maleta. Las velas se estaban consumiendo y sus rojos pábilos llenaban la habitación de un humo acre. Encontró un interrumptor de la luz y lo apretó, pero no había ninguna bombilla en la lámpara. Cuando sus ojos se acostumbraron a la oscuridad, salió al pasillo tanteando las paredes con las manos. Había muchas habitaciones y miró en todas ellas; la mayoría estaban vacías o sólo albergaban algún baúl o algún mueble cubierto con una sábana.

Volvió sobre sus pasos hasta la ancha escalera que llevaba al segundo piso. Allí creyó oír un crujido. Unos segundos después le pareció oír otro ruido... un jadeo. Volvió a recordar el sueño con viveza: las voces francesas gritando, el ruido de cristales. Quizá no había sido un sueño, sino ruidos reales que había captado el subconsciente. Quizás habían entrado ladrones en la casa y habían golpeado a Phillipe. Se estremeció. Ahora llegaron más ruidos desde las habitaciones de abajo. Tal vez Phillipe yacía en el suelo luchando para respirar. Se le desorbitaron los ojos de miedo al oír otro ronco suspiro en la habitación situada a la derecha de la escalera. Si tuviera alguna luz... Alcanzó a ver un candelabro en la ventana, pero no tenía cerillas.

Siguió los sonidos, moviendo a duras penas los pies, medio helada de miedo. Se forzó a acercarse a la habitación de la que provenían los ruidos. Se aproximó de puntillas a la puerta sin hacer ruido por si los intrusos la estaban esperando. Empujó la puerta con mucho cuidado y ésta se abrió dejando ver la habitación bañada por la luz de la luna. Había dos personas juntas, emitiendo extraños jadeos. Hubo algo en el ritmo de aquellos sonidos que despertó recuerdos muy lejanos. Una vez, en algún lugar, en otra casa, ella se había acercado de puntillas a la puerta de una habitación y sin hacer ruido había contemplado una escena similar.

Oyó un gemido que encontró eco en una voz más grave. Hizo una rápida y dolorosa inspiración al tener un súbito presentimiento de lo que iba a ver. Se acercó al amplio sofá en el centro de la habitación y cerró los ojos con fuerza, sabiendo que cuando los abriera podría ver con más claridad. Cuando lo hizo vio sus cuerpos, los de Phillipe y Josephine. Vio moverse la morena espalda del hombre que amaba, provocando los gemidos de Josephine, que lo rodeaba con sus piernas moviéndose arriba y abajo, apretándose contra él como si nunca la penetrara lo suficiente. Y con cada embestida, Phillipe dejaba escapar un gemido de resignación que, de alguna forma, le decía a Mia lo patéticos que son los seres humanos, cuánto se semejan a muñecos o animales en este juego sexual, este juego que desde fuera parecía tan ridículo y a pesar de todo tan fascinante. Observó la cara de Josephine bajo la luz de la luna: los ojos cerrados, la boca abierta con ansia, en una especie de cruel parodia del propio amor de Mia.

Y súbitamente, en un destello, Mia recordó. Se vio a sí misma en la puerta del dormitorio de sus padres contemplando aquel juego incomprensible, los ruidos, los jadeos... Y de pronto volvió a ser aquella niña, aquella chiquilla de siete años.

—¡Mami! —gritó con voz infantil. Los amantes se sobresaltaron—. ¡Mami! —volvió a gritar—. ¡No dejes que te haga eso!

Sintió que se ahogaba y tuvo que coger aire, mientras los temblores sacudían su cuerpo. Sin saber lo que hacía, se arrojó sobre Phillipe golpeándole la espalda con los puños.

Él gritó sorprendido y Josephine chilló confusa, abriendo los ojos de golpe.

Mia tiró de Phillipe con una fuerza sobrehumana.

—¡Papá! —gritó Mia—. ¡No le hagas eso!

Agarró a Phillipe del cuello y le echó hacia atrás la cabeza. Luego se tiró sobre Josephine y le arañó la cara mientras chillaba:

—¡No dejes que te haga eso! ¡No lo dejes!

Con los ojos desorbitados de horror Josephine se protegió la cara con las manos. Se liberó del peso de Phillipe y cogió una camiseta con la que se apresuró a cubrirse. Entre los dos aferraron a Mia, que gritaba, luchaba y daba golpes. Por fin en aquella habitación fría y medio vacía, observaron con asombro cómo Mia corría, como un niño enrabietado, hasta un rincón donde se acurrucó en el suelo, sollozando como si tuviera roto el corazón y aspirando ansiosas bocanadas de aire como si acabara de renacer.

A las seis y media de la mañana, David esperaba en la puerta de llegadas del aeropuerto Kennedy. Debes de ser el mayor tonto del mundo, se dijo por vigésima vez. ¿Qué otro hombre, habiendo soportado todo lo que le había soportado a Mia, estaría esperándola cuando volvía de ver a su amante en París? Pero ahora había habido algo diferente en su voz cuando lo llamó despertándolo a las tres de la mañana para pedirle que estuviera allí. Había percibido una urgencia en su voz que lo impulsó a acudir.

—Te necesito, David —había dicho ella.

Él no podía creer que ella ignorara todavía la trágica noticia acerca de su madre y, después de su llamada, bastante incoherente, no quiso decírselo por teléfono. Ella había dicho algo acerca de que se había descubierto a sí misma, acerca de un fantasma de su pasado que finalmente había exorcizado y que quería compartir con él.

Anunciaron que el vuelo venía con treinta minutos de retraso, y tomó una taza de café para hacer tiempo. El titular del *Daily News* rezaba: «Editora de modas se inmola quemando su apartamento». Decidió que la mantendría alejada de los periódicos, la metería en un taxi y le contaría la noticia poco a poco y en privado. Había un anuncio de Jeans David Winters en un enorme cartel dentro de la terminal del aeropuerto, y pronto fue asaltado por una joven que le pidió un autógrafo. Se puso unas gafas oscuras y estudió la lista de llegadas.

Cuando el avión aterrizó, supuso que debería esperar un buen rato hasta que Mia pasara la aduana, pero de repente oyó un grito:

—¡David!

Al volverse, vio a Mia que corría por el pasillo automático y pasaba delante de la aduana llevando sólo un bolso de mano. Su cara estaba radiante, su pelo rubio ondeaba a su espalda y sus ojos parecían vivir por primera vez en mucho tiempo. Maldijo ser el portador de malas noticias. En un momento, ella estaba entre sus brazos, besándolo en la boca como nunca lo había besado antes.

—Ya veo. Gracias por llamarme, Wayland.

Colin colgó el teléfono y miró sin ver por la ventana de la habitación, al hermoso paisaje de Provenza que se extendía en el exterior. Se quedó allí temblando y luego fue a casa del vecino a buscar a su perro, un saludable collie que amaba los paseos. Lo ató a una larga correa y comenzó a andar por el camino rodeado de setos que llevaba al pueblo. Su mente continuaba pensando mecánicamente: debía comprar los periódicos, el pan, quizás un poco de aquella mantequilla fresca y blanca que vendían en el pueblo. ¿Coral muerta? Era demasiado temprano para pensar con detalle en eso. También para sufrir con Wayland por la pérdida. Debía de ser un error. Cuando volviera a casa, seguramente recibiría otra llamada diciéndole que había sido un error. Le pesaba el corazón como si fuese de plomo. Apenas podía mover los pies por aquel camino de barro seco. Los largos árboles se alineaban a ambos lados y el perro corría delante animadamente, mirando hacia atrás como diciendo: «¿Por qué te retrasas?».

«Con los planes que yo tenía para ella», pensó Colin. Pensaba que podíamos escribir un libro juntos. Coral lo escribiría y yo haría las ilustraciones. Tal vez una historia de la moda. Incluso pensé que algún día, quizá... De repente se sentó en un banco y enterró la cara entre las manos. El perro corrió hacia él y lamió las lágrimas que resbalaban de los dedos de Colin.

David llevó a Mia hasta su dormitorio. Estaba exhausta, aunque lo bastante consciente para pensar que ésa era la segunda vez en cuarenta y ocho horas que un hombre la llevaba a su habitación. David había insistido en que fuera con él a su apartamento, en que no estuviera sola. En el taxi ella había intentado explicar su encuentro con Phillipe Roux... intentando entenderlo también ella misma.

—Algún día te contaré toda la historia —le prometió—. Pero se me nota que soy una persona diferente, ¿verdad, David? Ya no tengo miedo. He madurado de repente. Toda mi vida he llevado dentro una chiquilla de siete años aterrorizada, y de pronto se ha desvanecido.

Él asintió cogiéndola de la mano, intentando mostrarse comprensivo cuando realmente no entendía nada. Pero ella parecía tan feliz, tan lúcida y tan serena que pensó que algo bueno le habría sucedido en París. La puso en la cama con cuidado y ella se durmió al instante. Más tarde, él entró para taparla con un edredón blanco. Y, más tarde aún, decidió acostarse junto a ella.

Mia durmió durante todo el día. Cuando al fin despertó, era de noche y David roncaba ligeramente a su lado. Se estiró y él la abrazó medio dormido. Ella se acercó a él y sus bocas se buscaron y se besaron. Se desnudaron medio dormidos y se abrazaron desnudos. Todo sucedió sin que ella lo pensara, sin planearlo. De repente, David la había penetrado suavemente. No hubo ningún temor, ningún pánico. Ella disfrutó al sentirlo dentro. Mientras él se movía, ella sintió que su cuerpo comenzaba a responder. Él frotó la cara en su cuello, junto a la oreja, y luego la besó con ternura en los labios, apenas rozando su boca. Ella sintió su aliento en la cara. Siguió moviendose en respuesta al movimiento de él, estrechándolo cuando él entraba muy despacio dentro de ella, moviendo las caderas para darle placer. Ella suponía que no llegaría al orgasmo aquella noche, pero conoció un nuevo placer. Los murmullos de su cuerpo, y los latidos que sentía en su interior, le mostraron que era capaz de responder, que su cuerpo podía sentir placer, como todas las mujeres. Cuando sintió que él llegaba al clímax, ella lo abrazó con amor, cubriéndole la cara de besos, agradecida de que todavía pudiera amarla después de lo que le había hecho pasar. David la había esperado. Había demostrado ser fuerte y decente, y no una fantasía, no una idealización. Lo que importa es cómo un hombre se comporta contigo, no las palabras ni las flores, ni las velas en las ventanas. Ahora ella sabía que nunca habría podido formar una pareja con Phillipe. No por mucho tiempo.

Se acordó de la primera vez que se sintió atraída por David: los sentimientos naturales de una mujer joven antes de dejar que la gobernaran las fantasías. David representaba lo que ella necesitaba de un hombre. Lo abrazó mientras él volvía a dormirse y se sintió llena de orgullo y de optimismo por primera vez en su vida. Ahora comenzaba una nueva vida en la que analizaría sus sentimientos, a sí misma y a David. Aprendería a aceptar la felicidad. Sería hermoso aprenderlo. Todavía sonreía cuando volvió a caer en un tranquilo sueño. Pero la vida no siempre permite que las cosas sean tan simples ni tan fáciles. Justo cuando estaba a punto de quedarse dormida, David se separó de ella y se sentó bruscamente en la cama. Encendió la luz y asumió una expresión preocupada cuando ella se sobresaltó por la repentina claridad.

—Mia, querida —dijo cogiéndola de la mano—. No puedo creer que se me haya olvidado decírtelo: a tu madre le ha pasado algo terrible.

—Es usted la primera cliente que llega al Hotel Beverly Hills con escolta policial desde... desde Elizabeth Taylor —dijo la doncella mexicana tendiéndole a Mackenzie una brazada de mullidas toallas.

Mackenzie yacía en un baño de espuma, con Jordan sentado en el agua a su lado. Se rió tontamente.

—¿Ah, sí? ¡Pues eso no ha sido nada! La próxima vez acudiré al equipo de rescate del ejército de los Estados Unidos.

—¿Más champán, lady Briarly?

—¿Por qué no? —dijo con indiferencia, alzando la copa de cristal—. Por la forma en que suena el teléfono, es probable que lo necesite.

Había que responder a una docena de mensajes telefónicos, y el teléfono parecía sonar a cada momento. Ya respondería las llamadas más tarde. De momento quería abandonarse al alivio de poder estar con Jordan de nuevo. Gracias a Dios, los mexicanos que la rodeaban cuando se tumbó en el banco habían llamado a la policía, a la que finalmente había podido convencer de que ella era lady Briarly y se alojaba en el Hotel Beverly Hills y no en un banco público de Los Ángeles.

Una hora después, ya en albornoz con el pelo envuelto en una toalla, comenzó a responder a las llamadas. Un periodista de *Los Angeles Times* le preguntó:

—¿Es verdad que fue a ver a los obreros y les firmó un cheque de veinticuatro mil dólares?

—Prefiero que no publique eso —dijo ella—. Es un asunto privado.

El periodista se rió.

—Lady Briarly, acabo de hablar por teléfono con tres de sus trabajadores mexicanos que me contaron cómo pensaban gastar ese dinero. Es una historia de gran interés humano. Y si ellos me lo cuentan, no veo por qué no puedo hacerme usted algún comentario. ¿Por qué lo hizo?

Mackenzie pensó un momento y al cabo replicó:

—Digamos que quería demostrarles que aprecio su trabajo, y deseaba sentar un precedente en la industria de la confección. Debemos compartir nuestros beneficios con los trabajadores, en especial si trabajan en las condiciones que he visto hoy. Estoy dispuesta a cambiar eso...

—¿A pensar de que la hayan echado de su compañía?

—¿Quién dice que me han echado? —barbotó Mackenzie.

—Sus hermanos. Reggie Goldstein ha dicho...

—No puedo hacer ningún comentario sobre eso ahora. Lo siento, adiós.

Colgó el teléfono y miró su reloj: eran las ocho y media. Eso quería decir que serían las once y media en Nueva York. Marcó el número de Reggie.

—¿Sí? —gruñó su voz al otro lado de la línea.

—¿Qué te hace pensar que me puedes echar de la compañía? —gritó ella, mientras encendía un cigarrillo.

—¿Que qué me hace pensar eso? —Reggie parecía más petulante que nunca—. Te lo voy a decir... ¡porque estás despedida! Te dije que te daría una patada en tu noble culo si metías la nariz en nuestros asuntos.

—¡Ignorante bastardo... te voy a demandar hasta el último centavo que tengas! —vociferó—. Pero primero voy a encontrar al mejor abogado de la ciudad para comprobar si tienes derecho a hacer esto.

—Ahórrate los gastos —rió Reggie—. Hemos convencido a papá para que nos vendiera su parte. Ahora poseemos el setenta y cinco por ciento de la compañía entre Max y yo, y hemos votado tu despido, Mack. ¡Ya no tendremos que tratar más con todas tus jodidas tonterías! Gracias por enseñar a nuestro equipo de diseñadores. Los ascenderemos.

—¡No se quedarán con vosotros! —aulló ella—. ¡Se vendrán conmigo!

—¿Contigo? —se mofó él—. ¿Adónde? ¿Crees que alguna firma te querrá, después de que se publique toda esa historia de que vas tirando el dinero por ahí? ¿Crees que es tan fácil crear una nueva firma? Estás loca y mañana todo el mundo lo sabrá.

Ella colgó de golpe y estalló en furiosas lágrimas. Se abrazó a Jordan, sin poder dejar de llorar. Sonó el teléfono y lo cogió, tragando saliva. Era Ed.

—Te dije que me llamaras si me necesitabas y dijiste que no me necesitarías.

—¡Te necesito! —sollozó Mackenzie—. ¡Oh!, Eddie, si supieras todo lo que me ha pasado hoy... Me rompieron mi tarjeta de crédito y ahora tengo una deuda de miles en este hotel. Estoy en la calle, sin trabajo, sin firma. Mis hermanos me han echado.

—Tengo el *New York Times* de mañana —le dijo él—. ¿De verdad les regalaste todos los beneficios a los trabajadores?

Ella se echó a reír y luego le hizo una completa relación de los sucesos del día.

—¡Cariño, soy liberal, pero no estoy chalada! —terminó—. Lo único que hice fue darles a cada uno doscientos dólares, eso es todo. Eso acalla mi conciencia. Si vieras las condiciones en las que trabajan, si vieras el aspecto que yo tenía después de pasar una hora allí abajo... y no tenía ni un centavo, Eddie. Tuve que llamar a la policía para que me trajeran aquí de vuelta. El teléfono no ha parado de sonar, Jordan lleva solo todo el día, tengo veinte mensajes de...

—¿Quieres que vaya para allá? Podría dar una conferencia de prensa mañana, una vez que te haya sacado de apuros.

—¡Oh, Eddie! ¿Lo harías?

—¿Quieres ser la señora de Ed Schreiber?

—Seré la señora Golda Meir si me sacas de ésta. ¡Odio California! ¡Odio el sol! ¡Lo único que quiero es irme a casa!

—No antes de nuestra luna de miel en el Hotel Beverly Hills, Mack. Y quiero un rabino en la boda, ¿de acuerdo?

—¡Me parece maravilloso! Encargaré hígado de pollo en Nate'n' Al's, en Beverly Hills. Ya es hora de que vuelva a mis raíces.

—¿Y nuestra firma? ¿Cómo la llamaremos?

—¿Qué tal «Modas Shmatta»?

—¿Crees que podremos sacarla adelante?

—Eddie, si vienes aquí y me estrechas entre tus brazos, seré capaz de hacer cualquier cosa. Hoy he aprendido para qué sirve un jodido título cuando estás solo y perdido en Los Ángeles.

—¿Has leído algún periódico desde que te fuiste? —preguntó él—. ¿Has oído algo de Coral Stanton?

—No... ¡Qué!

—Murió en un incendio en su apartamento.

—¡Oh, Dios mío! Eddie... —Se apoyó en el sofá sin poder controlar su temblor—. ¡Es terrible! ¡Y yo me peleé con Mia la última vez que la vi! ¿Qué puedo hacer?

—... Así que Eddie salió corriendo para allá en el siguiente vuelo y nos casamos dos días después. ¿Sabes lo que es una *chuppa*, Colin? Es un dosel judío, y uno se casa bajo él. Qué tontería, ¿no? Supongo que la primera novia judía fue una princesa... aterrorizada de que pudiera llover sobre su peinado... De cualquier forma, hicimos que montaran uno en la piscina del Hotel Beverly Hills. Un rabino con una guitarra caminaba delante de nosotros por la sala... ¡Tendrías que haber visto las caras de mis padres!

—¿Fueron tus hermanos? —preguntó Colin.

—¿Bromeas? —gritó Mackenzie—. Les he puesto una demanda por veinticinco millones de dólares...

Se detuvo un momento para beber un trago de agua Evian. Estaban sentados en la cama de la segunda habitación de huéspedes. Era el mediodía en Provenza, y Mackenzie llevaba hablando dos horas y media.

—David se portó estupendamente —continuó—. Yo deseaba que Mia viniera, pero todavía estaba conmocionada. David dijo que la consumía el sentimiento de culpa. ¡No había nadie, Colin! No había nada que enterrar ni a quien llevar flores, y la policía hizo que Mia identificara algunos restos quemados que encontraron en el apartamento. ¡Ha sido espantoso! Cada vez yo me sentía peor por Mia. No dejaba de decirle a Eddie: «Tengo que verla, tengo que reconciliarme con esa chica...». Después de convertirme en la señora de Ed Schreiber, todo me parecía muy distinto. Cuando oí que venía para acá a verte, decidí matar dos pájaros de un tiro. Tener una gran luna de miel y...

Mackenzie se interrumpió con un largo bostezo. Colin jamás había visto una boca tan abierta. Comenzó a hablar de nuevo y, para asombro de Colin, se quedó dormida en mitad de una frase. Colin la tapó con una manta y le quitó con suavidad las botas de potrillo. Fue a la habitación de Mia y vio que ésta dormía tranquilamente, con su hermoso pelo rubio extendido sobre la almohada de *broderie anglaise*.

—¡Vaya historias! —dijo riendo para sí. Ahora ya tenía el final para su novela. La vida real proporciona mejores finales que ninguna ficción, pensó contento. Y él todavía tenía que ponerle la guinda a ese final. Eso sería esa misma noche, una vez que se revelera su secreto...

Trabajó toda la tarde, anotando las ideas que se sucedían veloces en su mente, llenando algunos huecos de la historia que Mackenzie le había revelado. A las seis marcó un número de teléfono.

—Están aquí —dijo en voz baja—. No sólo Mia; también la ex lady Mackenzie. No esperaba tener la casa tan llena, pero no importa... Cuando despierten les haré una cena ligera. Te llamaré mientras estén cenando y colgaré. Eso querrá decir que puedes venir. ¡Oh, me muero de impaciencia!

A las siete y media oyó el ruido de una puerta al abrirse, el agua que salía de un grifo, ruidos de que alguien andaba por allí. Mia apareció mientras Colin preparaba la mesa con platos de ensalada, verduras, frutas secas y en almíbar, vino, pan y un gran termo de café.

Mia se inclinó para besarlo en la frente, con la cara tranquila y descansada.

—Esto es precioso —le dijo—. Me siento mucho mejor desde que he llegado. —Se sentó en una silla tapizada de flores y paseó la mirada por la habitación—. Me parece imposible echarla tanto de menos, Colin. Es como si su muerte hubiera liberado todo el amor que había en mí y que no supe emplear a su debido tiempo. Ahora veo nuestra relación mucho más clara, nuestras peleas... Ella solía decir que el amor está muy cerca del odio. También he estado pensando en eso...

—¿Y qué hay sobre David y tú? —preguntó Colin mientras le servía un café—. ¿Os uniréis finalmente? Y lo de Phillipe Roux... ¿de verdad se ha acabado?

Ella sonrió tranquila, mirándolo a los ojos.

—Aquello fue una fantasía. Ahora que me he enfrentado a mí misma, tengo que analizar muchos años pasados de mi vida: años de odio a mi madre... Tengo que rehacer muchas cosas. Y ahora sé que Phillipe debe quedarse con Josephine. Están hechos el uno para el otro. Además, ella nunca lo dejará escapar. Le haría la vida imposible a cualquier mujer que Phillipe amara... así que, en cierto modo, le estoy agradecida. Ya te lo contaré todo, es muy melodramático.

—El infierno son los demás —citó Colin—. Eso es lo que dice Sartre.

—Sí que tienden a complicar la vida. Todo sería perfecto si mi madre no hubiera muerto. Si hubiera tenido la oportunidad de aclarar las cosas con ella. No puedo dejar de recordar la última escena que tuvimos. Cuando ella me pidió trabajo la noche de los premios, ¿te acuerdas?

—¿Cómo olvidarlo? —musitó Colin.

—¿Crees que se mató por eso? —preguntó Mia mirándolo con expresión agónica—. No puedo evitar pensar así. Y nunca me perdonaré por...

—No seas tan dura contigo. Recuerda en qué condiciones se encontraba... Pero vas a descubrir muchas cosas sobre tu madre mientras estés aquí. Te prometo que no tendrás nada que reprocharte.

—Quiero saberlo todo, claro, pero aun así, no me lo perdonaré. Sólo desearía haber sido lo bastante madura aquella noche para decir: «Esta bien mamá, te daré un trabajo. Lo que tu quieras». Podría haber sido la única cosa que habría hecho por mi madre en mi vida.

Las lágrimas asomaron a los ojos. Colin se inclinó para cogerla del brazo.

—Ella no ha sido precisamente la mejor madre...

—¿Por qué no pude ser yo una buena hija? ¿Por qué no fui generosa? ¿Quién dice que los hijos deben vengarse de los errores de los padres? Tal vez una hija pueda ser más sabia que su madre alguna vez. Yo no pude, porque siempre fui una niña con ella. Y ahora por fin soy una adulta.

—Sí —dijo él mirándola al fondo de los ojos—. Se te nota. Has crecido, Mia.

Bebieron vino en silencio, disfrutando de la tranquilidad.

—No me extraña que estés tan contento aquí —dijo Mia contemplando por la ventana el pequeño jardín—. ¿Tienes amigos en el pueblo?

Colin sonrió con aire misterioso.

—¡Oh!, sí, incluyendo uno muy especial que quiero que conozcas. Será mejor que intentes comer algo, querida y que te arregles un poco porque tengo un par de sorpresas para ti.

Ella alzó las cejas.

—Espero que no hayas preparado un espléndido programa social. La verdad es que quiero estar tranquila...

Se oyó una pequeña puerta en el piso de arriba y Colin se aclaró la garganta.

—Me temo que no vas a tener ocasión. Verás, te han seguido desde Nueva York...

Mia frunció el entrecejo mirando hacía arriba, donde se oía el ruido de pasos bajando la escalera.

—¿Quién?

—¿Está despierta? —preguntó Mackenzie. Se oyó el repiquetear de sus altos tacones en las escaleras de madera.

Irrumpió en el salón y se agarró a la barandilla para no caer. Llevaba una bata terrible en color fucsia y tenía la cara soñolienta, el maquillaje corrido y los ojos nublados. Todavía medio dormida, se detuvo al pie de la escalera y se quedó mirando a Mia.

—¡Tenías que verme así! —dijo por fin—. Y tú pareces Grace Kelly.

Se hizo el silencio en la habitación y Mackenzie inspiró profundamente.

—Lo siento —dijo con sencillez—. Yo... lo siento. Siento haberte pegado, siento que tu madre muriera, siento no haber sido el tipo de amiga que... —Se detuvo de pronto sacudiendo la cabeza, con los ojos llenos de lágrimas, y entró en la habitación—. Escucha, Mia, sé lo que es perder a alguien cercano. Cuando Alistair murió, recibí un montón de cartas (incluida la tuya), ¿y sabes qué? No significaban nada para mí. Necesitaba gente a mi alrededor, ¡necesitaba amigos! ¡Y los rechacé a todos! ¡No me rechaces a mí, Mia! He recorrido ocho mil kilómetros para estar contigo. Ocho mil quince, contando con el viaje en taxi. Sólo quería estar contigo y hacer que te sintieras mejor. ¿Me dejarás, Mia?

Mia la miró durante unos silenciosos segundos; luego se levantó y abrió los brazos. Mackenzie también los abrió y se acercaron la una a la otra. Se dieron un prolongado abrazo.

Por fin, Mia se apartó y contempló a su amiga.

—Esto es lo mejor que has hecho jamás, Mackenzie...

Mackenzie enrojeció y balbució:

—¡Oh!, vaya...

—Tú también, Colin... —Mia se volvió hacia él tendiéndole la mano. Él se unió a ellas rodeándolas con el brazo.

—Bueno, dejadlo ya o me vais a hacer llorar.

Mackenzie se acercó a la mesa con la cena y se apresuró a coger un trozo de fino queso.

—¡Cielos, está delicioso! —Masticó sensualmente, poniendo los ojos en blanco. Luego se sentó a la mesa y comenzó a llenarse el plato.

—Ed y yo nos hemos casado, Mia —parloteó mientras se servía ensalada—. Ya no soy lady Mackenzie: ahora puedes llamarme señora Schreiber. Quiero decir, ¿a quién trataba de engañar? Nunca me sentí una aristócrata. Mis hermanos me han echado de la firma, ¿lo sabías? Es lo mejor que me podía ocurrir. ¡Cielos, echo de menos a mi marido! Se supone que se reunirá conmigo dentro de dos días. Nos vamos a Cannes, ¿quieres venir? ¿Qué pasa con David y tú? ¿Y que pasó con Phillipe? Supongo que no fue muy bien la cosa. Estoy creando una nueva firma, llamada «Modas Shmatta», ¿crees que la gente entenderá? ¿qué queso es éste, Colin?

—De cabra —respondió él con presteza.

—¿Quieres decir que aquí ordeñan a las cabras? —Mackenzie se puso la mano en la boca—. Dios mío, creo que voy a vomitar... —Salió corriendo escaleras arriba.

Colin y Mia intercambiaron miradas y se echaron a reír.

—Creo que me ha dado hambre —dijo Mia.

Colin cogió el teléfono mientras Mia se servía pan y queso. Dejó que sonara dos veces y luego colgó.

Cuando Colin y Mia terminaban de cenar, Mackenzie se unió a ellos. Llevaba el pelo cuidadosamente peinado, el maquillaje arreglado y brillo en sus oscuros y exóticos ojos.

—Muy bien —dijo sentándose en un sillón con un plato de galletas y una taza de café—. Empieza por el momento en que te largaste de aquella puta fiesta de premios con la marca de mi mano en la cara...

Mia sacudió la cabeza.

—Ya le he contado toda la historia a Colin y estoy segura de que no le apetece oírla otra vez. Mañana daremos un paseo y te lo contaré todo.

—¿Incluyendo los detalles sexuales? —preguntó Mackenzie con ansiedad.

Mia sonrió pensativa, paseando la mirada de Colin a Mackenzie.

—Bueno, no es ningún secreto. Confío en vosotros dos. Ambos sabíais que algo no funcionaba en mí. Yo también lo sabía pero no podía enfrentarme a ello. En París... ocurrió algo que me hizo enfrentarme a eso. Y ahora me siento totalmente diferente. ¡Mi amor por Phillipe se esfumó en el acto! No estoy enamorada de David, pero... bueno, es maravilloso saber que está ahí. Me ha esperado tanto tiempo... Él creía en su sueño. Y, a veces, los sueños se hacen realidad.

Todos se quedaron pensando en sus sueños y en la posibilidad de que se convirtieran en realidad o estuvieran a punto de hacerlo.

Mia pensó en David descubriéndole su propio cuerpo, mostrándole suave y dulcemente los placeres del sexo y el amor, sin el miedo que siempre había estropeado todo. Las últimas noches con él habían sido una revelación para Mia. Se estaba permitiendo sentir placer después de muchos años de negárselo por miedo. El recuerdo de sus caricias la hizo revolverse inquieta en el sillón.

Mackenzie pensaba en Eddie y en su forma de hacer el amor: siempre era algo nuevo, diferente y excitante. Pensó en cómo le gustaba tumbarse junto a él recorriéndole el cuerpo con la mano. En cómo se sentía cuando él la tocaba...

Y Colin también soñaba. Llevaba mucho tiempo alimentando un sueño que nunca se atrevió a contar a nadie por miedo a que se rieran de él. Era un hombre bueno y amable atrapado en un cuerpo equivocado. Era como un cuento de hadas: si una mujer lo amaba, se convertiría en un príncipe. Y ahora... ahora... Su aguzada mirada percibió una sombra que avanzaba por el sendero. «Todos los sueños pueden convertirse en realidad», pensó, «si se desean con fuerza, si uno está preparado para enfrentarnos a las extrañas curvas que traza en ellos el destino».

Se oyó el timbre de la puerta.

Mackenzie abrió los ojos.

—¡Es mi marido! —gritó.

Mia dio un respingo: ¿la habría seguido David hasta allí?

Colin fue a abrir la puerta y habló unas palabras con el visitante en voz tan baja que las chicas no pudieron oírlo. Enseguida volvió al salón y miró con ternura a Mia.

—No quiero provocarte una conmoción —le dijo tocándole con suavidad el brazo—, pero prepárate para una gran sorpresa.

A Mia le brillaban los ojos.

—¿David? —preguntó.

Colin sacudió la cabeza. Fue a la mesa, sirvió un vaso de vino y se lo tendió.

—Lo descubrirás en el jardín. Y respira hondo... —le abrió la puerta y ella salió mientras Mackenzie se agitaba nerviosa.

—Esto parece una maldita película de Hitchcock, lo juro.

Mia caminó sobre el césped, respirando el suave aire de la noche. Hacía fresco y se estremeció levemente. Caminó muy despacio alrededor de la casa, sosteniendo el champán y el café. La casa estaba rodeada por una gran extensión de terreno y en la parte trasera había un pequeño huerto. Allí la esperaba una figura, apenas visible bajo un ciruelo.

Mia frunció el entrecejo al aproximarse, intentando ver mejor en la oscuridad. No era David, estaba claro. Era una pequeña figura femenina, cuyo pelo blanco brillaba como si absorbiera la luz de la luna. Cuando se acercó, percibió un aire desafiante en su postura que le resultó familiar.

—¿Hola? —dijo con suavidad—. *¿Bonsoir*?

Ahora estaba más cerca de la mujer y se inclinó para dejar el café y el champán en una mesa de jardín. La mujer se volvió a mirarla y entonces la luz de la luna iluminó sus ojos azules.

—¿Mamá? —la palabra escapó de sus labios antes de que tuviera tiempo de reflexionar en ella. ¡Pero era imposible! Sin aquel fiero tono rojo en el pelo y con tan poco maquillaje, podría haber sido la hermana mayor de Coral. ¿Sería alguna vieja tía que no conocía?

—Deja que te vea.

Mia se tambaleó, conmocionada al oír la voz de Coral y se apoyó en la pequeña mesa.

—¡No puedo creerlo! ¡Todo el mundo cree que has muerto!

—¡Y he muerto! —dijo Coral—. Tuve que destruir mi vida para comenzar una nueva. Es evidente que he tenido éxito.

—Pero, mamá, ¿cómo has podido causar tanto sufrimiento? —gimió Mia—. Me he pasado una semana llorando. No podía perdonarme por no haberte dado un trabajo, por no haber sido más cariñosa, por no... Pero no entiendo cómo has llegado hasta aquí.

—Le prendí fuego al apartamento y salí en el siguiente vuelo a París —dijo Coral con sencillez—. No era del todo responsable de mis actos. Era una drogadicta, Mia. Todavía lo soy, pero lo estoy dejando poco a poco. He tenido muchísima suerte de que nadie resultara herido o muerto.

—¿Te das cuenta de que los periódicos han estado escribiendo notas necrológicas por ti?

—Sí. Wayland se las envió a Colin —dijo Coral riendo—. Y algunas no estaban mal —sostuvo la mirada de Mia; en sus ojos aún ardía aquella chispa.

—¡Oh... mamá! —Mia se acercó a ella y la abrazó—. ¡Estoy tan contenta de que estés viva! Éste es el mejor regalo que Colin me podía haber hecho.

—¿De verdad, querida? —Coral la abrazó con fuerza.

La delgada y casi etérea figura que Mia tenía entre los brazos ya no le parecía su madre. Era una frágil desconocida a la que quería proteger. Se separaron para mirarse, con lágrimas en los ojos.

—Ahora te voy a cuidar, mamá —dijo Mia—. ¡Estoy tan agradecida por esto! No podría haber vivido con esa culpa...

—Yo también me he sentido culpable, querida —replicó Coral—. He tenido tiempo para pensar en mi vida y ahora veo lo desequilibrada que ha sido. Pero no tendrás que cuidar de mí, Mia, cariño... aunque te lo agradezco. Pero eso es algo que Colin está haciendo extraordinariamente. Es mejor que no vuelva a poner el pie en Nueva York... por no mencionar los cargos por incendiaria que podrían meterme entre rejas para el resto de mi vida. Verás, quemé todos mis trajes. ¡Ya no tengo ni un Balenciaga! Aunque Colin conoce a un pequeño *antiquaire* que vende ropa usada de *coutere*...

Se sentó a la mesa del jardín cogiendo a Mia de la mano y bebió un sorbo de champán.

—Quiero que me permitas perdonarte, Mia —le dijo tocándose la cicatriz de la cara.

—No quería hacerte daño —musitó Mia.

—Lo último que supe de ti es que Phillipe te había llamado a París. ¿Te reuniste con él? ¿Os va bien?

—Tengo muchas cosas que contarte, mamá —dijo Mia—. Phillipe ha...

—Colin dice que para él es un regalo poder cuidarme —la

interrumpió Coral—. Dice que siempre he sido para él una especie de ídolo. Verás, él ama la moda tanto como yo lo hago. ¡Lo hacía! Tiene aquí toda su colección de revistas. Cuarenta años de *Vogue*, *Divine*, *Bazaar*. Las ojeamos y recordamos. Escribiremos juntos una historia de la moda. Él hará las ilustraciones y yo la escribiré. Me cuida para que recupere la salud. Pronto estaré fresca como una manzana.

Coral cogió a Mia del brazo y se dirigió lentamente hacia la casa.

—Siempre he adorado a Colin, pero nunca me había dado cuenta de que es un santo. El cielo debe de haberlo enviado para que sea mi ángel guardián. Nunca habla mal de nadie. Sólo escucha y se preocupa. Me adora, claro, y ahora que empiezo a conocerlo puedo decir sin miedo a mentir que el sentimiento es mutuo. No sé si llegaremos a ser una auténtica pareja, querida, ya sabes lo que quiero decir. Pero cada día me parece más atractivo... simplemente por ser un amigo tan querido y entrañable. Y, aunque nunca pasemos de ser muy buenos amigos, bueno, eso tampoco está mal, ¿no?

—No... —Mia le apretó la mano con cariño—. No está nada mal.

—¡Y ahora quiero que me lo cuentes todo! —dijo Coral—. Quiero saber cuál ha sido la consecuencia de tu premio: ¿Te han hecho muchos pedidos? ¿Y tus diseños? ¿Qué planes tienes para la compañía? ¿Todavía eres amiga de David Winters o se limitó a acompañarte aquella noche de los premios? —presionaba la mano de Mia a cada pregunta.

Mia devolvió el apretón riendo.

—Espera un momento, mamá. Acuérdate de que me he pasado la última semana hablando con la policía acerca de ti, identificando los restos más espantosos de tus efectos personales. No he tenido tiempo para diseñar...

—Colin planea comenzar a invitar pronto a personajes de Inglaterra y América —dijo Coral—. Huéspedes de pago, ya sabes. Les prepararemos pequeños almuerzos, los mimaremos y, si todo va bien, quizás abramos un pequeño hotel... muy *chic* y exclusivo. No vamos a aceptar a cualquiera. Podría funcionar. Va a invitar a alguna gente de la moda para que todos vayan sabiendo que estoy viva o resucitada... Ya sabes lo chismoso que es el mundo de la moda.

Mia sonrió para sí mientras Coral continuaba con su cháchara. En realidad, nunca me escuchará ni se interesará mucho por mis cosas, pensó Mia. Pero ya no le importaba, no le dolía. Coral podía seguir siendo la estrella principal aquí, con el amoroso Colin para cuidarla. Al menos, ante los ojos de éste siempre sería la magnífica, elegante y poderosa editora de moda, Coral Stanton... capaz de hacer saltar a toda la Séptima Avenida a una orden suya.

Mia entró con Coral en la casa. El chillido de Mackenzie se oyó en toda la villa. Luego el aire se llenó de gritos, lloros y besos mientras todos se abrazaban. Saltó alegremente el corcho del champán, Colin llenó las copas y después cogió su carboncillo e hizo retratos de las tres, mientras ellas iban llamando por turno a Nueva York para decirles a David, a Ed y a Wayland que las tres reinas de la moda estaban bien vivas.

Epílogo

Colin
Provenza, Francia, 1972

Me gusta cómo acaba mi historia, porque todo el mundo, más o menos, tiene un final feliz. El mío fue el más feliz de todos. Coral y yo abrimos el «Auberge Divine» después de nuestra colaboración en *La hoja de parra: una definitiva historia de la moda*, que, como ustedes sabrán, fue un *bestseller* verídico. Hace algunos meses, Coral se convirtió en la señora de Colin Beaumont, y fue el momento de mi vida en que me sentí más orgulloso. Quizá formemos una extraña pareja, pero siempre me ha gustado pensar que el amor auténtico, el verdadero amor lo puede todo: incluso con un cuerpo y una cara como la mía.

La moda seguirá adelante sin nosotros, claro. Vendrán faldas largas y luego minifaldas, faldas fruncidas y faldas ceñidas. Las mujeres siempre querrán llevar lo último y todo irá cambiando cíclica y constantemente. Hoy en día, la moda se ha confundido con la posición social en detrimento de ambas cosas. Se vende por la etiqueta. Cualquier cosa diseñada por Mia, David o Mackenzie (su nueva y rebelde línea, «Modas Shmatta», está realizada en costosa cashemira, lino y seda) se venderá por sus nombres. Algún día todo eso cambiará también y las ropas volverán a venderse por sus propios méritos. Mis amigos estarán preparados para eso, porque tienen talento.

El mundo de la moda probablemente nos haya olvidado a Coral y a mí cuando lean mi libro, así que, por favor, si reconoce usted a alguien en él, no lo diga. Nunca pretendí crear problemas, y no me anima malicia alguna. Sólo he intentado «contar las cosas como fueron» (una deliciosa frase de los sesenta), y creo que eso es lo que he hecho. Y, si algún día necesitan un lugar tranquilo, saludable y exclusivo donde alojarse durante una estancia en Provenza, no se olviden de nosotros.